FRED VARGAS
Die dritte Jungfrau

AF177950

Alle unabhängig voneinander lesbaren Bände der
Kommissar-Adamsberg-Reihe

Autorin

Fred Vargas, geboren 1957, ist ausgebildete Archäologin und hat Geschichte studiert. Sie ist heute die bedeutendste französische Kriminalautorin mit internationalem Renommee. 2004 erhielt sie für »Fliehe weit und schnell« den Deutschen Krimipreis, 2012 den Europäischen Krimipreis für ihr Gesamtwerk und 2016 den Deutschen Krimipreis in der Kategorie International für »Das barmherzige Fallbeil«.

FRED VARGAS

Die dritte Jungfrau

Kommissar Adamsberg ermittelt

Aus dem Französischen von Julia Schoch

blanvalet

Die Originalausgabe erschien 2006 unter dem Titel »Dans les bois éternels«
bei Éditions Viviane Hamy, Paris.

Der Verlag behält sich die Verwertung des urheberrechtlich
geschützten Inhalts dieses Werkes für Zwecke des Text- und
Data-Minings nach § 44 b UrhG ausdrücklich vor.
Jegliche unbefugte Nutzung ist hiermit ausgeschlossen.

Penguin Random House Verlagsgruppe FSC® N001967

1. Auflage
© Copyright der Originalausgabe Fred Vargas und
Éditions Viviane Hamy, Paris, 2006.
Taschenbuchausgabe 2024 bei Blanvalet,
einem Unternehmen der Penguin Random House Verlagsgruppe GmbH,
Neumarkter Straße 28, 81673 München
Copyright der deutschsprachigen Ausgabe
© Deutsche Erstveröffentlichung Aufbau Verlage GmbH & Co. KG,
Berlin 2007, 2008.
Übersetzung: Julia Schoch
Umschlaggestaltung und -motiv: www.buerosued.de
KW · Herstellung: sam
Satz, Druck und Bindung: GGP Media GmbH, Pößneck
Printed in Germany
ISBN 978-3-7341-1351-2
www.blanvalet.de

1

Wenn er die Gardine seines Fensters mit einer Wäscheklammer feststeckte, konnte Lucio den neuen Nachbarn besser beobachten. Es war ein kleiner, dunkelhaariger Kerl, der eine Steinmauer ohne Lot hochzog, noch dazu mit freiem Oberkörper im kühlen Märzwind. Nachdem er eine Stunde auf der Lauer gelegen hatte, schüttelte Lucio kurz den Kopf, wie eine Eidechse ihrem regungslosen Mittagsschlaf ein Ende setzt, und löste seine erloschene Zigarette von den Lippen.

»Der da«, sagte er und gab damit schließlich seine Diagnose ab, »kein Lot im Kopf und keins in den Händen. Der folgt seinem eigenen Kompass. Gerad wie's ihm passt.«

»Na, dann lass ihn doch«, sagte seine Tochter ohne große Überzeugung.

»Ich weiß, was ich zu tun habe, Maria.«

»Vor allem nervst du gern alle Welt mit deinen Geschichten.«

Der Vater schnalzte mit der Zunge.

»Du würdest anders reden, wenn du an Schlaflosigkeit leiden würdest. Neulich Nacht hab ich sie gesehen, so wie ich dich jetzt sehe.«

»Ja, das hast du mir erzählt.«

»Sie ging an den Fenstern im Obergeschoss vorbei, gespenstisch langsam.«

»Ja«, wiederholte Maria teilnahmslos.

Auf seinen Stock gestützt, war der alte Mann aufgestanden.

»Man hätte meinen können, sie warte auf die Ankunft des Neuen, sie hielte sich für ihre Beute bereit. Für ihn«, fügte er hinzu und deutete mit dem Kinn auf das Fenster.

»Wenn du dem davon erzählst«, sagte Maria, »wird es ihm zum einen Ohr rein- und zum andern wieder rausgehen.«

»Was er damit anfängt, ist seine Sache. Gib mir eine Zigarette, ich mach mich auf den Weg.«

Maria steckte ihrem Vater die Zigarette direkt zwischen die Lippen und zündete sie an.

»Herrgott, Maria, mach den Filter ab.«

Maria gehorchte und half ihrem Vater in den Mantel. Dann schob sie ein kleines Radio in seine Tasche, aus dem knisternd kaum hörbare Worte drangen. Der Alte trug es immer bei sich.

»Sei nicht zu grob zu dem Nachbarn«, sagte sie, während sie ihm den Schal richtete.

»Der Nachbar hat schon Schlimmeres erlebt, glaub mir.«

Adamsberg hatte unter dem wachsamen Auge des Alten von gegenüber unbekümmert gearbeitet und sich immer wieder gefragt, wann er ihn wohl leibhaftig prüfen käme. Er sah, wie er mit wiegendem Gang den kleinen Garten durchquerte, groß und würdevoll, ein schönes, von Falten gefurchtes Gesicht, weißes, volles Haar. Adamsberg wollte ihm schon die

Hand geben, als er merkte, dass der Mann keinen rechten Unterarm mehr hatte. Er hob seine Maurerkelle als Willkommensgruß und blickte ihn ruhig und ausdruckslos an.

»Ich kann Ihnen mein Lot borgen«, sagte der Alte höflich.

»Ich komme schon zurecht«, antwortete Adamsberg und passte einen neuen Mauerstein ein. »Bei uns hat man die Mauern immer nach Augenmaß hochgezogen und sie stehen noch. Schief zwar, aber sie stehen.«

»Sind Sie Maurer?«

»Nein, ich bin Bulle. Polizeikommissar.«

Der alte Mann lehnte seinen Stock gegen die neue Mauer und knöpfte seine Strickjacke bis zum Kinn zu, das gab ihm Zeit, die Information zu verarbeiten.

»Fahnden Sie nach Rauschgift? Solche Sachen?«

»Leichen. Ich bin bei der Mordbrigade.«

»Gut«, sagte der Alte nach einem leichten Schock. »Ich war beim Parkett.«

Er zwinkerte Adamsberg zu.

»Nicht beim Börsenparkett natürlich, nein, ich hab Parkettfußböden verkauft.«

Wohl ein Spaßvogel gewesen, früher, dachte Adamsberg, während er seinem neuen Nachbarn verständnisvoll zulächelte, der sich offenbar ohne Zutun anderer über eine Kleinigkeit amüsieren konnte. Ein Spieler, eine Frohnatur, aber schwarze Augen, die einen unverhohlen musterten.

»Eiche, Buche, Tannenholz. Im Bedarfsfall wissen Sie, an wen Sie sich wenden können. In Ihrem Haus gibt's nur Terrakottafliesen.«

»Ja.«

»Das ist nicht so warm wie Parkett. Ich heiße Velasco, Lucio Velasco Paz. Firma Velasco Paz & Tochter.«

Lucio Velasco lächelte breit, ließ dabei aber Adamsbergs Gesicht nicht aus den Augen, das er Millimeter für Millimeter genau inspizierte. Dieser Alte druckste doch herum, der hatte ihm doch irgendwas zu sagen.

»Maria hat die Firma übernommen. Sie ist nicht auf den Kopf gefallen, erzählen Sie ihr also bloß keine Albernheiten, das mag sie gar nicht.«

»Was denn für Albernheiten?«

»Albernheiten über Gespenster zum Beispiel«, sagte der Mann und kniff seine schwarzen Augen zusammen.

»Keine Sorge, ich kenne keine Albernheiten über Gespenster.«

»Das sagt sich so und dann kennt man eines Tages doch welche.«

»Mag sein. Ihr Radio ist nicht richtig eingestellt. Soll ich das für Sie machen?«

»Wozu?«

»Damit Sie die Sendungen hören können.«

»Nein, *hombre*. Deren Quatsch will ich nicht hören. In meinem Alter hat man das Recht erworben, sich nicht mehr alles gefallen zu lassen.«

»Natürlich«, sagte Adamsberg.

Wenn der Nachbar unbedingt ein Radio ohne Ton in seiner Tasche herumschleppen und ihn *hombre* nennen wollte, bitte schön, es stand ihm frei.

Der Alte ließ wieder ein Weilchen vergehen, sah prüfend zu, wie Adamsberg seine Mauersteine aneinandersetzte.

»Sind Sie zufrieden mit diesem Haus?«

»Sehr.«

Lucio machte einen kaum hörbaren Scherz und fing laut an zu lachen. Adamsberg lächelte freundlich. Es lag etwas Jungenhaftes in seinem Lachen, während seine gesamte übrige Körperhaltung darauf hinzudeuten schien, dass er für das Schicksal der Menschen auf dieser Erde mehr oder weniger verantwortlich war.

»Hundertfünfzig Quadratmeter«, fuhr er fort. »Ein Garten, ein Kamin, ein Keller, ein Holzschuppen. So was gibt's in Paris nicht mehr. Haben Sie sich nicht gefragt, wieso Sie es für ein Butterbrot gekriegt haben?«

»Weil es zu alt ist, nehme ich an, zu heruntergekommen.«

»Und Sie haben sich nicht gefragt, wieso es nie abgerissen wurde?«

»Es steht am Ende einer Gasse, es stört niemanden.«

»Trotzdem, *hombre*. Seit sechs Jahren kein einziger Käufer. Hat Sie das nicht stutzig gemacht?«

»Also eigentlich, Monsieur Velasco, macht mich kaum etwas stutzig.«

Adamsberg strich den überstehenden Mörtel mit der Kelle ab.

»Aber nehmen Sie mal an, es machte Sie stutzig«, beharrte der Alte. »Nehmen Sie mal an, Sie würden sich fragen, wieso das Haus nie einen Abnehmer fand.«

»Weil die Toilette draußen ist. Das ertragen die Leute nicht mehr.«

»Sie hätten eine Wand hochziehen können für einen Anbau, genau wie Sie es tun.«

»Ich tue es nicht für mich. Es ist für meine Frau und meinen Sohn.«

»Mein Gott, Sie werden doch nicht etwa eine Frau hier drin wohnen lassen?«

»Ich glaube nicht. Sie werden nur ab und zu vorbeikommen.«

»Aber sie? Sie wird doch hier nicht etwa schlafen, Ihre Frau?«

Adamsberg krauste die Stirn, während die Hand des Alten sich auf seinen Arm legte und seine Aufmerksamkeit suchte.

»Glauben Sie nicht, Sie seien stärker als andere«, sagte der alte Mann mit gesenkter Stimme. »Verkaufen Sie. Das sind Dinge, die wir nicht begreifen. Das geht über unseren Horizont.«

»Was?«

Lucio bewegte die Lippen, kaute auf seiner erloschenen Zigarette herum.

»Sehen Sie das?«, sagte er und hob seinen rechten Arm.

»Ja«, sagte Adamsberg ehrfurchtsvoll.

»Hab ich verloren, als ich neun Jahre alt war, im Bürgerkrieg.«

»Ja.«

»Und manchmal juckt es mich da. Es juckt mich auf meinem fehlenden Arm, neunundsechzig Jahre später. An einer ganz bestimmten Stelle, immer an derselben«, sagte der Alte und zeigte auf einen Punkt in der Luft. »Meine Mutter wusste, warum: Das ist der Spinnenbiss. Als ich meinen Arm verlor, kratzte ich ihn gerade und war noch nicht fertig. Darum juckt er mich noch immer.«

»Ja natürlich«, sagte Adamsberg und rührte lautlos in seinem Mörtel.

»Weil der Biss noch nicht aufgehört hatte zu leben, verstehen Sie? Er fordert, was ihm zusteht, er rächt sich. Erinnert Sie das nicht an irgendwas?«

»An die Sterne«, überlegte Adamsberg. »Sie leuchten noch, während sie schon längst erloschen sind.«

»Wenn Sie so wollen«, gab der Alte überrascht zu. »Oder ans Gefühl: Nehmen Sie einen Mann, der noch immer ein Mädchen liebt, oder umgekehrt, während doch alles längst kaputt ist, wissen Sie, was ich meine?«

»Ja.«

»Und warum liebt der Mann noch immer das Mädchen, oder umgekehrt? Wie erklärt sich das?«

»Ich weiß nicht«, sagte Adamsberg geduldig.

Zwischen zwei Windstößen wärmte die blasse Märzsonne ihm sanft den Rücken, er fühlte sich wohl, wie er hier in diesem verwilderten Garten eine Mauer hochzog. Lucio Velasco Paz mochte auf ihn einreden, soviel er wollte, es störte ihn nicht.

»Ganz einfach, weil das Gefühl noch nicht aufgehört hat zu leben. So was existiert außerhalb von uns. Man muss warten, bis es zu Ende geht, man muss an der Sache herumkratzen bis zuletzt. Und wenn man stirbt, bevor man aufgehört hat zu leben, ist es genauso. Die Ermordeten geistern weiter im Nichts herum, eine Brut, die uns unablässig juckt.«

»Spinnenbisse«, sagte Adamsberg und schloss so den Kreis.

»Gespenster«, sagte der Alte ernst. »Verstehen Sie jetzt, warum niemand Ihr Haus wollte? Weil es in ihm spukt, *hombre*.«

Adamsberg machte den Zementkübel sauber und rieb sich die Hände.

»Warum nicht?«, sagte er. »Das stört mich nicht. Ich bin's gewohnt, dass ich manches nicht begreife.«

Lucio hob das Kinn und betrachtete Adamsberg ein wenig traurig.

»Dich, *hombre*, wird sie sich greifen, wenn du hier große Töne spuckst. Was glaubst du denn? Dass du stärker bist als sie?«

»Wieso sie? Ist es eine Frau?«

»Eine Gespensterfrau aus dem vorvorigen Jahrhundert, aus der Zeit vor der Revolution. Eine alte Übeltäterin, ein Schatten.«

Der Kommissar strich langsam über die raue Oberfläche der Mauersteine.

»Ach ja?«, sagte er plötzlich nachdenklich. »Ein Schatten?«

2

Adamsberg, noch nicht recht vertraut mit dem Ort, bereitete in der geräumigen Wohnküche Kaffee. Das Licht, das durch die in kleine Vierecke aufgeteilten Fenster fiel, erhellte das matte Rot des alten Fliesenbodens, auch der war aus dem vorvorvorigen Jahrhundert. Ein Geruch nach Feuchtigkeit, verbranntem Holz und neuem Wachstuch, etwas, das er mit seinem Haus in den Bergen verband, wenn er genau überlegte. Er stellte zwei ungleiche Tassen auf den Tisch, da, wo die Sonne ein Rechteck hinwarf. Sein Nachbar hatte sich sehr aufrecht hingesetzt und stützte seine einzige Hand aufs Knie. Eine breite Hand, die zwischen Daumen und Zeigefinger einen Ochsen hätte erdrosseln können; sie schien doppelt so groß geworden zu sein, um die fehlende andere zu kompensieren.

»Hätten Sie nicht irgendein Tröpfchen, um den Kaffee runterzuspülen? Nur so eine Frage.«

Lucio warf einen misstrauischen Blick in Richtung Garten, während Adamsberg in seinen noch übereinandergestapelten Kartons nach etwas Alkoholischem suchte.

»Ist Ihre Tochter dagegen?«, fragte er.

»Sie bestärkt mich nicht gerade.«

»Das hier? Was ist das?«, fragte Adamsberg und zog eine Flasche aus einer Kiste.

»Ein Sauternes«, meinte der Alte mit zusammengekniffenen Augen, gleich einem Ornithologen, der aus der Ferne einen Vogel bestimmt. »Es ist etwas früh für einen weißen Bordeaux.«

»Was anderes hab ich nicht.«

»Es wird schon gehen«, entschied der Alte.

Adamsberg schenkte ihm ein und setzte sich neben ihn, mit dem Rücken zu dem Sonnenviereck.

»Was also wissen Sie?«, fragte Lucio.

»Dass die vormalige Besitzerin sich in dem Zimmer oben erhängt hat«, sagte Adamsberg und deutete mit dem Finger zur Decke. »Deshalb wollte niemand das Haus. Mir ist das egal.«

»Weil Sie schon eine Menge Erhängter gesehen haben?«

»Habe ich, allerdings. Aber die Toten haben mir nie Schwierigkeiten gemacht. Nur ihre Mörder.«

»Wir sprechen hier nicht von richtigen Toten, *hombre*, wir sprechen von anderen, von denen, die nicht gehen. Die hier ist nie fortgegangen.«

»Die Erhängte?«

»Die Erhängte ist fort«, erklärte Lucio und goss sich einen ordentlichen Schluck hinter, wie um das Ereignis zu begrüßen. »Haben Sie gewusst, warum sie sich umgebracht hat?«

»Nein.«

»Das Haus hat sie in den Wahnsinn getrieben. Alle Frauen, die hier wohnen, werden von dem Schatten zermürbt. Und dann sterben sie dran.«

»Von dem Schatten?«

»Dem Gespenst aus dem Kloster. Deshalb heißt diese Sackgasse auch Ruelle aux Mouettes.«

»Das verstehe ich nicht«, sagte Adamsberg und schenkte den Kaffee ein.

»Im vorvorvorigen Jahrhundert stand hier mal ein altes Frauenkloster. Das waren Ordensschwestern, die nicht sprechen durften.«

»Ein Schweigeorden.«

»Genau. Man sagte Rue aux Muettes, die Straße der Stummen. Und dann ist schließlich ›Mouettes‹, Möwen, daraus geworden.«

»Es hat also nichts mit den Vögeln zu tun?«, sagte Adamsberg enttäuscht.

»Nein, gemeint sind die Nonnen. Aber ›Muettes‹ lässt sich schwer aussprechen. Muettes«, fügte Lucio hinzu, indem er sich besondere Mühe gab.

»Muettes«, wiederholte Adamsberg langsam.

»Sehen Sie, wie schwer es ist. Zu jener Zeit hat eine dieser Stummen das Haus hier besudelt, müssen Sie wissen. War, scheint's, mit dem Teufel im Bunde. Aber nun ja, dafür gibt's keine Beweise.«

»Und wofür haben Sie Beweise, Monsieur Velasco?«, fragte Adamsberg lächelnd.

»Sie können mich Lucio nennen. Beweise hat man genug. Es hat damals einen Prozess gegeben, im Jahre 1771, das Kloster ist danach aufgegeben und das Haus gereinigt worden. Die Stumme ließ sich heilige Clarisse nennen. Für eine Zeremonie und Geld versprach sie alten Frauen, sie kämen ins Paradies. Nur wussten die Alten nicht, dass die Reise dahin sofort losging. Wenn sie mit ihren prall gefüllten Geldbeuteln ankamen, schnitt sie ihnen die Kehle durch. Sie hat sieben umgebracht. Sieben, *hombre*. Eines Nachts jedoch wurde ihr Elan gedrosselt.«

Lucio brach in sein jungenhaftes Lachen aus, dann fasste er sich wieder.

»Mit diesen bösen Geistern sollte man nicht spaßen«, sagte er. »Da, mein Biss juckt schon wieder, das ist die Strafe.«

Adamsberg sah zu, wie er seine Finger in der Luft bewegte, und wartete in aller Ruhe das Weitere ab.

»Verschafft es Ihnen Erleichterung, wenn Sie sich kratzen?«

»Einen Moment lang, dann fängt es wieder an. Am Abend des 3. Januar 1771 kam eine Alte zu Clarisse, um sich das Paradies zu kaufen. Aber ihr Sohn, misstrauisch und gewinnsüchtig, begleitete sie. Er war Gerber, er hat die Heilige umgebracht. Einfach so«, zeigte Lucio und drückte seine Faust auf den Tisch. »Er hat sie unter seinen Riesenhänden plattgemacht. Konnten Sie mir folgen?«

»Ja.«

»Sonst kann ich auch noch mal anfangen.«

»Nein, Lucio. Fahren Sie fort.«

»Doch diese verdammte Clarisse ist nie richtig fortgegangen. Weil sie erst sechsundzwanzig Jahre alt war, verstehen Sie. Und alle Frauen, die nach ihr hier gewohnt haben, sind mit den Füßen voran wieder rausgekommen, gewaltsamer Tod. Vor Madelaine – das ist die Erhängte – war da eine gewisse Madame Jeunet, in den sechziger Jahren. Sie ist grundlos aus dem obersten Fenster gestürzt. Und vor der

Jeunet eine Marie-Louise, die man mit dem Kopf im Kohlenofen gefunden hat, im Krieg. Mein Vater kannte sie beide. Nichts als Ärger.«

Die beiden Männer nickten, Lucio Velasco voller Ernst, Adamsberg mit einem gewissen Vergnügen. Der Kommissar wollte den Alten nicht verdrießen. Im Grunde sagte die amüsante Spukgeschichte ihnen beiden sehr zu, und als Kenner zogen sie sie genauso in die Länge, wie man dem Zucker im Kaffee Zeit zum Auflösen gibt. Die Schandtaten der heiligen Clarisse bereicherten Lucios Leben und lenkten Adamsberg für eine Weile von den banalen Morden ab, die er am Hals hatte. Dieses weibliche Gespenst war doch weitaus poetischer als die beiden aufgeschlitzten Burschen vergangene Woche an der Porte de la Chapelle. Fast hätte er Lucio von seinem eigenen Fall erzählt, schien der alte Spanier doch eine sichere Meinung zu allem zu haben. Er mochte diesen einhändigen, weisen Spaßvogel, wäre nur nicht sein Radio gewesen, das unablässig in seiner Tasche vor sich hin summte. Auf ein Zeichen von Lucio schenkte er ihm nach.

»Wenn alle Ermordeten im Nichts herumgeistern müssen«, fuhr Adamsberg fort, »wie viele Gespenster gibt es dann in meinem Haus? Die heilige Clarisse plus ihre sieben Opfer? Plus die beiden Frauen, die Ihr Vater gekannt hat, plus Madelaine? Elf? Oder noch mehr?«

»Nur Clarisse«, versicherte Lucio. »Ihre Opfer waren zu alt, die sind nie zurückgekehrt. Es sei denn, sie halten sich in ihren eigenen Häusern auf, das ist durchaus möglich.«

»Ja.«

»Bei den drei anderen Frauen liegen die Dinge anders. Sie sind nicht ermordet worden, sie waren besessen. Während die heilige Clarisse ihr Leben noch nicht zu Ende gelebt hatte, als der Gerber sie unter seinen Fäusten zermalmte. Begreifen Sie jetzt, warum man das Haus nie abreißen wollte? Weil Clarisse sich einfach eine andere Bleibe gesucht hätte. Bei mir zum Beispiel. Und wir alle hier in der Gegend ziehen es vor zu wissen, wo sie sich verborgen hält.«

»Hier.«

Lucio bestätigte mit einem Zwinkern.

»Und solange man seinen Fuß nicht hierhersetzt, richtet sie keinen Schaden an.«

»Sie ist gewissermaßen eine Stubenhockerin.«

»Sie geht nicht mal in den Garten. Sie wartet da oben auf ihre Opfer, auf Ihrem Dachboden. Und jetzt hat sie wieder Gesellschaft.«

»Mich.«

»Sie«, bestätigte Lucio. »Aber Sie sind ein Mann, sie wird Sie nicht allzu sehr schikanieren. Sie treibt nur Frauen in den Wahnsinn. Bringen Sie Ihre Frau nicht hierher, folgen Sie meinem Rat. Oder aber verkaufen Sie.«

»Nein, Lucio. Ich mag dieses Haus.«

»Dickschädel, was? Woher stammen Sie?«

»Aus den Pyrenäen.«

»Dem großen Gebirge«, sagte Lucio voller Ehrerbietung. »Ich brauche also gar nicht erst zu versuchen, Sie zu überzeugen.«

»Kennen Sie es?«

»Ich bin auf der anderen Seite geboren, *hombre*. In Jaca.«

»Und die Leichen der sieben alten Frauen? Hat man zu der Zeit, als der Prozess stattfand, nach ihnen gesucht?«

»Nein. Damals, im vorvorvorigen Jahrhundert, stellte man noch keine Ermittlungen wie heutzutage an. Wahrscheinlich sind die Leichen immer noch da drunter«, meinte Lucio, wobei er mit seinem Stock in den Garten wies. »Deshalb hackt man auch nicht allzu tief. Man will den Teufel nicht reizen.«

»Nein, wozu auch?«

»Sie sind wie Maria«, sagte der Alte lächelnd, »es amüsiert Sie. Aber ich habe sie oft gespürt, *hombre*. Nebelschwaden, Dunst und dann ihr Atem, eisig wie der Winter oben auf den Bergspitzen. Und vorige Woche, ich pinkelte nachts unter den Haselnussstrauch, da habe ich sie tatsächlich gesehen.«

Lucio trank sein Glas Sauternes aus und kratzte seinen Biss.

»Sie ist mächtig alt geworden«, sagte er in beinahe angeekeltem Ton.

»Ist immerhin eine Ewigkeit her«, meinte Adamsberg.

»Natürlich. Clarisses Gesicht ist runzlig wie eine alte Nuss.«

»Wo war sie?«

»Im Obergeschoss. Sie ging in dem Zimmer oben hin und her.«

»Das wird mein Arbeitszimmer.«

»Und wo werden Sie Ihr Schlafzimmer einrichten?«

»Nebenan.«

»Sie haben wirklich Mut, Mann«, sagte Lucio und stand auf. »Ich bin doch nicht etwa zu grob gewesen? Maria will nicht, dass ich grob bin.«

»Ganz und gar nicht«, sagte Adamsberg, der sich plötzlich im Besitz von sieben Leichen unter den Füßen und einer Gespensterfrau mit einem Nussgesicht sah.

»Umso besser. Vielleicht gelingt es Ihnen ja, sie zu besänftigen. Obwohl es heißt, nur ein sehr alter Mann werde sie zur Strecke bringen. Aber das sind Legenden. Glauben Sie nur nicht jeden Blödsinn.«

Wieder allein, trank Adamsberg den Rest seines kalten Kaffees aus. Dann hob er den Kopf zur Decke und lauschte.

3

Nachdem er eine ruhige Nacht in der lautlosen Gesellschaft der heiligen Clarisse verbracht hatte, stieß Kommissar Adamsberg die Tür zum gerichtsmedizinischen Institut auf. Neun Tage zuvor war zwei Männern an der Porte de la Chapelle die Kehle durchgeschnitten worden, nur ein paar Hundert Meter voneinander entfernt. Zwei arme Würstchen, zwei Kleinganoven, die auf dem Flohmarkt mit Drogen dealten, so hatte der für diesen Bezirk zuständige Bulle als einzigen Kommentar bemerkt. Adamsberg legte großen Wert darauf, sie noch einmal zu sehen, seitdem Kommissar Mortier vom Drogendezernat sie ihm wegzunehmen gedachte.

»Zwei Penner mit durchschnittener Kehle an der Porte de la Chapelle, die sind für mich, Adamsberg«, hatte Mortier erklärt. »Zumal ein Schwarzer mit von der Partie ist. Du solltest sie mir übergeben, worauf wartest du noch? Soll's Weihnachten darüber werden?«

»Ich warte, bis ich weiß, warum sie Erde unter den Fingernägeln hatten.«

»Weil sie vor Dreck nur so starrten.«

»Weil sie gegraben haben. Und Erde ist was für die Mordbrigade und was für mich.«

»Hast du noch nie gesehen, dass irgendwelche Idioten Stoff in Blumenkästen versteckt hatten? Du verschwendest deine Zeit, Adamsberg.«

»Das ist mir egal. Ich mag das.«

Die beiden nackten Leichen lagen nebeneinander, ein großer Weißer, ein großer Schwarzer, der eine stark behaart, der andere nicht, jeder unter einem Neonlicht des Leichenschauhauses. So wie sie jetzt dalagen, mit geschlossenen Füßen, die Hände am Körper, schienen sie im Tod zu braven Schülern geworden zu sein. Eigentlich, dachte Adamsberg beim Anblick ihrer folgsamen Körperhaltung, hatten die beiden Männer ein durchaus klassisches Dasein geführt; so geizte das Leben mit Originalität. Durchorganisierte Tagesabläufe: Der Morgen war stets dem Schlaf vorbehalten, der Nachmittag wurde dem Schwarzhandel gewidmet, der Abend war den Mädchen bestimmt und der Sonntag den Müttern. Wie überall, so herrschte die Routine auch in den Randbezirken des Seins. Ihre bestialische Ermordung brach auf ungewöhnliche Weise mit dem Hergang ihres sonst so faden Lebens.

Die Gerichtsmedizinerin sah zu, wie Adamsberg um die Leichen herumlief.

»Was soll ich mit ihnen machen?«, fragte sie, eine Hand auf dem Schenkel des großen Schwarzen, den sie lässig tätschelte wie für einen allerletzten Trost. »Zwei Burschen, die in den Elendsvierteln mit Drogen dealten, mit einer Klinge aufgeschlitzt, das sieht nach Arbeit für die Drogenfahnder aus.«

»In der Tat. Sie fordern sie ja auch lauthals für sich.«

»Und? Wo liegt das Problem?«

»Das Problem bin ich. Ich will sie ihnen nicht geben. Und ich erwarte, dass Sie mir helfen, sie zu behalten. Finden Sie irgendetwas.«

»Warum?«, fragte die Gerichtsmedizinerin, die Hand noch immer auf dem Schenkel des Schwarzen, wie um zu betonen, dass sich der Mann im Augenblick noch in ihrer Obhut befand, in einer freien Zone, und dass allein sie über sein Schicksal entschied, in Richtung Drogendezernat oder in Richtung Mordbrigade.

»Sie haben frische Erde unter den Fingernägeln.«

»Ich nehme allerdings an, die Drogenfahnder haben auch ihre Gründe. Sind die beiden Männer bei ihnen registriert?«

»Nicht mal das. Diese beiden Männer sind für mich bestimmt, Schluss, aus.«

»Man hatte mich vor Ihnen gewarnt«, sagte die Gerichtsmedizinerin ruhig.

»In welchem Sinne?«

»In dem Sinne, dass man nicht immer begreift, wonach Ihnen der Sinn steht. Die Folge: Konflikte.«

»Es wäre nicht das erste Mal, Ariane.«

Die Gerichtsmedizinerin zog mit der Fußspitze einen Rollhocker zu sich heran und setzte sich mit übereinandergeschlagenen Beinen darauf. Adamsberg hatte sie schön gefunden, damals, vor dreiundzwanzig Jahren, und sie war es noch immer, mit sechzig Jahren, wie sie da so elegant auf dem Schemel des Leichenschauhauses saß.

»Soso«, sagte sie. »Sie kennen mich.«

»Ja.«

»Aber ich Sie nicht.«

Die Medizinerin zündete sich eine Zigarette an und dachte eine Weile nach.

»Nein«, sagte sie schließlich, »sagt mir nichts. Ich bedaure.«

»Es war vor dreiundzwanzig Jahren und dauerte nur ein paar Monate. Ich erinnere mich an Sie, an Ihren Namen, Ihren Vornamen und daran, dass wir uns duzten.«

»So weit war es schon gekommen?«, sagte sie nicht gerade herzlich. »Und was haben wir ach so Vertrauten miteinander angestellt?«

»Wir hatten einen Riesenkrach.«

»Als Verliebte? Ich wäre untröstlich, wenn ich mich daran nicht erinnern würde.«

»Als Kollegen.«

»Soso«, wiederholte die Gerichtsmedizinerin, die Stirn gekraust.

Abgelenkt von den Erinnerungen, die diese hohe Stimme und der schroffe Ton ihm wieder ins Gedächtnis riefen, neigte Adamsberg den Kopf. Da war sie wieder, jene Zweideutigkeit, die ihn als jungen Mann so verlockt und verunsichert hatte, die strenge Kleidung, aber die saloppe Haartracht, der hochmütige Tonfall, aber die natürlichen Worte, die einstudierten Haltungen, aber die spontanen Gesten. Sodass man nicht wusste, ob man es mit einem überragenden und überheblichen Intellekt zu tun hatte oder aber mit einem rüden Arbeitstier, das auf Äußerlichkeiten nicht achtete. Bis hin zu jenem *Soso*, mit dem sie ihre Sätze oft begann, ohne dass man erkennen konnte, ob dies eine verächtliche oder eine rotzige Erwiderung war. Adamsberg war nicht der Einzige, der ihr gegenüber Vorsicht walten ließ. Dr. Ariane Lagarde war die angesehenste Gerichtsmedizinerin im Land und ohne Konkurrenz.

»Wir haben uns geduzt?«, fuhr sie fort, wobei sie ihre Asche auf den Boden fallen ließ. »Vor dreiundzwanzig Jahren hatte ich meinen Weg bereits gemacht, Sie müssen damals erst ein kleiner Lieutenant gewesen sein.«

»Genau genommen ein junger Brigadier.«

»Sie erstaunen mich. Ich duze meine Kollegen nicht so schnell.«

»Wir verstanden uns gut. Bis jener Riesenkrach losging, dass die Wände eines Cafés in Le Havre nur so wackelten. Die Tür schlug zu, wir haben uns nie wiedergesehen. Ich kam nicht mehr dazu, mein Bier auszutrinken.«

Ariane zertrat ihre Kippe, machte es sich erneut auf dem Metallhocker bequem, wobei sie wieder zögernd zu lächeln begann.

»Habe ich dieses Bierglas«, sagte sie, »zufällig auf den Boden geschmissen?«

»Ganz genau.«

»Jean-Baptiste«, sagte sie, indem sie jede Silbe einzeln aussprach. »Dieser junge Spund Jean-Baptiste Adamsberg, der glaubte, alles besser zu wissen als andere.«

»Genau das hast du zu mir gesagt, bevor du mein Glas zerschlagen hast.«

»Jean-Baptiste«, wiederholte Ariane langsamer.

Die Gerichtsmedizinerin stand von ihrem Hocker auf und legte Adamsberg eine Hand auf die Schulter. Sie schien kurz davor, ihn zu umarmen, schob die Hand aber wieder in die Tasche ihres Kittels zurück.

»Ich hatte dich gern. Du brachtest die Welt ins Wanken, ohne dass es dir überhaupt bewusst war. Und nach dem, was man sich über Kommissar Adamsberg erzählt, ist es mit der Zeit nicht besser geworden. Jetzt begreife ich: Er ist du und du bist er.«

»Gewissermaßen.«

Ariane stützte die Ellbogen auf den Seziertisch, auf dem die Leiche des großen Weißen lag, wobei sie den Oberkörper des Toten wegschob, um es bequemer zu haben. Wie alle Gerichtsmediziner ließ Ariane gegenüber den Verstorbenen keinerlei Respekt erkennen. Dafür wühlte sie mit unübertroffenem Talent im Rätsel ihrer Körper herum und erwies so auf ihre Weise der unendlichen und einzigartigen Komplexität eines jeden die Ehre. Die Abhandlungen von Dr. Lagarde hatten die Leichen gewöhnlicher Sterblicher berühmt gemacht. Wer in ihre Hände geriet, ging in die Geschichte ein. Bedauerlicherweise tot.

»Es war eine sehr ungewöhnliche Leiche«, erinnerte sie sich. »Man hatte sie in ihrem Schlafzimmer gefunden, mit einem fein ausgetüftelten Abschiedsbrief. Ein kompromittierter und ruinierter Abgeordneter der Stadt, der sich durch einen Stoß mit dem Säbel in den Bauch umgebracht hatte, auf japanische Art.«

»Mit Gin abgefüllt, um sich Mut anzutrinken.«

»Ich sehe ihn noch genau vor mir«, fuhr Ariane fort, im gedämpften Ton einer, die sich eine nette Geschichte ins Gedächtnis ruft. »Ein lupenreiner Selbstmord, dem noch dazu eine langjährige Neigung zu zwanghaften Depressionen vorausgegangen war. Der Stadtrat war erleichtert, dass der Fall keine höheren Wellen schlug, erinnerst du dich? Ich hatte meinen Bericht abgegeben, einen einwandfreien. Du hattest die Kopien gemacht, sie geheftet, Einkäufe erledigt, alles etwas widerwillig. Abends gingen wir am Seine-Quai einen Schluck trinken. Ich stand kurz vor der Beförderung, du träumtest ohne Ambitionen vor dich hin. Damals mischte ich Grenadine ins Bier, das schäumte sofort.«

»Hast du auch später noch solche Mischungen erfunden?«

»Ja«, sagte Ariane in etwas enttäuschtem Ton, »jede Menge, aber bis jetzt ohne wirklichen Erfolg. Erinnerst du dich an die *Violine*? Geschlagenes Ei, Minze und Malagawein.«

»Das habe ich nie kosten wollen.«

»Ich hab sie aufgegeben, die Violine. Sie war gut für die Nerven, aber zu kalorienreich. Wir haben viele Mischungen versucht in Le Havre.«

»Außer einer.«

»Soso.«

»Die Mischung der Körper. Die haben wir nicht versucht.«

»Nein. Ich war noch verheiratet und ergeben wie ein kranker Hund. Dafür bildeten wir ein perfektes Duo bei den Polizeiberichten.«

»Bis …«

»Bis ein kleiner Idiot namens Jean-Baptiste Adamsberg sich in den Kopf setzte, dass der Abgeordnete von Le Havre ermordet worden sei. Und warum? Wegen zehn toter Ratten, die du in einem Lagerhaus des Hafens aufgelesen hattest.«

»Zwölf, Ariane. Zwölf Ratten, die verblutet waren, nachdem man ihnen den Bauch aufgeschlitzt hatte.«

»Zwölf, wenn du willst. Daraus hattest du geschlossen, dass ein Mörder sich Mut antrainiert, bevor er losstürmt. Und da war noch etwas anderes. Du fandest, die Wunde läge allzu waagerecht. Du sagtest, der Abgeordnete hätte den Säbel eigentlich schräger halten müssen, von unten nach oben. Während er doch stockbetrunken war.«

»Und dann hast du mein Glas auf den Boden geschmissen.«

»Ich hatte ihm doch einen Namen gegeben, verdammt, diesem Grenadine-Bier.«

»*Grenaille.* Du hast dafür gesorgt, dass ich gefeuert wurde in Le Havre, und deinen Bericht ohne mich abgegeben: Selbstmord.«

»Was hast du schon davon verstanden? Nichts.«

»Nichts«, gab Adamsberg zu.

»Lass uns einen Kaffee trinken. Und du wirst mir erzählen, was dir an deinen Leichen so zu denken gibt.«

4

Lieutenant Veyrenc war seit drei Wochen mit diesem Auftrag betraut und saß eingeklemmt in einem ein Quadratmeter großen Wandschrank zum Schutz einer jungen Frau, die er zehnmal am Tag auf dem Treppenabsatz vorbeigehen sah. Diese junge Frau rührte ihn an und dieses Gefühl wiederum wurmte ihn. Er rutschte auf seinem Stuhl hin und her, suchte eine andere Sitzposition.

Doch kein Grund zur Aufregung, das war nur ein Körnchen Sand im Getriebe, ein Splitter im Fuß, ein Vogel im Motor. Der Mythos, demzufolge ein einziger kleiner Vogel, so entzückend er sein mochte, ganz allein die Turbine eines Flugzeugs zum Explodieren bringen konnte, war reiner Quatsch, wie so vieles andere, was die Menschen dauernd erfanden, um sich selbst Angst einzujagen. Als hätten sie nicht schon genug solcher Sorgen. Veyrenc verscheuchte den Vogel, indem er an etwas anderes dachte, schraubte seinen Füller auf und machte sich daran, sorgfältig die Feder zu reinigen. Es gab ohnehin nichts anderes zu tun. Im Haus war es vollkommen still.

Er schraubte seinen Füller wieder zu, klemmte ihn an seiner Innentasche fest und schloss die Augen. Fünfzehn Jahre lang war er Tag für Tag im verbotenen Schatten des Nussbaums eingeschlafen. Fünfzehn Jahre harter Arbeit, die ihm keiner nehmen würde. Beim Aufwachen hatte er seine Allergie mit dem Saft des Baumes behandelt, und im Laufe der Zeit hatte er die Schrecken gezähmt, war er bis zum Ursprung der quälenden Fragen hinabgestiegen, um seine Qual zu bändigen. Fünfzehn Jahre Anstrengung, um einen schmächtigen jungen Burschen, der sein Haar verbarg, in einen kräftigen Körper und eine robuste Seele zu verwandeln. Fünfzehn Jahre Kraftaufwand, um nicht mehr als verletzlicher Tollkopf durch die Welt der Frauen zu taumeln, eine Welt, die ihn gesättigt von Gefühlen und überdrüssig ihrer Verwicklungen zurückgelassen hatte. Als er wieder aufgestanden war unter jenem Nussbaum, war er in Streik getreten wie ein erschöpfter Arbeiter, der vorzeitig den Ruhestand wählt. Sich fernhalten von den steilen Höhenlagen, Wasser in den Wein der Gefühle mischen, verdünnen, dosieren, den Zwang der Begierden brechen. Für seine Begriffe kam er inzwischen gut damit zurecht, er mied verworrene und chaotische Situationen und war einer gewissen idealen Ausgeglichenheit schon ganz nah. Nur harmlose und flüchtige Beziehungen, rhythmische Schwimmbewegungen hin zu seinem Ziel, Arbeit, Lesen und Verseschmieden, ein beinahe vollkommener Zustand.

Sein Ziel, in die Pariser Brigade criminelle versetzt zu werden, die von Kommissar Adamsberg geführt wurde, hatte er erreicht. Er war zufrieden, wenn auch überrascht. Es herrschte ein ungewöhnliches Mikroklima in diesem Team. Unter der kaum spürbaren Leitung ihres Chefs ließen die Beamten ihre Fähigkeiten nach Belieben sprießen, gaben sich Stimmungen und Launen hin, die in keinerlei Zusammenhang mit den gesetzten Zielen standen. Die Brigade hatte eine Menge unbestreitbarer Resultate vorzuweisen, aber Veyrenc blieb äußerst skeptisch. Es fragte sich, ob diese Leistung das Ergebnis einer Strategie oder eine Frucht der Vorsehung war. Einer Vorsehung, die die Augen beispielsweise vor der Tatsache verschloss, dass Mercadet im oberen Stockwerk Kissenblöcke ausgelegt hatte, auf denen er mehrere Stunden am Tag schlief, oder dass eine exzentrische Katze ihre Kothäufchen auf die Papierstapel setzte, dass Commandant Danglard seinen Wein in einem Schrank im Keller versteckte, dass auf den Tischen Papiere herumlagen, die mit den Ermittlungen nicht das Geringste zu tun hatten, Immobilienanzeigen, Wettlisten, Artikel über Ichthyologie, private Vorwürfe, geopolitische Zeitschriften, ein Spektrum in allen Regenbogenfarben, soweit er das in einem Monat überblickt hatte. Dieser Zustand schien keinen zu stören, außer vielleicht Lieutenant Noël, einen brutalen Kerl, der niemanden nach seinem Geschmack fand. Und der schon am zweiten Tag eine beleidigende Bemerkung über seine Haare gemacht hatte. Vor zwanzig Jahren hätte er deswegen geheult, aber heute war es ihm vollkommen egal, oder doch beinahe. Lieutenant Veyrenc verschränkte die Arme und lehnte seinen Kopf an die Wand. Unverrückbare Kraft, in kompakte Materie eingerollt.

Was den Kommissar selbst betraf, so hatte er ihn nur mit Mühe erkannt. Von Weitem sah Adamsberg nach nichts aus. Er war diesem kleinen Mann schon mehrmals begegnet, sehniger Körper und langsame Bewegungen, ein seltsam zusammengestückeltes Gesicht, zerknitterte Sachen und ein ebensolcher Blick, unvorstellbar, dass es sich dabei um einen der berühmtesten Repräsentanten der Kripo handelte, im Guten wie im Schlechten. Selbst seine Augen schienen ihm zu nichts dienlich zu sein. Seit dem ersten Tag wartete Veyrenc auf sein offizielles Gespräch mit ihm. Aber Adamsberg, versunken in irgendwelchen Strömen tiefsinniger oder auch leerer Gedanken, hatte ihn nicht bemerkt. Es kam vor, dass ein volles Jahr verstrich, ohne dass der Kommissar gewahr wurde, dass sein Team ein neues Mitglied zählte.

Die anderen Beamten allerdings hatten den großen Vorteil, den die Ankunft eines Neuen darstellte, sofort genutzt. Deshalb auch saß er nun in diesem Kabuff, auf dem Treppenabsatz eines siebten Stockwerks, und führte einen Überwachungsjob aus, bei dem man vor Langeweile umkam. Der Dienstvorschrift nach hätte er regelmäßig abgelöst werden müssen und so war es anfangs auch gewesen. Dann hatte die Ablösung immer schlechter funktioniert, der eine bedauerte unter dem Vorwand, er werde schnell trübsinnig, der andere schlief angeblich ein, wieder ein anderer neigte zu Klaustrophobie, zu Ungeduld, hatte ein Rückenleiden, sodass er jetzt allein von morgens bis abends hier auf einem Holzstuhl Wache hielt.

Veyrenc streckte seine Beine aus, so gut er konnte. Das war das Los aller Neuen und es machte ihm nichts aus. Mit dem Bücherstapel zu seinen Füßen, dem Taschenaschenbecher in seiner Jacke, dem Ausblick auf den Himmel durch das Oberlicht und seinem funktionstüchtigen Füllfederhalter hätte er hier beinahe glücklich leben können. Geist in Ruhestellung, beherrschte Einsamkeit, Ziel erreicht.

5

Dr. Lagarde hatte die Dinge kompliziert, indem sie ein klein wenig Mandelsirup verlangt hatte, den sie ihrem doppelten Café crème beimischen wollte. Aber schließlich waren die Getränke auf ihren Tisch gelangt.

»Was ist mit Dr. Romain los?«, fragte sie, während sie die dickliche Flüssigkeit verrührte.

Adamsberg breitete die Hände in einer Geste der Unkenntnis aus.

»Er hat hysterische Launen, Zustände. Wie eine Frau im vorigen Jahrhundert.«

»Soso. Und wie kommst du zu dieser Diagnose?«

»Durch Romain selbst. Keine Depression, nichts Pathologisches. Aber er schleppt sich von einem Sofa zum andern, zwischen Nachmittagsschlaf und Kreuzworträtsel.«

»Soso«, wiederholte Ariane und runzelte die Stirn. »Romain ist doch einer von den ganz Aktiven und ein äußerst tüchtiger Gerichtsmediziner dazu. Er mag seine Arbeit.«

»Ja. Aber er hat diese Zustände. Wir haben mit der Entscheidung, ihn zu ersetzen, auch lange gezögert.«

»Und wieso hast du ausgerechnet mich geholt?«

»Ich habe dich nicht geholt.«

»Man hat mir gesagt, die Pariser Brigade würde unbedingt nach mir verlangen.«

»Ich war's nicht, aber du kommst wie gerufen.«

»Um den Drogenfahndern deine beiden Kerle wegzunehmen.«

»Mortier zufolge handelt es sich nicht um zwei Kerle. Es handelt sich um zwei arme Würstchen, von denen einer ein Schwarzer ist. Mortier ist der Chef der Drogenfahnder, wir haben keine besonders gute Beziehung zueinander.«

»Weigerst du dich deshalb, ihm die Leichen zu überlassen?«

»Nein, ich jage keinen Leichnamen hinterher. Aber es fügt sich halt, dass diese beiden für mich bestimmt sind.«

»Das hast du mir schon gesagt. Erzähl.«

»Wir wissen nichts. Sie sind in der Nacht von Freitag zu Samstag an der Porte de la Chapelle ermordet worden. Für Mortier ist das zwangsläufig ein Hinweis auf Drogen. Für Mortier beschäftigen sich Schwarze übrigens nur mit Drogen, man fragt sich, ob sie überhaupt etwas anderes kennen vom Leben. Und dann ist da diese Spur eines Einstichs in der Armbeuge.«

»Habe ich gesehen. Die Routineuntersuchungen haben nichts ergeben. Was erwartest du von mir?«

»Dass du nachforschst und mir sagst, was in der Spritze war.«

»Warum lehnst du die Möglichkeit mit den Drogen ab? Davon gibt's doch reichlich an der Porte de la Chapelle.«

»Die Mutter von dem großen Schwarzen schwört, ihr Sohn habe so etwas nicht angerührt. Er nahm nichts und dealte auch nicht. Die Mutter des großen Weißen weiß es nicht.«

»Du glaubst immer noch, was alte Mamas sagen?«

»Meine sagte immer, dass ich einen Kopf wie ein Sieb hätte und man den Wind hindurchpfeifen hören könnte. Sie hatte recht. Und ich sagte dir schon: Sie haben schmutzige Fingernägel, alle beide.«

»Wie alle Notleidenden vom Flohmarkt.«

Ariane sagte »Notleidende« in jenem mitleidigen Ton der großen Gleichgültigen, für die das Elend eine Tatsache ist und kein Problem.

»Das ist kein Dreck, Ariane, es ist Erde. Und diese Burschen hatten keinen Garten. Sie wohnten in heruntergekommenen Zimmern in Mietskasernen, ohne Licht und Heizung, wie sie die Stadt Notleidenden anbietet. Mit ihren alten Mamas.«

Dr. Lagarde hatte ihren Blick auf die Wand gerichtet. Wenn Ariane eine Leiche betrachtete, verkleinerten sich ihre Augen in einer starren Stellung und schienen sich in die hochpräzisen Linsen eines Mikroskops zu verwandeln. Adamsberg war sich sicher, dass er, hätte er ihre Pupillen in diesem Augenblick genau angeschaut, zwei vollständige Abbilder der beiden Leichname darin gesehen hätte, den Weißen im linken, den Schwarzen im rechten Auge.

»Eins wenigstens kann ich dir sagen, das dir weiterhelfen kann, Jean-Baptiste. Es war eine Frau, die sie umgebracht hat.«

Adamsberg stellte seine Tasse ab; er zögerte, der Gerichtsmedizinerin zum zweiten Mal in seinem Leben zu widersprechen.

»Ariane, hast du gesehen, wie groß die beiden Männer waren?«

»Was glaubst du denn, was ich mir im Leichenschau-haus anschaue? Meine Erinnerungen? Ich hab deine Jungs gesehen. Bullige Typen, die einen Schrank mit dem kleinen Finger anheben könnten. Trotzdem hat eine Frau sie um-gebracht, alle beide.«

»Erklär's mir.«

»Komm heute Abend wieder. Ich muss zwei oder drei Dinge nachprüfen.«

Ariane stand auf und zog ihren Kittel, den sie am Garde-robenständer zurückgelassen hatte, über ihr Kostüm. In der Gegend des Leichenschauhauses mochten es die Wirte nicht, wenn man die Mediziner aufkreuzen sah. Die Kundschaft störte sich dran.

»Ich kann nicht. Heute Abend gehe ich ins Konzert.«

»Dann komm nach deinem Konzert vorbei. Ich arbeite spätnachts, falls du dich erinnerst.«

»Ich kann nicht, es ist in der Normandie.«

»Soso«, meinte Ariane und stockte in ihrer Bewegung. »Was wird denn gegeben?«

»Weiß ich nicht.«

»Und du fährst bis in die Normandie, um ein Konzert zu hören, über das du nichts weißt? Oder fährst du einer Frau hinterher?«

»Ich fahre ihr nicht hinterher, ich begleite sie höflichst.«

»Soso. Dann komm halt morgen im Leichenschauhaus vorbei. Aber nicht am frühen Morgen. Morgens schlafe ich.«

»Ich erinnere mich. Nicht vor elf Uhr.«

»Nicht vor Mittag. Mit der Zeit wird alles ausgeprägter.«

Ariane setzte sich noch einmal flüchtig auf die Stuhlkante zurück.

»Eins würde ich dir gern noch sagen. Aber ich weiß nicht, ob ich Lust dazu habe.«

Momente des Schweigens hatten Adamsberg nie in Verlegenheit gebracht, mochten sie noch so lang sein. Er wartete, ließ seine Gedanken zu dem abendlichen Konzert schweifen. Es vergingen fünf Minuten oder zehn, er wusste es nicht.

»Sieben Monate später«, sagte Ariane plötzlich entschieden, »ist der Mörder bei uns aufgetaucht und hat ein vollständiges Geständnis abgelegt.«

»Du meinst den Kerl aus Le Havre«, sagte Adamsberg und blickte die Gerichtsmedizinerin an.

»Ja, den Mann mit den zwölf Ratten. Zehn Tage nach seinem Schuldbekenntnis hat er sich in seiner Zelle erhängt. Du hattest recht.«

»Und das hat dir nicht gefallen.«

»Nein, und meinen Vorgesetzten noch weniger. Meine Beförderung konnte ich vergessen, ich musste fünf Jahre länger darauf warten. Angeblich sollst du mir die Lösung auf einem Tablett serviert haben und ich hatte angeblich nichts davon hören wollen.«

»Und du hast es mich auch nicht wissen lassen.«

»Ich wusste deinen Namen nicht mehr, ich hatte dich ausradiert, weit von mir gestoßen. Wie dein Glas.«

»Und du nimmst es mir immer noch übel.«

»Nein. Denn erst dank des Geständnisses des Mannes mit den Ratten habe ich angefangen, über die Dissoziation zu forschen. Hast du mein Buch nicht gelesen?«

»Flüchtig«, wich Adamsberg aus.

»Ich war's, die den Begriff eingeführt hat: die dissoziierten Mörder.«

»Ja«, korrigierte Adamsberg sich, »man hat mir davon erzählt. Personen, die halbiert sind.«

Die Gerichtsmedizinerin verzog das Gesicht.

»Sagen wir eher Individuen, die sich aus zwei unverbundenen Teilen zusammensetzen, einem, der tötet, und einem anderen, der ein normales Leben führt, wobei die beiden Hälften nichts voneinander wissen, mehr oder weniger. Sind sehr selten. Beispielsweise diese Krankenschwester, die vor zwei Jahren in Asnières verhaftet wurde. Solche Mörder, gefährliche Wiederholungstäter, lassen sich nur äußerst schwer ausfindig machen. Denn sie sind unverdächtig, inklusive sich selbst, und schrecklich vorsichtig in ihrem Tun, so sehr fürchten sie, ihre andere Hälfte könnte sie entdecken.«

»Ich erinnere mich an diese Krankenschwester. Deiner Auffassung nach war sie also eine Dissoziierte?«

»Eine fast einwandfreie. Wäre sie nicht an ein Genie von Bulle geraten, hätte sie bis zu ihrem Tod weitergemetzelt, noch dazu ohne die geringste Ahnung. Zweiunddreißig Opfer in vierzig Jahren, ohne mit der Wimper zu zucken.«

»Dreiunddreißig«, berichtigte Adamsberg.

»Zweiunddreißig. Ich muss es wissen, schließlich habe ich stundenlang mit ihr gesprochen.«

»Dreiunddreißig, Ariane. Denn ich habe sie verhaftet.«

Die Gerichtsmedizinerin zögerte, dann lächelte sie.

»Wahrhaftig«, sagte sie.

»Und als der Mörder aus Le Havre die Ratten aufschlitzte,

war er da der andere? War er Teil Nummer zwei, der tötende Teil?«

»Interessiert dich die Dissoziation?«

»Diese Krankenschwester beschäftigt mich und der Mörder aus Le Havre ist ein bisschen meiner. Wie hieß er?«

»Hubert Sandrin.«

»Und als er sein Geständnis ablegte? War er da auch der andere?«

»Das ist unmöglich, Jean-Baptiste. Der andere zeigt sich niemals selbst an.«

»Aber Teil Nummer eins konnte doch auch nicht sprechen, wenn er von nichts wusste.«

»Genau das war die Frage. Die Dissoziation hat für einige Augenblicke aufgehört zu funktionieren, die Undurchlässigkeit zwischen den beiden Männern brach auf, wie ein Riss eine Wand spaltet. Durch diesen Spalt hat Hubert Nummer eins den anderen, Hubert Nummer zwei, gesehen, und das Grauen hat ihn gepackt.«

»So was kommt vor?«

»Fast nie. Aber die Dissoziation ist nur selten vollkommen. Es gibt immer undichte Stellen. Wirre Worte springen von einer Seite der Wand auf die andere. Der Mörder nimmt sie nicht wahr, aber der Analytiker kann sie bemerken. Und wenn dieser Sprung zu gewaltsam ist, kann es zu einem Zusammenbruch des Systems kommen, zu einem Persönlichkeitscrash. Genau das ist bei Hubert Sandrin passiert.«

»Und die Krankenschwester?«

»Ihre Wand hält. Sie weiß nicht, was sie getan hat.«

Adamsberg schien nachzudenken, strich sich mit dem Finger über die Wange.

»Das wundert mich«, sagte er leise. »Es schien mir, als wüsste sie, weshalb ich sie verhafte. Sie nahm alles ohne ein Wort hin.«

»Ein Teil von ihr, ja, was dir ihr Einverständnis erklärt. Aber sie erinnert sich in keiner Weise an ihre Taten.«

»Hast du erfahren, wie der Mörder aus Le Havre Hubert Nummer zwei entdeckt hat?«

Ariane lächelte offen, wobei sie ihre Asche auf den Boden fallen ließ.

»Deinetwegen und wegen deiner zwölf Ratten. Die Lokalpresse hatte deine Spinnereien seinerzeit veröffentlicht.«

»Ich entsinne mich.«

»Und Hubert Nummer zwei, der Mörder – nennen wir ihn Omega –, hatte die Zeitungsausschnitte aufgehoben, und zwar geschützt vor den Blicken von Hubert Nummer eins, dem gewöhnlichen Mann, nennen wir ihn Alpha.«

»Bis Alpha die Zeitungsausschnitte, die Omega versteckt hatte, entdeckte.«

»Genau.«

»Würdest du sagen, Omega wollte das?«

»Nein. Alpha ist einfach nur umgezogen. Die Artikel sind aus seinem Schrank gefallen. Und alles flog auf.«

»Ohne meine Ratten«, fasste Adamsberg leise zusammen, »hätte Sandrin sich nicht gestellt. Ohne ihn hättest du nicht über Dissoziation gearbeitet. Alle Psychiater und alle Bullen in Frankreich haben von deinen Studien gehört.«

»Ja«, gab Ariane zu.

»Du schuldest mir ein Bier.«

»Gewiss.«

»Auf den Seine-Quais.«

»Wenn du willst.«

»Und du übergibst die beiden Burschen natürlich nicht den Drogenfahndern.«

»Die Leichen entscheiden, Jean-Baptiste, nicht du, nicht ich.«

»Die Spritze, Ariane. Und die Erde. Achte auf diese Erde. Und sag mir, ob's überhaupt welche ist.«

Gemeinsam standen sie auf, als hätte Adamsbergs Satz das Signal zum Aufbruch gegeben. Auf der Straße dann verfiel der Kommissar in seinen gewohnten Promenadenschritt, und die Gerichtsmedizinerin versuchte, diesem allzu langsamen Rhythmus zu folgen, in Gedanken bereits bei den Autopsien, die auf sie warteten. Adamsbergs Sorge konnte sie nicht verstehen.

»Irgendwas stört dich an diesen Leichen, nicht wahr?«

»Ja.«

»Nicht nur wegen der Drogenfahnder?«

»Nein. Es ist bloß ...«

Adamsberg stockte.

»Ich geh dort lang, Ariane, ich sehe dich morgen.«

»Bloß was?«, hakte die Gerichtsmedizinerin nach.

»Es wird dir bei deiner Analyse nicht helfen.«

»Trotzdem?«

»Es ist ein Schatten, Ariane, ein Schatten, der sich über sie beugt, oder über mich.«

Ariane sah, wie Adamsberg mit wiegendem Schritt die Avenue hinunterging, eine Gestalt, die auf die Passanten nicht achtete. Sie erkannte diesen Gang wieder, noch dreiundzwanzig Jahre später. Diese sanfte Stimme, diese gemächlichen Gesten. Sie hatte ihm keine Beachtung geschenkt, als er jung war, sie hatte nichts geahnt, nichts verstanden. Wenn man noch einmal von vorn anfangen könnte, würde sie seiner Rattengeschichte besser zuhören. Sie steckte die Hände in die Taschen ihres Kittels und ging davon zu den zwei Leichen, die auf sie warteten, um in die Geschichte einzugehen. *Es ist ein Schatten, der sich über sie beugt.* Sie konnte diese Ungereimtheit heute gut verstehen.

6

Lieutenant Veyrenc nutzte jene endlosen Stunden im Verschlag, um in großer Schrift ein Stück von Racine abzuschreiben, für seine Großmutter, die nicht mehr gut sah.

Niemand hatte je die ausschließliche Leidenschaft verstanden, die seine Großmutter für diesen Autor und keinen anderen erklärt hatte, nachdem sie Kriegswaise geworden war. Man wusste, dass sie in ihrem von Nonnen geleiteten Mädchenpensionat sämtliche Werke Racines vor einem Brand gerettet hatte, mit Ausnahme des Bandes, der *Phädra*, *Esther* und *Athalie* enthielt. Und als seien ihr diese Werke durch göttlichen Beschluss zugesprochen worden, hatte die kleine Bäuerin sich abgemüht und sie elf Jahre lang Zeile für Zeile gelesen. Als sie das Kloster verließ, schenkte die Oberin sie ihr wie eine heilige Wegzehrung, und die Großmutter setzte ihre Lektüreschleife unermüdlich fort, ohne je zu variieren oder gar die Neugierde zu haben, auch mal in *Phädra*, *Esther* oder *Athalie* hineinzuschauen. Sie murmelte die langen Monologe ihres Weggefährten in einem nahezu durchgehenden Fluss vor sich hin, und der kleine Veyrenc war aufgewachsen in diesem Singsang, der für seine Kinderohren genauso natürlich klang, wie wenn jemand im Haus vor sich hin summte.

Zu seinem Unglück übernahm er diesen Tick und antwortete seiner Großmutter instinktiv auf die gleiche Weise, das heißt in Sätzen mit zwölf Versfüßen. Da er sich aber nicht wie sie nächtelang jene Tausende Verse einverleibt hatte, musste er sie erfinden. Solange er im Elternhaus gelebt hatte, war alles gut gegangen. Aber sobald er in die Außenwelt entlassen worden war, war ihn dieser racinesche Reflex teuer zu stehen gekommen. Er hatte ohne Erfolg verschiedene Methoden ausprobiert, ihn zu unterdrücken, dann hatte er ihm schließlich nachgegeben, hatte weiter drauflosgedichtet und die Verse wie seine Großmutter vor sich hin gemurmelt, und diese Marotte hatte seine Vorgesetzten in Rage versetzt. Sie hatte ihn auch auf vielerlei Art gerettet, denn das Leben in zwölffüßigen Versen zu skandieren, schuf einen unvergleichlichen Abstand – der seinesgleichen sucht – zwischen ihm und dem Lärm der Welt. Dieser Distanzeffekt hatte ihm stets Frieden verschafft und ihn zum Nachdenken gebracht, vor allem aber hatte er ihn davor bewahrt, im Eifer des Gefechts nicht wiedergutzumachende Fehler zu begehen. Trotz seiner Dramatik und seiner flammenden Sprache war Racine das beste Mittel gegen Erregung, kühlte er doch auf der Stelle jegliche Lust auf maßlose Reaktionen ab. Veyrenc machte bewusst davon Gebrauch, nachdem er begriffen hatte, dass seine Großmutter auf diese Weise ihr Leben in Ordnung gehalten und geregelt hatte. Ganz persönliche Medizin, niemandem sonst bekannt.

Momentan musste die Großmutter ihre Arznei entbehren und Veyrenc schrieb *Britannicus* in großen Buchstaben für sie ab. *In dem schlichten Kleid der Schönheit, die man aus* *dem Schlummer riss.* Veyrenc setzte seinen Füller ab. Er hörte das Sandkörnchen die Treppe heraufkommen, er erkannte seinen Schritt, das rasche Geräusch seiner Stiefel, denn das Sandkörnchen zog seine Riemenlederstiefel nie aus. Es würde zunächst auf dem Treppenabsatz in der Fünften stehen bleiben, bei der gebrechlichen Dame klingeln, um ihr ihre Post und das Mittagessen zu übergeben, dann wäre sie in einer Viertelstunde oben. Das Sandkörnchen – mit anderen Worten die Bewohnerin dieser Etage, mit anderen Worten Camille Forestier, die er nun schon seit neunzehn Tagen bewachte. Nach dem, was man ihm erzählt hatte, stand sie für ein halbes Jahr unter Polizeischutz, aus Angst vor der möglichen Rache eines Mördergreises[*]. Ihr Name war alles, was er von ihr wusste. Und dass sie den Kleinen allein aufzog, ohne dass ein Mann am Horizont sichtbar gewesen wäre. Ihren Beruf konnte er einfach nicht erraten, er schwankte zwischen Klempnerin und Musikerin. Vor zwölf Tagen hatte sie ihn freundlich gebeten, aus dem Verschlag herauszukommen, weil sie eine Schweißarbeit am Deckenrohr vornehmen wollte. Er hatte seinen Stuhl auf den Treppenabsatz geschafft und zugeschaut, wie sie unter dem Geklirr der Werkzeuge und der Flamme des Schweißbrenners konzentriert und gewissenhaft arbeitete. Während dieser Begebenheit hatte er gespürt, wie er in das verbotene und gefürchtete Chaos zurückkippte. Seitdem brachte sie ihm zweimal am Tag einen heißen Kaffee, um elf und um sechzehn Uhr.

---

[*] Fred Vargas, *Der vierzehnte Stein.*

Er hörte, wie sie ihre Tasche im fünften Stock absetzte. Der Gedanke, den Verschlag auf der Stelle zu verlassen, um diesem Mädchen niemals wieder zu begegnen, ließ ihn von seinem Stuhl aufstehen. Er presste seine Arme an sich, hob den Kopf zum Oberlicht und musterte sein Gesicht im Staub der Scheibe. Absonderliches Haar, uninteressante Züge, ich bin hässlich, ich bin unsichtbar. Veyrenc holte tief Luft, schloss die Augen, murmelte:

»Ich seh's ja, deine Seele bebt, du zitterst, ach.
Bezwinger Trojas, an nur einem Tag nahmst du
die Kapitale ein, des Volkes Gunst dazu!
Und nun wird wegen einem Weib dein Herze schwach?«

Nein, mitnichten. Veyrenc setzte sich ruhig wieder hin, seine vier Verse hatten ihn abgekühlt. Manchmal hatte er sechs oder acht nötig, manchmal genügten zwei. Gelassen fuhr er mit seiner Abschrift fort, zufrieden mit sich selbst. Die Sandkörner treiben vorüber, die Vögel fliegen davon, die Selbstbeherrschung bleibt. Kein Grund zur Aufregung.

Camille legte eine Pause im fünften Stock ein, nahm das Kind auf den anderen Arm. Wahrscheinlich wäre es das Einfachste, diese Treppe wieder hinunterzugehen und erst um zwanzig Uhr zurückzukommen, wenn sie den wachhabenden Bullen ausgewechselt hätten. Die neun Grundsätze des Tapferen sind die Flucht, behauptete ihre türkische Freundin, Cellistin in Saint-Eustache, die über einen Schatz an ebenso wunderlichen wie unverständlichen und wohltuenden Sprichwörtern verfügte. Offenbar gab es einen zehnten Grundsatz, doch Camille kannte ihn nicht und dachte ihn sich lieber selbst aus. Sie nahm Post und Besorgungen aus ihrer Tasche und klingelte an der Tür links. Die Treppen waren für Yolande zu anstrengend geworden, ihre Beine zu schwach, ihr Gewicht zu schwer.

»Ein Jammer, das«, sagte Yolande, als sie die Tür öffnete. »Seinen Jungen ganz allein großzuziehen.«

Jeden Tag brachte die alte Yolande diese Klage vor. Camille trat ein, legte ihre Einkäufe und die Briefe auf den Tisch. Dann machte die alte Dame ihr, wer weiß, warum, eine warme Milch wie für einen Säugling.

»Es ist gut so, es ist ruhig«, antwortete Camille gewohnheitsmäßig und setzte sich.

»Dummes Zeug. Eine Frau ist nicht fürs Alleinsein geschaffen. Selbst wenn die Männer einem nur Scherereien einbringen.«

»Sehen Sie, Yolande. Auch die Frauen bringen einem nur Scherereien ein.«

Sie hatte diese Diskussion hundertmal gehabt, fast Wort für Wort, ohne dass sich Yolande jemals daran zu erinnern schien. An dieser Stelle versetzte ihre Bemerkung die dicke Frau stets in ein nachdenkliches Schweigen.

»Wenn's so ist«, meinte Yolande, »bleibt dann wohl jeder besser für sich, wenn die Liebe den einen wie den anderen nur Ärger macht.«

»Schon möglich.«

»Aber man sollte auch nicht allzu sehr die Stolze spielen, mein Kleines. Denn in der Liebe macht man nicht, was man will.«

»Aber *wer*, Yolande, macht dann an unserer Stelle, was man nicht will?«

Camille lächelte, und Yolande schniefte als Antwort, während ihre schwere Hand wieder und wieder über das Tischtuch strich, auf der Suche nach einem nicht vorhandenen Krümel. Wer? *Die Mächtigen*, vervollständigte Camille schweigend. Sie wusste, dass Yolande überall das Zeichen der Mächtigen-die-uns-regieren sah und ihrer ganz persönlichen, heidnischen kleinen Religion frönte, über die sie kaum sprach, aus Furcht, man könne sie ihr rauben.

Acht Stufen vor ihrer Wohnungstür wurde Camille langsamer. Die Mächtigen, dachte sie. Die ihr einen schief lächelnden Typen im Wandschrank auf ihrem Treppenabsatz beschert hatten. Nicht schöner als andere, wenn man nicht darauf achtete. Viel schöner, wenn man auf die schlechte Idee kam, daran zu denken. Camille hatte sich immer schon in den verschwommenen Blicken und den weichen Stimmen verfangen, und so war sie auch mehr als fünfzehn Jahre in Adamsbergs Armen geblieben, wobei sie sich fest vorgenommen hatte, nicht dorthin zurückzukehren. Weder zu ihm noch zu irgendjemand anderem mit jener einschmeichelnden Sanftmut und trügerischen Zärtlichkeit. Es gab auf der Welt doch genügend einfach gestrickte Kerle, um sich notfalls ohne großes Raffinement mal auszulüften, Kerle, von denen man befreit und ruhig wieder nach Hause gehen konnte, ohne weiter darüber nachzudenken. Camille verspürte keinerlei Bedürfnis nach Gesellschaft. Durch welchen verfluchten Zufall musste dieser Typ, dem Die Mächtigen geholfen hatten, ihr mit seiner belegten Stimme und seiner schrägen

Lippe die Sinne verwirren? Sie legte ihre Hand auf den Kopf des kleinen Thomas, der sabbernd an ihrer Schulter schlief. Veyrenc. Mit den roten und den braunen Haaren. Sandkorn im Getriebe, Störung, die ungelegen kam. Misstrauen, Wachsamkeit – und Flucht.

7

Kurz nachdem Adamsberg sich von Ariane verabschiedet hatte, ging ein Hagelschauer auf den Boulevard Saint-Marcel nieder, zerhackte seine Umrisse und verwandelte die Pariser Avenue in eine x-beliebige von der Sintflut überschwemmte Landstraße. Er schritt zufrieden aus, glücklich wie immer unter dem Tosen des Wassers und auch darüber, dass er nach dreiundzwanzig Jahren die Akte des Mörders von Le Havre schließen konnte. Er sah, wie die Statue von Jeanne d'Arc den Schauer standhaft über sich ergehen ließ. Jeanne tat ihm leid, er hätte es gehasst, Stimmen zu hören, die ihm befahlen, dies zu tun und dahin zu gehen. Er, der schon Mühe hatte, seinen eigenen Anweisungen zu folgen, ja sie überhaupt zu erkennen, hätte sich den Befehlen himmlischer Stimmen entschieden widersetzt. Stimmen, die ihn nach einem lichtvollen heroischen Abenteuer von kurzer Dauer in eine Löwengrube geworfen hätten, denn solche Geschichten enden immer böse. Dagegen hatte Adamsberg nichts gegen das Aufsammeln von Kieselsteinen, die der Himmel ihm aus Gefälligkeit auf den Weg legte. Es fehlte ihm einer für die Brigade und er suchte danach.

Als er nach den fünf Wochen Zwangsurlaub, die der Divisionnaire angeordnet hatte, von seinen Pyrenäengipfeln heruntergestiegen und wieder in die Pariser Brigade zurückgekehrt war, hatte er ungefähr dreißig graue, vom Fluss glatt geschliffene Steine mitgebracht, die er auf die Tische seiner Mitarbeiter gelegt hatte, als Briefbeschwerer oder nach Belieben auch zu anderer Verwendung. Schlichte Gabe, die keiner abzulehnen wagte, nicht einmal diejenigen, die keine Lust hatten, einen Stein auf ihrem Tisch liegen zu haben. Eine Gabe, die allerdings nicht erklärte, warum der Kommissar zugleich einen goldenen Ehering mitgebracht hatte, der an seinem Finger glänzte und von Tür zu Tür die Funken der Neugier sprühen ließ. Wenn Adamsberg geheiratet hatte, weshalb hatte er dann seiner Mannschaft nichts davon gesagt? Und vor allem: wen geheiratet und warum? Entschlossenen Schritts die Mutter seines Sohnes? Unnatürlicherweise seinen Bruder? In mythischem Sinne einen Schwan? In Anbetracht der Tatsache, dass es sich um Adamsberg handelte, wurden sämtliche Möglichkeiten in Betracht gezogen und raunend von Schreibtisch zu Schreibtisch, von Stein zu Briefbeschwerer weitergesagt.

Was die Klärung dieses Punkts anging, verließ man sich ganz auf Commandant Danglard, einerseits weil er am längsten Adamsbergs Kollege war und zu ihm in einer Beziehung stand, die frei von Scham und Vorsicht war, andererseits weil Danglard sogenannte »Fragen ohne Antwort« nicht ertrug. Fragen ohne Antwort, die sich einfallen ließen, wie Löwenzahn aus dem Humus des Lebens zu sprießen, sich in eine Myriade von Ungewissheiten verwandelten, eine Myriade, die seine Angst nährte, Angst, die sein Leben zerrüttete. Danglard arbeitete unablässig an der Vernichtung solcher

Fragen ohne Antwort, genau wie ein Besessener seine Jacke nach Staubkörnchen absucht und sie entfernt. Eine Titanenarbeit, die meistens in eine Sackgasse führte und die Sackgasse in die Ohnmacht. Ohnmacht, die ihn in den Keller der Brigade trieb, in dem wiederum seine Flasche Weißwein stand, welche ihrerseits als Einzige imstande war, eine allzu hartnäckige Frage ohne Antwort aufzulösen. Dass Danglard seine Flasche so weit weg versteckt hatte, geschah nicht aus Furcht, Adamsberg könnte sie entdecken, der Kommissar wusste sehr wohl von dieser geheimen Tatsache, fast hätte man meinen können, er höre Stimmen. Doch die Wendeltreppe des Kellers hinunter- und wieder hinaufzusteigen, war ihm ganz einfach beschwerlich genug, um den Genuss seines Lösungsmittels auf später zu verschieben. So knabberte er denn geduldig an seinen Zweifeln herum wie auch auf den Enden seiner Bleistifte, an denen er einen Verschleiß wie ein Nagetier hatte.

Adamsberg entwickelte eine dem Knabbern entgegengesetzte Theorie, indem er davon ausging, dass die Summe der Ungewissheiten, die ein einzelner Mensch auf einmal zu ertragen imstande sei, nicht unendlich groß werden könne und die Obergrenze bei drei bis vier gleichzeitigen Ungewissheiten liege. Was nicht hieß, dass es keine weiteren gab, sondern dass nur drei bis vier in einem menschlichen Gehirn in Umlauf sein konnten. Dass also Danglards Manie, sie auszurotten zu wollen, ihm rein gar nichts nützte, denn sobald er zwei abgetötet hatte, wurde der Platz sofort für zwei gänzlich neue Fragen frei, auf die er nie gekommen wäre, wenn er die Weisheit besessen hätte, die alten einfach zu ertragen.

Danglard lehnte diese Hypothese ab. Er hatte Adamsberg in Verdacht, die Ungewissheit bis zur Erstarrung zu lieben. Sie so sehr zu lieben, dass er sie von sich aus schuf, dass er die klarsten Aussichten vernebelte, rein aus dem Vergnügen, sich verantwortungslos darin zu verlieren, wie wenn er im Regen spazieren ging. Wenn man etwas nicht wusste, wenn man überhaupt nichts wusste, wozu sich dann aufregen?

Das ständige Ringen zwischen Danglards klarem »Warum?« und dem unbekümmerten »Ich weiß nicht« des Kommissars bestimmte den Rhythmus bei den Ermittlungen der Brigade. Keiner versuchte das Wesen dieses erbitterten Kampfes zwischen Schärfe und Ungenauigkeit zu verstehen, aber jeder schloss sich der Geisteshaltung des einen oder des anderen an. Die einen, die Positivisten, meinten, Adamsberg zöge die Ermittlungen in die Länge, treidelte sie sehnsuchtsvoll durch Nebelschwaden, wobei er seine verirrten Mitarbeiter ohne Marschbefehl und Anweisungen hinter sich ließ. Die anderen, die Wolkenschaufler – so genannt in Erinnerung an eine traumatische Reise der Brigade nach Québec[*] –, waren der Ansicht, dass die Ergebnisse des Kommissars genügten, um vor sich hin tuckernde Ermittlungen zu rechtfertigen, auch wenn sie selbst das Wesentliche der Methode nicht begriffen. Je nach Laune, je nachdem, ob die Zufälligkeiten des Augenblicks mehr die Nervosität oder mehr die Langmut förderten, konnte man an einem Morgen Positivist sein und am nächsten Wolkenschaufler und umgekehrt. Nur Danglard und Adamsberg,

---

[*] Fred Vargas, *Der vierzehnte Stein.*

die beiden gegensätzlichen Titelverteidiger, veränderten niemals ihre Position.

Unter den harmlosen Fragen ohne Antwort glänzte noch immer der Ehering am Finger des Kommissars. Danglard wählte diesen Regentag, um Adamsberg schlicht mit einem Blick auf den Ring zu befragen. Der Kommissar zog seine durchnässte Jacke aus, setzte sich schräg hin und streckte seine Hand aus. Diese Hand, zu groß für seinen Körper, an deren Gelenk schwer zwei Uhren hingen und die nun außerdem mit diesem goldenen Ring geziert war, passte nicht zu seiner übrigen Kleidung, die er bis auf das Notdürftigste vernachlässigte. Man hätte sie für die geschmückte Hand eines einstigen Adligen halten können, die am Körper eines Bauern befestigt war, verschwenderische Eleganz, die an der dunklen Haut des Bergmenschen hing.

»Mein Vater ist gestorben, Danglard«, erklärte Adamsberg ruhig. »Wir saßen zusammen vor einer Taubenjagdhütte und verfolgten mit den Augen einen Bussard, der über uns kreiste. Die Sonne schien, da ist er tot umgefallen.«

»Sie haben mir nichts davon gesagt«, murmelte Danglard, den die Geheimnisse des Kommissars grundlos kränkten.

»Ich bin bis zum Abend bei ihm geblieben, ich hielt seinen Kopf an meiner Schulter. Ich wäre wahrscheinlich immer noch dort, aber eine Schar von Jägern hat uns bei Einbruch der Nacht gefunden. Bevor der Sarg geschlossen wurde, habe ich seinen Ring an mich genommen. Dachten Sie, ich hätte geheiratet? Camille?«

»Das habe ich mich gefragt.«

Adamsberg lächelte.

»Frage geklärt, Danglard. Sie wissen besser als ich, dass ich Camille zehnmal habe fortgehen lassen und immer dachte, der Zug käme auch noch ein elftes Mal vorbei, an einem Tag, an dem es mir passen würde. Und genau dann kommt er nicht mehr vorbei.«

»Man kann nie wissen, mit all den Weichenstellungen.«

»Die Züge fahren genau wie die Menschen nicht gern im Kreis. Nach einer Weile geht es ihnen auf die Nerven. Nachdem man meinen Vater beerdigt hatte, habe ich meine Zeit damit verbracht, Steine im Wasser zu sammeln. Das kann ich gut. Stellen Sie sich nur die unendliche Geduld des Wassers vor, das über diese Steine hinwegströmt. Und die Steine, wie sie sich ihm überlassen, während der Fluss dabei ist, all ihre Unebenheiten wegzufressen, so als wär's nichts. Am Ende gewinnt das Wasser.«

»Nun, wenn es schon ums Kämpfen geht, sind mir die Steine lieber als das Wasser.«

»Das ist Ihre Auffassung«, meinte Adamsberg ungerührt. »Was Steine und Wasser anbelangt, zwei Dinge, Danglard. Einerseits spukt es in meinem neuen Haus. Eine blutrünstige und habgierige Nonne, die 1771 unter den Fäusten eines Gerbers starb. Er hat sie zermalmt. Einfach so. Sie wohnt in gasförmigem Zustand auf dem Dachboden. Das wär's in puncto Wasser.«

»Gut«, sagte Danglard vorsichtig. »Und in puncto Steine?«

»Ich habe die neue Gerichtsmedizinerin getroffen.«

»Elegant, kühl und ein wahres Arbeitstier, nach dem, was man sich so erzählt.«

»Und hochbegabt, Danglard. Haben Sie ihre Doktorarbeit über die zweigeteilten Mörder gelesen?«

Überflüssige Frage, Danglard hatte alles gelesen, bis hin zu den Evakuierungshinweisen im Falle eines Brandes, die an den Türen von Hotelzimmern hängen.

»Über die *dissoziierten* Mörder«, berichtigte Danglard. »*Zu beiden Seiten der Wand des Verbrechens*. Das Buch hat einiges Aufsehen erregt.«

»Der Zufall will es, dass sie und ich uns vor mehr als zwanzig Jahren wie zwei Hunde gefetzt haben, in einer Kneipe in Le Havre.«

»Feinde?«

»Durchaus nicht. Diese Art von Zusammenstoß lässt zuweilen starke Beziehungen entstehen. Ich rate Ihnen davon ab, mit ihr ins Café zu gehen, sie praktiziert Mischungen, die einen bretonischen Seemann umhauen können. Sie hat die beiden Toten von der Porte de la Chapelle übernommen. Ihrer Auffassung nach hat eine Frau sie umgebracht. Bis heute Abend wird sie ihre ersten Ergebnisse konkretisiert haben.«

»Eine Frau?«

Empört richtete Danglard seinen weichen Körper auf. Er hasste die Vorstellung, Frauen könnten töten.

»Hat sie gesehen, wie groß die Kerle sind? Soll das ein Scherz sein?«

»Vorsicht, Danglard. Dr. Lagarde irrt sich nie, oder fast nie. Verklickern Sie ihre Vermutung den Drogenfahndern, das wird die für eine Weile beruhigen.«

»Mortier gerät langsam außer Kontrolle. Seit Monaten beißt er sich die Zähne an dem Drogenhandel in Clignancourt La Chapelle aus. Er ist in einer üblen Lage, er braucht

Ergebnisse. Heute Morgen hat er zweimal angerufen, er ist außer Rand und Band.«

»Lassen Sie ihn schreien. Am Ende gewinnt das Wasser.«

»Was werden Sie tun?«

»Wegen der Nonne?«

»Wegen Diala und La Paille.«

Adamsberg warf Danglard einen unbestimmten Blick zu.

»So heißen die beiden Opfer«, erklärte Danglard. »Diala Toundé und Didier Paillot, genannt ›La Paille‹. Gehen wir heute Abend ins Leichenschauhaus?«

»Heute Abend bin ich in der Normandie. Es gibt ein Konzert.«

»Ah«, sagte Danglard und stand schwerfällig auf. »Sie suchen nach der Weichenstellung?«

»Ich bin bescheidener, Capitaine. Ich begnüge mich damit, das Kind zu hüten, während sie spielt.«

»*Commandant*, ich bin jetzt Commandant. Erinnern Sie sich, Sie haben meiner Beförderungsfeier beigewohnt. Was für ein Konzert?«, fragte Danglard, dem Camilles Interessen immer sehr am Herzen lagen.

»Sicher irgendwas Bedeutendes. Ein englisches Orchester mit alten Instrumenten.«

»Das Leeds Barockensemble?«

»Ein Name in der Art, ja«, bestätigte Adamsberg, der nie ein Wort Englisch gelernt hatte. »Fragen Sie mich nicht, was sie spielt, ich weiß es nicht.«

Adamsberg stand auf, nahm seine feuchte Jacke und hängte sie sich über die Schulter.

»Passen Sie auf die Katze auf, solange ich weg bin, auf

Mortier, auf die Toten und die Stimmung von Lieutenant Noël, die immer schlechter wird. Ich kann nicht auf allen Hochzeiten tanzen, ich habe meine Pflichten.«

»Jetzt, wo Sie ein verantwortungsbewusster Vater sind«, brummte Danglard.

»Wenn Sie es sagen, Capitaine.«

Adamsberg nahm Danglards grummelige Vorwürfe, die er fast immer für gerechtfertigt hielt, bereitwillig an. Der Commandant zog seine fünf Kinder wie eine Vogelmutter allein groß, während Adamsberg immer noch nicht richtig begriffen hatte, dass das Neugeborene seins war. Seinen Namen allerdings hatte er sich schon eingeprägt, Thomas Adamsberg, genannt Tom. Ein Pluspunkt für ihn, fand Danglard, der beim Kommissar nie ganz die Hoffnung aufgab.

8

Auf den einhundertsechsunddreißig Kilometern bis zu dem Dorf Haroncourt im Departement Eure war Adamsbergs Kleidung im Auto getrocknet. Er hatte sie nur mit der Hand glatt streichen müssen, um sie wieder überziehen zu können, bevor er eine Bar fand, in der er im Warmen warten wollte, bis es Zeit für seine Verabredung war. Der Kommissar hatte es sich mit einem Bier auf einer abgewetzten Bank bequem gemacht und studierte die Gruppe, die gerade lärmend den Raum belegte und ihn damit aus seinem Dämmerzustand riss.

»Soll ich dir was sagen?«, fragte ein großer blonder Mann und schob seine Mütze mit dem Daumen zurück.

Ob der andere will oder nicht, dachte Adamsberg, er wird es sagen.

»So eine Sache, soll ich dir was sagen?«, wiederholte der Mann.

»Die macht durstig.«

»Genau, Robert«, pflichtete ihm sein Nachbar bei, während er mit ausladender Geste sechs Gläser füllte.

Der große Blonde, der wie ein Klotz gebaut war, hieß demnach also Robert. Und er hatte Durst. Es war Zeit für den Aperitif, die Köpfe wurden zwischen die Schultern gezogen, die Arme um die Gläser geschlossen, das Kinn angriffslustig vorgestreckt. Die Stunde der würdevollen Gemeinschaft der Männer, wenn das Angelusläuten im Dorf ertönt, die Stunde, da gewichtige Sätze fallen und dazu genickt wird, die Stunde der bäuerlichen Rhetorik, großartig und lächerlich. Adamsberg kannte sie aus dem Effeff. Er war in ihren Singsang hineingeboren worden, war in ihrer feierlichen Musik groß geworden, er kannte ihren Rhythmus und ihre Themen, ihre Variationen und Kontrapunkte und er kannte ihre Protagonisten. Robert hatte gerade den ersten Ton angestrichen und jedes Instrument setzte gleich darauf nach einer unveränderlichen Ordnung ein.

»Ich sag dir noch was«, verkündete der Mann zu seiner Linken. »Das macht nicht nur durstig. Man kriegt einen Drehwurm davon.«

»Genau.«

Adamsberg wandte den Kopf, um denjenigen besser zu sehen, dem die bescheidene, aber notwendige Aufgabe zukam, jede Wendung des Gesprächs noch einmal zu unterstreichen, wie durch einen Basston. Klein und mager, der Schwächste von ihnen. Das war nicht anders zu erwarten, hier wie überall sonst.

»Der das getan hat«, sagte ein großer Krummer am Ende des Tisches, »ist kein Mensch.«

»Der ist ein Tier.«

»Schlimmer noch als ein Tier.«

»Genau.«

Einführung des Themas. Adamsberg holte sein Notizbuch hervor, das von der Feuchtigkeit noch wellig war, und versuchte die Gesichter aller Akteure zu zeichnen. Normannische Gesichter, ohne jeden Zweifel. Er erkannte in ihnen die Züge seines Freundes Bertin wieder, eines Abkömmlings des Gottes Thor, Herrscher über den Donner, der ein Café auf der Place de Paris besaß. Allesamt eckige Kiefer, hohe Wangenknochen, allesamt helles Haar und blassblaue, ausweichende Blicke. Es war das erste Mal, dass Adamsberg den Fuß in das Land der regennassen Wiesen der Normandie setzte.

»Meiner Meinung nach«, fing Robert wieder an, »ist es ein Junger. Ein Besessener.«

»Ein Besessener muss nicht zwangsläufig jung sein.«

Kontrapunkt, den der Älteste von allen vorbrachte, der, der an der Stirnseite des Tisches saß. Die Gesichter wandten sich lebhaft dem Alten zu.

»Denn aus einem jungen Besessenen wird, wenn er alt wird, ein alter Besessener.«

»Darüber lässt sich streiten«, brummte Robert.

Robert kam also die schwierige, aber ebenso unerlässliche Rolle zu, dem Alten stets zu widersprechen.

»Darüber lässt sich nicht streiten«, entgegnete der Alte. »Wahr allerdings ist, dass der, der das getan hat, ein Besessener ist.«

»Ein Barbar.«

»Genau.«

Wiederaufnahme des Themas und Weiterentwicklung.

»Töten und Töten ist nämlich zweierlei«, mischte sich Roberts Nachbar, weniger blond als die anderen, ein.

»Darüber lässt sich streiten«, sagte Robert.

»Darüber lässt sich nicht streiten«, fuhr der Alte dazwischen. »Der Kerl, der das getan hat, wollte töten und sonst nichts. Zwei Schüsse in die Flanke, das war's. Er hat sich nicht mal am Körper bedient. Weißt du, wie ich so was nenne?«

»Einen Mörder.«

»Genau.«

Adamsberg, aufmerksam geworden, hatte aufgehört zu zeichnen. Der Alte drehte sich zu ihm um und warf ihm einen heimlichen Blick zu.

»Im Grunde«, sagte Robert, »liegt Brétilly ja nicht wirklich in unserer Gegend, immerhin ist es dreißig Grenzsteine entfernt. Warum reden wir überhaupt davon?«

»Weil's eine Schande ist, Robert, darum.«

»Meiner Ansicht nach war's keiner aus Brétilly. Das hat einer aus Paris gemacht. Angelbert, bist du nicht auch der Meinung?«

Der Alte, der über den Stammtisch herrschte, hieß also Angelbert.

»Zugegeben, die Pariser sind besessener als andere«, sagte er.

»Bei der ihrem Leben.«

Am Tisch trat Schweigen ein und einige Gesichter wandten sich verstohlen zu Adamsberg um. Zu dieser Stunde, da die Männer sich versammeln, geschieht es zwangsläufig, dass ein Eindringling entdeckt wird, gewogen und schließlich abgelehnt oder für gut befunden wird. In der Normandie wie woanders auch, vielleicht schlimmer noch als woanders.

»Wieso sollte ich Pariser sein?«, fragte Adamsberg in ruhigem Ton.

Der Alte deutete mit dem Kinn auf das Buch, das auf dem Tisch des Kommissars neben seinem Glas Bier lag.

»Der Fahrschein«, sagte er, »den Sie als Lesezeichen benutzen. Das ist ein Ticket der Pariser Metro. So was erkennen wir schon.«

»Ich bin kein Pariser.«

»Aber Sie kommen auch nicht aus Haroncourt.«

»Aus den Pyrenäen, den Bergen.«

Robert hob eine Hand und ließ sie schwerfällig wieder auf den Tisch fallen.

»Ein Gascogner«, schlussfolgerte er, als sei soeben eine Bleiglocke auf dem Tisch aufgeschlagen.

»Ein Béarner«, präzisierte Adamsberg.

Beginn der Urteilsfindung und Beratung.

»Nicht dass uns die Bergmenschen keinen Ärger gemacht hätten«, meinte Hilaire, ein etwas weniger alter, aber glatzköpfiger Alter, der am anderen Tischende saß.

»Wann?«, fragte der mit den etwas dunkleren Haaren.

»Gib's auf, Oswald, das war früher.«

»Wie auch die Bretonen, die vielleicht schlimmer noch. Immerhin sind es nicht die Béarner, die uns den Mont Saint-Michel wegnehmen wollen.«

»Nein«, gab Angelbert zu.

»Fest steht«, wagte sich Robert vor, wobei er ihn musterte, »dass Sie nicht aussehen wie einer, der von den Wikingern abstammt. Woher stammen die Béarner?«

»Aus dem Gebirge«, antwortete Adamsberg. »Das Gebirge

hat sie in einem Lavastrahl ausgespuckt, dann sind sie an seinen Hängen hinuntergeflossen, sind erstarrt, und das ergab dann die Béarner.«

»Natürlich«, sagte der, dem die Rolle des Unterstreichers zukam.

Die Männer warteten, schweigend verlangten sie, die Gründe für die Anwesenheit eines Fremden in Haroncourt zu erfahren.

»Ich suche das Schloss.«

»Das lässt sich machen. Sie geben ein Konzert heute Abend.«

»Ich begleite einen der Musiker.«

Oswald holte das Gemeindeblatt aus seiner Innentasche und faltete es sorgfältig auseinander.

»Das ist ein Foto von dem Orchester«, sagte er.

Einladung, an den Tisch zu kommen. Adamsberg legte die paar Meter mit seinem Glas in der Hand zurück und betrachtete die Seite, die Oswald ihm hinhielt.

»Hier«, sagte er und legte einen Finger auf die Zeitung, »die Bratschistin.«

»Das hübsche Mädel?«

»Ganz recht.«

Robert schenkte nach, um die Bedeutung der Pause hervorzuheben und zugleich eine zweite Runde zu kippen. Nun quälte ein uraltes Problem die versammelten Männer: Sie mussten herauskriegen, was diese Frau für den Eindringling wohl sein konnte. Geliebte? Ehefrau? Schwester? Freundin? Cousine?

»Und Sie begleiten sie«, wiederholte Hilaire.

Adamsberg nickte. Man hatte ihm gesagt, dass die Leute in der Normandie nie direkte Fragen stellten, eine Legende, so glaubte er, aber hier hatte er den klaren Beweis für diesen Stolz auf das Schweigen. Zu viel fragen hieß sich enthüllen, sich enthüllen hieß kein Mann mehr sein.

Hilflos wandte die Gruppe sich an den Alten. Angelbert ließ sein schlecht rasiertes Kinn knirschen, indem er mit den Nägeln darüberkratzte.

»Weil sie Ihre Frau ist«, behauptete er.

»War«, sagte Adamsberg.

»Aber Sie begleiten sie trotzdem.«

»Aus Höflichkeit.«

»Natürlich«, sagte der Unterstreicher.

»An einem Tag hat man die Frauen«, fing Angelbert wieder leise an, »und am nächsten Tag schon wieder nicht mehr.«

»Man will sie nicht mehr, wenn man sie hat«, kommentierte Robert, »und will sie wiederhaben, wenn man sie nicht mehr hat.«

»Man verliert sie«, bestätigte Adamsberg.

»Wer weiß schon, wie«, wagte Oswald sich vor.

»Durch Unhöflichkeit«, erklärte Adamsberg. »Jedenfalls was mich betrifft.«

Endlich mal einer, der nicht auswich und dem die Frauen Kummer bereitet hatten, was ihm zwei Pluspunkte in der Gruppe der Männer verschaffte. Angelbert zeigte auf einen Stuhl.

»Du hast noch genug Zeit, setz dich«, schlug er vor.

Übergang zum Du, vorübergehende Akzeptanz des Bergmenschen im Kreis der Normannen aus der Ebene. Man schob ein Glas Weißwein vor ihn hin. Die Gemeinschaft der Männer zählte heute Abend ein neues Mitglied, was morgen ausgiebig kommentiert werden würde.

»Wer wurde umgebracht? In Brétilly?«, fragte Adamsberg, nachdem er die erforderliche Anzahl Schlucke getrunken hatte.

»Umgebracht? Du meinst abgemurkst? Niedergemacht wie ein armer Teufel?«

Oswald holte noch eine Zeitung aus seiner Tasche und reichte sie Adamsberg, wobei er auf ein Foto tippte.

»Eigentlich«, sagte Robert, indem er seinen Gedanken weiterspann, »wäre es besser, vorher unhöflich zu sein und nachher höflich. Zu den Frauen. So hätte man weniger Ärger.«

»Wer weiß«, meinte der Alte.

»Das soll einer begreifen«, fügte der Unterstreicher hinzu.

Mit gekrauster Stirn starrte Adamsberg auf den Artikel in der Zeitung. Ein Rothirsch lag in seinem Blut, darunter stand: »Abscheuliches Blutbad in Brétilly«. Er faltete das Blatt zusammen, um den Titel zu lesen: *Der Oberjägermeister des Westens.*

»Bist du Jäger?«, fragte Oswald.

»Nein.«

»Dann kannst du's nicht verstehen. So ein Hirsch, noch dazu ein Achtender, den bringt man nicht einfach so um. Das ist barbarisch.«

»Siebenender«, berichtigte Hilaire.

»Entschuldige«, sagte Oswald in etwas härterem Ton, »aber dies Tier hier ist ein Achter.«

»Ein Siebener.«

Streit und die Gefahr, dass es zum Bruch kam. Angelbert nahm die Dinge in die Hand.

»Das kann man auf dem Bild nicht erkennen«, sagte er. »Sieben oder acht.«

Jeder trank erleichtert einen Schluck. Nicht dass ein heftiger Wortwechsel nicht regelmäßig notwendig gewesen wäre für die Musik der Männer, aber mit dem Fremden heute Abend waren die Prioritäten andere.

»Das hier«, sagte Robert und tippte mit seinem dicken Finger auf das Foto, »war kein Jäger. Der Kerl hat das Tier nicht angefasst, er hat weder die Stücke entnommen noch die Ehren abgeschnitten, nichts.«

»Die Ehren?«

»Die Geweihenden und den rechten Vorderlauf. Der Kerl hat es einfach nur zum Spaß aufgeschlitzt. Ein Besessener. Und was tun die Bullen aus Évreux? Nichts. Es ist ihnen scheißegal.«

»Weil es kein Mord ist«, sagte ein zweiter Widersprecher.

»Soll ich dir was sagen? Ganz gleich, ob Mensch oder Tier, wenn ein Kerl imstande ist, jemanden derart abzuschlachten, dann, weil er nicht ganz dicht ist. Wer sagt dir, dass er hinterher nicht eine Frau umbringt? So ein Mörder trainiert doch.«

»Das stimmt«, sagte Adamsberg und sah wieder seine zwölf Ratten im Hafen von Le Havre vor sich.

»Aber die Bullen sind dermaßen bescheuert, die kriegen's einfach nicht in ihre Birne. Beschränkt wie Gänse.«

»Immerhin ist es nur ein Hirsch«, warf der Einwerfer ein.

»Du bist genauso beschränkt, Alphonse. Aber wenn ich Bulle wäre, würde ich garantiert nach ihm suchen, dem Kerl, und zwar fix.«

»Ich auch«, murmelte Adamsberg.

»Aha, da hast du's. Sogar der Béarner sieht das so. Ein solches Gemetzel nämlich bedeutet, dass hier in der Gegend, hör mir gut zu, Alphonse, ein Verrückter rumläuft. Glaub's mir, immerhin hab ich mich nie geirrt, du wirst schon bald von ihm hören.«

»Der Béarner sieht das auch so«, fügte Adamsberg hinzu, während ihm der Alte nachschenkte.

»Aha, da hast du's. Und dabei ist der Béarner noch nicht mal Jäger.«

»Nein«, sagte Adamsberg. »Er ist Bulle.«

Angelbert unterbrach seine Geste, stoppte die Flasche Weißwein auf halber Höhe über dem Glas. Adamsberg begegnete seinem Blick. Die Herausforderung begann. Mit einer knappen Handbewegung bedeutete der Kommissar ihm, er möge sein Glas zu Ende eingießen. Angelbert rührte sich nicht.

»Wir mögen Bullen hier nicht sonderlich«, sagte Angelbert, immer noch mit unbeweglichem Arm.

»Nirgendwo mag man sie«, präzisierte Adamsberg.

»Hier noch weniger als anderswo.«

»Ich habe nicht gesagt, dass ich Bullen mag, ich sagte, ich sei einer.«

»Du magst sie nicht?«

»Wozu?«

Der Alte kniff die Augen fest zusammen, sammelte all seine Konzentration für dieses unerwartete Duell.

»Und wieso bist du's dann?«

»Aus Unhöflichkeit.«

Die Antwort, sie kam schnell, kapierte keiner der Männer, nicht mal Adamsberg selbst, der Mühe gehabt hätte, seine eigenen Worte zu erklären. Doch keiner wagte es, sein Unverständnis auszudrücken.

»Natürlich«, schloss der Unterstreicher.

Und Angelberts Bewegung, die eingefroren war wie bei einem Filmstopp, lief weiter, die Hand neigte sich, und Adamsbergs Glas wurde endlich gefüllt.

»Oder auch deswegen«, fügte Adamsberg hinzu, wobei er auf den hingemetzelten Hirsch zeigte. »Wann war das?«

»Vor einem Monat. Behalt die Zeitung, wenn's dich interessiert. Den Bullen aus Évreux ist es scheißegal.«

»Beschränkt, die«, sagte Robert.

»Was ist das?«, fragte Adamsberg und zeigte auf einen Fleck neben dem Kadaver.

»Sein Herz«, sagte Hilaire angewidert. »Er hat ihm zwei Kugeln zwischen die Rippen gejagt, dann hat er ihm mit dem Messer das Herz rausgeholt und es zu Brei zerkloppt.«

»Ist das eine Tradition? Das Herz des Hirschs herauszuholen?«

Einen Augenblick lang war man wieder unschlüssig.

»Erklär du's ihm, Robert«, befahl Angelbert.

»Es haut mich doch ein bisschen um«, begann Robert, »dass du als Bergmensch so gar nichts von der Jagd verstehst.«

»Ich habe die Erwachsenen ein paarmal begleitet«, gab Adamsberg zu. »Ich war immer nur auf Taubenjagd, wie alle Kinder.«

»Trotzdem.«

»Aber sonst nichts.«

»Wenn man seinen Hirsch erlegt hat«, erläuterte Robert, »zieht man ihm die Haut ab, die man als Unterlage ausbreitet. Darauf entnimmt man die Ehren und die Keulen. Die Eingeweide rührt man nicht an. Man dreht ihn um, entnimmt die Filets. Dann schneidet man ihm den Kopf ab, wegen dem Geweih. Wenn man damit fertig ist, hüllt man das Tier wieder in seine Haut.«

»Genau.«

»Aber das Herz rührst du nicht an, verdammt. Ja, früher machten das einige. Aber wir haben uns doch weiterentwickelt. Heutzutage bleibt das Herz beim Tier.«

»Wer machte so was?«

»Gib's auf, Oswald, das war früher.«

»Der hier wollte nur töten und verstümmeln«, sagte Alphonse. »Nicht mal das Geweih hat er mitgenommen. Dabei ist das doch das Einzige, was die Leute wollen, wenn sie nichts davon verstehen.«

Adamsberg blickte zu den großen Geweihen hoch, die über der Tür an der Wand des Cafés hingen.

»Nein«, sagte Robert. »Die da sind nur Schietkram.«

Scheiße, übersetzte Adamsberg.

»Sprich leiser«, sagte Angelbert und deutete auf den Tresen, wo der Wirt eine Partie Domino mit zwei jungen Männern begann, die zu unerfahren waren, um zur Gruppe der Männer zu gehören.

Robert sah kurz zum Wirt und wandte sich wieder dem Kommissar zu.

»Der da ist ein Zugereister«, erklärte er mit leiser Stimme.

»Das heißt?«

»Er ist nicht von hier. Er kommt aus Caen.«

»Caen, liegt das nicht auch in der Normandie?«

Blicke wurden gewechselt, man verzog das Gesicht. Sollte man den Bergmenschen über ein so persönliches Thema unterrichten oder nicht? Über ein so schmerzliches?

»Caen, das ist die Basse-Normandie«, erklärte Angelbert. »Hier bist du in der Haute-Normandie.«

»Und ist das wichtig?«

»Sagen wir, man kann sie nicht vergleichen. Die richtige Normandie ist die Haute-Normandie, also hier.«

Sein krummer Finger wies auf das Holz des Tisches, als sei die Haute-Normandie soeben auf die Größe des Cafés von Haroncourt geschrumpft.

»Vorsicht«, ergänzte Robert, »dort, im Departement Calvados, werden sie das Gegenteil behaupten. Aber denen solltest du nicht glauben.«

»Gut«, versprach Adamsberg.

»Und bei denen regnet's ständig, den Armen.«

Adamsberg sah auf die Fensterscheiben, an denen unaufhörlich der Regen herunterlief.

»Regen ist ja nicht gleich Regen«, erklärte Oswald. »Hier regnet's nicht, es nieselt. Gibt's bei euch so was nicht? Zugereiste?«

»Doch«, gab Adamsberg zu. »Es gibt Reibereien zwischen dem Gave-de-Pau-Tal und dem Ossau-Tal.«

»Ja«, bestätigte Angelbert, als wäre ihm diese Tatsache längst bekannt.

Obwohl er an die getragene Musik dieser Männerrituale gewöhnt war, begriff Adamsberg, dass das Gespräch der Normannen ihrem Ruf gemäß schwieriger war als anderswo. Sie waren Schweiger. Hier hatten es die Sätze schwer, vorsichtige, argwöhnische Sätze, die mit jedem Wort das Terrain abtasteten. Man sprach nicht laut, man ging die Themen nicht mit voller Wucht an. Man schlich drum herum, als wäre es ebenso taktlos, ein Thema direkt auf den Tisch zu packen, wie ein Stück Schlachtfleisch darauf zu werfen.

»Warum sind die Scheiße?«, fragte Adamsberg und deutete auf die Geweihe über der Tür.

»Weil es abgeworfene Geweihe sind. Die sind als Wandschmuck gut, zum Angeben. Guck sie dir an, wenn du mir nicht glaubst. Man sieht die Wurzel über den Stirnbeinfortsätzen am Ansatz des Knochens.«

»Das ist Knochen?«

»Du verstehst wirklich gar nichts davon«, sagte Alphonse traurig, und er schien zu bedauern, dass Angelbert diesen Ignoranten in die Gruppe eingeführt hatte.

»Ja, das ist Knochen«, bestätigte der Alte. »Das ist der Schädel des Tieres, der nach draußen wächst. Passiert nur bei Hirschen.«

»Kannst du dir das vorstellen, wenn unsere Schädel nach draußen wachsen würden?«, fragte Robert, einen Augenblick lang versonnen.

»Mit allen Gedanken obendrauf?«, sagte Oswald mit feinem Lächeln.

»Na, bei dir würde's nicht viel wiegen.«

»Praktisch für einen Bullen«, bemerkte Adamsberg, »aber riskant. Man könnte alles sehen, was einer denkt.«

»Genau.«

Eine Pause trat ein, eine nachdenkliche und zugleich für das dritte Glas bestimmte Pause.

»Womit kennst du dich denn aus? Außer mit Bullen?«, fragte Oswald.

»Stell keine Fragen«, befahl Robert. »Er kennt sich aus, womit er will. Fragt er dich etwa, womit du dich auskennst?«

»Mit Frauen«, sagte Oswald.

»Na, er doch auch. Sonst hätte er seine ja wohl kaum verloren.«

»Genau.«

»Sich mit Frauen auskennen und sich in der Liebe auskennen, das hat beides nichts miteinander zu tun. Vor allem mit den Frauen.«

Angelbert richtete sich wieder auf, als scheuchte er Erinnerungen fort.

»Erklär du's ihm«, sagte er, wobei er Hilaire ein Zeichen gab und dann mit dem Finger auf das Foto mit dem aufgeschlitzten Hirsch pochte.

»Der männliche Hirsch verliert sein Geweih jedes Jahr.«

»Wozu?«

»Weil es ihn stört. Er trägt ein Geweih, um zu kämpfen, um die Weibchen zu erobern. Wenn das vorbei ist, fällt es ab.«

»Schade«, sagte Adamsberg. »Es ist schön.«

»Wie alles Schöne«, sagte Angelbert, »ist es kompliziert. Versteh doch, es ist schwer und man bleibt dauernd damit in den Zweigen hängen. Nach der Schlägerei plumpst es von ganz allein runter.«

»Wie man die Geschütze ruhen lässt, wenn dir das lieber ist. Die Frauen hat er, also legt er die Waffen nieder.«

»Frauen sind kompliziert«, sagte Robert, der noch immer seinem Gedanken folgte.

»Aber sie sind schön.«

»Das hab ich doch gesagt«, flüsterte der Alte, »je schöner, desto komplizierter. Man kann nicht alles verstehen.«

»Nein«, sagte Adamsberg.

»Wer weiß.«

Vier der Männer gossen sich ohne vorherige Absprache gleichzeitig einen hinter.

»Es fällt runter und das sind eben abgeworfene Geweihe«, sagte Hilaire. »Man kann sie im Wald wie Pilze sammeln. Während man Jagdgeweihe vom Kopf des Tieres, das man erlegt hat, abschneidet. Kannst du mir folgen? Das ist was Lebendiges.«

»Und der Mörder schert sich einen Dreck um das lebendige Geweih«, sagte Adamsberg, indem er auf das Bild des aufgeschlitzten Hirsches zurückkam. »Ihn interessiert der Tod. Oder sein Herz.«

»Genau.«

9

Adamsberg bemühte sich, den Hirsch aus seinen Gedanken zu verdrängen. Er wollte nicht mit all dem Blut im Kopf in sein Hotelzimmer gehen. Er wartete vor der Tür, strich seine Gedanken ab, klärte seine Stirn und brachte im Eilmarsch Wolken, Kugeln und blaue Himmel hinein. Im Zimmer nämlich schlief ein neun Monate altes Kind. Und bei Kindern weiß man nie. Sind imstande, eine Stirn zu durchdringen, Gedanken grummeln zu hören, Angstschweiß zu riechen und zuletzt noch einen aufgeschlitzten Hirsch im Kopf eines Vaters zu sehen.

Geräuschlos drückte er die Tür auf. Er hatte den Kreis der Männer belogen. Begleiten, ja, höflich, ja, aber allein um das Kind zu hüten, während Camille im Schloss Bratsche spielen würde. Ihre letzte Trennung – die fünfte oder siebte, er wusste es nicht genau – hatte eine unvorhersehbare Katastrophe ausgelöst: Camille war hoffnungslos zu einer Kameradin geworden. Zerstreut, lächelnd, herzlich und vertraut, kurzum und in einem tragischen Wort: zu einer Kameradin. Und dieser neue Zustand irritierte Adamsberg, der versuchte, die Finte aufzudecken, das Gefühl hervorzulocken, das sich unter der Maske der Ungezwungenheit regte wie die Krabbe unterm

Fels. Doch Camille schien tatsächlich weit entfernt herumzuspazieren, befreit von einstigen Spannungen. Und eine erschöpfte Kameradin zu einem neuerlichen Liebeserwachen überreden zu wollen, so sagte er sich, während er sie mit einem höflichen Kuss begrüßte, grenzte an eine Unmöglichkeit. Also konzentrierte er sich, überrascht und in sein Schicksal ergeben, auf seine neue Vaterfunktion. Er war ein Anfänger auf diesem Gebiet und gab sich größte Mühe, zu realisieren, dass dieses Kind sein Sohn war. Es schien ihm, er hätte genauso viel für ihn getan, wie wenn er den Jungen auf einer Parkbank gefunden hätte.

»Er schläft noch nicht«, sagte Camille und zog sich ihren schwarzen Konzertblazer über.

»Ich werde ihm eine Geschichte vorlesen. Ich habe ein Buch mitgebracht.«

Adamsberg zog einen dicken Band aus seiner Tasche. Die vierte seiner Schwestern schien es sich zur Aufgabe gemacht zu haben, seinen Geist bilden und ihm das Leben schwerer machen zu wollen. Sie hatte ein vierhundert Seiten starkes Werk zwischen seine Sachen gesteckt, einen Band über die Architektur in den Pyrenäen, mit der er nichts anzufangen wusste, mit dem Auftrag, es zu lesen und seine Meinung dazu abzugeben. Und Adamsberg gehorchte ausschließlich seinen Schwestern.

»Bauen im Béarn«, las er vor. »Traditionelle Techniken vom 12. bis zum 19. Jahrhundert.«

Camille zuckte lächelnd die Schultern, in der munteren Art von Kameradinnen. Solange das Kind nur einschlief – und in dieser Hinsicht vertraute sie ihm voll und ganz –, waren

Adamsbergs Seltsamkeiten kaum von Bedeutung. Ihre Gedanken waren vollkommen auf das abendliche Konzert konzentriert, ein Wunder, das ganz gewiss Yolande zu verdanken war, die bei Den Mächtigen Fürbitte eingelegt hatte.

»Er mag das«, sagte Adamsberg.

»Ja, wieso nicht?«

Keine Kritik, keine Ironie. Das weiße Nichts aufrichtiger Kameradschaft.

Als er allein war, betrachtete Adamsberg aufmerksam seinen Sohn, der ihn gesetzt anschaute, sofern man dieses Wort für ein neun Monate altes Baby verwenden konnte. Die Konzentration des Kindes in wer weiß welchem Nirgendwo, seine Gleichgültigkeit kleinen Schwierigkeiten gegenüber, ja seine ruhige Bedürfnislosigkeit machten ihm Sorge, so sehr glich ihm all dies. Ganz zu schweigen von den markanten Augenbrauen, der Nase, der man schon ansah, dass sie kräftig werden würde, einem Gesicht, das in allem so wenig gewöhnlich war, dass man ihn hätte zwei Jahre älter schätzen können. Thomas Adamsberg setzte die väterliche Linie fort, was nicht gerade das war, was Adamsberg sich für ihn erhofft hatte. Doch durch diese Ähnlichkeit begann der Kommissar in kleinen Wellen, in kurzen Sprüngen zu erkennen, dass dieses Kind eindeutig von seinem Körper abstammte.

Adamsberg schlug das Buch auf der Seite auf, an der das Metro-Ticket steckte. Für gewöhnlich knickte er ein Eselsohr in das betreffende Blatt, aber seine Schwester hatte ihm empfohlen, das Werk zu schonen.

»Tom, hör mir gut zu, wir werden uns jetzt gemeinsam bilden, und wir haben keine andere Wahl. Erinnerst du dich an das, was ich dir über die nach Norden gelegenen Fassaden vorgelesen habe? Hast du's auch gut behalten? Hör zu, wie's weitergeht.«

Thomas fixierte ruhig seinen Vater, aufmerksam und gleichgültig.

»Die Verwendung von Flusskieseln beim Bau niedriger Mauern, einer den einheimischen Rohstoffen angepassten Gestaltungsform, ist eine weitverbreitete, wenn auch nicht durchgängige Praktik. Gefällt dir das, Tom? Die Einführung des *Opus spicatum* in viele dieser Mäuerchen folgt einer zweifachen kompensatorischen Notwendigkeit, die sich aus der Kleinheit des Materials und der Schwäche des pulverförmigen Mörtels ergibt.«

Adamsberg legte das Buch hin und begegnete dem Blick seines Sohnes.

»Ich weiß nicht, was dieses *Opus piscatum* ist, Sohn, und es ist mir auch schnurz. Dir auch. Wir sind uns also einig. Aber ich werde dir beibringen, wie man ein Problem dieser Art im Leben löst. Wie du dich rauslavierst, wenn du nichts begreifst. Schau mir zu.«

Adamsberg holte sein Mobiltelefon heraus und wählte vor dem unbestimmten Blick des Kindes langsam eine Nummer.

»Du rufst Danglard an«, erklärte er. »Ganz einfach. Erinnere dich gut daran, du solltest seine Nummer immer dabeihaben. Er hilft dir bei allen möglichen Dingen dieser Art. Du wirst sehen, pass auf.«

»Danglard? Adamsberg. Ich störe Sie, aber der Kleine stolpert hier gerade über ein Wort und verlangt nach Erklärungen.«

»Lassen Sie hören«, antwortete Danglard mit müder Stimme, er war es gewohnt, dass der Kommissar gelegentlich vom Wege abkam, und hatte den stillschweigenden Auftrag, ihn immer wieder dahin zurückzubringen.

»*Opus piscatum*. Er will wissen, was das bedeutet.«

»Nein. Er ist neun Monate alt, Herrgott noch mal.«

»Ich mache keine Witze, Capitaine. Er will's wissen.«

»Commandant«, berichtigte Danglard.

»Sagen Sie mal, Danglard, werden Sie mir noch lange mit Ihrem Dienstgrad auf den Wecker fallen? Commandant oder Capitaine, was ändert das schon groß? Darum geht's im Übrigen auch gar nicht. Es geht um das *Opus piscatum*.«

»*Spicatum*«, korrigierte Danglard.

»Genau das. Ein *Opus*, das zu Kompensationszwecken in die Mäuerchen der Dörfer eingefügt wird. Tom und ich sind ganz fixiert auf dieses Ding, unfähig, an etwas anderes zu denken. Außer daran, dass vor einem Monat ein Kerl in Brétilly einen Hirsch massakriert und nicht mal das Geweih mitgenommen hat, dafür hat er ihm das Herz herausgerissen. Was sagen Sie dazu?«

»Ein total Übergeschnappter, ein Besessener«, sagte Danglard in trübsinnigem Ton.

»Genau. Das sagt auch Robert.«

»Wer ist Robert?«

Danglard mochte zwar murren, jedes Mal wenn Adamsberg ihn wegen irgendwelcher Belanglosigkeiten ohne Zusammenhang anrief, trotzdem hatte er es nie verstanden, sich dem Gespräch zu entziehen, sein Recht oder seine Wut geltend zu machen und sofort aufzulegen. Die Stimme des

Kommissars, die wie ein Windhauch vorüberzog, langsam, lau und wogend, trug seine ungewollte Zustimmung mit sich fort, als wäre er ein Blatt, das über den Boden rollte, oder einer von diesen verdammten Steinen in seinem verdammten Fluss, der alles über sich ergehen ließ. Danglard warf sich das oft vor und gab doch immer wieder nach. Am Ende gewinnt das Wasser.

»Robert ist ein Freund, den ich in Haroncourt kennengelernt habe.«

Es war überflüssig, Commandant Danglard zu erläutern, wo genau der kleine Marktflecken Haroncourt lag. Da er über eine straff organisierte Gedächtnismasse verfügte, kannte sich der Commandant mit sämtlichen Kantonen und Kommunen im Land bis ins kleinste aus und war in der Lage, ihm augenblicklich den Namen des Bullen zu nennen, der für das Gebiet zuständig war.

»Guten Abend gehabt, demnach?«

»Einen sehr guten.«

»Immer noch Kameraden?«, wagte Danglard sich vor.

»Hoffnungslos. Das *Opus piscatum*, Danglard, da waren wir stehen geblieben.«

»*Spicatum*. Wenn Sie ihn schon erziehen wollen, versuchen Sie wenigstens, es korrekt zu tun.«

»Deswegen rufe ich Sie ja an. Robert meint, ein junger Mensch hätte das getan, ein junger Besessener. Aber der Alte, Angelbert, behauptet, darüber ließe sich streiten und aus einem jungen Besessenen würde, wenn er älter wird, ein alter Besessener.«

»Wo fand dieses Kolloquium denn statt?«

»Im Café, beim Aperitif.«

»Wie viele Gläser?«

»Drei. Und Sie?«

Danglard machte sich steif. Der Kommissar verfolgte genau, wie es in puncto Alkohol bergab ging mit ihm, und das war ihm lästig.

»Ich stelle Ihnen auch keine Fragen, Kommissar.«

»Doch. Sie fragen mich, ob Camille immer noch nur eine Kameradin ist.«

»Na gut«, sagte Danglard und machte einen Rückzieher. »Das *Opus spicatum* ist eine bestimmte Art des Mauerns, bei der flache Steine, Ziegel oder längliche Kiesel in zwei übereinanderliegenden Schichten abwechselnd schräg zueinander gesetzt werden, wodurch im Mauerwerk ein Ährenmuster entsteht, daher sein Name. Schon die Römer haben damit gearbeitet.«

»Ah ja. Und weiter?«

»Nichts weiter. Sie stellen mir eine Frage, ich antworte.«

»Wozu nützt das, Danglard?«

»Und wir, Kommissar? Wozu sind wir nütze, wir Menschen auf der Erde?«

Wenn es Danglard schlecht ging, begann wieder die Frage ohne Antwort nach dem unendlichen Weltall in ihm zu bohren und die nach der Explosion der Sonne in vier Milliarden Jahren und dem erbärmlichen und beängstigenden Zufall, den die Menschheit auf ihrer verirrten Erdkugel darstellte.

»Haben Sie konkreten Ärger?«, fragte Adamsberg nunmehr besorgt.

»Einfach nur Ärger.«

»Schlafen die Kinder?«

»Ja.«

»Gehen Sie aus, Danglard, hören Sie Oswald oder Angelbert zu. Die gibt's in Paris genau wie hier.«

»Mit solchen Vornamen sicher nicht. Und was könnte ich von ihnen lernen?«

»Dass abgeworfene Geweihe nicht so viel wert sind wie Jagdgeweihe.«

»Das weiß ich schon.«

»Dass die Stirn von Hirschen nach draußen wächst.«

»Das weiß ich schon.«

»Dass Lieutenant Retancourt sicher nicht schläft und es heilsam wäre, ein Stündchen mit ihr zu plaudern.«

»Ja, wahrscheinlich«, sagte Danglard nach einer Pause.

Adamsberg hörte aus der Stimme seines Stellvertreters wieder ein wenig Leichtigkeit heraus und legte auf.

»Siehst du, Tom?«, sagte er und legte seine Hand um den Kopf seines Sohnes. »Sie fügen eine Ähre in das Mäuerchen, frag mich nicht, warum. Wir brauchen es nicht zu wissen, wo doch Danglard es weiß. Wir werden es wegwerfen, dieses Buch, es geht uns auf die Nerven.«

Sobald Adamsberg seine Hand auf den Kopf des Kleinen legte, schlief er ein, er oder jedes beliebige andere Kind. Oder ein Erwachsener. Nach einem Weilchen schloss Thomas die Augen, Adamsberg nahm seine Hand weg und musterte kaum verlegen die Innenfläche. Eines Tages würde er vielleicht verstehen, durch welche Poren seiner Haut ihm der Schlaf aus den Fingern trat. So sehr interessierte es ihn nun auch wieder nicht.

Sein Mobiltelefon klingelte. Die Gerichtsmedizinerin, hellwach, rief ihn aus dem Leichenschauhaus an.

»Einen Augenblick, Ariane, ich lege den Kleinen ab.«

Weswegen auch immer sie ihn anrief, und es war sicher nicht aus einer Laune heraus, die Tatsache, dass Ariane an ihn dachte, lenkte ihn in seiner Frauenlosigkeit ab.

»Die Schnittwunde an der Kehle – ich spreche von Diala – liegt waagerecht. Die Hand, die die Klinge hielt, befand sich demnach weder allzu sehr über der Einstichstelle noch allzu sehr darunter, was eine schräge Wunde ergeben hätte. Wie in Le Havre. Kannst du folgen?«

»Natürlich«, sagte Adamsberg, während er weiter mit den Zehen des Babys spielte, rund wie junge Erbsen, die aufgereiht in ihrer Schote lagen. Er legte sich aufs Bett, um den Schwingungen in Arianes Stimme zuzuhören. Offen gestanden waren ihm die technischen Schritte, in denen die Medizinerin vorgegangen war, vollkommen gleichgültig, er wollte einfach nur wissen, warum sie eine Frau vermutete.

»Diala ist 1,86 Meter groß. Der Ansatz seiner Halsschlagader liegt bei 1,54 Meter über dem Boden.«

»Das kann man so sagen.«

»Ein Schlag fällt horizontal aus, wenn die Faust des Angreifers unter seiner Augenhöhe ausgefahren wird. Was uns einen 1,66 Meter großen Mörder liefert. Wenn wir das Gleiche bei La Paille veranschlagen, bei dem man eine leicht nach unten abgewinkelte Schräge feststellen kann, ergibt das einen Mörder, der 1,64 Meter bis 1,67 Meter groß ist, durchschnittlich 1,655 Meter. Und wahrscheinlich 1,62 Meter, wenn man die Höhe seiner Schuhe abzieht.«

»162 Zentimeter«, sagte Adamsberg überflüssigerweise.

»Weit unterhalb also der allgemeinen Durchschnittsgröße von Männern. Es ist eine Frau, Jean-Baptiste. Was die Einstiche in den Armbeugen angeht, haben sie genau die Vene getroffen, in beiden Fällen.«

»Denkst du, da war eine Fachfrau am Werk?«

»Ja, und zwar mit einer Spritze. Der Feinheit der Öffnung nach und so wie der Einstich gesetzt wurde, handelt es sich nicht um eine gewöhnliche Näh- oder Stecknadel.«

»Jemand kann ihnen vor dem Tod irgendwas gespritzt haben.«

»Durchaus nicht irgendwas. Es besteht keinerlei Zweifel an dem, was ihnen gespritzt wurde: nämlich nichts.«

»Nichts? Luft, meinst du?«

»Luft ist alles Mögliche, nur nicht nichts. Sie hat ihnen rein gar nichts gespritzt. Sie hat sie lediglich gestochen.«

»Und hatte dann keine Zeit mehr, es zu Ende zu bringen?«

»Oder wollte es nicht. Sie hat sie *nach* ihrem Tod gestochen, Jean-Baptiste.«

Adamsberg legte nachdenklich auf. Dachte an den alten Lucio und fragte sich, ob Diala und La Paille zur Stunde wohl versuchten, einen unvollendeten Stich auf ihrem toten Arm zu kratzen.

10

Am Morgen des 21. März nahm sich der Kommissar die Zeit, jeden Baum und jedes Zweiglein auf dem neuen Weg, der ihn von seinem Haus zum Gebäude der Brigade führte, zu begrüßen. Selbst im Regen, der sich seit dem Schauer auf Jeanne d'Arc kaum gelegt hatte – das Datum verdiente diese Mühe und diesen Respekt. Und selbst wenn die Natur wegen unbekannter Verabredungen in diesem Jahr spät dran war, es sei denn, sie lag noch im Bett, wie Danglard an jedem dritten Tag. Die Natur ist kapriziös, dachte Adamsberg, man kann nicht von ihr verlangen, dass am Morgen des 21. März alles exakt zur Stelle ist, bei der astronomischen Anzahl von Knospen, um die sie sich zu kümmern hat, ganz zu schweigen von den Larven, Wurzeln und Keimen, die man nicht sieht, die ihr aber bestimmt eine Wahnsinnsenergie abverlangten. Im Vergleich dazu war die nicht enden wollende Arbeit der Mordbrigade ein lächerliches Zweiglein, der reinste Witz. Ein Witz, der Adamsberg guten Gewissens die Zeit auf der Straße verbummeln ließ.

Während der Kommissar mit langsamen Schritten den großen Gemeinschaftsraum, Konzilsaal genannt, durchquerte, um eine Forsythienblüte auf die Tische der sechs weiblichen

Beamten der Brigade zu legen, stürzte Danglard ihm schon entgegen. Der lange Körper des Commandant, der einst wie eine Wachskerze in der Hitze geschmolzen zu sein schien, mit seinen hängenden Schultern, dem schlaffen Oberkörper und den krummen Beinen, war für schnelles Gehen nicht geeignet. Interessiert schaute Adamsberg zu, wie er sich auf langen Strecken bewegte, wobei er sich stets fragte, ob er wohl eines Tages eines seiner Glieder im Lauf verlieren würde.

»Wir haben Sie gesucht«, sagte Danglard keuchend.

»Ich habe jemandem die Ehre erwiesen, Capitaine, und nun huldige ich.«

»Verdammt, es ist schon elf Uhr durch.«

»Bei den Toten kommt es nicht auf zwei Stunden an. Ich treffe mich mit Ariane erst um sechzehn Uhr. Morgens schläft die Gerichtsmedizinerin. Vergessen Sie das bloß nie.«

»Es geht nicht um die Toten, es geht um den Neuen. Er hat zwei Stunden auf Sie gewartet. Und das nun schon zum dritten Mal. Aber wenn er dann kommt, lässt man ihn auf seinem Stuhl sitzen, als wäre er Luft.«

»Tut mir leid, Danglard. Ich hatte eine dringende Verabredung, die seit einem Jahr getroffen war.«

»Mit?«

»Mit dem Frühling, der ist empfindlich. Wenn man ihn vernachlässigt, ist er imstande, davonzulaufen und vor sich hin zu schmollen. Und dann versuchen Sie mal, ihn zurückzuholen. Während der Neue wiederkommen wird. Welcher Neue übrigens?«

»Verdammt, der neue Lieutenant, der Favre ersetzt. Zwei Stunden Wartezeit.«

»Wie ist er?«

»Rothaarig.«

»Sehr gut. Mal was anderes.«

»Eigentlich ja dunkelhaarig, aber mittendrin rote Strähnen. Irgendwie zebraartig. Ziemlich einmalig.«

»Umso besser«, sagte Adamsberg und legte seine letzte Blüte auf den Tisch von Violette Retancourt. »Wenn schon, dann sollen die Neuen auch wirklich neu sein.«

Danglard schob seine weichen Hände in die Taschen seiner eleganten Jacke und sah zu, wie sich der riesige Lieutenant Retancourt die kleine gelbe Blüte ins Knopfloch steckte.

»Der hier aber scheint mir ziemlich neuartig zu sein, zu sehr vielleicht«, sagte er. »Haben Sie seine Unterlagen gelesen?«

»Hier und da. Jedenfalls haben wir ihn ein halbes Jahr lang zwangsläufig auf Probe bei uns.«

Bevor Adamsberg die Tür zu seinem Büro aufstieß, hielt Danglard ihn am Arm zurück.

»Er ist nicht mehr hier. Er ist wieder auf seinen Posten zurückgegangen, in den Verschlag.«

»Wieso beschützt ausgerechnet er Camille? Ich hatte dafür doch erfahrene Beamte empfohlen.«

»Weil nur er es in diesem verdammten Kabuff auf der Treppe aushält. Die anderen können nicht mehr.«

»Und da er neu ist, haben die anderen ihm das aufgedrückt.«

»So ist es.«

»Wie lange schon?«

»Drei Wochen.«

»Schicken Sie ihm Retancourt. Sie ist ganz bestimmt fähig, in dem Verschlag durchzuhalten.«

»Sie hatte sich ja auch gemeldet dafür. Aber da gibt's ein Problem.«

»Ich wüsste nicht, welches Problem Retancourt hindern könnte.«

»Ein einziges. Sie kann sich da drin nicht rühren.«

»Zu dick«, sagte Adamsberg nachdenklich.

»Zu dick«, bestätigte Danglard.

»Genau dieses magische Kaliber hat mich gerettet, Danglard.«

»Zweifellos, aber sie kann in dem Verschlag nun mal nicht bequem sitzen, Schluss aus. Sie kann den Neuen also nicht ablösen.«

»Ich habe verstanden, Capitaine. Wie alt ist der Neue?«

»Dreiundvierzig.«

»Und wie sieht sein Gesicht aus?«

»In welcher Hinsicht?«

»Ästhetisch gesehen, verführungstechnisch.«

»Das Wort ›verführungstechnisch‹ gibt es nicht.«

Der Commandant strich sich über den Nacken, wie immer, wenn er verlegen war. Danglards Verstand mochte noch so hoch entwickelt sein, es widerstrebte ihm wie allen Männern, das Aussehen anderer Männer zu beschreiben, und so tat er, als hätte er nichts gesehen und nichts bemerkt. Adamsberg hingegen wollte möglichst viel darüber erfahren, wonach derjenige aussah, den man drei Wochen auf Camilles Treppenabsatz hatte kampieren lassen.

»Wie sieht sein Gesicht aus?«, fragte er noch einmal.

»Relativ schön«, gab Danglard schweren Herzens zu.

»Pech.«

»Nun, um Camille mache ich mir eigentlich weniger Sorgen, eher um Retancourt.«

»Empfänglich für so was?«

»Nach dem, was man sich so erzählt.«

»Wie relativ schön?«

»Gebaut wie ein Baum, schiefes Lächeln und melancholischer Blick.«

»Pech«, wiederholte Adamsberg.

»Wir können doch nicht alle Kerle auf der Welt umbringen.«

»Wir könnten aber wenigstens die Kerle mit melancholischem Blick umbringen.«

»Kolloquium«, sagte Danglard plötzlich und sah auf seine Uhr.

Natürlich war Danglard verantwortlich dafür, dass der Gemeinschaftsraum »Konzilsaal« genannt wurde, ein Raum, in dem ihre Sitzungen stattfanden, zur Stunde eine allgemeine Zusammenkunft der siebenundzwanzig Beamten der Brigade. Aber der Commandant hatte seine Untat nie zugegeben. Ebenso hatte er als Ersatz für das Wort »Sitzung«, das ihn traurig stimmte, den Begriff »Kolloquium« in den Köpfen der Beamten verankert. Die intellektuelle Autorität Adrien Danglards besaß ein solches Gewicht, dass jeder seine Entscheidungen akzeptierte, ohne sich über ihren Hintergrund Fragen zu stellen. Wie ein Medikament, an dessen wohltuender Wirkung man nicht zweifelt, wurden die neuen Wörter des Commandant, ohne zu murren, geschluckt und dermaßen rasch angenommen, dass es hoffnungslos war, sie wieder verbannen zu wollen.

Danglard tat so, als gingen ihn diese kleinen sprachlichen Umwälzungen nichts an. Wenn man ihn so hörte, waren diese altmodischen Begriffe aus dem Urgrund der Zeiten empor-gestiegen und hatten das Mauerwerk durchtränkt wie anti-kes Wasser, das über das Netz von Kellern einsickerte. Sehr plausible Erklärung, hatte Adamsberg bemerkt. Und warum nicht, hatte Danglard erwidert.

Das Kolloquium begann mit den Morden an der Porte de la Chapelle und dem Tod durch Herzversagen einer Sechzig-jährigen in einem Fahrstuhl. Adamsberg zählte rasch seine Beamten durch, es fehlten drei.

»Wo sind Kernorkian, Mercadet und Justin?«

»In der Brasserie des Philosophes«, erklärte Estalère. »Sie sind gleich fertig.«

Auch in zwei Jahren hatte die Summe der Mordfälle, die auf die Brigade zukamen, das freudige Erstaunen nicht zum Erlöschen bringen können, das die grünen Augen des Briga-diers Estalère, des jüngsten Mitglieds der Brigade, fortwäh-rend weitete. Lang und schlank, hielt Estalère sich stets dicht neben dem umfangreichen und unzerstörbaren Lieutenant Violette Retancourt, der er einen quasi religiösen Kult wid-mete und von der er sich kaum mehr als ein paar Meter ent-fernte.

»Sagen Sie ihnen, sie sollen schleunigst rüberkommen«, befahl Danglard. »Ich glaube nicht, dass sie gerade an einer neuen Idee sitzen.«

»Nein, Commandant, an einem Kaffee.«

Für Adamsberg änderte es nichts an der Sache, ob die Zusammenkünfte Sitzung oder Kolloquium hießen. Da er gemeinschaftliche Diskussionen nicht sonderlich mochte und auch ungern Anweisungen erteilte, langweilten ihn diese allgemeinen Debatten dermaßen, dass er sich nicht erinnern konnte, auch nur eine einzige von Anfang bis Ende verfolgt zu haben. Früher oder später verließen seine Gedanken den Tisch, und von sehr weit her – aber von wo? – wehten ihn sinnlose Satzfetzen an, in denen es um Wohnungen, Verhöre, Beschattungen ging. Danglard achtete auf das Ansteigen des Verschwommenheitsgrades in den braunen Augen des Kommissars und kniff ihn in den Arm, wenn die Hochwassermarke erreicht war. Genau das hatte er soeben getan. Adamsberg verstand das Signal und kam wieder unter die Menschen zurück, ließ hinter sich, was für manche ein Zustand des Stumpfsinns, für ihn jedoch ein lebenswichtiger Notausgang war, wo er im Alleingang in nicht näher zu bestimmenden Richtungen recherchierte. In verschwommenen Richtungen, erklärte Danglard entschlossen. In verschwommenen, bestätigte Adamsberg. Man kam gerade mit dem Tod der Sechzigjährigen zum Schluss, ein Verdienst der Lieutenants Voisenet und Maurel, die die verworrene Situation aufgedeckt und bewiesen hatten, dass der Fahrstuhl manipuliert worden war. Die Verhaftung des Ehemanns stand kurz bevor, das Drama gelangte zu einem Abschluss und hinterließ in Adamsbergs Kopf eine Spur von Traurigkeit, wie immer, wenn die gewöhnliche Brutalität im Dunkel des Treppenhauses seinen Weg kreuzte.

Die Ermittlung zu den Morden an der Porte de la Chapelle gehörte zum üblichen Posten der niederträchtigen Verbrechen.

Vor elf Tagen hatte man den großen Schwarzen und den großen Weißen tot aufgefunden, jeden in einer Sackgasse, den einen in der Impasse du Gué, den anderen in der Impasse du Curé. Inzwischen wusste man, dass der große Schwarze, Diala Toundé, vierundzwanzig Jahre alt, unter der Brücke am Eingang von Clignancourt Altkleider und Gürtel verkaufte und der große Weiße, Didier Paillot, genannt La Paille, zweiundzwanzig Jahre alt, die Fußgänger in der Hauptstraße des Flohmarkts beim Hütchenspiel beschiss. Dass die beiden Männer sich nicht gekannt hatten und ihr gemeinsamer Nenner nur ihre außergewöhnliche Körpergröße und schmutzige Fingernägel waren. Gründe, aus denen Adamsberg sich gegen jede Vernunft weiterhin weigerte, die Akte dem Drogendezernat zu überstellen.

Die Befragungen in den Mietskasernen, in denen die beiden Männer gewohnt hatten, Labyrinthe aus eisigen Zimmern und vernagelten Toiletten in dunklen Gängen, hatten nichts erbracht, genauso wenig wie der Besuch sämtlicher Bistros in der Gegend, von der Porte de la Chapelle bis nach Clignancourt. Die Mütter, beide vollkommen niedergeschmettert, hatten jeweils erklärt, ihr Kleiner sei ein guter Junge gewesen, wobei die eine einen Nagelschneider und die andere eine Stola vorzeigte, die er ihr erst im Monat zuvor geschenkt hatte. Brigadier Lamarre, der vor Schüchternheit ganz verspannt war, hatte die Sache sehr zugesetzt.

»Die alten Mamas«, sagte Adamsberg. »Könnte die Welt doch nur den Träumen der alten Mamas gleichen.«

Für einen Augenblick unterbrach eine wehmütige Stille das Kolloquium, als erinnerte sich jeder daran, was die eigene alte Mutter sich für ihn oder sie erträumt hatte und ob er oder sie diesen Wunschtraum verwirklicht hatte oder nicht und wie weit genau er davon entfernt war.

Retancourt hatte ebenso wenig wie die anderen den Traum ihrer alten Mama erfüllt, die sich gewünscht hatte, sie möge eine blonde Stewardess werden, die in den Gängen der Flugzeuge die Passagiere verführte und beruhigte, eine Hoffnung, die die ein Meter achtzig und einhundertzehn Kilo ihrer Tochter bereits in der Pubertät zunichtegemacht hatten. Nur die blonden Haare und ihre in der Tat außergewöhnliche Fähigkeit zur Beruhigung waren davon übrig geblieben. Und gerade zwei Tage zuvor war ihr in der Mauer, die die Ermittlungen blockierte, ein kleiner Durchbruch gelungen.

Nach einer Woche nämlich hatte Adamsberg, müde des fruchtlosen Auf-der-Stelle-Tretens, Retancourt aus einem vornehmen Anwesen in Reims zurückgeholt, wo sie in einer Familienmordgeschichte recherchierte, um sie nach Clignancourt zu werfen, wie man als letzten Versuch eine Zaubermacht einsetzt, ohne dass man genau weiß, was man von ihr erwartet. Er hatte ihr Lieutenant Noël zur Seite gestellt, einen Schrank mit Segelohren und Lederjacke, zu dem er keine sonderlich gute Beziehung hatte. Jedoch war Noël der geeignete Mann, Retancourt auf diesem schwierigen Parcours zu schützen. Letztendlich, und damit hätte er eigentlich rechnen müssen, hatte Retancourt Noël geschützt, nachdem eine Befragung in einem Café in einen Tumult ausgeartet war, der sich bis auf die Straße fortsetzte. Retancourts massives Eingreifen hatte die Schar erregter Männer beruhigt und Noël drei Kerlen entrissen, die ihm gern eine ordentliche Abreibung verpasst hätten, und zwar auf ihre Weise. Dieses Nachspiel hatte große Wirkung auf den Inhaber der Kneipe, der die Kämpfe leid war, die ständig in seinem Laden ausbrachen. Und so hatte er das Gesetz des Schweigens, das auf dem Flohmarkt herrschte, gebrochen und war – vielleicht getrieben von einer ähnlichen Offenbarung, wie Estalère sie empfand – Retancourt hinterhergerannt und hatte ihr seine Last in die Hände gelegt.

Bevor sie ihren Bericht gab, löste Retancourt ihren kurzen Pferdeschwanz und band ihn wieder zusammen, das wohl einzige Überbleibsel ihrer Schüchternheit als Kind, dachte Adamsberg.

»Emilio zufolge – das ist der Wirt des Cafés – stimmt es, dass Diala und La Paille nicht miteinander verkehrten. Zwar trennten sie nur fünfhundert Meter, aber sie arbeiteten nicht in derselben Zone des Marktes. Dieses engmaschige geografische Netz lässt Clans entstehen, die ausschließlich unter sich bleiben, weil es sonst ständig zu Reibereien und Racheaktionen käme. Falls Diala und La Paille gemeinsam im Schlamassel gesessen haben, dann nicht aus eigenem Antrieb, da ist Emilio sich sicher, sondern weil ein Außenstehender sie da reingebracht hat, jemand, dem die Gepflogenheiten des Marktes fremd waren.«

»Ein Zugereister«, meinte Lamarre, aus der Reserve gelockt.

Was Adamsberg daran erinnerte, dass der schüchterne Lamarre aus Granville stammte, der Basse-Normandie also.

»Emilio nimmt an, der Fremde muss sie ihres Formats wegen ausgesucht haben: für einen Gewaltstreich, ein Einschüchterungsmanöver, eine Schlägerei. Jedenfalls ist die Sache gut ausgegangen, denn zwei Tage vor ihrer Ermordung haben sie in seiner Kneipe noch einen gehoben. Es war das erste Mal, dass er sie zusammen sah. Das war kurz vor zwei Uhr morgens und Emilio wollte schließen. Aber er hat sich nicht getraut, sie rauszuschmeißen, denn die beiden Burschen waren mächtig aufgeladen, ziemlich betrunken und hatten die Taschen voller Kohle.«

»Wir haben kein Geld gefunden, weder an ihnen noch bei ihnen zu Hause.«

»Wahrscheinlich hat der Mörder es wieder an sich genommen.«

»Hat Emilio irgendetwas gehört?«

»Eigentlich war's ihm egal, er lief beim Aufräumen hin und her. Aber da die beiden Männer allein waren, waren sie nicht sonderlich vorsichtig und quatschten ununterbrochen in ihrem Suff. So hat Emilio mitbekommen, dass der sehr gut bezahlte Job nur diesen einen Abend lang gedauert hatte. Keine Anspielung auf eine Keilerei oder Ähnliches. Das Ganze hatte sich in Montrouge abgespielt und der Geldgeber hatte sie nach getaner Arbeit dort hängen lassen. In Montrouge, da ist Emilio sich sicher. Ansonsten haben sie nicht über sonderlich viel geredet, abgesehen von der fixen Idee einer kalten Platte, die sie verdrückt hätten. Darüber mussten sie lachen. Emilio hat ihnen zwei Sandwiches gemacht und um drei Uhr morgens sind sie dann schließlich abgezogen.«

»Eine Lieferung oder vielleicht die Annahme irgendeines schweren Materials?«, überlegte Justin.

»Das sieht nicht nach Rauschgift aus«, sagte Adamsberg starrsinnig.

Am Abend zuvor in der Normandie hatte er, ohne abzunehmen, den soundsovielten Anruf von Mortier vorübergehen lassen. Er hätte Mortier den Glauben der Mutter entgegenhalten können, die schwor, dass Diala keine Drogen anrührte. Doch für den Chef des Drogendezernats stellte allein die Tatsache, dass einer eine Schwarze alte Mama hatte, schon eine Schuldvermutung dar. Adamsberg hatte beim Divisionnaire einen zweitägigen Aufschub erwirkt, dann musste die Akte übergeben werden.

»Retancourt«, fuhr der Kommissar fort, »hat Emilio irgendetwas an ihren Händen, ihrer Kleidung bemerkt? Erde, Schlamm?«

»Das weiß ich nicht.«

»Rufen Sie ihn an.«

Danglard ordnete eine Pause an, Estalère sprang auf. Der Brigadier hegte eine Leidenschaft für etwas, für das sich niemand sonst interessierte, er merkte sich von jedem die technischen Details. Er brachte achtundzwanzig Becher auf drei verschiedenen Tabletts und stellte vor jeden Polizeibeamten sein ganz persönliches Getränk hin, Kaffee, heiße Schokolade, Tee, dünn, stark, mit oder ohne Milch, mit oder ohne Zucker, ein Stückchen, zwei Stückchen, ohne dass ihm beim Verteilen auch nur ein einziger Fehler unterlaufen wäre. So wusste er, dass Retancourt ihren Kaffee stark und ohne Zucker trank, aber immer gern einen kleinen Löffel dazu wollte, mit dem sie überflüssigerweise umrührte. Um nichts in der Welt hätte er das vergessen. Man wusste nicht, welch unschuldiges Vergnügen der Brigadier aus dieser Aufgabe zog, die ihn langsam, aber sicher in einen dienstfertigen Pagen verwandelte.

Retancourt kam mit ihrem Telefon in der Hand zurück und Estalère schob ihr ihren Kaffee ohne Zucker und mit Löffel hin. Sie bedankte sich mit einem Lächeln und der junge Mann setzte sich glücklich wieder neben sie. Von allen hatte Estalère offenbar als Einziger nicht recht begriffen, dass er in einer Mordbrigade arbeitete, er schien sich wohlzufühlen in dieser Truppe wie ein Halbwüchsiger in seiner Bande. Es hätte nicht viel gefehlt und er hätte hier geschlafen.

»Ihre Hände waren schmutzig und erdverkrustet«, sagte Retancourt. »Ihre Schuhe auch. Nachdem sie aufgebrochen sind, hat Emilio den getrockneten Schlamm und die Kiesel weggefegt, die sie unter dem Tisch zurückgelassen hatten.«

»Woran denkt ihr dabei?«, fragte Mordent und schob den Kopf aus seinem krummen Rücken, was an einen großen, dickbäuchigen Graureiher erinnerte, der sich auf dem Rand des Tisches niedergelassen hatte. »Haben sie in einem Garten gearbeitet?«

»Auf alle Fälle in Erde.«

»Sollen wir die Grünanlagen und Brachen von Montrouge durchforschen?«

»Was sollen sie denn in einer Grünanlage gemacht haben? Mit was Schwerem?«

»Finden Sie's heraus«, sagte Adamsberg, der aufgab und plötzlich das Interesse am Kolloquium verlor.

»Transport einer Truhe?«, überlegte Mercadet laut.

»Was willst du denn mit einer Truhe in einem Garten?«

»Na, dann eben irgendwas anderes Schweres«, entgegnete Justin. »Auf jeden Fall schwer genug, dass man zwei Muskelprotze anheuern muss, die's mit der Art der Arbeit nicht allzu genau nehmen.«

»Einer ziemlich heiklen Arbeit, wenn man ihnen dafür hinterher das Maul gestopft hat«, konstatierte Noël.

»Ein Loch graben, eine Leiche verscharren«, schlug Kernorkian vor.

»So was macht man allein«, entgegnete Mordent, »und nicht mit zwei Unbekannten.«

»Einen schweren Körper«, sagte Lamarre freundlich. »Aus Bronze, aus Stein, eine Statue zum Beispiel.«

»Und warum willst du eine Statue beerdigen, Lamarre?«

»Ich habe nicht gesagt, dass ich sie beerdigen will.«

»Und was machst du dann mit deiner Statue?«

»Ich stehle sie von einem öffentlichen Ort«, sagte Lamarre und überlegte, »ich transportiere sie ab und verkaufe sie. Kunsthandel. Weißt du, wie viel so was wert ist, eine Statue von der Fassade von Notre-Dame?«

»Das sind Kopien«, unterbrach Danglard. »Nimm Chartres.«

»Weißt du, wie viel so was wert ist, eine Statue von der Kathedrale in Chartres?«

»Nein, wie viel?«

»Woher soll ich das wissen? Tausende und Abertausende.«

Adamsberg hörte nur noch zusammenhanglose Bruchstücke, Garten, Statue und Abertausende. Danglards Hand legte sich auf seinen Arm.

»Wir werden die Sache anders angehen«, sagte er und nahm einen Schluck Kaffee. »Retancourt stattet Emilio noch einmal einen Besuch ab. Sie nimmt Estalère mit, denn er hat gute Augen, und den Neuen, weil er ausgebildet werden muss.«

»Der Neue sitzt im Verschlag.«

»Dann werden wir ihn da rausholen.«

»Er ist schon elf Jahre bei der Polizei, oder?«, sagte Noël. »Er muss doch nicht wie ein Kind von uns geschult werden.«

»Schulung, was den Umgang mit Ihnen allen hier betrifft, Noël, das ist nicht das Gleiche.«

»Wonach suchen wir bei Emilio?«, fragte Retancourt.

»Nach Resten von den Kieseln, die sie auf dem Boden zurückgelassen haben.«

»Kommissar, es ist schon dreizehn Tage her, dass die beiden Männer in dieses Café gekommen sind.«

»Ist der Boden gefliest?«

»Ja, schwarz-weiß.«

»Klar, wie sonst«, sagte Noël und lachte auf.

»Haben Sie schon mal versucht, Kies zusammenzufegen? Ohne dass auch nur das kleinste Körnchen verloren geht, entwischt? Emilios Kneipe ist kein Luxushotel. Mit ein bisschen Glück hat sich ein Kiesel in einen Winkel verkrümelt, ist unbemerkt dort liegen geblieben und wartet auf uns.«

»Wenn ich die Anweisung recht verstehe«, fuhr Retancourt fort, »gehen wir also einen kleinen Kieselstein suchen?«

Bisweilen tauchte Retancourts alte Feindseligkeit gegenüber Adamsberg an der Oberfläche ihrer Beziehungen wieder auf, obgleich ihr Zwist sich in Québec in einer außergewöhnlichen Nahkampfstellung gelöst hatte, die den Lieutenant und ihren Kommissar für das ganze Leben zusammengeschweißt hatte.* Doch Retancourt, die zu den Positivisten zählte, fand, Adamsbergs verschwommene Weisungen zwinge die Mitglieder seiner Brigade, allzu oft aufs Geratewohl zu handeln. Sie warf dem Kommissar vor, die Intelligenz seiner Mitarbeiter zu missachten, sich weder zu Erklärungen aufraffen zu können noch Brücken zu schlagen, um sie über seine Sümpfe zu führen. Aus dem einfachen Grund, sie wusste es ja, weil er dazu nicht in der Lage war. Der Kommissar lächelte sie an.

»So ist es, Lieutenant. Einen geduldigen, kleinen weißen Kieselstein im tiefen Wald. Der uns geradewegs zum Ort des Geschehens führen wird, ebenso leicht wie die Steinchen den Däumling zum Haus des Menschenfressers.«

»Das trifft es nicht ganz«, berichtigte Mordent, Fachmann für Märchen und Sagen und wenn möglich auch Horrorgeschichten. »Mithilfe der Kieselsteinchen fanden sie zum Haus der Eltern zurück, nicht zu dem des Menschenfressers.«

»Sicher, Mordent. Wir jedoch suchen den Menschenfresser. Wir gehen also anders vor. Immerhin sind die sechs Jungen doch in das Haus des Menschenfressers gelangt, oder?«

»Die sieben Jungen«, sagte Mordent und hob die Finger. »Aber dass sie den Oger fanden, lag gerade daran, dass sie die Kieselsteine verloren hatten.«

»Nun, und wir suchen nach ihnen.«

»Falls es die Kiesel überhaupt gibt«, beharrte Retancourt.

»Natürlich.«

»Und wenn es sie nicht gibt?«

»Aber ja, Retancourt.«

---

* Fred Vargas, *Der vierzehnte Stein.*

Mit dieser Selbstverständlichkeit, die aus Adamsbergs Himmel fiel, das heißt aus jenem privaten Himmelsgewölbe, zu dem niemand Zugang hatte, ging das Kolloquium über die Porte de la Chapelle zu Ende. Man klappte die Stühle zusammen, warf die Becher weg und Adamsberg winkte Noël zu sich heran.

»Hören Sie auf herumzumotzen, Noël«, sagte er friedfertig.

»Sie hätte mir nicht zu helfen brauchen. Ich wäre auch ohne sie zurechtgekommen.«

»Mit drei Kerlen, die sich mit Eisenstangen über Sie hermachen wollten? Nein, Noël.«

»Ich wäre sie losgeworden, auch ohne dass Retancourt den Cowboy spielte.«

»Das ist nicht wahr. Und nur weil eine Frau Ihnen aus der Verlegenheit geholfen hat, haben Sie nicht gleich fürs ganze Leben Ihre Ehre verloren.«

»So was nenne ich nicht Frau. Ein Pflug, ein Zugochse, ein Irrtum der Natur. Und ich schulde ihr keinen Dank.«

Adamsberg strich sich mit dem Handrücken über die Wange, als wolle er seine Rasur überprüfen, ein Zeichen dafür, dass seine Gelassenheit einen Sprung bekommen hatte.

»Erinnern Sie sich, Lieutenant, warum Favre gegangen ist, er und seine ewige Bosheit. Nur weil sein Nest leer steht, muss nicht ein anderer Vogel es besetzen.«

»Ich besetze nicht Favres Nest, ich besetze meins, und darin tue ich, was ich lustig bin.«

»Nicht hier, Noël. Denn wenn Sie's *zu* lustig treiben, werden Sie sich woanders austoben müssen. Bei den Arschlöchern.«

»Da bin ich doch schon. Haben Sie Estalère gehört? Und Lamarre mit seiner Statue? Und Mordent mit seinem Menschenfresser?«

Adamsberg sah auf seine beiden Uhren.

»Ich gebe Ihnen zweieinhalb Stunden, um spazieren zu gehen und Ihren Schädel auszulüften. Runter zur Seine, nachdenken und wieder hierher zurück.«

»Ich muss noch Berichte zu Ende schreiben«, sagte Noël schulterzuckend.

»Sie haben mich nicht verstanden, Lieutenant. Das ist ein Befehl, ein Auftrag. Sie gehen raus und kommen mit klarem Geist zurück. Und wenn nötig wiederholen Sie das jeden Tag, notfalls ein Jahr lang, bis der Flug der Möwen Ihnen was erzählt. Los, Noël, und mir aus den Augen.«

11

Bevor er Camilles Haus betrat, um den Neuen dort auszuquartieren, betrachtete Adamsberg seine Augen im Rückspiegel eines Autos. Gut, sagte er sich schließlich und richtete sich wieder auf. Auf einen Melancholischen gehört ein Obermelancholischer.

Er stieg die sieben Stockwerke zum Atelier hinauf, näherte sich Camilles Tür. Leise Geräusche des Lebens, Camille versuchte das Kind in den Schlaf zu wiegen. Er hatte ihr erklärt, wie man ihm die Hand aufs Haar legen musste, aber bei ihr funktionierte es nicht. Auf diesem Gebiet besaß er einen beträchtlichen Vorsprung, dafür hatte er die anderen nicht halten können.

Kein Laut dagegen aus dem Verschlag. Der melancholische, relativ schöne Neue war eingeschlafen. Anstatt über Camilles Sicherheit zu wachen, wie es sein Auftrag war. Adamsberg klopfte, es lockte ihn zu einer Rüge, einer ungerechten, denn es war verständlich, dass jeder Mensch, der stundenlang in diesem Ding eingeschlossen blieb, in den Schlaf gesunken wäre, erst recht ein melancholischer.

Durchaus nicht. Der Neue, Zigarette zwischen den Fingern, öffnete sofort die Tür, nickte kurz als Erkennungszeichen.

Weder ehrerbietig noch ängstlich, er versuchte lediglich, im Eiltempo wieder zu sich zu kommen, seine Gedanken zu ordnen, wie man eine Herde Schafe in den Stall zurücktreibt. Adamsberg gab ihm die Hand, wobei er ihn unverhohlen musterte. Sanft, aber so sanft nun auch wieder nicht. Kraft und ganz sicher Wutanfälle lagen in seinen Augen verborgen, die in der Tat melancholisch waren. In puncto Schönheit hatte Danglard als berufsmäßiger Pessimist, der er war, die Dinge zu schwarz gemalt, er gab sich immer schon vor dem Kampf geschlagen. Relativ schön, aber mehr relativ als schön und nur, wenn man es wollte. Im Übrigen war der Mann kaum größer als er. Auch wuchtiger, da der Körper und das Gesicht von einer eher weichen Substanz umhüllt waren.

»Tut mir leid«, sagte Adamsberg. »Ich habe unsere Verabredung versäumt.«

»Nicht weiter wichtig. Man hat mir gesagt, Sie hätten eine dringende Sache zu erledigen.«

Schöne Stimme, sanft, kontrolliert. Angenehm, relativ. Der Neue drückte seine Zigarette in einem Taschenaschenbecher aus.

»Eine wirklich dringende Sache, stimmt.«

»Ein weiterer Mord?«

»Nein, der Frühlingsbeginn.«

»Einverstanden«, antwortete der Neue nach einer kurzen Pause.

»Wie läuft's mit der Überwachung?«

»Endlos und nichtssagend.«

»Uninteressant?«

»Absolut.«

Perfekt, schlussfolgerte Adamsberg. Er hatte Glück gehabt, der Mann war blind, unfähig, Camille unter tausend anderen zu erkennen.

»Wir unterbrechen sie vorläufig. Eine Mannschaft aus dem 13. Arrondissement wird Sie ablösen.«

»Wann?«

»Jetzt.«

Der Neue warf einen Blick in den Verschlag, und Adamsberg fragte sich, ob er irgendeiner Sache darin nachtrauerte. Doch nein, es war nur diese Melancholie in seinen Augen, die den Eindruck erweckte, er hielte sich länger als andere mit den Dingen auf. Er sammelte seine Bücher ein und kam, ohne sich umzuwenden, wieder heraus, auch achtete er nicht im Geringsten auf Camilles Tür. Blind und im Grunde beinahe flegelhaft.

Adamsberg stellte die automatische Hausflurbeleuchtung auf Dauerbetrieb, setzte sich auf die erste Treppenstufe und zeigte seinem Kollegen den Platz neben sich. Durch seine stürmischen Jahre mit Camille waren ihm dieser Treppenabsatz wie auch das Treppenhaus sehr vertraut geworden, sodass jede der Stufen fast einen Namen besaß, Ungeduld, Nachlässigkeit, Untreue, Kummer, Bedauern, Untreue, Umkehr, Gewissensbisse, das Ganze endlos als Wendeltreppe.

»Wie viel Stufen, glauben Sie, hat diese Treppe?«, fragte Adamsberg. »Neunzig?«

»Hundertacht.«

»Das machen Sie? Sie zählen die Stufen?«

»Ich bin ein organisierter Mensch, so steht es auch in meinen Unterlagen.«

»Setzen Sie sich, ich habe Ihre Unterlagen kaum gelesen. Sie wissen, dass Sie auf Probe in dieser Brigade eingestellt wurden und dieses Gespräch nichts daran ändert.«

Der Neue nickte und nahm auf der Treppenstufe Platz, nicht unverschämt, aber auch ohne Hemmungen. Im Schein der Glühbirne bemerkte Adamsberg die roten Strähnen, von denen sein allseits dunkles Haar zebraartig durchzogen war, wodurch seltsame Lichtpunkte darin entstanden. Eine derart dichte, gewellte Haarpracht, dass man sie wahrscheinlich nur mit Mühe durchkämmen konnte.

»Es gab viele Bewerbungen auf diese Stelle«, sagte Adamsberg. »Durch welche Fähigkeiten haben Sie's zum Finalisten gebracht?«

»Durch Beziehungen. Ich kenne den Divisionnaire Brézillon sehr gut. Ich habe seinem jüngsten Sohn früher mal aus der Patsche geholfen.«

»In einer Strafangelegenheit?«

»In einer Angelegenheit, die die Sitten betraf, in dem Internat, in dem ich unterrichtete.«

»Demnach sind Sie nicht von Geburt an Bulle?«

»Ich habe als Lehrer begonnen.«

»Durch welchen schlechten Zufall haben Sie umgesattelt?«

Der Neue zündete sich eine Zigarette an. Quadratische Hände, kompakt. Verführerisch, relativ.

»Die Liebe«, riet Adamsberg.

»Sie war Polizistin, ich habe gedacht, es wäre gut, ihr zu folgen. Aber indem ich ihr folgte, habe ich sie verloren, nur die Polizei ist mir geblieben, die habe ich seitdem am Hals.«

»Schade.«

»Ja.«

»Warum wollten Sie diesen Posten? Wegen Paris?«

»Nein.«

»Wegen der Brigade?«

»Ja. Ich hatte mich informiert, das Ganze sagte mir zu.«

»Wie waren denn Ihre Informationen?«

»Reichlich und widersprüchlich.«

»Ich dagegen bin ganz und gar nicht informiert. Ich weiß nicht einmal Ihren Namen. Man nennt Sie noch immer den Neuen.«

»Veyrenc. Louis Veyrenc.«

»Veyrenc«, wiederholte Adamsberg lerneifrig. »Und woher haben Sie diese roten Haare, Veyrenc? Das lässt mir keine Ruhe.«

»Mir auch nicht, Kommissar.«

Der Neue wandte das Gesicht ab und schloss kurz die Augen. Der Neue hatte gelitten, las Adamsberg. Er blies den Rauch zur Decke, während er seiner Antwort etwas hinzuzufügen suchte, konnte sich aber nicht entschließen. In dieser erstarrten Haltung hob seine Oberlippe sich, wie von einem Faden gezogen, nach rechts, und diese Verdrehung verlieh ihm einen besonderen Charme. Das und seine braunen, dreieckigen Augen, die sich an ihren Rändern in einem Wimpernkomma hochbogen. Gefährliches Geschenk vom Divisionnaire Brézillon.

»Ich bin nicht verpflichtet, darauf zu antworten«, sagte Veyrenc schließlich.

»Nein.«

Adamsberg, der seinen neuen Mitarbeiter nur deshalb aufgesucht hatte, um ihn aus Camilles Nähe zu vertreiben, spürte, dass das Gespräch knirschte, ohne dass er den Grund dafür erriet. Und doch, dachte er, war er nicht weit davon entfernt, er würde gleich draufkommen. Er ließ seinen Blick über das Geländer wandern, über die Wand, dann die Stufen, eine nach der anderen, hinab und wieder hinauf.

Er kannte dieses Gesicht.

»Wie, sagten Sie gleich, war Ihr Name?«

»Veyrenc.«

»Veyrenc de Bilhc«, korrigierte Adamsberg. »Louis Veyrenc de Bilhc, das ist Ihr vollständiger Name.«

»In der Tat, so steht's in den Unterlagen.«

»Wo sind Sie geboren?«

»In Arras.«

»Durch den schlichten Zufall einer Reise, nehme ich an. Sie sind kein Nordfranzose.«

»Vielleicht nicht.«

»Ganz sicher nicht. Sie sind aus der Gascogne, aus dem Béarn.«

»Das stimmt.«

»Natürlich stimmt das. Ein Béarner aus dem Ossau-Tal.«

Wieder kniff der Neue die Augen zusammen, als wiche er für einen winzigen Augenblick zurück.

»Wie können Sie das wissen?«

»Wenn man den Namen einer Weinsorte trägt, muss man damit rechnen, dass die Leute sich erinnern. Die Rebsorte Veyrenc de Bilhc wächst auf den Hängen des Ossau-Tals.«

»Und, stört Sie das?«

»Vielleicht. Die Gascogner sind keine einfachen Menschen. Melancholisch und Einzelgänger, hart in der Arbeit, weich im Kern, ironisch und starrsinnig. Eine Wesensart, die ihre Vorteile hat, vorausgesetzt, man kann sie ertragen. Ich kenne Leute, die können es nicht.«

»Sie zum Beispiel? Haben Sie ein Problem mit den Béarnern?«

»Natürlich. Überlegen Sie, Lieutenant.«

Der Neue setzte sich ein kleines Stück zurück, wie ein Tier auf Abstand geht, um den Feind genauer ins Auge zu fassen.

»Die Rebsorte Veyrenc de Bilhc kennt kaum jemand«, meinte er.

»Eigentlich niemand.«

»Bis auf ein paar Weinbauspezialisten oder die aus dem Ossau-Tal.«

»Oder wer noch?«

»Oder die aus dem Nachbartal.«

»Zum Beispiel?«

»Die aus dem Gave-Tal.«

»Sehen Sie, das war nun wirklich kein Kunststück. Können Sie's nicht mehr erkennen, wenn ein Kerl aus den Pyrenäen vor Ihnen steht?«

»Es ist nicht gerade hell hier auf der Treppe.«

»Schon in Ordnung.«

»Und außerdem verbringe ich meine Zeit auch nicht damit, nach ihnen zu suchen.«

»Was, glauben Sie, passiert, wenn ein Typ aus dem Ossau-Tal am selben Ort arbeitet wie ein Typ aus dem Gave-Tal?«

Die beiden Männer dachten eine Weile nach, wobei sie die gegenüberliegende Wand anstarrten.

»Manchmal«, sagte Adamsberg, »versteht man sich schlechter mit seinem Nachbarn als mit einem Fremden.«

»Früher hat's zwischen den Tälern Reibereien gegeben«, bestätigte der Neue, den Blick noch immer auf die Wand gerichtet.

»Ja. Wegen eines kleinen Stücks Land konnte man sich gegenseitig umbringen.«

»Wegen eines Grashalms.«

»Ja.«

Der Neue stand auf und drehte sich, Hände in den Taschen, auf dem Treppenabsatz herum. Gespräch beendet, schätzte Adamsberg. Man würde es später fortführen und, wenn möglich, anders. Er stand seinerseits auf.

»Sperren Sie den Verschlag zu und begeben Sie sich wieder in die Brigade. Lieutenant Retancourt erwartet Sie, um nach Clignancourt zu fahren.«

Adamsberg verabschiedete sich mit einer Handbewegung und stieg hinab, ziemlich verstimmt. Zumindest verstimmt genug, um sein Skizzenheft auf der Stufe zu vergessen, sodass er die Treppen noch einmal hinaufsteigen musste. Im sechsten Stock hörte er, wie sich im Halbdunkel Veyrencs angenehme Stimme erhob.

»Und nun, Seigneur, zu mir. Erst neu in diesem Bund,
will schon ein ungerechter Zorn mich niedermäh'n.
Ist etwa dies die Milde, die man mir so pries,
muss ich mich schuldig fühl'n aus meiner Herkunft
Grund?«

Adamsberg stutzte und stieg lautlos die letzten Stufen hinauf.

> »Ist's ein Verbrechen gar, dass ich geboren ward
> so unweit Eures Tals? Ist's eine Kränkung, dass
> dieselben Wolken ich umfing mit meinem Blick?«

Veyrenc, den Kopf gesenkt, lehnte mit dem Rücken am Türstock des Verschlags, rote Tropfen schimmerten in seinem Haar.

> »Dass ich als Kind auf jenen Bergen lief entlang,
> die auch die Euren war'n, gereicht aus Götterhand?«

Adamsberg sah, wie sein neuer Mitarbeiter die Arme verschränkte und still in sich hineinlächelte.

»Ich verstehe«, sagte der Kommissar langsam.

Überrascht richtete der Lieutenant sich auf.

»Das steht in meinen Unterlagen«, entschuldigte er sich auf eine sonderbare Weise.

»In welchem Zusammenhang?«

Veyrenc fuhr sich verlegen durchs Haar.

»Der Kommissar in Bordeaux konnte es nicht ertragen. Der in Tarbes nicht. Und der in Nevers auch nicht.«

»Konnten Sie sich nicht zusammennehmen?«

> »Seigneur, ich kann es nicht, es kommt wie eine Flut.
> Zu dieser Sünde drängt mich meiner Ahnin Blut.«

»Wie machen Sie das? Im Wachzustand? Im Schlaf? Unter Hypnose?«

»Es ist familienbedingt«, sagte Veyrenc ein wenig schroff. »Ich kann nichts dafür.«

»Wenn es familienbedingt ist, ist es natürlich etwas anderes.«

Veyrenc verdrehte seine Lippe und öffnete in einer schicksalsergebenen Geste die Hände.

»Ich schlage Ihnen vor, mit mir zusammen in die Brigade zurückzukehren, Lieutenant. Dieses Kabuff bekommt Ihnen womöglich nicht.«

»Das stimmt«, sagte Veyrenc, dem sich beim Gedanken an Camille plötzlich der Magen zusammenkrampfte.

»Kennen Sie Retancourt? Sie übernimmt Ihre Ausbildung.«

»Gab's was Neues in Clignancourt?«

»Das wird es, wenn man einen Kieselstein unter einem Tisch findet. Sie wird Ihnen sicher davon erzählen, es gefällt ihr nämlich nicht.«

»Warum übergeben Sie den Fall nicht den Drogenfahndern?«, fragte Veyrenc und stieg, seine Bücher unterm Arm, neben dem Kommissar die Treppe hinunter.

Adamsberg senkte wortlos den Kopf.

»Können Sie's mir nicht sagen?«, beharrte der Lieutenant.

»Doch. Aber ich überlege, wie ich's Ihnen sage.«

Veyrenc, eine Hand auf dem Treppengeländer, wartete. Er hatte zu viel über Adamsberg gehört, um seine Absonderlichkeiten zu übergehen.

»Diese Toten sind für uns bestimmt«, sagte Adamsberg schließlich. »Sie sind in einem Netz gefangen gewesen, einem Flechtgewirr, einem Spinngewebe. In einem Schatten, in den Runzeln eines Schattens.«

Adamsberg richtete seinen verhangenen Blick auf einen ganz bestimmten Punkt an der Wand, an dem er die Worte zu suchen schien, die ihm zur Auskleidung seines Gedankens fehlten. Dann gab er auf, und die beiden Männer liefen bis zur Haustür hinunter, wo Adamsberg ein letztes Mal stehen blieb.

»Bevor wir Kollegen werden, sagen Sie mir, woher Sie diese roten Haare haben.«

»Ich glaube nicht, dass Ihnen die Geschichte gefallen wird.«

»Mich ärgert wenig, Lieutenant. Mich bringt wenig aus der Fassung. Manches schockiert mich.«

»Genau das erzählt man sich über Sie.«

»Stimmt.«

»Als Kind bin ich überfallen worden, im Weinberg. Ich war acht Jahre alt, die Typen waren dreizehn oder fünfzehn. Eine kleine Bande von fünf Dreckskerlen. Sie hatten es auf uns abgesehen.«

»Auf uns?«

»Mein Vater war der Besitzer des Weinbergs, sein Wein wurde langsam berühmt, das war eine Konkurrenz. Sie haben mich an den Boden gedrückt und mir den Kopf mit verrosteten Eisenteilen zerschnitten. Danach haben sie mir eine Glasscherbe in den Bauch gerammt.«

Adamsberg, die Hand schon an der Tür, hatte innegehalten, seine Finger krampften sich um den Türknauf.

»Soll ich weitererzählen?«, fragte Veyrenc.

Der Kommissar ermunterte ihn mit einer schwachen Handbewegung.

»Sie haben mich mit offenem Bauch und vierzehn Einschnitten in der Kopfhaut am Boden liegen gelassen. Aus den vernarbten Schnittwunden sind wieder Haare gewachsen, aber rote. Keine weitere Erklärung. Es ist eine Erinnerung.«

Adamsberg sah einen Augenblick zu Boden, dann blickte er den Lieutenant an.

»Was sollte mir an Ihrer Geschichte denn nicht gefallen?«

Der Neue presste die Lippen zusammen, und Adamsberg sah seine dunklen Augen, die ihn vielleicht dazu bringen wollten, den Blick zu senken. Melancholische Augen, aber nicht immer und nicht bei allen. Die beiden Bergmenschen taxierten sich wie zwei rivalisierende Steinböcke, regungslos, die Hörner in einem stummen Geschiebe verkeilt. Es war der Lieutenant, der nach einer kurzen Bewegung, die die Niederlage anzeigte, den Kopf abwandte.

»Erzählen Sie die Geschichte zu Ende, Veyrenc.«

»Ist das unbedingt nötig?«

»Ich glaube, ja.«

»Und warum?«

»Weil es unser Job ist, Geschichten zu beenden. Wenn Sie sie beginnen wollen, werden Sie wieder Lehrer. Wenn Sie sie zu Ende bringen wollen, bleiben Sie Bulle.«

»Ich verstehe.«

»Klar. Deswegen sind Sie doch hier.«

Veyrenc zögerte, hob seine Lippe zu einem falschen Lächeln.

»Die fünf Kerle kamen aus dem Gave-Tal.«

»Aus meinem Tal.«

»So ist es.«

»Na los, Veyrenc. Erzählen Sie die Geschichte zu Ende.«

»Sie ist zu Ende.«

»Nein. Die fünf Kerle kamen aus dem Gave-Tal. Sie kamen aus dem Dorf Caldhez.«

Adamsberg drehte den Türknauf.

»Kommen Sie, Veyrenc«, sagte er leise. »Wir suchen einen Kiesel.«

12

Retancourt ließ sich mit ihrem ganzen Gewicht auf einen alten Plastikstuhl in Emilios Café fallen.

»Ich will Ihnen ja nicht zu nahe treten«, sagte Emilio und kam auf sie zu, »aber wenn man die Bullen hier allzu oft sieht, kann ich die Kneipe gleich dichtmachen.«

»Finde ein Kieselsteinchen für mich, Emilio, und ich lass dich in Frieden. Ach ja, und drei Bier.«

»Nur zwei«, unterbrach Estalère. »Ich kann so was nicht trinken«, entschuldigte er sich und blickte abwechselnd den Neuen und Retancourt an. »Ich weiß nicht, warum, aber ich krieg einen Drehwurm davon.«

»Aber Estalère, den kriegt doch jeder«, sagte Retancourt, noch immer erstaunt über die anhaltende Naivität dieses siebenundzwanzigjährigen Jungen.

»Ach«, sagte Estalère. »Das ist normal?«

»Das ist nicht nur normal, es ist sogar der Zweck.«

Estalère krauste die Stirn, wobei er Retancourt um keinen Preis den Eindruck vermitteln wollte, dass er ihr irgendwas vorwarf. Wenn Retancourt während der Arbeitszeit Bier verlangte, musste es nicht nur erlaubt sein, sondern sogar ratsam.

»Wir sind nicht im Dienst«, meinte Retancourt lächelnd zu ihm. »Wir suchen ein Kieselsteinchen. Das hat nichts miteinander zu tun.«

»Du bist böse auf ihn«, behauptete der junge Mann.

Retancourt wartete, bis Emilio die Biere gebracht hatte. Sie prostete dem Neuen zu.

»Willkommen. Ich kann deinen Namen einfach nicht behalten.«

»Veyrenc de Bilhc, Louis«, sagte Estalère, glücklich darüber, dass er sich seinen vollständigen Namen so schnell eingeprägt hatte.

»Wir werden Veyrenc zu dir sagen«, schlug Retancourt vor.

»De Bilhc«, präzisierte der Neue.

»Liegt dir was an dem Adelspartikel?«

»Mir liegt was an dem Wein. So heißt ein Weinbaugebiet.«

Veyrenc hob sein Glas zu dem seiner Kollegin, ohne anzustoßen. Er hatte schon viel von den außergewöhnlichen Fähigkeiten des Lieutenants Violette Retancourt gehört, aber im Moment sah er nur eine sehr große und dicke blonde Frau, recht derb, recht lustig, an der nichts war, was ihm eine Erklärung hätte liefern können für die Angst, die Ehrfurcht oder die Ergebenheit, die sie in der Brigade auslöste.

»Du bist böse auf ihn«, wiederholte Estalère mit dumpfer Stimme.

Retancourt zuckte mit den Schultern.

»Ich habe nichts dagegen, in Clignancourt ein Bier trinken zu gehen. Wenn's ihm Spaß macht.«

»Du bist böse auf ihn.«

»Und wenn schon?«

Estalère, düster, hielt den Kopf schräg. Der Gegensatz, ja geradezu die Unvereinbarkeit zwischen dem Kommissar und seiner Mitarbeiterin hinsichtlich ihres Verhaltens, das sie oft zu Gegnern werden ließ, zerriss ihn schmerzhaft. Die zweifache Verehrung, die er Adamsberg und Retancourt, Leitsternen seines Lebens, entgegenbrachte, duldete keinen Kompromiss. Er hätte keinen für den anderen aufgegeben. Der Organismus des jungen Mannes funktionierte nur mit Gefühlsenergie und schloss dabei jeden anderen Kraftstoff wie Vernunft, Kalkül oder intellektuelles Interesse aus. Wie eine Maschine, die darauf geeicht ist, nur einen Treibstoff in reinem Zustand anzunehmen, war Estalère in dieser Hinsicht ein seltenes und zerbrechliches System. Retancourt wusste das, doch sie besaß weder das Fingerspitzengefühl, sich dem anzupassen, noch hatte sie Lust dazu.

»Er hat eben seine eigenen Vorstellungen«, beharrte der junge Mann.

»Die Akte ist was für die Drogenfahnder, Estalère«, sagte Retancourt und verschränkte die Arme.

»Er sagt Nein.«

»Wir werden diesen Kieselstein nicht finden.«

»Er sagt doch.«

Wenn Estalère vom Kommissar sprach, sagte er meistens »Er«. »Er«, »Ihm«, »Ihn«, Jean-Baptiste Adamsberg, der lebende Gott der Brigade.

»Mach, wie du denkst. Such für ihn diesen Kieselstein bis ans Ende der Welt, aber verlange nicht von mir, mit dir zusammen unter den Tischen herumzukriechen.«

Retancourt bemerkte in den Augen des Brigadiers eine unerwartete Empörung.

»Ich werde diesen Kiesel suchen«, sagte der junge Mann und stand unbeholfen auf. »Und zwar nicht, weil die gesamte Brigade mich für einen Hornochsen hält, du wie alle anderen. Aber er nicht. Er schaut, er weiß. Er sucht.«

Estalère holte Luft.

»Er sucht einen Kiesel«, sagte Retancourt.

»Weil in dem Kiesel Sachen drin sind, da sind Farben, Zeichnungen, da stehen kleine Geschichten drin. Und du siehst sie nicht, Violette, du siehst nichts.«

»Zum Beispiel?«, fragte Retancourt und hielt ihr Glas umklammert.

»Such, Lieutenant.«

Estalère verließ den Tisch mit jugendlicher Heftigkeit und ging zu Emilio, der sich in den Hinterraum geflüchtet hatte.

Retancourt schwenkte das Bier in ihrem Glas und sah den Neuen an.

»Er ist eine Glasfaser«, sagte sie, »hin und wieder erhitzt er sich. Du musst verstehen, er verehrt Adamsberg. Wie ist dein Gespräch mit ihm gelaufen? Fair?«

»Das würde ich nicht sagen.«

»Ist er von einem Gedanken zum nächsten gesprungen?«

»So in etwa.«

»Das macht er nicht absichtlich. Er hat vor einiger Zeit ziemlich was eingesteckt, in Québec. Was hältst du von ihm?«

Veyrenc lächelte schief und Retancourt war sehr angetan. Sie fand, dass der Neue viel Charme hatte, und sah ihn oft an, wobei sie eingehend sein Gesicht und seinen Körper betrachtete, seine Kleidung durchdrang und sich so, die Rollen verkehrend, wie ein Mann benahm, der unverhohlen ein hübsches Mädchen im Vorbeigehen mit Blicken auszieht. Mit ihren fünfunddreißig Jahren benahm Retancourt sich wie ein alter Junggeselle bei einer Vorführung. Und auch genauso risikolos, denn sie hatte ihren Gefühlsraum verriegelt, um sich jede Enttäuschung zu ersparen. Als junges Mädchen war sie schon genauso massig gewesen wie eine Tempelsäule und hatte es sich zur Devise gemacht, dass Defätismus sie vor unnötiger Hoffnung schützen würde. Ganz im Gegensatz zu Lieutenant Hélène Froissy, die glaubte, dass die Liebe ein Glück sei und sie an jeder Straßenecke erwarte, und die auf diese Weise schon einen beeindruckenden Berg der verschiedensten Kummersorten angehäuft hatte.

»Für mich ist da noch was anderes«, sagte Veyrenc. »Adamsberg ist im Gave-de-Pau-Tal aufgewachsen.«

»Wenn du so redest, ähnelst du ihm direkt.«

»Gut möglich. Ich stamme aus dem Nachbartal.«

»Ach«, sagte Retancourt. »Es heißt, man stellt nicht zwei Gascogner auf dieselbe Wiese.«

Estalère lief ohne einen Blick wieder an ihnen vorbei und verließ türenschlagend das Café.

»Der ist weg«, war Retancourts Kommentar.

»Fährt er ohne uns zurück?«

»Offenbar.«

»Liebt er dich?«

»Er liebt mich, als wäre ich ein Mann, als wäre ich das, was er mal werden will und nie sein wird. Ein Panzer, ein Maschinengewehr, ein Jagdflugzeug. Pass auf dich auf, hier bei uns, und halt dich ein bisschen fern. Du hast sie gesehen, du hast uns gesehen. Adamsberg und sein unzugängliches Herumgeirre. Danglard mit seiner schier unendlichen Gelehrtheit, der hinter dem Kommissar herrennt, um das Schiff davor zu bewahren, dass es auf hoher See kentert. Noël, beschränkt und gewalttätig, dazu noch Waise. Lamarre, dermaßen linkisch, dass er Mühe hat, andere anzusehen. Kernorkian, der sich vor Dunkelheit und Mikroben fürchtet. Voisenet, ein Schwergewicht, der sich seiner Zoologie widmet, sobald man ihm den Rücken kehrt. Justin, der Gewissenhafte, bis zur Ohnmacht peinlich genau. Adamsberg kriegt es immer noch nicht in seinen Schädel, wer Voisenet und wer Justin ist, er verwechselt dauernd ihre Namen, und weder der eine noch der andere ist deshalb beleidigt. Froissy, die in ihren Ernährungswahn und ihren jeweils aktuellen Kummer versunken ist. Estalère, der Ergebene, den du soeben kennengelernt hast. Mercadet, ein Zahlengenie, der immerzu gegen den Schlaf ankämpft. Mordent, Anhänger des Tragischen, der vierhundert Bände Märchen und Sagen besitzt. Und ich, Noël zufolge die dicke Mehrzweckkuh der Truppe. Was um Himmels willen willst du hier?«

»Es ist ein Plan«, sagte Veyrenc in unbestimmtem Ton. »Magst du diese Kollegen nicht?«

»Aber ja.«

»Und doch, Madame,
kommt, was Ihr sagt, fast einer Schmähung gleich.
Ist Tadel hier gerecht? Liegt Schuld nicht auch bei Euch?«

Retancourt lächelte, dann starrte sie Veyrenc an.

»Was sagst du da?«

»Ich höre nur, welch mitleidloses Bild Ihr malt,
und frage mich: woher solch feindselige Gewalt.«

»Warum sagst du es so?«

»Eine Angewohnheit«, sagte Veyrenc und lächelte ebenfalls.

»Was ist mit dir passiert? Mit deinen Haaren?«

»Ein Autounfall, mit dem Kopf durch die Windschutzscheibe.«

»Ah«, sagte Retancourt. »Auch du lügst.«

Die Tür des Cafés ging wieder auf und Estalère war auf
seinen dünnen Beinen mit zwei straffen Schritten an ihrem
Tisch. Er schob die leeren Gläser beiseite, kramte in seiner
Tasche und legte drei graue Kieselsteine in die Mitte des Tabletts. Retancourt betrachtete sie regungslos.

»Er hatte ›weiß‹ gesagt, er hatte gesagt ›einen‹«, sagte sie.

»Es sind drei und sie sind grau.«

Retancourt nahm die Kieselsteine und ließ sie in ihrer
Hand herumkullern.

»Gib sie mir zurück, Violette. Du wärst imstande, sie ihm
nicht zu geben.«

Retancourt hob heftig den Kopf und verschloss die Kieselsteine in ihrer Faust.

»Geh nicht zu weit, Estalère.«

»Wieso?«

»Wenn es mich nicht gäbe, gäbe es auch Adamsberg nicht.

Immerhin war ich es, die ihn aus den Fängen der kanadischen Bullen befreit hat. Und du weißt nicht und wirst nie erfahren, was ich getan habe, um ihn da rauszuholen. Also, Brigadier, erst wenn deine Hingabe für ›Ihn‹ dieses Ausmaß erreicht hat, wirst du ein Recht darauf haben, mich anzuschnauzen. Aber vorher nicht.«

Retancourt legte die Kiesel mit allzu entschiedener Geste in Estalères ausgestreckte Hand. Veyrenc sah, wie die Lippen des jungen Mannes zitterten, und gab Retancourt ein Zeichen der Beschwichtigung.

»Wir brechen hier ab«, sagte sie und berührte die Schulter des Brigadiers.

»Verzeihung«, flüsterte Estalère. »Ich wollte nur diese Kiesel.«

»Bist du sicher, dass es die richtigen sind?«

»Ja.«

»Seit dreizehn Tagen fegt Emilio hier jeden Abend aus, seit dreizehn Tagen werden die Mülleimer jeden Morgen weggeschafft.«

»Es war an dem besagten Abend schon sehr spät. Emilio wollte nur schnell die Kieselsteine beseitigen und hat sie aus der Tür auf die Straße gekehrt. Ich habe da gesucht, wo sie hätten landen müssen, und zwar an der Mauer, vor der Stufe dort, wo nie einer langgeht.«

»Wir fahren zurück«, sagte Retancourt und zog sich rasch ihre Jacke über. »Wir haben nur noch anderthalb Tage, bis die Leute vom Drogendezernat sie uns wegnehmen.«

13

In dem kleinen Raum, in dem der Getränkeautomat stand, entdeckte Adamsberg zwei große Schaumstoffblöcke mit einer alten Decke darüber, die eine behelfsmäßige Bank am Fußboden bildeten und das Zimmer in so etwas wie einen Unterschlupf für Obdachlose verwandelten. Mit Sicherheit eine Initiative von Mercadet, dem Superschläfer der Truppe, dessen Schlafbedürfnis sein berufliches Pflichtbewusstsein quälte.

Adamsberg holte sich einen Kaffee aus dem wohltätigen Automaten und beschloss, die Bank auszuprobieren. Er setzte sich, schob sich ein Kissen unter den Rücken und streckte die Beine aus.

Darauf ließ sich schlafen, kein Zweifel. Der wärmende Schaumstoff hüllte den Körper auf heimtückische Weise ein, fast gab er einem das Gefühl, man läge mit jemandem zusammen. Eventuell ließ sich darauf auch nachdenken, aber Adamsberg konnte nur beim Umherschlendern nachdenken. Falls man das nachdenken nennen konnte. Es war schon eine Weile her, dass er zugegeben hatte, dass Denken bei ihm nichts gemein hatte mit der für diese Tätigkeit sonst üblichen Definition. *Entwickeln und Verknüpfen von Vorstellungen und Urteilen.* Nicht dass er es nicht versucht hätte, er war auf einem ordentlichen Stuhl sitzen geblieben, hatte die Ellbogen auf einen sauberen Tisch gestützt, hatte sich Blatt und Stift geschnappt und die Stirn in die Hände gelegt, alles Versuche, durch die der Stromkreis seiner Logik jedoch nur abgeklemmt worden war. Sein unstrukturierter Geist erinnerte ihn an eine stumme Karte, ein zähes Magma, das nie zuließ, dass sich etwas absonderte, was einer IDEE gleichkam. Alles schien stets mit allem verbunden werden zu können, durch kleine Abkürzungen, auf denen Geräusche, Worte, Gerüche, Stimmfetzen, Erinnerungen, Bilder, Echotöne und Staubkörnchen durcheinanderwirbelten. Und allein damit musste er, Adamsberg, die siebenundzwanzig Beamten seiner Brigade leiten und gemäß dem oft verwendeten Ausdruck des Divisionnaire »RESULTATE erzielen«. Eigentlich hätte er sich Gedanken darum machen müssen. Doch an diesem Tag spukten dem Kommissar andere Schemen durch den Kopf.

Er breitete die Arme aus und verschränkte sie im Nacken, zufrieden mit der gastlichen Initiative des Superschläfers. Draußen Regen und Schatten. Die aber nichts miteinander zu tun hatten.

Danglard verzichtete darauf, den Automaten zu betätigen, als er den Kommissar schlafend fand. Er trat zurück und verließ mit leisen Schritten das Zimmer.

»Ich schlafe nicht, Danglard«, sagte Adamsberg, ohne die Augen zu öffnen. »Holen Sie sich Ihren Kaffee.«

»Verdanken wir Mercadet dieses Strohlager?«

»Ich vermute mal, Capitaine. Ich teste es gerade.«

»Da werden Sie Konkurrenz bekommen.«

»Oder es werden noch mehr. Demnächst sechs Bänke, in die Ecken gequetscht.«

»Es gibt hier nur vier Ecken«, stellte Danglard klar, zog sich auf einen der hohen Barhocker und ließ die Beine baumeln.

»Auf alle Fälle ist es bequemer als diese verdammten Hocker. Ich weiß nicht, wer die hergestellt hat, aber sie sind zu hoch. Man kommt nicht mal an die Fußrasten heran. Wie Störche auf einem Kirchturm hockt man darauf.«

»Es sind schwedische.«

»Nun, die Schweden sind eben zu groß für uns. Glauben Sie übrigens, dass das irgendwas ändert?«

»Was?«

»Die Größe. Glauben Sie, die Größe ändert irgendwas am Nachdenken, wenn zwischen Kopf und Füßen ein ein Meter neunzig großer Abstand besteht? Wenn das Blut diesen ganzen Weg zurücklegen muss, um hinauf- und wieder hinunterzufließen? Glauben Sie, man denkt dann klarer, ohne dass die Füße sich einmischen? Oder könnte, umgekehrt, ein Winzling von Kerl besser denken als andere, auf eine schnellere und konzentriertere Weise?«

»Immanuel Kant«, antwortete Danglard ohne besonderen Eifer, »war nur ein Meter fünfzig groß. Er war nichts als streng gegliedertes Denken.«

»Und sein Körper?«

»Den hat er nie benutzt.«

»Das geht aber auch nicht«, murmelte Adamsberg und schloss erneut die Augen.

Danglard hielt es für ratsamer und sinnvoller, wieder in sein Büro zu gehen.

»Danglard, sehen Sie ihn?«, fragte Adamsberg in ausdruckslosem Ton. »Den Schatten?«

Der Commandant kehrte um, richtete seinen Blick auf das Fenster und den Regen, der den Raum verdunkelte. Aber er kannte Adamsberg zu gut, um anzunehmen, dass der Kommissar vom Wetter sprach.

»Er ist hier, Danglard. Er legt sich über den Tag. Spüren Sie ihn? Er umhüllt uns, er sieht uns an.«

»Düstere Stimmung?«, fragte der Commandant.

»Etwas in der Art. Um uns herum.«

Danglard strich sich über den Nacken, was ihm Zeit zum Nachdenken gab. Was für ein Schatten? Wann, wo, wie? Seit dem Schlag, den Adamsberg in Québec abbekommen hatte und der eine Zwangspause von über einem Monat erforderlich gemacht hatte, hatte Danglard ihn genau beobachtet. Er hatte mitverfolgt, wie er die inneren Verwüstungen, die ihm fast den Verstand geraubt hatten, rasch überwunden hatte. Und offenbar hatte sich alles recht schnell wieder normalisiert, normalisiert im adamsbergschen Sinne, versteht sich. Danglard spürte, wie alte Befürchtungen in ihm hochstiegen. Vielleicht hatte Adamsberg sich doch nicht so weit von dem Abgrund entfernt, in den er beinahe gestürzt war.

»Seit wann?«, fragte er.

»Ein paar Tage nachdem ich zurückgekommen war«, sagte Adamsberg, öffnete plötzlich die Augen und setzte sich etwas aufrechter hin. »Er hat vielleicht schon vorher gewartet und ist in unserer Gegend umhergestreift.«

»Unserer Gegend?«

»In der Brigade. Das ist seine Gegend. Wenn ich wegfahre,

wie in die Normandie, spüre ich ihn nicht mehr. Wenn ich wiederkomme, ist er da, unauffällig und grau. Vielleicht ist es die Stumme.«

»Wer ist das?«

»Clarisse, die Nonne, die der Gerber niedergemacht hat.«

»Glauben Sie daran?«

Adamsberg lächelte.

»Neulich Nacht habe ich sie gehört«, sagte er mit beinahe glücklichem Gesichtsausdruck. »Sie wanderte auf dem Dachboden herum, streifte über den Fußboden wie ein Stück Stoff. Ich bin aufgestanden und habe nachgesehen.«

»Und da war nichts.«

»Natürlich nicht«, antwortete Adamsberg, und er musste kurz an den Unterstreicher in Haroncourt denken.

Der Kommissar ließ seinen Blick einmal durch das kleine Zimmer wandern.

»Stört er Sie?«, fragte Danglard vorsichtig, er hatte den Eindruck, vermintes Gelände zu erkunden.

»Nein. Aber es ist kein Glücksschatten, Danglard, merken Sie sich das. Er ist nicht hier, um uns zu helfen.«

»Seit Ihrer Rückkehr ist außer dem Neuen nichts Neues auf uns zugekommen.«

»Veyrenc de Bilhc.«

»Belastet etwa er Sie? Hat *er* den Schatten mitgebracht?«

Adamsberg dachte über Danglards Idee nach.

»Zumindest Ärger. Er stammt aus dem Nachbartal. Hat er Ihnen davon erzählt? Von seinem Ossau-Tal? Von seinen Haaren?«

»Nein. Weshalb?«

»Als er ein Kind war, sind fünf Kerle über ihn hergefallen. Sie haben ihm den Bauch aufgeschlitzt und die Kopfhaut zerfetzt.«

»Ja und?«

»Diese Kerle kamen aus meinem Heimatdorf. Und er weiß es. Er hat so getan, als würde er es gerade erst herausfinden, dabei wusste er es sehr wohl, längst bevor er zu uns kam. Und wenn Sie meine Meinung hören wollen, überhaupt nur deshalb ist er hier.«

»Wieso?«

»Er sucht nach Erinnerungen, Danglard.«

Adamsberg nahm wieder seine liegende Position ein.

»Diese Frau, die wir vor zwei Jahren gefasst haben, die Krankenschwester? Erinnern Sie sich? Ich hatte vor ihr noch nie eine alte Frau verhaften lassen. Ich hasse diese Geschichte.«

»Die war ein Ungeheuer«, sagte Danglard mit belegter Stimme.

»Der Gerichtsmedizinerin zufolge war sie eine Dissoziierte. Mit ihrer Alpha-Hälfte, der normalen, und ihrer Omega-Hälfte, dem Todesengel. Was sind eigentlich Alpha und Omega?«

»Griechische Buchstaben.«

»Gut. Sie war dreiundsiebzig Jahre alt. Erinnern Sie sich an ihren Blick, als wir sie festgenommen haben?«

»Ja.«

»Das ist keine sonderlich belebende Erinnerung, nicht wahr, Capitaine? Glauben Sie, sie sieht uns immer noch an? Glauben Sie, *sie* ist der Schatten? Erinnern Sie sich.«

Ja, Danglard erinnerte sich. Alles hatte in der Wohnung einer alten Frau begonnen, natürlicher Tod, Überprüfung der

Todesursache, Routine. Der behandelnde Arzt und der Gerichtsmediziner, Romain, der damals noch nicht seine Zustände hatte, hatten die Sache in knapp fünfzehn Minuten abgeschlossen. Herzstillstand, der Fernseher lief noch. Zwei Monate später wiederholten Danglard und Lamarre diesen alltäglichen Vorgang bei einem einundneunzigjährigen Mann, der in seinem Sessel gestorben war, in der Hand noch sein Buch, das seltsamerweise *Von der Kunst, Großmutter zu sein* betitelt war. Adamsberg war eingetroffen, als die beiden Ärzte zum Schluss kamen.

»Aneurysmariss«, verkündete der behandelnde Arzt. »Man weiß nie, wann so was passiert. Aber wenn's passiert, dann passiert's. Keinen Einwand, Kollege?«

»Keinen«, erwiderte Romain.

»Nun denn.«

Der Arzt holte seinen Füller und den Totenschein heraus.

»Einen Augenblick«, meinte Adamsberg.

Die Blicke richteten sich auf den Kommissar, der mit verschränkten Armen an der Wand lehnte und ihnen zusah.

»Irgendein Problem?«, fragte Romain.

»Riechen Sie nichts?«

Adamsberg löste sich von der Wand und ging zu der Leiche. Er roch am Gesicht und strich ganz leicht über die spärlichen Haare des alten Mannes. Dann durchmaß er mit großen Schritten die zwei kleinen Zimmer, das Gesicht nach oben gekehrt.

»Es liegt in der Luft, Romain. Schau woandershin, anstatt die Leiche anzustarren.«

»Wo, woanders?«, fragte Romain und wandte seine Brille zur Decke.

»Romain, dieser Alte ist ermordet worden.«

Der behandelnde Arzt machte eine Geste der Ungeduld und steckte seinen dicken schwarzen Füller wieder weg. Dieser kleine Typ mit dem verschwommenen Blick, der am Tatort herumstand, die Hände in den Taschen einer abgewetzten Hose, mit Armen so braun, als würde er seine Zeit in der Sonne verbringen, kam ihm merkwürdig vor, irgendwie dubios.

»Mein Patient war am Ende, verbraucht wie ein alter Gaul. Wenn's passiert, passiert's halt.«

»Es passiert, aber nicht immer aus heiterem Himmel. Riechen Sie das, Doktor? Es ist weder ein Parfum noch ein Medikament. Kamille, Pfeffer, Kampfer, Orangenblüte.«

»Die Diagnose steht, und Sie sind kein Arzt, soweit ich weiß.«

»Nein, ich bin Bulle.«

»Kann ich mir denken. Wenn Sie nicht einverstanden sind, rufen Sie den Kommissar an.«

»Ich bin der Kommissar.«

»Er ist der Kommissar«, bestätigte Romain.

»Scheiße«, sagte der Arzt.

Als Kenner in Sachen Adamsberg sah Danglard nun mit an, wie der Mediziner nach und nach auf Adamsbergs Stimme und sein Benehmen reagierte, wie er sich einfangen ließ von seiner Überzeugungskraft, die wie ein betörendes Lüftchen von ihm ausging. Er sah, wie der Mann nachgab und wegknickte wie ein Baum im Wind, wie er schon so viele andere hatte nachgeben sehen, eherne Männer, stählerne Frauen, deren Widerstand dahingeschmolzen war vor dieser ebenso unspektakulären wie glanzlosen Macht der Verführung, die sich weder mit Worten beschreiben noch begründen ließ. Ein unverschämtes Phänomen, das Danglard stets befriedigt und gleichzeitig verärgert zurückließ, war er doch hin- und hergerissen zwischen seiner Zuneigung für Adamsberg und seinem Mitgefühl für sich selbst.

»Ja«, meinte Danglard herumschnuppernd, »das ist ein extrem teures Öl, das in winzigen Ampullen verkauft wird, es soll gegen Nervosität helfen. Man tut sich einen Tropfen auf jede Schläfe und einen auf den Nacken, das vertreibt jedes Übel. Kernorkian hat so was, in der Brigade.«

»Sie haben recht, Danglard, das ist es. Genau daher kenne ich den Geruch. Und ich glaube nicht, Doktor, dass Ihr Patient so was benutzte.«

Der Mediziner warf einen Blick in die zwei ärmlichen Zimmer, die eher von bescheidenen Lebensumständen als vom Duft einer Luxussalbe sprachen.

»Das besagt gar nichts«, warf er ein.

»Weil Sie nicht bei der Frau waren, die vor zwei Monaten gestorben ist. Es war derselbe Geruch. Erinnern Sie sich, Danglard, Sie waren dabei.«

»Ich habe nichts bemerkt.«

»Und Sie, Romain?«

»Nein, tut mir leid.«

»Es war derselbe Geruch. Und demnach ein und dieselbe Person, die hier wie dort vorbeigekommen ist, kurz bevor die beiden jeweils starben. Wer war seine Krankenschwester, Doktor?«

»Eine sehr kompetente Frau, die ich ihm empfohlen hatte.«

Der Mediziner rieb sich verlegen die Schulter.

»Sie war schon im Ruhestand. Sie arbeitete also, wie soll ich sagen, gewissermaßen schwarz. Dadurch konnten sich viele meiner Kranken tägliche Hausbesuche leisten, die nicht allzu viel kosteten. Wenn kein Geld mehr da ist, muss man das Gesetz eben umgehen.«

»Wie heißt sie?«

»Claire Langevin. Eine sehr kompetente Frau, vierzig Jahre Krankenhauserfahrung, war auf Geriatrie spezialisiert.«

»Danglard, rufen Sie in der Brigade an. Die sollen den behandelnden Arzt der alten Dame noch mal raussuchen. Sollen ihn anrufen. Sollen den Namen der Krankenschwester erfragen, die sich um sie kümmerte.«

Man wartete fachsimpelnd zwanzig Minuten, während Danglard zum Dienstwagen zurückging. Der Mediziner holte unter dem Bett seines Patienten eine Flasche schlechten Aperitifwein hervor.

»Davon hat er mir immer ein Schlückchen angeboten, ein echter Fusel.«

Er stellte ihn ein wenig betrübt wieder unter das Bett. Und Danglard kam in die Wohnung zurück.

»Claire Langevin«, verkündete er.

Ein Schweigen trat ein, die Blicke richteten sich auf den Kommissar.

»Eine Killerkrankenschwester«, meinte Adamsberg. »Eine von denen, die man die Todesengel nennt. Wenn sie auf die Erde kommen, töten sie. Und sie tauchen immer aus heiterem Himmel auf.«

»Großer Gott«, flüsterte der Mediziner.

»Wer sind ihre anderen Kranken, Doktor? Ich meine die, denen Sie sie empfohlen hatten?«

»Großer Gott.« In weniger als einem Monat hatte man die grausige Liste von dreiunddreißig Opfern des mordenden Engels zusammengestellt, von Krankenhaus zu Klinik, von Wohnung zu Ambulanz. Seit fast einem halben Jahrhundert war sie in Deutschland wie auch in Frankreich und Polen unterwegs gewesen und hatte den Tod gebracht, indem sie von Arm zu Arm Luftbläschen säte.

An einem Februarmorgen umstellten Adamsberg und vier seiner Männer ihr Vororthäuschen, den Kiesweg und die schnurgeraden Rabatten. Vier gestandene Männer, vier Polizisten, die Erfahrung hatten im Umgang mit männlichen Mördern großen Kalibers, vier Männer, die an jenem Tag jedoch nahezu hilflos dastanden und vor Unbehagen schwitzten. Kaum rastet die Weiblichkeit aus, dachte Adamsberg, gerät die Welt ins Wanken. Im Grunde, meinte er zu Danglard, während sie den schmalen Weg hinaufgingen, bringen sich die Männer nur deshalb gegenseitig um, weil die Frauen es nicht tun. Aber sobald diese einmal die rote Linie überschreiten, gerät die Welt aus den Fugen. Vielleicht, erwiderte Danglard, der sich genauso unwohl fühlte wie die anderen.

Die Tür öffnete sich vor einer runzligen, sauberen und rechtschaffen wirkenden Frau, die sie bat, ja auf die Blumen, die Wände und das Parkett achtzugeben. Adamsberg blickte sie an, doch er sah nichts in diesem Gesicht, weder die Glut des Hasses noch die Mordlust, die er bisweilen bei anderen festgestellt hatte. Nur eine ausdruckslose, etwas schmächtige Frau. Beinahe wortlos legten die Bullen ihr die Handschellen an, während sie ihre Floskeln herunterstotterten, worauf Danglard halblaut hinzufügte: »Beschimpfe niemals eine Frau, die sündig fällt, wer weiß, welch Last die arme Seele quält.« Adamsberg stimmte ihm zu, ohne zu wissen, wen Danglard mit diesen düsteren Gedichtzeilen am helllichten Tag zu Hilfe rief. »Natürlich erinnere ich mich«, sagte Danglard, wobei seine Schultern in einem Schauer erbebten. »Aber sie ist weit weg, in einer Freiburger Haftanstalt. Von dort aus wird sie wohl kaum ihren Schatten auf Sie werfen.«

Adamsberg war aufgestanden. Beide Hände gegen die Wand gestützt, sah er in den Regen hinaus.

»Außer dass sie vor zehn Monaten und fünf Tagen einen Wärter niedergestochen hat, Danglard. Und die Mauern ihres Gefängnisses hinter sich gelassen hat.«

»Verdammt«, sagte Danglard und zerdrückte seinen Becher. »Warum haben wir davon nichts gewusst?«

»Das Land Baden-Württemberg hat es versäumt, uns zu benachrichtigen. Verwaltungsblockade. Ich habe es erst erfahren, als ich aus den Bergen zurück war.«

»Hat man sie ausfindig gemacht?«

Adamsberg machte eine vage Handbewegung in Richtung Straße.

»Nein, Capitaine. Sie streift irgendwo da draußen herum.«

14

Estalère streckte seine geöffnete Hand aus und zeigte die grauen Kieselsteine aus Clignancourt wie drei Diamanten vor.

»Was ist das, Brigadier?«, fragte Danglard, wobei er kaum den Blick von seinem Bildschirm hob.

»Die sind für ihn, Commandant. Die sollte ich ihm doch holen.«

Ihm. Er. Adamsberg.

Danglard schaute Estalère verständnislos an und drückte kurz auf seine Sprechanlage. Es war schon dunkel und die Kinder warteten mit dem Abendbrot auf ihn. »Kommissar? Estalère hat irgendein Zeugs für Sie. Er kommt«, fügte er, zu dem jungen Mann gewandt, hinzu.

Estalère rührte sich nicht, die Hand noch immer geöffnet.

»Entspann dich, Estalère. Bis er kommt. Er geht langsam.«

Als Adamsberg fünf Minuten später ins Zimmer trat, hatte der junge Mann seine Haltung kaum verändert. Er wartete, die Hoffnung hatte ihn zur Statue werden lassen. Er rief sich den Satz ins Gedächtnis zurück, den der Kommissar vorhin beim Kolloquium gesagt hatte. »Nehmen Sie Estalère mit, der hat gute Augen.«

Adamsberg begutachtete die Trophäe, die der junge Mann ihm da hinhielt.

»Die haben also doch auf uns gewartet, was?«, sagte er lächelnd.

»Draußen vor der Tür, links von der kleinen Stufe.«

»Ich wusste, du würdest sie mir bringen.«

Estalère richtete sich auf, ebenso glücklich wie ein Vogeljunges, das von seinem ersten Flug mit einem Regenwurm zurückkehrt.

»Auf nach Montrouge«, sagte Adamsberg. »Uns bleibt nur noch ein Tag, wir werden also die Nacht nehmen. Gehen Sie zu viert, wenn möglich zu sechst. Justin, Mercadet und Gardon begleiten dich. Sie haben ohnehin Wachdienst.«

»Mercadet hat Dienst, aber er schläft«, erinnerte Danglard.

»Dann geh mit Voisenet. Und Retancourt, falls sie Überstunden mitmacht. Wenn sie will, kann Retancourt ohne Schlaf leben, zehn Nächte hintereinander Auto fahren, Afrika zu Fuß durchqueren und das Flugzeug in Vancouver erwischen. Energieumwandlung, es ist Zauberei.«

»Ich weiß, Kommissar.«

»Durchforsten Sie alle Parks, Grünanlagen, Wege, jede Brache. Vergessen Sie die Baustellen nicht. Nehmt von allen Orten Proben.«

Estalère rannte fast los, in der Faust seinen Schatz.

»Soll ich auch mitgehen?«, fragte Danglard und schaltete seinen Computer aus.

»Nein, gehen Sie Ihren Kindern Abendbrot machen, und ich ebenfalls. Camille spielt in Saint-Eustache.«

»Ich kann meine Nachbarin bitten, das Essen zu machen. Wir haben nur noch vierundzwanzig Stunden.«

»Großauge wird schon zurande kommen, er ist nicht allein.«

»Warum, glauben Sie, reißt er die Augen so weit auf?«

»Wahrscheinlich hat er als Kind irgendwas gesehen. Wir alle haben irgendwas gesehen als Kind. Manchen sind davon die Augen allzu weit offen geblieben, andere haben davon einen allzu dicken Körper zurückbehalten oder einen allzu wirren Kopf oder ...«

Adamsberg stockte und verbannte die roten Strähnen des Neuen aus seinen Gedanken.

»Ich glaube, Estalère hat die Kiesel ganz allein gefunden. Ich glaube, Retancourt wollte nichts davon wissen und hat mit dem Neuen derweil was getrunken. Vielleicht ein Bier.«

»Vielleicht.«

»Hin und wieder regt Retancourt sich noch immer über mich auf.«

»Sie regen jeden auf, Kommissar. Warum nicht auch sie?«

»Jeden, außer ihr. Genau das würde ich mir wünschen. Bis morgen, Danglard.«

Adamsberg hatte sich auf seinem neuen Bett ausgestreckt, das Kind auf seinem Bauch lag festgeklammert wie ein kleiner Affe am Brustfell des Vaters. Alle beide satt, alle beide friedlich, alle beide still, eingesunken in dem riesigen roten Federbett, einem Geschenk von Adamsbergs zweiter Schwester. Auf dem Dachboden kein Anzeichen von der Nonne. Lucio Velasco hatte ihn vorhin diskret über Clarisses Anwesenheit ausgefragt und Adamsberg hatte ihn beruhigt.

»Ich werde dir eine Geschichte erzählen, Sohn«, sagte Adamsberg in der Dunkelheit. »Eine Geschichte aus den Bergen, aber nicht mehr die von dem *Opus piscatum*. Von diesen Mäuerchen haben wir genug. Ich werde dir die Geschichte von dem Steinbock erzählen, der einen anderen Steinbock traf. Du musst wissen, der Steinbock mag es nicht, wenn ein anderer Steinbock sein Haus betritt. Alle anderen Tiere hat er sehr gern, die Kaninchen, die Vögel, die Bären, die Murmeltiere, die Wildschweine, alles, was du willst, aber nicht den anderen Steinbock. Weil der andere Steinbock ihm sein Stück Land und seine Frau wegnehmen will. Und er stößt ihn mit riesigen Hörnern.«

Thomas bewegte sich, als würde er den Ernst der Lage begreifen, und Adamsberg umschloss seine Fäustchen mit seinen Händen.

»Mach dir keine Sorgen, es wird gut ausgehen. Aber heute wäre ich beinahe von den Hörnern gestoßen worden. Also habe ich zurückgerempelt und der rothaarige Steinbock hat Reißaus genommen. Auch du wirst später Hörner kriegen. Die schenken dir die Berge. Und ich weiß nicht, ob das gut ist oder nicht. Aber es sind deine Berge, du kannst nichts dafür. Morgen oder an einem anderen Tag wird der rothaarige Steinbock für einen zweiten Angriff wiederkommen. Ich glaube, er ist wütend.«

Die Geschichte schläferte Adamsberg noch vor seinem Sohn ein. Es war Nacht, keiner von beiden hatte sich auch nur einen Millimeter bewegt. Adamsberg öffnete urplötzlich die Augen, streckte den Arm nach seinem Telefon aus, er kannte ihre Nummer auswendig.

»Retancourt? Sind Sie im Bett oder in Montrouge?«

»Ihrer Meinung nach?«

»In Montrouge, im Schlamm einer Baustelle.«

»Einer Brache.«

»Und die anderen?«

»Weit verstreut. Wir suchen ab, sammeln auf.«

»Rufen Sie sie allesamt zurück, Lieutenant. Wo sind Sie?«

»Avenue Jean-Jaurès, in Höhe der Nummer 123.«

»Rühren Sie sich nicht von der Stelle. Ich komme.«

Adamsberg stand behutsam auf, zog rasch eine Hose über, machte das Kind an seinem Bauch fest. Solange er eine Hand auf seinem Kopf und die andere unter seinem Po ließ, bestand keine Gefahr, dass Tom aufwachte. Und solange Camille nicht erfuhr, dass er seinen Sohn in die kalte Nacht von Montrouge mit hinausnahm, in der schlechten Gesellschaft von Bullen, würde alles gut gehen.

»Du jedenfalls wirst mich nicht verraten, nicht wahr, Tom?«, murmelte er und wickelte ihn in eine Decke. »Du sagst ihr doch nicht, dass wir beide nachts weggehen? Ich habe keine andere Wahl, wir haben nur noch einen einzigen Tag. Komm, kleiner Kerl, und schlaf.«

Ein Taxi setzte Adamsberg fünfundzwanzig Minuten später an der Avenue Jean-Jaurès ab. Die Truppe wartete als versammelter Haufen auf dem Bürgersteig.

»Bist du verrückt, den Kleinen mitzubringen«, sagte Retancourt, die auf das Auto zugelaufen kam.

Manchmal, und zwar seit jener bewussten Nahkampfstellung, die ihrer beider Leben gerettet hatte, wechselten der Kommissar und der Lieutenant den Ton, wie ein Zug das

Gleis wechselt, und gingen zum Du der vertrauten und unumstößlichen Komplizenschaft über. Sie wussten beide, dass ihre Vereinigung sich nicht rückgängig machen ließ. Unverbrüchliche Liebe, wie alle Lieben, die nicht gelebt wurden.

»Mach dir keine Sorgen, Violette, er schläft wie ein Engel. Solange du mich nicht an Danglard verrätst, der mich an Camille verraten würde, wird alles gut gehen. Warum ist der Neue hier?«

»Er vertritt Justin.«

»Wie viele Autos habt ihr?«

»Zwei.«

»Nimm du eins, ich steige ins andere. Wir treffen uns am Haupteingang des Friedhofs wieder.«

»Warum?«, fragte Estalère.

Adamsberg strich sich kurz über die Wange.

»Weil Ihre Kieselsteine von dort stammen, Brigadier. Die fixe Idee von Diala und La Paille, erinnern Sie sich.«

»Sie hatten eine fixe Idee?«

»Ja, sie redeten davon.«

»Von einer kalten Platte, die sie verdrückt hätten«, sagte Voisenet.

»Ja, und darüber mussten sie lachen. Die redeten nicht vom Essen, sondern von dem verfluchten Job, den sie gerade erledigt hatten. Sie sprachen von einer Platte. Nicht ›verdrücken‹ meinten sie, sondern ›verrücken‹. Von einer Platte, die sich nicht verrücken oder kaputt schlagen ließ. Einer Platte, die so schwer war, dass man dafür ihre starken Arme brauchte. In Montrouge.«

»Einer Grabplatte«, sagte Gardon plötzlich. »Auf dem großen Friedhof in Montrouge.«

»Sie haben eine Steinplatte weggerückt, sie haben ein Grab geöffnet. Los geht's. Nehmen Sie alle Taschenlampen mit.«

Der Friedhofswärter ließ sich nur mit Mühe wecken, aber leicht befragen. Bei seinen endlosen Nächten war eine Abwechslung, selbst polizeilicher Natur, immer willkommen. Ja, jemand hatte eine Steinplatte weggeschoben. Und sie war zu Bruch gegangen, als man sie heruntergezogen hatte. Sie lag, als man sie fand, in zwei Hälften zerbrochen neben dem Grab. Die Familie hatte inzwischen einen neuen Grabstein aufstellen lassen.

»Und das Grab?«, fragte Adamsberg.

»Was soll sein mit dem Grab?«

»Nachdem die Platte entfernt wurde? Was ist dann passiert? Hat man darin herumgegraben?«

»Eben nicht. Da wollte nur einer den Leuten auf den Keks gehen.«

»Wann war das?«

»Vor ungefähr zwei Wochen. In der Nacht von Mittwoch zu Donnerstag. Ich suche Ihnen das Datum heraus.«

Der Wärter zog ein dickes Verzeichnis mit fleckigen Seiten aus dem Regal.

»Die Nacht vom 6. zum 7.«, sagte er. »Ich schreibe alles auf. Wollen Sie die Erkennungsdaten der Grabstätte?«

»Später. Führen Sie uns zuerst hin.«

»Nein«, sagte der Wärter und wich in das kleine Zimmer zurück.

»Nun führen Sie uns schon hin, verflucht. Wie sollen wir's denn sonst finden? Der Friedhof ist groß wie ein See.«

»Nein«, wiederholte der Mann. »Niemals.«

»Sind Sie nun der Wärter oder nicht?«

»Zurzeit sind wir zwei hier. Also, ich jedenfalls geh da nicht mehr rein.«

»Zwei? Es gibt noch einen anderen Wärter?«

»Nein. Jemand anderes, nachts.«

»Wer?«

»Weiß nicht, ich will's auch gar nicht wissen. Es ist eine Gestalt. Also, ich jedenfalls geh da nicht mehr rein.«

»Haben Sie sie gesehen?«

»Wie ich Sie jetzt sehe. Es ist kein Mann, es ist keine Frau, es ist ein grauer Schatten, ein langsamer. Er lief mit so rutschigen Schritten, knapp vorm Hinfallen. Aber er fiel nicht hin.«

»Wann war das?«

»Zwei oder drei Tage bevor die Grabplatte verrückt wurde. Also, ich jedenfalls geh da nicht mehr rein.«

»Aber wir schon, und Sie begleiten uns. Wir werden Sie nicht allein lassen, ich habe hier einen Lieutenant, der Sie beschützen wird.«

»Keine Wahl, was? Bei den Bullen? Und Sie nehmen ein Baby mit auf die Expedition? Na, Sie haben ja Mumm.«

»Das Baby schläft. Dem Baby passiert schon nichts. Und wenn selbst das Baby mitgeht, können Sie auch mitgehen. Oder?«

Umrahmt von Retancourt und Voisenet, führte der Wärter sie rasch zum Grab, er hatte es schrecklich eilig, wieder in seinen Unterschlupf zurückzukehren.

»Da wären wir«, sagte er. »Hier war's.«

Adamsberg richtete die Taschenlampe auf den Stein.

»Eine junge Frau«, sagte er. »Gestorben mit sechsunddreißig Jahren, vor gut drei Monaten. Wissen Sie, woran?«

»Ein Autounfall, das ist alles, was ich erfahren habe. Traurig, so was.«

»Ja.«

Estalère hatte sich auf den Weg niedergebeugt und harkte den Boden ab.

»Die Kiesel, Kommissar. Es sind die gleichen.«

»Ja, Brigadier. Nehmen Sie trotzdem eine Probe.«

Adamsberg schwenkte den Lichtkegel der Lampe auf seine Uhren.

»Gleich halb sechs. In einer halben Stunde wecken wir die Familie. Wir brauchen die Erlaubnis.«

»Um was zu tun?«, fragte der Wärter, der in der Gruppe wieder etwas selbstsicherer wurde.

»Um die Grabplatte zu entfernen.«

»Verflucht, wie oft werden Sie den Stein denn noch runternehmen?«

»Wenn wir die Platte nicht runternehmen, wie sollen wir dann wissen, warum sie es getan haben?«

»Klingt ziemlich logisch«, murmelte Voisenet.

»Aber sie haben nicht drin gegraben«, protestierte der Wärter. »Verflixt, das hab ich Ihnen doch gesagt. Da war nichts, nicht mal das Loch einer Nadel. Und außerdem: Auf der Erde lagen noch überall die verwelkten Rosenstängel. Das ist doch ein Beweis dafür, dass sie da drin nichts angerührt haben, oder?«

»Vielleicht, aber wir müssen es überprüfen.«

»Vertrauen Sie mir etwa nicht?«

»Zwei Tage später mussten zwei Burschen deswegen sterben. Man hat beiden die Kehle durchgeschnitten. Das ist ein hoher Preis dafür, dass man eine Steinplatte weggerückt hat. Nur um den Leuten auf den Keks zu gehen.«

Der Wärter kratzte sich ratlos den Bauch.

»Sie haben also irgendwas anderes gemacht«, fuhr Adamsberg fort.

»Hm, ich versteh nicht, was.«

»Hm, wir werden sehen.«

»Ja.«

»Und dafür müssen wir die Grabplatte wegnehmen.«

»Ja.«

Veyrenc zog Retancourt ein wenig beiseite.

»Warum hat der Kommissar zwei Uhren um?«, fragte er.

»Weil er auf amerikanische Zeit eingestellt ist?«

»Weil er auf gar nichts eingestellt ist. Ich glaube, er hatte eine Uhr und seine Freundin hat ihm noch eine geschenkt. Also hat er die auch umgemacht. Und jetzt hat er eben zwei Uhren, er kann nichts dafür.«

»Weil er sich zwischen den beiden nicht entscheiden kann?«

»Nein, ich glaube, es ist einfacher. Er besitzt zwei Uhren, also trägt er zwei Uhren.«

»Verstehe.«

»Du wirst es schnell begreifen.«

»Außerdem ist mir nicht klar, wie er auf die Sache mit dem Friedhof gekommen ist. Wenn er schlief?«

»Retancourt«, rief Adamsberg, »die Männer werden sich ausruhen. Ich komme mit einer Ablösung zurück, sobald ich Tom seiner Mutter wiedergegeben habe. Können Sie den Anschluss gewährleisten? Und sich um die Erlaubnis kümmern?«

»Ich werde bei ihr bleiben«, schlug der Neue vor.

»Ja, Veyrenc?«, fragte er steif. »Glauben Sie, Sie können sich noch auf den Beinen halten?«

»Sie etwa nicht?«

Der Lieutenant hatte dabei kurz die Lider geschlossen und Adamsberg ärgerte sich über sich selbst. Zusammenprall der Steinböcke im Gebirge, der Lieutenant fuhr sich durch sein seltsames Haar. Sogar nachts konnte man die rote Maserung darin gut erkennen.

»Wir haben eine Menge Arbeit, Veyrenc, Drecksarbeit«, sagte Adamsberg leiser. »Es hat vierunddreißig Jahre gewartet, es wird auch noch ein paar Tage länger warten können. Ich schlage vor, wir versuchen einen Waffenstillstand.«

Veyrenc schien zu zögern, stimmte dann aber schweigend zu.

»Abgemacht«, sagte Adamsberg und entfernte sich. »In einer Stunde bin ich zurück.«

»Worum geht's hier eigentlich?«, fragte Retancourt und folgte dem Kommissar.

»Um einen Krieg«, antwortete Adamsberg schroff. »Einen Krieg zwischen den beiden Tälern. Misch dich da nicht ein.«

Retancourt blieb verärgert stehen und kickte mit der Fußspitze Kiesel weg.

»Einen schlimmen?«, fragte sie.

»Ziemlich.«

»Was hat er getan?«

»Wohl eher: Was wird er noch tun? Du magst ihn, nicht wahr, Violette? Aber stell dich nicht zwischen Baum und Borke. Eines Tages nämlich wirst du dich ganz gewiss entscheiden müssen. Entweder er oder ich.«

15

Um zehn Uhr morgens war die Grabplatte hochgehoben, unter der eine Fläche aus glatter, festgedrückter Erde zum Vorschein kam. Der Wärter hatte die Wahrheit gesagt, der Boden war unberührt und gänzlich bedeckt mit Überbleibseln schwarz gewordener Rosen. Die Bullen, müde und enttäuscht, liefen hilflos drum herum. Was hätte der alte Angelbert angesichts dieses inneren Zusammenbruchs seiner Männer beschlossen?, fragte sich Adamsberg.

»Machen Sie trotzdem Aufnahmen davon«, sagte er zu dem sommersprossigen Fotografen, einem liebenswürdigen und begabten Burschen, dessen Namen er regelmäßig vergaß.

»Barteneau«, flüsterte Danglard ihm zu, der es sich auch zur Aufgabe machte, den sozialen Defiziten des Kommissars entgegenzuwirken.

»Barteneau, machen Sie Fotos. Auch von Nebensächlichkeiten.«

»Ich hatte es Ihnen ja gesagt«, brummelte der Wärter mürrisch. »Sie haben nichts getan. Nicht mal das Loch einer Nadel.«

»Da muss etwas sein«, erwiderte Adamsberg.

Der Kommissar setzte sich im Schneidersitz auf die weggerückte Steinplatte, das Kinn auf die Arme gestützt. Retancourt ging ein Stück weg, lehnte sich an ein Grabmal und schloss die Augen.

»Sie wird ein wenig schlafen«, erklärte der Kommissar dem Neuen. »Sie ist die Einzige in der Brigade, die das kann, im Stehen schlafen. Einmal hat sie uns erklärt, wie sie's anstellt, und alle haben es probiert. Mercadet hat es fast geschafft. Aber als er einschlief, ist er umgefallen.«

»Das scheint mir normal«, flüsterte Veyrenc. »Und sie fällt nicht um?«

»Eben nicht. Überzeugen Sie sich, sie schläft wirklich. Sie können laut sprechen. Nichts weckt sie auf, wenn sie es so bestimmt hat.«

»Es ist eine Frage der Umwandlung«, erklärte Danglard. »Sie wandelt ihre Energie in alles um, was sie nur will.«

»Was uns nicht den Schlüssel zum System liefert«, fügte Adamsberg hinzu.

»Kann ja auch sein, sie haben einfach nur draufgepinkelt«, überlegte Justin und setzte sich neben den Kommissar.

»Auf Retancourt?«

»Auf das Grab, verdammt.«

»Das wäre allerhand Arbeit und allerhand Geld, nur um irgendwo draufzupinkeln.«

»Natürlich, Pardon. Ich hab bloß so vor mich hin geredet, zur Entspannung.«

»Ich mache Ihnen keinen Vorwurf, Voisenet.«

»Justin«, berichtigte Justin ihn.

»Ich mache Ihnen keinen Vorwurf, Justin.«

»Im Übrigen entspanne ich mich dadurch auch gar nicht sonderlich.«

»Zum Entspannen taugen nur zwei Dinge wirklich. Lachen oder Sex. Weder das eine noch das andere machen wir hier gerade.«

»Hab ich bemerkt.«

»Und schlafen?«, fragte Veyrenc. »Das entspannt nicht?«

»Nein, Lieutenant, das ist erholsam. Was nicht dasselbe ist.«

Die Mannschaft schwieg erneut, und der Wärter fragte, ob er die Örtlichkeiten endlich verlassen dürfe. Ja, er dürfe.

»Wir sollten es nutzen, dass die Hebevorrichtung da ist, um die Steinplatte wieder an ihren Platz zu räumen«, schlug Danglard vor.

»Nicht sofort«, sagte Adamsberg, das Kinn noch immer auf seine Arme gestützt. »Wir gucken noch mal. Wenn wir nichts finden, nehmen die Leute vom Drogendezernat sie uns heute Abend weg.«

»Wir werden doch nicht tagelang unter dem Vorwand hierbleiben, dass wir den Leuten vom Drogendezernat Widerstand leisten.«

»Seine Mutter hat gesagt, dass er das Zeug nicht anrührte.«

»Die Mütter«, gab Justin schulterzuckend von sich.

»Sie entspannen sich zu sehr, Lieutenant. An die Mütter muss man glauben.«

Ein Stück entfernt lief Veyrenc hin und her, wobei er gelegentlich neugierig zu Retancourt hinübersah, die tatsächlich fest schlief. Von Zeit zu Zeit redete er vor sich hin.

»Danglard, versuchen Sie mitzubekommen, was der Neue da murmelt.«

Der Commandant machte einen unauffälligen Spaziergang über die Wege und setzte sich wieder neben den Kommissar.

»Wollen Sie es wirklich wissen?«

»Das wird uns ein bisschen entspannen, da bin ich ganz sicher.«

»Nun, der Neue murmelt dem Anlass entsprechende Verse vor sich hin. Es beginnt mit ›O Erde‹.«

»Und weiter?«, fragte Adamsberg ein wenig mutlos.

»›O Erde,
Ich fleh dich an, jedoch, du hüllst in Schweigen dich.
Was ist gescheh'n in jener Schreckensnacht, so sprich!
Willst du nicht reden, oder ist mein Ohr zu schmal,
dass ich nicht hör das Raunen deiner Seelenqual?‹

Und so weiter, ich habe nicht alles behalten. Den Autor kenne ich nicht.«

»Verständlich, es stammt ja auch von ihm. Er macht das, wie andere sich die Nase putzen.«

»Seltsam«, sagte Danglard und runzelte seine hohe Stirn.

»Es ist vor allem familienbedingt, wie alles Seltsame. Sagen Sie die Verse noch mal, Capitaine.«

»Die sind nicht viel wert.«

»Immerhin reimt es sich. Und mehr noch, es steckt ein Sinn darin. Sagen Sie's noch mal.«

Adamsberg hörte aufmerksam zu, dann stand er auf.

»Er hat recht. Die Erde weiß etwas und wir nicht. Wir sind nicht imstande, es zu verstehen, und da liegt das Problem.«

In Begleitung von Danglard und Justin kam der Kommissar an das aufgedeckte Grab zurück.

»Und wenn da ein Ton zu hören ist und wir ihn nicht hören, dann nur deshalb, weil wir taub sind. Nicht die Erde ist stumm, sondern wir sind unfähig. Wir brauchen folglich einen Fachmann, einen Dolmetscher, einen Burschen, der den Gesang der Erde hören kann.«

»Wie heißt so einer?«, fragte Justin ziemlich ängstlich.

»Archäologe«, sagte Adamsberg und holte sein Mobiltelefon heraus. »Oder Dreckdurchwühler, ganz wie Sie wollen.«

»Haben Sie so einen im Angebot?«

»Hab ich«, bestätigte Adamsberg und wählte eine Nummer. »Einen hervorragenden, einen Fachmann für ...«

Der Kommissar stockte und suchte nach dem Wort.

»... flüchtige Spuren«, vervollständigte Danglard.

»Das ist es. Man kann es gar nicht besser treffen.«

Es war Vandoosler der Alte[*], ein ehemaliger Bulle, zynisch und im Ruhestand, der abhob. Adamsberg erläuterte ihm kurz die Situation.

»Blockiert, in die Enge getrieben, Ausweg versperrt, wenn ich recht verstehe?«, sagte Vandoosler kichernd. »Ist das Tier etwa schon besiegt?«

»Nein, Vandoosler, sonst würde ich ja nicht anrufen. Spielen Sie nicht zu sehr mit mir, ich habe heute keine Zeit.«

---

[*] Fred Vargas, *Die schöne Diva von Saint-Jacques*.

»Sehr gut. Wen brauchen Sie? Marc?«

»Nein, den Prähistoriker.«

»Er ist im Keller, bei seinen Feuersteinen.«

»Sagen Sie ihm, er soll in gestrecktem Galopp zu mir auf den Friedhof von Montrouge kommen. Es ist dringend.«

»In Anbetracht der Tatsache, dass er in eine Tiefe von 12 000 Jahren vor Christus abgetaucht ist, würde er Ihnen sagen, es eilt nicht. Und nichts bringt Mathias dazu, sich von seinen Feuersteinen loszureißen.«

»Ich schon, Vandoosler, verflucht! Wenn Sie mir nicht helfen, werden Sie den Leuten vom Drogendezernat ein verdammtes Geschenk machen.«

»Das ist was anderes. Ich schicke ihn zu Ihnen rüber.«

16

»Was erwarten wir von ihm?«, fragte Justin, während er sich im Wärterhäuschen die Hände an einer Tasse Kaffee wärmte.

»Das, was der Neue gesagt hat. Dass er der Erde ihr Geheimnis entlockt. Ihre zwölffüßigen Wendungen haben allerhand Vorteile, Veyrenc.«

Der Wärter blickte Veyrenc neugierig an.

»Er dichtet«, erklärte Adamsberg.

»An solch einem Tag?«

»Vor allem an solch einem Tag.«

»Gut«, sagte der Wärter, umgänglicher geworden. »Die Poesie ist vor allem dazu da, die Dinge komplizierter zu machen, oder? Aber wenn man sie komplizierter macht, versteht man sie vielleicht besser. Und wenn man sie besser versteht, kommen sie einem einfacher vor. Letzten Endes.«

»Ja«, sagte Veyrenc überrascht.

Retancourt war wieder bei ihnen, sie sah ausgeruht aus. Der Kommissar hatte sie geweckt, indem er einfach mit dem Finger auf ihre Schulter getippt hatte, wie man auf einen Knopf drückt. Durch das Fenster des Häuschens sah sie, wie ein blonder Riese über die Straße lief, kaum bekleidet, Haare bis zur Schulter, dessen Hose mit einer Kordel zusammengehalten wurde.

»Das ist unser Dolmetscher«, sagte Adamsberg. »Er lächelt oft, aber man weiß nicht immer, worüber.«

Fünf Minuten später kniete Mathias neben dem Grab und studierte den Boden. Adamsberg gab seinen Beamten zu verstehen, sie mögen leise sein. Die Erde spricht nicht laut, da muss man gut aufpassen.

»Sie haben auch wirklich nichts angefasst?«, fragte Mathias. »Niemand hat die Lage der Rosenstängel verändert?«

»Nein«, sagte Danglard, »genau das ist ja die Frage. Die Familie hat auf der gesamten Oberfläche des Grabes Blumen verteilt und anschließend ist die Steinplatte darübergelegt worden. Was beweist, dass die Erde nicht angerührt wurde.«

»Stängel ist nicht gleich Stängel«, sagte Mathias.

Er strich kurz über jede einzelne Rose, kroch auf Knien um das Grab herum, tastete die Erde an verschiedenen Stellen ab, wie ein Weber die Qualität eines Seidenstoffs prüft. Dann hob er den Kopf und lächelte Adamsberg an.

»Hast du gesehen?«, sagte er.

Adamsberg schüttelte den Kopf.

»Manche Stängel lösen sich ab, sobald man sie leicht berührt, und manche sitzen ganz fest im Boden. Diese hier liegen alle an ihrem Platz«, sagte er und zeigte auf die Blumen auf dem unteren Teil der Grabstätte. »Aber die dort liegen auf der Oberfläche, sie wurden verschoben. Siehst du's?«

»Ich höre dir zu«, sagte Adamsberg stirnrunzelnd.

»Das bedeutet, in dem Grab wurde gegraben«, fuhr Mathias fort, wobei er vorsichtig die Stängel am Kopfende des Grabes entfernte, »aber nur in einem Teil. Anschließend sind die verwelkten Blumen wieder auf die zugeschüttete Stelle draufgelegt worden, damit man es nicht sieht. Aber man merkt es trotzdem. Siehst du«, sagte er und stand in einer einzigen Bewegung auf, »ein Mensch verrückt einen Rosenstängel und tausend Jahre später kannst du's noch erkennen.«

Beeindruckt gab Adamsberg ihm recht. Wenn er heute Abend also das Blütenblättchen einer Blume berührte, heimlich und ohne dass jemand davon erfuhr, würde ein Typ wie Mathias das in tausend Jahren noch rauskriegen. Die Vorstellung, dass alle seine Gesten ihre unwiderruflichen Spuren hinterließen, erschien ihm ziemlich besorgniserregend. Aber er beruhigte sich mit einem Blick auf den Prähistoriker, der eine Kelle aus seiner Gesäßtasche zog und das Werkzeug mit den Fingern blank rieb. Solche Burschen traf man nicht alle Tage.

»Es ist sehr schwierig«, sagte Mathias und verzog das Gesicht. »Es ist ein Loch, das man sofort wieder mit seinem eigenen Erdinhalt zugeschüttet hat. Es ist unsichtbar. Es wurde also gegraben, aber wo?«

»Kannst du's nicht finden?«, fragte Adamsberg plötzlich nervös.

»Nicht mit den Augen.«

»Und wie dann?«

»Mit den Fingern. Wenn man nichts sehen kann, kann man immer noch fühlen. Das dauert bloß länger.«

»Was denn fühlen?«, fragte Justin.

»Die Begrenzungen der Grube, den Zwischenraum zwischen ihrem Rand und ihrer Aufschüttung. Da klebt eine Erdschicht ganz dicht an der anderen. Es existiert, man muss es nur ausfindig machen.«

Mathias ließ seine Hand über die gleichförmige Oberfläche der Erde wandern. Dann schien er mit den äußersten Spitzen seiner Fingernägel an einem Phantomspalt hängen zu bleiben, an dem er gleich darauf langsam entlangfuhr. Genau wie ein Blinder sah Mathias den Boden bei alledem nicht wirklich an, als hätten seine Augen ihn täuschen und seine Suche verfälschen können, bei der ihm ausschließlich die Sensibilität seiner Finger half. Stück für Stück arbeitete er die Linie eines unvollkommenen Kreises heraus, mit einem Durchmesser von 1,50 Meter, den er mit der Spitze seiner Kelle nachzog.

»Wir haben es, Adamsberg. Ich werde die Grube selbst ausheben, um ihre Wandungen nach unten hin zu verfolgen, und deine Männer schaffen die Erde weg. So kommen wir schneller voran.«

In einer Tiefe von achtzig Zentimetern richtete Mathias sich auf, zog sein Hemd aus und strich über die Wände des Lochs.

»Ich habe nicht den Eindruck, dass dein Buddler irgendwas vergraben hat. Wir sind jetzt schon zu tief. Er hat versucht, an den Sarg heranzukommen. Sie waren zu zweit.«

»Das ist richtig.«

»Der eine grub, der andere hat die Eimer ausgeschüttet. In dieser Tiefe haben sie die Rollen getauscht. Jeder hackt anders.«

Mathias griff sich wieder seine Kelle und versank erneut in der Grube. Man hatte sich Schaufeln und Eimer vom Wärter geborgt und Justin und Veyrenc brachten den Aushub weg. Mathias hielt Adamsberg ein paar graue Kieselsteine hin.

»Als sie das Loch wieder zugeschüttet haben, ist Kies vom Weg mit hineingerutscht. Wenn ein Hacker müde wird, hackt er immer schräger. Sie haben nichts vergraben in diesem Loch, nichts. Es ist leer.«

Schweigend grub der junge Mann noch eine Stunde weiter, nur zweimal unterbrach er die Stille, indem er verkündete: »Jetzt haben sie wieder die Rollen getauscht.« Und: »Sie sind von der Spitzhacke zur kleinen Hacke übergegangen.« Endlich richtete Mathias sich auf und stützte sich mit dem Ellbogen auf den Rand des Lochs, das ihm nun bis über die Taille reichte.

»Gemessen am Zustand der Rosen«, sagte er, »liegt der Mensch da unten noch nicht sehr lange dort.«

»Seit dreieinhalb Monaten. Es ist eine Frau.«

»Hier trennen sich unsere Wege, Adamsberg. Jetzt kannst du weitermachen.«

Mathias stützte sich am Rand ab und schwang sich aus der Grube. Adamsberg warf einen Blick auf ihren Grund.

»Du bist noch nicht am Sarg angelangt. Haben sie vorher aufgehört?«

»Ich bin am Sarg. Aber er ist offen.«

Die Männer der Brigade sahen sich an, Retancourt ging ein Stück vor, Justin und Danglard traten einen Schritt zurück.

»Das Holz des Deckels ist mit der kleinen Hacke einge-
drückt und herausgerissen worden. Erde ist reingefallen. Du
hast mich wegen der Erde gerufen, nicht wegen der Leiche.
Ich will das nicht sehen.«

Mathias steckte seine Kelle wieder ein und wischte sich
seine großen Hände an der Hose ab.

»Der Onkel erwartet dich immer noch zu einem Abendessen«, sagte er zu Adamsberg, »weißt du das?«

»Ja.«

»Wir haben keine Knete mehr. Sag Bescheid, wenn du
kommst, dann geht Marc ein Fläschchen und was Gutes
zum Essen klauen. Magst du Kaninchen? Oder vielleicht
Krabben? Wäre dir das recht?«

»Das wäre toll.«

Mathias gab dem Kommissar die Hand, lächelte flüchtig
den anderen zu und ging, sein Hemd neben sich her tragend,
davon.

17

Mit verschlossenem, bleichem Gesicht starrte Danglard auf sein Dessert. Er hatte einen Horror vor Exhumierungen und anderen Scheußlichkeiten, die der Beruf mit sich brachte. Dass so ein besessener Ausgräber ihn zwang, einen offenen Sarg anzuschauen, brachte ihn an den Rand des seelischen Zusammenbruchs.

»Essen Sie den Kuchen, Danglard«, beharrte Adamsberg. »Sie werden Zucker brauchen. Trinken Sie Ihren Wein.«

»Man muss doch verdammt besessen sein, um irgendwas in einen Sarg zu stecken«, brummelte Danglard.

»Hineinzulegen oder wieder herauszuholen.«

»Das ist unwichtig. Es gibt doch wohl genügend Verstecke auf dieser Welt, um dieses hier zu umgehen, oder?«

»Es sei denn, der Typ wurde überrascht. Es sei denn, er musste das Ganze in den Sarg stecken, bevor der Deckel zugeschraubt wurde.«

»Muss schon was ziemlich Wertvolles sein, wenn man den Mumm hat, es drei Monate später wieder da rauszuholen«, meinte Retancourt. »Kohle oder Drogen, wir kommen immer wieder darauf zurück.«

»Das Merkwürdige daran ist nicht«, sagte Adamsberg,

»dass der Typ ein Besessener war. Sondern dass er das Kopf-ende des Sarges gewählt hat und nicht das Fußende. Immer-hin ist am Kopfende nicht nur weniger Platz, es ist auch sehr viel unangenehmer.«

Danglard, der noch immer seinen Nachtisch betrachtete, gab ihm stumm recht.

»Es sei denn, die Sache war bereits in dem Sarg drin«, sagte Veyrenc. »Und der Typ hat sie nicht selbst hineingelegt, hat sich die Stelle also nicht aussuchen können.«

»Zum Beispiel?«

»Ein Collier oder Ohrringe, die die Verstorbene trug.«

»Fälle, in denen es um Schmuck geht, langweilen mich«, murmelte Danglard.

»Seit es die Welt gibt, Capitaine, werden aus diesem Grund Grabstätten geplündert. Wir werden uns nach dem Vermögen dieser Frau erkundigen müssen. Was haben Sie dem Sterbe-register entnommen?«

»Élisabeth Châtel, unverheiratet und kinderlos, geboren in Villebosc-sur-Risle, bei Rouen«, leierte Danglard herunter.

»Ich weiß nicht, was die Leute aus der Normandie zurzeit haben, ich werde sie nicht los. Um wie viel Uhr kommt Ariane?«

»Wer ist Ariane?«

»Die Gerichtsmedizinerin.«

»Um achtzehn Uhr.«

Adamsberg fuhr mit dem Finger über den Rand seines Glases und entlockte ihm einen schmerzlichen Klagelaut.

»Dieser verdammte Kuchen wird gegessen, Commandant. Außerdem müssen Sie bei den weiteren Arbeitsschritten nicht anwesend sein.«

»Wenn Sie bleiben, bleibe ich auch.«

»Manchmal haben Sie wirklich eine mittelalterliche Einstellung, Danglard. Sehen Sie das, Retancourt? Ich bleibe, er bleibt.«

Retancourt zuckte mit den Schultern und Adamsberg ließ sein Glas noch einmal gellend aufjaulen. Das Fernsehen im Café übertrug ein geräuschvolles Fußballspiel. Einen Moment lang betrachtete der Kommissar die Männer, die in allen Richtungen über den Rasen liefen, begeistert verfolgt von den Gästen des Lokals, die zum Bildschirm hingewandt aßen. Adamsberg hatte diese Fußballsache nie begriffen. Wenn es Kerlen so sehr gefiel, einen Ball in ein Tor zu schießen, was er sehr gut verstehen konnte, wozu dann gegenüber extra eine zweite Bande von Kerlen aufstellen, die einen daran hinderte, diesen Ball in das Tor zu schießen? Als gäbe es nicht so schon genügend Kerle auf Erden, die einen ständig daran hinderten, seine Bälle dahin zu schießen, wohin es einem gefiel.

»Und Sie, Retancourt?«, fragte Adamsberg. »Bleiben Sie hier? Veyrenc jedenfalls fährt zurück. Er ist vollkommen fertig.«

»Ich bleibe«, brummte Retancourt.

»Und wie lange, Violette?«

Adamsberg lächelte. Retancourt löste ihren Pferdeschwanz und band ihn wieder zusammen, dann ging sie zum WC.

»Warum müssen Sie sie immerzu ärgern?«, fragte Danglard.

»Weil sie sich mir immer mehr entzieht.«

»Wohin?«

»Hin zu dem Neuen. Er ist stark, er wird sie auf seine Seite ziehen.«

»Wenn er will.«

»Eben, man weiß nicht, was er will. Auch darüber werden wir uns Gedanken machen müssen. Er versucht, seinen Ball irgendwohin zu schießen, aber was für einen Ball und wohin? Das ist nicht die Art Spiel, bei dem man sich überraschen lassen darf.«

Adamsberg holte sein Notizbuch hervor, dessen Seiten aneinanderklebten, schrieb vier Namen auf und riss das Blatt heraus.

»Sobald Sie Zeit dazu haben, erkundigen Sie sich nach diesen vier Burschen, Danglard.«

»Wer ist das?«

»Das sind die Typen, die Veyrenc den Schädel zerschnitten haben, als er ein Kind war. Äußerlich hat das verdammte Spuren hinterlassen, aber innerlich noch viel schrecklichere.«

»Wonach soll ich suchen?«

»Ich möchte nur sehen, ob es ihnen gut geht.«

»Ist es ernst?«

»Normalerweise nicht. Ich hoffe nicht.«

»Sie haben mir erzählt, sie wären zu fünft gewesen.«

»Ja, sie waren zu fünft.«

»Und der Fünfte?«

»Was denn?«

»Was machen wir mit ihm?«

»Um den Fünften, Danglard, kümmere ich mich selbst.«

18

Nachdem sie die Nachtmannschaft abgelöst hatten, holten Mordent und Lamarre, Atemschutzmasken vorm Gesicht, die letzten Erdreste heraus, die in den Sarg gefallen waren. Adamsberg, der am Rand der Grube kniete, reichte die Eimer Justin. Danglard hatte sich, fünfzig Meter von den Arbeiten entfernt, auf den Stein einer hohen Grabstätte gesetzt und saß da mit übergeschlagenen Beinen wie ein englischer Lord, der sich in Gleichgültigkeit versucht. Er blieb vor Ort, genau wie er gesagt hatte, aber weit entfernt. Je beklemmender die Realität wurde, desto mehr übte Danglard sich in Eleganz, in Selbstbeherrschung, ja kultivierte sogar eine gewisse Verächtlichkeit. Der Commandant hatte stets auf Kleidung im englischen Stil gesetzt, mit der er sein mangelhaftes Aussehen zu kompensieren suchte. Sein Vater – ganz zu schweigen von seinem Großvater –, Bergarbeiter in Le Creusot, hätte ein derartiges Auftreten gehasst. Aber sein Vater hätte sich eben mehr Mühe geben müssen, als er ihn erschuf, dann wäre er vielleicht weniger hässlich geworden, er erntete nur, was er, im engeren Sinn, auch gesät hatte. Danglard bürstete sich das Revers ab. Wenn er wie der Neue ein zartwangiges, schiefes Lächeln besessen hätte, hätte *er* Retancourt der adamsbergschen Anziehungskraft entrissen. Zu dick, sagten die anderen Männer in der Brigade, nicht praktikabel, fügten sie grausam hinzu, wenn sie in der Brasserie des Philosophes saßen. Danglard jedoch fand sie vollkommen.

Von seinem Beobachtungsposten aus sah er, wie die Gerichtsmedizinerin ihrerseits über eine Leiter in die Grube hinabstieg. Sie hatte einen grünen Overall über ihre Kleidung gezogen, legte aber keinen Wert darauf, wie Romain es getan hätte, eine Atemschutzmaske zu tragen. Diese Gerichtsmediziner versetzten ihn stets in Erstaunen, wie sie fast immer heiter daherkamen, Toten unbekümmert die Schulter tätschelten, manchmal kindisch und fröhlich waren, während sie doch permanent mit Scheußlichkeiten Umgang hatten. Aber in Wahrheit, so analysierte Danglard, waren sie wohl erleichtert darüber, dass sie mit der Angst der Lebenden nichts zu schaffen hatten. In der Sparte der Totenmedizin konnte man durchaus große Ruhe finden.

Inzwischen war es dunkel geworden und Dr. Lagarde beendete ihre Arbeit im Licht von Scheinwerfern. Danglard sah zu, wie sie ohne Mühe die Leiter wieder heraufstieg, ihre Handschuhe auszog, sie lässig auf den ausgehobenen Erdhaufen warf und zu Adamsberg trat. Von Weitem schien es ihm, Retancourt würde schmollen. Die Vertrautheit, die zwischen dem Kommissar und der Gerichtsmedizinerin herrschte, ärgerte sie sichtlich. Umso mehr, als der Ruf von Ariane Lagarde kein geringer war. Und sie sogar im erdverschmierten Overall noch sehr schön war. Adamsberg nahm seine Schutzmaske ab und führte die Ärztin auf die Rückseite des Grabes.

»Jean-Baptiste, da ist nichts weiter drin als der Kopf einer Frau, die vor drei oder vier Monaten gestorben ist. Es hat keine Verstümmelungen gegeben, keine Gewaltanwendungen nach dem Tod. Alles ist noch da und alles ist ganz. Kein Wort mehr, kein Wort weniger. Ich rate dir davon ab, sie zur Untersuchung schaffen zu lassen, man wird nichts weiter als eine Leiche finden.«

»Ich will das verstehen, Ariane. Die Grabschänder haben einen hohen Preis dafür bezahlt, dass sie dieses Grab aufgebrochen haben. Man hat sie ermordet, um sie zum Schweigen zu bringen. Warum?«

»Jage nicht dem Wind hinterher. Die Wünsche von Verrückten sind für unsere Augen nicht immer klar zu erkennen. Ich werde die Erde mit der unter den Fingernägeln von Diala und La Paille vergleichen. Hast du Proben für mich entnommen?«

»Alle dreißig Zentimeter.«

»Sehr gut. Du solltest was essen und dann schlafen gehen, glaub mir. Ich bringe dich nach Hause.«

»Der Mörder wollte irgendwas von dieser Leiche holen, Ariane.«

»*Sie* wollte es. Es ist eine Frau, verdammt noch mal.«

»Nehmen wir's an.«

»Ich bin ganz sicher, Jean-Baptiste.«

»Die Größe des Angreifers allein genügt nicht.«

»Ich habe noch andere Indizien, die darauf hinweisen.«

»Nehmen wir's an. Die Mörderin wollte irgendwas von dieser Leiche holen.«

»Dann wird sie's auch genommen haben. Und hier verläuft sich die Spur im Sand.«

»Wenn die Tote Ohrringe getragen hätte, würdest du das noch sehen? An den durchstochenen Ohrläppchen?«

»Jean-Baptiste, zum jetzigen Zeitpunkt gibt es keine Ohren mehr.«

Einer der beiden Scheinwerfer explodierte plötzlich in der Nacht, eine kleine Rauchwolke entwich, und alle schienen dies als ein Zeichen zu deuten, dass das makabre Schauspiel zu Ende ging.

»Sollen wir abbauen?«, fragte Voisenet.

19

Für Adamsbergs Geschmack, der sich, den Kopf gegen die Scheibe gelehnt, im Auto lieber sanft durchschaukeln ließ, fuhr Ariane ein wenig ruppig. Planlos suchte sie auf den Avenuen nach einem Restaurant, wo sie zu Abend essen konnten.

»Verstehst du dich gut mit dem dicken weiblichen Lieutenant?«

»Das ist kein dicker weiblicher Lieutenant, sondern eine Gottheit mit sechzehn Armen und zwölf Köpfen.«

»Soso. Das hatte ich gar nicht bemerkt.«

»Ist aber so. Sie macht ganz nach Belieben davon Gebrauch. Setzt ihre Energie um in Geschwindigkeit, Gewichtsmasse, Unsichtbarkeit, Serienanalyse, Tragfähigkeit, körperliche Verwandlung, je nach Bedarf.«

»Schmollen ebenfalls.«

»Wenn es ihr passt. Ich falle ihr oft auf die Nerven.«

»Arbeitet sie mit dem Kerl zusammen, der die gescheckten Haare hat?«

»Weil er ein Neuer ist. Sie hat seine Ausbildung übernommen.«

»Nicht nur. Sie mag ihn auch sehr. Er ist verführerisch.«

»Relativ.«

Ariane bremste scharf vor einer roten Ampel.

»Aber da das Leben nun mal schlecht eingerichtet ist«, fuhr sie fort, »interessiert sich der klapprige Modegeck für deinen weiblichen Lieutenant.«

»Danglard? Für Retancourt?«

»Wenn Danglard der große gepflegte Kerl ist, der sich so weit wie möglich von uns weggesetzt hat. Verhielt sich wie ein angewiderter Gelehrter, der sich gern mit einem Gläschen Mut angetrunken hätte.«

»Genau der«, bestätigte Adamsberg.

»Nun, er liebt den blonden Lieutenant. Aber wenn er dauernd das Weite sucht, kommt er nie an sie heran.«

»Die Liebe, Ariane, ist die einzige Schlacht, die man durch Rückzug gewinnt.«

»Welcher Dummkopf hat das denn gesagt? Du etwa?«

»Napoleon, der nicht gerade der schlechteste Stratege war.«

»Und du, was machst du?«

»Ich ziehe mich zurück. Und ich habe auch keine andere Wahl.«

»Hast du Ärger?«

»Ja.«

»Umso besser. Ich höre mir gern die Geschichten von anderen an und vor allem ihren Ärger.«

»Stell dich hierhin«, sagte Adamsberg und wies auf eine Parklücke. »Wir werden in dem Ding da essen. Was für Ärger meinst du?«

»Vor langer Zeit ist mein Mann mit einer muskulösen Sanitäterin abgehauen, dreißig Jahre jünger als er«, fuhr Ariane während des Einparkens fort. »Immer bringen die uns zu Fall. Die Sanitäterinnen.«

Energisch und mit einem kurzen Knirschen zog sie die Handbremse an, mehr konnte sie ihrer Geschichte nicht hinzufügen.

Ariane gehörte nicht zu den Ärzten, die warten, bis sie mit dem Essen fertig sind, um über die Arbeit zu sprechen, die also den Unrat des Leichenschauhauses höflich von den Tafelfreuden trennen. Während sie aß, zeichnete sie eine vergrößerte Skizze von Dialas und La Pailles Wunden auf die Papiertischdecke, mit Winkeln und Pfeilen, um die Art der Einstiche darzustellen, damit der Kommissar die Problematik auch wirklich verstand.

»Erinnerst du dich an ihre Größe?«

»Einhundertzweiundsechzig Zentimeter.«

»Eine Frau also, mit neunzigprozentiger Wahrscheinlichkeit. Noch zwei weitere Argumente sprechen dafür: Das erste ist psychologischer, das zweite mentaler Natur. Hörst du mir auch zu?«, fügte sie unsicher hinzu.

Adamsberg nickte mehrmals, während er sein Fleisch auf dem Spieß zerkleinerte und sich fragte, ob er versuchen sollte, heute Abend mit Ariane zu schlafen, oder nicht. Ariane, deren Körper durch irgendein Wunder, das vielleicht ihren experimentellen Getränkemischungen zu verdanken war, der Alterskurve ihrer sechzig Jahre nicht gefolgt war. Gedanken, die ihn dreiundzwanzig Jahre zurückversetzten, in einen Augenblick, als er diese Schultern und diese Brüste auf der anderen Seite eines Tisches schon einmal begehrt hatte. Doch Ariane dachte nur an ihre Toten. Scheinbar zumindest, denn Frauen mit einer derart gesuchten Haltung wissen ihre Begierden hinter einem tadellosen Auftreten zu verbergen, so sehr, dass sie sie fast vergessen und sich beinahe über sie wundern. Camille hingegen mit ihrem nicht zu unterdrückenden Hang zur Natürlichkeit war für diese Art Täuschungsmanöver unbegabt. Es war leicht, Camille zum Zittern zu bringen, ihre Wangen sich röten zu sehen, Adamsberg rechnete jedoch nicht damit, derlei Schwankungen bei der Gerichtsmedizinerin zu erleben.

»Du machst einen Unterschied zwischen dem Psychologischen und dem Mentalen?«, fragte er.

»›Mental‹ nenne ich eine Verdichtung des Psychologischen über einen langen Zeitraum der Geschichte hinweg, deren Auswirkungen so untergründig sind, dass sie zu Unrecht mit dem Angeborenen verwechselt werden.«

»Gut«, sagte Adamsberg und schob seinen Teller zurück.

»Hörst du mir zu?«

»Ja natürlich, Ariane.«

»Es ist klar, dass ein 1,62 Meter großer Mann, von denen es noch dazu wenige gibt, nie versucht hätte, Kerle vom Format eines Diala oder La Paille zu überfallen. Aber einer Frau gegenüber hatten diese Burschen keinen Grund zur Sorge. Und ich kann dir versichern, dass sie standen, als man sie umbrachte, und zwar sehr ruhig. Zweites Argument, diesmal mentaler Natur und interessanter: In beiden Fällen hat eine einzige Verletzung, und zwar die erste, ausgereicht, die Männer zu Boden gehen zu lassen und sie mit Sicherheit zu töten. Ich nenne so was eine primäre Schnittwunde. Hier«, erklärte Ariane und zeigte auf einen Punkt auf der Tischdecke. »Die Waffe ist ein langes, spitzes Skalpell und der Angriff war tödlich.«

»Ein Skalpell? Bist du sicher?«

Adamsberg füllte stirnrunzelnd ihre Gläser und riss sich von seinen unbesonnenen erotischen Fragestellungen los.

»Ganz sicher. Und wenn man ein Skalpell anstelle eines Küchen- oder Rasiermessers wählt, dann deshalb, weil man damit umzugehen weiß und das Ergebnis kennt. Trotzdem wurde auf Diala noch zweimal zusätzlich eingestochen und auf La Paille dreimal. Diese Schnittwunden nenne ich die sekundären, sie werden beigebracht, wenn das Opfer bereits am Boden liegt, sie verlaufen nicht horizontal.«

»Ich kann dir folgen«, versicherte Adamsberg, bevor Ariane ihm die Frage stellen konnte.

Die Gerichtsmedizinerin hob die Hand für eine kurze Unterbrechung, trank einen Schluck Wasser, dann Wein, dann wieder Wasser und nahm ihren Füller.

»Diese sekundären Schnittwunden deuten auf erhebliche Vorsichtsmaßnahmen hin, auf ein Bestreben, das Werk auch wirklich zu Ende zu bringen, es zu vollenden, und zwar möglichst einwandfrei. Dieses Übermaß an Kontrolle, diese übertriebene Gewissenhaftigkeit sind die zähen Überbleibsel schulischer Disziplin, sie können bis zu einem neurotischen Perfektionismus führen.«

»Ja«, sagte Adamsberg, und er dachte, dass Ariane auch sehr gut sein Buch über die in der Pyrenäenarchitektur zu Kompensationszwecken eingesetzten Steine hätte verfassen können.

»Diese Tendenz zur Vortrefflichkeit ist immer nur eine Verteidigung gegen die Bedrohung durch die äußere Welt. Und sie ist ihrem Wesen nach weiblich.«

»Die Bedrohung?«

»Die Neigung zur Perfektion, das Überprüfen der Dinge. Der Anteil der Männer, die diese Symptome aufweisen, ist verschwindend gering. Zum Beispiel habe ich heute Abend kontrolliert, ob meine Wagentür auch wirklich abgeschlossen ist. Du nicht. Und ob die Schlüssel auch wirklich in meiner Tasche sind. Weißt du, wo deine sind?«

»An ihrem Platz, sie hängen an einem Nagel in der Küche, nehme ich an.«

»Nimmst du an.«

»Ja.«

»Aber sicher bist du dir nicht.«

»Scheiße, Ariane, ich kann's nicht beschwören.«

»Daran, und ich brauche dich dafür nicht einmal anzusehen, erkenne ich, dass du ein Mann bist und ich eine Frau, Menschen der westlichen Welt, mit einer Fehlerquote von zwölf Prozent.«

»Trotzdem wäre es einfacher hinzusehen.«

»Aber entsinne dich bitte, dass ich keine Gelegenheit hatte, den Mörder von Diala und La Paille zu sehen, der eine Frau ist, 1,62 Meter groß, mit sechsundneunzigprozentiger Wahrscheinlichkeit, gemessen an den Ergebnissen, die sich aus unseren drei sich überschneidenden Parametern ergeben, und nach Abzug einer durchschnittlichen Absatzhöhe von drei Zentimetern.«

Ariane legte ihren Füller hin und nahm einen Schluck Wein zwischen zwei Schlucken Wasser.

»Bleiben noch die Einstiche im Arm«, sagte Adamsberg und griff sich den luxuriösen Füller, den er auf- und wieder zuzuschrauben begann.

»Die Einstiche sind nur Köder. Man könnte sich vorstellen, dass die Mörderin die Ermittlungen in Richtung Drogenfall lenken wollte.«

»Nicht sehr schlau, noch weniger bei einem einzigen Einstich.«

»Aber Mortier hat dran geglaubt.«

»Und warum spritzt sie in dem Fall nicht gleich eine ordentliche Dosis Heroin, wenn sie schon dabei ist?«

»Weil sie vielleicht keins hatte? Gib mir den Füller wieder, du wirst ihn noch kaputt machen, und ich hänge daran.«

»Ein Andenken an deinen Ex-Gatten.«

»Genau.«

Adamsberg ließ den Füller zu Ariane hinüberrollen, er blieb drei Zentimeter vor der Tischkante liegen. Die Ärztin steckte ihn in ihre Tasche zu ihren Schlüsseln.

»Soll ich Kaffee bestellen?«

»Ja. Und verlange auch etwas Pfefferminzlikör und Milch.«

»Gewiss«, sagte Adamsberg und winkte dem Kellner.

»Der Rest ist eine Kleinigkeit«, lenkte Ariane über. »Ich glaube, die Mörderin ist ziemlich alt. Eine junge Frau wäre das Risiko nicht eingegangen, nachts allein mit zwei Typen wie Diala und La Paille auf einem gottverlassenen Friedhof herumzustehen.«

»Das stimmt«, sagte Adamsberg, den dies sogleich zu seiner Idee zurückbrachte, mit Ariane zu schlafen, und zwar auf der Stelle.

»Nun, ich nehme genau wie du an, dass sie eine Verbindung zur Ärzteschaft hat. Die Wahl des Skalpells natürlich, dann, wie der Schnitt gesetzt wurde, der die Halsschlagader durchtrennt hat, und die Verwendung der Spritze, die genau in die Vene gesetzt wurde. Fast eine dreifache Unterschrift.«

Der Kellner brachte die Tassen, und Adamsberg sah zu, wie die Gerichtsmedizinerin ihre Mischung anrührte.

»Du hast nicht alles gesagt.«

»Das ist richtig. Ich habe ein kleines Geheimnis für dich.«

Ariane dachte nach, ihre Finger spielten auf der Tischdecke.

»Ich äußere mich nicht gern, wenn ich mir nicht ganz sicher bin.«

»Und ich mag genau das.«

»Möglicherweise habe ich das Indiz für ihren Wahnsinn und vielleicht sogar für das Wesen ihrer Psychose. Sie ist auf jeden Fall wahnsinnig genug, um ihre Welten auseinanderzuhalten.«

»Hinterlässt so was Spuren?«

»Für die letzten Schnittwunden, die sie La Paille beigebracht hat, hat sie ihren Fuß auf seinen Oberkörper gestellt. Du musst wissen, dass sie die Unterseite ihrer Schuhe wichst.«

Adamsberg betrachtete Ariane mit ausdruckslosem Blick.

»Sie wichst ihre Schuhsohlen«, beharrte die Ärztin lauter, wie um den Kommissar aufzuwecken. »Es waren Spuren von Schuhcreme auf La Pailles T-Shirt.«

»Ich hab's gehört, Ariane. Ich suche nach dem Zusammenhang mit ihren Welten.«

»Ich habe diesen Fall zweimal erlebt, in Bristol und in Bern. Männer, die die Unterseite ihrer Schuhsohlen mehrmals am Tag wichsten, um die Verbindung zwischen sich und dem

Schmutz des Bodens, der Welt zu unterbrechen. Es war ihre Art, sich zurückzuziehen, sich davor zu schützen.«

»Sich von ihm zu trennen, wie Dissoziierte?«

»Ich denke nicht immer an die Dissoziierten. Aber du hast gar nicht so unrecht, der Mann in Bristol war nicht weit davon entfernt. Diese Isolierung zwischen sich und dem Boden, diese Undurchlässigkeit zwischen seinem Körper und der Erde erinnern an die inneren Wände bei Dissoziierten. Besonders wenn es sich um den Boden handelt, auf dem ein Verbrechen begangen wird, oder auch um den Boden der Toten auf einem Friedhof. Was nicht heißen soll, dass unsere Mörderin ihre Schuhsohlen täglich wichst.«

»Und auch nur ihre Omega-Hälfte, falls es eine Dissoziierte sein sollte.«

»Nein, du irrst dich. Alpha wäre es, die sich wünschte, vom Boden der Verbrechen getrennt zu sein, während Omega sie begehen würde.«

»Durch Schuhcreme«, sagte Adamsberg und verzog zweifelnd das Gesicht.

»Die Schuhcreme wird als imprägnierender Stoff empfunden, als Schutzschicht.«

»Welche Farbe hat sie?«

»Blau. Was mich schon wieder zu einer Frau tendieren lässt. Schuhe aus blauem Leder trägt man im Allgemeinen in Verbindung mit Kostümen in demselben Farbton, also für sehr konventionelle, ja sogar strenge Kleidung, die man, noch genauer, bei bestimmten Berufsgruppen findet: Luftfahrt, Empfang, Verwaltung, in religiösen Lehrberufen, Krankenhäusern, die Liste ließe sich fortsetzen.«

Unter der Masse von Informationen, die die Gerichtsmedizinerin nach und nach auf dem Tisch anhäufte, verfinsterte sich Adamsbergs Gesicht. Ariane hatte den Eindruck, es veränderte sich vor ihren Augen, die Nase wurde noch gebogener, die Wangen hohler, die Züge traten stärker hervor. Sie hatte nichts bemerkt, nichts begriffen damals, vor dreiundzwanzig Jahren. Hatte den Mann, der an ihr vorüberging, nicht bemerkt, hatte nicht bemerkt, dass er schön war und dass sie ihn in ihren Armen hätte festhalten können im Hafen von Le Havre. Aber der Hafen war weit weg und es war zu spät.

»Gefällt dir irgendwas nicht?«, fragte sie, indem sie von ihrem beruflichen Ton abließ. »Willst du einen Nachtisch?«

»Warum nicht?«, fragte er. »Such du was für mich aus.«

Adamsberg verschlang ein Stück Kuchen, ohne genau zu wissen, ob es sich um Apfel oder Pflaume handelte, ohne genau zu wissen, ob er an diesem Abend mit Ariane schlafen würde und wo er seine Autoschlüssel hingetan hatte, nachdem er aus der Normandie zurückgekommen war.

»Ich glaube nicht, dass sie in der Küche hängen«, sagte er schließlich und spuckte einen Kern aus.

Pflaume, schloss er daraus.

»Ist es das, was dich beschäftigt?«

»Nein, Ariane. Es ist der Schatten. Erinnerst du dich an die alte Krankenschwester mit den dreiunddreißig Opfern?«

»Die Dissoziierte?«

»Ja. Hast du erfahren, was aus ihr geworden ist?«

»Zwangsläufig, ich habe sie mehrmals besucht. Sie sitzt in einem Freiburger Gefängnis, brav wie ein Lamm, zurückgekehrt in den Alpha-Modus.«

»Omega, Ariane. Sie hat einen Wärter niedergestochen.«

»Großer Gott. Wann?«

»Vor etwa zehn Monaten. Persönlichkeitsspaltung und Flucht.«

Die Gerichtsmedizinerin füllte ihr Glas zur Hälfte mit Wein, den sie hinuntergoss, ohne zwischendurch Wasser zu trinken.

»Antworte mir«, sagte sie. »Hast wirklich du sie identifiziert? Nur du?«

»Ja.«

»Ohne dich wäre sie noch frei?«

»Ja.«

»Und sie weiß das? Hat sie es begriffen?«

»Ich glaube.«

»Woran hast du sie erkannt?«

»An ihrem Geruch. Sie benutzte Relaxol, ein Elixier aus Kampfer und Orangenblüte, das sie sich auf den Nacken und die Schläfen tupfte.«

»Dann nimm dich in Acht, Jean-Baptiste. Denn für sie bist du derjenige, der die Wand eingerissen hat, von der Alpha um keinen Preis etwas wissen durfte. Du bist derjenige, der Bescheid weiß, du musst verschwinden.«

»Warum?«, fragte Adamsberg und trank einen Schluck aus Arianes Glas.

»Damit sie woanders, in einem anderen Leben wieder eine ruhige Alpha werden kann. Du bedrohst ihr gesamtes Gebäude. Möglicherweise sucht sie dich.«

»Der Schatten.«

»Ich glaube, der Schatten geht von dir aus, und zwar so

lange, bis sich irgendwas vollständig in Luft aufgelöst haben wird.«

Adamsberg begegnete dem wissenden Blick der Ärztin und sah wieder das Bild eines Pfades in Québec in der Dunkelheit vor sich. Er befeuchtete seinen Finger und ließ ihn über den Rand seines Glases kreisen.

»Der Friedhofswärter in Montrouge hat ihn auch gesehen. Der Schatten ist über den Friedhof gegangen, ein paar Tage bevor die Grabplatte kaputt geschlagen wurde. Er lief nicht normal.«

»Warum bringst du Gläser zum Kreischen?«

»Um nicht selbst zu schreien.«

»Schrei doch, das ist mir lieber. Denkst du an die Krankenschwester? Bei Diala und La Paille?«

»Du beschreibst mir eine ältere Mörderin mit einer Spritze, jemanden, der sich in Medizin auskennt und möglicherweise dissoziativ veranlagt ist. Das ist reichlich viel.«

»Oder so gut wie nichts. Erinnerst du dich daran, wie groß die Krankenschwester war?«

»Nicht genau.«

»An ihre Schuhe?«

»Auch nicht.«

»Überprüf das, bevor du Gläser zum Kreischen bringst. Nur weil sie draußen ist, ist sie nicht gleich überall. Vergiss nicht ihre Eigenart: Sie bringt alte Leute in ihren Betten um. Sie öffnet nicht Gräber, sie schneidet nicht Kraftprotzen an der Porte de la Chapelle die Kehle durch. All das ähnelt ihr überhaupt nicht.«

Adamsberg stimmte ihr zu, die handfeste Vernunft der Gerichtsmedizinerin holte ihn aus seinen Nebeln zurück. Der Schatten konnte nicht überall sein, in Freiburg, an der Porte de la Chapelle, in Montrouge, in seinem Haus. Er war vor allem hinter seiner Stirn.

»Du hast recht«, sagte er.

»Du kannst erst mal nichts anderes tun, als ganz stur mit deinem Recherchekram fortzufahren, Schritt für Schritt. Die Schuhcreme, die Schuhe, die Typenbeschreibung, die ich dir geliefert habe, Zeugen, die sie mit Diala oder La Paille gesehen haben können.«

»Im Grunde rätst du mir, logisch vorzugehen.«

»Ja. Kennst du was anderes?«

»Ich kenne nur anderes.«

Ariane schlug Adamsberg vor, ihn zu Hause abzusetzen, und der Kommissar nahm das Angebot an. Die Fahrt im Auto würde ihm die Möglichkeit bieten, die erotische Frage, die noch immer offen war, zu lösen. Als sie ankamen, schlief er, hatte alles vergessen, was den Schatten, die Gerichtsmedizinerin und Élisabeths Grab betraf. Ariane stand schon auf dem Gehweg, hielt die Tür auf und rüttelte ihn sanft an der Schulter. Sie hatte den Motor laufen lassen, ein Zeichen dafür, dass sie rein gar nichts versuchen wollte und auch nichts zu lösen hatte. Als er in sein Haus trat, nahm er den Weg durch die Küche, um nachzusehen, ob seine Schlüssel auch wirklich an der Wand hingen. Sie hingen nicht.

Mann, schlussfolgerte er. Mit einer Fehlerquote von zwölf Prozent, hätte Ariane präzisiert.

20

Veyrenc hatte die Mannschaft in Montrouge um fünfzehn Uhr verlassen und war sofort in sein Zimmer zurückgekehrt, wo er wie ein Stein geschlafen hatte. Sodass er um einundzwanzig Uhr wieder auf den Beinen war, hellwach und von scheußlichen nächtlichen Gedanken verfolgt, vor denen er lieber geflohen wäre. Fliehen, wohin denn und wie? Veyrenc wusste, dass es keinen Ausweg gab, solange die Tragödie der zwei Täler kein Ende genommen hätte. Dann erst würde sich der Raum öffnen.

Ganz ohne Hast gelang ich sicherer ans Ziel,
Schon mancher Mann im Kampf aus Übereifer fiel.

Wie wahr, antwortete Veyrenc sich selbst, schon entspannter. Er hatte ein möbliertes Einzimmer-Appartement für ein halbes Jahr gemietet, es eilte nicht. Er schaltete den kleinen Fernseher an und machte es sich bequem. Ein Tierfilm. Hervorragend, sehr gut. Veyrenc sah wieder, wie Adamsbergs Finger sich um den Türknauf krampften. *Sie kamen aus dem Gave-Tal.* Veyrenc lächelte.

Nach diesem Satz, Seigneur, wurdet Ihr plötzlich bleich,
der große Weltenfürst, der durch sein ries'ges Reich

mit stolzem Schritte lief. Doch hattet Ihr kein Herz,
da war kein Blick, kein Wort, für des Soldaten Schmerz.

Veyrenc zündete sich eine Zigarette an, stellte den Aschenbecher auf die Sessellehne. Eine Herde Nashörner rannte mit Getöse über den Bildschirm.

Doch viel zu spät ist's jetzt, da Euer Thron schon bebt,
dass Ihr noch Mitleid zeigt, das Kind von damals lebt
in Euch noch fort, nur es umsonst nach Unschuld
strebt.

Veyrenc stand gereizt auf. Welcher Thron denn eigentlich? Was für ein Fürst und welcher Soldat? Was für ein Mitleid denn, welcher Zorn und auf wen? Und wer bebte?

Er lief eine Stunde lang durchs Zimmer, bevor er sich entschloss.

Keinerlei Vorbereitung, kein einziger Satz, keine Begründung. Sodass er, als Camille die Tür öffnete, nichts herausbrachte. Später glaubte er sich zu erinnern, dass sie über das Ende seiner Überwachung informiert zu sein schien, dass sie bei seinem Anblick gar nicht überrascht wirkte, vielleicht sogar erleichtert. Und als wüsste sie um das Unvermeidliche dieses Augenblicks, hatte sie ihn mit ebenso großer Verlegenheit wie Natürlichkeit empfangen. An das Danach erinnerte er sich besser. Er war eingetreten, vor ihr stehen geblieben. Er hatte ihr Gesicht in seine Hände genommen, hatte – und dies war wahrscheinlich sein erster Satz – gesagt, dass er sofort wieder gehen könne. Während sie doch beide wussten, dass er durchaus nicht wieder gehen konnte und dieser Schritt unausweichlich war. Dass er seit ihrer ersten Begegnung im Treppenflur beschlossene Sache war. Dass es nicht die geringste Chance gab, ihn zu vermeiden. Wer hatte wen zuerst geküsst? Wahrscheinlich er, denn Camille war ebenso abenteuerlustig wie ängstlich. Er konnte diesen allerersten Moment einfach nicht genau rekonstruieren, nur dass er ans Ziel gelangen wollte, spürte er ganz klar. Er war es auch gewesen, der die zehn Schritte aufs Bett zu gemacht hatte, während er sie an der Hand mit sich zog. Um vier Uhr früh war er von ihr fortgegangen, diesmal nach einer stilleren Umarmung, keiner von beiden wollte am Morgen diese vorhersehbare, schicksalhafte und beinahe stumme Begegnung kommentieren.

Als er wieder zu Hause war, dröhnte der Fernseher noch immer. Er schaltete ihn aus und mit dem Grau der Mattscheibe erlosch seine Klage wie zugleich auch sein Groll.

Was denn, Soldat,
muss deinem Feuer nur ein Weib sich überlassen,
auf dass in deiner Seel' die Qualen schon verblassen?

Und dann schlief Veyrenc ein.

Camille ließ das Licht brennen und fragte sich, ob es ein Fehler oder ob es richtig war, das Unvermeidliche zu tun. *In der Liebe ist es besser zu bedauern, was man getan hat, als zu bedauern, was man nicht getan hat.* Nur die Byzantiner und ihre Sprichwörter können einem das Leben manchmal fast in Ordnung bringen.

21

Die Leute vom Drogendezernat hatten aufgeben müssen, allerdings war auch Adamsberg nicht weit davon entfernt. Wieder trat man auf der Stelle, wieder stockten die Ermittlungen, wohin er auch sah.

Eigentlich waren diese schwedischen Barhocker gar nicht so übel, weil man sich nicht wirklich hinsetzen konnte, sondern nur wie auf einem Pferd darauf hing und die Beine baumeln ließ. Adamsberg hatte sich auf einem niedergelassen, er fühlte sich ganz wohl so, während er sich den tristen Frühling draußen vor dem Fenster besah, der in seinem verhangenen Himmel genauso stecken blieb wie er in seinen Ermittlungen. Der Kommissar saß nicht gern. Wenn er sich eine Stunde nicht gerührt hatte, verspürte er die kribbelnde Notwendigkeit, aufzustehen und herumzugehen, und sei's im Kreis. Dieser für ihn zu hohe Hocker eröffnete ihm neue Perspektiven, halb saß man, halb stand man, die Beine konnten ganz nach Belieben sacht hin und her schaukeln, so als wiegte man sich im Nichts, als liefe man durch die Luft, was zu einem Wolkenschaufler sehr gut passte. In seinem Rücken schlief Mercadet auf den Schaumstoffblöcken.

Natürlich stammte die Erde unter den Fingernägeln der beiden Männer aus dem Grab. Und weiter? Das erklärte noch lange nicht, wer sie nach Montrouge geschickt hatte, und auch nicht, wonach sie in den Tiefen der Erde gebuddelt hatten, eine ziemlich tragische Handlung, wenn sie zwei Tage später deswegen sterben mussten. Adamsberg hatte schon am frühen Morgen die Größe der Krankenschwester überprüft, 1,65 Meter. Weder zu groß noch zu klein, um sie von der Liste zu streichen.

Die Auskünfte, die er über die Tote erhielt, verwirrten seine Gedanken nur noch mehr. Élisabeth Châtel, aus dem Dorf Villebosc-sur-Risle, Haute-Normandie, war in einem Reisebüro in Évreux beschäftigt gewesen. Dabei handelte es sich weder um verdächtige Spritztouren für Touristen noch um wilde Abenteuerreisen, sondern um harmlose Rundfahrten per Bus für ältere Menschen. Sie hatte keinerlei Zierrat mit ins Grab genommen. Die Durchsuchung ihrer Wohnung hatte kein verstecktes Vermögen ans Licht gebracht, keine Leidenschaft für irgendwelche Kostbarkeiten offenbart. Élisabeth hatte ein bescheidenes Leben geführt, sich nicht geschminkt und keinen Schmuck getragen. Ihre Eltern hatten sie als fromm bezeichnet, und nach dem, was man aus ihren Worten heraushören konnte, hatte sie sich von Männern stets ferngehalten. Auf sich selbst verwendete sie ebenso wenig Sorgfalt wie auf ihr Fahrzeug, was ihren Tod auf der gefährlichen dreispurigen Straße zwischen Évreux und Villebosc verursacht hatte. Da die Bremsflüssigkeit verbraucht war, geriet das Auto unter einen Lkw. Das letzte bedeutende Ereignis in der Familie Châtel reichte bis in die Revolution zurück, als die Sippe sich in Konstitutionelle und Verfassungsgegner spaltete, was einen Toten gefordert hatte. Seither verkehrten die Vertreter der beiden verfeindeten Linien nicht mehr miteinander, nicht einmal im Tod, die einen ließen sich auf dem Friedhof in Villebosc-sur-Risle beisetzen, die anderen in einem Familiengrab in Montrouge.

Dieser trostlose Bericht schien Élisabeths gesamtes Leben zu enthalten, ein Leben ohne Freunde, die sie nicht suchte, und auch gänzlich ohne Geheimnisse, die sie nicht besaß. Nur eine einzige Ausnahme hatte sie folglich betroffen, die aber erst im Grab. Was, so dachte Adamsberg und ließ seine Beine pendeln, keinerlei Sinn ergab. Für diese Frau, die in ihrem Leben keiner je begehrt hatte, waren zwei Männer gestorben, nachdem sie versucht hatten, an ihren Kopf zu gelangen, als sie längst beerdigt war. Élisabeth war im Krankenhaus von Évreux eingesargt worden, und niemand hatte sich dort hineingeschlichen, um was auch immer in ihren Sarg zu tun.

Vierzehn Uhr, kurzes Kolloquium in der Brasserie des Philosophes, da die Hälfte der Beamten mit dem Mittagessen dort noch nicht fertig war. Adamsberg nahm es nicht allzu genau mit den Kolloquien und auch nicht, ob sie pünktlich und an ihrem vorschriftsmäßigen Ort stattfanden. Während er die hundert Meter bis zur Brasserie lief, suchte er auf einer Karte, die sich im Wind auffaltete, wo wohl dieses Villebosc-sur-Risle liegen mochte. Danglard wies auf einen kleinen Punkt.

»Villebosc gehört zur Gendarmerie von Évreux«, präzisierte der Commandant. »Eine Gegend mit strohgedeckten Fachwerkhäusern, Sie kennen die Ecke, es liegt fünfzehn Kilometer von Ihrem Haroncourt entfernt.«

»Was für ein Haroncourt?«, fragte Adamsberg, während er versuchte, die Karte zusammenzufalten, die sich wie ein Segel blähte.

»Das Haroncourt mit dem Konzert, bei dem Sie die höfliche Begleitung waren.«

»Ja, ich hatte den Namen des Dorfes vergessen. Ist Ihnen schon mal aufgefallen, dass es einem mit Straßenkarten genauso ergeht wie mit Zeitungen, Hemden und verrückten Einfällen? Hat man das Zeugs erst mal auseinandergefaltet, kriegt man es nie mehr zusammen.«

»Woher haben Sie diese Karte?«

»Aus Ihrem Büro.«

»Geben Sie her, ich bringe das in Ordnung«, sagte Danglard und streckte eine besorgte Hand aus.

Er dagegen schätzte Gegenstände – und Einfälle –, die ihm eine gewisse Disziplin aufzwangen. Jeden zweiten Morgen hatte Adamsberg seine Zeitung bereits durchgesehen, folglich fand er sie schlampig zu einem Paket zusammengewurstelt auf dem Tisch. Gab es keine schlimmeren Vorkommnisse, war dies für ihn ein Grund zur Verärgerung. Aber er konnte sich gegen diese Unordnung nicht auflehnen, denn der Kommissar kam bereits bei Tagesanbruch ins Büro – wo er seine Zeitung durchblätterte – und hatte über Danglards laxe Arbeitszeiten nie einen Vorwurf geäußert.

Die Beamten hockten in der Brasserie in ihrem angestammten Bereich, einem langen Alkoven, den zwei große Kirchenfenster erhellten, die blaue, grüne und rote Lichter auf die Gruppe am Tisch warfen, je nachdem, wo einer saß. Danglard, der diese Kirchenfenster hässlich fand und es ablehnte, ein blaues Gesicht zu haben, setzte sich immer mit dem Rücken zu ihnen.

»Wo ist Noël?«, fragte Mordent.

»Er ist auf einem Lehrgang am Seine-Ufer«, erklärte der Kommissar und setzte sich.

»Und was macht er da?«

»Er studiert die Möwen.«

»Es geschehen noch Wunder«, sagte leise Voisenet, ein langmütiger Positivist und Zoologe.

»Es geschehen noch Wunder«, bestätigte Adamsberg und legte einen Packen Fotokopien auf den Tisch. »In den nächsten Tagen werden wir logisch vorgehen. Ich habe Marschbefehle für Sie vorbereitet, mit der neuen Beschreibung des Mörders. Im Augenblick setzen wir auf eine ältere Frau, ungefähr 1,62 Meter groß, konventionelles Äußeres, die möglicherweise Schuhe aus blauem Leder trägt und sich in medizinischen Dingen auskennt. Auf dieser Grundlage fangen wir mit den Ermittlungen auf dem Flohmarkt noch einmal an, in vier Teams. Jeder nimmt einen Satz Fotos von Claire Langevin mit, der Krankenschwester mit den dreiunddreißig Opfern.«

»Dem Todesengel?«, fragte Mercadet, der noch vor allen anderen seinen dritten Kaffee trank, um durchzuhalten. »Sitzt die denn nicht im Knast?«

»Dort ist sie nicht mehr. Vor zehn Monaten ist sie über die Leiche eines Wärters gegangen und ausgeflogen. Vielleicht ist sie an der Küste des Ärmelkanals gelandet, vermutlich aber ist sie wieder in Frankreich. Zeigen Sie das Foto erst, wenn Sie mit den Befragungen fertig sind, beeinflussen Sie die Zeugen nicht. Es ist eine reine Möglichkeit, nicht mehr als ein Schatten.«

In diesem Augenblick kam Noël in die Brasserie und zwängte sich – unter grünem Licht – auf einen Platz zwischen zwei Beamte. Adamsberg sah auf seine Uhren. Zu dieser Zeit hätte Noël eigentlich in Richtung Möwen unterwegs sein sollen, auf der Höhe von Saint-Michel. Der Kommissar zögerte, schwieg dann aber. An seiner verschlossenen Miene und den vor Schlaflosigkeit geröteten Augen war abzulesen, dass Noël es auf irgendetwas anlegte, das entweder Befriedung oder aber Provokation hieß, und man wartete besser ab.

»Was den Schatten anbelangt, nähern wir uns ihm auf Zehenspitzen, das Gelände ist gefährlich. Wir müssen herauskriegen, ob Claire Langevin blaue Lederschuhe trug, wenn möglich gewichst, wenn möglich auf der Unterseite gewichst.«

»Auf der Unterseite?«

»Genau so ist es, Lamarre, auf den Sohlen gewichst. So wie man Kerzenwachs unter Skier reibt.«

»Wozu soll das gut sein?«

»Um vom Boden getrennt zu sein, um über ihn hinwegzugleiten, ohne ihn zu berühren.«

»Ah, das wusste ich nicht«, sagte Estalère.

»Retancourt, Sie gehen zum ehemaligen Haus der Krankenschwester. Versuchen Sie über den Immobilienmakler herauszufinden, wo ihre Sachen hingeschafft worden sind. Vielleicht wurden sie weggeworfen oder jemand hat sie abgeholt. Recherchieren Sie auch bei den letzten Kranken, um die sie sich gekümmert hat.«

»Und die sie nicht umgebracht hat«, präzisierte Estalère.

Eine kurze Stille trat ein, wie so oft nach den naiven Zwischenbemerkungen des jungen Mannes. Adamsberg hatte allen erklärt, Estalères Fall werde sich mit der Zeit sicher bessern, man müsse nur Geduld haben. Jeder schützte also den jungen Brigadier, sogar Noël. Denn Estalère stellte für ihn keinen ernsten Konkurrenten dar.

»Gehen Sie beim Labor vorbei, Retancourt, und nehmen Sie ein Team für die Proben mit. Der Fußboden des Hauses muss sorgfältig abgesucht werden. Wenn sie die Unterseite ihrer Schuhe tatsächlich wichste, hat das auf dem Parkett oder den Fliesen möglicherweise Spuren hinterlassen.«

»Es sei denn, der Makler hat alles reinigen lassen.«

»Natürlich. Aber wir haben gesagt, wir würden logisch vorgehen.«

»Wir überprüfen also die Spuren.«

»Und vor allem schützen Sie mich, Retancourt. Das ist Ihr Auftrag.«

»Vor?«

»Vor ihr. Sie sucht möglicherweise nach mir. Laut Expertenmeinung könnte sie es nötig haben, mich auszuschalten, um sich wieder auf den Weg machen zu können und die Wand zu erneuern, die ich eingerissen habe, als ich sie entdeckte.«

»Was für eine Wand?«, fragte Estalère.

»Eine innere Wand«, erklärte Adamsberg, zeigte auf seine Stirn und zog dann eine Linie bis zu seinem Bauchnabel.

Estalère neigte konzentriert den Kopf.

»Ist sie eine Dissoziierte?«, fragte er.

»Woher wissen Sie das?«, fragte Adamsberg, immer wieder erstaunt über die unerwarteten Geistesblitze des Brigadiers.

»Ich habe das Buch von Lagarde gelesen, sie spricht von ›inneren Wänden‹. Ich erinnere mich sehr gut daran. Ich erinnere mich an alles.«

»Nun, genau das ist es. Sie ist eine Dissoziierte. Sie sollten das Werk allesamt noch einmal lesen«, fügte Adamsberg hinzu, der es selbst noch immer nicht getan hatte. »Ich erinnere mich nicht mehr an den Titel.«

»*Zu beiden Seiten der Wand des Verbrechens*«, sagte Danglard.

Adamsberg schaute Retancourt an, die wieder und wieder die Fotos der alten Krankenschwester betrachtete und sich dabei jedes Detail einprägte.

»Ich habe keine Zeit, mich vor ihr zu schützen«, sagte er zu ihr, »und bin auch nicht überzeugt genug, um es zu tun. Ich weiß weder, woher die Gefahr kommen wird, noch, in welcher Gestalt, noch, wo die Gegenwehr einsetzen müsste.«

»Wie hat sie den Gefängniswärter umgebracht?«

»Sie hat ihm eine Gabel in die Augen gerammt, unter anderem. Sie würde mit den Fingernägeln töten, Retancourt. Lagarde zufolge, die sie gut kennt, ist sie hochgradig gefährlich.«

»Nehmen Sie sich Leibwachen, Kommissar. Das wäre vernünftiger.«

»Ihrem Schutz vertraue ich mehr.«

Retancourt schüttelte den Kopf und dachte gründlich über die Schwere ihres Auftrags wie über die Verantwortungslosigkeit des Kommissars nach.

»Nachts«, sagte sie, »kann ich nichts für Sie tun. Ich werde nicht im Stehen vor Ihrer Tür schlafen.«

»Oh«, sagte Adamsberg und winkte gleichgültig ab, »für die Nächte mache ich mir keine Sorgen. Ich habe bereits ein blutrünstiges Gespenst im Haus.«

»Ach ja?«, sagte Estalère.

»Die heilige Clarisse, sie wurde 1771 unter den Fäusten eines Gerbers zermalmt«, erläuterte Adamsberg mit einem Quäntchen Stolz. »Man nennt sie die Stumme. Sie plünderte die Alten aus und schnitt ihnen anschließend die Kehle durch. In gewisser Hinsicht ist sie eine unmittelbare Rivalin unserer Krankenschwester. Falls Claire Langevin bei mir zu Hause eindringen sollte, wird sie's mit ihr zu tun kriegen, bevor sie an mich herankommt. Zumal die heilige Clarisse eine Vorliebe für Frauen hat, und zwar für alte Frauen. Sie sehen, da fürchte ich nichts.«

»Woher haben Sie so was?«

»Von meinem neuen Nachbarn, einem uralten Spanier mit nur einer Hand. Seinen rechten Arm hat er im Bürgerkrieg verloren. Er sagt, das Gesicht der Nonne sähe aus wie die Schale einer alten Nuss.«

»Wie viele hat sie umgebracht?«, fragte Mordent, den die Geschichte sehr erheiterte. »Sieben, wie im Märchen?«

»Genau.«

»Und Sie, haben Sie sie auch gesehen?«, fragte Estalère, den das Gelächle seiner Kollegen ganz aus der Fassung brachte.

»Es ist eine Sage«, erklärte Mordent ihm, wobei er wie gewöhnlich jede Silbe einzeln aussprach. »Clarisse gibt es nicht.«

»Ist mir auch lieber so«, sagte der Brigadier. »Hat der Spanier den Verstand verloren?«

»Durchaus nicht. Auf dem Arm, der ihm fehlt, ist er von einer Spinne gebissen worden. Seit neunundsechzig Jahren hört es nicht auf, ihn da zu jucken. Er kratzt sich in der Luft an einer ganz bestimmten Stelle.«

Die Ankunft des Kellners wischte Estalères Sorgen fort; mit einem Satz sprang er auf, um die Sammelbestellung der Kaffees aufzugeben. Retancourt, die das Klappern der Teller nicht aus der Ruhe brachte, ging weiter die Fotos der Krankenschwester durch, während Veyrenc mit ihr sprach. Der Neue hatte sich nicht rasiert, und er hatte diesen milden und entspannten Ausdruck eines Mannes, der bis zum Morgengrauen Liebe gemacht hat. Was Adamsberg daran erinnerte, dass ihm Ariane durch die Lappen gegangen war, als er wie ein Stein in ihrem Auto eingeschlafen war. Die Lichter der Kirchenfenster ließen bizarre Farbflecken im gescheckten Haar des Lieutenants aufleuchten.

»Warum sollst ausgerechnet du Adamsberg schützen?«, fragte Veyrenc Retancourt. »Allein?«

»Ist eine Gewohnheit.«

Dann kommt wohl Euch die große Ehre zu, Madame,
den Mörder aufzuspür'n, den man nicht sehen kann.
So nehmt denn meinen Arm, als Diener in der Not
begleit ich Euch im Sieg, begleit ich Euch im Tod.«

Retancourt lächelte ihn an, einen Moment lang von ihrer Arbeit abgelenkt.

»Wollen Sie das wirklich, Veyrenc?«, unterbrach Adamsberg ihn etwas frostig. »Oder ist es reiner Dichtereifer?

Wollen Sie Retancourt bei ihrer Schutzmission zur Seite stehen? Denken Sie gut nach, bevor Sie antworten, wägen Sie die Gefahr ab, bevor Sie einwilligen. Da wird's nicht ums Verseschmieden gehen.«

»Retancourt reicht als Schutzschild doch dicke aus«, ging Noël dazwischen.

»Schnauze«, sagte Voisenet.

»Ja«, sagte Justin.

Und Adamsberg wurde klar, dass in seiner Truppe Justin zuweilen genau die Rolle des Unterstreichers von Haroncourt übernahm. Und Noël die des aggressivsten Widersprechers.

Der Kellner brachte die Kaffees, was Gelegenheit zu einer kurzen Atempause gab. Estalère verteilte sie mit seinen eifrigen, bedachten Gesten, jeder bekam seinen speziellen. Man war es gewohnt, man ließ den jungen Mann gewähren.

»Ja, ich will es«, sagte Veyrenc, die Lippen ein wenig zusammengepresst.

»Und Sie, Retancourt?«, fragte Adamsberg. »Willigen Sie auch ein?«

Retancourt blickte Veyrenc offen und nüchtern an, wobei sie mithilfe eines sichtlich genauen Messgeräts abzuschätzen schien, wieweit er sie tatsächlich unterstützen konnte. Man hätte meinen können, eine Pferdehändlerin begutachtet ein Tier, und diese Prüfung war peinlich genug, um wieder Stille am Tisch eintreten zu lassen. Veyrenc jedoch nahm keinen Anstoß an diesem Test. Er war der Neue, das war der Job. Und immerhin hatte er selbst ja diese Ironie des Schicksals ausgelöst. Adamsberg zu beschützen.

»Ich willige ein«, sagte Retancourt schließlich.

»In Ordnung«, Adamsberg stimmte zu.

»Der?«, zischte Noël. »Aber der ist doch ganz neu hier, verflucht.«

»Er ist seit elf Jahren im Dienst«, erwiderte Retancourt.

»Ich bin dagegen«, sagte Noël, lauter wertend. »Dieser Kerl wird Sie nicht schützen, Kommissar, dazu hat er nicht die geringste Lust.«

Gut beobachtet, dachte Adamsberg.

»Zu spät, es ist entschieden«, erklärte er mit Bestimmtheit.

Danglard, sich die Nägel feilend, beobachtete die Szene mit besorgtem Blick und schätzte Noëls offensichtliche Eifersucht ab. Der Lieutenant zog mit einem kurzen Ruck den Reißverschluss seiner Lederjacke hoch, wie er es jedes Mal tat, wenn er die Linie überschreiten würde.

»Das müssen *Sie* wissen, Kommissar«, sagte er hämisch grinsend unter dem grünen Licht. »Aber um diesem Ungeheuer zu trotzen, brauchen Sie einen Tiger. Und bis auf Weiteres«, fügte er hinzu und wies mit dem Kinn auf das Haar des Neuen, »hat das Fell allein noch keinen Tiger gemacht.«

Neuralgischer Punkt, hatte Danglard gerade noch Zeit zu denken, bevor Veyrenc sich bleich, mit Blick auf Noël, erhob. Und sich wie kraftlos wieder fallen ließ. Adamsberg las im Gesicht des Neuen einen dermaßen großen Schmerz, dass sich eine Kugel blanker Wut in seinem Magen bildete, die seinen Krieg zwischen den zwei Tälern in den Hintergrund drängte. Wut war bei Adamsberg dermaßen selten, dass sie gefährlich war, das wusste Danglard, der nun seinerseits aufstand und in einer raschen Bewegung um den Tisch herumlief, rein demonstrativ. Adamsberg hatte Noël hochgezerrt, ihm seine Hand gegen den Oberkörper gedrückt und stieß ihn jetzt Schritt für Schritt bis auf die Straße hinaus. Veyrenc saß regungslos da, eine Hand unwillkürlich in seinem verfluchten Haar, und sah dem Geschehen nicht einmal zu. Er spürte nur, dass zwei Frauen ihn schweigend umgaben, Retancourt und Hélène Froissy. Soweit er zurückdenken konnte, und von einigen chaotischen Gefühlsverwicklungen abgesehen, hatten Frauen ihm nie wehgetan. Keine einzige verletzende Bemerkung, nicht einmal billiger Spott. Seit seinem achten Lebensjahr hatte er seinen Weg immer nur mit ihnen bestritten, unter seinen Beziehungen fand sich kein einziger männlicher Gefährte. Er konnte und er mochte nicht mit Männern reden.

Sechs Minuten später kehrte Adamsberg in die Brasserie zurück, allein. Die Erregung hatte sich noch nicht gelegt und brachte seine Haut wie durch ein stumpfes Licht zum Leuchten, vergleichbar dem ungewöhnlichen Schein, der durch die Kirchenfenster fiel.

»Wo ist er?«, fragte Mordent vorsichtig.

»Bei den Möwen, weit weg von hier. Und ich hoffe, er fliegt verdammt noch mal eine ganze Weile.«

»Er hat aber seinen Urlaub schon genommen«, ließ Estalère verlauten.

Estalères gewissenhafter Einwurf hatte eine besänftigende Wirkung, wie wenn man ein kleines, gelb gestrichenes Fenster in einem verräucherten Zimmer öffnet.

»Dann wird er eben noch mal welchen nehmen müssen«, antwortete Adamsberg, schon leiser. »Wir bilden jetzt die Teams«, sagte er und warf einen Blick auf seine Uhren. »Gehen Sie rüber in die Brigade und holen Sie sich die Fotos von der Krankenschwester. Danglard ist Koordinator.«

»Nicht Sie?«, fragte Lamarre.

»Nein, ich gehe als Erster. Mit Veyrenc.«

Keiner begriff so richtig die paradoxe Situation, weder Adamsberg noch Veyrenc, der nicht den geringsten Vers zustande brachte, um sein Gleichgewicht wiederzufinden. Veyrenc war plötzlich zum Beschützer des Kommissars berufen und Adamsberg zu Veyrencs Verteidiger geworden, Gunstbezeigungen, die weder der eine noch der andere gewollt hatte. Provokation bringt unerwünschte Effekte hervor, dachte Adamsberg.

Die beiden Männer liefen zwei Stunden lang über den Markt, wobei sie es so einrichteten, dass sie nicht direkt miteinander reden mussten. Veyrenc übernahm den Hauptteil der Befragungen, während der Kommissar träge auf der Suche nach einem nicht näher bestimmten Gegenstand herumstöberte. Der Tag neigte sich seinem Ende zu, Adamsberg deutete auf eine stehen gelassene Holzkiste und beschloss, dort eine Pause einzulegen. Sie setzten sich jeder auf ein Ende der Kiste, wobei sie den größtmöglichen Platz zwischen sich ließen. Veyrenc zündete sich eine Zigarette an, der Qualm als Gesprächsersatz.

»Schwierige Zusammenarbeit«, sagte Adamsberg, das Kinn auf die Faust gestützt.

»Ja«, gab Veyrenc zu.

»Sie spiel'n ihr Spiel mit uns, den Göttern ist's egal,
was unsere Absicht ist, ihr Würfel trifft die Wahl.«

»Ganz sicher ist es so, Lieutenant, die Götter sind's. Sie langweilen sich, also trinken sie, also spielen sie, und wir stehen ihnen wie blöde im Weg. Alle beide. Mit unseren Plänen, die sie zu ihrem reinen Vergnügen komplett durchkreuzen.«

»Sie brauchen keinen Außendienst zu machen, Kommissar. Wieso sind Sie nicht in der Brigade geblieben?«

»Weil ich einen Feuerschirm suche.«

»Ah, Sie haben einen Kamin?«

»Ja. Und wenn Tom erst laufen kann, wird es gefährlich werden. Ich suche einen Kaminschirm.«

»In der Allée de la Roue habe ich einen gesehen. Mit etwas Glück ist der Stand noch geöffnet.«

»Das hätten Sie auch eher sagen können.«

Eine halbe Stunde später, es war schon dunkel, kehrten die zwei Männer durch eine Flohmarktgasse zurück, zu zweit trugen sie einen schweren alten Kaminschirm, über dessen Preis Veyrenc lange verhandelt hatte, während Adamsberg seine Standfestigkeit geprüft hatte.

»Der ist prima«, sagte Veyrenc und stellte ihn neben dem Auto ab. »Schön, stabil, nicht teuer.«

»Er ist prima«, bestätigte Adamsberg. »Heben Sie ihn auf den Rücksitz, ich ziehe von der anderen Seite.«

Adamsberg setzte sich wieder ans Steuer, Veyrenc, neben ihm, schnallte sich an.

»Darf ich rauchen?«

»Nur zu«, sagte Adamsberg und fuhr los. »Ich habe lange geraucht. Alle Jungs rauchten heimlich in Caldhez. Ich nehme an, bei Ihnen in Laubazac war's genauso.«

Veyrenc kurbelte das Fenster herunter.

»Wieso sagen Sie ›in Laubazac‹?«

»Weil Sie dort gewohnt haben, zwei Kilometer vom Weinberg Veyrenc de Bilhc entfernt.«

Adamsberg fuhr behutsam, nahm die Kurven geschmeidig.

»Ist das wichtig?«

»Weil Sie dort, in Laubazac, überfallen worden sind. Und nicht auf dem Weinberg. Warum lügen Sie, Veyrenc?«

»Ich lüge nicht, Kommissar. Es war auf dem Weinberg.«

»Es war in Laubazac. Auf der Hochwiese, hinter der Kapelle.«

»Wurden Sie oder wurde ich überfallen?«

»Sie.«

»Also muss ich wohl wissen, wovon ich rede. Wenn ich sage, es war auf dem Weinberg, war's auch auf dem Weinberg.«

Adamsberg blieb an einer roten Ampel stehen und warf einen Blick auf seinen Kollegen. Veyrenc war ehrlich, ohne jeden Zweifel.

»Nein, Veyrenc«, sagte Adamsberg und fuhr weiter, »es war in Laubazac, auf der Hochwiese. Dort nämlich trafen die fünf Kerle ein, die aus dem Gave-Tal kamen.«

»Die fünf Mistkerle, die aus Caldhez kamen.«

»Genau. Aber sie haben ihren Fuß nie in den Weinberg gesetzt. Sie sind auf die Hochwiese gekommen und dorthin sind sie über den Chemin des Rocailles gelangt.«

»Nein.«

»Doch. Der Treffpunkt war an der Kapelle in Camalès. Dort sind sie über Sie hergefallen.«

»Ich weiß nicht, was Sie vorhaben«, knurrte Veyrenc. »Es war auf dem Weinberg, und ich wurde ohnmächtig, dann hat mein Vater mich dort weggeholt und ich wurde ins Krankenhaus nach Pau gebracht.«

»Das war drei Monate früher. An dem Tag, an dem Ihnen die Stute durchgegangen und über Sie drübergaloppiert ist. Gebrochenes Schienbein, Ihr Vater hat Sie im Weinberg aufgelesen, Sie wurden nach Pau gebracht. Die Stute ist verkauft worden.«

»Das ist unmöglich«, murmelte Veyrenc. »Woher wissen Sie das?«

»Wussten Sie etwa nicht alles, was in Caldhez passierte? Als René vom Dach fiel und wie durch ein Wunder überlebte, haben Sie in Laubazac nichts davon erfahren? Und als das Lebensmittelgeschäft abbrannte, haben Sie etwa nichts davon erfahren?«

»Doch, natürlich.«

»Sehen Sie.«

»Aber Scheiße noch mal, es war auf dem Weinberg.«

»Nein, Veyrenc. Der Galoppritt der Stute und der Überfall der Kerle aus Caldhez, zwei Ohnmachtsanfälle Schlag auf Schlag, innerhalb von nur drei Monaten, zwei Aufenthalte im Krankenhaus in Pau. Sie haben die beiden Orte durcheinandergebracht. Posttraumatische Verwechslung, würde die Gerichtsmedizinerin sagen.«

Veyrenc löste seinen Sicherheitsgurt und beugte sich vor, die Ellbogen auf den Knien. Der Wagen blieb im Stau stecken.

»Ich weiß nicht, worauf Sie hinauswollen, nein.«

»Was wollten Sie im Weinberg, als die Kerle ankamen?«

»Ich habe nach dem Zustand der Trauben gesehen, nachts hatte es ein heftiges Gewitter gegeben.«

»Eben das ist unmöglich. Denn wir hatten Februar und der Weinberg war abgeerntet. Die Stute, ja, das war im November, Sie wollten die Trauben für die Weihnachtsernte kontrollieren.«

»Nein«, wiederholte Veyrenc. »Was ergibt das für einen Sinn? Und wen kratzt es, ob es auf dem Weinberg oder auf der Hochwiese von Laubazac war? Die haben mich überfallen, oder etwa nicht?«

»Ja.«

»Haben mir mit rostigen Eisenteilen den Kopf und mit einer Scherbe den Bauch aufgerissen?«

»Ja.«

»Und?«

»Es zeigt bloß, dass Sie sich nicht an alles erinnern.«

»Ich erinnere mich sehr gut an ihre Visagen.«

»Das bestreite ich auch gar nicht, Veyrenc. An ihre Visagen, ja, aber nicht an alles. Denken Sie darüber nach, eines Tages werden wir noch mal darüber reden.«

»Setzen Sie mich irgendwo ab«, sagte Veyrenc mit matter Stimme. »Ich gehe den Rest zu Fuß.«

»Das nützt gar nichts. Wir müssen ein halbes Jahr zusammenarbeiten, und das haben schließlich Sie so gewollt. Wir riskieren nichts, immerhin steht hier ein Kaminschirm zwischen uns. Der wird uns schützen.«

Adamsberg lächelte kurz. Sein Mobiltelefon klingelte und unterbrach den Krieg zwischen den zwei Tälern. Er reichte es Veyrenc.

»Das ist ein Anruf von Danglard. Nehmen Sie für mich ab, Lieutenant, und halten Sie's an mein Ohr.«

Danglard informierte Adamsberg kurz darüber, dass die Nachforschungen der drei anderen Teams nichts erbracht hatten. Keine Frau, weder alt noch jung, war mit Diala und La Paille gesehen worden.

»Und bei Retancourt?«

»Nicht gerade gewaltig. Das Haus ist verwahrlost, ein paar Rohrleitungen sind im letzten Monat explodiert, das Wasser stand zehn Zentimeter hoch.«

»Hat sie kein einziges Kleidungsstück gefunden?«

»Bis jetzt nicht.«

»Das alles hätte also auch bis morgen warten können, Capitaine.«

»Es ist wegen dieses Binet. Der Typ sucht Sie dringend, hat heute Nachmittag schon dreimal angerufen in der Zentrale.«

»Wer ist Binet?«

»Kennen Sie ihn nicht?«

»Absolut nicht.«

»Nun, aber er kennt Sie, sehr gut sogar. Er will Sie höchstpersönlich und dringend sprechen. Er sagt, er habe etwas sehr Wichtiges für Sie. Dem Wortlaut der Nachrichten zufolge scheint es was Ernstes zu sein.«

Adamsberg warf Veyrenc einen ratlosen Blick zu und gab ihm zu verstehen, er möge sich die Nummer aufschreiben.

»Rufen Sie diesen Binet an, Veyrenc, und geben Sie ihn mir.«

Veyrenc wählte die Nummer und hielt den Apparat an das Ohr des Kommissars gepresst. Man kam aus dem Stau heraus.

»Binet?«

»Nicht gerade leicht, dich aufzuspüren, Béarner.«

Die äußerst energische Stimme des Mannes tönte durch den Wagen, Veyrenc zog die Augenbrauen hoch.

»Ist das für Sie, Veyrenc?«, fragte Adamsberg ihn leise.

»Kenne ich nicht«, flüsterte Veyrenc und machte ein Zeichen der Verneinung.

Der Kommissar runzelte die Stirn.

»Wer sind Sie, Binet?«

»Binet, Robert Binet. Erinnerst du dich nicht, Herrgott noch mal?«

»Nein, tut mir leid.«

»Na Mensch, aus dem Café in Haroncourt.«

»Klar, Robert, jetzt hab ich's. Wie hast du meinen Namen rausgefunden?«

»Übers Hôtel du Coq, Angelbert hatte die Idee. Er fand, man müsse es dir schleunigst sagen. Und wir fanden das auch. Es sei denn, es interessiert dich nicht«, sagte Robert plötzlich mürrisch.

Schneller Rückzug des Normannen, wie eine Schnecke, deren Hörner man berührt.

»Im Gegenteil, Robert. Was ist los?«

»Es gab noch einen. Und da du gleich kapiert hattest, wie schlimm das ist, fanden wir, du solltest es unbedingt wissen.«

»Noch einen was, Robert?«

»Genauso zur Strecke gebracht, im Wald vom Champ de Vigorne, in der Nähe der alten Eisenbahnlinie.«

Ein Hirsch, mein Gott. Robert rief ihn wegen eines Hirschs so dringlich in Paris an. Adamsberg seufzte müde, wobei er den dichten Verkehr im Auge behielt, die Ampellichter, die im

Regen zerflossen. Er wollte Robert keinen Kummer bereiten, ebenso wenig wie der Gemeinschaft der Männer, die ihn an jenem Abend empfangen hatten, als er Camille ziemlich schmerzbewegt begleitet hatte. Aber die Nächte seitdem waren kurz gewesen, er wollte einfach nur essen und schlafen. Er fuhr unter den Torbogen der Brigade und gab seinem Kollegen ein stummes Zeichen, dass die Sache keinerlei Bedeutung hatte und er nach Hause gehen könne. Doch Veyrenc, der in seinen wirren Gedanken festzustecken schien, rührte sich nicht.

»Gib mir Einzelheiten, Robert«, sagte Adamsberg mit mechanischer Stimme und parkte im Hof. »Ich schreib's auf«, fügte er an, ohne auch nur den Stummel eines Bleistifts hervorzuholen.

»Wie ich schon sagte. Zur Strecke gebracht, ein regelrechtes Massaker.«

»Was sagt Angelbert?«

»Du weißt, Angelbert hat seine eigene Meinung dazu. Seiner Auffassung nach war es ein Junger, der im Alter ein schlechter Mensch geworden ist. Das Schlimme dabei ist, Béarner, dass der Kerl von Brétilly nun zu uns rübergekommen ist. Darum ist sich Angelbert nicht mehr sicher, ob es wirklich ein verfluchter Pariser war. Er sagt, es könnte auch ein verfluchter Normanne gewesen sein.«

»Das Herz?«, fragte Adamsberg, und Veyrenc runzelte die Stirn.

»Rausgeholt, zur Seite geschmissen, zu Brei zerkloppt. Dasselbe, ich sag's dir ja. Außer dass es ein Zehnender ist. Oswald sieht das nicht so. Er sagt, es sei ein Neuner. Nicht dass Oswald nicht zählen könnte, aber er widerspricht den anderen eben gern. Wirst du dich drum kümmern?«

»Ganz sicher, Robert«, log Adamsberg.

»Kommst du her? Wir geben dir ein Abendbrot aus, wir warten auf dich. Was brauchst du für die Fahrt hierher? Anderthalb Stunden.«

»Ich kann nicht, ich bin an einem Doppelmord dran.«

»Na, wir doch auch, Béarner. Wenn das für dich kein Doppelmord ist, dann weiß ich nicht.«

»Hast du die Gendarmerie verständigt?«

»Die scheren sich 'n feuchten Kehricht darum, die Gendarmen. Dämlich, schlimmer als genudelte Gänse, die. Haben nicht mal ihren Arsch hierherbewegt und sich's angeguckt.«

»Und du, warst du dort?«

»Diesmal ja. Der Champ de Vigorne, der ging uns ja was an, verstehst du.«

»Und, ist es ein Neuner oder ein Zehner?«

»Ein Zehner natürlich. Oswald redet Schwachsinn, macht einen auf Schlaumeier. Seine Mutter stammt aus Opportune, nur ein paar Schritte von der Stelle entfernt, wo sie den Hirsch gefunden haben. Kannst dir also denken, dass er's ausnutzt, um sich wichtigzumachen. Ach Scheiße, trinkst du jetzt einen mit oder trinkst du keinen mit? Ich werd hier nicht stundenlang rumquatschen.«

Adamsberg suchte nach dem besten Weg, die Situation zu entschärfen, schwierig in Anbetracht des Umstands, dass es für Robert keinen Unterschied machte, ob zwei Männern die Kehle durchgeschnitten oder ein Hirsch erlegt worden war. In puncto Hartnäckigkeit schienen die Normannen – zumindest diese hier – mit den Béarnern mithalten zu können – zumindest mit manchen aus der Gegend des Gave de Pau und des Gave d'Ossau.

»Ich kann nicht, Robert, ich habe einen Schatten.«

»Oswald hat auch einen. Trotzdem trinkt er einen mit.«

»Was hat er? Oswald?«

»Einen Schatten, ich sag's dir doch. Auf dem Friedhof in Opportune-la-Haute. Also eigentlich hat sein Neffe ihn gesehen. Über einen Monat geht er uns damit schon auf die Nerven.«

»Gib mir Oswald.«

»Kann ich nicht, er ist weggegangen. Aber wenn du kommst, wird er hier sein. Er will dich auch sehen.«

»Wieso?«

»Weil seine Schwester ihn drum gebeten hat, wegen der Sache auf dem Friedhof. Im Grunde hat sie gar nicht so unrecht, denn die Bullen in Évreux sind einfach dämlich.«

»Aber was denn für einer Sache, Robert?«

»Stell nicht zu viele Fragen, Béarner.«

Adamsberg sah auf seine Uhren. Gleich neunzehn Uhr.

»Ich werde sehen, was sich machen lässt, Robert.«

Der Kommissar steckte nachdenklich sein Telefon wieder weg. Veyrenc wartete noch immer.

»Haben wir einen Notfall?«

Adamsberg lehnte den Kopf gegen die Scheibe.

»Wir haben nichts.«

»Er sprach von einem aufgeschlitzten Bauch, einem zermatschten Herz.«

»Bei einem Hirsch, Lieutenant! Sie haben da einen Kerl,

der aus Spaß Hirsche umlegt, und das bringt sie ganz aus dem Häuschen.«

»Ein Wilderer?«

»Keineswegs, ein Hirschmörder. Sie haben auch einen Schatten, der da oben in der Normandie rumläuft.«

»Das geht uns nichts an, oder doch?«

»Nein, nicht im Geringsten.«

»Wieso fahren Sie dann hin?«

»Aber ich fahr doch gar nicht hin, Veyrenc. Damit habe ich nichts zu schaffen.«

»Ich hatte es so verstanden, dass Sie dorthin fahren wollten.«

»Zu müde und kein Interesse«, sagte Adamsberg und öffnete seine Wagentür. »Ich würde bloß den Wagen zu Klump fahren und mich dazu. Ich rufe Robert später zurück.«

Die Türen schlugen zu, Adamsberg schloss ab. Die beiden Männer trennten sich hundert Meter weiter vor der Brasserie des Philosophes.

»Wenn Sie wollen«, sagte Veyrenc, »fahre ich und Sie schlafen. Am späten Abend sind wir wieder zurück.«

Adamsberg, zu keinem klaren Gedanken mehr fähig, betrachtete seine Wagenschlüssel, die er noch immer in der Hand hielt.

22

Es regnete, als Adamsberg die Tür des Cafés in Haroncourt aufstieß. Angelbert war aufgestanden und begrüßte ihn etwas steif, gefolgt vom Clan der Männer.

»Setz dich, Béarner«, sagte der Alte und gab ihm die Hand. »Wir haben dein Essen warm gehalten.«

»Du bist zu zweit?«, fragte Robert.

Adamsberg stellte seinen Mitarbeiter vor, ein Ereignis, das zu erneutem Händeschütteln Anlass gab, einem misstrauischeren diesmal, und es wurde ein zusätzlicher Stuhl gebracht. Alle streiften mit einem flüchtigen Blick das Haar des Neuankömmlings. Hier jedoch stand nicht zu befürchten, dass eine Frage über dieses Phänomen gestellt würde, und war es noch so befremdlich. Was die Männer allerdings nicht davon abhielt, über die Absonderlichkeit nachzusinnen und nach einer Möglichkeit zu suchen, wie man ein wenig mehr über den Gesellen erfahren konnte, den der Kommissar da mitgebracht hatte. Angelbert betrachtete prüfend die grundlegenden Ähnlichkeiten zwischen den beiden Polizisten und zog seinen Schluss.

»Dein Ander-Geschwisterkind«, sagte er, während er einschenkte.

Allmählich verstand Adamsberg das scheinheilige und raffinierte Prinzip der Normannen, das darin bestand, eine Frage zu stellen, ohne dass man den Gesprächspartner zu fragen schien. Man senkte ganz einfach die Stimme am Satzende, wie bei einer vermeintlichen Behauptung.

»Ein Ander-Geschwister?«, fragte Adamsberg, der als Béarner direkte Fragen stellen durfte.

»Entfernter verwandt als ein Vetter ersten Grades«, erklärte Hilaire. »Angelbert und ich sind Ander-Geschwister vierten Grades. Und er«, sagte er und zeigte auf Veyrenc, »ist dein Vetter sechsten oder siebten Grades.«

»Vielleicht«, gab Adamsberg zu.

»Auf jeden Fall stammt er aus deiner Ecke.«

»Aus der Nähe, stimmt.«

»Bei der Polizei gibt's wohl nur Béarner«, fragte Alphonse, ohne zu fragen.

»Vorher war ich der einzige.«

»Veyrenc de Bilhc«, stellte der Neue sich vor.

»Veyrenc«, vereinfachte Robert.

Es wurde allseits genickt, was hieß, dass man Roberts Vorschlag annahm. Das Problem mit den Haaren erledigte sich dadurch allerdings nicht. Es würde Jahre erfordern, um das Rätsel aufzuklären. Man brachte einen zweiten Teller für den Neuen, und Angelbert wartete, bis die beiden Polizisten mit dem Essen fertig waren, um Robert mit einer Handbewegung aufzufordern, er möge zur Sache kommen. Feierlich breitete Robert die Fotos von dem Hirsch auf dem Tisch aus.

»Er liegt nicht wie der andere da«, bemerkte Adamsberg, um ein Interesse in sich zu wecken, das er nicht spürte.

Er war nicht einmal in der Lage, zu sagen, wieso er hier war, geschweige denn, wie Veyrenc begriffen hatte, dass er hierherkommen wollte.

»Die zwei Kugeln haben ihn in die Brust getroffen. Er liegt auf der Seite und sein Herz wurde rechts abgelegt.«

»Der Mörder geht nicht methodisch vor.«

»Er will das Tier einfach nur töten, fertig.«

»Oder sein Herz herausholen«, sagte Oswald.

»Was wirst du jetzt tun, Béarner?«

»Es mir ansehen.«

»Jetzt?«

»Wenn einer von euch mitgeht. Ich habe Taschenlampen.«

Die Plötzlichkeit des Vorschlags gab zu denken.

»Wäre möglich«, sagte der Großvater.

»Oswald könnte mitgehen. Er könnte seine Schwester besuchen.«

»Wäre möglich«, sagte Oswald.

»Du müsstest sie unterbringen. Oder sie wieder hierherbringen. Es gibt kein Hotel in Opportune.«

»Wir müssen heute Abend nach Paris zurück«, sagte Veyrenc.

»Es sei denn, wir bleiben«, sagte Adamsberg.

Eine Stunde später besahen sie sich den Schauplatz des Mordes. Im Angesicht des Tieres, das auf dem Weg lag, begriff Adamsberg das wahre Ausmaß des Schmerzes, den die Männer empfanden. Oswald und Robert senkten entsetzt den Kopf. Gewiss, es war ein Tier, ein Hirsch, doch ebenso war es pure Grausamkeit und ein Verbrechen an der Schönheit.

»Ein prächtiges Männchen«, sagte Robert mit erstickter Stimme. »Das noch nicht alles gegeben hatte.«

»Er hatte sein Rudel«, erklärte Oswald. »Fünf Weibchen. Sechs Kämpfe im letzten Jahr. Ich kann dir sagen, Béarner, ein solcher Hirsch, der wie ein Edelmann kämpfte, der hätte seine Frauen noch vier oder fünf Jahre behalten, bevor man ihn entthront hätte. Kein einziger Kerl hier aus der Gegend hätte auf den Großen Roten geschossen. Der bekäme tapferen Nachwuchs, das sah man gleich.«

»Er hatte drei rote Flecken auf der rechten Flanke und auf der linken zwei. Deshalb nannten wir ihn den Großen Roten.«

Im Grunde genommen ein Bruder, oder doch zumindest ein entfernter Vetter, dachte Veyrenc und verschränkte die Arme. Robert kniete sich neben den großen Körper hin und streichelte sein Fell. Im Dunkel dieses Waldes, im strömenden Regen und in Gesellschaft dieser schlecht rasierten Männer konnte Adamsberg sich nur mit Mühe vorstellen, dass im selben Moment anderswo Autos durch Städte fuhren und Fernseher flimmerten. Mathias' prähistorische Zeiten zogen an seinem geistigen Auge vorüber, intakte Zeiten. Er wusste nicht mehr, ob der Große Rote lediglich ein Hirsch war oder ein Mensch oder eine göttliche Natur, die zur Strecke gebracht, ausgeraubt und geplündert worden war. Ein Hirsch, den man auf die Wände einer Höhle malen würde, um sich zu erinnern und ihn zu ehren.

»Wir beerdigen ihn morgen«, sagte Robert und stand schwerfällig auf. »Wir haben auf dich gewartet, verstehst du. Wir wollten, dass du ihn mit eigenen Augen siehst. Oswald, gib mir die Axt.«

Oswald kramte in seiner großen Ledertasche und holte schweigend das Werkzeug heraus. Robert strich über die Schneide, kniete sich neben den Kopf des Hirsches hin und zögerte. Dann wandte er sich zu Adamsberg um.

»Dir gebühren die Ehren, Béarner«, sagte er und reichte ihm die Axt, mit dem Stiel voran. »Schlag du ihm das Geweih ab.«

»Robert«, unterbrach Oswald ihn in unsicherem Ton.

»Ich hab's mir überlegt, Oswald, er hat es verdient. Er war müde, er war weit weg, er ist extra wegen dem Großen Roten hergekommen. Ihm gebührt die Ehre, ihm gebührt das Geweih.«

»Robert«, fing Oswald wieder an, »der Béarner stammt nicht von hier.«

»Nun, jetzt schon«, meinte Robert und legte Adamsberg die Axt in die Hände.

Adamsberg stand plötzlich mit dem Werkzeug da, dicht neben dem Kopf des Tieres.

»Schlag du es für mich ab«, sagte er zu Robert, »ich will ihn nicht noch verschandeln.«

»Das kann ich nicht. Derjenige, der es mitnimmt, muss es auch abhacken. Du musst es selbst machen.«

Unter Roberts Anleitung, der den Kopf des Tieres an den Boden drückte, schlug Adamsberg mit der Axt sechsmal zu, an den Stellen, die der Normanne ihm zeigte. Robert nahm das Werkzeug wieder an sich, hob das Geweih hoch und übergab es dem Kommissar. Vier Kilo pro Geweihstange, schätzte Adamsberg, während er sie in der Hand wog.

»Verlier sie nicht«, sagte Robert, »die bringen Leben.«

»Also eigentlich«, wandte Oswald ein, »ist es nicht sicher, ob es wirklich hilft, aber schaden tut's auch nicht.«

»Und trenne sie nie«, brachte Robert seinen Satz zu Ende. »Hörst du? Die gehören immer zusammen.«

Adamsberg versprach es in die Dunkelheit hinein, während sich seine Finger fest um die perligen Geweihstangen des Großen Roten schlossen. Dies war nicht gerade der Augenblick, sie fallen zu lassen. Veyrenc warf ihm einen ironischen Blick zu.

»Wankt nicht, Seigneur, so schwer auch die Trophäen«, murmelte er.

»Ich habe nicht darum gebeten, Veyrenc.«

»Man hat sie Euch geschenkt, Ihr habt sie abgetrennt.
Warum nur flieht Ihr vor der Geste dieser Nacht,
die Euch zum Träger einer lichten Hoffnung macht.«

»Es reicht, Veyrenc. Tragen Sie sie selbst oder hören Sie auf zu reden.«

»Nein, Seigneur. Weder das eine noch das andere.«

23

Oswalds Schwester Hermance hielt sich an zwei Prinzipien, die sie vor den Gefahren der Welt schützen sollten: nicht nach zweiundzwanzig Uhr aufbleiben und niemanden mit Schuhen in ihr Haus lassen. Leise stiegen Oswald und die beiden Polizisten mit ihren erdverkrusteten Schuhen in der Hand die Treppe hinauf.

»Es gibt nur ein Zimmer«, flüsterte Oswald, »aber es ist groß. Ist Ihnen das recht?«

Adamsberg stimmte zu, hatte es jedoch nicht sonderlich eilig, seine Nacht mit dem Lieutenant zu verbringen. Und auch Veyrenc stellte erleichtert fest, dass in dem Zimmer zwei hohe Holzbetten standen, zwischen denen ein zwei Meter breiter Abstand war.

> *Ein tiefes Tal soll zwischen Bett und Bett besteh'n,*
> *auf dass die schlafend Seelen nicht ineinandergeh'n.«*

»Das Badezimmer ist nebenan«, fügte Oswald hinzu. »Vergessen Sie nicht, barfuß zu bleiben. Falls Sie unglücklicherweise mit Schuhen reingehen sollten, könnte sie das umbringen.«

»Selbst wenn sie nichts davon erfährt?«

»Es kommt alles heraus, besonders das, was man verschweigt. Ich warte unten auf dich, Béarner. Wir beide müssen uns noch unterhalten.«

Adamsberg warf seine feuchte Jacke über den Pfosten des linken Bettes und stellte lautlos das große Geweih auf den Fußboden; Veyrenc hatte sich, mit Blick zur Wand und voll angekleidet, bereits hingelegt.

»Schläft dein Vetter?«, fragte Oswald, als der Kommissar zu ihm in die kleine Küche hinunterkam.

»Er ist nicht mein Vetter, Oswald.«

»Seine Haare, ich nehme an, das ist was Persönliches«, fragte der Normanne.

»Etwas sehr Persönliches«, bestätigte Adamsberg. »Und jetzt erzähl.«

»Eigentlich wollte gar nicht ich, sondern Hermance, dass ich's dir erzähle.«

»Aber sie kennt mich doch gar nicht, Oswald.«

»Vermute mal, jemand hat ihr dazu geraten.«

»Wer?«

»Vielleicht der Pfarrer. Bemüh dich nicht, Béarner. Hermance und das Vernünftige sind zweierlei. Sie hat so ihre eigenen Vorstellungen, aber man weiß nicht immer genau, wo sie sie herhat.«

Oswalds Stimme klang plötzlich bedrückt und Adamsberg wechselte das Thema.

»Nicht weiter wichtig, Oswald. Erzähl mir von diesem Schatten.«

»Eigentlich hab nicht ich ihn gesehen, sondern mein Neffe Gratien.«

»Wie lange ist das her?«

»Über fünf Wochen, ein Dienstagabend war's.«

»Und wo war das?«

»Auf dem Friedhof, Béarner, wo denn sonst?«

»Was hat dein Neffe denn auf dem Friedhof gemacht?«

»Er war nicht auf dem Friedhof, er war auf dem schmalen Weg, der oberhalb hinaufführt. Also, ich meine den Weg, der hinauf- oder hinunterführt, je nachdem, wie du's nimmst. Jeden Dienstag und jeden Freitag wartet er da auf seine Freundin, wenn sie mit ihrem Dienst fertig ist. Das ganze Dorf weiß Bescheid, außer seiner Mutter.«

»Wie alt ist er?«

»Siebzehn. Mit Hermance, die wie ein Uhrwerk um zweiundzwanzig Uhr einschläft, hat er leichtes Spiel. Vorsicht, verrat ihn bloß nicht.«

»Und weiter, Oswald?«

Oswald goss Calvados in zwei Gläschen und setzte sich seufzend wieder hin. Er blickte Adamsberg aus seinen kristallklaren Augen an und kippte die Menge mit einem Mal hinter.

»Auf dein Wohl.«

»Danke.«

»Soll ich dir mal was sagen?«

Er wird es sowieso sagen, dachte Adamsberg.

»Es ist das erste Mal, dass ein Fremder die Ehren von einem unserer Hirsche mitnimmt. Nun kann ich sagen, ich habe alles in meinem Leben gesehen.«

»Alles gesehen« ist übertrieben, dachte Adamsberg. Aber die Sache mit dem Geweih war offensichtlich von Bedeutung.

Man hat sie Euch geschenkt, Ihr habt sie abgetrennt. Der Kommissar war erstaunt und verärgert zugleich, dass er einen Vers von Veyrenc im Kopf behalten hatte.

»Wurmt es dich, dass ich sie mitnehme?«, fragte er.

Angesichts einer so persönlichen und direkten Frage gab Oswald eine ausweichende Antwort.

»Robert muss dich schon verdammt schätzen, wenn er sie dir geschenkt hat. Aber er weiß offenbar, was er tut. Normalerweise irrt Robert sich nicht.«

»Dann stehen die Dinge also gar nicht so schlecht«, meinte Adamsberg lächelnd.

»Eigentlich nicht.«

»Und weiter, Oswald?«

»Wie ich schon sagte. Dann hat er den Schatten gesehen.«

»Erzähl schon.«

»Eine Art lange Frau, falls man so was Frau nennen kann, grau, vollkommen eingehüllt, ohne Gesicht. Der Tod eben, Béarner. Vor meiner Schwester würde ich das so nicht erzählen, aber wir sind ja unter Männern, da kann man die Dinge ruhig beim Namen nennen. Oder etwa nicht?«

»Doch.«

»Also sagen wir's ruhig. Der Tod, eine Schattenfrau. Sie lief nicht wie unsereins. Sie glitt über den Friedhof, ganz aufrecht und langsam. Hatte es nicht gerade eilig, die lief so Schritt für Schritt.«

»Trinkt dein Neffe?«

»Noch nicht. Bloß weil er mit diesem Mädel schläft, ist er ja nicht gleich ein Mann. Man müsste rauskriegen, was sie gemacht hat, die Schattenfrau, ich kann's dir nicht sagen.

Man müsste rauskriegen, wen sie holen wollte. Hinterher haben wir drauf gewartet, dass wer stirbt im Dorf. Aber es ist nichts passiert.«

»Hat er noch was anderes gesehen?«

»Vom Acker gemacht hat er sich und ist schnurstracks nach Hause gerannt. Versetz dich mal in seine Lage. Wieso ist sie hierhergekommen, Béarner? Wieso zu uns?«

»Ich weiß es nicht, Oswald.«

»Der Pfarrer sagt, 1809 ist so was schon mal vorgekommen, und das war genau in dem Jahr, wo es keine Äpfel gab. Die Zweige waren kahl wie mein Arm.«

»Hatte das keine anderen Folgen? Abgesehen von den Äpfeln?«

Oswald warf Adamsberg erneut einen kurzen Blick zu.

»Robert sagt, du hättest die Schattenfrau auch gesehen.«

»Ich habe sie nicht gesehen, ich habe bloß an sie gedacht. Es ist wie ein Schleier, eine düstere Wolke, vor allem wenn ich in der Brigade bin. Ein Arzt würde sagen, ich bilde mir was ein. Oder ich komme nicht los von einer schlechten Erinnerung.«

»Die Herren Doktoren wollen so was einfach nicht verstehen.«

»Sie haben vielleicht gar nicht so unrecht damit. Es kann durchaus ein trüber Gedanke sein, der mir einfach nicht aus dem Kopf geht, der immer noch hier drin ist.«

»Wie das Hirschgeweih, bevor es wächst.«

»Genau«, sagte Adamsberg und lächelte plötzlich.

Die Vorstellung gefiel ihm sehr, löste sie doch fast das Rätsel um seine Schattenfrau. Das Gewicht eines schweren Gedankens, der bereits komplett in seinem Geist vorhanden war, es aber noch nicht nach draußen geschafft hatte. Eine Geburt gewissermaßen.

»Ein Gedanke, der dich nur in deiner Brigade befällt«, fuhr Oswald in seiner Überlegung fort. »Hier zum Beispiel befällt er dich nicht.«

»Nein.«

»Dann kommt es daher, dass sich irgendwas in deine Brigade eingeschlichen hat«, erklärte Oswald mit pantomimischer Untermalung. »Und die Sache ist in deinen Schädel rein, weil du der Chef bist. Eigentlich logisch.«

Oswald trank seinen Calvados aus.

»Oder weil du es bist«, fügte er hinzu. »Ich habe dir den Jungen mitgebracht. Er wartet draußen.«

Keine Wahl. Adamsberg folgte Oswald hinaus in die Dunkelheit.

»Du hast deine Schuhe nicht wieder angezogen«, bemerkte Oswald.

»Es ist angenehm so. Gedanken können auch durch die Fußsohlen fließen.«

»Wenn das stimmen würde«, sagte Oswald mit dem Anflug eines Lächelns, »wäre meine Schwester vollgepfropft mit Gedanken.«

»Und, trifft das denn nicht zu?«

»Um die Wahrheit zu sagen, sie ist lieb, dass es einem Ochsen die Tränen in die Augen treibt, aber im Kopf drin hat sie nichts. Trotzdem ist sie meine Schwester.«

»Und Gratien?«

»Kein Vergleich, er kommt nach dem Vater, der war schlau wie 'n Fuchs.«

»Und wo ist er, sein Vater?«

Oswald verschloss sich und zog die Fühler in sein Schneckenhaus ein.

»Hat Amadeus deine Schwester verlassen?«, hakte Adamsberg nach.

»Woher weißt du, wie er heißt?«

»Das stand auf einem Foto in der Küche.«

»Amadeus ist tot. Das war früher. Wir reden hier nicht darüber.«

»Warum nicht?«, fragte Adamsberg, der den Wink überhörte.

»Wieso interessiert dich das?«

»Man kann nie wissen. Bei dem Schatten, verstehst du? Man muss an alles denken.«

»Vielleicht«, gab Oswald zu.

»Mein Nachbar sagt, die Toten gehen nicht fort, wenn sie ihr Leben nicht zu Ende gelebt haben. Sie jucken die Lebenden noch jahrhundertelang.«

»Willst du damit sagen, Amadeus hatte sein Leben nicht zu Ende gelebt?«

»Das weißt nur du.«

»Eines Nachts kam er von einer Frau zurück«, erzählte Oswald mit einigem Zögern. »Er hat ein Bad genommen, damit meine Schwester nichts merkt. Und dabei ist er ertrunken.«

»In der Badewanne?«

»Ich sag's dir doch. Es überkam ihn ein Unwohlsein. Und in einer Badewanne ist allemal Wasser drin, oder nicht? Und wenn dein Kopf unter Wasser ist, kannst du da ebenso gut draufgehen wie in einem Tümpel. Das hat meiner Schwester vollends den Verstand geraubt.«

»Hat man die Sache untersucht?«

»Zwangsläufig. Wochenlang sind sie allen hier wie die Scheißhausfliegen auf den Wecker gefallen. Du kennst ja die Bullen.«

»Verdächtigten sie deine Schwester?«

»Sie haben sie verrückt gemacht, ja. Die Arme. Nicht mal einen Korb Äpfel kann sie hochheben. Und dann soll sie einen Schrank wie Amadeus in der Badewanne ertränkt haben, also ich bitte dich. Zumal sie völlig vernarrt war in diesen Trottel.«

»Du sagtest doch, er sei schlau wie ein Fuchs gewesen.«

»Und du, Béarner, bist auch nicht gerade der Hellste, was?«

»Erklär's mir.«

»Er ist nicht der Vater von dem Kleinen. Gratien ist von dem davor, vom ersten Ehemann. Der auch gestorben ist, wenn du's wissen willst. Zwei Jahre nach der Hochzeit.«

»Wie hieß er?«

»Le Lorrain. Er kam nicht aus der Ecke hier. Er hat sich die Sense in die Beine gehauen.«

»Sie hatte nicht gerade Glück, deine Schwester.«

»Das kann man wohl sagen. Deshalb macht sich hier auch keiner über ihre Schrullen lustig. Sie hat ein Recht darauf, wenn's ein Trost für sie ist.«

»Natürlich, Oswald.«

Der Normanne nickte, erleichtert darüber, dass dieses Thema beendet war.

»Was ich dir gerade erzählt habe, musst du aber nicht unbedingt in deinem Gebirge herumposaunen. Das ist eine Geschichte, die in Opportune bleiben soll. Wir haben vergessen, und damit basta.«

»Ich sage nie was, Oswald.«

»Kennst du keine solchen Geschichten, die in deinem Gebirge bleiben sollen?«

»Ich kenne eine, ja. Aber im Augenblick kommt sie gerade heraus.«

»Das ist nicht gut«, meinte Oswald kopfschüttelnd. »Es fängt klein an, und am Ende ist's ein Drache, der aus seiner Höhle kriecht.«

Oswalds Neffe, dessen Wangen wie die seines Onkels mit Sommersprossen übersät waren, stand mit krummem Rücken vor Adamsberg. Er getraute sich nicht, dem Kommissar aus Paris keine Antwort zu geben, aber der Test war strapaziös für ihn. Mit gesenkten Augen erzählte er von der Nacht, in der er den Schatten gesehen hatte, und sein Bericht stimmte mit dem von Oswald überein.

»Hast du das deiner Mutter erzählt?«

»Ja natürlich.«

»Und sie wollte, dass du mit mir darüber redest?«

»Ja. Nachdem Sie zu dem Konzert gekommen waren.«

»Weißt du, warum?«

Der Junge verschloss sich plötzlich.

»Die Leute reden dummes Zeug«, sagte er. »Meine Mutter hat ihre eigenen Vorstellungen, man muss sie bloß verstehen, das ist alles. Und der Beweis ist ja, dass es Sie interessiert.«

»Deine Mutter hat recht«, sagte Adamsberg, um den jungen Mann zu beruhigen.

»Jeder drückt sich auf seine Art aus«, beharrte Gratien. »Und keine Art ist mehr wert als eine andere.«

»Nein, keine einzige«, bestätigte Adamsberg. »Eine Sache noch, dann lass ich dich in Ruhe. Mach die Augen zu. Und sag mir, wie ich aussehe und was ich anhabe.«

»Wirklich?«

»Wenn der Kommissar dich drum bittet«, schaltete Oswald sich ein.

»Sie sind nicht sehr groß«, begann Gratien zaghaft, »nicht größer als mein Onkel. Mit braunen Haaren ... Muss ich alles sagen?«

»Soviel du kannst.«

»Nicht sehr ordentlich gekämmt, ein Teil über die Augen, die anderen nach hinten. Eine große Nase, braune Augen, eine schwarze Jacke aus Leinen, mit vielen Taschen, die Ärmel hochgekrempelt. Die Hose ... auch schwarz, ziemlich abgewetzt, und Sie sind barfuß.«

»Hemd? Pullover? Schlips? Konzentrier dich.«

Gratien schüttelte den Kopf und kniff seine geschlossenen Augen zusammen.

»Nein«, sagte er in entschiedenem Ton.

»Was dann?«

»Ein graues T-Shirt.«

»Mach die Augen wieder auf. Du bist ein perfekter Zeuge, das kommt sehr selten vor.«

Der Halbwüchsige lächelte, die erfolgreich bestandene Prüfung machte ihn locker.

»Und dabei ist es dunkel«, fügte er stolz hinzu.

»Genau.«

»Glauben Sie mir nicht? Wegen dem Schatten?«

»Manchmal verzerrt man unklare Erinnerungen im Nachhinein. Was, glaubst du, hat der Schatten deiner Meinung nach gemacht? Ging er spazieren? Schwebte er aufs Geratewohl da herum?«

»Nein.«

»Schaute er sich irgendwas an? Schlenderte er umher, wartete er? Hatte er eine Verabredung?«

»Nein. Ich würde sagen, er suchte etwas, ein Grab vielleicht, aber ohne sich zu beeilen. Er kam nicht sehr schnell voran.«

»Was hat dir Angst gemacht?«

»Die Art, wie er lief, seine Größe. Und dann dieses graue Tuch. Ich hab immer noch Angst.«

»Versuch ihn zu vergessen, von nun an kümmere ich mich um ihn.«

»Aber was können wir tun, wenn's wirklich der Tod ist?«

»Wir werden sehen«, sagte Adamsberg. »Wir finden schon was.«

24

Als er die Augen aufschlug, sah Veyrenc, dass der Kommissar bereits fertig war. Er hatte schlecht geschlafen, so vollkommen angekleidet, und immer wieder war er in seinen Träumen plötzlich im Weinberg oder auf der Hochwiese aufgewacht. Am einen oder am anderen Ort. Sein Vater hob ihn vom Boden auf, er hatte Schmerzen. Im November oder im Februar? Vor der Spätlese oder danach? Er sah die Szene nur noch undeutlich vor sich, ein Kopfschmerz hämmerte in seinen Schläfen. Entweder war der schwere Wein im Café in Haroncourt daran schuld oder das beklemmende Durcheinander seiner Erinnerungen.

»Wir fahren zurück, Veyrenc. Vergessen Sie nicht, keine Schuhe im Badezimmer. Sie hat viel durchgemacht.«

Oswalds Schwester hatte ihnen ein riesiges Frühstück serviert, eins von der Sorte, mit denen ein Landmann bis zwölf Uhr mittags durchhält. Entgegen dem tragischen Bild, das Adamsberg sich von ihr gemacht hatte, war Hermance vergnügt und gesprächig und in der Tat dermaßen gütig, dass es einer ganzen Viehherde die Tränen in die Augen treiben konnte. Eine große, ein wenig abgezehrte Frau, die sich mit Bedacht hin und her bewegte, als wäre sie erstaunt darüber, dass sie auf der Welt war. Ihr Gerede bestand aus Nichtigkeiten, es war ein Gemisch aus Überflüssigem und Unsinnigem und konnte sich gewiss stundenlang hinziehen. Was im Grunde große Kunst war, denn das Spitzenwerk aus Wörtern, das sich dergestalt formte, war so fein gewoben, dass es nur noch Löcher enthielt.

»… was Ordentliches essen, bevor's an die Arbeit geht, das sage ich jeden Tag«, hörte Adamsberg. »Arbeit macht müde, ach, wenn ich an all die viele Arbeit denke. Aber so ist es nun mal. Sie arbeiten natürlich auch, ich habe gesehen, dass Sie mit dem Auto gekommen sind. Oswald hat zwei Autos, eins für die Arbeit, er muss ja den Lieferwagen waschen. Das macht viel Dreck, und auch der ist wieder Arbeit, aber so ist das nun mal. Ich habe Ihnen die Eier nicht zu hart gekocht. Gratien mag keine Eier, ja natürlich. Das ist so seine Art, und die Art der anderen, die ist heute so, morgen so, nicht einfach, das alles.«

»Hermance, wer hat Sie gebeten, mit mir zu reden?«, fragte Adamsberg vorsichtig. »Wegen der Sache auf dem Friedhof?«

»Nicht wahr? Ich hatte es Oswald erzählt. So ist es, jaja, es war viel besser so, Hauptsache, es richtet keinen Schaden an, wenn es schon nichts Gutes bringt, aber so ist das nun mal.«

»Ja, so ist es«, sagte Adamsberg und versuchte in den Kreisel von Hermances Gebrabbel hineinzukommen. »Hat Ihnen jemand geraten, zu mir zu kommen? Hilaire? Angelbert? Achille? Der Pfarrer?«

»Nicht wahr? Man kann doch keinen Dreck auf dem Friedhof rumliegen lassen, und hinterher fragt man sich, ich hatte es Oswald erzählt, da ist nichts Schlimmes dabei. Ja natürlich.«

»Wir werden jetzt gehen, Hermance«, sagte Adamsberg und sah kurz zu Veyrenc, der ihm zu verstehen gab, die Befragung aufzugeben.

Draußen zogen sich die beiden Männer ihre Schuhe an, nachdem sie das Zimmer so sauber hinterlassen hatten wie ein Bühnenbild. Hinter der Tür hörte Adamsberg immer noch die Stimme von Hermance, wie sie allein weiterbrabbelte.

»Ja, die Arbeit natürlich, so ist es nun mal, die Arbeit. Man kann sich nicht alles gefallen lassen.«

»Die hat nicht alle Tassen im Schrank«, sagte Veyrenc traurig, während er sich die Schuhe zuband. »Sie ist schon so geboren oder ihr sind unterwegs welche kaputtgegangen.«

»Ihr sind unterwegs welche kaputtgegangen, glaube ich. Ihre beiden Männer sind jung gestorben, noch dazu kurz hintereinander. Aber darüber dürfen wir nur hier sprechen, es ist verboten, es außerhalb von Opportune-la-Haute weiterzuerzählen.«

»Darum auch hat Hilaire durchblicken lassen, Hermance bringe Unglück. Die Männer haben Angst, zu sterben, wenn sie sie heiraten.«

»Wenn erst der Verdacht auf einen fällt, wird man ihn nie wieder los. Der frisst sich wie eine Zecke in die Haut. Die Zecke reißt man heraus, aber die Beine bleiben drin stecken und bewegen sich weiter.«

Ungefähr wie Lucios Spinne, ergänzte Adamsberg für sich.

»Sie kennen ja nun ein paar Typen von hier, wer, glauben Sie, hat ihr geraten, mit Ihnen zu sprechen?«

»Ich weiß nicht, Veyrenc. Vielleicht gar niemand. Wahrscheinlich hat sie sich wegen des Schattens Sorgen um ihren Sohn gemacht. Ich glaube, seit den Ermittlungen zu Amadeus' Tod hat sie eine Heidenangst vor Gendarmen. Oswald wird ihr von mir erzählt haben.«

»Denken die Leute, *sie* hätte ihre beiden Männer umgebracht?«

»Sie glauben es nicht wirklich, aber sie fragen es sich. Mit eigener Hand oder mit Gedanken umgebracht. Bevor wir zurückfahren, schauen wir auf dem Friedhof vorbei.«

»Um was dort zu suchen?«

»Wir versuchen herauszufinden, was Oswalds Schatten gemacht hat. Ich habe dem jungen Mann versprochen, mich darum zu kümmern. Aber Robert sprach nicht von einem Schatten, er sprach von ›der Sache‹, und Hermance sagt, dass es den Friedhof verdreckt. Oder aber wir versuchen etwas anderes.«

»Was?«

»Dahinterzukommen, warum man mich hergelockt hat.«

»Wenn ich mich nicht ans Steuer gesetzt hätte«, wandte Veyrenc ein, »wären Sie gar nicht hier.«

»Das weiß ich, Lieutenant. Es ist nur so ein Eindruck.«

Ein Schatten, dachte Veyrenc.

»Oswald soll seiner Schwester einen Welpen geschenkt haben«, sagte er. »Und der soll gestorben sein.«

In jeder Hand eine Geweihstange, lief Adamsberg die grasbewachsenen Wege auf dem kleinen Friedhof ab. Veyrenc hatte ihm seine Hilfe angeboten und wollte ihm eine der Stangen abnehmen, aber Robert hatte ganz klar gesagt, dass man sie niemals trennen dürfe. So machte Adamsberg seinen Rundgang durch das Gelände, darauf bedacht, dass er mit den Kronen nicht gegen die Grabsteine stieß. Der Friedhof war armselig und nur notdürftig gepflegt, aus dem Kies spross das Gras. Hier besaßen die Leute nicht immer die Mittel, um eine Grabplatte zu bezahlen, und so bestanden etliche Gräber nur aus Erde, auf manchen steckte ein Holzkreuz, auf dem in weißer Schrift ein Name stand. Die Gräber der beiden Männer von Hermance waren in den Genuss einer schmalen Deckplatte aus Kalkstein gekommen, die heute grau und ohne Blumen dalag. Er wollte gehen, verweilte dann aber doch noch einen Augenblick und genoss einen ersten Frühlingssonnenstrahl, der sich verwegen in seinen Nacken schlich.

»Wo hat der junge Gratien die Gestalt gesehen?«, fragte Veyrenc.

»Dort irgendwo«, zeigte Adamsberg.

»Und was sollten wir uns ansehen?«

»Ich weiß es nicht.«

Veyrenc nickte, er schien nicht verärgert. Vorausgesetzt, die Rede kam nicht aufs Gave-Tal, war der Lieutenant außerstande, sich aufzuregen oder ungeduldig zu werden. Hierin glich der falsche Vetter ihm ein wenig, er nahm alles Unwahrscheinliche oder Schwierige ebenso gelassen hin wie er. Und auch er hielt den Nacken in die milde Wärme, darauf bedacht, so lange wie möglich hier im feuchten Gras herumzubummeln. Adamsberg ging um die kleine Kirche herum und sah das klare Licht des Frühlings, wie es sich im Schiefer des Dachs und auf dem feuchten Marmor glänzend brach.

»Kommissar«, rief Veyrenc.

Adamsberg ließ sich Zeit, während er zu ihm zurücklief. Das Licht spielte mit Veyrencs rot funkelndem Haar. Wäre diese Buntscheckigkeit nicht das Resultat einer Folter gewesen, Adamsberg hätte sie für sehr gelungen gehalten. Schönheit, aus Leid hervorgegangen.

»Wir wissen nicht, wonach wir suchen«, sagte Veyrenc und zeigte auf ein Grab, »aber auch diese Frau hier hatte kein Glück. Gestorben mit achtunddreißig Jahren, fast wie Élisabeth Châtel.«

Adamsberg betrachtete die Grabstätte, ein noch frisches Rechteck ganz aus Erde, das auf seine Grabplatte wartete. Langsam dämmerte ihm, was der Lieutenant sagen wollte, denn er hatte ihn sicher nicht ohne Grund gerufen.

»Der Gesang der Erde, hören Sie ihn?«, sagte Veyrenc. »Und sehen Sie, was er uns sagen will?«

»Wenn Sie das Gras auf dem Grab meinen, ich sehe es. Ich sehe die kurzen Halme, ich sehe die langen Halme.«

»Man könnte sich vorstellen, aber nur, wenn man sich etwas vorstellen wollte, dass die kürzeren Halme erst später gewachsen sind.«

Die beiden Männer schwiegen und fragten sich im gleichen Augenblick, ob sie sich etwas vorstellen wollten oder nicht.

»In Paris wartet man auf uns«, meinte Veyrenc zu sich selbst.

»Man könnte sich vorstellen«, redete Adamsberg weiter, »dass das Gras am Kopfende des Grabes langsamer wächst und folglich kürzer ist. Es beschreibt eine Art Kreis, und die Frau hier stammt aus der Normandie, genau wie Élisabeth.«

»Aber wenn wir unsere Tage damit zubringen würden, Friedhöfe zu besichtigen, würden wir wahrscheinlich Unmengen von unterschiedlich langen Grashalmen finden.«

»Sicher. Aber nichts verbietet uns nachzuprüfen, ob unter den kurzen Halmen gegraben wurde, nicht wahr?«

»Entscheidet Ihr, Seigneur, ob dieses Zeichen hier
ein schlichter Zufall ist? Spricht's von des Mörders
Gier?
Und ob der dunkle Weg, den dieses Halmbett weist,
Euch siegen lässt oder Euch in den Abgrund reißt.«

»Besser, man wüsste es sofort«, meinte Adamsberg und stellte das Hirschgeweih auf den Boden. »Ich sage Danglard Bescheid, dass wir noch ein Weilchen in den normannischen Wiesen bleiben.«

25

Die Katze bewegte sich durch die Brigade von einem sicheren Punkt zum nächsten, von Knie zu Knie, vom Schreibtisch eines Brigadiers zum Stuhl eines Lieutenants, ganz so wie man einen Fluss auf Steinen überquert, ohne sich die Füße nass zu machen. Begonnen hatte sie ihr Katzenleben groß wie eine Faust, als sie Camille auf der Straße nachgelaufen war, und unter dem Schutz von Adrien Danglard hatte sie es weitergeführt, der gezwungen gewesen war, das Tier schließlich in der Brigade unterzubringen. Denn die Katze kam nicht allein zurecht, ihr fehlte gänzlich jenes leicht verächtliche Bewusstsein von Unabhängigkeit, das die Größe von Katzenwesen ausmacht. Und obwohl sie ein unversehrtes männliches Tier war, war sie die Verkörperung der Abhängigkeit und hatte überdies ein permanentes Schlafbedürfnis. »Die Kugel«, so nämlich hatte Danglard sie getauft, als er sie einst aufgelesen hatte, war das ganze Gegenteil eines Totemtiers, noch dazu einer Brigade von Bullen. Die Mannschaft löste sich ab beim Management dieser Masse aus Fell, Trägheit und Scheu, die von einem verlangte, dass man sie überallhin begleitete, zum Fressen, zum Trinken oder zum Pissen. Obendrein hatte sie ihre Vorlieben, wobei Retancourt ganz klar an der Spitze lag.

Den Großteil ihrer Tage verbrachte Die Kugel gleich neben ihrem Schreibtisch, ausgestreckt auf dem warmen Gehäuse eines Fotokopierers. Ein Gerät, das man nicht mehr benutzen konnte, ohne das Tier aufzuscheuchen und damit zu Tode zu erschrecken. War die Frau, die sie liebte, nicht da, kehrte Die Kugel zu Danglard zurück, danach in unveränderlicher Reihenfolge zu Justin, Froissy und seltsamerweise Noël.

Danglard war schon froh, wenn die Katze sich mal bequemte, die zwanzig Meter bis zu ihrem Futternapf zu Fuß zu gehen. Jedes dritte Mal nämlich gab das Tier auf, ließ sich auf den Rücken fallen, sodass man es bis in den Raum mit dem Getränkeautomaten tragen musste, wo seine Futterschale und die Katzentoilette standen. An diesem Donnerstag trug Danglard Die Kugel wie einen Scheuerlappen, der zu beiden Seiten herunterhängt, überm Arm, als Brézillon anrief. Er suchte Adamsberg.

»Wo ist er? Sein Mobiltelefon ist nicht eingeschaltet. Oder er geht einfach nicht ran.«

»Ich weiß es nicht, Monsieur le Divisionnaire. Er ist ganz sicher an einer dringenden Sache dran.«

»Ganz sicher«, meinte Brézillon höhnisch.

Danglard setzte die Katze auf die Erde, damit die Wut des Divisionnaire sie nicht noch erschreckte. Die Folgen der Grabungsaktion in Montrouge hatten Brézillon in Harnisch gebracht. Er hatte den Kommissar bereits aufgefordert, diese Spur nicht weiterzuverfolgen, da Grabschänder psychiatrischen Statistiken zufolge niemals Mörder waren.

»Sie sind ein schlechter Lügner, Commandant Danglard. Teilen Sie ihm mit, dass ich ihn um siebzehn Uhr auf seinem

Posten sehen will. Und der Tote in Reims? Sind Sie da immer noch dran?«

»Abgeschlossen, Monsieur le Divisionnaire.«

»Und die flüchtige Krankenschwester? Was machen Sie überhaupt?«

»Die Suchmeldungen sind raus. Innerhalb einer Woche will man sie an zwanzig verschiedenen Orten gesehen haben. Wir überprüfen, wir kontrollieren.«

»Und Adamsberg, kontrolliert der auch?«

»Selbstverständlich.«

»Ja? Vom Friedhof in Opportune-la-Haute aus?«

Danglard nahm zwei Schluck Weißwein und machte eine verneinende Geste in Richtung Katze. Die Kugel hatte ganz offensichtlich eine Veranlagung zum Alkoholiker, darauf war zu achten. Wenn sie sich schon mal selbstständig bewegte, dann nur zu dem Zweck, Danglards persönliche Verstecke ausfindig zu machen. Erst kürzlich hatte sie das unterm Heizkessel im Keller entdeckt. Ein Beweis dafür, dass sie durchaus nicht so dumm war, wie alle glaubten, und einen außergewöhnlichen Geruchssinn besaß. Aber über eine derartige Leistung konnte Danglard in diesem Fall leider niemanden unterrichten.

»Sie brauchen gar nicht zu versuchen, Ihre Späßchen mit mir zu treiben«, fuhr Brézillon fort.

»Das versuchen wir auch nicht«, entgegnete Danglard aufrichtig.

»Die Brigade ist auf die schiefe Bahn geraten. Adamsberg seift sie ein und reißt Sie allesamt mit. Falls Sie es nicht wissen sollten, was mich überraschen würde, so sage ich Ihnen, was

Ihr Chef gerade treibt: Er rennt in einem Kaff am Arsch der Welt um ein harmloses Grab herum.«

Und wieso nicht?, dachte Danglard. Der Commandant war der Erste, der Adamsbergs eigenwilliges Umherschlendern kritisierte, im Falle eines Angriffs von außen jedoch errichtete er einen unüberwindbaren Schutzwall zu seiner Verteidigung.

»Und wozu das alles?«, fuhr Brézillon fort. »Weil irgendein Schwachkopf dort oben einen Schatten auf einer Wiese gesehen hat.«

Und wieso nicht?, fragte Danglard sich noch einmal und nahm einen weiteren Schluck.

»Darum nämlich kümmert Adamsberg sich gerade, das nämlich kontrolliert er.«

»Hat die Brigade in Évreux Sie alarmiert?«

»Das ist deren Job, wenn ein Kommissar ausklinkt. Die tun ihn wenigstens, ihren Job, und zwar schnell und gut. Ich verlange, dass er um siebzehn Uhr an seinem Platz ist und sich mit der Krankenschwester befasst.«

»Ich glaube, das wird ihn nicht sonderlich reizen«, murmelte Danglard.

»Und was die beiden Toten von der Porte de la Chapelle angeht: Die geben Sie unverzüglich ab. Die Leute vom Drogendezernat übernehmen sie. Sagen Sie ihm das, Commandant. Ich vermute, wenn Sie ihn anrufen, wird er wohl rangehen.«

Danglard trank seinen Becher aus, hob Die Kugel hoch und wählte zunächst die Nummer der Brigade in Évreux.

»Geben Sie mir den Commandant, dringender Anruf aus Paris.«

Die Finger ins gewaltige Fell der Katze gekrampft, wartete Danglard voller Ungeduld.

»Commandant Devalon? Haben Sie Brézillon benachrichtigt, dass Adamsberg in Ihrem Abschnitt ist?«

»Wenn Adamsberg frei herumläuft und Blödsinn fantasiert. Vorbeugen ist besser als heilen. Wer ist am Apparat?«

»Commandant Danglard. Sie können mich mal am Arsch lecken, Devalon.«

»Beschränken Sie sich lieber darauf, Ihren Chef zurückzuholen.«

Danglard legte schroff auf und die Katze streckte entsetzt ihre Pfoten von sich.

26

»Siebzehn Uhr? Der kann mich mal, Danglard.«

»Das weiß er bereits. Kommen Sie zurück, Kommissar, sonst gibt's dicke Luft. Wie weit sind Sie?«

»Wir suchen nach einer Grabung unter den Grashalmen.«

»Wer ›wir‹?«

»Ich und Veyrenc.«

»Kommen Sie zurück. Évreux wurde informiert, dass Sie auf einem ihrer Friedhöfe herumschnüffeln.«

»Die Toten von der Porte de la Chapelle sind unsere Angelegenheit.«

»Der Fall wurde uns entzogen, Kommissar.«

»Sehr gut, Danglard«, sagte Adamsberg nach einer Pause. »Ich verstehe.«

Adamsberg klappte sein Telefon zusammen.

»Wir ändern unsere Taktik, Veyrenc. Wir sind ein bisschen knapp mit der Zeit.«

»Räumen wir die Stellung?«

»Nein, wir rufen den Dolmetscher an.«

Seit einer halben Stunde befühlten Adamsberg und Veyrenc nun schon die Oberfläche der Erde, hatten jedoch nicht den geringsten Spalt entdeckt, der auf den Rand einer Grube hätte schließen lassen. Wieder hob Vandoosler der Alte ab, fast hätte man meinen können, er kontrolliere die Telefonzentrale des Hauses.

»Geschlagen, in die Enge getrieben, besiegt?«, fragte er.

»Nein, Vandoosler, sonst würde ich ja nicht anrufen.«

»Welchen brauchst du diesmal?«

»Denselben.«

»Schlechte Wahl, er ist bei einer Ausgrabung im Departement Essonne.«

»Dann gib mir seine Nummer.«

»Wenn Mathias bei einer Ausgrabung ist, kriegt ihn da nichts weg.«

»Scheiße, Vandoosler!«

Der alte Vandoosler hatte nicht ganz unrecht, und Adamsberg begriff, dass er den Prähistoriker störte. Mathias konnte nicht weg, er förderte gerade eine altsteinzeitliche Feuerstelle aus dem Magdalénien zutage, mit verkohlten Steinen, Steinsplittern, Rentiergeweihen und anderem Zubehör, das er ausführlichst beschrieb, um Adamsberg die Lage klarzumachen.

»Der Kreis der Feuerstelle ist vollständig erhalten, 12 000 Jahre vor Christus. Was hast du mir als Gegenleistung anzubieten?«

»Einen anderen Kreis. Kurze Grashalme, die inmitten umstehender langer Grashalme ein großes Rund bilden, auf einem Grab. Wenn wir nichts finden, werden die beiden Toten den Leuten vom Drogendezernat übergeben. Und da ist was, Mathias. Dein Kreis ist schon freigelegt, er kann auf dich warten. Meiner nicht.«

Mathias interessierte sich ebenso wenig für Adamsbergs Ermittlungen, wie der Kommissar Mathias' altsteinzeitliche Sorgen verstand. Doch in dringenden Sachen Erde waren die beiden Männer sich einig.

»Was führt dich ausgerechnet zu diesem Grab?«, fragte Mathias.

»Es handelt sich um eine junge Frau aus der Normandie, genau wie die in Montrouge, außerdem ist vor Kurzem ein Schatten über den Friedhof gelaufen.«

»Du bist in der Normandie?«

»In Opportune-la-Haute, im Departement Eure.«

»Tonerde und Feuerstein«, fasste Mathias zusammen. »Es genügt eine Schicht Feuerstein und schon wächst das Gras darüber kürzer und spärlicher. Siehst du da irgendwo Feuerstein in der Gegend? Zum Beispiel eine Mauer mit Fundamentsteinen?«

»Ja«, sagte Adamsberg und lief zur Kirche zurück.

»Schau dir den unteren Teil an und beschreib mir den Pflanzenwuchs.«

»Das Gras steht dichter als auf dem Grab«, sagte Adamsberg.

»Was wächst da sonst noch?«

»Disteln, Brennnesseln, Wegerich und anderes Zeug, das ich nicht kenne.«

»Okay. Geh zum Grab zurück. Was siehst du in dem kurzen Gras?«

»Gänseblümchen.«

»Sonst nichts?«

»Ein bisschen Klee, zweimal Löwenzahn.«

»Gut«, sagte Mathias nach einer Pause. »Hast du nach dem Rand einer Grube gesucht?«

»Ja.«

»Und?«

»Ja, was glaubst du denn, warum ich dich anrufe?«

Mathias betrachtete die Feuerstelle aus dem Magdalénien unter seinen Füßen.

»Ich komme«, sagte er.

Im Café in Opportune, das auch als Lebensmittelladen und Cidredepot fungierte, gestattete man Adamsberg, sein Hirschgeweih am Eingang unterzustellen. Jeder hier wusste bereits, dass Adamsberg ein Béarner Bulle aus Paris war, den Angelbert in Haroncourt eingeführt hatte; die edlen Trophäen jedoch, die er bei sich trug, öffneten ihm die Türen viel weiter, als jede Empfehlung es vermocht hätte. Der Wirt des Cafés, ein entfernter Vetter von Oswald, bediente die beiden Polizisten dienstbeflissen, Ehre, wem Ehre gebührte.

»In drei Stunden nimmt Mathias den Zug in Saint-Lazare«, sagte Adamsberg. »Um vierzehn Uhr vierunddreißig ist er in Évreux.«

»Wir brauchten die Genehmigung zur Exhumierung noch vor seiner Ankunft«, sagte Veyrenc. »Aber ohne die Unterstützung des Divisionnaire können wir sie nicht einholen. Und Brézillon wird Ihnen den Fall nicht überlassen. Er mag Sie nicht, oder?«

»Brézillon mag niemanden und er brüllt gern rum. Er versteht sich gut mit Kerlen wie Mortier.«

»Ohne sein Einverständnis keine Genehmigung. Es nützt also gar nichts, dass Mathias kommt.«

»Wenigstens sollten wir herauskriegen, ob in dem Grab ein Loch ausgehoben wurde.«

»Aber in ein paar Stunden wird man uns erwischt haben, es sei denn, wir gehen heimlich vor. Was nicht funktioniert, denn die von der Brigade aus Évreux beobachten uns. Beim ersten Spatenstich haben wir sie auf dem Hals.«

»Das ist eine gute Zusammenfassung, Veyrenc.«

Der Lieutenant ließ ein Stück Zucker in seinen Kaffee fallen und lächelte offen, indem er seine Lippe zur rechten Wange hochzog.

»Eins allerdings könnte man versuchen«, sagte er. »Aber das wäre ziemlich schäbig.«

»Sagen Sie's trotzdem.«

»Man könnte Brézillon drohen, dass man, falls er die Blockade nicht aufhebt, alles ausplaudern wird, was sein Sohn vor vierzehn Jahren getan hat. Ich bin der Einzige, der die Wahrheit kennt.«

»Das ist allerdings schäbig.«

»Ja.«

»Wie denken Sie sich das?«

»Es dürfte natürlich nicht darum gehen, die Drohung wahr zu machen. Ich stehe mit Guy, dem Sohn, weiterhin auf gutem Fuß, ich will ihm auf keinen Fall schaden, nachdem ich ihm damals, als er jung war, aus der Katastrophe herausgeholfen habe.«

»Das wäre möglich«, sagte Adamsberg und legte sich die Hand auf die Wange. »Brézillon würde beim ersten Wort nachgeben. Wie alle hart gesottenen Burschen hat er keinen wirklich harten Kern. Das ist das Prinzip der Nuss. Man drückt darauf und sie bricht auseinander. Versuchen Sie dagegen mal, Honig zu brechen.«

»Ich kriege direkt Lust darauf«, sagte Veyrenc unvermittelt.

Der Lieutenant ging zum Tresen, um Brot und Honig zu bestellen, kam zurück und setzte sich wieder.

»Es gibt noch eine andere Möglichkeit«, sagte er. »Ich rufe Guy direkt an. Ich erkläre ihm die Situation und frage ihn, ob er seinen Vater bitten könnte, uns Handlungsfreiheit zu gewähren.«

»Das würde gehen?«

»Ich glaube schon.

Ein Kind kann bitten stets, sein Vater wird's erhör'n
Und eine Freundschaft nicht mit Schwertes Kraft
zerstör'n.«

»Und der Sohn schuldet Ihnen noch einen Dienst, wenn ich recht verstehe?«

»Ohne mich wäre er heute kein Énarque[*].«

»Aber diesen Dienst würde er nun mir erweisen, nicht Ihnen.«

»Ich werde ihm erzählen, dass dies hier meine Ermittlungen sind. Dass es eine gute Gelegenheit sei, mich zu bewähren, und Aussicht auf eine Beförderung besteht. Guy wird mir helfen.

---

[*] Absolvent der ENA, der Elitehochschule für Staatsbeamte.

Wie glücklich jener Mensch, der bei Gelegenheit
die Schultern von den Lasten seiner Schuld befreit.«

»Das meinte ich nicht. *Mir* erweisen Sie einen Dienst, nicht Ihnen.«

Mit einer sehr eleganten Handbewegung tauchte Veyrenc sein Honigbrot in den Kaffee. Der Lieutenant hatte jene wohlgeformten Hände, wie man sie von alten Gemälden kennt, was sie sogar ein wenig altmodisch erscheinen ließ.

»Ich und Retancourt sollen Sie doch beschützen, oder?«, sagte er.

»Das hat nichts damit zu tun.«

»Teilweise schon. Sollte der Todesengel in diesen Fall verwickelt sein, können wir ihn nicht Mortier überlassen.«

»Abgesehen von dem Hinweis auf die Spritze haben wir noch immer keinerlei zwingenden Zusammenhang.«

»Sie haben mir gestern einen Dienst erwiesen, mit der Hochwiese.«

»Ist es Ihnen wieder eingefallen?«

»Nein, mein Gedächtnis trübt sich wohl eher. Dennoch, auch wenn der Hintergrund ein anderer ist, die fünf Kerle, die bleiben gleich in dem Bild. Nicht wahr?«

»Ja, es sind dieselben.«

Veyrenc nickte und aß sein Brot auf.

»Soll ich Guy anrufen?«, fragte er.

»Tun Sie das.«

Fünf Stunden später, Adamsberg hatte sich beim Wirt Pflöcke und eine Schnur ausgeliehen und provisorisch ein Areal abgesteckt, lief Mathias mit freiem Oberkörper um das

Grab herum wie ein Bär, den man aus dem Schlaf gerissen hatte, damit er zwei Jungen half, eine Beute zu umzingeln. Nur mit dem Unterschied, dass der blonde Riese zwanzig Jahre jünger war als die beiden anderen, die vertrauensvoll auf das fachmännische Urteil des Mannes warteten, der den Gesang der Erde hören sollte. Brézillon hatte wortlos nachgegeben. Der Friedhof in Opportune gehörte ihnen, ebenso Diala, La Paille und Montrouge. Ein weites Gebiet, das Veyrencs Anruf in nur wenigen Augenblicken für sie freigeräumt hatte. Gleich darauf hatte Adamsberg Danglard gebeten, ihnen eine Mannschaft fürs Graben und Ausheben zu schicken sowie zwei Beutel mit Waschzeug und sauberer Kleidung. In der Brigade stand stets Gepäck mit allem Lebensnotwendigen bereit, das man im Fall eines überraschenden Aufbruchs brauchte. Eine praktische Vorkehrung, bei der man sich allerdings nicht aussuchen konnte, was für Kleidungsstücke einem zugeteilt wurden.

Eigentlich hätte Danglard über Brézillons Niederlage erfreut sein müssen, doch so war es nicht. Die Bedeutung, die der Neue für den Kommissar zu gewinnen schien, löste heftige Schübe von Eifersucht in ihm aus. In seinen Augen ein schwerer Verstoß gegen den guten Geschmack, denn Danglard war bestrebt, seinen Geist von den Niederungen primitiver Leidenschaften fernzuhalten. Zur Stunde aber stand er im Schach und war gereizt vor Verdruss. Da er es gewohnt war, bei Adamsberg unbestrittenen Vorrang zu genießen, wie ein für die Ewigkeit gebauter Strebebogen, kam es ihm überhaupt nicht in den Sinn, dass seine Rolle und sein Platz sich verändern könnten. Dass da ein Neuer aufgetaucht war, brachte seine Welt ins Wanken. Auf der angstbesetzten Wegstrecke, die Danglards Leben war, bedeuteten zwei Dinge ihm Orientierungspunkt, Wasserquelle und Halt, das waren seine fünf Kinder und Adamsbergs Wertschätzung. Ganz abgesehen davon, dass auch ein wenig von der Gelassenheit des Kommissars wie durch Kapillarwirkung in sein eigenes Dasein hinüberströmte. Dieses Privileg zu verlieren, war Danglard nicht gewillt, und deshalb versetzte das Vorrecht des Neuen ihn in große Unruhe. Veyrencs weitläufige, feinfühlige Intelligenz, wie sie sich durch seine melodische Stimme kundtat und durch seine harmonische Visage und sein gewundenes Lächeln mitteilte, konnte Adamsberg durchaus in ihre Netze locken. Obendrein hatte dieser Typ soeben Brézillons Blockierungssperre aufgebrochen. Weise, wie er war, hatte Danglard sich am Vortag entschlossen, die Information, die er vor zwei Tagen eingeholt hatte, geheim zu halten. Verletzt, wie er nun war, holte er sie aus seinem Köcher heraus und schoss sie ab wie einen Pfeil.

»Danglard«, hatte Adamsberg gesagt, »schicken Sie die Mannschaft sofort los, ich kann den Prähistorianer nicht allzu lange hier festhalten. Er ist gerade auf einer altsteinzeitlichen Feuerstelle zugange.«

»Den Prähistoriker«, korrigierte Danglard.

»Rufen Sie auch die Gerichtsmedizinerin an, aber nicht vor Mittag. Wir brauchen sie hier vor Ort, sobald wir am Sarg angelangt sind. Sie soll mit zweieinhalb Stunden Ausgrabungszeit rechnen.«

»Ich nehme Lamarre und Estalère und begleite sie. In einer Stunde vierzig Minuten sind wir in Opportune.«

»Bleiben Sie in der Brigade, Capitaine. Wir werden noch einmal so ein verdammtes Grab öffnen und in einer Entfernung von fünfzig Metern sind Sie für uns ohne jeden Nutzen. Ich kann nur Leute gebrauchen, die hacken und Eimer schleppen können.«

»Ich begleite sie«, sagte Danglard ohne weitere Erklärung. »Und ich habe noch andere Neuigkeiten. Sie hatten mich doch gebeten, Nachforschungen über vier Leute anzustellen.«

»Das eilt nicht, Capitaine.«

»Commandant.«

Adamsberg seufzte. Danglard schlich oft aus purer Raffinesse wie die Katze um den heißen Brei, doch an manchen Tagen schlich er zu viel, und zwar aus Kummer, und dieser komplizierte Tanz ermüdete ihn.

»Ich habe hier ein Gelände abzustecken, Danglard«, sagte Adamsberg, schon etwas ungeduldiger, »Pflöcke müssen eingehauen und Bänder gezogen werden. Wir reden später darüber.«

Adamsberg klappte sein Telefon zusammen und drehte es wie einen Kreisel auf dem Bistrotisch.

»Was mache ich hier nur«, sagte er mehr zu sich selbst als zu Veyrenc, »mit siebenundzwanzig Leuten auf dem Hals, wo ich doch ebenso gut und tausendmal besser ganz allein im Gebirge auf einem Stein sitzen und die Beine ins Wasser baumeln lassen könnte?«

»Die menschlichen Wesen, die ruh'losen Seelen,
sie winden sich, zittern und müssen sich quälen.

Verdammen kann dies nur, wer sich als Mensch verkennt,
denn dieses Treiben ist, was man das Leben nennt.«

»Ich weiß, Veyrenc. Trotzdem wünschte ich mir, man würde sich nicht pausenlos in solchem Hickhack aufreiben. Siebenundzwanzig Nöte auf einmal, die sich kreuzen und einander antworten wie Schiffe in einem übervölkerten Hafen. Wenn es doch nur eine Möglichkeit gäbe, über die Gischt hinwegzulaufen.«

»O nein, Seigneur,
Kein Mensch kann stehen nur am Ufer immerfort,
er wird, tut er es doch, im Nichts versinken dort.«

»Wir werden sehen, in welche Richtung die Antenne des Telefons zeigt«, meinte Adamsberg und gab dem Kreisel neuen Schwung. »Auf die Menschen oder auf das Nichts«, sagte er und zeigte zunächst auf die Tür, die auf die Straße führte, dann auf das Fenster, das aufs Land hinausging.

»Menschen«, sagte Veyrenc, noch bevor das Gerät austrudelte.

»Menschen«, bestätigte Adamsberg und schaute zu, wie das Telefon in Richtung Tür liegen blieb.

»Das Land war sowieso nicht leer. Auf der Weide stehen sechs Kühe und auf dem Feld nebenan ein Stier. Das ist schon der Anfang der Verwirrung, oder?«

Wie in Montrouge hatte Mathias am Grab Platz genommen und ließ seine großen Hände über die Erde gleiten, verharrte, ließ die Finger weiterwandern und folgte dabei immer den Narben im Boden. Zwanzig Minuten später zog er mit der Kelle am Kopfende der Grabstätte den Rand einer Grube mit einem Durchmesser von 1,60 Meter nach. Adamsberg, Veyrenc und Danglard standen daneben und schauten ihm zu, während Lamarre und Estalère den Bereich absperrten, indem sie ein gelbes Plastikband spannten.

»Genau dasselbe«, sagte Mathias zu Adamsberg und stand auf. »Ich gehe jetzt, alles Weitere kennst du ja.«

»Aber nur du kannst uns sagen, ob hier dieselben Leute gegraben haben. Wenn *wir* die Grube ausheben, machen wir wahrscheinlich bloß ihre Ränder kaputt.«

»Vermutlich«, gab Mathias zu, »vor allem bei der lehmigen Erde hier. Die Auffüllung wird voraussichtlich an den Wänden kleben.«

Um siebzehn Uhr dreißig hatte Mathias die Grube vollständig ausgehoben, es dämmerte bereits. Seiner Auffassung nach und dem Abdruck der Werkzeuge zufolge hatten sich zwei Personen beim Graben abgelöst, vermutlich dieselben Männer wie in Montrouge.

»Der eine stößt seine Spitzhacke von sehr weit oben in die Erde und haut fast senkrecht hinein, der andere holt nicht so sehr aus und hackt weniger weg.«

»Hackte«, sagte die Gerichtsmedizinerin, die vor zwanzig Minuten zu der Gruppe gestoßen war.

»Gemessen daran, wie weit die Aufschüttung sich abgesenkt hat, und angesichts der Höhe des Grases nehme ich an, dass die ganze Aktion hier vor ungefähr einem Monat stattgefunden hat«, fuhr Mathias fort.

»Vermutlich kurz vor Montrouge.«

»Seit wann ist die Frau hier beerdigt?«

»Seit vier Monaten«, sagte Adamsberg.

»Also, ich gehe dann jetzt«, sagte Mathias mit angewiderter Miene.

»Wie sieht der Sarg aus?«, fragte Justin.

»Der Deckel ist eingeschlagen. Ich habe nicht weiter nachgeschaut.«

Merkwürdiger Gegensatz, dachte Adamsberg, wie der blonde Riese zum Auto zurückging, das ihn wieder nach Évreux bringen würde, während Ariane nun ihrerseits auf das Grab zutrat und bedenkenlos in ihren Overall schlüpfte. Man hatte keine Leiter mitgebracht und so ließen Lamarre und Estalère die Gerichtsmedizinerin eigenhändig auf den Grund der Grube hinab. Das Holz des Sarges krachte mehrmals hintereinander, die Beamten wichen vor dem heraufströmenden Gestank zurück.

»Ich hatte Ihnen doch gesagt, Sie sollen vorher die Masken aufsetzen«, sagte Adamsberg.

»Schalte die Scheinwerfer an, Jean-Baptiste«, sagte die ruhige Stimme der Gerichtsmedizinerin, »und reich mir eine Taschenlampe herunter. Es sieht so aus, als wurde nichts angerührt, wie bei Élisabeth Châtel. Man könnte meinen, die Särge seien nur zum Reinschauen geöffnet worden.«

»Vielleicht ein Jünger von Maupassant«, murmelte Danglard, der sich die Maske vors Gesicht presste und sich zwang, in der Nähe der anderen zu bleiben.

»Das heißt, Capitaine?«, fragte Adamsberg.

»Maupassant erfand einen Mann, den der Verlust der Frau, die er liebt, sehr quält und der voller Verzweiflung darüber ist, dass er die einzigartigen Züge seiner Freundin nie wieder wird sehen können. Entschlossen, sie ein letztes Mal zu betrachten, gräbt er ihr Grab auf bis zu ihrem geliebten Gesicht. Das keine Ähnlichkeit mehr hat mit jenem, das er so vergötterte. Dennoch umarmt er es in dem abscheulichen Gestank, und da er das Parfum seiner Geliebten nicht mehr an sich trägt, begleitet ihn fortan der Geruch ihres Todes.«

»Wie reizend«, meinte Adamsberg.

»Das ist Maupassant.«

»Aber es bleibt eine Geschichte. Und Geschichten werden geschrieben, damit sie im wahren Leben nicht passieren.«

»Kann man nie wissen.«

»Jean-Baptiste«, rief die Gerichtsmedizinerin, »weißt du, wie sie gestorben ist?«

»Noch nicht.«

»Ich werd's dir sagen: Ihr Hinterkopf ist zertrümmert. Sie wurde brutal erschlagen oder aber irgendwas ist ihr auf den Kopf gefallen.«

Adamsberg entfernte sich nachdenklich. Unfall bei Élisabeth, Unfall bei dieser hier oder vielleicht auch Mord. Die Gedanken des Kommissars begannen sich zu verwirren. Es war absolut unverständlich, dass jemand Frauen umbrachte, um drei Monate später ihre Gräber wieder zu öffnen. Er setzte sich ins feuchte Gras und wartete darauf, dass Ariane ihre Überprüfung abschloss.

»Sonst nichts weiter«, sagte die Gerichtsmedizinerin und ließ sich aus dem Loch ziehen. »Nicht mal einen Zahn hat man ihr gestohlen. Ich habe den Eindruck, die Erde wurde vor allem auf der oberen Kopfhälfte weggeschaufelt. Möglicherweise wollte der Gräber sich eine Haarsträhne von der Leiche holen. Oder ein Auge«, fügte sie ruhig hinzu. »Aber zum jetzigen Zeitpunkt hat sie …«

»Ich weiß, Ariane«, unterbrach Adamsberg sie. »Hat sie keine Augen mehr.«

Danglard, dem immer übler wurde, flüchtete sich zur Kirche. Er suchte Schutz zwischen zwei Pfeilern und zwang sich, das typische Mauerwerk der kleinen Kirche zu studieren, ein schwarz-rotes Würfelmuster aus Feuerstein. Doch die gedämpften Stimmen drangen trotz allem bis zu ihm.

»Wenn es wirklich darum ging, sich eine Haarsträhne zu holen«, sagte Adamsberg, »hätte man die doch genauso gut auch vorher abschneiden können.«

»Falls man rankommt.«

»Bei einer einzigen Frauenleiche könnte ich jene über den Tod hinausgehende Inbrunst à la Maupassant ja noch begreifen, aber nicht bei zweien, Ariane. Konntest du erkennen, ob irgendwas an den Haaren gemacht wurde?«

»Nein«, sagte die Medizinerin und zog ihre Handschuhe aus. »Sie hatte kurzes Haar, da ist keinerlei Schnitt zu erkennen. Möglicherweise hast du's bei der Grabschänderin mit einer Fetischistin zu tun, die derart besessen ist von ihren Zwangsvorstellungen, dass sie, ohne zu zögern, zwei Totengräber anheuert, um diese Vorstellungen zu befriedigen. Du kannst zuschütten lassen, wenn du willst, Jean-Baptiste, wir haben alles gesehen.«

Adamsberg trat an den Rand des Grabes und las noch einmal den Namen der Toten. Pascaline Villemot. Die Nachfrage nach Informationen über die näheren Umstände ihres

Todes war rausgegangen. Vermutlich aber würde er durch die Gerüchte im Dorf bereits allerhand erfahren, noch bevor die offiziellen Angaben ihn erreicht hätten. Er hob die beiden großen Hirschgeweihstangen auf, die im Gras gelegen hatten, und gab mit einem Wink die Anweisung zum Zuschütten.

»Was machst du denn damit?«, fragte Ariane erstaunt, während sie ihren Overall auszog.

»Das ist ein Hirschgeweih.«

»Ja, das sehe ich. Aber warum trägst du es mit dir herum?«

»Weil ich es nicht hierlassen darf, Ariane. Weder hier noch im Café.«

»Wie du meinst«, sagte Ariane, ohne nachzuhaken. In Adamsbergs Augen las sie, dass er in Gedanken bereits abgehoben hatte in weite Fernen, es hatte keinen Sinn, ihn jetzt noch zu fragen.

27

Das Gerücht hatte seine Schuldigkeit getan: Es war von Baum zu Strauch gesprungen, über die Straßen von Opportune-la-Haute nach Haroncourt, und schon betraten Robert, Oswald und der Unterstreicher das kleine Café, in dem der Trupp der Brigadiers zu Abend aß. Ungefähr damit hatte Adamsberg gerechnet.

»Verdammt, wir sind vom Pech verfolgt«, sagte Robert.

»Genauer gesagt, ihr lauft ihm hinterher«, sagte Adamsberg. »Setzt euch«, sagte er und rückte ein Stück zur Seite.

Diesmal war der Kreis der versammelten Männer Adamsbergs Kreis und so kehrten sich die Rollen auf subtile Weise um. Die drei Normannen sahen unauffällig zu der bildschönen Frau am Tischende hin, die herzhaft ihrem Essen zusprach und abwechselnd Wein und Wasser trank.

»Das ist die Gerichtsmedizinerin«, erklärte Adamsberg, um ihren Gehirnwindungen Zeitverluste zu ersparen.

»Die mit dir zusammenarbeitet«, sagte Robert.

»Die gerade die Leiche von Pascaline Villemot untersucht hat.«

Mit einer Bewegung des Kinns deutete Robert an, dass er verstanden habe und eine solche Tätigkeit missbillige.

»Wusstest du, dass sich jemand an dem Grab zu schaffen gemacht hat?«, fragte Adamsberg ihn.

»Ich wusste nur, dass Gratien den Schatten gesehen hat. Du sagst, wir laufen hinterher.«

»Der Zeit, Robert, schon seit Monaten. Wir treffen Lichtjahre nach den Ereignissen ein.«

»Sieht aber nicht so aus, als würde dich das zur Eile antreiben«, meinte Oswald.

Veyrenc, der am anderen Tischende ganz in sein Essen vertieft schien, bestätigte mit einem knappen Nicken.

»Doch achte gut auf ihn, den großen trägen Fluss,
es ist nur scheinbar so, dass er nicht eilen muss.
In seiner Ruh schwimmt mit die leise Lust auf Krieg,
denn stetes Wasser hat auch Eisen noch besiegt.«

»Was murmelt er da, der Rotfuchs?«, fragte Robert leise.

»Nenn ihn niemals so, Robert. Das ist was Persönliches.«

»In Ordnung«, sagte Robert. »Aber ich versteh nicht, was er sagt.«

»Dass überhaupt nichts eilt.«

»Der spricht aber nicht wie jedermann, dein Vetter.«

»Nein, es ist familienbedingt.«

»Ah, wenn es familienbedingt ist, ist es natürlich was anderes«, sagte Robert ehrfurchtsvoll.

»Versteht sich«, murmelte der Unterstreicher.

»Und außerdem ist er nicht mein Vetter«, sagte Adamsberg.

Robert schleppte sichtlich irgendein Ärgernis mit sich

herum. Adamsberg erriet es an der Art, wie er sein Glas in der Faust hielt und den Kiefer von links nach rechts wandern ließ, als kaue er auf Heu herum.

»Ist etwas nicht in Ordnung, Robert?«

»Du bist wegen Oswalds Schatten hergekommen und nicht wegen dem Hirsch.«

»Woher willst du das wissen? Die beiden Sachen sind doch zur selben Zeit passiert.«

»Lüg nicht, Béarner.«

»Willst du die Geweihstangen zurückhaben?«

Robert zögerte.

»Du hast sie, behalt sie. Aber trenn sie nicht. Und vergiss sie nicht.«

»Ich hab sie den ganzen Tag über bei mir gehabt.«

»Gut«, schloss Robert, beruhigt. »Und was ist nun mit diesem Schatten? Oswald sagt, es ist der Tod.«

»In gewisser Hinsicht schon.«

»Und in einer ungewissen?«

»Ist es irgendetwas oder irgendjemand, der nichts Gutes verheißt.«

»Und du«, flüsterte er, »kommst hierher, nur weil ein Kretin wie Oswald dir erzählt, dass ein Schatten vorbeigelaufen ist. Oder weil eine arme Frau wie Hermance, die sie nicht mehr alle beisammenhat, mit dir sprechen will.«

»In Montrouge hat ein Kretin von Friedhofswärter ebenfalls einen Schatten gesehen. Und auch dort auf dem Friedhof hat ein Verrückter ein Grab aufbuddeln lassen, um den Sarg darin aufzubrechen.«

»Warum sagst du ›aufbuddeln lassen‹?«

»Weil zwei Burschen für diesen Dienst bezahlt worden sind, und jetzt sind sie tot.«

»Der Typ konnte nicht allein graben?«

»Es ist eine Frau, Robert.«

Robert öffnete den Mund, dann nahm er einen Schluck Weißen.

»Das ist unmenschlich«, sagte Oswald, »das will ich nicht glauben.«

»Es ist aber so geschehen, Oswald.«

»Und der Kerl, der die Hirsche aufschlitzt, ist der auch eine Frau?«

»Wo ist da der Zusammenhang?«, fragte Adamsberg.

Oswald hielt die Nase in sein Glas und dachte nach.

»Es passiert zu viel auf einmal in der Ecke hier oben«, sagte er schließlich. »Vielleicht ist es dasselbe Gesindel.«

»Verbrecher haben ihre Vorlieben, Oswald. Zwischen dem Erschlagen eines Hirschs und dem Herumwühlen in Gräbern liegen Welten.«

»Wer weiß«, sagte der Unterstreicher.

»Der Schatten«, fing Oswald wieder an und wagte eine Frage, »ist es derselbe? Der, der hier rumgleitet, und der, der gräbt?«

»Ich glaube, ja.«

»Du wirst was unternehmen«, fragte er.

»Zunächst mal höre ich mir an, was du mir über Pascaline Villemot erzählst.«

»Wir haben sie immer nur an den Markttagen gesehen, aber ich kann dir sagen, sie war brav wie die Jungfrau Maria und ist verblüht, ohne was vom Leben gehabt zu haben.«

»Sterben ist eine Sache«, sagte Robert. »Aber wenn man nicht gelebt hat, ist es noch schlimmer.«

Und das juckt einen noch neunundsechzig Jahre später, dachte Adamsberg.

»Wie ist sie gestorben?«

»Es ist nicht gerade christlich, das zu sagen, aber ein Stein aus der Kirchenmauer hat ihr den Schädel zertrümmert, als sie das Gestrüpp an den Seitenschiffen wegräumte. Man hat sie bäuchlings am Boden gefunden, der Stein lag noch obendrauf.«

»Wurde eine Untersuchung eingeleitet?«

»Die Gendarmen aus Évreux sind gekommen und haben gesagt, dass es ein Unfall war.«

»Wer weiß«, sagte der Unterstreicher.

»Wer weiß was?«

»Ob's nicht ein Einfall von Gott war.«

»Erzähl keinen Blödsinn, Achille. Die ganze Welt geht aus'm Leim, da hat Gott wohl was anderes zu tun, als Steine auf Pascalines Schädel zu schmeißen.«

»Hat sie wo gearbeitet?«, fragte Adamsberg.

»Sie half beim Schuhmacher in Caudebec aus. Am besten könnte dir der Pfarrer darüber Auskunft geben, sie hockte dauernd in seinem Beichtstuhl. Er kümmert sich um vierzehn Gemeinden auf einmal, zu uns kommt er immer freitags, alle zwei Wochen. Und an den Tagen war Pascaline immer Schlag sieben in der Kirche. Obwohl sie wahrscheinlich die einzige Frau in Opportune war, die nie einen Kerl angefasst hat. Man fragte sich, was die dem Pfarrer wohl groß zu erzählen hatte.«

»Wo liest er morgen die Messe?«

»Er hält keinen Gottesdienst mehr. Es ist vorbei.«

»Gestorben?«

»Bei dir muss immer gleich jeder sterben«, bemerkte Robert.

»Er ist nicht tot, aber so gut wie. Er hat eine Depression. Dem Fleischer in Arbec ist das auch passiert, zwei Jahre hatte er das. Man ist nicht krank, aber man legt sich hin und will nicht mehr aufstehen. Und man kann einfach nicht sagen, wieso.«

»Das ist traurig«, unterstrich Achille.

»Meine Großmutter nannte so was Melancholie«, sagte Robert. »Manchmal endete es im Dorfteich.«

»Und der Pfarrer will nicht mehr aufstehen?«

»Er soll wohl wieder auf den Beinen sein, allerdings komplett verändert. Aber bei ihm ahnt man, wieso. Wo ihm doch seine Reliquien geklaut wurden. Das hat ihn einfach fertiggemacht.«

»Wie seinen Augapfel hat er die gehütet«, bestätigte der Unterstreicher.

»Reliquien vom heiligen Hieronymus, die sein ganzer Stolz in der Kirche in Le Mesnil waren. Stell dir vor, drei Stückchen Hühnerknochen, die sich unter einer Glasglocke duellierten.«

»Oswald, beleidige nicht den Herrn, wir sitzen bei Tisch.«

»Ich beleidige niemanden, Robert. Ich sage nur, dass der heilige Hieronymus aus drei Nichtigkeiten bestand, mit denen man Dösköppe an der Nase herumführt. Aber für den Pfarrer muss es wohl schlimmer gewesen sein, als wenn man ihm die Eingeweide herausgerissen hätte.«

»Können wir trotzdem mal hinfahren?«

»Ich hab dir doch gesagt, dass da keine Reliquien mehr sind.«

»Ich meine, zum Pfarrer.«

»Also, das weiß ich nicht. Robert und ich, wir gehen nicht mehr oft hin. Pfarrer sind ein bisschen wie Bullen. Da darf man dies nicht, da darf man jenes nicht, nie läuft's so, wie sie's wollen.«

Oswald schenkte der Runde reichlich nach, als wolle er gegenüber den Ermahnungen des Priesters seine Unabhängigkeit bezeugen.

»Manche sagen, der Pfarrer habe mit jemandem geschlafen«, fing Robert mit gesenkter Stimme wieder an. »Manche sagen, der Pfarrer wäre ein Mann wie jeder andere auch.«

»So scheint's jedenfalls«, sagte der Unterstreicher mit dumpfer Stimme.

»Gerüchte? Oder Beweise?«

»Dass er ein Mann ist?«

»Dass er mit jemandem geschlafen hat«, sagte Adamsberg geduldig.

»Das kam wegen seiner Depression. Wenn man einfach so zusammenklappt und nicht sagt, wieso, dann ist es wegen einer Frau.«

»Ja«, sagte Achille.

»Wird auch gemurmelt, wie die Frau heißt?«, fragte Adamsberg.

»Wer weiß das schon«, sagte Robert und machte dicht.

Er warf ihm einen kurzen Blick von der Seite zu und sah anschließend auf die gleiche Weise zu Oswald, was vielleicht bedeutete, dachte Adamsberg, dass es sich um Hermance handelte. Während dieses kurzen Blickwechsels murmelte Veyrenc, seinen Apfelkuchen kauend:

> *Wie sehr hab ich's versucht, beharrlich kämpfte ich*
> *gegen der Reize Glut und gegen Amors Stich,*
> *doch der Geliebten Charme, da half nicht Wall noch*
> *Wehr,*
> *besiegte schneller mich als eines Kriegers Speer.*«

Die Mitglieder der Brigade erhoben sich, um nach Paris zurückzufahren, während Adamsberg, Veyrenc und Danglard sich in das kleine Hotel von Haroncourt begaben. In der Eingangshalle des Gasthofes zog Danglard Adamsberg am Ärmel.

»Läuft's besser mit Veyrenc?«

»Es herrscht Waffenstillstand. Wir haben zu tun.«

»Wollen Sie nicht wissen, was ich über die vier Namen herausgekriegt habe, die Sie mir gegeben hatten?«

»Morgen, Danglard«, sagte Adamsberg und nahm seinen Zimmerschlüssel vom Haken. »Ich kann mich nicht mehr auf den Beinen halten.«

»Gut«, sagte der Commandant und ging auf die hölzerne Treppe zu. »Falls es Sie doch interessiert, sollten Sie wissen, dass zwei von ihnen bereits tot sind. Bleiben noch drei.«

Adamsberg stockte in seiner Bewegung und hängte den Schlüssel wieder ans Brett.

»Capitaine«, rief er.

»Ich hole eine Flasche und zwei Gläser«, erwiderte Danglard und machte kehrt.

28

Drei Korbsessel und ein kleiner Holztisch in einem Winkel bildeten die Empfangsecke des Gasthofes. Danglard stellte die Gläser ab, zündete die beiden Kerzen auf dem kupfernen Kerzenständer an und öffnete die Flasche.

»Für mich nur symbolisch«, sagte Adamsberg und zog sein Glas zurück.

»Es ist nur Cidre.«

Danglard goss sich eine realistische Menge ein und setzte sich dem Kommissar gegenüber.

»Setzen Sie sich auf diese Seite, Danglard«, sagte Adamsberg und zeigte auf den Sessel zu seiner Linken. »Und sprechen Sie leise. Veyrenc oben im Zimmer muss uns nicht unbedingt hören. Wer von ihnen ist tot?«

»Fernand Gascaud und Georges Tressin.«

»Der kleine Grindige und der Dicke Georges«, fasste Adamsberg für sich zusammen und zog an seiner Wange. »Wann?«

»Vor sieben und vor drei Jahren. Gascaud ist im Swimmingpool eines Luxushotels in der Nähe von Antibes ertrunken. Tressin dagegen hatte es zu nichts gebracht. Er vegetierte in einer kleinen Bruchbude vor sich hin. Und dann ist die Gasflasche explodiert. Alles ist in Flammen aufgegangen.«

Adamsberg zog seine Füße auf den Sesselrand und schlang seine Arme um die Knie.

»Warum sagten Sie: ›Bleiben noch drei‹?«

»Ich zähle nur.«

»Danglard, denken Sie etwa ernsthaft, Veyrenc hätte Fernand den Grindigen und den Dicken Georges umgebracht?«

»Ich sage nur, dass die Bande aus Caldhez bald nicht mehr existiert, wenn es noch drei weitere bedauerliche Unfälle gibt.«

»Zwei Unfälle, so was ist doch möglich, oder?«

»Sie glauben bei Élisabeth und Pascaline doch auch nicht daran. Warum sollten Sie dann bei denen daran glauben?«

»Bei den beiden Frauen spielen ein Schatten mit hinein und eine Menge Gemeinsamkeiten. Beide stammen aus derselben Gegend, beide waren fromm, beide waren sie Jungfrauen, beider Leichen wurden geschändet.«

»Und bei Fernand und Georges, selbes Dorf, selbe Bande, selbes Verbrechen.«

»Was ist aus den beiden anderen geworden? Roland und Pierrot?«

»Roland Seyre hat eine Eisenwarenhandlung in Pau eröffnet, Pierre Ancenot ist Wildhüter. Die vier Männer haben sich weiterhin regelmäßig gesehen.«

»Die Bande hielt fest zusammen.«

»Was bedeutet, dass Roland und Pierre ganz sicher wissen, dass Fernand und Georges auf tragische Weise ums Leben gekommen sind. Sie werden sich denken können, dass da irgendwas faul ist, vorausgesetzt, sie sind halbwegs intelligent.«

»Das ist nicht gerade ihre Stärke.«

»Dann müsste man sie wahrscheinlich warnen. Damit sie auf der Hut sind.«

»Das hieße, Veyrenc auf einen bloßen Verdacht hin zu verleumden, Danglard.«

»Oder das Leben der beiden anderen aufs Spiel zu setzen, ohne auch nur einen Finger zu rühren. Ist der Nächste erst umgelegt, durch eine verirrte Kugel auf der Jagd oder mit 'nem Felsbrocken auf dem Schädel, werden Sie's vielleicht bereuen, dass Sie ihn nicht eher verleumdet haben.«

»Was macht Sie so sicher, Capitaine?«

»Der Neue ist nicht zufällig hier.«

»Natürlich nicht.«

»Er ist Ihretwegen hier.«

»Ja.«

»Da sind wir uns einig. Immerhin haben *Sie* mich gebeten, Erkundigungen über diese Kerle einzuziehen, Sie haben Veyrenc als Erster im Verdacht gehabt.«

»Was getan zu haben, Danglard?«

»Sie kaltmachen zu wollen.«

»Vielleicht ist er aber auch hier, um etwas zu überprüfen.«

»Was denn?«

»Etwas, das den fünften Kerl betrifft.«

»Der, um den Sie sich persönlich kümmern.«

»So ist es.«

Adamsberg hielt inne und streckte sein Glas zur Flasche hin.

»Symbolisch«, sagte er.

»Aber gewiss«, sagte Danglard und goss drei Zentimeter ein.

»Der fünfte Kerl, der älteste, machte bei dem Überfall nicht mit. Während der Keilerei stand er fünf Meter abseits im Schatten eines Nussbaums, ganz so, als würde er die Anweisungen geben, als wäre er der Chef. Der mit einem Wink befiehlt und sich selbst die Hände nicht schmutzig macht, verstehen Sie?«

»Sehr gut.«

»Von dort aus, wo er lag, nämlich am Boden, hat der kleine Veyrenc sein Gesicht nicht mit Sicherheit erkennen können.«

»Woher wissen Sie das?«

»Weil Veyrenc vier seiner Angreifer mit Namen nennen konnte, nicht aber den fünften. Er hatte einen Verdacht, mehr jedoch nicht. Die anderen sind für vier Jahre in ein spezielles Internat, eine Art Besserungsanstalt, geschickt worden, der fünfte jedoch ist um all das herumgekommen.«

»Und Sie glauben, Veyrenc ist nur deshalb hier, um endlich Gewissheit zu haben? Um herauszufinden, ob Sie ihn kannten?«

»Ich glaube, ja.«

»Nein. Als Sie mich baten, diese Namen hier zu überprüfen, hatten Sie einen anderen Verdacht. Wodurch hat sich Ihre Meinung geändert?«

Stumm tunkte Adamsberg ein Stück Zucker in seinen Cidrerest.

»Sein gutes Aussehen?«, fragte Danglard in schroffem Ton. »Seine Verse? Verseschmieden ist leicht.«

»So leicht auch wieder nicht. Ich finde ihn recht gut.«

»Ich nicht.«

»Ich rede vom Cidre. Sie sind verärgert, Capitaine. Verärgert und neidisch«, fügte Adamsberg gleichmütig hinzu und zerdrückte mit dem Finger sein Zuckerstück am Grund des Glases.

»Wodurch hat sich Ihre Meinung geändert, Herrgott noch mal?«, fragte Danglard und wurde lauter.

»Leiser, Capitaine. In dem Moment, als Noël ihn beleidigte, wollte Veyrenc reagieren, aber er konnte nicht. Er hat ihm nicht mal in die Fresse hauen können, was noch das Geringste gewesen wäre.«

»Ja und? Er stand unter Schock. Haben Sie sein Gesicht gesehen? Er war bleich vor Schmerz.«

»Ja, es erinnerte ihn an die vielen Beleidigungen, die er als Kind über sich ergehen lassen musste und auch noch als junger Mann. Denn Veyrenc hatte nicht nur einen getigerten Haarschopf, er hinkte auch noch, müssen Sie wissen, wegen eines Pferdes, das über ihn hinweggaloppiert ist, außerdem hatte er seit jenem Überfall auf der Wiese Angst vor seinem Schatten.«

»Ich dachte, es wäre im Weinberg passiert.«

»Nein, er hat die beiden Orte verwechselt, nachdem er ohnmächtig geworden war.«

»Beweis dafür, dass er verrückt ist«, sagte Danglard. »Ein Kerl, der in zwölffüßigen Sätzen spricht, ist verrückt.«

»Für gewöhnlich sind Sie nicht so intolerant, Capitaine.«

»Finden Sie es etwa normal, in Versen zu reden?«

»Es ist nicht seine Schuld, es ist familienbedingt.«

Mit der Spitze seines Zeigefingers kratzte Adamsberg den zerlassenen Zucker in seinem Cidre zusammen.

»Überlegen Sie mal, Danglard. Wieso hat Veyrenc Noël nicht in die Schnauze gehauen? Er hat ja durchaus das Format, um den Lieutenant zu Boden zu strecken.«

»Weil er neu ist, weil er nicht wusste, wie er reagieren sollte, oder weil der Tisch zwischen den beiden stand.«

»Weil er sanftmütig ist. Der Kerl hat noch nie im Leben seine Fäuste benutzt. So was interessiert ihn nicht. Diese Art von Job überlässt er lieber den Brutalos. Der hat niemanden umgebracht.«

»Dann wäre Veyrenc also nur deshalb hier, um herauszukriegen, wie der fünfte Kerl hieß?«

»Ich glaube, ja. Und um den fünften Kerl wissen zu lassen, dass er Bescheid weiß.«

»Ich bin nicht sicher, ob Sie recht haben.«

»Ich auch nicht. Sagen wir, es ist das, was ich hoffe.«

»Was machen wir mit den beiden anderen? Wir warnen sie nicht?«

»Noch nicht.«

»Und der Fünfte?«

»Ich nehme an, der Fünfte ist groß genug, um sich selbst verteidigen zu können.«

Danglard stand kraftlos auf. Seine Wut auf Brézillon, danach Devalon und danach Veyrenc, der Schrecken eines weiteren offenen Grabes und der viele Wein hatten ihn geschwächt.

»Kennen Sie ihn«, fragte er, »den Fünften?«

»Ja«, sagte Adamsberg und tauchte seinen Finger wieder in das leere Glas.

»Das waren Sie.«

»Ja, Capitaine.«

Danglard nickte und wünschte eine gute Nacht. Man glaubt etwas zu wissen, aber zuweilen ist es unerträglich, wenn es einem bestätigt wird. Nachdem Danglard gegangen war, ließ Adamsberg fünf Minuten verstreichen, stellte dann sein Glas auf die Bar und stieg die Treppe hinauf. Vor der Tür zu Veyrencs Zimmer blieb er stehen und klopfte. Der Lieutenant lag lesend auf seinem Bett.

»Ich muss Ihnen was Trauriges sagen, Lieutenant.«

Veyrenc blickte aufmerksam hoch.

»Ich höre.«

»Fernand der Grindige und Dicker Georges, erinnern Sie sich an die?«

Veyrenc schloss kurz die Augen.

»Nun, sie sind tot. Alle beide.«

Der Lieutenant nickte, gab aber keinen Kommentar.

»Sie dürfen mich fragen, wie sie gestorben sind.«

»Wie sind sie gestorben?«

»Fernand ist in einem Swimmingpool ertrunken, Dicker Georges ist bei lebendigem Leibe in seiner Hütte verbrannt.«

»Unfälle also.«

»Das Schicksal hat sie gewissermaßen eingeholt. Ungefähr wie bei Racine, oder?«

»Vielleicht.«

»Gute Nacht, Lieutenant.«

Adamsberg schloss die Tür und blieb regungslos im Flur stehen. Er wartete fast zehn Minuten, dann hörte er, wie Veyrencs veränderte Stimme erklang.

»Das Los der Grausamen, sie enden in der Gruft.
Traf sie der Götter Blitz? War's der Verbrechen Last,
dass bleich sie liegen nun in kühler Grabesluft?«

Adamsberg vergrub die Fäuste in den Taschen und entfernte sich schweigend. Er hatte ein bisschen dick aufgetragen, um Danglard zu beruhigen. Veyrencs Verse jedoch hatten nichts Sanftes an sich. Hass und Rache, Krieg, Verrat und Tod, so sah Racines Welt aus.

29

»Wir gehen taktvoll vor«, sagte Adamsberg und parkte vor dem Pfarrhaus in Le Mesnil. »Einem Mann, der den Reliquien des heiligen Hieronymus nachtrauert, wollen wir nicht noch mehr zusetzen.«

»Ich frage mich«, sagte Danglard, »ob den Mann nicht vielmehr die Tatsache erschüttert hat, dass die Kirche in Opportune einen Stein auf den Kopf eines Gemeindemitglieds hat fallen lassen.«

Der Vikar, der sie ziemlich abweisend empfing, führte sie in ein kleines, überheiztes und düsteres Zimmer unter einer niedrigen Balkendecke, wo der Pfarrer der vierzehn Gemeinden in Zivil und mit krummem Rücken vor dem Bildschirm eines Computers hockte und tatsächlich wie ein gewöhnlicher Mann aussah. Er stand auf, um sie zu begrüßen, ein eher hässlicher Mann sogar, energisch und mit rotem Gesicht, der mehr an einen Urlauber als an einen Depressiven erinnerte. Allerdings zuckte fortwährend eines seiner Augenlider, wie die Backe eines Froschs, was darauf schließen ließ, dass seine Seele vor innerer Unruhe bebte, wie Veyrenc gesagt hätte. Damit man ihnen dieses Gespräch gewährte, hatte Adamsberg mehrmals betont, es ginge um den Diebstahl der Reliquien.

»Ich kann mir nicht vorstellen, dass die Pariser Polizei wegen eines Reliquiengefäßes bis nach Le Mesnil-Beauchamp kommt«, sagte er und reichte dem Kommissar die Hand.

»Ich mir auch nicht«, gab Adamsberg zu.

»Zumal Sie auch noch der Chef der Mordbrigade sind, ich habe mich erkundigt. Wirft man mir irgendetwas vor?«

Adamsberg war froh, dass der Pfarrer sich nicht in der schwer verständlichen und immer leicht singenden Sprache der Kirchenmänner ausdrückte. Jener traurige Singsang löste nämlich eine unwiderstehliche Melancholie in ihm aus, die ihn an die endlosen Messen seiner Kindheit in einem eisigen kleinen Kirchenschiff erinnerte. Nur dort hatte sich seine sonst so robuste, unvergängliche Mutter zu seufzen gestattet, wobei sie ein Taschentuch an ihre Augen drückte, was ihn immer in große Verlegenheit stürzte, denn dann erahnte er eine schmerzvolle Innigkeit in ihr, von der er lieber nichts gewusst hätte. Zugleich aber hatte er während ebenjener Messen auch am intensivsten geträumt. Der Pfarrer zeigte auf ein Möbel ihm gegenüber, eine lange Holzbank, auf die sich die drei Polizisten wie Schulkinder in eine Reihe setzten. Aufgrund des unvorhersehbaren Inhalts der Notfallbeutel trugen Adamsberg und Veyrenc beide weiße Hemden. Das von Adamsberg war viel zu groß und reichte ihm bis über die Hände.

»Ihr Vikar ist ja ein rechter Zerberus«, meinte Adamsberg und krempelte sich die Ärmel hoch. »Ich dachte eigentlich, der heilige Hieronymus würde mir die Türen des Pfarrhauses öffnen.«

»Der Vikar schützt mich vor den Blicken der Außenwelt«, sagte der Pfarrer und beobachtete eine frühe Fliege, die durchs Zimmer flog. »Er will nicht, dass man etwas merkt. Er schämt sich, er versteckt mich. Wenn Sie ein Gläschen trinken möchten, auf der Anrichte steht was. Ich trinke nicht mehr. Ich weiß nicht, wieso, aber es macht mir keinen Spaß mehr.«

Adamsberg hielt Danglard mit einem Wink zurück, es war erst neun Uhr morgens. Erstaunt darüber, dass keine Gegenfrage kam, hob der Pfarrer den Kopf. Der war kein Normanne, er schien fähig, geradeheraus reden zu können, was die drei Polizisten diesmal in Verlegenheit brachte. Mit einem Pfarrer über seine Geheimnisse zu reden – die man sich zwangsläufig heikel ausmalte –, war sehr viel schwieriger als die Unterhaltung mit einem Ganoven, dem man, die Ellbogen auf dem Tisch, gegenübersaß. Adamsberg kam es vor, als müsse er mit genagelten Stiefeln einen empfindlichen Rasen betreten.

»Der Vikar versteckt Sie«, wiederholte er, indem er den Trick der Normannen mit der Behauptung-die-die-Frage-enthält anwandte.

Der Pfarrer zündete sich eine Pfeife an und verfolgte mit den Augen die junge Fliege, die im Tiefflug über seine Tastatur hinwegrauschte. Er hielt seine Hand, die er zu einem rundlichen Deckel geformt hatte, bereit, haute auf den Tisch und – verfehlte sie.

»Ich will sie nicht töten«, erklärte er, »sondern nur einfangen. Ich interessiere mich aus reiner Liebhaberei für die Anzahl der Schwingungen, die von den Flügeln von Fliegen ausgehen. Sie sind sehr viel schneller und lauter, wenn sie in der Falle sitzen. Sie werden's gleich sehen.«

Er blies einen großen Rauchkringel aus und sah seine Besucher an, die Hand noch immer zur Kapsel gekrümmt.

»Mein Vikar hatte den Einfall mit der Depression«, sagte er, »so lange, bis sich alles wieder beruhigt hat. Fast vollkommen abgeschottet hat er mich, auf Ersuchen der Diözese. Seit Wochen schon habe ich keinen Menschen mehr gesehen, ich bin gar nicht so unglücklich, wieder mal mit jemandem reden zu können, und sei's mit einem Bullen.«

Angesichts des Rätsels, das ihnen der Pfarrer da ohne alle Scham aufgab, zögerte Adamsberg. Der Mann brauchte einen Zuhörer, jemanden, der ihn verstand, warum auch nicht. Sein Leben lang nahm sich ein Pfarrer der Ängste seiner Schäflein an, ohne jemals ein Recht darauf zu haben, seine eigene Klage herauszuflüstern. Der Kommissar zog verschiedene Möglichkeiten in Betracht, enttäuschte Liebe, fleischliche Schuldgefühle, Verlust der Reliquien, Mörderkirche Opportune.

»Verlust der Berufung«, schlug Danglard vor.

»Genau das«, sagte der Pfarrer und nickte dem Commandant zu, als wolle er ihm eine gute Note erteilen.

»Plötzlich oder allmählich?«

»Wo liegt der Unterschied? Ein plötzliches Gefühl ist doch nichts weiter als das Endstadium einer verborgenen Allmählichkeit, die man nur nicht erkannt hat.«

Die Hand des Pfarrers stürzte sich auf die Fliege, die ihm zwischen Daumen und Zeigefinger entwischte.

»Ungefähr so wie das Hirschgeweih, wenn es aus der Haut wächst«, sagte Adamsberg.

»Wenn Sie so wollen. Die Larve des Gedankens wächst unbemerkt in einem heran, eines Tages aber nimmt sie Gestalt an und löst sich ab. Die Berufung kommt einem nicht plötzlich abhanden, wie einem ein Buch verloren geht. Im Übrigen findet man ein Buch immer wieder, seine Berufung jedoch niemals. Was beweist, dass es mit der Berufung schon eine ganze Weile bergab ging, ohne große Vorwarnung, still und leise macht sie sich davon. Eines schönen Morgens dann ist alles gesagt, die Grenze, an der man noch hätte umkehren können, hat man in der Nacht überschritten und es nicht mal gemerkt: Man sieht nach draußen, eine Frau fährt auf einem Fahrrad vorbei, auf den Apfelbäumen liegt Schnee, Ekel befällt einen, das Jahrhundert ruft.«

*»Das Missionier'n war gestern mir noch höchste
Pflicht,
die Kanzel aufzugeben, daran dacht' ich nicht.
Doch alles nun liegt staubig unter trübem Licht,
und meine Robe abzulegen: kein Verzicht.«*

»So in etwa, ja.«

»Der Verlust der Reliquien kümmert Sie in Wahrheit also gar nicht?«, sagte Adamsberg.

»Wollen Sie, dass er mich kümmert?«

»Ich hatte einen Tausch im Auge: Ich hätte Ihnen vorgeschlagen, den heiligen Hieronymus wiederzufinden, und Sie hätten mir was über Pascaline Villemot verraten. Ich schätze, dieser Handel interessiert Sie nicht.«

»Wer weiß? Mein Vorgänger, Pater Raymond, schwärmte für Reliquien, für die von Le Mesnil und für Fetische im Allgemeinen. Ich war seinem Unterricht nie gewachsen, aber ich habe viel davon behalten. Und wäre es auch nur seinetwegen, ja, ich suche den heiligen Hieronymus.«

Der Pfarrer drehte sich um und zeigte auf die Bibliothek hinter sich sowie auf ein dickes Buch, das unter einer Plexiglasscheibe auf einem Chorpult thronte. Auf Danglard übte der alte Band eine unwiderstehliche Anziehungskraft aus.

»All das hat er mir hinterlassen. Und natürlich auch dieses Buch«, sagte er mit einer respektvollen Geste in Richtung Pult. »Ein Geschenk für Pater Raymond von Pater Otto, als er unterm Bombenhagel in Berlin starb. Interessiert es Sie?«, fügte er hinzu und wandte sich zu Danglard um, der den Blick nicht von dem Werk ließ.

»Ich gestehe, ja. Falls es sich wirklich um das Buch handelt, an das ich denke.«

Der Pfarrer lächelte, er witterte den Kenner. Er tat ein paar Züge aus seiner Pfeife und ließ so das Schweigen noch etwas andauern, als bereite er den Auftritt einer Berühmtheit vor.

»Es ist das *De sanctis reliquis*«, sagte er und kostete seine Ankündigung aus, »in seiner unzensierten Ausgabe aus dem Jahre 1663. Sie können gern hineinschauen, aber benutzen Sie die Pinzette beim Umblättern. Es ist auf seiner berühmtesten Seite aufgeschlagen.«

Der Pfarrer brach in ein seltsames Gelächter aus und Danglard ging sofort zum Pult. Adamsberg sah, wie er die Scheibe hochhob und sich über das Werk beugte, der Capitaine würde fortan kein Wort ihrer Unterhaltung mehr mitbekommen, das wusste er.

»Eines der berühmtesten Werke über Reliquien«, erklärte

der Pfarrer dem Kommissar mit einer etwas lässigen Geste. »Es ist sehr viel mehr wert als irgendein Knochen vom heiligen Hieronymus. Aber ich werde es nur verkaufen, wenn es absolut notwendig ist.«

»Sie interessieren sich also doch für Reliquien.«

»Ich habe Nachsicht mit ihnen. Calvin nannte die Reliquienhändler ›Abfallkrämer‹ und ich gebe ihm durchaus recht. Doch diese Abfälle verleihen einem heiligen Ort erst seinen Reiz, sie helfen den Leuten, sich zu konzentrieren. Es ist schwierig, sich im Nichts zu konzentrieren. Deshalb auch stört es mich nicht, dass das Reliquiengefäß vom heiligen Hieronymus vor allem Schafsknochen und sogar ein Schweinerüsselknöchelchen enthielt. Pater Raymond amüsierte sich darüber, allerdings verriet er dieses Geheimnis mit dem ihm eigenen Augenzwinkern nur gewissen Freigeistern, die eine so prosaische Offenbarung ertragen konnten.«

»Wie bitte?«, sagte Adamsberg. »Im Schweinerüssel steckt ein Knochen?«

»Gewiss doch«, meinte der Pfarrer, noch immer lächelnd. »Es ist ein kleiner, anmutiger, ebenmäßiger Knochen, sieht ungefähr aus wie ein doppeltes Herz. Nur wenige Leute kennen ihn, deshalb findet sich auch einer unter den Reliquien von Le Mesnil. Er galt als geheimnisvoller Knochen, dem große Bedeutung zugeschrieben wurde. Ebenso hat der Stoßzahn des Narwals uns das Einhorn geschenkt. Die Fabelwelt dient als Zwischenlager für alles, was die Leute nicht kennen.«

»Sie haben wissentlich Tierknochen in einem Reliquiengefäß gelassen?«, fragte Veyrenc.

Wieder flog die Fliege vorbei, der Pfarrer hob den Arm und formte seine Hand zum Löffel.

»Was macht das schon?«, antwortete er. »Menschenknochen würden Hieronymus ja genauso wenig gehören. Damals wurden Reliquien wie Süßwaren verkauft, auf Nachfrage wurde alles Mögliche geliefert, sodass der heilige Sebastian am Ende vier Arme hatte, die heilige Anna drei Köpfe, der heilige Johannes sechs Zeigefinger und so weiter und so fort. Wir in Le Mesnil sind nicht so ehrgeizig. Unsere Schafsknochen stammen vom Ende des 15. Jahrhunderts, was schon recht beachtlich ist. Ob nun Überreste von Menschen oder Tieren, ist das im Grunde nicht unerheblich?«

»Der Kirchenplünderer steht also mit den Resten einer Hammelkeule da«, meinte Veyrenc.

»Nein, stellen Sie sich vor, er hat vorher aussortiert. Nur menschliche Knochenteile hat er mitgenommen, ein Schienbein, einen zweiten Halswirbel und drei Rippen. Ein echter Kenner oder aber ein Kerl aus der Gegend hier, der um das schmähliche Geheimnis des Reliquiengefäßes wusste. Auch deshalb suche ich ihn«, fügte er hinzu und zeigte auf seinen Computer. »Ich frage mich, was er im Schilde führt.«

»Hat er vor, sie zu verkaufen?«

Der Pfarrer schüttelte den Kopf.

»Ich durchforste das Internet nach Anzeigen, aber ich finde kein Wort über das Schienbein vom heiligen Hieronymus. Mit so etwas wird nicht mehr gehandelt. Und Sie, wonach suchen Sie? Es heißt, Sie haben Pascalines Leiche ausgegraben. Die Gendarmerie hat die Sache mit dem herabgefallenen Stein bereits untersucht. Ein Unfall eben. Pascaline hat nie jemandem ein Unrecht getan, und sie besaß auch keinen Sou, den sie hätte hinterlassen können.«

Die Hand des Pfarrers sauste herab, diesmal saß die Fliege in der Falle und gab sofort ein deutlicheres Summen von sich.

»Hören Sie es?«, sagte er. »Ihre Antwort auf den Stress?«

»Tatsächlich«, sagte Veyrenc höflich.

»Gibt sie ihren Gefährten ein Signal? Oder setzt sie die für eine Flucht nötige Energie frei? Oder können Insekten aufgeregt sein? Das ist die Frage. Haben Sie schon mal den Ton einer sterbenden Fliege gehört?«

Der Pfarrer hielt sein Ohr jetzt ganz nah an seine Hand, er schien die Tausende Flügelschläge pro Sekunde der jungen Fliege zu zählen.

»Wir haben sie nicht ausgegraben«, sagte Adamsberg, indem er wieder auf Pascaline zurückkkam. »Wir versuchen herauszufinden, warum sich jemand die Mühe gemacht hat, drei Monate nach ihrem Tod ihren Sarg zu öffnen und den Kopf freizulegen.«

»Großer Gott«, flüsterte der Pfarrer und ließ die Fliege los, die steil nach oben davonflog. »Das ist ja abscheulich.«

»Eine andere Frau aus der Gegend hier hat dasselbe Schicksal erlitten. Élisabeth Châtel aus Villebosc-sur-Risle.«

»Die kannte ich ebenfalls gut, Villebosc gehört zu meinen Gemeinden. Wegen eines alten Familienzwistes ist Élisabeth allerdings in Montrouge beerdigt.«

»Genau dort ist ihr Sarg auch aufgebrochen worden.«

Mit einem heftigen Ruck schob der Pfarrer seinen Bildschirm zurück und rieb sich das linke Auge, um dem Zucken seines Lids ein Ende zu bereiten. Adamsberg fragte sich, ob der Mann – vom Verlust der Berufung mal abgesehen – nicht wirklich eine Depression gehabt hatte und sein eigenwilliges Benehmen vielleicht darauf zurückzuführen war. Danglard, der noch immer mit der Pinzette in seinem Schatz herumlas, war ihm keinerlei Hilfe, um die Aufmerksamkeit ihres Gastgebers ein wenig zu lenken.

»Soviel ich weiß«, sagte der Pfarrer und streckte Daumen und Zeigefinger aus, »gibt es für eine Profanation nur zwei Gründe, die beide gleichermaßen schrecklich sind. Entweder unbändigen Hass, in diesem Fall werden die Leichen verwüstet.«

»Nein«, sagte Adamsberg, »man hat sie nicht angerührt.«

Der Pfarrer knickte seinen Daumen weg, was hieß, dass er diese Fährte aufgab.

»Oder unbändige Liebe, die leider Gottes nicht sehr weit davon entfernt ist und mit einer krankhaften Fixierung auf das Sexuelle einhergeht.«

»Haben Élisabeth und Pascaline denn bei irgendwem eine heftige Leidenschaft ausgelöst?«

Der Pfarrer knickte seinen Zeigefinger weg, auch diese Möglichkeit schloss er aus.

»Beide waren sie Jungfrauen, und zwar äußerst resistente, glauben Sie mir. Von einer so eisernen Tugend, dass einem die Lust vergehen konnte, diese noch zu predigen.«

Danglard horchte auf und fragte sich, wie dieses »Glauben Sie mir« wohl auszulegen sei. Er sah kurz zu Adamsberg, der ihm zu verstehen gab, er solle schweigen. Wieder drückte sich der Pfarrer den Finger aufs Augenlid.

»Es gibt Männer, für die stellen speziell eiserne Jungfrauen einen Reiz dar«, sagte Adamsberg.

»Es ist unbestritten eine Herausforderung«, bestätigte der Pfarrer, »es verlockt einen ein Gewinn, den man für kostbarer hält als andere. Doch weder Élisabeth noch Pascaline haben sich jemals darüber beschwert, dass ihnen nachgestellt würde.«

»Was haben sie Ihnen denn erzählt, so oft, wie sie herkamen?«, fragte der Kommissar.

»Beichtgeheimnis«, antwortete der Pfarrer und hob die Hand. »Tut mir leid.«

»Was bedeutet, dass sie sehr wohl etwas zu sagen hatten«, warf Veyrenc ein.

»Jedermann hat irgendwas zu sagen. Das heißt ja nicht, dass es zwangsläufig hörenswert ist, und ein Grund zur Schändung ist es schon gar nicht. Sie haben doch bei Hermance übernachtet? Haben Sie sie gehört? Sie erlebt nichts im eigentlichen Sinne, aber sie kann den ganzen Tag darüber reden.«

»Ehrwürdiger Vater, Sie wissen genauso gut wie ich«, sagte Adamsberg in sanftem Ton, »dass das Beichtgeheimnis unter bestimmten Bedingungen weder zulässig noch rechtmäßig ist.«

»Nur im Fall eines Mordes«, wandte der Pfarrer ein.

»Ich glaube, das ist hier der Fall.«

Der Pfarrer zündete seine Pfeife wieder an. Man hörte, wie Danglard eine schwere Seite umblätterte, während die Fliege, kaum ruhiger geworden, weiter dröhnend herumflog und gegen die Fensterscheiben prallte. Danglard wusste, dass der Kommissar deshalb so weit ausholte, weil er die innere Sperre des Pfarrers durchbrechen wollte. Adamsberg war ein hervorragender Überwinder von Hindernissen, er schlich sich in den Widerstand der anderen mit der heimtückischen Macht eines Rinnsals. Er hätte einen großartigen Pfarrer, Geburtshelfer oder auch Seelenentlüfter abgegeben. Nun stand auch Veyrenc auf und lief um den Tisch, um sich das Werk anzusehen, das Danglard dermaßen in Anspruch nahm. Widerwillig, wie ein Hund seinen Knochen teilt, zeigte der Commandant es ihm. *Von den heiligen Reliquien und allem Gebrauch, welcher von ihnen gemacht werden kann für die Gesundheit des Körpers wie auch des Geistes, nebst nützlichen Medikationen, die sich aus ihnen gewinnen lassen, um das Leben zu verlängern. Von einstmaligen Irrtümern gereinigte Ausgabe.*

»Was ist so Besonderes an dem Buch?«, fragte Veyrenc leise.

»Das *De reliquis* ist sehr bekannt«, flüsterte Danglard, »schon seit der Mitte des 14. Jahrhunderts. Die Kirche hat es verboten, wodurch es sofort populär wurde. Etliche Frauen wurden auf dem Scheiterhaufen verbrannt, weil sie in ihm gelesen hatten. Und das hier, das ist die Ausgabe von 1663, sehr gesucht.«

»Warum?«

»Weil sie den Originaltext wiederherstellt, in welchem jenes teuflische Mittel stand, das die Kirche verdammt hatte. Aber lesen Sie doch selbst, Veyrenc.«

Danglard sah zu, wie der Lieutenant sich über der aufgeschlagenen Seite abmühte. Der französische Text war furchtbar unverständlich.

»Er ist kompliziert«, sagte Danglard mit einem feinen Lächeln der Zufriedenheit.

»Also kann ich ihn nicht verstehen und Sie werden ihn mir auch nicht erklären.«

Danglard zuckte mit den Schultern.

»Vorher müsste ich Ihnen noch ein paar andere Dinge erklären.«

»Ich höre.«

»Nun, Sie sollten besser wieder gehen, Veyrenc«, murmelte Danglard. »Niemand fängt Adamsberg ein, genauso wenig wie man den Wind einfängt. Wenn Sie versuchen, ihm Ärger einzuhandeln, müssen Sie erst an mir vorbei.«

»Das kann ich mir denken, Commandant. Aber ich versuche überhaupt nichts.«

»Jungs sind Jungs. Sie sind aus dem Alter raus, wo Sie sich mit deren Keilereien abgeben, und er auch. Bleiben Sie und tun Sie Ihren Job, oder verschwinden Sie.«

Veyrenc schloss kurz die Augen und ging wieder an seinen Platz auf der Bank zurück. Das Gespräch mit dem Pfarrer war weitergegangen und Adamsberg schien enttäuscht.

»Sonst war da wirklich nichts?«, beharrte der Kommissar.

»Nichts außer bei Pascaline diese ewige Angst vor der Homosexualität.«

»Die beiden schliefen aber nicht miteinander?«

»Die schliefen mit niemandem, weder mit Männern noch mit Frauen.«

»Und über Hirsche haben sie mit Ihnen auch nie geredet?«

»Nein, nie. Warum?«

»Das ist Oswalds Idee, er bringt alles ein bisschen durcheinander.«

»Oswald, und das ist kein Beichtgeheimnis, ist ziemlich

sonderbar. Nicht dass er wie seine Schwester den Verstand verloren hätte, aber er hat keinen Draufblick auf die Dinge, falls Sie wissen, was ich meine.«

»Und Hermance? Hat die Sie auch öfter aufgesucht?«

Die Fliege, aus Leichtsinn oder Provokation, flog erneut auf das warme Gehäuse des Computers zu und lenkte den Pfarrer ab.

»Vor langer Zeit war sie mal hier, damals, als man sich im Dorf erzählte, sie bringe Unglück. Und dann hatte sie irgendwann ein Rad ab und hat's nie wiedergefunden.«

Wie die Berufung, sagte sich Adamsberg und fragte sich, ob er die Brigade für immer verlassen würde, nachdem er eines Morgens Schnee auf den Zweigen und eine Frau auf einem Fahrrad gesehen hätte.

»Sie besucht Sie also nicht mehr?«

»Doch, natürlich«, sagte der Pfarrer und beobachtete wieder die Fliege, die über die Buchstaben seiner Tastatur lief. »Das erinnert mich übrigens an etwas. Es war vor sechs oder sieben Monaten. Pascaline hatte mehrere Katzen. Eine von ihnen ist massakriert und blutüberströmt vor ihrer Tür liegen gelassen worden.«

»Und wer war das?«

»Man hat es nie erfahren. Wahrscheinlich war's irgend so ein Kinderstreich, das kommt in allen Dörfern vor. Ich hatte den Vorfall schon vergessen, aber ihr war das Ganze sehr nahegegangen. Neben dem Kummer hatte sie dann auch noch große Angst.«

»Wieso das?«

»Angst, dass irgendjemand sie verdächtigen könnte, sie

wäre lesbisch. Das war so eine fixe Idee von ihr, habe ich Ihnen ja schon erzählt.«

»Ich sehe da keinen Zusammenhang«, sagte Veyrenc.

»Aber ja«, sagte der Pfarrer, eine Spur gereizt. »Es war ein Kater und man hatte ihm die Genitalien abgeschnitten.«

»Für ein Kinderspiel ist das reichlich brutal«, kommentierte Danglard mit einer Grimasse.

»Hatte auch Élisabeth Katzen?«

»Nur eine. Aber sie hatte nie Ärger mit ihr, nichts dergleichen.«

Schweigend kehrten die drei Männer nach Haroncourt zurück. Adamsberg fuhr mit der Schrittgeschwindigkeit eines Pferdes, als müsse das Auto im selben langsamen Tempo dahinrollen wie seine Gedanken.

»Was halten Sie von ihm, Capitaine?«, fragte Adamsberg.

»Ein wenig nervös, ziemlich schrullig, was begreiflich ist, wenn er gerade den großen Sprung wagt. Aber der Besuch hat sich trotzdem gelohnt.«

»Wegen des Buches natürlich. Ist es ein Reliquienverzeichnis?«

»Nein, es ist die bedeutendste Abhandlung über deren Verwendung. *Von den heiligen Reliquien und ihrem Gebrauch.* Das Exemplar des Pfarrers ist in sehr gutem Zustand. Selbst mit vier Jahresgehältern könnte ich es mir nicht leisten.«

»Die Reliquien wurden zu irgendwas verwendet?«

»Für alles Mögliche. Gegen offenen Leib, Ohrenschmerzen, Fieber, Hämorrhoiden, Lustlosigkeit, hysterische Zustände.«

»Wir sollten es Dr. Romain schenken«, meinte Adamsberg lächelnd. »Und warum ist diese Ausgabe so kostbar?«

»Ich habe es Veyrenc schon erzählt. Weil sie die berühmteste aller Medikationen enthält, jene nämlich, die von der Kirche jahrhundertelang verdammt wurde. Sie ausgerechnet bei einem Pfarrer vorzufinden, ist schon ziemlich ungewöhnlich. Und genau auf der entsprechenden Seite lässt er das Buch kurioserweise aufgeschlagen. Vermutlich eine kleine Provokation.«

»Im Grunde ist er ganz gut platziert, um Hieronymus' Gebeine selber entwendet zu haben. Eine Medikation wofür, Danglard? Um seine Berufung wiederzufinden? Um sich teuflische Versuchungen auszutreiben?«

»Um das ewige Leben zu erlangen.«

»Auf Erden oder im Himmel?«

»Auf Erden und in alle Ewigkeit.«

»Dann sagen Sie sie, Capitaine.«

»Wie soll ich mich daran erinnern?«, grummelte Danglard.

»Ich erinnere mich«, sagte Veyrenc sehr diskret.

»Ich höre, Lieutenant«, sagte Adamsberg, noch immer lächelnd. »Vielleicht verrät uns dieser Text, was dem Pfarrer tatsächlich durch den Kopf geht.«

»Gut«, meinte Veyrenc zögernd, er konnte nicht unterscheiden, was bei Adamsberg echtes Interesse war und was bloße Laune. »Unfehlbares Mittel, das Leben zu verlängern durch die den Reliquien innewohnende Kraft, die Miasmen des Todes zu mindern, basierend auf den wahrheitlichsten Verfahren und von einstmaligen Irrtümern gereinigt.«

»Das ist alles?«

»Nein, das ist nur die Überschrift.«

»Erst danach wird's kompliziert«, sagte Danglard, der zugleich verblüfft und beleidigt war.

»Fünfmal verstreicht die Zeit der Jugend, da du sie umkehren musst, sie ihrem Lauf entreißt und den gegangenen Weg zurückgehst. Dafür zermahlst du zu Pulver die heiligen Reliquien, nimmst drei Prisen, vermischst sie mit jener Manneskraft, die sich nicht beugen lässt, desgleichen mit dem Lebendigen von Jungfrauen, selbigem dextra, angesetzt zu drei gleichen Teilen, welches du zerstößest mitsamt dem Kreuz, das im Ewigkeitsspross lebt, adiacens in gleicher Menge, wobei all dies dem Kreis des Heiligen entstammen soll, und solches, mit dem Wein des Jahres verrührt, wird sein Haupt zu Boden zwingen.«

»Kannten Sie das schon vorher, Veyrenc?«

»Aber nein, ich habe es gerade gelesen.«

»Verstehen Sie es?«

»Nein.«

»Ich auch nicht.«

»Es geht darum, sich das ewige Leben zu verschaffen«, sagte Danglard ungehalten. »So was erlangt man nicht im Handumdrehen.«

Eine halbe Stunde später luden Adamsberg und seine Mitarbeiter die Taschen ins Auto für ihre Rückreise nach Paris. Danglard schimpfte über den Kaminschirm im Fond, ganz zu schweigen von dem Hirschgeweih, das die gesamte Rückbank versperrte.

»Es gibt nur eine Lösung«, sagte Adamsberg. »Wir verstauen die Geweihstangen vorn und die beiden Mitfahrer setzen sich nach hinten.«

»Wir sollten das Geweih besser hierlassen.«

»Sie machen Witze, Capitaine. Übernehmen Sie das Steuer,

Sie sind der Größte. Veyrenc und ich werden uns links und rechts neben den Kaminschirm setzen. Das kommt uns sehr zupass.«

Danglard wartete, bis Veyrenc in den Wagen gestiegen war, und zog Adamsberg beiseite.

»Er lügt, Kommissar. Niemand kann sich solch einen Text einprägen. Niemand.«

»Er ist hochbegabt, das hatte ich Ihnen doch schon gesagt. Es kann ja auch niemand so Verse schmieden, wie er es tut.«

»Erfinden und sich erinnern ist zweierlei. Er konnte diesen verdammten Text aufs Komma genau aufsagen. Er lügt. Er kannte die Medikation bereits aus dem Effeff.«

»Und was hätte er damit anstellen wollen, Danglard?«

»Keine Ahnung, aber es ist eine Teufelsrezeptur, bis in alle Ewigkeit.«

30

»Sie trug blaue Schuhe«, verkündete Retancourt und stellte einen Plastikbeutel auf Adamsbergs Schreibtisch.

Adamsberg sah erst den Beutel, dann den Lieutenant an. Sie hielt die Katze unter ihrem Arm, und Die Kugel ließ sich selig tragen, wobei ihre Pfoten und der Kopf wie ein Lappen schlaff herunterhingen. Mit einem solch raschen Ergebnis hatte Adamsberg nicht gerechnet, eigentlich hatte er mit überhaupt keinem Ergebnis gerechnet. Doch jetzt standen die Schuhe des Todesengels auf seinem Tisch, abgetragen, ausgetreten und – blau.

»Unter den Sohlen findet sich keine Spur von Schuhcreme«, fügte Retancourt hinzu. »Aber das ist normal, immerhin sind sie in den letzten zwei Jahren viel getragen worden.«

»Erzählen Sie«, sagte Adamsberg und kletterte auf den schwedischen Barhocker, den er in sein Büro gestellt hatte.

»Der Immobilienmakler lässt das Häuschen verwahrlosen, er weiß, dass es unverkäuflich ist. Niemand hat nach ihrer Festnahme die Reinigung des Hauses übernommen. Trotzdem waren die Räume leer, als ich kam. Keine Möbel mehr, kein Geschirr, keine Kleidung.«

»Also? Raub?«

»Ja. In der Gegend dort wussten alle, dass die Krankenschwester keine Angehörigen hatte und ihre Sachen in sehr gutem Zustand waren. Nach und nach wurde es immer selbstverständlicher, dass man dort plünderte. Ich habe mehrere besetzte Häuser und ein Lager durchforstet. Zusammen mit den Schuhen habe ich noch eine Bluse und eine Decke gefunden, die ihr gehört haben.«

»Wo genau?«

»In einem Wohnwagen.«

»In dem noch jemand wohnte?«

»Ja. Aber wir brauchen nicht zu wissen, wer, oder?«

»Nein.«

»Ich habe der Frau versprochen, ihr die Schuhe zu ersetzen. Sie hat keine anderen, außer einem Paar Hausschuhe. So was fehlt ihr.«

Adamsberg schwang die Beine hin und her.

»Vierzig Jahre lang«, murmelte er, »hat die Krankenschwester alte Leute mit der Spritze kaltgemacht, was bedeutet, dass es so etwas wie ein echter Beruf war, eine feste Tradition über ein halbes Lebensjahrhundert hinweg. Wieso sollte sie sich plötzlich dem Okkulten zuwenden, indem sie bezahlte Totengräber anheuert und Jungfrauen ausgraben lässt? Ich begreife das nicht, eine solche Kehrtwendung ist nicht logisch.«

»Die Krankenschwester ist es auch nicht.«

»Doch. Jeder Wahn ist starr, jeder Wahn folgt einer Bahn.«

»Vielleicht hat die Zeit im Gefängnis sie von ihrem alten Muster abgebracht.«

»Das denkt auch die Gerichtsmedizinerin.«

»Warum sagen Sie ›Jungfrauen‹?«

»Weil Pascaline eine war, genau wie Élisabeth. Und ich nehme an, dass es für die Grabschänderin von Bedeutung ist. Die Krankenschwester hat auch nie einen Gefährten gehabt.«

»Also müsste sie das mit Pascaline und Élisabeth irgendwie erfahren haben können.«

»Ja, und demnach hat sie sich in der Haute-Normandie aufgehalten. Als Krankenschwester wird einem mehr anvertraut, als man wissen will.«

»Gibt es denn dort einen Hinweis auf sie?«

»Nein, kein einziges Opfer in Westfrankreich, ausgenommen Rennes. Was nichts heißt. Sie war immer zwischen Dörfchen und Stadt unterwegs, blieb ein paar Monate, um schattengleich wieder zu verschwinden.«

»Was ist das denn?«, fragte Retancourt und zeigte auf die beiden großen Geweihstangen, die in Adamsbergs Büro auf dem Boden lagen.

»Das ist eine Trophäe. Eines Abends hat man sie mir geschenkt und ich hab sie abgetrennt.«

»Ein Zehnender, immerhin«, meinte Retancourt anerkennend. »Aus welchem besonderen Anlass?«

»Weil man mich gebeten hatte, mir den Hirsch anzusehen, und ich hingefahren bin. Aber ich bin nicht sicher, ob man mich wirklich seinetwegen geholt hat. Er hieß der Große Rote.«

»Wer?«

»Er.«

»Ein Köder? Um Sie auf den Friedhof von Opportune zu locken?«

»Vielleicht.«

Retancourt hob eine der Geweihstangen hoch, schätzte ihr Gewicht und stellte sie vorsichtig an ihren Platz zurück.

»Man darf sie nicht voneinander trennen«, sagte sie. »Was haben Sie sonst noch dort zusammengetragen?«

»Ich habe erfahren, dass im Schweinerüssel ein Knochen steckt.«

Retancourt nahm die Neuigkeit kommentarlos hin und legte sich die Katze über die Schulter.

»Er ist doppelt herzförmig«, fuhr Adamsberg fort. »Ich habe erfahren, dass man hysterische Zustände mit Heiligenreliquien behandeln und das ewige Leben erlangen kann und dass sich unter den Gebeinen des heiligen Hieronymus Schafsknochen befinden.«

»Und was noch?«, fragte Retancourt, die geduldig auf die wirklichen Informationen wartete, die sie interessierten.

»Dass die beiden Männer, die das Grab von Pascaline Villemot aufgegraben haben, wahrscheinlich Diala und La Paille waren. Dass ein Stein aus der Kirchenmauer Pascaline den Schädel zertrümmert hat und dass drei Monate zuvor eine ihrer Katzen getötet, kastriert und in diesem Zustand vor ihrer Tür abgelegt wurde.«

Plötzlich hob Adamsberg eine Hand, schlang seine Beine um den Fuß des Hockers und wählte eine Telefonnummer.

»Oswald? Wusstest du, dass Pascalines Kater blutüberströmt vor ihrer Tür liegen gelassen wurde?«

»Narziss? Jeder in Opportune hat das gewusst. Er war berühmt für sein Gewicht. Mehr als elf Kilo, er hätte beinahe
einen Regionalwettbewerb gewonnen. Aber das war schon im
vorigen Jahr. Hermance hatte ihr einen neuen Kater geschenkt. Hermance hat Katzen sehr gern, sind 'ne saubere
Sache, die.«

»Weißt du, ob die anderen Katzen von Pascaline männliche
Tiere waren?«

»Alles Weibchen, Béarner, die Töchter von Narziss. Ist das
wichtig?«

Ein anderer Trick der Normannen, hatte Adamsberg festgestellt, bestand darin, eine Frage zu stellen und so zu tun, als
wäre man an der Antwort nicht im Geringsten interessiert.
Was Oswald soeben getan hatte.

»Ich habe mich gefragt, wieso derjenige, der Narziss umgebracht hat, sich die Mühe machte, ihn zu kastrieren.«

»Da hast du dir aber schönen Blödsinn erzählen lassen.
Narziss war schon eine ganze Weile vorher kastriert und
schlief den ganzen Tag. Elf Kilo, so was kommt nicht von ungefähr.«

»Bist du sicher?«

»Natürlich, deswegen hat Hermance ihr ja auch einen
vollständigen Kater ausgesucht, damit die Weibchen Junge
kriegen.«

Mit gekrauster Stirn wählte Adamsberg eine weitere
Nummer, während Retancourt mit verärgerter Geste den
Schuhbeutel wieder an sich nahm. Nach zwölfstündiger
schwieriger Jagd hatte sie eine spektakuläre Verbindung
zwischen der Krankenschwester und den Toten von La Cha-

pelle aufgedeckt, doch der Kommissar schlenderte plötzlich ganz woanders, auf irgendwelchen Nebenwegen herum.

»Müssen wir uns wirklich so dringend um die Eier von diesem Kater kümmern?«, fragte sie schroff.

Adamsberg bedeutete ihr, sie solle sich setzen, er hatte den Pfarrer von Le Mesnil am Apparat.

»Oswald behauptet, Narziss sei bereits kastriert gewesen. Man kann ihm also unmöglich die Geschlechtsorgane abgeschnitten haben.«

»Ich habe es mit eigenen Augen gesehen, Kommissar. Pascaline hat mir den Kadaver in einer Kiste in die Kirche gebracht, ich sollte ihm meinen Segen erteilen. Ich habe lange mit ihr diskutiert, weil ich ihr das abschlagen musste. Dem Kater war die Kehle durchgeschnitten worden und seine Geschlechtsteile waren ein blutiger Brei. Was soll ich Ihnen noch sagen?«

Adamsberg hörte einen kurzen Knall und fragte sich, ob der Pfarrer wohl gerade seine Hand über eine Fliege gestülpt hatte.

»Also, das begreife ich nicht«, sagte er. »Wenn jeder in Opportune wusste, dass Narziss ein kastrierter Kater war.«

»Man muss wohl annehmen, dass derjenige, der ihn verstümmelt hat, es nicht wusste oder nicht aus der Gegend war. Und dass er keine Männer mochte, wenn ich Ihren Ermittlungen meine Meinung hinzufügen darf.«

Adamsberg klappte sein Telefon zusammen und begann ratlos wieder mit den Beinen zu schwingen.

»*Und dass er keine Männer mochte*«, wiederholte er für sich. »Die Schwierigkeit, Retancourt, liegt darin, dass selbst

Laien wissen, dass ein schläfriger, elf Kilo schwerer Kater zwangsläufig kastriert ist.«

»Die Kugel nicht.«

»Die Kugel ist ein Fall für sich, wir halten sie aus der Sache raus. Das Problem bleibt ungelöst: Wieso hat der Mörder von Narziss einen Kater kastriert, der bereits kastriert war?«

»Sollten wir uns nicht lieber um Dialas Mörder kümmern?«

»Genau das machen wir ja. Sich an Jungfrauen berauschen und ein männliches Tier kastrieren, zwischen beidem besteht durchaus ein Zusammenhang. Es war Pascalines Kater, nur das Männchen wurde getötet. Als hätte man alles Männliche um Pascaline herum beseitigen wollen. Vielleicht um ihre Umgebung zu reinigen. Auch dadurch zu reinigen, dass man die Gräber öffnete und irgendeinen unsichtbaren Zaubertrank hineinschmuggelte.«

»Solange wir nicht wissen, ob die beiden Frauen ermordet worden sind, tappen wir im Dunkeln. Unfall oder Mord, Mörder oder Grabschänder, das ändert alles. Und wir haben keine Möglichkeit, es herauszufinden.«

Adamsberg ließ sich vom Hocker gleiten und lief durchs Zimmer.

»Eine Möglichkeit gibt es«, sagte er, »falls Sie sich dazu durchringen könnten.«

»Sagen Sie.«

»Man müsste den Stein beschaffen, der Pascalines Kopf zertrümmert hat. Folgt man der Unfallthese, ist er von der Kirchenmauer heruntergefallen. Folgt man der Mordthese, hat er am Boden gelegen und der Mörder benutzte ihn zum

Töten. Ein herabgefallener Stein oder aber ein Stein, mit dem getötet wurde. Im zweiten Fall müssten am Stein Spuren seines Aufenthaltes an der Luft erkennbar sein. Der Unfall hat sich an der Südseite der Kirche zugetragen. Wenn der Stein wirklich in der Mauer gesteckt hat, dürfte er also keinerlei Moos aufweisen. Wenn er jedoch bereits im Gras lag, hätte sich sehr wohl Moos auf seiner nach Norden gelegenen Seite gebildet. Bei dem Klima dort ist das unvermeidlich und geht schnell. Und so wie ich Devalon kenne, bezweifle ich, dass er nach Flechtenspuren auf dem Stein gesucht hat.«

»Wo befindet sich dieser Stein?«, fragte Retancourt und setzte, schon in den Startlöchern, die Katze auf dem Boden ab.

»In der Gendarmerie von Évreux oder auf der Müllkippe. Devalon ist ein streitsüchtiger Bulle, Retancourt, und noch dazu wenig kompetent. Es wird Sie viel Kraft kosten, an den Stein heranzukommen. Es wäre besser, ihm vorher nichts davon zu sagen, der ist imstande und schmeißt ihn weg, nur um uns eins auszuwischen. Vor allem wenn er sich bei dieser Ermittlung geirrt hat.«

Die Katze miaute unruhig. Die Kugel spürte genau, wenn ihr bevorzugter Zufluchtsort sich reisefertig machte. Noch drei Stunden später, während Lieutenant Retancourt bereits in Évreux ermittelte, wollte die Katze partout nicht aufhören zu greinen und presste ihre Nase an die Eingangstür der Brigade, das Hindernis zwischen ihrem kleinen Körper und der entschwundenen Frau, die all ihr Denken beherrschte. Adamsberg schleppte das Tier gewaltsam zu Danglard.

»Capitaine, Sie haben doch Einfluss auf dieses Viech, machen Sie ihm verständlich, dass Retancourt zurückkommen wird, geben Sie ihm ein Glas Wein oder was weiß ich, aber tun Sie irgendwas, damit es aufhört zu jammern.«

Adamsberg stockte.

»Scheiße«, flüsterte er und ließ Die Kugel fallen, die mit einem Klagelaut auf den Boden zurückplumpste.

»Was?«, fragte Danglard, den die Verzweiflung des Tieres, das auf seine Knie gesprungen war, mit Besorgnis erfüllte.

»Ich habe gerade die Geschichte mit Narziss begriffen.«

»Wurde auch Zeit«, murrte der Commandant.

In diesem Augenblick rief Retancourt an. Ihre Stimme drang deutlich aus dem Mobiltelefon, und Adamsberg hätte nicht sagen können, wer von beiden, Danglard oder die Katze, aufmerksamer die Ohren spitzte.

»Devalon hat mich nicht rangelassen an den Stein. Der Typ ist ein ganz Verbissener, er würde sogar seine Fäuste einsetzen, um etwas zu verhindern.«

»Sie müssen ein Mittel finden, Lieutenant.«

»Keine Sorge, der Stein ist schon im Kofferraum meines Wagens. Und er ist auf einer Seite mit Flechten überzogen.«

Danglard fragte sich, ob das Mittel, das Retancourt gebraucht hatte, nicht noch einfacher gewesen war als Devalons Fäuste.

»Ich habe noch etwas anderes«, sagte Adamsberg. »Ich weiß, was mit Narziss passiert ist.«

Ja, dachte Danglard etwas mutlos, das weiß jeder seit zweitausend Jahren. Narziss verliebte sich in sein Spiegelbild auf dem Wasser, er näherte sich, um danach zu greifen, und ertrank im Fluss.

»Nicht die Eier, sondern das Glied wurde ihm abgeschnitten«, erklärte Adamsberg.

»Gut«, sagte Retancourt. »Wo sind wir, Kommissar?«

»In einer abscheulichen Geschichte. Kommen Sie recht schnell zurück, Lieutenant, der Katze geht's nicht besonders gut.«

»Das kommt daher, weil ich weggefahren bin, ohne ihr Bescheid zu sagen. Geben Sie sie mir.«

Adamsberg kniete sich hin und hielt der Katze das Mobiltelefon ans Ohr. Er hatte mal einen Schäfer gekannt, der mit seinem Leitschaf telefonierte, um dessen seelisches Gleichgewicht aufrechtzuerhalten, seither erstaunten ihn solche Dinge nicht mehr. Er erinnerte sich sogar an den Namen des Schafs, George Sand. Vielleicht fänden sich Georges Knochen eines Tages geheiligt in einem Reliquiengefäß wieder. Die Katze hatte sich auf den Rücken gerollt und hörte zu, wie Lieutenant Violette ihr erklärte, sie käme bald zurück.

»Darf ich fragen, worum es geht?«, fragte Danglard.

»Beide Frauen sind ermordet worden«, sagte Adamsberg und stand wieder auf. »Wir trommeln alle zusammen. Kolloquium in zwei Stunden.«

»Ermordet? Nur um drei Monate später ihren Sarg wieder zu öffnen?«

»Ich weiß, Danglard, das klingt nicht logisch. Aber einem Kater das Glied zu amputieren auch nicht.«

»Das ergibt durchaus einen Sinn«, konterte Danglard, der sich in den Tempel des Wissens flüchtete, sobald er den Boden unter den Füßen verlor, ganz so wie andere sich ins Kloster zurückziehen. »Ich kannte Zoologen, die haben dem große Bedeutung beigemessen.«

»In welchem Zusammenhang?«

»Um an den Knochen darin heranzukommen. Es steckt ein Knochen im Glied des Katers.«

»Sie machen sich über mich lustig, Danglard.«

»Es steckt ja auch ein Knochen im Rüssel des Schweins.«

31

Adamsberg ließ sich zur Seine hinuntertreiben, dem Flug der Möwen folgend, die er in der Ferne kreisen sah. Der Pariser Fluss, sosehr er an manchen Tagen auch stank, war seine fließende Zuflucht, der Ort, an dem er seine Gedanken am besten auslüften konnte. Er ließ sie frei, wie man einen Schwarm Vögel aufsteigen lässt, und sie zerstreuten sich über den Himmel, spielten, indem sie sich vom Wind emportragen ließen, leichtfertig und unbesonnen. Es mochte paradox erscheinen, doch unbesonnenes Denken war Adamsbergs vorrangige Tätigkeit. Die ganz besonders notwendig wurde, wenn zu viele Einzelheiten seinen Geist verstopften, sich zu kompakten Paketen auftürmten, die jegliches Handeln verhinderten. Dann konnte er nur noch seinen Kopf aufklappen und alles hinausflattern lassen. Was mühelos geschah, nun, da er die Stufen zum Ufer hinabstieg.

Bei diesem Aufwärtsgestiebe gab es immer einen Gedanken, der hartnäckiger war als die anderen, wie die Möwe, die damit beauftragt war, über das gute Benehmen der Gruppe zu wachen. Eine Art Chef-Gedanke, ein Bullen-Gedanke, der angestrengt die anderen beobachtete und sie daran hinderte, die Grenzen der Wirklichkeit zu überschreiten. Der Kommissar suchte den Himmel nach der Möwe ab, der heute die monomane Rolle des Gendarmen zukam. Er erkannte sie schnell, sie herrschte gerade eine junge an, die zum Spaß mit dem Gegenwind kämpfte und ihre Pflichten vergaß. Danach stürzte sie sich auf eine andere leichtfertige, die dicht überm schmutzigen Wasser segelte. Bullen-Möwe schrie ununterbrochen. Im Augenblick schoss ihm sein ebenfalls monomaner Bullen-Gedanke im Schnellflug durch den Kopf, sauste unaufhörlich hin und her und kreischte: *Es steckt ja auch ein Knochen im Rüssel des Schweins, es steckt ja auch ein Knochen im Glied des Katers.*

Diese neuen Erkenntnisse beschäftigten Adamsberg sehr, während er weiter am Fluss umherstreifte, der heute tiefgrün und ziemlich bewegt war. Es gab sicher nicht sehr viele Menschen, die wussten, dass im Penis des Katers ein Knochen steckte. Und wie hieß dieser Knochen? Keine Ahnung. Und wie sah er aus? Keine Ahnung. Vielleicht war er seltsam geformt wie der im Schweinerüssel. Sodass diejenigen, die ihn entdeckten, sich fragen mussten, wo sie diesen Unbekannten im gewaltigen Puzzle der Natur unterbringen sollten. Auf dem Kopf eines Tieres? Vielleicht hatten sie ihn geheiligt wie den Zahn des Narwals, den man dem Einhorn an die Stirn gesteckt hatte. Der, der ihn dem Kater Narziss herausgerissen hatte, war zweifellos ein Fachmann, vielleicht sammelte er so was, wie andere Leute Muscheln sammeln. Und wozu? Und wieso sammelte man Muscheln? Wegen ihrer Schönheit? Wegen ihrer Seltenheit? Als Glücksbringer? Getreu der Lehre, die Adamsberg seinem Sohn erteilt hatte, holte er sein Mobiltelefon hervor und rief Danglard an.

»Capitaine, wie sieht der Knochen im Katerpimmel aus? Ist er wohlgeformt? Ist er schön?«

»Nicht sonderlich. Er ist nur bizarr, wie alle Penisknochen.«

Alle Penisknochen?, wiederholte Adamsberg in Gedanken; die Vorstellung, dass auch die männliche Anatomie derart an ihm vorbeigegangen war, irritierte ihn. Adamsberg hörte, wie Danglard auf seiner Tastatur herumtippte, wahrscheinlich schrieb er gerade den Bericht über ihre Expedition nach Opportune, es war nicht der geeignete Moment, ihn zu stören.

»Verflucht«, sagte Danglard, »wir werden doch wohl nicht ein Leben lang über diesen verdammten Kater reden, oder? Selbst wenn er Narziss hieß?«

»Noch ein paar Minuten. Dieses Ding geht mir auf die Nerven.«

»Nun, die Kater nervt es nicht. Es erleichtert ihnen sogar das Leben.«

»Das ist nicht meine Frage. Warum sagen Sie ›wie alle Penisknochen‹?«

Resigniert wandte Danglard sich von seinem Bildschirm ab. Er hörte die Möwen durchs Telefon schreien, er wusste also genau, wo der Kommissar sich herumtrieb und in welcher Verfassung er war, nämlich aufgewühlter als die Luft überm Fluss.

»Wie alle Penisknochen bei sämtlichen Fleischfressern«, erklärte er, wobei er jedes Wort überdeutlich aussprach, wie man einem schlechten Schüler eine Lektion erteilt. »Alle Fleischfresser besitzen einen«, fügte er an, damit sein Unterrichtsstoff auch wirklich hängen blieb. »Die Flossenfüßer, die Großkatzen, die Schleichkatzen, die Marderartigen und so weiter und so fort.«

»Nein, Danglard, ich kann Ihnen nicht mehr folgen.«

»Alle Fleischfresser. Walrosse, Ginsterkatzen, Dachse, Steinmarder, Bären, Löwen und so weiter.«

»Aber wieso weiß man nichts davon?«, fragte Adamsberg, beinahe entsetzt über seine eigene Unwissenheit. »Und wieso die Fleischfresser?«

»So ist es nun mal, so ist die Natur. Und die Natur ist gerecht, sie hilft den Fleischfressern. Sie sind selten, und sie müssen sich mächtig abrackern, um sich fortzupflanzen und zu überleben.«

»Wieso ist dieser Knochen bizarr?«

»Weil es ein Einzelknochen ist, der keiner Symmetrie folgt, weder einer bilateralen noch einer axialen. Er ist spiralförmig, ein wenig geschwungen, hat weder oben noch unten ein Gelenk und trägt eine Ausbuchtung an seinem distalen Ende.«

»Das heißt?«

»Das heißt an seinem äußersten Ende.«

»Würden Sie sagen, bizarr wie der Knochen im Schweinerüssel?«

»Wenn Sie so wollen. Im menschlichen Körper kommt etwas Vergleichbares nicht vor, deshalb hat die Entdeckung eines Penisknochen beim Bären oder Walross die Menschen im Mittelalter auch jedes Mal in Ratlosigkeit gestürzt. Genau wie Sie.«

»Wieso beim Bären oder Walross?«

»Weil er groß ist und man ihn folglich leichter findet. Zum Beispiel im Wald oder am Strand. Aber den Penisknochen eines Katers kann man kaum identifizieren. Das Tier wird nicht gegessen, sein Skelett ist darum nur schlecht bekannt.«

»Aber Schwein wird gegessen. Und den Knochen im Rüssel kennt man auch nicht.«

»Weil er von Knorpelmasse umgeben ist.«

»Glauben Sie, Capitaine, dass der Kerl, der Narziss' Penisknochen geklaut hat, so was sammelte?«

»Keine Ahnung.«

»Ich formuliere es anders: Glauben Sie, dass dieser Knochen für manche Leute einen Wert haben könnte?«

Danglard äußerte ein zweifelndes Brummen, vielleicht auch ein müdes.

»Wie alles Seltene oder Rätselhafte könnte es einen Wert haben. Es gibt ja auch Menschen, die Kieselsteine aus Flüssen auflesen. Oder Geweihe von Hirschköpfen abschlagen. Wir sind nie sehr weit vom Obskurantismus entfernt. Das ist unsere Größe und unsere Katastrophe.«

»Gefällt Ihnen Ihr Kiesel nicht, Capitaine?«

»Was mir daran nicht passt, ist, dass Sie einen mit einem schwarzen Streifen ausgesucht haben.«

»Wegen der Sorgenfalte auf Ihrer Stirn.«

»Sind Sie zum Kolloquium zurück?«

»Sehen Sie, schon wieder machen Sie sich Sorgen. Natürlich bin ich bis dahin zurück.«

Adamsberg steckte die Hände in die Taschen und stieg die Steintreppe wieder hinauf. Danglard hatte nicht ganz unrecht. Zu welchem Zweck hatte er die Flusskiesel überhaupt gesammelt? Und welche Bedeutung schrieb er ihnen zu, er, der Freigeist, der nie auf einen abergläubischen Gedanken gekommen war? Die einzigen Augenblicke, in denen er an einen Gott dachte, waren die, in denen er sich selbst wie Gott fühlte. Gelegentlich kam das vor, wenn er allein unter einem heftigen Gewitter stand, wenn möglich nachts. Dann herrschte er über den Himmel, lenkte er den Blitz und ließ die Wolken brechen, dirigierte er die Musik der Sintflut. Anfälle, die etwas Erhebendes an sich hatten und einem für einen flüchtigen Augenblick die Illusion männlicher Stärke gaben. Adamsberg blieb plötzlich mitten auf der Fahrbahn stehen. Männliche Stärke, Manneskraft. Der Kater. Der Knochen im Rüssel. Das Reliquiengefäß. Sein Gedankenschwarm kehrte mit einem Schlag in die Voliere zurück.

32

Die Beamten der Brigade waren dabei, im Konzilsaal die Stühle für das Kolloquium um achtzehn Uhr aufzustellen, als Adamsberg wortlos den großen Gemeinschaftsraum durchquerte. Danglard sah flüchtig zu ihm hin, und an dem Glanz, der unter seiner Haut als schmelzflüssiger Stoff floss, erkannte er, dass etwas Außerordentliches geschehen war.

»Was ist los?«, fragte Veyrenc.

»Ihm ist was eingefallen an der frischen Luft«, erklärte Danglard, »draußen bei den Möwen. So eine Art Vogelschiss, der auf ihn drauffällt, ein Flügelschlag zwischen Himmel und Erde.«

Bewundernd nickte Veyrenc Adamsberg zu, was Danglards Verdacht einen Augenblick lang ins Wanken brachte. Doch sogleich korrigierte der Commandant diesen Eindruck auch wieder. Seinen Feind bewundern heißt nicht, dass er darum weniger Feind ist, im Gegenteil. Danglard blieb überzeugt davon, dass Veyrenc in Adamsberg ein erstklassiges Opfer gefunden hatte, einen Gegner von Format, einst kleiner Chef im Schatten eines Nussbaums, heute Chef der Brigade criminelle.

Adamsberg eröffnete die Sitzung, indem er an alle die äußerst beklemmenden Fotos von der Exhumierung in Opportune verteilte. Seine Gesten waren sparsam und konzentriert, und jeder begriff, dass die Ermittlungen eine entscheidende Wende genommen hatten. Nur selten bürdete ihnen der Kommissar am Ende eines Tages noch ein Kolloquium auf.

»Uns fehlten die Opfer, der Mörder sowie das Motiv. Alle drei haben wir jetzt.«

Adamsberg strich sich mit beiden Händen über die Wangen und überlegte, wie er fortfahren sollte. Er fasste nicht gern zusammen, er konnte es nicht. Commandant Danglard unterstützte ihn stets bei dieser Aufgabe, ungefähr so, wie der Unterstreicher im Dorf es tat, indem er ihm bei den Übergängen, den Wendungen, den Wiederholungen half.

»Die Opfer«, schlug Danglard vor.

»Élisabeth Châtel und Pascaline Villemot sind nicht verunglückt. Sie wurden ermordet. Den Beweis dafür hat Retancourt heute Nachmittag aus der Gendarmerie in Évreux mitgebracht. Der Stein, der angeblich von der Südwand der Kirche auf Pascalines Schädel heruntergefallen ist, lag seit mindestens zwei Monaten am Boden. Während er im Gras lag, haben sich auf der einen Seite schwärzliche Flechten gebildet.«

»Nun wird der Stein aber kaum von allein auf den Kopf der Frau gesprungen sein«, sagte Estalère, der aufmerksam zuhörte.

»Das ist richtig, Brigadier. Man hat ihr den Kopf damit zertrümmert. Woraus wir schließen können, dass das Auto von Élisabeth manipuliert worden ist, was wiederum ihren tödlichen Unfall auf der Nationalstraße verursacht hat.«

»Da wird Devalon ja nicht gerade erfreut sein«, bemerkte Mercadet. »So was nennt man in Ermittlungen reinpfuschen.«

Danglard lächelte, während er auf seinem Bleistift herumkaute, es befriedigte ihn, dass Devalons streitsüchtige Nachlässigkeit ihn geradewegs in den Schlamassel geführt hatte.

»Wie kommt es, dass Devalon nicht daran gedacht hat, den Stein untersuchen zu lassen?«, fragte Voisenet.

»Weil er den Einheimischen zufolge beschränkt ist wie eine Gans«, erklärte Adamsberg. »Und auch weil Pascaline Villemot nicht den geringsten Grund hatte, ermordet zu werden.«

»Wie haben Sie ihr Grab ausfindig gemacht?«, fragte Maurel.

»Scheinbar durch Zufall.«

»Unmöglich.«

»In der Tat. Ich glaube, man hat mich absichtlich zum Friedhof von Opportune geführt. Der Mörder weist uns den Weg, während er genau weiß, dass er uns sehr weit voraus ist.«

»Wie das?«

»Ich weiß es nicht.«

»Die Opfer«, schaltete Danglard sich ein. »Pascaline und Élisabeth.«

»Sie waren ungefähr gleich alt. Sie führten ein Leben ohne Ausschweifungen und ohne Männer, sie waren beide Jungfrauen. Pascalines Grab hat dasselbe Schicksal ereilt wie das in Montrouge. Der Sarg wurde aufgebrochen, die Leiche aber nicht angerührt.«

»Ist die Jungfräulichkeit das Motiv für die Morde?«, fragte Lamarre.

»Nein, sie ist das Auswahlkriterium für die Opfer, nicht das Motiv.«

»Das verstehe ich nicht«, meinte Lamarre und runzelte die Stirn. »Sie bringt Jungfrauen um, aber ihr Ziel ist es nicht, Jungfrauen umzubringen?«

Dieser Einwurf hatte gereicht, um Adamsbergs Konzentration zu erschüttern; mit einer Handbewegung übergab er das Weitere an Danglard.

»Sie erinnern sich an die Schlussfolgerungen der Gerichtsmedizinerin«, sagte der Commandant. »Diala und La Paille sind von einer Frau beseitigt worden, ungefähr 1,62 Meter groß, konventionelles Äußeres, Perfektionistin, eine, die mit Spritzen umgehen kann, ihr Skalpell richtig anzusetzen weiß und blaue Lederschuhe trägt. Diese Schuhe waren unter der Sohle gewichst, ein Hinweis auf eine mögliche dissoziative Störung, zumindest aber auf den Willen, die Verbindung zwischen sich und dem Boden ihrer Verbrechen zu kappen. Claire Langevin, die Todesengel-Krankenschwester, weist alle diese Merkmale auf.«

Adamsberg hatte sein Notizheft geöffnet, ohne etwas aufzuschreiben. Während er vor sich hin zeichnete, hörte er der Zusammenfassung von Danglard zu, der seiner Meinung nach einen besseren Brigadechef abgegeben hätte als er.

»Retancourt hat Schuhe mitgebracht, die ihr mal gehört haben«, fügte Danglard hinzu. »Sie sind aus blauem Leder. Das reicht nicht aus für eine Gewissheit, aber wir engen die Nachforschungen über die Krankenschwester weiter ein.«

»Retancourt schafft einfach alles heran«, bemerkte Veyrenc leise.

»Sie wandelt ihre Energie um«, erklärte Estalère entschieden.

»Dieser Todesengel ist ein Hirngespinst«, sagte Mordent schlecht gelaunt. »Niemand hat gesehen, wie sie mit Diala oder La Paille auf dem Flohmarkt geredet hätte. Sie ist unsichtbar, ungreifbar.«

»Genauso ist sie ihr ganzes Leben lang vorgegangen«, sagte Adamsberg. »Wie ein Schatten.«

»Das haut nicht hin«, fuhr Mordent fort und schob seinen langen Reiherhals aus dem grauen Pullover. »Diese Frau hat dreiunddreißig alte Leute umgebracht, immer auf die gleiche Weise, ohne jemals etwas daran zu ändern. Und plötzlich verwandelt sie sich in eine andere Art von Irrer, fängt an, Jungfrauen zu suchen, Gräber aufzubrechen und zwei Kerlen die Kehle durchzuschneiden. Nein, das haut nicht hin. Man tauscht kein Quadrat gegen einen Kreis, man ersetzt keine Greisenkillerin durch eine wüste Nekrophile, Schuhe hin oder her.«

»Stimmt, es haut absolut nicht hin«, Adamsberg gab ihm recht. »Es sei denn, irgendwas hat sie derart erschüttert, dass ein zweiter Krater im Vulkan aufgerissen ist. Die Lava des Wahns würde dann auf einer anderen Seite und auf veränderte Weise herabfließen. Dazu kann ihr Aufenthalt im Gefängnis erheblich beigetragen haben oder auch die Tatsache, dass Alpha sich der Existenz von Omega bewusst geworden ist.«

»Ich weiß, was Alpha und Omega sind«, unterbrach Estalère lebhaft. »Das sind die beiden Hälften eines dissoziierten Mörders, zu beiden Seiten seiner Wand.«

»Der Todesengel ist eine Dissoziierte. Durch ihre Festnahme ist die innere Wand womöglich eingerissen worden. Angesichts einer solchen Katastrophe ist jegliche Verhaltensänderung denkbar.«

»Doch selbst wenn«, sagte Mordent. »Es erklärt uns nicht, was sie mit ihren Jungfrauen will, und auch nicht, was sie in deren Gräbern macht.«

»Genau das ist der Abgrund«, sagte Adamsberg. »Und um ihn zu erreichen, können wir nur stromabwärts anfangen, wo noch ein bisschen Geröll von ihren Verbrechen herumliegt. Pascaline hatte vier Katzen. Drei Monate vor ihrem Tod ist eine von ihnen getötet worden, und zwar das einzige männliche Tier der Gruppe.«

»Eine erste Drohung gegen Pascaline?«, fragte Justin.

»Ich glaube nicht. Man hat ihn getötet, um an seine Geschlechtsteile heranzukommen. Da der Kater bereits kastriert war, hat man ihm also das Glied abgeschnitten. Danglard, erklären Sie die Sache mit dem Knochen.«

Der Commandant wiederholte seine Lektion über die Penisknochen, die Fleischfresser, die Schleichkatzen und Marderartigen.

»Wer von Ihnen wusste das noch?«, fragte Adamsberg.

Nur Voisenets und Veyrencs Hände hoben sich.

»Voisenet, ich verstehe, Sie sind Zoologe. Aber Sie, Veyrenc, woher haben Sie es?«

»Von meinem Großvater. Als er jung war, ist im Tal ein Bär erlegt worden. Sein abgezogenes Fell wurde von Dorf zu Dorf geschleppt. Den Penisknochen hat mein Großvater behalten. Er sagte immer, man dürfe ihn weder verlieren noch verkaufen, unter gar keinen Umständen.«

»Haben Sie ihn noch?«

»Ja. Dort bei mir zu Hause.«

»Und wissen Sie, warum Ihr Großvater so daran hing?«

»Er meinte, der Knochen halte das Haus aufrecht und beschütze die Familie.«

»Wie groß ist denn so ein Katerpenisknochen?«, fragte Mordent.

»Ungefähr so«, sagte Danglard und zeigte mit den Fingern einen Abstand von zwei bis drei Zentimetern.

»So was hält kein Haus aufrecht«, bemerkte Justin.

»Es ist symbolisch gemeint«, sagte Mordent.

»Kann ich mir denken«, sagte Justin.

Adamsberg schüttelte den Kopf, ohne die Haare zurückzustreichen, die ihm dabei über die Augen fielen.

»Ich glaube, dieser Katerknochen hat einen ganz bestimmten Wert für diejenige, die ihn mitgenommen hat. Ich glaube, es geht um das männliche Prinzip.«

»Ein Wert, der das genaue Gegenteil von dem der Jungfrauen ist«, wandte Mordent ein.

»Alles hängt davon ab, wonach sie sucht«, sagte Voisenet.

»Sie sucht nach dem ewigen Leben«, sagte Adamsberg. »Das ist ihr Motiv.«

»Begreife ich nicht«, meinte Estalère nach einer Pause.

Und diesmal entsprach das, was Estalère nicht begriff, dem Unverständnis aller.

»Im selben Zeitraum, in dem der Kater verstümmelt wurde«,

erklärte Adamsberg, »wurde auch das Reliquiengefäß in der Kirche in Le Mesnil geplündert, ein paar Kilometer von Opportune und Villeneuve entfernt. Oswald hatte recht, das ist zu viel für eine einzige Gegend. Der Plünderer hat nur die vier Menschenknochen des heiligen Hieronymus aus dem Reliquiengefäß gestohlen und einen Schweinerüsselknochen sowie ein paar Schafsknochen darin liegen gelassen.«

»Ein Kenner«, machte Danglard die Runde aufmerksam. »Einen Schweinerüsselknochen erkennt man nicht so leicht.«

»Schweine haben einen Knochen im Rüssel?«

»Sieht so aus, Estalère.«

»Ebenso ist es nicht selbstverständlich, dass man weiß, dass Kater einen Penisknochen besitzen. Wir haben es also tatsächlich mit einer Kennerin zu tun.«

»Ich sehe keinen Zusammenhang«, sagte Froissy, »zwischen den Reliquien, dem Kater und den Grabstätten. Außer dass in allen drei Fällen Knochen vorkommen.«

»Was schon mal gar nicht so schlecht ist«, sagte Adamsberg. »Heiligenreliquien, Männlichkeitsreliquien, Jungfrauenreliquien. Im Pfarrhaus in Le Mesnil liegt, ganz in der Nähe des heiligen Hieronymus, für alle gut sichtbar ein sehr altes Buch, in dem sich diese drei Bestandteile in einer Art Kochrezept wiederfinden.«

»Eher eine Medikation, ein Heilmittel«, stellte Danglard richtig.

»Zu welchem Gebrauch?«, fragte Mordent.

»Um das ewige Leben herzustellen, mit einem Haufen Zeugs. Beim Pfarrer ist das Buch auf der Seite mit diesem Rezept aufgeschlagen. Er ist sehr stolz darauf, ich glaube, er zeigt es jedem Besucher. Genau wie sein Vorgänger, Pater Raymond. Das Rezept muss in einem Umkreis von dreißig Gemeinden und seit mehreren Generationen bekannt sein.«

»Woanders nicht?«

»Doch«, sagte Danglard. »Das Werk ist berühmt, und vor allem für diese Medikation. Es handelt sich um das *De sanctis reliquis*, in seiner Ausgabe von 1663.«

»Kenne ich nicht«, sagte Estalère.

Und das, was Estalère nicht kannte, entsprach der Unkenntnis aller.

»Ich hätte nicht gern das ewige Leben«, bemerkte Retancourt leise.

»Nein?«, sagte Veyrenc.

»Stell dir mal vor, man würde ewig leben. Dann könnte man sich nur noch auf den Boden legen und vor Langeweile umkommen«, sagte Retancourt.

»So freu'n wir uns, Madame.
Sie eilt zwar sommerkurz dahin, die Lebenszeit,
doch grausamer könnt' sein ein Quäntchen Ewigkeit.«

»Das kann man wohl sagen«, Retancourt gab ihm recht.

»Es würde sich also lohnen, dieses Buch zu analysieren, ist das so?«, sagte Mordent.

»Ich glaube, ja«, entgegnete Adamsberg. »Veyrenc erinnert sich an den Wortlaut des Rezepts.«

»Der Medikation«, korrigierte Danglard noch einmal.

»Na los, Veyrenc, aber schön langsam.«

»Unfehlbares Mittel, das Leben zu verlängern durch die

den Reliquien innewohnende Kraft, die Miasmen des Todes zu mindern, basierend auf den wahrheitlichsten Verfahren und von einstmaligen Irrtümern gereinigt.«

»So lautet die Überschrift«, übersetzte Adamsberg. »Sagen Sie uns, wie's weitergeht, Lieutenant.«

»Fünfmal verstreicht die Zeit der Jugend, da du sie umkehren musst, sie ihrem Lauf entreißt und den gegangenen Weg zurückgehst.«

»Das versteh ich nicht«, meinte Estalère, und diesmal klang er wirklich besorgt.

»Niemand versteht es wirklich«, beruhigte Adamsberg ihn. »Ich glaube, es geht um das Lebensalter, in dem man das Heilmittel schlucken sollte. Nicht wenn man jung ist.«

»Sehr gut möglich«, stimmte Danglard ihm zu. »Wenn man fünfmal die Zeit der Jugend hinter sich gebracht hat. Das heißt fünf mal fünfzehn Jahre, nimmt man das durchschnittliche Heiratsalter im frühen westlichen Mittelalter. Was fünfundsiebzig Jahre ergibt.«

»Das heißt genau das Alter, in dem der Todesengel heute ist«, sagte Adamsberg langsam.

Es war still geworden und Froissy hob anmutig die Hand und meldete sich zu Wort.

»Unter diesen Bedingungen können wir nicht weitermachen. Ich würde gern bei den Philosophen fortsetzen.«

Bevor Adamsberg noch irgendetwas sagen konnte, brach der ganze Trupp zur Brasserie auf. Man war erst wieder zum Nachdenken bereit, als alle in dem Alkoven mit den Kirchenfenstern um den Tisch saßen und jeder einen Teller und ein gefülltes Glas vor sich hatte.

»Vielleicht hat die Tatsache«, sagte Mordent, »dass sie das schicksalhafte Alter von fünfundsiebzig erreichte, den zweiten Krater in ihr aufgerissen.«

»Die Krankenschwester«, sagte Danglard, »kann sich der gewöhnlichen Schar der Alten, die sie umbringt, nicht anschließen. Sie ist keine normale Sterbliche mehr. Es ist durchaus denkbar, dass sie das ewige Leben erlangen und ihre Allmacht bewahren will.«

»Und sich langfristig darauf vorbereitet«, sagte Mordent. »Folglich musste sie um jeden Preis vor ihrem Fünfundsiebzigsten außerhalb des Gefängnisses sein, um das Rezept anrühren zu können.«

»Die Medikation.«

»Das haut hin«, sagte Retancourt.

»Sagen Sie uns, wie es im Text weitergeht, Veyrenc«, bat Adamsberg.

»Dafür zermahlst du zu Pulver die heiligen Reliquien, nimmst drei Prisen, vermischst sie mit jener Manneskraft, die sich nicht beugen lässt, desgleichen mit dem Lebendigen von Jungfrauen, selbigem dextra, angesetzt zu drei gleichen Teilen, welches du zerstößest mitsamt dem Kreuz, das im Ewigkeitsspross lebt, adiacens in gleicher Menge, wobei all dies dem Kreis des Heiligen entstammen soll, und solches, mit dem Wein des Jahres verrührt, wird sein Haupt zu Boden zwingen.«

»Das habe ich nicht verstanden«, sagte Lamarre noch vor Estalère.

»Wir beginnen ganz langsam noch mal von vorn«, sagte Adamsberg. »Fangen Sie noch mal an, Veyrenc, aber Stück für Stück.«

»Dafür zermahlst du zu Pulver die heiligen Reliquien, nimmst drei Prisen …«

»Das bedeutet keine Schwierigkeit«, sagte Danglard. »Drei Prisen Heiligenknochen, zu Pulver zerrieben. Zum Beispiel vom heiligen Hieronymus.«

»… vermischst sie mit jener Manneskraft, die sich nicht beugen lässt …«

»Ein Phallus«, schlug Gardon vor.

»Der sich nie beugen lässt«, setzte Justin den Satz fort.

»Zum Beispiel ein Glied in Gestalt eines Knochens«, bestätigte Adamsberg, »das heißt der Penisknochen des Katers. Ein Kater, der obendrein über neun Leben verfügt, der also schon für sich genommen eine kleine Ewigkeit darstellt.«

»Ja«, sagte Danglard, der eilig mitschrieb.

»… desgleichen mit dem Lebendigen von Jungfrauen, selbigem dextra, angesetzt zu drei gleichen Teilen …«

»Achtung«, sagte Adamsberg, »hier kommen unsere Jungfrauen ins Spiel.«

»Angesetzt?«, fragte Estalère. »Wie macht die Mörderin das mit ihnen im Grab?«

»Ansetzen, wie man zum Beispiel einen Rumtopf ansetzt«, sagte Danglard. »Das heißt, man soll dieselbe Menge davon nehmen wie von den zermahlenen Heiligenreliquien.«

»Aber was denn nehmen, verflucht?«

»Genau das ist die Frage«, sagte Adamsberg. »Was ist das ›Lebendige von Jungfrauen‹?«

»Das Blut?«

»Das Geschlecht?«

»Das Herz?«

»Ich bin fürs Blut«, sagte Mordent. »Hat man das ewige Leben im Auge, klingt das durchaus logisch. Jungfrauenblut, das mit Manneskraft vermischt und dadurch von ihr befruchtet wird, um letztlich die Ewigkeit zu erschaffen.«

»Aber Blut ›dextra‹?«

»Heißt ›rechter Hand‹«, sagte Danglard mit ausweichender Geste.

»Seit wann gibt es rechts Blut und links Blut?«

»Ich weiß es nicht«, sagte Danglard und schenkte eine Runde Wein aus.

Adamsberg hatte sein Kinn auf die Hände gestützt.

»All das passt nicht zum Aufbrechen eines Grabes«, sagte er. »Das Blut, das Geschlecht, das Herz, all das könnte man auch der noch frischen Leiche einer Jungfrau entnehmen. Das aber ist nicht geschehen. Und drei Monate nach dem Tod ist die Entnahme von Blut oder irgendeines vitalen Teils natürlich unmöglich.«

Danglard verzog das Gesicht. Er hatte Gefallen an der intellektuellen Wendung, die die Diskussion nahm, doch ihr Inhalt ekelte ihn an. Das schnöde Sezieren des Heilmittels verleidete ihm das große, einst heiß geliebte *De sanctis reliquis* fast gänzlich.

»Was bleibt im Grab zurück, das unseren Engel interessieren könnte?«, fing Adamsberg wieder an.

»Die Nägel, die Haare«, schlug Justin vor.

»Dafür hätte sie die Frauen nicht umbringen müssen. Das kann auch von lebenden Personen abgeschnitten werden.«

»Die Knochen bleiben in einem Grab zurück«, überlegte Lamarre.

»Zum Beispiel die Beckenknochen?«, sagte Justin. »Die Schale der Fruchtbarkeit? Als Ergänzung zur ›Manneskraft‹?«

»Das ergäbe einen Sinn, Justin, doch nur das Kopfende der Särge ist geöffnet worden, und die Grabschänderin hat keinen Knochen mitgenommen, nicht mal einen Splitter.«

»Sackgasse«, sagte Danglard. »Wir versuchen's weiter im Text.«

Veyrenc kam folgsam wieder in Gang.

»… welches du zerstößest mitsamt dem Kreuz, das im Ewigkeitsspross lebt, adiacens in gleicher Menge …«

»Wenigstens das ist klar«, meinte Mordent. »Das *Kreuz, das im Ewigkeitsspross lebt*, ist das Kreuz Christi.«

»Ja«, sagte Danglard. »Bruchstücke des sogenannten echten Kreuzes sind zu Tausenden als geheiligte Reliquien verkauft worden. Calvin zählt mehr davon, als dreihundert Männer tragen könnten.«

»Was uns ein gutes Startfenster liefert«, sagte Adamsberg. »Einer von Ihnen sollte nachforschen, ob seit der Flucht der Krankenschwester ein Reliquiengefäß mit Splittern des Kreuzes geplündert worden ist.«

»In Ordnung«, sagte Mercadet und schrieb sich das auf.

Wegen seiner krankhaften Schläfrigkeit wurden Aufträge für langwierige Recherchen in irgendwelchen Dateien oft Mercadet anvertraut, denn Ermittlungen im Außendienst waren ihm so gut wie unmöglich.

»Man sollte auch in Erfahrung bringen, ob sie in der Gegend von Le Mesnil-Beauchamp praktiziert hat, vielleicht unter einem anderen Namen als Clarisse Langevin und vielleicht vor langer Zeit. Nehmen Sie ihr Foto mit, zeigen Sie es.«

»In Ordnung«, wiederholte Mercadet mit derselben kurzlebigen Tatkraft.

»Clarisse«, flüsterte Danglard dem Kommissar zu, »ist Ihre blutrünstige Nonne. Die Krankenschwester heißt Claire.«

Mit verhangenem, erstauntem Blick wandte Adamsberg sich Danglard zu.

»Ja«, sagte er. »Seltsam, dass ich sie verwechselt habe. Wie zwei halb reife Nusskerne, die in derselben alten Schale liegen.«

Mit einer Handbewegung forderte Adamsberg Veyrenc auf fortzufahren.

»... wobei all dies dem Kreis des Heiligen entstammen soll ...«

»Das ist auch einfach«, sagte Danglard selbstsicher. »Es handelt sich um das geografische Gebiet, das durch den Einflussbereich der Reliquien des Heiligen bestimmt wird. Erst die Einheit des Ortes schafft zwischen den verschiedenen Bestandteilen des Heilmittels eine Verbindung.«

»Man ist also der Meinung, dass ein Heiliger einen Wirkungsbereich hat?«, fragte Froissy. »Wie ein Sender?«

»Das steht nirgends so geschrieben, aber es ist das allgemeine Gefühl. Deshalb nehmen die Leute ja auch strapaziöse Pilgerfahrten auf sich, sie glauben, der Einfluss des Heiligen wird stärker, je näher man ihm kommt.«

»Demnach müsste sie sich also sämtliche Zutaten für das Rezept in der Gegend von Le Mesnil beschaffen«, sagte Voisenet.

»Was durchaus logisch ist«, sagte Danglard. »Im Mittelalter war es für das Gelingen einer Arznei entscheidend, dass die einzelnen Bestandteile zusammenpassten. Ebenso wurde die Frage des Klimas für die Ausgewogenheit der Mischungen berücksichtigt. Der Knochen eines normannischen Heiligen wird sich folglich leichter mit dem Knochen einer normannischen Jungfrau und dem eines Katers aus derselben Gegend verbinden.«

»Nun gut«, meinte Mordent. »Und weiter, Veyrenc?«

»... und solches, mit dem Wein des Jahres verrührt, wird sein Haupt zu Boden zwingen.«

»Mit Wein«, sagte Lamarre, »lässt sich das Ganze besser schlucken.«

»Und er ist auch das Blut.«

»Das Blut Christi. Hier schließt sich der Kreis.«

»Wieso ›des Jahres‹?«

»Weil Wein früher nicht gelagert wurde«, erklärte Danglard, »es war immer der aus dem jeweiligen Jahr. Das entspricht unserem heurigen Wein.«

»Was bleibt noch übrig?«

»... wird sein Haupt zu Boden zwingen.«

»Im Sinne von ›Kopf‹«, sagte Danglard. »Und solches wird seinen Kopf zu Boden zwingen, oder auch: wird seinen Kopf rollen lassen.«

»Ihn besiegen«, fasste Mordent zusammen. »Den Tod besiegen, nehme ich an, den Totenkopf.«

»Sodass«, schloss Mercadet, indem er seine Notizen überflog, »die Mörderin alle Bestandteile zusammenhat: das Lebendige von Jungfrauen, was auch immer das sei, Heiligenreliquien sowie einen Katerknochen. Fehlt ihr vielleicht noch das Kreuz. Nun muss sie bloß noch den heurigen Wein abwarten und das Ganze schlucken.«

Nach diesen Worten wurden mehrere Gläser ausgetrunken; das Kolloquium schien beendet. Doch Adamsberg rührte sich nicht, und niemand wagte es, zu gehen. Man wusste nicht, ob der Kommissar, die Wange in die Hand gestützt, sich auf ein Nickerchen einstellte oder ob er die Sitzung beenden würde. Danglard wollte ihn gerade mit dem Ellbogen anstoßen, als er an die Oberfläche zurückkam, wie ein Schwamm.

»Ich glaube, dass eine dritte Frau ermordet werden wird«, sagte er, die Hand noch immer an der Wange. »Ich glaube, wir sollten einen Kaffee bestellen.«

33

»Mit dem Lebendigen von Jungfrauen, angesetzt zu drei gleichen Teilen«, sagte Adamsberg. »Drei. Darauf müssen wir achten.«

»Das ist die Dosierung«, sagte Mordent. »Drei Prisen zerkleinerter Heiligenknochen, also drei Prisen Penisknochen, dann drei Prisen vom Holz des Kreuzes Christi und drei von der Jungfrauensubstanz.«

»Ich glaube nicht, Commandant. Wir haben bereits zwei ausgegrabene Jungfrauen. Was auch immer man von ihren Leichen wollte, für drei Prisen hätte eine einzige wohl ausgereicht. Ebenso hätte es gereicht, wenn man geschrieben hätte *zu gleichen Teilen*. Aber das Rezept sagt eindeutig: *drei*.«

»Na, drei Prisen eben.«

»Nein, drei Jungfrauen. Drei Prisen von drei Jungfrauen.«

»Mit dieser Art Logik darf man da nicht rangehen. Es ist ein Rezept und zugleich eine Art Gedicht.«

»Nein«, sagte Adamsberg. »Nur weil die Sprache uns schwierig erscheint, ist es nicht gleich ein Gedicht. Es ist ein altes Buch mit Rezepten, weiter nichts.«

»Das ist richtig«, sagte Danglard, den die Lässigkeit, mit der Adamsberg das *De reliquis* behandelte, dennoch ein wenig schockierte. »Es ist lediglich eine Abhandlung über Heilverfahren. Sie will nicht verschlüsselt erscheinen, sondern verstanden werden.«

»Also, dann war wohl alles Quatsch«, sagte Justin.

»Nicht ganz«, sagte Adamsberg. »Man darf nur kein Wort überlesen. Wie bei normalen Kochrezepten kommt es auch bei diesem makabren Gebräu auf jedes einzelne Wort an. *Angesetzt zu drei gleichen Teilen*. Genau da liegt die Gefahr. Da liegt unsere Arbeit.«

»Wo?«, fragte Estalère.

»Bei der dritten Jungfrau.«

»Sehr gut möglich«, gab Danglard zu.

»Wir suchen nach ihr«, sagte Adamsberg.

»Ja?«, sagte Mercadet und hob den Kopf.

Lieutenant Mercadet machte sich einen Haufen Notizen, wie jedes Mal, wenn er hellwach war und die Stunden, in denen er nichts getan hatte, durch intensive Fleißarbeit aufholte.

»Zunächst versuchen wir in Erfahrung zu bringen, ob eine Jungfrau aus der Haute-Normandie vor Kurzem scheinbar tödlich verunglückt ist.«

»Wie groß ist denn unserer Meinung nach der Wirkungsbereich des Heiligen?«, fragte Retancourt.

»Am besten beschränken wir unsere Suche auf ein Gebiet von fünfzig Kilometern im Umkreis von Le Mesnil-Beauchamp.«

»Siebentausendachthundertfünfzig Quadratkilometer«, rechnete Mercadet rasch aus. »Wie alt könnte das Opfer sein?«

»Symbolisch gesehen«, antwortete Danglard, »läge die Untergrenze bei einem Alter von fünfundzwanzig Jahren. So alt war die heilige Catherine und von da an sprach man bei Erwachsenen von Jungfräulichkeit. Die Obergrenze könnten wir bei vierzig festlegen. Darüber hinaus galten Männer und Frauen als alte Leute.«

»Das sind zu viele«, meinte Adamsberg, »wir müssen schneller vorankommen. Zuerst orientieren wir uns am Alter der beiden Opfer: Frauen zwischen dreißig und vierzig. Was ungefähr wie viel Frauen ergäbe, Mercadet?«

Man ließ den Lieutenant inmitten seiner Kaffeetassen eine Weile schweigend rechnen. Wie schade, sagte sich Adamsberg, dass Mercadet ständig einschlief. Er hatte ein bemerkenswertes Gedächtnis, insbesondere für Zahlen und Verzeichnisse.

»Ganz grob würde ich sagen, hundertzwanzig bis zweihundertfünfzig Frauen, die möglicherweise Jungfrauen sind.«

»Das sind immer noch zu viele«, sagte Adamsberg und zog mit den Zähnen an seiner Oberlippe. »Wir müssen das Areal noch mehr eingrenzen. Wir zielen auf ein zwanzig Kilometer großes Gebiet um Le Mesnil herum. Was ergibt das?«

»Vierzig bis achtzig Frauen«, sagte Mercadet sofort.

»Und wie sollen wir diese vierzig Jungfrauen ausfindig machen?«, fragte Retancourt schroff. »Es ist schließlich kein Delikt, das im Strafregister steht.«

Jungfrau, dachte der Kommissar flüchtig und blickte kurz zu seinem molligen, hübschen Lieutenant hinüber. Retancourt hielt ihr Leben geheim, schützte es rigoros vor jeglicher

Inquisition. Dieses akribische Kolloquium über die unberührten Frauen erbitterte sie vielleicht.

»Wir werden die Pfarrer befragen«, sagte Adamsberg. »Fangen Sie bei dem in Le Mesnil an. Beeilen Sie sich, alle. Machen Sie notfalls Überstunden.«

»Kommissar«, sagte Gardon, »ich glaube nicht, dass es eilt. Pascaline und Élisabeth wurden vor dreieinhalb und vier Monaten umgebracht. Die dritte Jungfrau ist bestimmt längst tot.«

»Das glaube ich nicht«, sagte Adamsberg und blickte zur Decke. »Und zwar wegen des heurigen Weins, der das Bindemittel für die gesamte Mischung ist. Der Wein, mit dem alle übrigen Zutaten verrührt werden, wird demnach der Novemberwein sein.«

»Oder der vom Oktober«, präzisierte Danglard. »Seinerzeit wurde der erste Wein früher gezogen als heute.«

»Alles klar«, sagte Mordent, »und weiter?«

»Wenn wir uns an das halten, was Danglard uns erzählt«, fuhr Adamsberg fort, »muss man auf ein ausgewogenes Gleichgewicht achten, damit die Mischung gelingt. Wenn ich dieses Gebräu zubereiten müsste, würde ich es so einrichten, dass zwischen den einzelnen Zutaten gleichmäßige Zeitabstände liegen und es nicht zu langen Unterbrechungen kommt. Wie ein Staffellauf, wenn Sie so wollen.«

»Es ist sogar zwingend«, sagte Danglard und nagte auf seinem Bleistift herum. »Im Mittelalter fürchtete man alles Ungleichartige, jeglichen Bruch. So was bringt Unglück. Was für eine Linie es auch sein mag, eine wirkliche oder eine abstrakte, sie darf niemals unterbrochen oder gestört werden. In allem muss man einer stetigen und wohlgeordneten Entwicklung folgen, geradlinig muss sie sein und reibungslos.«

»Nun hat das Massaker an dem Kater und die Plünderung der Reliquien drei Monate vor Pascalines Tod stattgefunden«, fuhr Adamsberg fort. »Und das Lebendige der Jungfrauen wurde drei Monate nach ihrem Tod beschafft. Drei wie die Anzahl der Prisen, drei wie die Anzahl der Jungfrauen, drei wie die Länge einer Jahreszeit. Das letzte Lebendige wird also drei Monate vor dem jungen Wein beschafft werden oder unmittelbar davor. Und die Jungfrau wiederum wird drei Monate davor ermordet werden.«

Adamsberg hielt inne und zählte mehrmals an den Fingern ab.

»Es ist also sehr wahrscheinlich, dass diese Frau noch lebt, aber ihr Tod für ein unbekanntes Datum zwischen April und Juni vorgesehen ist. Heute ist der 25. März.«

In drei Monaten, in vierzehn Tagen oder einer Woche. Schweigend schätzte jeder die Dringlichkeit und die Unmöglichkeit dieser Aufgabe ein. Denn angenommen, es gelänge tatsächlich, eine Liste sämtlicher jungfräulicher Frauen in dem um Le Mesnil gezogenen Kreis aufzustellen, woher wüsste man dann, welche von ihnen der Todesengel sich ausgesucht hatte? Und wie sollte man sie schützen?

»Dennoch ist all das ausgemachte Spekulation«, sagte Voisenet, und ein Ruck ging durch seinen Körper, als erwachte er nach dem Ende eines Films und glaubte plötzlich nicht mehr an die Fiktion, die ihn für eine Weile mitgerissen hatte. Wie alle Übrigen auch.

»Nichts anderes«, sagte Adamsberg.

Ein Flügelschlag zwischen Himmel und Erde, dachte Danglard besorgt.

34

Das Kolloquium hatte sich hingezogen, Adamsberg war spät dran und musste seinen Wagen nehmen, um zu Camilles Atelier zu kommen. Tom würde er die Geschichte von der Krankenschwester und dem grausigen Elixier nicht erzählen. Das ewige Leben, dachte er, während er im Regen parkte. Die Allmacht. Das Rezept aus dem *De reliquis* erschien lächerlich, der reinste Scherz. Aber ein Scherz, der die gesamte Menschheit in Fieber versetzte, seit ihren ersten Schritten in diesem kosmischen Nichts, das Danglard solche Angst einjagte. Ein mörderischer Scherz, für den die Menschen ihre Glaubensgebäude errichtet hatten und sich fortwährend gegenseitig umbrachten. Im Grunde hatte die Krankenschwester ihr Leben lang nichts anderes gesucht. Über Leben und Tod von Menschen entscheiden zu können, nach Belieben über ihr Dasein zu verfügen, das allein schon hieß Göttin sein und das Netz von Schicksalen spinnen. Und jetzt kümmerte sie sich um ihr eigenes. Sie, die über das Leben anderer geherrscht hatte, konnte nicht zulassen, dass der Tod sie auf gewöhnliche Art, wie eine normale alte Frau, zu sich holte. Ihre unermessliche Befugnis über Leben und Tod würde sie nun für sich selbst nutzen, indem sie die Macht der Unsterblichen erlangte und sich auf ihren wahren Thron setzte, von dem aus sie ihr unheilvolles Werk fortführen würde. Sie war jetzt fünfundsiebzig Jahre alt, nun war es Zeit, der Zyklus der Jugend war fünfmal vorübergegangen. Es war Zeit und sie wusste es seit jeher. Ihre Opfer hatte sie sich seit Langem ausgesucht, Zeitpunkt und Vorgehensweise waren bereits bis ins kleinste Detail festgelegt. Die Frau war gewissenhaft, der Plan wurde Schritt für Schritt ausgeführt, nichts blieb dem Zufall überlassen. Sie war den Bullen nicht Monate, sondern mit Sicherheit zehn oder fünfzehn Jahre voraus. Die dritte Jungfrau war von vornherein verurteilt. Und wie hätte er, Adamsberg, mit seinen siebenundzwanzig Beamten, ja selbst mit hundert diesen so sicheren Vorsprung des Schattens verringern können.

Nein, Tom würde er erzählen, wie es in der Geschichte mit dem Steinbock weiterging.

Adamsberg stieg die sieben Stockwerke hinauf und klingelte mit zehn Minuten Verspätung.

»Falls du dran denkst, gib ihm die Nasentropfen hier«, sagte Camille und reichte ihm ein Fläschchen.

»Natürlich denke ich dran«, sagte Adamsberg und steckte das Fläschchen in seine Hosentasche. »Geh. Und spiel schön.«

»Ja.«

Basisgespräch unter Kameraden. Adamsberg klemmte Tom an seinem Bauch fest und legte sich aufs Bett.

»Weißt du noch, wo wir stehen geblieben waren? Erinnerst du dich an den netten Steinbock, der Vögel mochte, aber nicht wollte, dass der andere, rothaarige Steinbock auf seinen Berg geklettert käme und ihn ärgerte? Also, er ist trotzdem gekommen. Er näherte sich ihm und seine großen Hörner fegten durch die Luft. Und dann sagte er: ›Du, du hast mir übel mitgespielt, als ich ein Kind war, das wirst du bereuen, mein Junge.‹ – ›Das waren doch nur dumme Streiche‹, antwortete der braunhaarige Steinbock, ›so sind Kinder nun mal. Geh wieder nach Hause und lass mich in Frieden.‹ Doch davon wollte der rothaarige Steinbock nichts wissen. Denn er war von sehr weit her gekommen, um sich an dem braunhaarigen Steinbock zu rächen.«

Adamsberg machte eine Pause, und das Kind zeigte ihm mit einer Bewegung des Fußes an, dass es noch längst nicht schlief.

»Dann sagte der Steinbock, der viel herumgekommen war: ›Bedauernswerter Schwachkopf, ich werde dir deinen Grund und Boden wegnehmen, ich werde dir deine Arbeit wegnehmen.‹ Da kam eine sehr weise Gämse vorbei, die sämtliche Bücher gelesen hatte, und sagte zu dem braunhaarigen Steinbock: ›Nimm dich in Acht vor dem Kerl, er hat bereits zwei Steinböcke umgebracht, und dich kriegt er auch noch.‹ – ›Ich will nicht auf dich hören‹, sagte der braunhaarige Steinbock zu der weisen Gämse, ›du verlierst den Verstand, du bist eifersüchtig.‹ Doch unser braunhaariger Steinbock war nicht beruhigt. Weil der rothaarige nämlich sehr schlau war und ziemlich gut aussah. So beschloss der braunhaarige, den Neuen hinter einem Kaminschirm wegzusperren und dann ernsthaft nachzudenken. Gesagt, getan. Mit dem Kaminschirm lief alles glatt. Doch der braunhaarige Steinbock hatte einen Fehler, er konnte nicht ernsthaft nachdenken.«

Am Fuß des Kindes erkannte Adamsberg, dass Tom eingeschlafen war. Er legte die Hand auf seinen Kopf, schloss die

Augen und atmete seinen Duft ein, er roch nach Seife, Milch und Schweiß.

»Parfümiert dich deine Mutter?«, flüsterte Adamsberg. »Das ist idiotisch, Babys darf man nicht parfümieren.«

Nein, der feine Geruch kam nicht von Tom. Er kam aus dem Bett. Adamsberg sperrte seine Nasenlöcher in der Dunkelheit auf, genau wie der braunhaarige Steinbock, wenn er auf der Hut war. Er kannte diesen Duft. Es war nicht der von Camille.

Ganz vorsichtig stand er auf und legte Tom in sein Bett. Dann lief er durchs Zimmer und schnupperte. Der Duft war lokalisiert, er hauste in der Bettwäsche. Ein Kerl, verdammt, hier hatte ein Kerl geschlafen und seinen Duft dagelassen.

Ja und?, dachte er und schaltete das Licht an. In wie viele Betten wie vieler Frauen bist du denn geschlüpft, bevor Camille darüber zur Kameradin wurde? Er riss die Laken hoch und betrachtete sie, als würde es seinen Unmut mindern, wenn er mehr über den Eindringling erfuhr. Dann setzte er sich auf das zerwühlte Bett und atmete tief durch. All das war unwichtig. Ein Kerl mehr oder weniger, was machte das schon? Halb so schlimm. Kein Grund, sich zu ereifern. Seelenverrenkungen à la Veyrenc waren nichts für ihn. Adamsberg wusste, sie waren von kurzer Dauer, er wartete, dass sie vorübergingen, während er in den Schutz seiner privaten Ufer zurückkehrte, dorthin, wo nichts und niemand ihn erreichen konnte.

Gefasst legte er das Bettzeug zusammen, zog es von allen Seiten ordentlich gerade und strich auch die Kopfkissen glatt, wobei er nicht genau wusste, ob er mit dieser Handbewegung den Kerl oder seine schon verflogene Wut wegwischte. Auf dem Bezug lagen ein paar Haare, die er absammelte und unter der Lampe in Augenschein nahm. Kurze Haare, Männerhaare. Zwei schwarze und ein rotes. Jäh schlossen sich seine Finger zur Faust.

Heftig atmend lief er von einer Wand zur anderen, Bilder von Veyrenc schossen ihm wie eine Flut in den Kopf. Eine Woge von Schlamm, in der er in wildem Durcheinander die Visage des Lieutenants in all ihren Erscheinungsformen vorbeiziehen sah, Veyrenc, wie er in diesem verdammten Verschlag saß, seine schweigsame Visage, seine provozierende Visage, seine verseschmiedende Visage, seine verstockte Béarner-Visage. Gottverdammter Dreckskerl von Béarner. Danglard hatte recht gehabt, der Bergmensch war gefährlich, er hatte Camille in sein Kielwasser gezogen. Er war hergekommen, um Rache zu nehmen, und in diesem Bett hatte er damit begonnen. Thomas schrie auf im Schlaf und Adamsberg legte ihm seine Hand auf den Kopf.

»Das war der rothaarige Steinbock, mein Kleiner«, flüsterte er. »Er hat angegriffen und die Frau des andern mitgenommen. Und das heißt Krieg, Tom.«

Zwei Stunden lang blieb Adamsberg regungslos am Bett seines Sohnes sitzen, so lange, bis Camille zurückkam. Kaum noch Kamerad, schon an der Grenze zur Unhöflichkeit, verabschiedete er sich flüchtig und rannte in den Regen hinaus. Am Steuer dann ging er seinen Plan nochmals durch. Es war nichts dagegen einzuwenden, alles musste stillschweigend passieren, musste wirkungsvoll sein. Auf einen Dreckskerl gehörte ein Oberdreckskerl. Im Schein der Deckenlampe sah er auf seine Uhren und nickte. Morgen um siebzehn Uhr wäre seine Anlage installiert.

35

Lieutenant Hélène Froissy, die zurückhaltend, schweigsam und sanftmütig war bis zur Anonymität und ein für ihren bemerkenswerten Körper eher banales Gesicht besaß, hatte drei erkennbare Eigenheiten. Einerseits futterte sie von morgens bis abends die verschiedensten Sachen in sich rein, ohne dick zu werden, andererseits malte sie Aquarelle, das einzig Fantasievolle, das man von ihr kannte. Adamsberg, der während der Kolloquien ganze Notizbücher vollzeichnete, hatte über ein Jahr gebraucht, um sich für Froissys kleine Werke zu interessieren. Im Frühjahr zuvor hatte er eines Nachts auf der Suche nach etwas Essbarem den Schrank des Lieutenants durchwühlt. Froissys Büro galt allen als Lebensmittelsicherheitsreserve, wo man die verschiedensten Esswaren fand: frisches Obst und Dörrfrüchte, Kekse, Milchprodukte, Müsliriegel, Pastete, Lokumwürfel, all dies war im Falle einer unvorhergesehenen Hungerattacke stets vorrätig. Froissy wusste von diesen Plünderungen und füllte dementsprechend auf. Bei seinen Nachforschungen war Adamsberg auch auf einen Stapel Aquarelle gestoßen, hatte ihn durchgeblättert und war betroffen von der Düsternis der Themen und Farben, er sah nur betrübte Gestalten und trostlose Landschaften unter hoffnungslosen Himmeln. Seither tauschten sie zwischen den Büros gelegentlich wortlos ein paar Zeichnungen aus, die sie in Berichte steckten. Froissys dritte Besonderheit war, dass sie als staatlich geprüfte Elektronikerin acht Jahre beim Sende- und Empfangsdienst gearbeitet hatte, mit anderen Worten beim Abhördienst, wo sie in Sachen Geschwindigkeit und Effektivität wahre Wunder vollbracht hatte.

Sie traf Adamsberg um sieben Uhr morgens, als die kleine, ein wenig schmuddelige Bar gegenüber der Brasserie des Philosophes aufmachte. Die Brasserie, nobel und gutbürgerlich, schlug die Augen erst um neun Uhr auf, wohingegen das Proletencafé seine Rollläden bereits im Morgengrauen hochzog. Gerade waren in einer hölzernen Stiege die Croissants auf dem Tresen angekommen und Froissy bestellte bei der Gelegenheit gleich mal ein zweites Frühstück.

»Die ganze Aktion ist natürlich illegal«, sagte Froissy.

»Versteht sich.«

Froissy schmollte und ließ ihr Croissant in der Teetasse aufweichen.

»Ich muss mehr darüber wissen«, sagte sie.

»Froissy, das Risiko, dass ein schwarzes Schaf sich in die Brigade eingeschlichen hat, darf ich einfach nicht eingehen.«

»Was sollte es denn bei uns wollen?«

»Das kann ich Ihnen nicht sagen. Falls ich mich irren sollte, vergessen wir das Ganze, und Sie haben von nichts gewusst.«

»Außer dass ich ein paar Wanzen angebracht haben werde, ohne zu wissen, warum. Veyrenc lebt allein. Was wollen Sie da schon groß abhören?«

»Seine Telefongespräche.«

»Und? Falls er irgendwas im Schilde führt, wird er es wohl kaum am Telefon erzählen.«

»Falls er was im Schilde führt, handelt es sich um etwas extrem Gefährliches.«

»Ein Grund mehr, dass er darüber schweigt.«

»Ein Grund weniger. Sie vergessen die goldene Regel des Geheimnisses.«

»Nämlich?«, fragte Hélène und sammelte die Croissantkrümel in ihrer Hand, um einen sauberen Tisch zu hinterlassen.

»Eine Person, die ein Geheimnis hat, und zwar ein so bedeutendes Geheimnis, dass sie ihr heiliges Ehrenwort gibt oder beim Grab ihrer Mutter schwört, es niemals irgendjemandem anzuvertrauen, verrät es zwangsläufig *einer* anderen Person.«

»Woher stammt diese Regel?«, fragte Froissy.

»Von der Menschheit. Von ein paar seltenen Ausnahmen mal abgesehen, schafft es niemand, ein Geheimnis ganz für sich zu behalten. Je schwerwiegender es ist, desto mehr trifft die Regel zu. So schleichen sich Geheimnisse aus ihren Verstecken, Froissy, und wandern von einer Person, die schwört, es keinem weiterzusagen, zu einer nächsten Person, die es schwört, und immer so fort. Wenigstens eine Person weiß Bescheid über Veyrencs Geheimnis, insofern er wirklich eins hat. Dieser Person wird er davon erzählen und genau das will ich hören.«

Das und noch etwas anderes, dachte Adamsberg, dem nicht ganz wohl dabei war, ein unverdorbenes Mädchen wie Froissy teilweise reinzulegen. Sein Entschluss vom Abend zuvor stand noch immer fest, er brauchte sich nur Veyrencs Hände auf Camille und, schlimmer noch, den unvermeidlichen Geschlechtsakt vorzustellen, und schon spürte er, wie sich sein gesamtes Wesen in eine Kriegsmaschine verwandelte. Neben Froissy fühlte er sich nur ein wenig schuftig, womit er leben konnte.

»Veyrencs Geheimnis«, wiederholte Froissy und schüttete die Krümel fein säuberlich in ihre leere Tasse. »Hat es mit seinen Gedichten zu tun?«

»Ganz und gar nicht.«

»Mit seinem Tigerhaar?«

»Ja«, gab Adamsberg zu. Er war sich bewusst, dass Froissy ohne ein wenig Hilfe die Grenzen der Legalität nicht überschreiten würde.

»Hat man ihm wehgetan?«

»Schon möglich.«

»Rächt er sich?«

»Schon möglich.«

»Eine Rache auf Leben und Tod?«

»Ich weiß es nicht.«

»Ich verstehe«, sagte der Lieutenant und strich mit ihrer Hand methodisch wieder und wieder über den Tisch. Dass sie nichts weiter darüber herauskriegen konnte, brachte sie ein wenig aus dem Konzept. »Letztendlich hieße das also auch, ihn vor sich selbst zu schützen?«

»Genau«, sagte Adamsberg und war froh, dass Froissy ganz allein einen guten Grund gefunden hatte, Schlechtes zu tun. Man entschärft die Anlage und schon kommt jeder damit zurande.

»Dann los«, sagte Froissy und holte Notizblock und Füller hervor. »Was peilen wir an? Welche Ziele gibt's?«

Im Nu war die zurückhaltende und moralische Frau verschwunden und hatte der gefährlichen Technikerin, die sie war, Platz gemacht.

»Es reicht mir, dass Sie sein Mobiltelefon anzapfen. Hier ist seine Nummer.«

Während er auf der Suche nach Veyrencs Nummer in seiner Hosentasche kramte, fand Adamsberg das Fläschchen, das Camille ihm anvertraut hatte. Entgegen seinem Versprechen hatte er nicht daran gedacht, dem Kind seine Nasentropfen zu geben.

»Stellen Sie's auf Abhören ein und senden Sie mir den Empfang nach Hause.«

»Ich muss über das Gerät in der Brigade gehen und von dort aus zu Ihnen übertragen.«

»Wo wird dieser Sender in der Brigade stehen?«

»In meinem Schrank.«

»In Ihrem Vorratsschrank stöbern alle herum, Froissy.«

»Ich rede von dem anderen Vorratsschrank, links neben dem Fenster. Der ist abgeschlossen.«

»Der erste ist also nur ein Ablenkungsmanöver«, sagte Adamsberg. »Was legen Sie dann in den echten?«

»Lokum, das direkt aus dem Libanon kommt. Ich werde Ihnen den Zweitschlüssel geben.«

»Abgemacht. Hier sind meine Hausschlüssel. Installieren Sie die Anlage im Schlafzimmer, im oberen Stock, weit weg vom Fenster.«

»Selbstverständlich.«

»Ich brauche nicht nur den Ton. Ich brauche auch einen Bildschirm, um verfolgen zu können, wohin er geht.«

»Große Reichweite?«

»Vielleicht.«

Er musste wissen, ob Veyrenc Camille irgendwohin mitnahm. Ein Wochenendausflug, ein Gasthof im Wald, und das Kind, wie es zu ihren Füßen im Gras spielte. Das, niemals! Dieser verfluchte Dreckskerl von Béarner würde ihm Tom nicht wegnehmen.

»Ist das wichtig zu wissen, wo er hingeht?«

»Es ist entscheidend.«

»Dann müssen wir noch größere Sicherheit haben als allein durch sein Handy. Wir befestigen ein GPS unter seinem Auto. Auch eine Wanze? Im Auto?«

»Wenn wir schon mal dabei sind. Wie lange werden Sie dafür brauchen?«

»Um siebzehn Uhr ist alles fertig.«

36

Um sechzehn Uhr vierzig stellte Hélène Froissy in Adamsbergs Schlafzimmer die letzten Feinheiten für einen guten Empfang ein. Sie konnte Veyrencs Stimme schon gut verstehen, allerdings wurde sie noch gestört durch die seiner Kollegen drum herum, das Geschurre der Stuhlbeine, durch Schritte und das Knistern von Papier. Die Leistung des Empfangsgeräts war zu hoch eingestellt, es war unnötig, dass die Reichweite des Mobiltelefons fünf Meter überschritt. Das reichte vollkommen aus, um die Fläche von Veyrencs Einraumwohnung abzudecken, so konnte sie auch einen Großteil der Störungen ausschalten.

Jetzt drangen Veyrencs Worte klar und deutlich zu ihr. Er redete mit Retancourt und Justin. Froissy hörte der leichten, gedämpften Stimme des Lieutenants eine Weile zu, wobei sie die störenden Hintergrundgeräusche noch weiter regulierte. Veyrenc setzte sich an seinen Schreibtisch. Sie hörte das Klacken seiner Tastatur und dann Worte, die er vor sich hin sprach. »*In welcher Höhle ist noch Platz für meinen Schmerz.*« Misslaunig blickte Froissy auf das Abhörgerät, diese Teufelsvorrichtung, die Veyrencs Nöte nun rückhaltlos in Adamsbergs Zimmer spuckte. Es lag etwas Gewalttätiges in dieser

Apparatur, die auf Veyrenc angesetzt war. Sie zögerte, die Anlage einzuschalten, kippte dann aber, einen nach dem andern, die Schalter herunter. Ein Kampf zwischen Ungeheuern, dachte sie und schloss die Tür, an dem sie, voll verantwortlich, nun auch beteiligt war.

37

Am Montag, dem 4. April, heftete Danglard im Konzilsaal eine Karte vom Departement Eure an die Wand. In der Hand hielt er eine Liste der neunundzwanzig mutmaßlichen Jungfrauen, die zwischen dreißig und vierzig Jahre alt waren und in einem Umkreis von zwanzig Kilometern um Le Mesnil-Beauchamp wohnten. Ihre Adressen waren in einem Register erfasst worden und nun markierte Justin ihre Wohnorte mit roten Stecknadeln.

»Du hättest weiße Stecknadeln nehmen sollen«, sagte Voisenet.

»Leck mich am Arsch«, sagte Justin. »Ich hab keine.«

Die Männer waren müde. Eine Woche lang hatten sie Dateien durchsucht und das Gebiet von Pfarrei zu Pfarrei durchkämmt. Eines zumindest schien festzustehen: Keine weitere Frau, die ihren Kriterien entsprach, war in den vergangenen Monaten tödlich verunglückt. Die dritte Jungfrau war folglich noch am Leben. Diese Gewissheit lastete ebenso schwer auf dem Gemüt der Beamten wie ihr Zweifel am Sinn der Ermittlungen ihres Kommissars. Deren Grundlage selbst wurde infrage gestellt, das heißt der Zusammenhang zwischen den Grabschändungen und dem Rezept aus dem *De reliquis*. Die

Opposition hatte sich in mehrere Lager gespalten. Die Härtesten, die Ultras, meinten, dass Moosspuren auf einem Stein kein Beweis für einen Mord seien. Und dass Adamsbergs Gedankengebäude unter einem bestimmten Blickwinkel genauso trügerisch sei wie ein Traum, nichts als ein Hirngespinst, das sie ein Kolloquium lang alle mitgerissen hatte. Andere, die Zögerlichen, ließen die Morde an Élisabeth und Pascaline gelten, gaben auch zu, dass sie durchaus im Zusammenhang mit der Verstümmelung des Katers und dem Diebstahl der Reliquien stehen könnten, lehnten es jedoch ab, dem Kommissar bis zu dem mittelalterlichen Heilverfahren zu folgen. Und selbst bei den letzten Anhängern der Theorie des *De reliquis* galt die Auslegung der Medikation inzwischen als nicht verbürgt und erklärungsbedürftig. In dem Text war keine Rede von einem Kater, und so wie die Dinge standen, konnte das männliche Prinzip genauso gut Stiersamen sein. Nichts deutete auf das Gegenteil hin, wie auch nirgendwo ausdrücklich erwähnt wurde, dass es drei Jungfrauen brauchte, um das Elixier herzustellen. Vielleicht genügten auch zwei und man arbeitete umsonst. Ebenso wenig stand fest, dass die dritte Jungfrau drei bis sechs Monate vor dem ersten Wein ermordet werden würde. All das, vom seidenen Faden bis zur unwahrscheinlichen Beweisführung, bildete ein Gedankengebäude, das eher fantastisch denn realistisch war.

So machte sich mit jedem Tag mehr eine gänzlich neue, raunende Empörung in der Brigade breit, die – je mehr Zeit verging und je größer die Müdigkeit wurde – immer neue Anhänger gewann. Man erinnerte sich an den plötzlichen Rausschmiss von Noël, von dem man seitdem keine Nachricht hatte. Ein Rausschmiss, der immer unverständlicher geworden war, verhielt sich Adamsberg dem Neuen gegenüber doch äußerst unfreundlich und ging ihm wenn möglich aus dem Weg. Man murmelte, der Kommissar habe das Drama in Québec nicht verkraftet, ebenso wenig wie seine Trennung von Camille, den Tod seines Vaters und die Geburt seines Sohnes, die ihn mit einem Schlag zum alten Mann gemacht hatte. Man erinnerte sich an die Kiesel, die er auf jeden Tisch gelegt hatte, und einer der Männer äußerte die Vermutung, Adamsberg entwickle sich zum Mystiker. Und dass er, indem er in seine Gedankensümpfe abglitt, die gesamte Ermittlung gefährdete und seine Männer mit ins Verderben riss.

Diese Verdrossenheit wäre über das übliche Murren wohl nicht hinausgegangen, wenn Adamsbergs Verhalten dasselbe geblieben wäre. Aber seit dem Tag nach dem Kolloquium über die drei Jungfrauen war der Kommissar unzugänglich geworden, er erteilte schroffe und traurige Anweisungen und setzte keinen Fuß mehr in den Konzilsaal. Man hätte meinen können, sein Wasser sei zu Eis erstarrt. Die Rebellion fachte darum auch den Grundlagenstreit zwischen Positivisten und Wolkenschauflern wieder an, wobei die Truppe der Schaufler angesichts der fernen Kälte Adamsbergs zu schrumpfen begann.

Zwei Tage zuvor hatte eine heftige Auseinandersetzung die Gegensätze noch einmal verschärft, es ging darum, ob man die verdammten Reliquien und diese ganze Sache mit den angeblichen Überresten nun aufgeben sollte oder nicht. Mercadet, Kernorkian, Maurel, Lamarre, Gardon und natürlich Estalère standen geschlossen hinter ihrem Kommissar, den die

Meuterei in seiner Brigade nicht zu kümmern schien. Dangliard hielt sich gebieterisch auf der Brücke, obgleich er einer der Ersten war, der Adamsbergs Entscheidung anzweifelte. Doch angesichts eines drohenden Aufstands hätte er sich eher in Stücke reißen lassen, als dies zuzugeben, und so verteidigte er glühend die These des *De reliquis*, ohne selbst noch daran zu glauben. Veyrenc bezog nicht Stellung und beschränkte sich darauf, seine Arbeit zu erledigen, bemüht, keine Aufmerksamkeit zu erregen. Zwischen ihm und dem Kommissar herrschte seit dem Tag nach dem Kolloquium über die drei Jungfrauen Kriegszustand, und er begriff nicht, warum.

Seltsamerweise stand Retancourt, eine der beharrlichsten Positivisten der Brigade, dem Streit gleichgültig gegenüber, ganz so wie eine blasierte Aufsichtsperson auf einem lärmenden Schulhof weiter ihren Job macht. Konzentriert und schweigsamer als sonst, schien Retancourt ganz mit einem Problem beschäftigt, das nur sie allein kannte. An diesem Tag war sie nicht einmal in der Brigade erschienen. Beunruhigt über ihr rätselhaftes Verhalten, hatte Danglard Estalère befragt, der als der beste Fachmann für die Mehrzweckgöttin galt.

»Sie wandelt ihre Energie insgesamt um«, diagnostizierte Estalère. »Für uns bleibt derzeit kein bisschen übrig und für die Katze kaum etwas.«

»Und in was, Ihrer Meinung nach?«

»Es ist keine verwaltungsmäßige Anstrengung, auch keine familienbedingte, keine körperliche. Auch keine technische«, zählte Estalère auf, indem er versuchte, die einzelnen Faktoren auszuschließen. »Ich glaube, es ist, wie soll ich sagen …«

Estalère zeigte auf seine Stirn.

»Eine geistige«, schlug Danglard vor.

»Ja«, sagte Estalère. »Sie denkt nach. Irgendwas lässt ihr keine Ruhe.«

In Wirklichkeit war sich Adamsberg der Atmosphäre sehr wohl bewusst, die seinetwegen auf der Brigade lastete, und er versuchte sie zu beherrschen. Aber die Abhöraktionen gegen Veyrenc hatten ihm schlimm zugesetzt, er hatte Mühe, sein inneres Gleichgewicht wiederzufinden. Dabei hatte ihn das Abhören in seinen Nachforschungen zum Krieg der beiden Täler kein Stück weitergebracht, auch über den Tod von Fernand und dem Dicken Georges wusste er inzwischen nicht mehr. Veyrenc rief nur ein paar Verwandte und Freunde an, ohne ein Wort über sein Leben in der Brigade zu verlieren. Dagegen hatte Adamsberg zweimal live den Geschlechtsakt Veyrenc – Camille mit angehört und war erschlagen von der Gegenwärtigkeit der beiden Körper daraus hervorgegangen, verletzt von der Schamlosigkeit einer Wirklichkeit, die die Wirklichkeit der anderen war. Und er bedauerte es. Nicht nur, dass er keinen Einfluss auf ihr Beisammensein hatte, das Liebesabenteuer zwischen Veyrenc und Camille schloss ihn ganz einfach aus, ja stieß ihn weit von ihnen fort. Er existierte gar nicht in diesem Zimmer, der Raum gehörte ihm nicht. Wie ein Pirat hatte er sich hineingeschlichen und darum musste er wieder gehen. Dieses Gefühl der Enttäuschung, dass ein unerreichbarer Ort allein Camille gehörte und ihn in keiner Weise etwas anging, trat nach und nach an die Stelle seiner Wut. Es blieb ihm nichts weiter übrig, als auf sein eigenes Land zurückzukehren, zerschlagen und beschmutzt zurückzukehren, mit Erinnerungen im Kopf, die er nur noch würde auslöschen müssen. Lange war er unter dem Geschrei der Vögel herumgelaufen, bis er begriffen hatte, dass er aufhören musste, die Mauern eines eingebildeten Ziels zu belagern.

Als hätte er ein Fieber überstanden, das ihn geschwächt zurückließ, durchquerte er schon etwas wohlgemuter den Konzilsaal und schaute sich die Karte an, auf der Justin seine letzten Markierungen setzte. Bei seinem Eintreten hatte Veyrenc sich sogleich in eine Verteidigungshaltung zusammengezogen.

»Neunundzwanzig«, sagte Adamsberg, nachdem er die roten Stecknadeln durchgezählt hatte.

»Das ist nicht zu schaffen«, meinte Danglard. »Wir brauchen noch einen Faktor, um das Ganze weiter einzugrenzen.«

»Die Lebensweise«, überlegte Maurel. »Frauen, die mit einem Verwandten zusammenleben, einem Bruder, einer Tante, sind für einen Mörder weniger leicht erreichbar.«

»Nein«, sagte Danglard. »Élisabeth ist auf dem Weg zur Arbeit umgebracht worden.«

»Und die Splitter vom Kreuz? Hat das was ergeben?«, fragte Adamsberg mit leiser Stimme, als hätte er eine Woche lang gehustet.

»Keine einzige Reliquie in der ganzen Haute-Normandie«, antwortete Mercadet. »Und auch kein Diebstahl dieser Art im fraglichen Zeitraum. Der letzte gemeldete Schwarzhandel betraf die Reliquien des heiligen Demetrius von Saloniki, das war vor vierundfünfzig Jahren.«

»Und der Todesengel? Haben Sie ihn in der Gegend dort ausfindig gemacht?«

»Eine Möglichkeit gibt es«, sagte Gardon. »Aber wir haben nur drei Zeugenaussagen. Vor sechs Jahren hat sich eine Krankenschwester für häusliche Pflege in Vecquigny niedergelassen, das ist dreizehn Kilometer von Le Mesnil entfernt, im Nordosten. Die Beschreibung ist sehr vage. Eine Frau zwischen sechzig und siebzig Jahren, klein, friedlich, sehr schwatzhaft. Es kann sie wie jede andere auch sein. Man erinnert sich an sie in Le Mesnil, in Vecquigny und in Meillères. Sie hat ungefähr ein Jahr lang praktiziert.«

»Lange genug also, um Erkundigungen einzuholen. Weiß man, warum sie wieder weggezogen ist?«

»Nein.«

»Wir geben's auf«, sagte Justin, der während der Rebellion ins Lager der Positivisten übergewechselt war.

»Was, Lieutenant?«, fragte Adamsberg mit ferner Stimme.

»Alles. Das Buch, den Kater, die dritte Jungfrau, den Reliquienkram, dieses ganze Tohuwabohu. Das ist doch alles Quatsch.«

»Ich brauche keine Leute mehr an diesem Fall«, sagte Adamsberg und setzte sich in die Mitte des Raums, ins Zentrum aller Blicke. »Alle Daten sind zusammengetragen, mehr können wir nicht tun, weder was das Durchforsten von Dateien betrifft noch was den Außendienst angeht.«

»Und wie machen wir dann weiter?«, fragte Gardon, der noch ein wenig Hoffnung hatte.

»Geistig«, bemerkte Estalère und mischte sich unerschrocken ins Gerangel.

»Willst etwa du, Estalère, das Ganze geistig lösen, oder was?«, fragte Mordent.

»Diejenigen, die den Fall abgeben wollen, tun es«, fing Adamsberg im selben matten Ton wieder an. »Im Gegenteil. Wir brauchen Leute für den Todesfall in der Rue de Miromesnil und die Schlägerei in Alésia. Und eine Untersuchung zu der Massenvergiftung im Altersheim von Auteuil. Wir sind mit allen Vorgängen in Verzug.«

»Ich glaube, Justin hat nicht ganz unrecht«, sagte Mordent in gemäßigtem Ton. »Ich glaube, wir sind auf der falschen Fährte, Kommissar. Wenn man das Ganze mal betrachtet, fing doch im Grunde alles bloß mit einem Kater an, der von ein paar Kindern gequält wurde.«

»Mit einem Penisknochen, der einem Kater entnommen wurde«, sagte Kernorkian zur Verteidigung.

»Ich glaube nicht an die dritte Jungfrau«, sagte Mordent.

»Ich glaube nicht mal an die erste«, sagte Justin mit düsterer Stimme.

»Ach, Scheiße«, sagte Lamarre. »Tot ist sie ja wohl, die Élisabeth.«

»Ich rede von der Jungfrau Maria.«

»Ich gehe jetzt«, sagte Adamsberg und zog seine Jacke über. »Aber irgendwo gibt es die dritte Jungfrau, sie trinkt ihren kleinen Kaffee, und ich werde sie nicht sterben lassen.«

»Was für einen kleinen Kaffee?«, fragte Estalère, als Adamsberg den Konzilsaal bereits verlassen hatte.

»Das hat nichts zu bedeuten«, sagte Mordent. »Es ist seine Art, zu sagen, dass sie ihr Leben lebt.«

38

Francine hasste das ganze alte Zeug aus der Vergangenheit, dieses ewig dreckige, irgendwie schiefe Zeug. Ruhe fand sie nur in der makellosen Welt der Apotheke, in der sie sauber machte, wischte, aufräumte. Doch sie kehrte nicht gern in das alte elterliche Haus zurück, dieses ewig dreckige, irgendwie schiefe Haus. Zu seinen Lebzeiten hätte Honoré Bidault nicht geduldet, dass sich jemand daran vergriff, doch was machte das jetzt noch aus? Seit zwei Jahren trug Francine sich mit dem Gedanken, wegzuziehen, in eine neue Wohnung in der Stadt, weit weg von dem alten Landbauernhof. Sie würde alles hierlassen, die Krüge, die verbeulten Kochtöpfe, die hohen Schränke, alles.

Zwanzig Uhr dreißig, das war der beste Moment. Sie hatte das Geschirr abgewaschen, den Müllbeutel zweimal zugebunden und auf die Türschwelle getragen. Mülleimer ziehen Unmengen von Tierchen an, besser, man ließ sie nachts nicht im Haus. Sie überprüfte den Zustand der Küche, immer in der Angst, eine Maus zu entdecken oder irgendein Insekt, das herumkroch oder -flog, eine Spinne, eine Larve, einen Siebenschläfer, das Haus war voll von diesem Unratsgefleuche, das ohne Vorwarnung ein und aus ging; noch dazu gab es keine Möglichkeit, es loszuwerden, ganz einfach wegen dem Feld ringsherum, dem Dachboden oben und dem Keller unten. Der einzige Bunker, aus dem es ihr gelungen war, die Eindringlinge beinahe vollkommen zu verdrängen, war ihr Zimmer. Sie hatte Monate damit zugebracht, den Kamin zuzumauern und alle Risse in den Wänden mit Zement zu verschmieren, auch die Spalten unter den Fenstern und Türen hatte sie verstopft und zuletzt noch ihr Bett auf Ziegelsteine gestellt. Lieber verzichtete sie aufs Lüften, als dass sie irgendwas in dieses Zimmer hereinkrabbeln ließ, während sie schlief. Die Klopfkäfer jedoch, die sich die ganze Nacht lang ins Holz der alten Balken bohrten, ließen sich einfach nicht beseitigen. Jeden Abend betrachtete Francine die kleinen Löcher über ihrem Bett und fürchtete, den Kopf eines Klopfkäfers zu Gesicht zu bekommen. Sie wusste überhaupt nicht, wie diese verfluchten Klopfkäfer aussahen: wie ein Wurm? Ein Tausendfüßer? Ein Ohrwurm? Und jeden Morgen musste sie angeekelt das Holzmehl wegputzen, das auf ihre Bettdecke gerieselt war.

Francine goss den heißen Kaffee in eine große Tasse, gab ein Stück Zucker und zwei Verschlusskappen Rum dazu. Der beste Moment. Anschließend nahm sie ihre Tasse zusammen mit dem Fläschchen Rum mit in ihr Zimmer und sah sich zwei Filme hintereinander an. Ihre Sammlung von achthundertundzwölf Filmen, die sie beschriftet und sortiert hatte, stand im zweiten Zimmer, dem ihres Vaters, und früher oder später würde die Feuchtigkeit sie ramponieren. Dass sie den Hof verlassen wollte, hatte sie an dem Tag entschieden, an dem ein Fachmann für Gerüstbau vorbeigekommen war und ihn sich näher angesehen hatte, fünf Monate nach dem Tod ihres Vaters. In den Dachsparren hatte er sieben Löcher von Eichenböcken festgestellt. Sieben. Unvorstellbare, gewaltige Löcher, so groß wie ein kleiner Finger. Wenn man die Ohren spitzt, kann man hören, wie sie sich durchs Material graben, hatte der Fachmann lachend gesagt.

Das muss behandelt werden, hatte der Mann verfügt. Doch sobald sie gesehen hatte, wie groß die Bohrlöcher des Eichenbocks waren, hatte Francine ihren Entschluss gefasst. Sie würde gehen. Manchmal fragte sie sich voller Ekel, wie ein solcher Bockkäfer wohl aussehen mochte. Wie ein dicker Wurm? Eine Art Skarabäus mit einer Bohrmaschine?

Um ein Uhr morgens besah Francine sich die Löcher der Klopfkäfer, kontrollierte dank fester Markierungen, ob sie sich auf dem Balken auch nicht zu sehr verbreitet hatten, und schaltete ihre Lampe aus, in der Hoffnung, das Schnaufen des Igels draußen nicht mitzubekommen. Sie mochte dieses Geräusch nicht, es klang wie ein Mensch, der in der Nacht keuchte. Sie legte sich auf den Bauch und zog sich die Bettdecke über den Kopf, wobei sie nur einen winzigen Luftspalt für ihre Nasenlöcher frei ließ. Mit deinen fünfunddreißig Jahren benimmst du dich wie ein Kind, Francine, hatte der Pfarrer gesagt. Ja und? In zwei Monaten würde sie weder dieses Haus noch den Pfarrer aus Otton mehr sehen. Sie würde nicht noch einen Sommer hier verbringen. Im Sommer war es noch schlimmer, all die vielen großen Nachtfalter, die hereingeflogen kamen – von wo bloß, Herrgott? – und mit ihren widerwärtigen Körpern an den Lampenschirm stießen, all die Hornissen, die Fliegen, die Bremsen, der Nachwuchs der

Nager, die Larven der Erntemilben. Es hieß, die Larven der Erntemilben gruben kleine Öffnungen in die Haut und legten ihre Eier darin ab.

Um einzuschlafen, rechnete Francine sich wieder die Tage vor, die sie bis zu ihrer Abreise am 1. Juni noch hinter sich bringen musste. Immer wieder hatte man zu ihr gesagt, sie mache ein schlechtes Geschäft, wenn sie ihren großen Hof aus dem 18. Jahrhundert gegen eine Zweiraumwohnung mit Balkon in Évreux eintauschte. Doch für Francine war es das beste Geschäft ihres Lebens. In zwei Monaten wäre sie in Sicherheit und säße mit ihren achthundertundzwölf Filmen in einer sauberen, geweißten Wohnung, sechzig Meter von der Apotheke entfernt. Sie würde mit ihrem Rum-Kaffee auf einem neuen blauen Kissen sitzen, das auf einem neuen Linoleumfußboden vor ihrem Fernseher läge, ohne dass der kleinste Klopfwurm ihr Angst einjagen würde. Nur noch zwei Monate. Sie hätte ein Hochbett, das nicht direkt an der Wand stünde, mit einer lackierten Leiter daran. Sie hätte pastellfarbene Bettwäsche, die sauber bliebe, ohne dass Fliegen ihren Dreck darauf machten. Ob Kind oder nicht, sie würde sich endlich wohlfühlen. Francine zog sich unter ihrer warmen Hülle aus Bettzeug zusammen und steckte sich den Zeigefinger ins Ohr. Sie wollte den Igel nicht hören.

39

Kaum hatte er die Tür seines Hauses hinter sich zugemacht, verschwand Adamsberg unter der Dusche. Heftig schrubbend wusch er sich die Haare, dann lehnte er sich an die gekachelte Wand und ließ mit geschlossenen Augen und hängenden Armen das warme Wasser an sich herunterlaufen. Wenn du dermaßen lange im Fluss bleibst, hatte seine Mutter immer gesagt, wirst du ausbleichen, ganz weiß wirst du werden.

Arianes Bild ging ihm belebend durch den Sinn. Gute Idee, sagte er sich und drehte die Wasserhähne zu. Er könnte sie zum Abendessen einladen, dann würde man schon sehen, ob oder ob nicht. Flüchtig trocknete er sich ab, zog seine Kleidung über die noch feuchte Haut und ging an der Abhörkonsole vorbei, die am Ende seines Bettes stand. Morgen würde er Froissy bitten, diese Höllenmaschine abzuschalten und mit all dem Kabelzeug auch gleich den verfluchten Dreckskerl von Béarner samt seinem schiefen Lächeln mitzunehmen. Er schnappte sich den Stapel mit den Aufzeichnungen und zerbrach eine CD nach der anderen, was glänzende Lichtblitze durchs Zimmer warf. Anschließend sammelte er das Ganze in einen Beutel, den er fest verschloss. Dann schlang er Sardinen, Tomaten und Käse hinunter und beschloss, nun, da er satt und gereinigt war, als Beweis seines guten Willens Camille anzurufen und sich nach Toms Schnupfen zu erkundigen.

Besetztzeichen. Er ließ sich auf die Bettkante fallen, aß den Rest Brot auf und probierte es zehn Minuten später noch mal. Besetzt. Vielleicht ein Schwätzchen mit Veyrenc. Das Abhörgerät, das gleichmäßige rote Blinksignale aussandte, führte ihn ein letztes Mal in Versuchung. Heftig drückte er den Knopf.

Nichts, nur das Geräusch eines Fernsehers. Adamsberg stellte lauter. Welche Ironie des Schicksals: Veyrenc hörte eine Diskussion zum Thema Eifersucht, während er mit dem Staubsauger durch seine Einraumwohnung lief. Dass er diese Sendung bei sich zu Hause von Veyrencs Apparat aus hörte, noch dazu in seiner indirekten Gesellschaft, kam ihm ein wenig hinterhältig vor. Ein Psychiater erläuterte gerade Ursachen und Auswirkungen des Besitzzwangs, Adamsberg legte sich aufs Bett und stellte erleichtert fest, dass er trotz seines Rückfalls gerade eben keines der beschriebenen Symptome aufwies.

Plötzlich weckte ihn Stimmenlärm. Mit einem Satz richtete er sich auf, um den Fernseher abzuschalten, der durch sein Zimmer plärrte.

»Lass dir bloß nicht einfallen, dich von der Stelle zu rühren, Arschloch.«

Adamsberg machte drei Schritte bis zum Ende des Zimmers und hatte den Irrtum schon erkannt. Es war nicht sein Fernseher, sondern das Sendegerät, das von Veyrenc aus einen Film übertrug. Schläfrig suchte er nach dem Knopf, hielt jedoch inne, als er die Stimme des Lieutenants erkannte, die dem Filmhelden antwortete. Und Veyrencs Stimme war zu einzigartig, als dass sie aus einem Fernseher kommen konnte. Adamsberg schaute auf seine Uhren, gleich zwei Uhr morgens. Veyrenc hatte nächtlichen Besuch.

»Hast du 'ne Knarre?«

»Meine Dienstwaffe.«

»Wo?«

»Auf dem Stuhl.«

»Die sacken wir mal ein, was dagegen?«

»Das also wollen Sie? Waffen?«

»Und deiner Meinung nach?«

»Ich hab keine Meinung.«

Adamsberg wählte hastig die Nummer der Brigade.

»Maurel, wer ist bei Ihnen?«

»Mordent.«

»Fahren Sie schnell zu Veyrencs Wohnung, bewaffneter Überfall. Sie sind zu zweit. Im Galopp, Maurel, die haben es auf ihn abgesehen.«

Adamsberg legte auf und rief Danglard an, während er sich mit einer Hand die Schuhe zuband.

»Na, dann denk mal scharf nach, mein Junge.«

»Kommst du nicht drauf?«

»Tut mir leid, ich kenne Sie nicht.«

»Na, dann wollen wir deinem Gedächtnis mal auf die Sprünge helfen. Zieh dir trotzdem 'ne Hose über, dann siehste angemessener aus.«

»Wohin gehen wir?«

»Wir machen 'n kleinen Ausflug. Du fährst, wir sagen dir schon, wohin.«

»Danglard? Zwei Kerle überfallen Veyrenc in seiner Wohnung. Sausen Sie zur Brigade rüber, Sie müssen Veyrenc weiter abhören. Bleiben Sie ja am Gerät, ich komme.«

»Wie, abhören?«

»Scheiße, hören, was Veyrenc sagt.«

»Ich habe doch gar nicht seine Handynummer. Wie soll ich da veranlassen, dass er abgehört wird?«

»Sie sollen gar nichts veranlassen, sondern das Abhörgerät übernehmen. Der Apparat steht in Froissys Schrank, dem links. Machen Sie schnell, Herrgott, und sagen Sie Retancourt Bescheid.«

»Froissys Schrank ist abgeschlossen, Kommissar.«

»Holen Sie sich den Zweitschlüssel aus meiner Schublade, Herrgott noch mal!«, schrie Adamsberg und stürzte die Treppen hinunter.

»Okay«, sagte Danglard.

Es wurde wer abgehört, es gab einen Überfall, und während er noch hastig sein Hemd überzog, zitterte Danglard bereits bei dem Gedanken, warum. Zwanzig Minuten später kniete er vor Froissys Schrank und schaltete das Empfangsgerät ein. Er hörte Schritte hinter sich, Adamsberg kam angerannt.

»Wie weit sind sie?«, fragte der Kommissar. »Schon weg?«

»Noch nicht. Veyrenc hat sie zappeln lassen, sich in aller Ruhe angezogen und seine Autoschlüssel gesucht.«

»Sie nehmen seinen Wagen?«

»Ja. Gerade hat er die Schlüssel gefunden, die Kerle wurden ...«

»Halten Sie die Klappe, Danglard.«

Auf Knien beugten sich beide Männer über den Sender.

»Nein, du Pfeife, dein Handy lässt du hübsch hier. Hältst du uns für Idioten?«

»Sie schmeißen sein Handy weg«, sagte Danglard. »Wir werden keinen Empfang mehr haben.«

»Schalten Sie die Wanze ein, schnell.«

»Was für eine Wanze?«

»Die in seinem Auto, Herrgott noch mal! Schalten Sie den Bildschirm ein, wir werden das GPS verfolgen.«

»Wir kriegen nichts mehr rein. Sie müssen auf dem Weg von der Wohnung zum Auto sein.«

»Mordent?« Adamsberg rief seine beiden Männer im Auto an. »Sie sind draußen auf der Straße, in der Nähe seiner Wohnung.«

»Wir sind gerade erst an seiner Kreuzung, Kommissar.«

»Scheiße.«

»An der Bastille gab's einen Unfall, dazu noch Stau. Wir haben die Sirene angestellt, aber in dem Chaos war einfach kein Durchkommen.«

»Mordent, die werden zusammen mit ihm in sein Auto steigen. Sie fahren per GPS hinterher.«

»Ich habe seine Wellenlänge nicht.«

»Aber ich. Ich führe Sie. Bleiben Sie ständig mit uns verbunden. In welchem Wagen sitzen Sie?«

»Im BEN 99.«

»Ich sende Ihnen den Ton über Funk.«

»Welchen Ton?«

»Deren Unterhaltung aus dem Auto.«

»Alles klar.«

»Da sind sie«, flüsterte Danglard, »sie fahren los, genau nach Osten, zur Rue de Belleville.«

»Ich höre sie«, sagte Mordent.

»Lass dir bloß nicht einfallen rumzuschreien, Idiot. Schnall dich an, Hände bleiben am Lenkrad. Fahr zur Ringautobahn. Wir fahr'n in die Banlieue. Kommt dir das bekannt vor?«

Lass dir bloß nicht einfallen rumzuschreien, Idiot. Adamsberg kannte diesen Satz. Von weit, von sehr weit her, von einer hoch gelegenen Wiese. Er biss die Zähne zusammen und legte Danglard seine Hand auf die Schulter.

»Großer Gott, Capitaine. Die werden ihn kaltmachen.«

»Wer?«

»Sie. Die Kerle aus Caldhez.«

»Fahr schneller, Veyrenc, immer schön aufs Gaspedal drücken. In einem Bullenauto darfst du das doch, oder? Mach dein Licht an, dann kriegen wir keine Scherereien.«

»Kennen Sie mich?«

»Hör auf, große Töne zu spucken, wir werden hier nicht die ganze Nacht die Blödmänner spielen.«

»Idioten, Blödmänner, das ist alles, was sie sagen können«, knurrte Danglard schweißgebadet.

»Halten Sie den Mund, Danglard. Mordent, sie sind auf der Ringautobahn Süd. Sie haben das Blaulicht eingeschaltet, das dürfte Sie führen.«

»Habe verstanden. Okay.«

»…nand und Dicker Georges. Fällt's dir wieder ein? Oder hast du vergessen, dass du sie umgelegt hast?«

»Es fällt mir wieder ein.«

»Reichlich spät, mein Junge. Und wir, müssen wir uns etwa vorstellen?«

»Nein, ihr seid die anderen kleinen Dreckskerle aus Caldhez. Roland und Pierrot. Außerdem habe ich diese beiden Miststücke, Fernand und den Dicken Georges, nicht umgebracht.«

»So kommst du uns nicht davon, Veyrenc. Wir haben doch gesagt, wir würden nicht die Blödmänner spielen. Bieg hier ab, wir fahren nach Saint-Denis. Du hast sie umgebracht, und Roland und ich, wir werden nicht Däumchen drehen und darauf warten, dass du uns kaltmachst.«

»Ich habe sie nicht umgebracht.«

»Versuch nicht, mit uns rumzustreiten. Wir haben unsere speziellen Quellen, und ich glaub nicht, dass du denen widersprechen würdest. Wende hier und halt's Maul.«

»Mordent, sie fahren nördlich an der Basilika vorbei.«

»Wir fahren direkt auf die Basilika zu.«

»Nördlich, Mordent, nördlich.«

Adamsberg, der noch immer vor dem Empfangsgerät kniete, presste seine Faust gegen die Lippen und stieß sich die Zähne ins Zahnfleisch.

»Wir kriegen sie«, sagte Danglard mechanisch.

»Das sind schnelle Jungs, Capitaine. Die töten, bevor sie's überhaupt merken. Scheiße, genau nach Westen, Mordent! Sie fahren in Richtung Baugebiet.«

»Schon gut, Kommissar, ich sehe das Blaulicht. Zweihundertfünfzig Meter.«

»Halten Sie sich bereit, sie werden ihn wahrscheinlich auf einer Baustelle raussetzen. Sobald sie aus dem Wagen steigen, werde ich nichts mehr empfangen können.«

Wieder presste Adamsberg sich die Faust an den Mund.

»Wo ist Retancourt, Danglard?«

»Nicht da, nicht zu Hause.«

»Ich fahre nach Saint-Denis rüber. Verfolgen Sie das GPS, legen Sie den Empfang auf meinen Wagen.«

Im Laufschritt verließ Adamsberg die Brigade, während Danglard versuchte, seine schmerzenden Knie aufzurichten. Ohne den Bildschirm aus den Augen zu lassen, zog er hinkend einen Stuhl neben den kleinen Schrank. Das Blut pochte ihm in den Schläfen und kündigte schreckliche Kopfschmerzen an. Er würde Veyrenc so sicher umbringen, als hätte er selbst geschossen. Er, der den einsamen Entschluss gefasst hatte, Roland und Pierrot zu warnen, indem er sie über die Morde an ihren zwei Freunden informiert hatte. Zwar hatte er Veyrencs Namen nicht genannt, doch selbst Deppen wie Pierrot und Roland mussten nicht lange nachdenken, um das zu kapieren. Nicht einen Augenblick hatte Danglard daran gedacht, dass die beiden Männer sich Veyrenc vom Halse schaffen könnten. Der wahre Idiot in dieser Sache war er, Danglard. Und auch der wahre Dreckskerl. Eine erbärmliche Eifersucht auf die Vorrangstellung des anderen hatte ihn zu diesem mörderischen Entschluss getrieben, er hatte nicht mehr klar denken können. Danglard fuhr hoch, als er sah, dass der leuchtende Punkt auf dem Bildschirm zum Stillstand gekommen war.

»Mordent, sie halten an. Rue des Écrouelles, auf halbem Wege. Noch sitzen sie im Wagen. Zeigen Sie sich nicht.«

»Wir lassen den Wagen vierzig Meter entfernt stehen. Den Rest gehen wir zu Fuß.«

»Wir werden die Sache schmerzlos hinter uns bringen. Pierrot, wisch die Fingerabdrücke von der Karosserie. Niemand wird je erfahren, was du in Saint-Denis wolltest, niemand wird je erfahren, warum du auf einer Baustelle gestorben bist. Und man wird nie wieder was von dir hören, Veyrenc, auch nicht von deiner verfluchten Mähne. Und wenn du schreist, bist du ganz einfach schneller tot.«

Unter Sirenengeheul raste Adamsberg über den fast leeren Périphérique. Lieber Gott, mach, dass. Hab Erbarmen. Er glaubte nicht an Gott. Dann eben die Jungfrau, die dritte Jungfrau. Seine. Mach, dass Veyrenc es schafft. Mach, dass. Es war Danglard, verflucht, anders konnte er sich's nicht erklären. Danglard, der es für richtig gehalten hatte, die beiden letzten der Bande aus Caldhez zu alarmieren, um sie vor Veyrenc zu schützen. Ohne ihn davon zu informieren. Ohne sie zu kennen. Er nämlich hätte ihm sagen können, dass Roland und Pierrot nicht die Burschen waren, die sorglos eine Gefahr abwarteten. Es war vorauszusehen, dass sie reagieren würden, und zwar schnell und überstürzt.

»Mordent?«

»Sie sind auf der Baustelle. Wir gehen rein. Schlägerei, Kommissar. Veyrenc hat einem der Typen seinen Ellbogen in den Magen gerammt. Der Typ ist in die Knie gegangen. Er rappelt sich hoch, hat immer noch seine Knarre in der Hand. Der andere hat Veyrenc erwischt.«

»Schießen Sie, Mordent.«

»Zu weit weg, zu dunkel. Soll ich in die Luft schießen?«

»Nein, Commandant. Beim leisesten Schuss schießen die

zurück. Schleichen Sie sich ran. Roland redet gern, der spielt sich gern auf. Das wird ihn erst mal abhalten. Wenn Sie auf zwölf Meter ran sind, schalten Sie die Taschenlampe ein und schießen.«

Adamsberg fuhr von der Autobahn runter. Hätte er diese verfluchte Geschichte doch bloß nicht Danglard erzählt. Doch er hatte gehandelt wie alle anderen: Er hatte sein Geheimnis *einer* Person erzählt. Einer einzigen, und das war eine zu viel.

»Ich hätte dich ja liebend gern auf der Hochwiese umgelegt. Aber so 'n Idiot bin ich nicht, Veyrenc, ich werd die Bullen nicht noch mit der Nase draufstoßen. Und dein Chef? Hast du ihn gefragt, was er da wollte? Würdest du gern wissen, was? Dass ich nicht lache, Veyrenc, bei deinem Anblick muss ich immer noch lachen.«

»Dreizehn Meter«, sagte Mordent.

»Los, Commandant! Auf die Beine.«

Über seinen Bordfunk hörte Adamsberg drei Schüsse. Er fuhr mit hundertdreißig Sachen nach Saint-Denis hinein.

Roland, der von hinten ins Knie getroffen worden war, brach zusammen, Pierrot wandte sich mit einem Satz um. Mit ausgestreckter Waffe stand ihnen der Wildhüter gegenüber. Roland versuchte einen ungeschickten Schuss, der durch Veyrencs Bein ging. Maurel zielte auf den Wildhüter und streifte seine Schulter.

»Die beiden Typen wurden getroffen, Kommissar. Einer am Arm, einer am Knie. Veyrenc am Bein, er liegt am Boden. Alles unter Kontrolle.«

»Danglard, schicken Sie zwei Krankenwagen hin.«

»Schon unterwegs«, antwortete Danglard mit tonloser Stimme. »Krankenhaus Bichat.«

Fünf Minuten später betrat Adamsberg das schlammige Gelände der Baustelle. Mordent und Maurel hatten die drei Verwundeten aus dem Morast gezogen und auf Bleche gelegt.

»Üble Wunde«, sagte Adamsberg und beugte sich über Veyrenc. »Er blutet wie verrückt. Geben Sie mir Ihr Hemd, Mordent, wir müssen versuchen, das abzubinden. Maurel, Sie kümmern sich um Roland, den Größeren, stellen Sie sein Knie ruhig.«

Adamsberg zerriss Veyrencs Hose und verband die Wunde mit dem Hemd, das er über dem Schenkel fest verknotete.

»Wenigstens wird ihn das aufwecken«, sagte Maurel.

»Ja, er ist immer abgeklappt und er ist immer wieder aufgewacht. Das ist so seine Art. Hören Sie mich, Veyrenc? Drücken Sie meine Hand, wenn Sie mich hören.«

Adamsberg wiederholte seinen Satz dreimal, bevor er spürte, wie sich die Finger des Lieutenants zusammenkrampften.

»Es ist alles gut, Veyrenc, machen Sie die Augen auf«, sagte Adamsberg und schlug ihm auf die Wangen. »Kommen Sie zu sich. Machen Sie die Augen auf. Sagen Sie ja, wenn Sie mich hören.«

»Ja.«

»Sagen Sie noch was.«

Veyrenc machte die Augen ganz auf. Verständnislos blickte er zuerst Maurel, dann Adamsberg an, als erwarte er seinen Vater, der ihn ins Krankenhaus nach Pau bringen würde.

»Sie sind gekommen«, sagte er, »die Kerle aus Caldhez.«

»Ja, Roland und Pierrot.«

»Über den Chemin des Rocailles an der Kapelle in Camalès sind sie auf die Hochwiese gekommen.«

»Wir sind in Saint-Denis«, unterbrach Maurel ihn besorgt, »wir sind in der Rue des Écrouelles.«

»Keine Bange, Maurel«, sagte Adamsberg, »das ist was Persönliches. Weiter, Veyrenc«, fuhr er fort und rüttelte ihn an der Schulter. »Sehen Sie die Hochwiese? War es dort? Ist es Ihnen wieder eingefallen?«

»Ja.«

»Da waren vier Kerle. Und der fünfte? Wo ist er?«

»Er steht unter dem Baum. Er ist der Chef.«

»Ja, klar«, sagte Pierrot feixend. »Er ist der Chef.«

Adamsberg ging von Veyrenc zu den beiden Kerlen hinüber, die, mit Handschellen gefesselt, zwei Meter neben dem Lieutenant lagen.

»So sieht man sich wieder«, sagte Roland.

»Überrascht dich das?«

»Wo denkst du hin. Du musstest uns doch immer in die Quere kommen.«

»Sag ihm die Wahrheit über die Hochwiese. Ihm, Veyrenc. Sag ihm, was ich unter dem Baum gemacht habe.«

»Er weiß es, stimmt's? Sonst wäre er ja nicht hier.«

»Du warst schon immer ein kleiner Dreckskerl, Roland. *Das* ist die Wahrheit.«

Adamsberg sah den Schein der blauen Krankenwagenlichter auf dem Lattenzaun der Baustelle. Die Fahrer luden die Männer auf die Tragen.

»Mordent, ich fahre mit Veyrenc mit. Begleiten Sie die beiden anderen, es gilt strengste Überwachung.«

»Kommissar, ich habe kein Hemd.«

»Nehmen Sie Maurels. Maurel, bringen Sie meinen Wagen zur Brigade zurück.«

Bevor die Krankenwagen abfuhren, rief Adamsberg noch Hélène Froissy an.

»Froissy, tut mir leid, dass ich Sie aus dem Bett hole. Bauen Sie die ganze Anlage ab, zuerst in der Brigade, anschließend bei mir. Danach begeben Sie sich auf direktem Wege nach Saint-Denis, Rue des Écrouelles. Dort finden Sie Veyrencs Wagen. Säubern Sie alles.«

»Kann das nicht ein paar Stunden warten?«

»Ich würde Sie nicht morgens um zwanzig nach drei anrufen, wenn es auch nur eine Minute warten könnte. Lassen Sie alles verschwinden.«

40

Der Chirurg betrat das Wartezimmer und hielt Ausschau nach jemandem, der aussah wie ein Kommissar und auf Nachricht von den drei angeschossenen Patienten wartete.

»Wo ist er?«

»Da drüben«, sagte der Anästhesist und zeigte auf einen kleinen, dunkelhaarigen Mann, der, über zwei Stühle ausgestreckt, fest schlief, den Kopf auf seine zusammengefaltete Jacke gebettet.

»Nehmen wir's mal an«, sagte der Chirurg und rüttelte Adamsberg an der Schulter.

Der Kommissar richtete seinen schmerzenden Rücken auf, rieb sich mehrmals übers Gesicht und fuhr sich durchs Haar. Waschprozedur beendet, dachte der Chirurg. Doch auch er hatte keine Zeit gehabt, sich zu rasieren.

»Es geht ihnen gut, allen dreien. Die Knieverletzung wird Krankengymnastik brauchen, aber die Kniescheibe ist nicht getroffen. Der Arm ist nur eine Lappalie, er wird in zwei Tagen rauskönnen. Das Bein hat Glück gehabt, die Arterie wurde nur knapp verfehlt. Er hat Fieber, er redet in Versen.«

»Und die Kugeln?«, fragte Adamsberg und schüttelte seine Jacke aus. »Wurden sie auch nicht verwechselt?«

»Jede in einer Schachtel, beschriftet mit der Nummer des Bettes. Was ist passiert?«

»Ein Überfall vor einem Bankautomaten.«

»Ach«, meinte der Chirurg enttäuscht. »Geld regiert die Welt.«

»Wo liegt die Knieverletzung?«

»Zimmer 435, zusammen mit dem Arm.«

»Und das Bein?«

»Zimmer 441. Was hat er?«

»Die Knieverletzung hat auf ihn geschossen.«

»Nein, ich meine seine Haare.«

»Das ist von Natur aus so. Also seit einem Unfall.«

»Ich nenne so was eine intrakutane Störung des Keratins. Kommt selten vor, geradezu außergewöhnlich. Möchten Sie einen Kaffee? Ein Frühstück? Wir sind ein wenig blass.«

»Ich werde mir einen Automaten suchen«, sagte Adamsberg und stand auf.

»Der Kaffee aus dem Automaten ist Eselspisse. Kommen Sie mit mir mit. Wir werden schon was finden.«

Ärzte hatten immer das letzte Wort und Adamsberg lief dem Mann in Weiß folgsam hinterher. Man würde essen. Man würde trinken. Es würde einem besser gehen. Noch etwas taumelig, dachte Adamsberg kurz an die dritte Jungfrau. Es war Mittag, man musste ans Essen denken. Man durfte keine Angst haben, alles würde gut werden.

Der Kommissar betrat Veyrencs Zimmer, als er gerade seine Mahlzeit zugeteilt bekommen hatte. Ein Tablett mit einer Tasse Brühe und einem Joghurt stand auf seinen Knien und er betrachtete beides mit schwermütigem Blick.

»Man muss es essen«, sagte Adamsberg und setzte sich neben das Bett. »Man hat keine Wahl.«

Veyrenc nickte zustimmend und nahm den Löffel.

»Wenn man an alte Erinnerungen rührt, Veyrenc, geht man immer ein Risiko ein. Jedes. Die Arterie wurde nur knapp verfehlt.«

Veyrenc hob seinen Löffel, legte ihn wieder hin und starrte auf seine Schale mit Brühe.

»Ein grausames Schicksal zerteilt meine Seele.
Mein Stolz mich drängt, dass ich den Krieger ehr',
der mich errettete von schurkischem Gequäle.
Mein Herz jedoch läuft Sturm gegen denselben Herrn.
Er ist mein Unglücksgrund, wer jubelt da schon gern.«

»Ja, genau da liegt das Problem. Aber ich verlange nichts von Ihnen, Veyrenc. Und ich bin in einer ebenso schwierigen Lage wie Sie. Ich rette das Leben eines Mannes, der meines zerstören kann.«

»Wie das?«

»Weil Sie mir das weggenommen haben, was mir das Kostbarste ist.«

Mit einer schmerzhaften Grimasse stützte Veyrenc sich auf den Ellbogen und seine Lippe zog sich nach oben.

»Etwa Ihren Ruf? Den habe ich noch nicht angetastet.«

»Aber meine Frau schon. Treppenabsatz siebter Stock, die Tür geradezu.«

Veyrenc ließ sich mit offenem Mund auf das Kopfkissen zurückfallen.

»Das konnte ich nicht wissen«, sagte er leise.

»Nein. Man weiß niemals alles, erinnern Sie sich immer daran.«

»Es ist wie in dieser Geschichte«, sagte Veyrenc nach einer Weile.

»In welcher?«

»Der von dem König, der einen seiner Generäle in die Schlacht und damit in den sicheren Tod schickte, weil er dessen Frau über alles liebte.«

»Das habe ich nicht ganz mitgekriegt«, gab Adamsberg ehrlich zu. »Ich bin müde. Wer liebt wen?«

»Es war einmal ein König«, begann Veyrenc noch einmal.

»Ja.«

»Der die Frau eines anderen Kerls liebte.«

»Einverstanden.«

»Der König schickte den Kerl in den Krieg.«

»Einverstanden.«

»Der Kerl starb.«

»Ja.«

»Und der König nahm sich die Frau.«

»Nun, das bin ich nicht.«

Der Lieutenant, in Gedanken weit weg, starrte konzentriert auf seine Hände.

»Und doch hättet Ihr's tun können.
In dunkler Nacht, Seigneur, hat sich die Chance gestellt,
den endlich los zu sein, der Euch so lästig fällt.

*Der Tod griff schon nach ihm, der Unglück Euch
gebracht*
und den das Schicksal Euch zum Erzfeinde gemacht.«

»Einverstanden«, wiederholte Adamsberg.

*»Welch Einfall bremste Euch, ist's das, was Mitleid
heißt,*
dass Ihr mich rettet, schützt und so dem Tod entreißt?«

Adamsberg zuckte mit den Schultern, die vor Müdigkeit schmerzten.

»Haben Sie mich überwachen lassen?«, fragte Veyrenc. »Wegen ihr?«

»Ja.«

»Und haben Sie die Kerle auf der Straße wiedererkannt?«

»Als sie Sie gezwungen haben, ins Auto zu steigen«, log Adamsberg und überging das Thema Wanzen.

»Ich verstehe.«

»Wir müssen uns verständigen, Lieutenant.«

Adamsberg stand auf und schloss die Tür.

»Wir werden Roland und Pierrot laufen lassen. Nie gesehen, nie gehört. Da kein Wachtposten vor der Tür steht, werden sie die erstbeste Gelegenheit nutzen, um von hier abzuhauen.«

»Ein Geschenk?«, fragte Veyrenc mit starrem Lächeln.

»Nicht für sie, für uns, Lieutenant. Wenn wir sie gerichtlich verfolgen, wird Anklage erhoben werden, es wird zu einem Prozess kommen, darüber sind wir uns doch einig?«

»Ich hoffe sehr, dass es zu einem Prozess kommt. Und zu einer Verurteilung.«

»Sie werden sich verteidigen, Veyrenc. Ihr Anwalt wird auf Notwehr plädieren.«

»Und wie das? Die haben mich bei mir zu Hause überfallen.«

»Unter Berufung darauf, dass Sie Fernand den Grindigen und den Dicken Georges umgebracht haben und Anstalten trafen, nun auch sie umzulegen.«

»Ich habe sie nicht umgebracht«, sagte Veyrenc schroff.

»Und ich habe Sie nicht auf der Hochwiese überfallen«, sagte Adamsberg ebenso frostig.

»Ich glaube Ihnen nicht.«

»Niemand ist bereit, dem anderen zu glauben. Und keiner von uns beiden hat einen Beweis für das, was er behauptet, außer dem Wort des anderen. Die Geschworenen werden auch nicht mehr Gründe haben, Ihnen zu glauben. Roland und Pierrot werden davonkommen, glauben Sie mir, und Sie landen im allergrößten Schlamassel.«

»Nein«, unterbrach Veyrenc ihn. »Kein Beweis, keine Verurteilung.«

»Aber ein neuer Ruf, Lieutenant, und Gerüchte. Hat er die beiden Kerle nun umgebracht, hat er sie nicht umgebracht? Ein Verdacht, der an Ihnen kleben bleiben wird wie eine Zecke, die Sie nie wieder loslässt. Die Sie noch in neunundsechzig Jahren jucken wird, selbst wenn man Sie nicht verurteilt.«

»Ich verstehe«, sagte Veyrenc nach einem Augenblick. »Aber ich vertraue Ihnen nicht. Was haben Sie davon? Vielleicht arrangieren Sie deren Flucht ja auch nur, damit sie später erneut zuschlagen können.«

»So weit ist es mit Ihnen schon gekommen, Veyrenc? Wirklich, denken Sie ernsthaft, *ich* hätte Ihnen Roland und Pierrot heute Nacht auf den Pelz gehetzt? Und deshalb auch vor Ihrem Haus gestanden?«

»Ich muss es in Betracht ziehen.«

»Und warum hätte ich Sie dann gerettet?«

»Damit kein Verdacht auf Sie fällt, wenn es zu einem zweiten Überfall kommt, der erfolgreicher wäre.«

Eine Krankenschwester kam hereingehuscht und legte zwei Tabletten auf das Nachtschränkchen.

»Schmerzmittel«, sagte sie. »Mit den Mahlzeiten einzunehmen, wir sind doch vernünftig.«

»Man muss sie schlucken«, sagte Adamsberg und reichte dem Lieutenant die Pillen. »Gleich mit einem Schluck Brühe.«

Veyrenc gehorchte und Adamsberg stellte die Tasse auf das Tablett zurück.

»Es klingt logisch«, sagte der Kommissar, setzte sich wieder hin und streckte seine Beine aus. »Aber es entspricht nicht der Wahrheit. Es kommt oft vor, dass die Lüge glaubwürdig klingt und die Wahrheit nicht.«

»Na, dann erzählen Sie sie mir.«

»Ich will aus einem persönlichen Grund, dass die beiden fliehen. Ich habe Sie nicht verfolgt, Lieutenant, ich habe Sie abgehört. Ich habe Ihr Mobiltelefon anzapfen und eine Wanze und ein GPS in Ihrem Wagen anbringen lassen.«

»So weit war es schon gekommen?«

»Ja. Und ich würde es vorziehen, wenn niemand was davon

erfährt. Im Fall einer Untersuchung käme alles auf den Tisch, inklusive der Abhöraktion.«

»Wer sollte es ausplaudern?«

»Diejenige, die die Anlage auf meinen Befehl hin installiert hat, Hélène Froissy. Sie hat mir vertraut, sie hat mir gehorcht. Sie glaubte in Ihrem Interesse zu handeln. Sie ist eine redliche Frau, bei einer Untersuchung wird sie alles sagen.«

»Ich verstehe«, sagte Veyrenc. »Wir haben also beide was davon.«

»So ist es.«

»Aber solch ein Ausbruch ist nicht leicht. Die können nicht einfach aus dem Krankenhaus spazieren, ohne ein paar Bullen umzuhauen. Das wäre dubios. Man wird Sie verdächtigen oder im besten Fall belangen wegen beruflicher Fehlentscheidung.«

»Sie werden ein paar Bullen umhauen. Ich habe zwei ergebene junge Männer, die bezeugen werden, dass die Kerle sie zu Boden gestreckt haben.«

»Estalère?«

»Ja. Und Lamarre.«

»Nur müssen Roland und Pierrot den Versuch auch unternehmen. Sie werden sich wahrscheinlich nicht vorstellen, dass sie aus diesem Krankenhaus fliehen können. Man könnte ja Bullen an den Ausgängen postiert haben.«

»Sie werden fliehen, weil ich es von ihnen verlangen werde.«

»Und sie werden gehorchen?«

»Selbstverständlich.«

»Und wer sagt uns, dass sie nicht noch einmal zuschlagen werden?«

»Ich.«

»Befehlen Sie denen noch immer, Kommissar?«

Adamsberg stand auf und lief um das Bett herum. Er warf einen Blick auf das Blatt, auf dem die Temperatur eingetragen war, 38,8 Grad.

»Wir reden später darüber weiter, Veyrenc, wenn wir in der Lage sind, einander zuzuhören. Wenn das Fieber wieder gesunken ist.«

41

Drei Türen neben Veyrencs Zimmer, in der Nummer 435, verhandelten Roland und Pierrot erbittert mit dem Kommissar. Veyrenc hatte sich Meter für Meter bis zur Türschwelle geschleppt, lehnte, vor Schmerz schwitzend, mit dem Rücken an der Wand und lauschte.

»Du bluffst doch«, sagte Roland.

»Du solltest mir eher dankbar dafür sein, dass ich dir eine Gelegenheit biete, von hier zu verschwinden. Andernfalls warten mindestens zehn Jahre Knast auf dich und drei auf Pierrot. Auf Bullen zu schießen, kommt einen teurer zu stehen, da lässt man keine Gnade walten.«

»Der Rotschopf wollte uns abknallen«, sagte Pierrot. »So was ist Notwehr.«

»Vorweggenommene«, stellte Adamsberg klar. »Und du hast keine Beweise, Pierrot.«

»Hör nicht auf ihn, Pierrot«, sagte Roland. »Der Rotschopf wandert in den Knast wegen Mord und beabsichtigtem Mord, wir dagegen sind aus dem Schneider und kriegen eine Entschädigung, ein ordentliches Bündel Kohle.«

»So wird es keineswegs ablaufen«, sagte Adamsberg. »Ihr werdet abhauen und hübsch den Mund halten.«

»Wieso?«, fragte Pierrot misstrauisch. »Aus welchem besonderen Grund solltest du uns laufen lassen? Das stinkt doch gewaltig nach Verschleierung.«

»Zwangsläufig. Doch die geht nur mich etwas an. Ihr verschwindet, weit weg, und man wird nichts mehr von euch hören, mehr verlange ich nicht.«

»Und aus welchem Grund?«, wiederholte Pierrot.

»Weil, wenn ihr nicht von hier verschwindet, ich den Namen eures damaligen Auftraggebers preisgeben werde. Und ich glaube nicht, dass der sehr erfreut sein würde, wenn ihr vierunddreißig Jahre später noch Werbung für ihn macht.«

»Was für ein Auftraggeber?«, fragte Pierrot ehrlich überrascht.

»Frag Roland«, sagte Adamsberg.

»Hör nicht auf ihn«, sagte Roland, »der erzählt Blödsinn.«

»Der stellvertretende Bürgermeister des Dorfes, Beauftragter für öffentliche Bauarbeiten und selber Winzer. Du kennst ihn, Pierrot. Der Mann, der heute eines der größten Unternehmen der Baubranche leitet. Er hat der Bande eine fette Anzahlung geleistet dafür, dass der kleine Veyrenc ordentlich zusammengeschlagen würde. Der Rest sollte gezahlt werden, wenn ihr aus der Besserungsanstalt kämt. Mit diesem Geld hat Roland seine Eisenwarenhandlungen aufgebaut und Fernand hat sich's in teuren Hotels gut gehen lassen.«

»Aber ich habe dieses verdammte Geld nie zu Gesicht bekommen!«, schrie Pierrot.

»Weder du noch Dicker Georges. Roland und Fernand haben alles kassiert.«

»Du Dreckskerl«, zischte Pierrot.

»Schnauze, Blödmann«, antwortete Roland.

»Sag, dass das nicht wahr ist«, befahl Pierrot.

»Das kann er nicht«, sagte Adamsberg. »Es ist wahr. Der Stellvertreter gierte nach dem Weinberg von Veyrenc de Bilhc. Er hatte beschlossen, ihn notfalls unter Anwendung von Zwang zu kaufen, und drohte dem Vater Veyrenc mit Repressalien, wenn er ihn nicht aufgeben würde. Doch Veyrenc klammerte sich an seinen Wein. Da organisierte der Stellvertreter den Überfall auf das Kind, er wusste, dass der Vater unter dem Druck der Angst nachgeben würde.«

»Du lügst«, versuchte Roland. »All das kannst du überhaupt nicht wissen.«

»Ich hätte es eigentlich nicht wissen sollen. Wo du diesem Mistvieh von Stellvertreter doch geschworen hattest, das Geheimnis für dich zu behalten. Aber man verrät sein Geheimnis immer *einer* Person, Roland. Und du hast es deinem Bruder erzählt. Und dein Bruder hat es seiner Verlobten erzählt. Und seine Verlobte erzählte es ihrer Cousine. Die es ihrer besten Freundin erzählt hat. Welche es wiederum ihrem Freund erzählte. Der mein Bruder war.«

»Du bist ein verdammter Dreckskerl, Roland«, sagte Pierrot.

»Das stimmt, Pierrot«, bestätigte Adamsberg. »Und du verstehst: Solltet ihr mir nicht gehorchen oder Veyrenc auch nur ein einziges Haar krümmen, ob ein braunes oder ein rotes, verpfeife ich den Namen des stellvertretenden Bürgermeisters. Der euch alle beide in die Hölle schicken wird. Wofür entscheidet ihr euch?«

»Wir hauen ab«, grummelte Roland.

»Ausgezeichnet. Ihr braucht die beiden wachhabenden Brigadiers nicht allzu heftig zusammenzuschlagen. Sie werden Bescheid wissen. Seid einfach nur glaubwürdig, weiter nichts.«

Veyrenc draußen auf dem Gang humpelte in sein Zimmer zurück. Er schaffte es gerade noch rechtzeitig, an seiner Tür zu sein, bevor Adamsberg aus der 435 kam. Erschöpft warf er sich auf sein Bett. Er hatte nie gewusst, weshalb sein Vater dem Verkauf des Weinbergs letztendlich zugestimmt hatte.

42

»Da beging die weise Gämse eine riesige Dummheit, aus Eifersucht, obwohl sie doch sämtliche Bücher gelesen hatte. Sie
suchte zwei große Wölfe auf, die unglücklicherweise hunds-
gemeine Grützköpfe waren. ›Nehmt euch vor dem rothaarigen Steinbock in Acht‹, sagte sie zu ihnen, ›er wird euch mit
seinen Hörnern aufspießen.‹ Die beiden Wölfe fackelten
nicht lange und stürzten sich auf den rothaarigen Steinbock.
Sie hatten einen Riesenhunger und so verschlangen sie ihn
mit Haut und Haaren, man hörte nie wieder was von ihm.
Und der braunhaarige Steinbock lebte fortan friedlich und
frei, zusammen mit den Murmeltieren und den Eichhörn-
chen. Und der Steinbockfrau. Aber nein, Tom, so hat sich's
nicht abgespielt, denn das Leben ist viel, viel komplizierter
und das Innere eines Steinbockkopfes ebenfalls. Mit einiger
Verspätung stürzte sich der braunhaarige Steinbock auf die
Wölfe und brach ihnen die scharfen Zähne aus. Die beiden
Tiere machten sich aus dem Staub. Der rote Steinbock war
ins Bein gebissen worden und der braunhaarige Steinbock
musste ihn versorgen. Er konnte ihn doch nicht sterben lassen, was meinst du, Tom? Die Steinbockfrau hatte sich die
ganze Zeit über versteckt. Sie wollte sich nicht entscheiden

zwischen dem rothaarigen und dem braunhaarigen, das ging ihr auf die Nerven. Da setzten sich die beiden Steinböcke in den Sessel, zündeten sich eine Pfeife an und unterhielten sich mal richtig. Doch schon bei der kleinsten Kleinigkeit stießen sie sich gegenseitig mit ihren Hörnern, weil der eine dachte, er hätte recht und der andere unrecht, und der andere glaubte, die Wahrheit zu sagen, während der eine log.«

Das Kind stupste seinem Vater einen Finger aufs Auge.

»Ja, Tom, es ist kompliziert. Es ist ungefähr so wie das *Opus piscatum* mit seinen Ähren, die in zwei verschiedene Richtungen laufen. Unterdessen kam die dritte Jungfrau hinzu, die brav mit den Springmäusen in einem Bau lebte. Sie ernährte sich von Löwenzahn und Wegerich, und seitdem ein Baum sie beinahe erschlagen hatte, zitterte sie immerfort. Dritte Jungfrau war winzig, sie trank viel Kaffee und wusste sich nicht zu verteidigen gegen die bösen Geister des Waldes. Dritte Jungfrau rief um Hilfe. Doch manche Steinböcke regten sich auf, sie meinten, dass es Dritte Jungfrau gar nicht gäbe und man sich nicht einmischen sollte. Und der braunhaarige Steinbock sagte: ›Einverstanden, reden wir nicht mehr davon.‹ Schau, Tom. Ich starte den Versuch noch einmal.«

Adamsberg wählte Danglards Nummer.

»Capitaine, es geht mal wieder um die Bildung des Kleinen. Es war einmal ein König.«

»Ja.«

»Der die Frau von einem seiner Generäle liebte.«

»Einverstanden.«

»Er schickte seinen Rivalen in die Schlacht, wohl wissend, dass er ihn damit in den Tod sandte.«

»Ja.«

»Danglard, wie hieß dieser König?«

»David«, antwortete Danglard mit ausdrucksloser Stimme, »und der General, den er geopfert hat, hieß Uria. David heiratete dessen Witwe, die die Königin Bathseba wurde und später König Salomo gebar.«

»Siehst du, Tom, wie einfach es ist«, sagte Adamsberg zu seinem Sohn, der auf seinem Bauch hing.

»Sagen Sie das für mich, Kommissar?«, fragte Danglard.

Adamsberg merkte, dass die Stimme seines Mitarbeiters noch immer wie erloschen klang.

»Wenn Sie glauben, ich hätte Veyrenc in den Tod geschickt«, fuhr Danglard fort, »liegen Sie richtig. Ich könnte behaupten, dass ich es nicht gewollt habe, ich könnte schwören, dass ich überhaupt nicht daran gedacht habe. Und dann? Was weiter? Wer wird je herausfinden, ob ich es, tief in meinem Kopf und ohne es zu wissen, nicht doch gewünscht habe?«

»Capitaine, finden Sie nicht, wir quälen uns schon genug mit dem, was wir in Wirklichkeit denken, müssen wir uns da noch zusätzlich um das sorgen, was wir vielleicht hätten denken können, wenn wir es gedacht hätten?«

»Egal«, antwortete Danglard kaum hörbar.

»Danglard. Er ist nicht tot. Niemand ist tot. Außer Ihnen vielleicht, der Sie in Ihrem Wohnzimmer vor sich hin sterben.«

»Ich bin in der Küche.«

»Danglard?«

Adamsberg erhielt keine Antwort.

»Danglard, nehmen Sie eine Flasche und kommen Sie zu mir. Ich bin allein mit Tom. Die heilige Clarisse macht gerade einen Spaziergang. Mit dem Gerber, nehme ich an.«

Der Kommissar legte auf, um dem Commandant nicht erst die Möglichkeit zu geben, Nein zu sagen. »Tom«, sagte er, »erinnerst du dich an die überaus weise Gämse, die so viel gelesen hatte? Und die eine gewaltige Dummheit begangen hatte? Nun, in ihrem Kopf war es dermaßen kompliziert, dass sie sich nachts darin verirrte. Manchmal auch tagsüber. Und weder ihre Weisheit noch ihr Wissen konnten ihr dann helfen, den Ausgang zu finden. Also mussten die Steinböcke ihr ein Seil zuwerfen und kräftig ziehen, um sie da rauszuholen.«

Plötzlich hob Adamsberg den Kopf zur Decke des Schlafzimmers. Oben auf dem Dachboden ein Schurren, ein gedämpfter Ton. Die heilige Clarisse ging also doch nicht mit dem Gerber spazieren.

»Das hat nichts zu bedeuten, Tom. Ein Vogel oder der Wind oder ein Stück Stoff, das über den Boden schleift.«

Um Danglards Geist bis in alle Winkel hinein gründlich zu reinigen, machte Adamsberg ein ordentliches Feuer. Er benutzte seinen Kamin zum ersten Mal, und die Flamme loderte hoch und hell, ohne das Zimmer zu verräuchern. Genauso sollte er auch die »Frage ohne Antwort« über den König David verbrennen, die den Kopf seines Mitarbeiters verrußte, indem sie den Zweifel in alle seine Spalten trieb. Kaum war er eingetreten, setzte Danglard sich ans Feuer zu Adamsberg, der ihm, Scheit für Scheit, seine Angst zu Asche brannte. Und zugleich damit ließ Adamsberg, ohne dass er

Danglard etwas davon sagte, auch die letzten Brocken seiner eigenen Wut gegen Veyrenc verglühen. Die beiden Rambos aus Caldhez in Aktion zu erleben und Rolands brutale Stimme zu hören, hatte die Vergangenheit heraufbeschworen und den barbarischen Überfall auf der Hochwiese in all seiner Grausamkeit wieder lebendig werden lassen. Ungeheuer gegenwärtig lief die Szene noch einmal vor seinem inneren Auge ab, in all ihren Einzelheiten, grauenhaft und beklemmend. Das Kind am Boden, die Schultern niedergedrückt von Fernands Händen, Roland, wie er sich mit der Glasscherbe näherte, rühr dich bloß nicht, du Arschloch. Das Entsetzen des kleinen Veyrenc, sein blutüberströmtes Haar, der Hieb in den Bauch, sein unsagbarer Schmerz. Und er selbst, der junge Adamsberg, wie er reglos unter seinem Baum stand. Was würde er darum geben, wenn er das nie erlebt hätte, wenn diese unvollendete Erinnerung endlich aufhörte, ihn auch nach vierunddreißig Jahren noch an einer bestimmten Stelle zu jucken. Dass doch auch Veyrencs fortdauernde Qual in einer Flamme verlöschen könnte! Und wenn Camille, dachte er plötzlich, ihm in ihren Armen ein wenig Erlösung verschaffen konnte, dann sollte sie es tun. Unter der Bedingung, dass dieser verfluchte Dreckskerl von Béarner ihm nicht sein Stück Land wegnähme. Adamsberg warf noch ein Holzscheit in die Flammen und lächelte leise. Das Stück Land, das er mit Camille teilte, lag außer Reichweite, kein Grund zur Aufregung.

Kurz vor Mitternacht leerte Danglard sein letztes Glas, beruhigt über den König David und besänftigt durch die Heiterkeit, die Adamsberg verströmte.

»Dieses Feuer brennt wirklich gut«, sagte er.

»Ja. Das ist einer der Gründe, warum ich dieses Haus haben wollte. Erinnern Sie sich noch an den Kamin bei der alten Clémentine?* Ich habe nächtelang davorgesessen. Ich zündete das Ende eines Zweiges an und malte glühende Kreise in die Dunkelheit. Ungefähr so.«

Adamsberg schaltete die Deckenlampe aus, tauchte einen dünnen Stock in die Flammen und zeichnete Achten und Kreise ins Halbdunkel.

»Das ist hübsch«, sagte Danglard.

»Ja. Hübsch und faszinierend.«

Adamsberg reichte den Zweig seinem Mitarbeiter, stemmte seine Füße gegen den Kaminsockel und kippte seinen Stuhl nach hinten an.

»Ich werde die dritte Jungfrau aufgeben, Danglard. Niemand glaubt an sie, niemand will was von ihr hören. Und ich selbst habe auch nicht die leiseste Ahnung, wie man diese Frau finden könnte. Ich überlasse sie ihrem Schicksal und ihrem Kaffee.«

»Das glaube ich nicht«, sagte Danglard und blies vorsichtig auf die Spitze des Stocks, um sie am Glühen zu halten.

»Nein?«

»Nein. Ich glaube, Sie werden sie nicht aufgeben. Und ich auch nicht. Ich glaube, Sie werden weiter nach ihr suchen. Ob es den anderen gefällt oder nicht.«

»Glauben Sie, dass es sie gibt? Glauben Sie, sie ist in Gefahr?«

Danglard malte ein paar Achten in die Luft.

---

* Fred Vargas, *Der vierzehnte Stein*.

»Die These mit dem *De reliquis* ist so vage wie eine Vision«, sagte er. »Sie hängt an einem seidenen Faden, aber diesen Faden gibt es. Und er verbindet alle, selbst die abwegigsten Bestandteile dieser Geschichte. Er verbindet sogar die Schuhsohlengeschichte mit der Dissoziation.«

»Wie das?«, fragte Adamsberg und übernahm wieder den Stock.

»Bei allen mittelalterlichen Beschwörungszeremonien malte man einen Kreis auf den Boden. In seiner Mitte tanzte die Frau, die den Teufel anrief. Auf diese Weise, mithilfe des Kreises, trennte man symbolisch ein Stück Boden von der übrigen Erde ab. Auch unsere Mörderin agiert auf solch einem herausgehobenen Stück Boden, das nur ihr gehört, agiert an ihrem Faden, in ihrem Kreis.«

»Retancourt ist mir bei diesem Faden nicht gefolgt«, sagte Adamsberg verdrossen.

»Ich weiß nicht, wo Retancourt ist«, sagte Danglard. »Sie ist heute nicht in der Brigade erschienen. Und bei ihr zu Hause geht immer noch keiner ans Telefon.«

»Haben Sie mal bei ihren Brüdern angerufen?«, fragte Adamsberg stirnrunzelnd.

»Bei ihren Brüdern, ihren Eltern, bei zwei Freundinnen, die mir bekannt sind. Niemand hat sie gesehen. Sie hat nichts davon gesagt, dass sie irgendwohin gehen würde. Keiner in der Brigade wusste was.«

»Womit war sie denn gerade befasst?«

»Sie sollte sich zusammen mit Mordent und Gardon um den Mordfall in Miromesnil kümmern.«

»Haben Sie ihren Anrufbeantworter abgehört?«

»Ja, keinerlei besondere Verabredung.«

»Fehlt ein Wagen?«

»Nein.«

Adamsberg warf den Zweig ins Feuer und stand auf. Die Arme verschränkt, lief er ein paar Schritte durchs Zimmer.

»Geben Sie Alarm, Capitaine.«

43

Die Nachricht vom Verschwinden des Lieutenants Violette Retancourt war in die Brigade eingeschlagen wie ein abstürzendes Flugzeug und hatte jegliche Anwandlung von Rebellion in Vergessenheit geraten lassen. In der dumpfen Panik, die sich auszubreiten begann, begriff jeder, dass durch den fehlenden blonden Lieutenant das Gebäude eines seiner zentralen Pfeiler beraubt war. Die Verstörtheit der Katze, die, zur Kugel zusammengerollt, zwischen Wand und Kopiergerät hockte, gab ein ungefähres Bild von der seelischen Verfassung aller, nur dass die Menschen weiterhin ihre Nachforschungen betrieben, die sie mit Personenbeschreibungen Retancourts nun auf sämtliche Krankenhäuser und Polizeistationen des Landes ausweiteten.

Commandant Danglard, gerade erst von seiner moralischen Krise, genannt »König-David-Krise«, genesen, aber bereits von einem erneuten Anfall von Pessimismus heimgesucht, hatte sich ohne jede Scham in den Keller geflüchtet, wo er gegenüber dem hohen Heizkessel in einem Plastikstuhl saß und vor aller Augen Weißwein kippte. Am anderen Ende des Gebäudes wiederum war Estalère in den Raum hinaufgestiegen, in dem der Getränkeautomat stand, und hatte sich, ähnlich der Kugel, auf den Schaumstoffblöcken von Lieutenant Mercadet zusammengerollt.

Die schüchterne junge Rezeptionistin Bettina, die seit Kurzem in der Telefonzentrale arbeitete, lief durch den nahezu in Trauer versunkenen Konzilsaal, in dem nur noch das Klicken der Telefone zu hören war sowie wenige immer gleiche Worte, ja, nein, bitte rufen Sie uns an. In einem Winkel sprachen Mordent und Justin leise miteinander. Bettina klopfte sacht an die Tür von Adamsbergs Büro. Der Kommissar, der mit krummem Rücken auf dem hohen Hocker saß, starrte regungslos auf den Boden. Die junge Frau seufzte. Adamsberg brauchte dringend ein paar Stunden Schlaf.

»Monsieur le Commissaire«, sagte sie und setzte sich diskret, »wann genau, glauben Sie, ist Lieutenant Retancourt verschwunden?«

»Sie ist Montag nicht gekommen, Bettina, mehr wissen wir nicht. Aber sie kann genauso gut Samstag, Sonntag oder sogar schon Freitagabend verschwunden sein. Seit drei oder seit fünf Tagen.«

»Vor dem Wochenende, am Freitagnachmittag, rauchte sie am Empfang eine Zigarette mit dem neuen Lieutenant, dem mit dem hübschen zweifarbigen Haar. Sie sagte zu ihm, dass sie die Brigade ziemlich früh verlassen werde, da sie noch bei jemandem vorbeischauen wolle.«

»Bei jemandem vorbeischauen wolle oder eine Verabredung habe?«

»Ist das ein Unterschied?«

»Ja. Denken Sie nach, Bettina.«

»Ich glaube, sie sprach wirklich von vorbeischauen.«

»Haben Sie noch mehr darüber erfahren?«

»Nein. Sie sind dann beide zum Versammlungsraum gegangen und ich konnte nichts weiter hören.«

»Danke«, sagte Adamsberg mit einem Lidschlag.

»Sie sollten schlafen, Kommissar. Meine Mutter sagt immer, wenn man nicht schläft, zermahlt die Mühle ihren eigenen Stein.«

»Retancourt würde nicht schlafen. Sie würde Tag und Nacht nach mir suchen, ein Jahr lang, notfalls, ohne zu essen und ohne zu schlafen, bis sie mich gefunden hätte. Und sie würde mich finden.«

Langsam zog Adamsberg sich seine Jacke über.

»Wenn jemand nach mir fragt, Bettina, ich bin im Krankenhaus Bichat.«

»Bitten Sie einen Beamten, Sie hinzufahren. So bekommen Sie immerhin zwanzig Minuten Schlaf im Auto. Meine Mutter sagt immer, hin und wieder eine kleine Siesta, das ist das Geheimnis.«

»Alle meine Mitarbeiter suchen nach ihr, Bettina. Sie haben Besseres zu tun.«

»Ich nicht«, sagte Bettina. »Ich fahre Sie hin.«

Von einer Krankenschwester gestützt, machte Veyrenc seine ersten vorsichtigen Schritte im Gang.

»Es geht uns schon besser«, erklärte die Krankenschwester. »Wir haben heute Morgen weniger Fieber.«

»Wir bringen ihn in sein Zimmer zurück«, sagte Adamsberg und fasste den Lieutenant unter den anderen Arm. »Wie geht's dem Bein?«, fragte er, als Veyrenc wieder in der Waagerechten lag.

»Gut. Besser als Ihnen«, sagte Veyrenc, dem Adamsbergs erschöpftes Gesicht auffiel. »Was ist los?«

»Sie ist verschwunden. Violette. Seit drei oder seit fünf Tagen. Sie ist nirgends, sie hat nichts von sich hören lassen. Freiwillig ist sie sicher nicht weg, alle ihre Sachen sind noch da. Sie hatte nur ihre Jacke und ihren kleinen Rucksack bei sich.«

»Den dunkelblauen.«

»Ja.«

»Bettina sagte mir, Sie hätten sich Freitagnachmittag mit ihr unterhalten, vorn am Empfang. Violette habe Ihnen erzählt, sie wolle noch bei jemandem vorbeischauen und die Brigade deshalb ziemlich zeitig verlassen.«

Veyrenc krauste die Stirn.

»Sie hat mir erzählt, sie wolle bei jemandem vorbeischauen? Mir? Aber ich kenne Retancourts Freunde überhaupt nicht.«

»Sie erzählte Ihnen davon und danach sind Sie zusammen in den Konzilsaal hinübergegangen. Denken Sie nach, Lieutenant, Sie sind vielleicht die letzte Person, die sie gesehen hat. Sie haben eine Zigarette geraucht.«

»Richtig«, sagte Veyrenc und hob die Hand. »Sie hatte Dr. Romain versprochen, bei ihm vorbeizukommen. Sie ginge fast jede Woche zu ihm, sagte sie. Um ihn ein bisschen zu zerstreuen. Sie hielt ihn über die Ermittlungen auf dem Laufenden und brachte ihm Fotos, damit er nicht ganz aus der Übung käme.«

»Fotos wovon?«

»Fotos von Toten, Kommissar. Die brachte sie ihm.«

»In Ordnung, Veyrenc, ich verstehe.«

»Sie sind enttäuscht.«

»Ich werde Romain trotzdem aufsuchen. Aber er ist total benebelt von seinen Zuständen. Sollte tatsächlich irgendwas Auffälliges zu sehen oder zu hören gewesen sein, wäre er der Letzte, der es bemerkt hätte.«

Adamsberg blieb eine Weile regungslos in dem gepolsterten Krankenhaussessel sitzen. Als die Krankenschwester das Tablett mit dem Abendbrot brachte, legte Veyrenc einen Finger an die Lippen. Seit einer Stunde schlief der Kommissar.

»Wir wecken ihn nicht auf?«, flüsterte die Krankenschwester.

»Er konnte sich keine fünf Minuten länger auf den Beinen halten. Lassen wir ihm noch zwei Stunden.«

Veyrenc rief in der Brigade an und prüfte dabei das Speisenangebot auf seinem Tablett.

»Wer ist am Apparat?«, fragte er.

»Gardon«, sagte der Brigadier. »Sind Sie's, Veyrenc?«

»Ist Danglard nicht mehr da?«

»Doch, aber so gut wie nicht zu gebrauchen. Retancourt ist verschwunden, Lieutenant.«

»Ich weiß. Kann ich mal die Telefonnummer von Dr. Romain haben?«

»Gebe ich Ihnen sofort. Wir hatten vor, Sie morgen zu besuchen. Brauchen Sie irgendwas Spezielles?«

»Essen, Brigadier.«

»Das trifft sich gut, es kommt nämlich Froissy.«

Wenigstens eine gute Nachricht, dachte Veyrenc und wählte die Nummer des Doktors. Eine ziemlich abwesende

Stimme antwortete ihm. Veyrenc kannte ihn nicht, aber Romain hatte mit Sicherheit Zustände.

»Kommissar Adamsberg kommt um einundzwanzig Uhr zu Ihnen, Doktor. Er hat mich beauftragt, Ihnen Bescheid zu sagen.«

»Ja, gut«, sagte Romain, dem dies vollkommen gleichgültig zu sein schien.

Kurz nach zwanzig Uhr öffnete Adamsberg die Augen.

»Scheiße«, sagte er, »warum haben Sie mich schlafen lassen, Veyrenc?«

»Sogar Retancourt hätte Sie schlafen lassen. Nur dem schlummernden Mann wird der Sieg zuteil.«

44

Mit schleppendem Schritt kam Dr. Romain an die Tür, und genauso lief er auch zu seinem Sessel zurück, als schlurfe er auf Skiern über flaches Gelände.

»Frag mich bloß nicht, wie's mir geht, Adamsberg, das nervt mich. Willst du was trinken?«

»Einen Kaffee, gern.«

»Dann mach dir selbst einen, ich kann mich nicht dazu aufraffen.«

»Leistest du mir in der Küche Gesellschaft?«

Romain seufzte und schlurfte auf Skiern zu dem Stuhl in seiner Küche.

»Willst du auch eine Tasse?«, fragte Adamsberg.

»Soviel du willst, nichts hält mich vom Schlafen ab, zwanzig von vierundzwanzig Stunden. Allerhand, was? Da bleibt einem nicht mal Zeit, sich zu langweilen, mein Lieber.«

»Wie der Löwe. Du weißt doch, dass Löwen zwanzig Stunden am Tag schlafen?«

»Haben die auch Zustände?«

»Nein, das ist von Natur aus so. Und trotzdem ist er der König der Tiere.«

»Aber ein entlassener König. Du hast mich ersetzen lassen, Adamsberg.«

»Ich hatte keine andere Wahl.«

»Nein«, sagte Romain und schloss die Augen.

»Schlagen deine Medikamente nicht an?«, fragte der Kommissar und besah sich den Haufen Schachteln auf dem Tisch.

»Das sind Aufputschmittel. Die wecken mich für eine Viertelstunde auf, gerade lang genug, damit ich weiß, welcher Tag heute ist. Welcher Tag ist heute?«

Der Mediziner redete mit teigiger Stimme, die auf den Vokalen noch langsamer wurde, als bremste ein Stock zwischen den Speichen seine Aussprache.

»Heute ist Donnerstag. Und Freitagabend, vor sechs Tagen also, hat Violette Retancourt dich besucht. Erinnerst du dich daran?«

»Ich habe nicht den Verstand verloren, nur meine Energie. Und jegliche Lust auf irgendwas.«

»Aber Retancourt bringt dir Sachen, die dir immerhin Vergnügen bereiten. Fotos von Leichen.«

»Stimmt«, sagte Romain lächelnd. »Sie ist wirklich zuvorkommend.«

»Sie weiß, was gefällt«, sagte Adamsberg und schob eine Schale Kaffee zu ihm hinüber.

»Du scheinst ziemlich fertig zu sein, mein Lieber«, diagnostizierte der Mediziner. »Körperliche und geistige Erschöpfung.«

»Du hast noch immer einen guten Blick. Ich stecke in einer entsetzlichen Ermittlung, die mir mehr und mehr entgleitet, ich werde von einem Schatten verfolgt, ich habe eine Nonne im Haus und einen neuen Lieutenant in der Brigade, in dem die Vergangenheit schmort und der darauf wartet, dass er sich endlich an mir rächen kann. Eine ganze Nacht habe ich damit zugebracht, ihn in letzter Minute vor einer Vergeltungsaktion zu retten. Und am darauffolgenden Tag erfahre ich, dass Retancourt sich in Luft aufgelöst hat.«

»In Luft aufgelöst?«

»Sie ist verschwunden, Romain.«

»Ich habe schon verstanden, mein Lieber.«

»Hat sie irgendwas zu dir gesagt am letzten Freitag? Etwas, das uns weiterhelfen könnte? Hat sie dir ein Problem anvertraut?«

»Hat sie nicht. Ich weiß wirklich nicht, welches Problem eine Violette Retancourt erschüttern könnte, und je mehr ich darüber nachdenke, desto mehr sage ich mir, dass ich die Lösung meiner Zustände ihr hätte anvertrauen sollen. Nein, mein Lieber, wir haben ein bisschen gefachsimpelt. Na ja, wir haben so getan. Wenn's hoch kommt, halte ich eine Dreiviertelstunde durch, dann nicke ich unwiderruflich ein.«

»Hat sie dir von der Krankenschwester erzählt? Dem Todesengel?«

»Ja, sie hat mir die ganze Sache erzählt, auch das mit den Grabschändungen. Sie kommt oft, weißt du. Ein Goldmädel. Sie hat mir sogar einen Satz Fotos dagelassen, damit ich eine Beschäftigung habe, für den Fall, dass.«

Romain streckte einen kraftlosen Arm nach dem Wust aus, der den Küchentisch bedeckte, und zog einen Packen hervor, den er zu Adamsberg hinüberschob. Großformatige Farbfotos, auf denen die Gesichter von La Paille und Diala zu sehen waren, Detailaufnahmen ihrer Wunden am Hals und der Einstichspuren in den Ellenbeugen sowie Bilder von den zwei Leichen in Montrouge und Opportune. Adamsberg verzog das Gesicht beim Anblick der beiden letzten und schob sie unter den Stapel.

»Erstklassige Abzüge, wie du siehst. Retancourt verwöhnt mich. Wirklich eine grässliche Sache, in der du da steckst«, fügte der Mediziner hinzu und klopfte auf den Stapel mit den Fotos.

»Das habe ich auch schon gemerkt, Romain.«

»Nichts ist schwieriger, als solche Verrückten zu schnappen, die methodisch vorgehen, jedenfalls solange man ihre Idee nicht begriffen hat. Und da ihre Idee die Idee eines Verrückten ist, rennt man immer nur hinterher.«

»Hast du das etwa zu Retancourt gesagt? Hast du sie entmutigt?«

»Ich würde es nicht wagen, deinen Lieutenant zu entmutigen.«

Der Kommissar sah, wie Romains Augenlider zu flattern begannen, und goss ihm sofort Kaffee in seine Schale.

»Gib mir auch noch zwei Aufputschpillen. Die gelb-rote Schachtel.«

Adamsberg schüttete zwei Kapseln in seine hohle Hand und der Mediziner schluckte das Ganze hinunter.

»Okay«, sagte Romain. »Wo waren wir stehen geblieben?«

»Was du zu Retancourt gesagt hast, als du sie zum letzten Mal gesehen hast.«

»Was ich dir sage. Die Mörderin, nach der du suchst, ist eine echte Verrückte, außerordentlich gefährlich.«

»Würdest du auch sagen, es ist eine Frau?«

»Natürlich. Darin ist Ariane eine Meisterin. Du kannst ihr blind vertrauen.«

»Ich kenne die verrückte Idee der Mörderin, Romain. Sie will die absolute Macht, die göttliche Kraft, das ewige Leben. Hat dir Retancourt das nicht gesagt?«

»Doch, sie hat mir die alte Medikation vorgelesen. Genauso ist es«, sagte Romain und pochte wieder auf die Fotos. »Das *Lebendige von Jungfrauen*, damit hast du ins Schwarze getroffen.«

»Das *Lebendige von Jungfrauen*«, murmelte Adamsberg. »Davon kann sie dir nichts erzählt haben, denn das ist das Einzige, was wir nicht verstanden haben.«

»Du hast es nicht verstanden?«, fragte Romain mit verdutzter Miene, er schien wieder ein wenig zu Kräften zu kommen, nun, da es um die Arbeit ging. »Aber das fällt doch ins Auge, es ist groß wie dein Gebirge.«

»Mein Gebirge lass im Augenblick aus dem Spiel, ich bitte dich. Und erzähl mir was über dieses Lebendige.«

»Na, was soll's schon sein, Holzkopf? Das *Lebendige* ist das, was selbst nach dem Tod noch weiterlebt, was dem Tod trotzt und sogar dem Alter. Es ist das Haar, verdammt. Wenn man erwachsen ist, wenn nichts mehr größer wird, sich nichts mehr bewegt, ist das Einzige, was schön und neu immer wieder nachwächst, das Haar.«

»Es sei denn, sie fallen einem aus.«

»Doch nicht den Frauen, du Idiot. Das Haar oder die Nägel. Was ohnehin dasselbe ist, Keratin eben. Das *Lebendige* deiner Jungfrauen, das sind ihre Haare. Denn die sind im

Grab der einzige Teil des Körpers, der die Zerstörung durch den Tod überdauert. Sie sind der Antitod, der Gegentod, das Gegengift. Das ist nun wirklich keine Hexerei. Kannst du mir folgen, Adamsberg, oder hast du auch Zustände?«

»Ich kann dir folgen«, sagte Adamsberg überrascht. »Das ist schlau, Romain, und es ist mehr als wahrscheinlich.«

»Wahrscheinlich? Machst du dich über mich lustig? Es ist hundertprozentig sicher, ja. Das sieht man doch auf deinem Foto, Mensch.«

Romain schnappte sich den Stapel Fotos, gähnte ausgiebig und rieb sich die Augen.

»Hol kaltes Wasser vom Hahn und das Geschirrtuch. Und reib mir den Kopf ab.«

»Das Geschirrtuch ist ziemlich schmutzig.«

»Das ist mir scheißegal. Beweg dich.«

Adamsberg fügte sich und behandelte Romains Kopf, heftig rubbelnd, mit kaltem Wasser, wie man ein Pferd abbürstet. Romains Gesicht wurde ganz rot davon.

»Geht's dir jetzt besser?«

»Es wird schon gehen. Gib mir den Rest Kaffee. Und reich mir das Foto.«

»Welches?«

»Das von der ersten Frau, Élisabeth Châtel. Und hol mir die Lupe von meinem Schreibtisch.«

Adamsberg legte die Lupe und das morbide Bild vor den Mediziner hin.

»Da«, sagte Romain und zeigte auf die rechte Schläfe von Élisabeths Schädel. »Ihr wurden Haarsträhnen abgeschnitten.«

»Bist du dir sicher?«

»Da besteht nicht der geringste Zweifel.«

»Das *Lebendige von Jungfrauen*«, wiederholte Adamsberg und betrachtete eingehend das Foto. »Diese Wahnsinnige hat sie umgebracht, um anschließend ihre Haare zu stehlen.«

»Die den Tod überdauert hatten. Auf der rechten Schädelseite, wie du feststellen kannst. Erinnerst du dich an den Text?«

»Mit dem Lebendigen von Jungfrauen, selbigem dextra, angesetzt zu drei gleichen Teilen …«

»*Dextra*, rechter Hand, also rechts. Weil links – im Lateinischen *sinister* – die sinistre, eben düstere Seite ist. Wohingegen die rechte Seite das Licht darstellt. Die rechte Hand lenkt das Leben. Kannst du folgen, mein Lieber?«

Wortlos stimmte Adamsberg ihm zu.

»Ariane hatte auch schon an die Haare gedacht«, sagte er.

»Du scheinst sie gern zu haben, die Ariane.«

»Wer hat dir das gesagt?«

»Dein Lieutenant.«

»Warum aber hat Ariane die abgeschnittenen Haare nicht bemerkt?«

Romain grinste überlegen.

»Weil nur ich es sehen konnte. Ariane ist eine Meisterin, aber ihr Vater war kein Friseur. Meiner dagegen schon. Ich kann erkennen, ob eine Strähne frisch geschnitten ist. Die Spitzen sehen anders aus, sind glatt und gerade, ohne Spliss. Siehst du es nicht? Hier?«

»Nein.«

»Weil dein Vater eben kein Friseur war.«

»Nein.«

»Ariane hat noch eine weitere Entschuldigung. Élisabeth Châtel hat, nehme ich jedenfalls an, nicht viel Aufhebens um ihr Äußeres gemacht. Oder irre ich mich?«

»Nein. Sie trug weder Schmuck, noch schminkte sie sich, soweit wir wissen.«

»Und sie ging auch nie zum Friseur. Sie schnitt sich die Haare selbst, wie's gerade kam. Wenn ihr eine Strähne in die Augen fiel, schnitt sie sie mit der Schere ab, und fertig. Dadurch hatte sie eine ziemlich unordentliche Frisur, siehst du's? Lange Strähnen, mittellange, kurze. In diesem laienhaft gestutzten Haar war es für Ariane unmöglich, frisch geschnittene Strähnen auszumachen.«

»Wir haben bei Scheinwerferlicht gearbeitet.«

»Noch dazu. Und bei Pascaline erkennt man gar nichts.«

»Hast du das alles am Freitag Retancourt erzählt?«

»Natürlich.«

»Was hat sie dazu gesagt?«

»Nichts. Sie ist nachdenklich geworden, genau wie du. Aber ich habe nicht den Eindruck, dass das viel an deiner Ermittlung ändern wird.«

»Außer dass wir jetzt wissen, warum sie die Gräber aufbricht. Und warum sie eine dritte Jungfrau umbringen muss.«

»Glaubst du das?«

»Ja. *Angesetzt zu drei gleichen Teilen.* Das ist die Anzahl der Frauen.«

»Schon möglich. Hast du die dritte schon identifiziert?«

»Nein.«

»Dann such eine Frau mit schönen Haaren. Élisabeth und Pascaline hatten prachtvolles Haar. Bring mich zu meinem Bett, mein Lieber. Ich kann nicht mehr.«

»Pardon, Romain«, sagte Adamsberg und stand ruckartig auf.

»Macht nichts. Aber wenn du schon dabei bist und in alten Medikationen stöberst, such nach einer für mich, einer, die gegen Zustände hilft.«

»Das verspreche ich dir«, sagte Adamsberg und brachte Romain zu seinem Schlafzimmer.

Stutzig geworden durch Adamsbergs Ton, wandte Romain den Kopf.

»Meinst du das ernst?«

»Ja, ich verspreche es dir.«

45

Das Verschwinden von Retancourt, der nächtliche Kaffee bei Romain, die zärtliche Paarung von Camille und Veyrenc, das Lebendige der Jungfrauen und die wilde Miene von Roland hatten Adamsbergs Nacht schwer erschüttert. Immer wieder war er zusammengezuckt, träumend zwischendurch, dass einer der beiden Steinböcke – aber welcher, der rothaarige, der braunhaarige? – auf dem Berggipfel verunglückt war. Mit Schmerzen und Übelkeit war der Kommissar aufgewacht. Ein informelles Kolloquium, oder eher eine Art Trauersitzung, war am Morgen spontan in der Brigade einberufen worden. Mit gebeugtem Rücken und versunken in ihre Angst, hockten die Beamten auf ihren Stühlen.

»Keiner von uns hat es ausgesprochen«, sagte Adamsberg, »doch wir alle wissen es. Retancourt ist weder verloren gegangen, noch liegt sie in einem Krankenhaus und sie leidet auch nicht an Gedächtnisschwund. Sie ist in den Händen der Wahnsinnigen. Als sie von Romain wegging, wusste sie etwas, das wir nicht wussten: dass das *Lebendige von Jungfrauen* die Haare unberührter Frauen sind und dass die Mörderin die Gräber aufgebrochen hat, um den Leichen genau diese Substanz abzuschneiden, die den Zerfall überdauert.

Auf der rechten Schädelseite, *dextra*, die positiver als die linke Seite ist. Danach haben wir sie nicht mehr gesehen. Wir können also davon ausgehen, dass sie, als sie von Romain wegging, etwas begriffen hatte, das sie geradewegs zu der Mörderin führte. Oder das für den Todesengel so beunruhigend war, dass er beschloss, Retancourt verschwinden zu lassen.«

Adamsberg hatte absichtlich das Wort »verschwinden« gebraucht, das ausweichender und optimistischer klang als »umbringen«. Doch er machte sich keinerlei Illusionen über die Absichten der Krankenschwester.

»Mit diesem *Lebendigen*«, fasste Mordent zusammen, »und allein damit hat Retancourt etwas begriffen, was wir immer noch nicht begriffen haben.«

»Genau das befürchte ich. Wo ist sie danach gewesen, und was hat sie gemacht, das die Krankenschwester alarmierte?«

»Die einzige Lösung wäre herauszufinden, was sie begriffen hat«, meinte Mordent und rieb sich die Stirn.

Mutlose Stille machte sich breit, einige hoffnungsvolle Blicke richteten sich auf Adamsberg.

»Ich bin nicht Retancourt«, sagte er mit verneinender Geste. »Ich vermag nicht wie sie zu denken, keiner von Ihnen kann es. Selbst unter Hypnose, im Starrkrampf oder im Koma könnten wir nicht mit ihr verschmelzen.«

Die Vorstellung einer »Verschmelzung« ließ Adamsberg an sein Québecer Abenteuer zurückdenken, wo seine rettende Vereinigung mit dem beeindruckenden Körper seines großen Lieutenants stattgefunden hatte. Die Erinnerung daran erfüllte ihn mit Schmerz. Retancourt, sein Baum. Er hatte seinen Baum verloren. Plötzlich hob er den Kopf zu seinen regungslosen Beamten.

»Doch«, sagte er halblaut. »Einer von uns kann mit ihr verschmelzen. So weit verschmelzen, dass er weiß, wo sie ist.«

Noch zögernd war Adamsberg aufgestanden und wieder verbreitete sich jenes matte Licht über sein Gesicht.

»Die Katze«, sagte er. »Wo ist die Katze?«

»Hinter dem Kopiergerät«, sagte Justin.

»Beeilung, los!«, sagte Adamsberg mit lebhafter Stimme, lief von Stuhl zu Stuhl und rüttelte jeden, als wecke er die Soldaten einer schwankenden Armee. »Wir sind Idioten, ich bin ein Idiot. Die Kugel wird uns zu Retancourt führen.«

»Die Kugel?«, sagte Kernorkian. »Aber Die Kugel ist ein apathischer Lappen.«

»Die Kugel«, verteidigte Adamsberg das Tier, »ist ein apathischer Lappen, der Retancourt liebt. Die Kugel lebt nur noch dafür, sie wiederzufinden. Die Kugel ist ein Tier. Mit einer Nase, einem Spürsinn, einem Hirn, groß wie eine Aprikose, und einem Gedächtnis, in dem hunderttausend Gerüche gespeichert sind.«

»Hunderttausend?«, murmelte Lamarre skeptisch. »Die Kugel soll sich hunderttausend Gerüche eingeprägt haben?«

»Natürlich. Und selbst wenn sie sich nur einen gemerkt hätte, so wäre es der von Retancourt.«

»Ich habe die Katze«, sagte Justin, und beim Anblick des Tieres, das wie ein zusammengefalteter Scheuerlappen auf dem Unterarm des Lieutenants hing, packte jeden der Zweifel.

Nur Adamsberg, der in persönlicher Hochgeschwindigkeit

durch den Konzilsaal lief, ließ nicht ab von seiner Idee und gab seinen Gefechtsplan aus.

»Froissy, befestigen Sie einen Sender am Hals der Katze. Sie haben die Ausrüstung doch noch nicht zurückgegeben?«

»Nein, Kommissar.«

»Dann los. Geben Sie Gas, Froissy. Justin, stellen Sie zwei Wagen und zwei Motorräder auf die Frequenz ein. Mordent, informieren Sie die Präfektur, sie sollen uns einen Hubschrauber in den Hof schicken, mit allem nötigen Gerät. Voisenet und Maurel, fahren Sie alle Autos weg, damit er landen kann. Wir nehmen einen Arzt mit, ein Krankenwagen soll hinterherfahren.«

Adamsberg sah auf seine Uhren.

»In einer Stunde sollten wir weg sein. Ich, Danglard und Froissy im Hubschrauber. Zwei Teams in den Wagen, Kernorkian – Mordent, Justin –Voisenet. Nehmen Sie was zu essen mit, wir halten unterwegs nicht an. Zwei Mann auf die Motorräder, Lamarre und Estalère. Wo ist Estalère?«

»Oben«, sagte Lamarre und zeigte zur Decke.

»Holen Sie ihn runter«, sagte Adamsberg, als handele es sich um ein Paket.

Eine wuselnde Geschäftigkeit setzte ein, Gepolter und kurze Befehle, nervöse Zurufe, eiliges Getrappel im Treppenhaus – die Brigade verwandelte sich in ein Schlachtfeld vor dem Angriff. Ein Schnaufen, Schniefen, lärmendes Herumgerenne, übertönt vom Brummen der Motoren von vierzehn Wagen, die nach und nach aus dem großen Hof gefahren wurden, um Platz zu schaffen für den Helikopter. Die alte hölzerne Treppe, die ins obere Stockwerk führte, besaß in der Biegung eine Stufe, die zwei Zentimeter niedriger war als die anderen. Zu Beginn des Brigadelebens hatte diese Abweichung zahlreiche Stürze verursacht, doch schließlich hatte sich jeder darauf eingestellt. Nur an diesem Morgen stolperten zwei Männer, Maurel und Kernorkian, bei ihrem hektischen Hin-und-her-Rennen wieder einmal über die Stufe.

»Was machen die denn da?«, fragte Adamsberg, als er den Krach im oberen Stockwerk hörte.

»Die brechen sich auf der Treppe die Knochen«, meinte Mordent. »Der Hubschrauber setzt in einer Viertelstunde auf. Estalère kommt runter.«

»Hat er was gegessen?«

»Nicht seit gestern. Er hat da geschlafen.«

»Verpflegen Sie ihn. Suchen Sie was in Froissys Spind.«

»Wozu brauchen Sie Estalère überhaupt?«

»Er ist der Fachmann in Sachen Retancourt, ungefähr so wie die Katze.«

»Stimmt, Estalère hatte es gesagt«, bestätigte Danglard. »Dass sie nach irgendetwas suche, irgendetwas *Geistigem*.«

Ein wenig zitternd näherte sich der junge Brigadier der Gruppe. Adamsberg legte ihm die Hand auf die Schulter.

»Sie ist tot«, sagte Estalère mit hohler Stimme. »Normalerweise müsste sie längst tot sein.«

»Normalerweise, ja. Aber Violette ist nicht normal.«

»Aber sie ist sterblich.«

Adamsberg biss sich auf die Lippen.

»Warum nehmen wir den Hubschrauber?«, fragte Estalère.

»Weil Die Kugel keiner Straße folgen wird. Sie wird durch

Häuser und über Höfe laufen, quer über Landstraßen, durch Felder und Wälder. Vom Auto aus können wir ihr nicht folgen.«

»Retancourt ist weit weg«, sagte Estalère. »Ich spüre sie nicht mehr. Die Kugel wird diesen ganzen langen Weg nicht schaffen. Sie hat keine Muskeln, sie wird unterwegs zusammenklappen.«

»Essen Sie was, Brigadier. Fühlen Sie sich stark genug, das Motorrad zu fahren?«

»Ja.«

»Sehr gut. Füttern Sie auch die Katze. Ausgiebig.«

»Es gibt noch eine andere Möglichkeit«, sagte Estalère mit ausdrucksloser Stimme. »Es ist gar nicht mal sicher, dass Violette etwas begriffen hat. Es ist gar nicht mal sicher, dass die Irre sie entführt hat, um sie zum Schweigen zu bringen.«

»Wozu dann?«

»Ich glaube, sie ist noch Jungfrau«, murmelte der Brigadier.

»Das glaube ich auch, Estalère.«

»Und sie ist fünfunddreißig Jahre alt und sie wurde in der Normandie geboren. Und sie hat schönes Haar. Ich glaube, sie könnte die dritte Jungfrau sein.«

»Wieso ausgerechnet sie?«, fragte Adamsberg und ahnte die Antwort bereits.

»Um uns zu bestrafen. Indem sie Violette nimmt, verschafft sich die Mörderin den …«

Estalère stockte bei dem Wort und senkte den Kopf.

»… den Stoff, den sie braucht«, beendete Adamsberg den Satz. »Und zugleich trifft sie uns mitten ins Herz.«

Maurel, der sich sein vom Treppensturz lädiertes Knie rieb, hielt sich als Erster die Ohren zu, als der Hubschrauber über das Dach der Brigade geflogen kam. Alle Beamten stellten sich hinter den Fenstern auf, drückten sich die Finger auf die Schläfen und sahen zu, wie die große blaugraue Maschine sich langsam zur Erde senkte. Danglard trat auf den Kommissar zu.

»Ich würde lieber mit dem Wagen fahren«, sagte er verlegen. »Im Hubschrauber werde ich Ihnen nichts nützen, da werde ich krank. Ich habe schon im Fahrstuhl meine Schwierigkeiten.«

»Dann tauschen Sie mit Mordent, Capitaine. Sind die Männer in den Wagen startklar?«

»Ja. Maurel wartet auf Ihr Zeichen, um die Tür zu öffnen und die Katze rauszulassen.«

»Und wenn sie nun bloß bis zur Hausecke geht und pisst?«, fragte Justin. »Das wäre ihr zuzutrauen.«

»So wird es sein, sobald sie Retancourt wiedergefunden hat«, meinte Adamsberg.

»Tut mit leid«, sagte Voisenet nach einigem Zögern, »aber falls Retancourt nun schon tot ist, kann die Katze sie dann noch an ihrem Geruch erkennen?«

Adamsberg ballte die Fäuste.

»Tut mir leid«, wiederholte Voisenet. »Es ist wichtig.«

»Dann bleibt immer noch ihre Kleidung, Justin.«

»Voisenet«, berichtigte Voisenet automatisch.

»Ihre Kleidung wird ihren Geruch noch lange an sich tragen.«

»Stimmt.«

»Sie ist vielleicht die dritte Jungfrau. Und vielleicht hat man sie uns deshalb geraubt.«

»Daran hatte ich auch schon gedacht. In dem Fall«, fügte Voisenet nach einer Pause hinzu, »können Sie Ihre Nachforschungen in der Haute-Normandie einstellen.«

»Das ist schon passiert.«

Mordent und Froissy kamen startbereit zu Adamsberg. Maurel trug Die Kugel auf dem Arm.

»Kann sie den Sender auch nicht mit ihren Krallen beschädigen, Froissy?«

»Nein. Ich habe ihn gesichert.«

»Maurel, halten Sie sich bereit. Sobald der Hubschrauber hoch genug ist, lassen Sie die Katze laufen. Und sobald die Katze sich auf den Weg macht, geben Sie den Wagen das Zeichen zur Abfahrt.«

Maurel sah zu, wie die Mannschaft zurücktrat und sich unter den Rotorblättern des startenden Hubschraubers duckte. Schaukelnd stieg die Maschine auf. Maurel setzte Die Kugel ab, um seine Ohren gegen den Startlärm zu schützen, und sofort zerfloss das Tier wie eine Pfütze aus Fell am Boden. »Lassen Sie die Katze laufen«, hatte Adamsberg befohlen, so wie man sagt: »Werfen Sie die Bombe ab.« Skeptisch nahm der Lieutenant das Tier wieder hoch und trug es zum Ausgang. Was er da unterm Arm hielt, war nicht wirklich eine Wunderwaffe.

46

Francine stand nicht vor elf Uhr auf. Sie blieb morgens gern eine Weile wach unter den Bettdecken liegen, wenn alles nächtliche Getier in seine Löcher zurückgekrabbelt war.

Doch in dieser Nacht hatte ein Geräusch sie gestört, sie erinnerte sich. Sie stieß das alte Federbett zurück – auch das würde sie wegschmeißen, und mit ihm die Milben, die unter der gelben Seide wahrscheinlich zu Tausenden saßen – und nahm ihr Schlafzimmer in Augenschein. Sie sah sofort, was vorgefallen war. Unterhalb des Fensters war der Zement-streifen, der den Spalt verschloss, herausgefallen und lag, in mehrere Stücke zerplatzt, auf dem Boden. Zwischen Mauer-werk und Fensterrahmen schien das Tageslicht herein.

Francine besah sich den Schaden näher. Sie würde nicht nur diesen verdammten Spalt neu verschmieren müssen, nein, auch nachdenken musste sie jetzt. Herausfinden, warum und wie der Zement heruntergefallen war. Konnte sich vielleicht ein Tier mit seiner Schnauze gegen die Außenwand gestemmt und versucht haben, mit Gewalt einzudringen, bis es die Auf-füllung zerdrückt hatte? Und wenn ja, was für eine Art Tier? Ein Wildschwein?

Mit Tränen in den Augen setzte Francine sich wieder auf

ihr Bett und hob die Füße vom Boden. Ideal wäre es gewesen, sich einfach im Hotel einzumieten, bis die Wohnung bezugsfertig wäre. Aber sie hatte längst alles durchgerechnet, es war viel zu teuer.

Francine rieb sich die Augen und schlüpfte in ihre Hausschuhe. Fünfunddreißig Jahre hatte sie es auf diesem verfluchten Bauernhof ausgehalten, sie würde es auch noch zwei weitere Monate schaffen. Sie hatte keine andere Wahl. Abwarten und die Tage zählen. Gleich, sagte sie sich, um sich aufzumuntern, wäre sie in der Apotheke. Und heute Abend, wenn sie das Loch unterm Fenster zugestopft hätte, würde sie mit einem Kaffee mit Rum ins Bett steigen und sich einen Film anschauen.

47

Der Hubschrauber stand über den Dächern der Brigade und Adamsberg wagte kaum zu atmen. Der vom Sender der Katze erzeugte rote Punkt war gut sichtbar auf dem Bildschirm, doch bewegte er sich keinen Deut vorwärts.

»Scheiße«, zischelte Froissy.

Adamsberg nahm sein Funkgerät.

»Maurel? Haben Sie sie laufen lassen?«

»Ja, Kommissar. Sie sitzt auf dem Bürgersteig. Sie ist von der Tür aus vier Meter nach rechts gelaufen und hat sich dann hingesetzt. Sie schaut sich die vorbeifahrenden Autos an.«

Adamsberg ließ sein Mikrofon auf die Knie sinken und biss sich auf die Lippe.

»Sie bewegt sich«, verkündete plötzlich Bastien, der Pilot, ein ziemlich beleibter Mensch, der das Gerät mit der Gelassenheit eines Klavierspielers bediente.

Der Kommissar beugte sich zum Bildschirm vor und starrte auf den kleinen roten Punkt, der tatsächlich anfing, sich langsam zu bewegen.

»Sie läuft in Richtung Avenue d'Italie. Folgen Sie ihr, Bastien. Maurel, geben Sie den Wagen das Zeichen zur Abfahrt.«

Um zehn nach zehn startete der Hubschrauber seinen Flug

über Paris nach Süden, ein riesiges Ungetüm, ganz auf die Bewegungen einer rundlichen, weichen Katze fixiert, die für das Leben draußen so gut wie ungeeignet war.

»Sie biegt nach Südwesten ab, sie wird die Ringautobahn überqueren«, sagte Bastien. »Und die ist im Moment total verstopft.«

Mach, dass Die Kugel durchkommt und nicht überfahren wird, betete Adamsberg kurz, an wen auch immer gewandt, seit er seine dritte Jungfrau aus den Augen verloren hatte. Mach, dass sie ein Tier ist.

»Sie ist rüber«, sagte Bastien. »Jetzt ist sie in den Außenbezirken. Langsam kommt sie in Fahrt, sie rennt fast.«

Adamsberg sah mit vagem Erstaunen zu Mordent und Froissy, die sich über seine Schulter beugten, um mitzuverfolgen, wie der Punkt sich bewegte.

»Sie rennt fast«, wiederholte er, als wolle er sich selbst von dem unwahrscheinlichen Ereignis überzeugen.

»Nein, sie ist stehen geblieben«, sagte Bastien.

»Katzen können nicht lange rennen«, meinte Froissy. »Von Zeit zu Zeit wird sie einen kurzen Sprint einlegen, aber nicht mehr.«

»Sie läuft wieder los, jetzt in gemäßigterem Tempo.«

»Wie schnell?«

»Ungefähr zwei bis drei Stundenkilometer. Sie läuft ganz gemächlich Richtung Fontenay-aux-Roses.«

»An alle Einsatzwagen, fahren Sie auf die D 77, Fontenay-aux-Roses, immer noch Südwesten.«

»Wie spät ist es?«, fragte Danglard, während er auf die Départementale 77 einbog.

»Viertel zwölf«, sagte Kernorkian. »Vielleicht sucht sie einfach ihre Mutter.«

»Wer?«

»Die Kugel.«

»Erwachsene Katzen erkennen ihre Mutter nicht mehr, sie ist ihnen vollkommen egal.«

»Ich meine, vielleicht läuft Die Kugel ja einfach irgendwohin. Vielleicht führt sie uns nach Lappland.«

»Dafür läuft sie allerdings in die falsche Richtung.«

»Gut«, sagte Kernorkian, »ich meine ja bloß, dass ...«

»Ich weiß«, unterbrach Danglard ihn. »Du meinst bloß, dass wir nicht wissen, wo diese verdammte Katze hinläuft, dass wir nicht wissen, ob sie Retancourt sucht, dass wir nicht wissen, ob Retancourt tot ist. Aber wir haben keine andere Wahl, verflucht noch mal.«

»Richtung Sceaux«, meldete sich Adamsbergs Stimme wieder über den Bordfunk. »Nehmen Sie die D 67 über die D 75.«

»Sie wird langsamer«, sagte Bastien, »sie bleibt stehen. Sie ruht sich aus.«

»Falls Retancourt in Narbonne ist«, grummelte Mordent, »haben wir noch ordentlich was vor uns.«

»Verdammt, Mordent«, entgegnete Adamsberg. »Wer sagt denn, dass sie in Narbonne ist.«

»Entschuldigung«, sagte Mordent. »Ich bin völlig runter mit den Nerven.«

»Ich weiß, Commandant. Froissy, hätten Sie vielleicht was zu essen da?«

Der Lieutenant kramte in seinem schwarzen Rucksack.

»Was möchten Sie? Was Süßes oder was Herzhaftes?«

»Was ist denn an Herzhaftem da?«

»Leberpastete«, schätzte Mordent.

»Davon hätte ich gern was.«

»Sie schläft immer noch«, sagte Bastien.

In der Pilotenkanzel des Hubschraubers, der am Himmel kreisend über den Schlaf der Katze wachte, schmierte Froissy Entenleber mit grünem Pfeffer auf Brote. Schweigend aß man, so langsam wie möglich, um die Zeit nicht zu spüren. Solange man etwas zu tun hat, kann alles geschehen.

»Sie wandert weiter«, sagte Bastien.

Estalère hielt die Hände um den Lenker seines geparkten Motorrades gekrampft und hörte auf die Funkanweisungen mit dem Gefühl, in einer widerlichen Spannung gefangen zu sein. Aber der stetige, unbeirrte Vormarsch des kleinen Tieres machte ihm mehr Mut als jeder Gedanke. Die Kugel lief auf ein unbekanntes Ziel zu, ohne sich Fragen zu stellen und ohne schwach zu werden, sie tippelte durch Industriegebiete, durch Brombeergestrüpp und Weideland, überquerte Bahngleise. Estalère bewunderte die Katze. Seit sechs Stunden war sie nun schon unterwegs, achtzehn Kilometer hatte man zurückgelegt. Die Fahrzeuge bewegten sich sehr langsam vorwärts und legten lange Pausen am Straßenrand ein, bevor sie weiterfuhren zu den vom Hubschrauber durchgegebenen Punkten, immer bemüht, der Marschroute der Katze so nahe wie möglich zu sein.

»Fahren Sie weiter«, gab Adamsberg an die Wagen durch. »Jetzt Richtung Palaiseau, D 988. Sie läuft auf die Ingenieurhochschule zu, Südseite.«

»Vielleicht will sie sich bilden«, meinte Danglard und startete.

»Die Kugel hat doch bloß Grütze im Kopf.«

»Das werden wir noch sehen, Kernorkian.«

»Können wir bei dem Schneckentempo nicht mal an der nächsten Kneipe halten?«

»Nein«, sagte Danglard, der noch immer einen schweren Kopf hatte von dem Weißwein, den er tags zuvor im Keller getrunken hatte. »Entweder ich besauf mich richtig oder ich trinke gar nichts. Rationieren tu ich mich nicht gern. Und heute trinke ich nicht.«

»Aber ich glaube, Die Kugel trinkt«, meinte Kernorkian.

»Sie neigt dazu«, bestätigte Danglard. »Man wird es im Auge behalten müssen.«

»Falls sie unterwegs nicht krepiert.«

Danglard warf einen Blick aufs Armaturenbrett. Sechzehn Uhr vierzig. Die Zeit verging schleppend langsam, ihrer aller Nerven hatten einen Grad explosiver Gereiztheit erreicht.

»Wir fliegen zum Auftanken nach Orsay und kommen zurück«, verkündete Bastiens Stimme über den Funk.

Der Helikopter nahm Geschwindigkeit auf und ließ den roten Punkt hinter sich. Einen Augenblick lang hatte Adamsberg das Gefühl, Die Kugel bei ihrer Suche im Stich zu lassen.

Um siebzehn Uhr dreißig, nachdem sie bereits sieben Stunden gelaufen war, hielt die Katze noch immer durch, hartnäckig trabte sie in Richtung Südwesten, wobei sie alle zwanzig Minuten eine Pause einlegte. Die Fahrzeugkolonne folgte in Etappen nach. Um zwanzig Uhr fünfzehn passierten sie auf der D 97 die Ortschaft Forges-les-Bains.

»Sie wird abklappen«, meinte Kernorkian, der Danglards Pessimismus neue Nahrung gab. »Jetzt stecken ihr fünfunddreißig Kilometer in den Pfoten.«

»Halt den Mund. Noch läuft sie.«

Um zwanzig Uhr fünfunddreißig, es war bereits dunkel, griff Adamsberg noch einmal zum Mikrofon.

»Sie ist stehen geblieben. Auf der C 12 zwischen Chardonnières und Bazoches, zweieinhalb Kilometer von Forges entfernt. Freies Feld, nördlich der Straße. Sie läuft wieder los. Sie dreht sich um sich selbst.«

»Sie wird abklappen«, meinte Kernorkian.

»Verflucht«, schrie Danglard.

»Sie zögert«, sagte Bastien.

»Vielleicht will sie die Nacht dort verbringen und hält deshalb an«, meinte Mordent.

»Nein«, sagte Bastien, »sie sucht. Ich fliege näher ran.«

Kreisend ließ sich die Maschine ungefähr hundert Meter hinab, bis sie genau über der regungslosen Katze hing.

»Eine Lagerhalle«, sagte Adamsberg und wies auf lange Dächer aus Wellblech.

»Ein Autoschrottplatz«, sagte Froissy. »Stillgelegt.«

Adamsberg presste seine Hände um die Knie. Froissy reichte ihm kommentarlos einen Pfefferminzbonbon, den der Kommissar ohne ein Wort schluckte.

»Ja«, sagte Bastien. »Bestimmt ist ein Rudel Köter drin und die Katze hat Schiss. Aber ich glaube, genau dort will sie rein. Ich habe acht Stück gehabt, Katzen, meine ich.«

»Ein Autoschrottplatz«, gab Adamsberg an die Fahrzeuge durch, »fahren Sie über die C 8, dort wo die C 6 sie kreuzt. Wir landen.«

»Ist gut«, sagte Justin und fuhr los. »Wir sammeln uns.«

Noch im Schutze des Hubschraubers, der auf einem Brachfeld aufgesetzt hatte, besahen sich Bastien, die neun Polizisten und der Arzt in der Dunkelheit das Gebiet um den alten Hangar, die Autowracks und die wild wuchernde Vegetation zwischen den herumliegenden Schrottteilen. Die Hunde hatten die Eindringlinge entdeckt und näherten sich mit wütendem Gebell.

»Es sind drei oder vier«, schätzte Voisenet. »Große.«

»Vielleicht läuft Die Kugel ihretwegen nicht mehr weiter«, meinte Froissy. »Sie weiß nicht, wie sie das Hindernis überwinden soll.«

»Wir machen die Hunde unschädlich und warten ab, wie die Katze sich verhält«, entschied Adamsberg. »Gehen Sie nicht zu nah an sie heran, lenken Sie sie nicht ab.«

»Sie scheint in einer seltsamen Verfassung zu sein«, sagte Froissy, die das Feld mit ihrem Nachtfernglas abgesucht und Die Kugel vierzig Meter vor ihnen entdeckt hatte.

»Ich habe Angst vor Hunden«, sagte Kernorkian.

»Bleiben Sie zurück, Lieutenant, und schießen Sie nicht. Ein Hieb mit dem Kolben auf den Kopf.«

Drei große Tiere, die in halb verwildertem Zustand in dem riesigen Gebäude vegetierten, stürzten heulend auf die Polizisten zu, noch bevor diese überhaupt die Tore der Halle erreicht hatten. Kernorkian lief zum warmen Bauch des Hubschraubers und zur beruhigenden Masse des dicken Bastien zurück, der an seiner Maschine lehnte und rauchte, während die Männer die Tiere zu Boden streckten. Adamsberg betrachtete die Halle, die dreckstarrenden oder herausgeschlagenen Fenster, die zur Hälfte hochgezogenen, rostigen Metalltore. Froissy ging einen Schritt vor.

»Gehen Sie nicht weiter als bis auf zehn Meter heran«, sagte Adamsberg. »Warten Sie, bis die Katze sich bewegt.«

Die Kugel, bis zum Latz schwarz von Erde und durch ihr verklebtes Fell viel schmaler wirkend, schnupperte an einem der am Boden liegenden Hunde. Dann leckte sie sich eine Pfote und begann sich ausgiebig zu putzen, als gäbe es nichts anderes mehr zu tun.

»Was macht die denn jetzt?«, fragte Voisenet und leuchtete sie von Weitem mit seiner Taschenlampe an.

»Kann sein, dass ihr ein Dorn in der Pfote steckt«, sagte der Arzt, ein geduldiger, vollkommen kahlköpfiger Mann.

»Mir auch«, sagte Justin und zeigte seine vom Zahn eines Hundes aufgerissene Hand. »Trotzdem höre ich nicht gleich auf zu arbeiten.«

»Sie ist ein Tier, Justin«, sagte Adamsberg.

Sorgfältig säuberte Die Kugel sich erst die eine, dann die andere Pfote und lief schließlich auf die Lagerhalle zu, wobei sie plötzlich sehr schnell zu rennen begann, zum zweiten Mal an diesem Tag. Adamsberg presste sich die Faust in die Hand.

»Sie ist angekommen«, sagte er. »Vier Mann hintenherum, die anderen mit mir. Doktor, folgen Sie uns.«

»Doktor Lavoisier«, präzisierte der Arzt. »Lavoisier, wie Lavoisier, ganz einfach.«

Adamsberg blickte ihn ausdruckslos an. Er wusste nicht, wer Lavoisier war, und es war ihm auch vollkommen egal.

48

Schweigend ging jede der beiden Gruppen im Dunkel der Halle voran, die Lichtkegel ihrer Stablampen streiften verwüstete Tische, Reifenstapel, Berge von Lappen. Das Gebäude, das vermutlich schon zehn Jahre leer stand, stank noch immer nach verbranntem Gummi und Diesel.

»Sie weiß genau, wohin sie geht«, sagte Adamsberg und beleuchtete die runden Abdrücke, die die Pfoten der Kugel in der dicken Staubschicht hinterlassen hatten.

Mit gesenktem Kopf und schwer atmend folgte er diesen Spuren überaus langsam und ohne dass einer seiner Mitarbeiter ihn zu überholen suchte. Nach elfstündiger Jagd war niemand mehr begierig darauf, ans Ziel zu gelangen. Der Kommissar setzte einen Fuß vor den anderen, als watete er durch Schlamm, bei jedem Schritt zog er seine steifen Beine mühsam vom Boden ab.

Sie trafen die zweite Mannschaft vor einem langen dunklen Gang, der nur von einem hohen Glasdach erhellt wurde, durch das der Mond hereinschien. Dort war die Katze zwölf Meter vor ihnen stehen geblieben und hatte sich vor einer Tür postiert. Ihre Augen leuchteten auf, als Adamsbergs Taschenlampe sie streifte. Sieben Tage und sieben Nächte war es her, dass Retancourt hierhergebracht worden war, in dieses dunkle Loch, in dem drei verwahrloste Hunde lebten.

Schwerfällig lief der Kommissar in den Gang hinein, nach ein paar Metern drehte er sich um. Keiner seiner Beamten folgte ihm, alle standen sie dicht gedrängt am Eingang des langen Korridors, zu einer Gruppe erstarrt, die keine Kraft mehr hatte, das letzte Stück noch zu gehen.

Ich auch nicht, dachte Adamsberg. Aber sie konnten doch nicht einfach dort an die Wand gedrückt stehen bleiben und Retancourt aufgeben, nur weil sie sich fürchteten, ihrem Körper zu begegnen. Vor der Eisentür, die die Katze bewachte, stoppte er. Das Tier schnüffelte mit der Nase über den Boden, es schien unempfindlich gegenüber dem kotigen Geruch, der davon ausging. Adamsberg holte tief Luft, griff nach dem Haken, mit dem die Tür an der Wand zugehalten wurde, und zog ihn weg. Den Nacken in einer unnatürlichen Geste gekrümmt, zwang er sich zu sehen, was er sehen musste: Retancourts lebloser Körper lag, gegen alte Werkzeuge und Metallkanister gelehnt, am Boden eines finsteren kleinen Raums. Regungslos blieb er stehen und betrachtete sie und hielt seine Tränen nicht mehr zurück. Zum ersten Mal, so schien ihm, weinte er um einen anderen Menschen als um seinen Bruder Raphaël oder um Camille. Retancourt, sein Baum, lag vernichtet am Boden. Kurz nur hatte er sie angeleuchtet und dabei ihr staubverdrecktes Gesicht bemerkt, ihre schon blauen Fingernägel, den offenen Mund und ihre blonden Haare, über die eine Spinne lief.

Er wich zu der Wand aus schwarzem Ziegelstein zurück, während die Katze ohne jede Scham den Verschlag betrat, mit

einem Satz auf Retancourts Körper sprang und sich genüss-
lich auf ihrer schmutzigen Kleidung ausstreckte. Der Geruch,
dachte Adamsberg. Er nahm nur den Gestank des Diesels
wahr, Motoröl, Urin und Kot. Nur maschinelle und tierische
Ausdünstungen, aber kein Verwesungsgeruch. Er machte
zwei Schritte, um sich dem leblosen Körper aufs Neue zu nähern, und kniete sich in den schmierigen Zement. Als er seine
Taschenlampe mit einem Ruck auf Retancourts staubiges
Statuengesicht richtete, sah er nur die Unbewegtheit des
Todes, die starren, geöffneten Lippen, die auf die Beine der
kleinen Spinne nicht reagierten. Langsam streckte er seine
Hand aus und legte sie ihr auf die Stirn.

»Doktor«, sagte er und winkte ihn heran.

»Er ruft Sie«, sagte Mordent, ohne sich von der Stelle zu
rühren.

»Lavoisier, wie Lavoisier, ganz einfach.«

»Er ruft Sie«, wiederholte Justin.

Noch immer auf Knien, kroch Adamsberg ein Stück zurück, um dem Arzt Platz zu machen.

»Sie ist tot«, sagte er. »Und zugleich ist sie nicht tot.«

»Entweder das eine oder das andere, Kommissar«, sagte
Lavoisier und öffnete sein Köfferchen. »Ich kann nichts
sehen.«

»Licht her!«, rief Adamsberg.

Nach und nach kam die Gruppe näher, allen voran Mordent und Danglard mit ihren Lampen.

»Noch warm«, sagte der Arzt, nachdem er sie kurz abge-
tastet hatte. »Sie ist vor einer knappen Stunde gestorben. Ich
kann ihren Puls nicht finden.«

»Sie lebt«, behauptete Adamsberg.

»Einen Augenblick, mein Lieber, regen Sie sich nicht auf«, sagte der Arzt und holte einen Spiegel heraus, den er Retancourt vor den Mund hielt.

»Verstanden«, fügte er nach langen Sekunden hinzu. »Bringen Sie die Trage, sie lebt. Ich weiß nicht, wie, aber sie lebt. Präfinaler Zustand, Untertemperatur, so was habe ich in meinem Leben noch nicht gesehen.«

»Was haben Sie verstanden?«, fragte Adamsberg. »Was hat sie?«

»Der Stoffwechsel funktioniert auf einem Minimum«, sagte der Arzt, während er mit seiner Untersuchung fortfuhr. »Füße und Hände sind eisig, die Durchblutung läuft in verlangsamtem Tempo, der Darm ist leer, die Augen sind verdreht.«

Der Arzt krempelte die Ärmel ihres Pullovers hoch und untersuchte die Arme.

»Selbst die peripheren Abschnitte der Gliedmaßen sind bereits kalt.«

»Koma?«

»In gewissem Sinne, ja, aber die Vitalfunktionen sind noch erhalten. Sie kann von einem Augenblick auf den anderen sterben, bei all dem Zeug, das man ihr gespritzt hat.«

»Was?«, fragte Adamsberg, dessen Hände sich um Retancourts dicken Arm gekrallt hatten.

»Soweit ich das überblicke, eine Dosis Beruhigungsmittel, mit der man zehn Pferde hätte umbringen können.«

»Die Spritze«, stieß Voisenet zwischen den Zähnen hervor.

»Vorher ist sie brutal niedergeschlagen worden«, sagte der

Arzt und suchte ihr Haar ab. »Mögliches Schädeltrauma. Sie wurde gefesselt, an Knöcheln und Handgelenken, der Strick ist in die Haut gedrungen. Ich glaube, man hat ihr erst hier das Gift verabreicht. Eigentlich hätte sie auf der Stelle sterben müssen. Aber nach dem Wasserverlust und den Ausscheidungen zu urteilen, leistet sie seit sechs oder sieben Tagen Widerstand. Das ist nicht normal, ich gebe zu, das übersteigt meinen Horizont.«

»Sie ist nicht normal, Doktor.«

»Lavoisier, wie Lavoisier«, sagte der Arzt automatisch. »Habe ich gesehen, Kommissar, aber ihre Größe und ihr Gewicht haben nichts damit zu tun. Ich weiß nicht, wie ihr Organismus sich gegen das Gift, den Hunger und die Kälte zur Wehr gesetzt hat.«

Die Sanitäter stellten die Trage ab und versuchten Retancourt darauf zu rollen.

»Sachte, sachte«, sagte Lavoisier. »Sie darf nicht zu stark atmen, das könnte fatal sein. Legen Sie Gurte unter und ziehen Sie sie Stück für Stück. Lassen Sie sie los, mein Lieber«, fügte er hinzu und sah Adamsberg an.

Adamsberg löste seine Hände von Retancourts Arm und drängte die Männer in den Gang zurück.

»Das ist Energieumwandlung«, Estalère sagte sein Sprüchlein auf, während er mit den Augen verfolgte, wie der große Körper langsam auf die Bahre manövriert wurde. »Sie hat ihre ganze Energie auf die Abwehr des Neuroleptikums konzentriert.«

»Wenn du meinst«, sagte Mordent. »Wir werden es nie erfahren.«

»Schaffen Sie die Trage in den Hubschrauber«, ordnete Lavoisier an. »Wir müssen Zeit gewinnen.«

»Wo bringen Sie sie hin?«, fragte Justin.

»Nach Dourdan.«

»Kernorkian und Voisenet, kümmern Sie sich um ein Hotel für alle«, sagte Adamsberg. »Die Halle werden wir morgen gründlich durchkämmen. Bei dem klebrigen Staub hier müssen sie einfach Spuren hinterlassen haben.«

»Im Gang waren keine«, sagte Kernorkian. »Wir haben nur die Pfotenabdrücke der Katze gesehen.«

»Weil sie von der anderen Seite gekommen sind, deshalb. Lamarre und Justin bleiben hier, um die Zugänge zu überwachen, bis die Bullen aus Dourdan sie für die Nacht ablösen kommen.«

»Wo ist die Katze?«, fragte Estalère.

»Auf der Trage. Nehmen Sie sie, Brigadier. Bringen Sie sie wieder auf die Beine.«

»In Dourdan gibt es ein sehr gutes Restaurant«, meinte Froissy gelassen, »die Windrose. Mit Holzgebälk und Kerzen, Spezialität sind Krustentiere, erstklassiger Weinkeller, Seebarsch in Salzkruste, je nach Anlieferung. Allerdings ist es etwas teuer.«

Die Männer wandten sich zu ihrer zurückhaltenden Kollegin um, noch immer erstaunt darüber, dass Froissy nur ans Essen dachte, selbst wenn eine der Ihren im Sterben lag. Draußen kündete der Lärm des Hubschraubers von Retancourts bevorstehendem Abflug. Der Arzt schien überzeugt, dass sie aus ihrer Art Jenseits nicht wieder zurückkehren würde, Adamsberg hatte es in seinen Augen gelesen.

Er schaute in die erschöpften, von den Taschenlampen weiß angestrahlten Gesichter seiner Mitarbeiter. Die ungebührliche Aussicht auf ein luxuriöses Abendessen an einem gepflegten Ort kam ihnen ebenso unerreichbar wie begehrenswert vor, irgendwo in einem anderen Leben angesiedelt, eine Luftblase, deren Raffinement die Macht hätte, den Schrecken für Augenblicke aufzuheben.

»Einverstanden, Froissy«, sagte er. »Wir treffen uns alle in der Windrose. Kommen Sie, Doktor, wir fliegen zusammen mit Retancourt.«

»Lavoisier, wie Lavoisier, ganz einfach.«

49

Veyrenc war nicht nach Paris gekommen, um sich für die Querelen der Brigade zu interessieren. Doch abends um halb zehn, das Abendbrot des Krankenhauses hatte er längst gegessen, konnte er sich einfach nicht auf den Film konzentrieren. Gereizt griff er nach der Fernbedienung und schaltete das Gerät ab. Er hob sein Bein an, richtete sich auf dem Bettrand auf, griff nach seiner Krücke und ging mit vorsichtigen Schritten zum Telefon, das draußen im Flur an der Wand hing.

»Commandant Danglard? Veyrenc de Bilhc. Was gibt es Neues?«

»Wir haben sie gefunden, achtunddreißig Kilometer von Paris entfernt. Wir sind der Katze gefolgt.«

»Ich verstehe nicht.«

»Die Katze, die zu Retancourt wollte, verflucht.«

»Ah, so«, sagte Veyrenc, der spürte, dass der Commandant mit den Nerven am Ende war.

»Sie schwebt zwischen Leben und Tod, wir sind unterwegs nach Dourdan. Präfinaler Zustand.«

»Versuchen Sie's mir ein bisschen zu erklären, Commandant. Ich muss es wissen.«

Warum?, fragte sich Danglard.

Veyrenc hörte sich den Bericht des Commandant an, der viel weniger geordnet war als sonst, und legte wieder auf. Sanft drückte er auf die Verletzung an seinem Bein, probierte mit den Fingerspitzen, ob sie schmerzte, während er sich vorstellte, wie Adamsberg sich über Retancourt beugte und verzweifelt eine Möglichkeit suchte, seinen widerstandsfähigen Lieutenant ins Leben zurückzurufen.

Jene, die Euch noch unlängst hat vorm Leid bewahrt,
die seht Ihr liegen nun wie tot und aufgebahrt.
Doch überlasst Euch nicht der Hoffnungslosigkeit.
Die Götter sind, Seigneur, zur Gnade stets bereit,
nicht Rache, Nachsicht wird demjenigen zuteil,
der ihre Irrfahrt stoppt und sie zurückbringt, heil.

»Wir schlafen noch nicht? Wir sind aber sehr unvernünftig«, sagte die Krankenschwester und führte ihn am Arm weg.

50

Die Hände auf die Laken gestützt, stand Adamsberg am Bett von Retancourt, die er noch immer nicht atmen sah. Die Ärzte hatten injiziert, gereinigt, ausgepumpt, doch er konnte keinerlei Änderung an seinem Lieutenant feststellen. Abgesehen von der Tatsache, dass die Krankenschwestern sie von oben bis unten gewaschen und ihre von Flöhen wimmelnden Haare geschnitten und behandelt hatten. Die Hunde, klar. Über dem Bett sandte ein Bildschirm schwache Lebenszeichen aus, doch Adamsberg sah lieber nicht hin, für den Fall, dass die grüne Linie plötzlich flach würde.

Der Arzt fasste Adamsberg beim Arm und zog ihn vom Bett weg.

»Gehen Sie zu den anderen, stärken Sie sich, denken Sie an was anderes. Hier können Sie doch nichts weiter tun, Kommissar. Sie muss sich jetzt ausruhen.«

»Sie ist nicht dabei, sich auszuruhen, Doktor. Sie ist dabei, zu sterben.«

Der Arzt blickte zur Seite.

»Es steht nicht sonderlich gut um sie«, gab er zu. »Das Beruhigungsmittel, eine hohe Dosis Novaxon, das man ihr gespritzt hat, hat den gesamten Organismus lahmgelegt. Das

Nervensystem liegt flach, nur das Herz hält, auf welche Weise auch immer, durch. Ich begreife nicht einmal, dass sie noch da ist. Selbst wenn wir sie retten, Kommissar, bin ich nicht sicher, ob sie ihre geistigen Fähigkeiten wiedererlangen wird. Das Blut, sagen wir, durchrieselt das Gehirn minimal. Das ist Schicksal, versuchen Sie's zu verstehen.«

»Vor acht Tagen«, sagte Adamsberg, der seine Zähne nur mit Mühe auseinanderbekam, »habe ich einen Typen gerettet, dessen Schicksal es war, zu sterben. Es gibt kein Schicksal. Sie hat's bis jetzt überstanden, sie wird auch noch weiter durchhalten. Sie werden sehen, Doktor, dieser Fall wird in Ihre Annalen eingehen.«

»Gehen Sie zu den anderen. Sie kann noch Tage in diesem Zustand bleiben. Ich rufe an, sobald es etwas Neues gibt.«

»Kann man nicht alles herausnehmen, säubern und wieder einsetzen?«

»Nein, das kann man nicht.«

»Verzeihung, Doktor«, sagte Adamsberg und ließ seinen Arm los.

Adamsberg ging ans Bett zurück und fuhr seinem Lieutenant durchs frisch geschnittene Haar.

»Ich komme wieder, Violette«, sagte er.

Genau das sagte Retancourt immer zur Katze, wenn sie wegging, damit sie sich keine Sorgen machte.

Die explosive, banale Fröhlichkeit, die im Restaurant herrschte, erinnerte eher an eine Geburtstagsfeier als an ein Arbeitsessen unter Leuten, denen die Angst im Nacken saß. Adamsberg sah von der Tür aus eine Weile zu ihnen hinüber, durch den Kerzenschein hindurch, der sie auf eine trügerische

Weise allesamt schön aussehen ließ, wie ihre Ellbogen da auf den weißen Tischdecken lagen, die Gläser von Hand zu Hand gingen, ordinäre Scherze die Runde machten. Sehr gut, umso besser, genau das hatte er erwartet, diese Zäsur außerhalb der Zeit, von der sie ausgiebig Gebrauch machten, wussten sie doch, dass sie kurz sein würde. Er fürchtete, seine Ankunft könnte diese zerbrechliche Freude zum Schweigen bringen, hinter der sich wie hinter einer Fensterscheibe die Sorge abzeichnete. So zwang er sich zu einem Lächeln, als er an ihren Tisch trat.

»Es geht ihr besser«, sagte er und setzte sich. »Geben Sie mir einen Teller.«

Selbst ihm, der in Gedanken noch immer mit Retancourts Körper verbunden war, taten das Essen, der Wein und ihr Gelächter gut. Adamsberg hatte es nie verstanden, sich bei gemeinschaftlichen Mahlzeiten angemessen zu verhalten, schon gar nicht bei einem Festmahl, schlagfertige Antworten und schnelle Witze waren seine Sache nicht. Wie ein Steinbock, der einen Hochgeschwindigkeitszug im Tal vorbeifahren sieht, saß er als unbeteiligter, wohlwollender Zuhörer dabei und genoss die Lebhaftigkeit seiner Mitarbeiter. Merkwürdigerweise gab Froissy in solchen Augenblicken ihr Bestes, beflügelt von dem köstlichen Essen und einem unbändigen Humor, den man auf der Arbeit an ihr nicht vermutet hätte. Adamsberg ließ sich bereitwillig davon tragen, behielt aber das Display seines Mobiltelefons ständig im Auge. Das um dreiundzwanzig Uhr vierzig klingelte.

»Sie wird schwächer«, teilte ihm Dr. Lavoisier mit. »Wir haben uns für eine vollständige Bluttransfusion entschieden, das ist unsere letzte Chance. Aber sie hat Blutgruppe A negativ und die Reserven sind leider Gottes gestern nach einem Verkehrsunfall aufgebraucht worden.«

»Und die Spender, Doktor?«

»Wir haben immer nur einen, wenn wir drei brauchten. Die anderen beiden sind im Urlaub. Es ist Ostern, Kommissar, die halbe Stadt ist ausgeflogen. Es tut mir leid. Bis wir Spender in anderen Krankenhäusern gefunden haben, wird es zu spät sein.«

Angesichts Adamsbergs verzerrter Miene war es plötzlich still geworden am Tisch. Der Kommissar rannte aus dem Restaurant, Estalère lief sofort hinterher. Nach einer Weile kam der junge Mann zurück und sank auf seinen Stuhl.

»Nottransfusion«, sagte er. »Blutgruppe A negativ, aber sie haben keine Spender.«

Schweißgebadet betrat Adamsberg den weißen Raum, in dem der einzige A-negativ-Spender von Dourdan gerade seine Transfusion beendete. Es schien ihm, als wären Retancourts Wangen inzwischen blau geworden.

»Blutgruppe 0«, teilte er dem Arzt mit, während er bereits seine Jacke auszog.

»Sehr gut, Sie kommen danach dran.«

»Ich habe zwei Gläser Wein getrunken.«

»Das ist uns vollkommen gleich, darauf kommt's nun auch nicht mehr an.«

Eine Viertelstunde später, sein Arm war von der Staumanschette bereits taub geworden, spürte Adamsberg, wie sein Blut in Retancourts Körper hinüberfloss. Er lag auf dem Rücken neben ihr und starrte auf ihr Gesicht, lauerte auf ein

Zeichen ihrer Rückkehr ins Leben. Mach, dass. Aber er konnte sich noch so sehr konzentrieren und zur dritten Jungfrau beten, er würde nicht mehr Blut geben können als ein anderer. Und der Arzt hatte gesagt drei. Drei Spender. Wie die drei Jungfrauen. Drei. Drei.

In seinem Kopf begann es sich zu drehen, er hatte kaum etwas gegessen. Widerstandslos überließ er sich dem Schwindel und spürte, wie ihm seine Gedanken allmählich entglitten. Er zwang sich, Retancourts Gesicht anzusehen, und stellte dabei fest, dass ihre Haare am Ansatz blonder waren als die Strähnen, die ihr in den Nacken fielen. Nie zuvor hatte er bemerkt, dass Retancourt ihr Haar dunkler färbte, als es von Natur aus war. Seltsamer Einfall, dieses ästhetische Bedürfnis. Er kannte Retancourt schlecht.

»Halten Sie noch durch?«, fragte der Arzt. »Oder wird Ihnen schon blümerant?«

Adamsberg winkte ab und kehrte zu seinen Schwindelgefühlen zurück. Hellblond und venezianisches Blond in Retancourts Haar, im Lebendigen der Jungfrau. Demnach hatte sich der Lieutenant im Dezember färben lassen, rechnete er mühsam aus, oder auch im Januar, denn ihre hellblonden Haare waren zwei bis drei Zentimeter nachgewachsen, welch sonderbarer Einfall mitten im Winter, und er hatte nichts davon bemerkt. Er hatte in der Zeit seinen Vater verloren und das hatte nichts damit zu tun. Es schien ihm, als hätten sich Retancourts Lippen bewegt, aber er sah nicht sehr gut, vielleicht wollte ihm der Lieutenant irgendetwas sagen, ihm was erzählen über dieses Lebendige, das ihr auf dem Kopf nachwuchs, das ihr aus dem Schädel spross wie die Hörner eines

Steinbocks. Das Lebendige, verflucht. Von fern hörte er den Arzt.

»Stopp«, sagte die Stimme von diesem Doktor Lariboisier oder wie auch immer er hieß. »Sonst haben wir am Ende noch zwei Tote. Mehr können wir ihm nicht abnehmen.«

In der Eingangshalle des Krankenhauses fragte ein Mann die Dame am Empfang:

»Violette Retancourt? Wo liegt sie?«

»Sie können nicht zu ihr.«

»Ich bin Universalspender, Blutgruppe 0.«

»Sie liegt auf der Intensivstation«, sagte die Frau und stand sofort auf. »Ich begleite Sie.«

Adamsberg redete vor sich hin, während man ihm die Staumanschette abnahm. Hände richteten ihn auf und flößten ihm Zuckerwasser ein, man gab ihm eine Spritze in den anderen Arm. Die Tür öffnete sich und ein ganz in Leder gekleideter Hüne kam ins Zimmer gehastet.

»Lieutenant Noël«, sagte der Hüne. »Blutgruppe 0.«

51

Vor dem Eingang des Krankenhauses hatte man eine winzig kleine Grünfläche angelegt, die sich von der trostlosen Welt des Betonpflasters abhob und anzuzeigen schien, dass doch irgendwo ein paar Blumen nötig waren. Bei seinem Hin-und-her-Laufen hatte Adamsberg dieses fünfzehn Quadratmeter große pflanzliche Eiland entdeckt, wo sich zwei Bänke und fünf Blumenkästen um einen kleinen Springbrunnen drängten. Es war zwei Uhr morgens, und der Kommissar, gestärkt und vollgepumpt mit Zucker, ruhte sich aus, indem er dem Plätschern des Wassers zuhörte, ein heilsamer Ton, den schon die Mönche im Mittelalter, so wusste er, für seine beruhigenden Kräfte geschätzt hatten. Nachdem auch Noël seine Transfusion hinter sich gebracht hatte, standen die beiden Männer, jeder auf einer Seite des Bettes, und betrachteten die ausgestreckte Masse, die Retancourt war, ungefähr so, wie man ein heikles chemisches Experiment beobachtet.

»Es wird schon«, sagte Noël.

»Noch nicht«, antwortete der Arzt.

Von Zeit zu Zeit rüttelte der ungeduldige Noël Retancourt vergeblich am Arm, um den Vorgang zu beschleunigen, das

Blut anzutreiben und das System zu aktivieren, auf dass die Maschine endlich in Gang käme.

»Verdammt, nun komm schon, Dicke«, sagte er, »beweg dich, streng dich ein bisschen an.«

Er konnte nicht stumm und reglos dastehen; aufgeregt lief er am Bett auf und ab, rieb Retancourts Füße, um sie zu erwärmen, nahm sich die Hände vor, sah prüfend nach dem Tropf, rubbelte ihren Kopf.

»Das nützt nichts«, sagte der Arzt schließlich gereizt.

Der Herzrhythmus auf dem Bildschirm wurde schneller.

»Da kommt sie«, sagte der Arzt, so wie man die Einfahrt eines Zuges in den Bahnhof ankündigt.

»Na los, meine Dicke, streng dich an«, wiederholte Noël wohl zum zehnten Mal.

»Bleibt zu hoffen«, sagte Lavoisier mit jener unbewussten Brutalität der Ärzte, »dass sie nicht als Idiotin aufwacht.«

Retancourt öffnete ganz leicht die Augen und richtete einen leeren blauen Blick zur Decke.

»Wie heißt sie? Mit Vornamen?«, fragte Lavoisier.

»Violette«, sagte Adamsberg.

»Wie das Veilchen«, bestätigte Noël.

Lavoisier setzte sich auf den Rand des Bettes, drehte Retancourts Gesicht zu sich herum und nahm ihre Hand.

»Violette, ist das Ihr Vorname?«, sagte er zu ihr. »Wenn ja, zwinkern Sie.«

»Na los, meine Dicke«, meinte Noël.

»Sagen Sie ihr nicht vor, Noël«, sagte Adamsberg.

»Es geht hier nicht um Vorsagen oder Nichtvorsagen«, sagte Lavoisier genervt. »Sie muss die Frage verstehen. Seien

Sie still, verdammt noch mal, sie muss sich konzentrieren. Violette, ist das Ihr Vorname?«

Es vergingen ungefähr zehn Sekunden, bevor Retancourt unmissverständlich mit den Augen zwinkerte.

»Sie versteht es«, sagte Lavoisier.

»Natürlich versteht sie's«, meinte Noël. »Könnten Sie ihr nicht eine schwierigere Frage stellen, Doc?«

»Das ist bereits eine sehr schwierige Frage, wenn man von dort zurückkehrt.«

»Ich glaube, wir stören hier nur«, sagte Adamsberg.

Lieutenant Noël aber war nicht wie Adamsberg imstande, auf das Geräusch des Springbrunnens zu hören. Der Kommissar beobachtete, wie er auf und ab lief in dem Gärtchen, in dem die beiden Männer wirkten, als stünden sie in der Arena eines kleinen Zirkus, die von dicht über dem Boden angebrachten blauen Lichtern angestrahlt wurde.

»Wer hat Sie eigentlich informiert, Lieutenant?«

»Estalère hat mich vom Restaurant aus angerufen. Er wusste, dass ich Universalspender bin. Er ist die Art Typ, der sich an persönliche Details erinnert. Ob man Zucker in seinen Kaffee tut, ob man Blutgruppe A, B oder o hat. Erzählen Sie, Kommissar, ich habe schließlich einiges verpasst.«

Auf die ihm eigene Art, das heißt in einer wilden Mischung, fasste Adamsberg die Einzelheiten zusammen, die Noël entgangen waren, seitdem er mit den Möwen ausgeflogen war. Merkwürdigerweise ließ sich der Lieutenant, sonst im Prinzip ein engstirniger Positivist, das Rezept aus dem *De sanctis reliquis* zweimal zitieren und stellte sich gegen Adamsbergs Auffassung, die dritte Jungfrau aufzugeben; auch witzelte er in keiner Weise über den Penisknochen des Katers oder das Lebendige der Jungfrauen.

»Wir werden nicht Däumchen drehen und darauf warten, dass diesem Mädchen eine Spritze in den Arm gejagt wird, Kommissar.«

»Ich habe mich zweifellos geirrt, als ich dachte, die dritte Jungfrau sei schon bestimmt.«

»Wieso?«

»Weil ich glaube, dass die Mörderin es letztlich auf Retancourt abgesehen hat.«

»Aber das ergäbe keinen Sinn«, meinte Noël und hielt im Laufen inne.

»Warum nicht? Sie entspricht dem, was im Rezept gefordert wird.«

Noël sah Adamsberg in der Dunkelheit an.

»Dazu müsste Retancourt allerdings Jungfrau sein, Kommissar.«

»Ich glaube ja auch, dass sie's ist.«

»Ich nicht.«

»Da wären Sie aber der Einzige, der das denkt, Noël.«

»Ich denke es nicht, ich weiß es. Sie ist keine Jungfrau. Ganz und gar nicht.«

Zufrieden setzte Noël sich auf die Bank, während Adamsberg nun seinerseits in dem Gärtchen seine Runden drehte.

»Über so etwas wird Retancourt Sie wohl kaum ins Vertrauen gezogen haben«, meinte er.

»Wenn man sich dauernd anschnauzt, erzählt man sich letztendlich allerhand. Sie ist keine Jungfrau, Punkt, aus.«

»Was bedeutet, dass es die dritte Jungfrau gibt. Irgendwo anders. Und dass Retancourt in der Tat etwas begriffen hat, was wir nicht begriffen haben.«

»Und bevor wir es erfahren«, sagte Noël, »wird eine Menge Zeit vergehen.«

»Ein Monat Wartezeit, bevor sie alle ihre Fähigkeiten wiedererlangt haben wird, meint Lariboisier.«

»Lavoisier«, berichtigte Noël. »Ein Monat für einen Menschen von normaler Konstitution, eine Woche für Retancourt. Komisches Gefühl, wenn ich dran denke, dass mein Blut und Ihres nun durch ihren Körper fließen.«

»Zusammen mit dem des dritten Spenders.«

»Was macht er eigentlich, der dritte Spender?«

»Er züchtet Rinderherden, soweit ich verstanden habe.«

»Was das wohl für eine Mischung ergeben wird«, meinte Noël nachdenklich.

Das Hotelbett war ein wenig kalt, und sobald Adamsberg die Augen schloss, sah er sich mit abgebundenem Arm ausgestreckt neben Retancourt liegen, und schon überließ er sich auch wieder den schwindelerregenden Gedanken, die sich während der Transfusion in seinem Kopf zu einem Knäuel verfitzt hatten. Retancourts gefärbtes Haar, das Lebendige der Jungfrau, die Hörner des Steinbocks. In diesem Knäuel gab es eine warnende Stimme, die nicht verstummen wollte. Sie hatte etwas zu tun mit dem Blut, das von ihm zu ihr hinüberfloss, Blut, das das Herz des Lieutenants wieder zum Schlagen brachte und sie dem Tod entriss. Und natürlich hatte es etwas zu tun mit den Haaren der Jungfrau. Doch was machte der Steinbock da mittendrin? Das brachte ihm in Erinnerung, dass Steinbockhörner ja nichts weiter waren als stark komprimiertes Haar oder, andersherum, dass Haare ja nur äußerst aufgelockerte Hörner waren. All das war dasselbe. Ja und, was weiter? Er würde sich morgen daran erinnern müssen.

52

Das schwungvolle Geläut der Kirchenglocken weckte Adamsberg um zwölf Uhr mittags. *Kein Heil für Schlafmützen*,
sagte seine Mutter immer zu ihm. Er rief sofort im Krankenhaus an und hörte sich Lavoisiers Bericht an und der war
positiv.

»Spricht sie?«, fragte Adamsberg.

»Sie schläft«, sagte der Arzt, »und das wird sie noch eine
ganze Weile tun. Ich erinnere Sie daran, dass sie auch ein
Schädeltrauma erlitten hat.«

»Retancourt spricht im Schlaf.«

»Ja, ab und zu brummelt sie irgendwelches Zeugs vor sich
hin. Nichts, was sie mit vollem Bewusstsein sagte, und sehr
verständlich ist es auch nicht. Regen Sie sich nicht auf.«

»Ich bin ruhig, Doktor. Ich würde nur gern wissen, was sie
brummelt.«

»Ungefähr immer dieselbe Platte. Diese berühmten Verse,
Sie wissen schon.«

Verse? Träumte Retancourt von Veyrenc? Oder hatte dieser
Mensch sie angesteckt? Schnappte der sich, eine nach der anderen, sämtliche Frauen in seiner Umgebung?

»Was für Verse?«, fragte Adamsberg ungehalten.

»Die von Corneille, die jedermann kennt: Oh, dass des letzten Römers letzten Seufzer / Ich hören könnte und vor Wonne dann / Noch sterbend hauchen: Das hab ich getan!«

Die einzigen Verse, in der Tat, die auch Adamsberg auswendig kannte.

»Das ist ganz und gar nicht ihre Art«, sagte er. »Murmelt sie wirklich genau das?«

»Wenn Sie wüssten, was die Leute unter Einfluss von Beruhigungsmitteln oder während der Narkose alles erzählen, wären Sie verblüfft. Ich habe erlebt, wie tugendhafte Unschuldsengel unglaubliche Obszönitäten von sich gaben.«

»Sie erzählt obszöne Dinge?«

»Ich habe Ihnen gerade gesagt, dass sie Verse von Corneille rezitiert. Was nicht allzu erstaunlich ist. Meistens kommen Kindheitserinnerungen wieder hoch, und vor allem Erinnerungen aus der Schulzeit. Sie geht ihre Dramentexte durch, die sie mal auswendig gelernt hat, das ist alles. Ich hatte mal einen Minister, der drei Monate im Koma lag und mir währenddessen seinen gesamten Lehrstoff aus der Grundschule vorgebetet hat, das Einmaleins, die kompletten Zahlenreihen. Er konnte es immer noch ziemlich gut.«

Während er dem Arzt zuhörte, sah Adamsberg auf ein kleines, ziemlich hässliches Bild gegenüber seinem Bett, ein Waldmotiv, auf dem eine Hirschkuh mit ihrem Kalb unter Laubwerk zu sehen war. Ein »Weibchen mit Jungtier«, hätte Robert gesagt.

»Ich fahre heute nach Paris zurück«, sagte der Arzt. »Ihr Zustand ist so, dass sie durchaus reisen kann, ich nehme sie im Krankenwagen mit. Falls Sie uns suchen, wir werden gegen Abend im Krankenhaus Saint-Vincent-de-Paul sein.«

»Warum nehmen Sie sie mit?«

»Ich gebe sie nicht mehr her, Kommissar. Sie ist ein besonderer Fall.«

Adamsberg legte auf und sah noch immer auf das Gemälde. Da irgendwo war es, das verfitzte Knäuel, mit dem Lebendigen der Jungfrauen und dem Kreuz im Ewigkeitsspross. Eine ganze Weile betrachtete er wie gebannt die Hirschkuh, und plötzlich begann er zu ahnen, was ihm bis jetzt noch gefehlt hatte. *Es steckt ein Knochen im Rüssel des Schweins. Es steckt ein Knochen im Glied des Katers.* Und wenn er nicht irrte, und so unmöglich es auch schien, steckte ein Knochen im Herzen des Hirschs. Ein kreuzförmiger Knochen, der ihn geradewegs zu der dritten Jungfrau führen würde.

53

Unterstützt von zwei Technikern und einem Fotografen, die ihnen die Brigade in Dourdan gestellt hatte, arbeitete die Mannschaft seit zehn Uhr morgens in der Halle. Lamarre und Voisenet hatten die Umgebung des Areals übernommen und suchten das brachliegende Feld nach Reifenspuren ab. Mordent und Danglard hatten sich die Halle geteilt, Justin kümmerte sich um den Verschlag, in dem Retancourt eingeschlossen gewesen war. Adamsberg stieß zu ihnen, als sie mit dem Mittagessen begannen; sie saßen in einer wohltuenden Aprilsonne, holten Sandwichs, Obst, Bier und Thermosflaschen hervor – Froissy hatte die Mahlzeit bestens organisiert. In der Halle waren keine Stühle aufzutreiben gewesen und so saßen sie denn alle auf Autoreifen und bildeten einen seltsamen kreisförmigen Salon auf der Wiese. Die Katze, der man den Zugang zu Retancourts Krankenwagen verwehrt hatte, lag zusammengerollt zu Danglards Füßen.

»Von hier aus ist das Fahrzeug aufs Feld gefahren«, erklärte Voisenet mit vollem Mund und zeigte auf einen Punkt auf der Landstraße. »Es hat neben dem Seitentor am Ende der Halle geparkt, nachdem es zuvor ein Stück rückwärtsgefahren ist, um den Kofferraum zum Eingang hin auszurichten. Überall hier wuchert das Grünzeug, es gibt kein Fleckchen Erde, auf dem man noch Abdrücke finden könnte. Aber dem platt gedrückten Gras nach zu urteilen, ist es ein Lastwagen, wahrscheinlich ein Neuntonner. Ich glaube nicht, dass die Alte so einen Wagen besitzt. Sie muss ihn also gemietet haben. Vielleicht finden wir einen Hinweis bei Firmen, die auf die Vermietung von Frachtfahrzeugen spezialisiert sind. Eine alte Dame, die einen Lastwagen mietet, das dürfte nicht allzu häufig vorkommen.«

Adamsberg hatte sich mit überkreuzten Beinen ins warme Gras gesetzt und Froissy stellte ein reichhaltiges Mahl vor ihn hin.

»Absolut durchorganisierter Transport eines menschlichen Körpers«, setzte Mordent fort, der sich auch hier auf dem Autoreifen wie ein Reiher auf seinem Nest gebärdete. »Die Alte hatte eine Sackkarre dabei oder aber sie hat sie zusammen mit dem Laster gemietet. Den Spuren zufolge verfügte der Laster über einen herunterklappbaren Ladesteg. Die Krankenschwester brauchte den Körper nur die Schräge herunterrollen zu lassen und ihn mit der Sackkarre aufzufangen. Danach hat sie ihn in die Halle und bis zur Werkzeugkammer geschoben.«

»Haben wir Spuren von den Rädern?«

»Ja, sie führen durch die gesamte Halle. Dort hat sie auch die Hunde außer Gefecht gesetzt, und zwar mit Fleisch, das sie mit Novaxon gespickt hatte. Dann biegen die Spuren ab und man kann sie den gesamten Gang entlang weiterverfolgen. Teilweise werden sie von den Spuren vom Rückweg überdeckt.«

»Und ihre Fußabdrücke?«

»Das wird Ihnen gefallen«, sagte Lamarre mit dem Lächeln eines Jungen, der sein Geschenk versteckt hält, um sein Vergnügen zu steigern. »Die Biegung im Gang war nicht einfach zu nehmen, sie musste sich gegen die Sackkarre stemmen, um den Schwenk zu vollziehen, dabei hat sie sich kräftig mit den Füßen abgedrückt. Verstehen Sie, welche Bewegung ich meine?«

»Ja.«

»Und der Zementboden ist rau.«

»Ja.«

»Und an dieser Stelle haben wir Spuren.«

»Blaue Schuhcreme«, sagte Adamsberg.

»Genau.«

»Vom Boden ihrer Verbrechen getrennt«, sagte der Kommissar langsam, »aber ihre Spur hinterlässt sie doch. Keiner ist ganz und gar ein Schatten. Wir kriegen sie an ihrer blauen Fährte.«

»Die Abdrücke sind nirgendwo vollständig, über die Schuhgröße können wir nichts Gewisses sagen. Aber es handelt sich wahrscheinlich um robuste Frauenschuhe mit flachem Absatz.«

»Bleibt noch der Verschlag«, sagte Justin. »Dort hat sie ihr die Dosis Novaxon gespritzt, bevor sie die Tür hinter ihr zugehakt hat.«

»War in dem Verschlag nichts zu sichern?«

Ein kurzes Schweigen unterbrach Justins Bericht.

»Doch«, sagte er, »die Spritze.«

»Sie machen Witze, Lieutenant. Sie hat doch nicht im Ernst ihre Spritze liegen gelassen?«

»Doch. Sie hat sie auf der Erde liegen gelassen, ohne Fingerabdrücke, versteht sich.«

»Dann signiert sie jetzt ihr Werk?«, sagte Adamsberg und stand auf, als fordere ihn die Krankenschwester offen heraus.

»Genau das nehmen wir an.«

Die Hände im Rücken verschränkt, machte der Kommissar ein paar Schritte in das Brachfeld hinein.

»Sehr gut«, sagte er. »Sie hat soeben eine Schwelle überschritten. Sie glaubt, sie sei unbesiegbar, und sie sagt es uns.«

»Ist ja auch logisch«, sagte Kernorkian, »für jemanden, der bald das ewige Leben schlucken wird.«

»Dafür muss sie sich allerdings erst noch die dritte Jungfrau holen«, sagte Adamsberg.

Estalère ging reihum und goss Kaffee in die Becher, die ihm entgegengestreckt wurden. In Anbetracht der Behelfsmäßigkeit ihres Lagers und da die Milch fehlte, konnte er seine Zeremonie allerdings nicht korrekt ausführen.

»Sie wird sie sich vor uns schnappen«, sagte Mordent.

»Abwarten«, meinte Adamsberg.

Er kam in den Kreis der Beamten zurück und setzte sich im Schneidersitz in ihre Mitte.

»Das *Lebendige von Jungfrauen*«, sagte er, »ist nicht das Haar der Toten.«

»Romain hatte diese Frage doch schon geklärt«, sagte Mordent. »Die Verrückte hat tatsächlich Haarsträhnen abgeschnitten.«

»Sie hat Strähnen abgeschnitten, um sich Zugang zu verschaffen.«

»Zu was?«

»Zu den wirklichen Haaren des Todes. Zu den Haaren, die nach dem Tod weiterwachsen.«

»Natürlich, mein Gott!«, sagte Danglard mit einem Ausruf des Bedauerns. »Das *Lebendige*. Das, was hartnäckig wächst und weiterlebt, selbst nach dem Tod.«

»Deshalb nämlich«, fuhr Adamsberg fort, »musste die Krankenschwester ihre Opfer ein paar Monate später wieder ausgraben. Das *Lebendige* musste Zeit haben, zu wachsen. Genau das holt sie sich, die zwei, drei Zentimeter Haar, die im Grab aus der Wurzel nachwachsen. Dieses *Lebendige* ist mehr als ein Sinnbild des ewigen Lebens. Es ist die konkret gewordene Widerstandskraft des Lebens, es ist das, was sich auch nach dem Tode weigert stillzustehen.«

»Ekelhaft«, meinte Noël, womit er dem allgemeinen Empfinden Ausdruck gab.

Froissy räumte das Essen zusammen, das keiner mehr anrührte.

»Und inwiefern hilft uns das, die dritte Jungfrau zu finden?«, fragte sie.

»Nachdem wir das erkannt haben, Froissy, können wir das Weitere nun logisch ableiten: welches du zerstößest mitsamt dem Kreuz, das im Ewigkeitsspross lebt, adiacens in gleicher Menge.«

»Darüber waren wir uns doch alle einig«, sagte Mordent. »Gemeint ist das heilige Kreuz.«

»Nein«, sagte Adamsberg, »das haut nicht hin. Wie schon alles Übrige muss auch dieser Abschnitt wörtlich verstanden werden.«

Danglard, schräg auf seinem Autoreifen sitzend, kniff die Augen zusammen, er war in Bereitschaft.

»Im Rezept steht«, fuhr Adamsberg fort, »dass es sich um ein Kreuz handelt, *das lebt.*«

»Das ergibt erst recht keinen Sinn«, sagte Mordent.

»Ein Kreuz, das in einem Körper lebt, der die Ewigkeit darstellt«, sagte Adamsberg, wobei er jedes Wort einzeln aussprach. »Ein Körper mit Ewigkeitssprossen.«

»Im Mittelalter«, murmelte Danglard, »ist das Tier, das die Ewigkeit symbolisiert, der Hirsch.«

Adamsberg, der sich bis zu diesem Augenblick nicht ganz sicher gewesen war, lächelte seinem Mitarbeiter zu.

»Und warum, Capitaine?«

»Weil die großen Geweihe der Männchen in den Himmel ragen. Weil diese Geweihe zwar absterben, herunterfallen, aber wie die Blätter am Baum jedes Jahr neu sprießen, immer mit einem Spross mehr und mit jedem Jahr kräftiger. Ein erstaunliches Phänomen, das man mit dem Lebenstrieb des Tieres erklärte. Der Hirsch galt als Abbild des ewigen Lebens, eines Lebens, das immer wieder von Neuem beginnt, das stetig wächst, ganz wie sein Geweih. Manchmal stellte man ihn mit Christus auf der Stirn dar, als kreuztragenden Hirsch.«

»Dem das Geweih aus dem Schädel wächst«, sagte Adamsberg. »Wie Haare.«

Der Kommissar strich mit der Hand durch das junge Gras.

»Das nämlich ist er«, sagte er, »der *Ewigkeitsspross.* Die Sprossen am Geweih des Hirschs.«

»Und davon muss man was zu dem Gebräu hinzufügen?«

»Wenn das der Fall wäre, würde uns noch immer das Kreuz fehlen. Und jedes Wort im Rezept zählt, das hatten wir bereits gesagt. *Das Kreuz, das im Ewigkeitsspross lebt.* Dieses Kreuz muss also ein Kreuz des Hirschs sein. Es besteht aus Knochen wie das Geweih auch, ein unvergängliches Material.«

»Vielleicht die Krone oben am Geweihende«, sagte Voisenet. »Oder der Mittelspross, der mit der Achse des Geweihs einen Winkel bildet.«

»Ich finde nicht, dass das Hirschgeweih so aussieht, als würde es ein Kreuz bilden«, sagte Froissy.

»Nein«, sagte Adamsberg. »Ich glaube auch, das Kreuz steckt woanders. Ich glaube, man muss einen geheimen Knochen suchen, wie den Knochen des Katers. Im Penisknochen sammelt sich die *Manneskraft.* Dasselbe müssen wir beim Hirsch suchen. Einen Knochen, und zwar einen kreuzförmigen, der das Ewigkeitsprinzip des Hirschs zusammenfassen würde und in seinem Körper verborgen ist. Ein Knochen, der *lebt.*«

Adamsberg sah seine Mitarbeiter der Reihe nach an und wartete ihre Antwort ab.

»Keine Ahnung«, meinte Voisenet.

»Ich glaube«, fing Adamsberg wieder an, »dass wir diesen Knochen im Herzen des Hirschs finden werden. Das Herz ist das Symbol des pulsierenden Lebens. Ein Kreuz, *das lebt,* ein knöchernes Kreuz im Herzen des Hirschs mit den Ewigkeitssprossen.«

Voisenet wandte den Kopf zu Adamsberg.

»Sicher, Kommissar«, sagte er. »Das einzige Problem ist nur, dass der Hirsch keinen Knochen im Herzen hat. Der

Hirsch nicht und auch sonst niemand. Weder einen kreuzförmigen noch einen langen oder einen breiten.«

»Aber es muss was darin sein, Voisenet.«

»Warum?«

»Weil im letzten Monat im Wald von Brétilly und danach im Wald von Opportune zwei männliche Hirsche getötet und im Ganzen auf dem Boden liegen gelassen wurden. Das Einzige: Man hat ihnen das Herz herausgeholt und es geöffnet. In beiden Fällen ist das Massaker von derselben Hand ausgeführt worden. Und in beiden Fällen am gleichen Ort, nämlich innerhalb des *Kreises des Heiligen*, außerdem in unmittelbarer Nähe der beiden geopferten Frauen. Es war unser Todesengel, der sie niedergemetzelt hat.«

»Klingt logisch«, sagte Lamarre.

»Diese Hirsche sind nach ihrem Tod an einer ganz bestimmten Stelle ihres Körpers geöffnet worden. Genau dasselbe ist mit Narziss, dem Kater, passiert. Man hat sie gewissermaßen operiert, zu einem genau festgelegten Zweck, um ihnen etwas ganz Bestimmtes zu entnehmen. Und was? *Das Kreuz, das im Ewigkeitsspross lebt.* Es muss sich also im Herzen des Hirschs befinden.«

»Das ist unmöglich«, sagte Danglard kopfschüttelnd. »Das wüsste man doch.«

»Das mit dem Knochen des Katers wussten wir ja auch nicht«, warf Kernorkian ein. »Und das mit dem Rüssel des Schweins auch nicht.«

»Ich wusste es«, sagte Voisenet. »Genauso wie ich weiß, dass im Herzen des Hirschs kein Knochen steckt.«

»Nun, Lieutenant, es wird aber einer drin sein müssen.«

Man brummelte, verzog zweifelnd das Gesicht, während Adamsberg aufstand und sich die Beine vertrat. Den Positivisten leuchtete es nicht ein, dass die Realität sich den nebulosen Einfällen des Kommissars beugen und sogar noch einen Knochen ins Herz eines Hirschs verfrachten sollte.

»Umgekehrt ist es, Kommissar«, beharrte Voisenet. »Es steckt kein Knochen im Herzen. Und wir müssen uns dieser Wahrheit beugen.«

»Voisenet, es muss einer drin sein oder aber nichts ergibt mehr einen Sinn. Und wenn da einer ist, brauchen wir nur auf das nächste Hirschmassaker zu warten. Die dritte Jungfrau, die die Krankenschwester ausgewählt hat, wird in seiner unmittelbaren Nähe wohnen. Das Kreuz aus dem Herzen muss dem *Lebendigen der Jungfrau* so nahe wie möglich sein: *adiacens in gleicher Menge.* ›Adiacens‹ meint nicht ›adiciens‹, also ›hinzufügend‹, es hat vielmehr mit dem Ort zu tun.«

»*Adiacens*«, sagte Danglard, »bedeutet ›das, was danebenliegt‹, das ›Angrenzende‹.«

»Danke, Danglard. Es liegt ziemlich nahe, dass die Jungfrau in der Nähe des Hirschs leben muss. Weibliche und männliche Substanz wird gepaart und bringt Leben hervor, in dem Fall das ewige Leben. Haben wir erst das Herz des nächsten Hirschs, finden wir auch den Namen der Jungfrau unter all denen, die Sie zusammengetragen haben.«

»Gut«, gab Justin zu. »Wie gehen wir vor? Überwachen wir die Wälder?«

»Das hat längst jemand für uns übernommen.«

54

Adamsberg wartete im Regen, bis das Angelusläuten vom Kirchturm in Haroncourt zu ihm herüberdrang, und stieß die Tür zum Café auf. An diesem Sonntagabend traf er die komplette Gruppe der Männer an.

»Béarner«, sagte Robert, ohne seine Überraschung zu zeigen, »trinkst du einen mit?«

Ein kurzer Blick hinüber zu Angelbert bestätigte, dass der Gebirgsmensch noch immer willkommen war, obwohl er vor achtzehn Tagen ein Grab in Opportune-la-Haute aufgehackt hatte. Wie beim letzten Mal machte man ihm links neben dem Alten Platz und schob ihm ein Glas hin.

»Hast dich mächtig abgeplagt«, behauptete Angelbert und goss den Weißwein ein.

»Ja, ich hatte allerhand Ärger, Bullenärger.«

»So ist das Leben«, sagte Angelbert. »Robert ist Dachdecker, er hat Dachdeckerärger. Hilaire hat Metzgerärger, Oswald hat Landwirtsärger, und ich, ich hab Alte-Leute-Ärger. Glaub mir, viel besser ist das nicht. Trink was.«

»Ich weiß, warum die beiden Frauen umgebracht wurden«, sagte Adamsberg und gehorchte, »und ich weiß auch, warum man ihre Gräber aufgebrochen hat.«

»Dann bist du also zufrieden.«

»Nicht wirklich«, sagte Adamsberg mit einer Grimasse. »Die Mörderin ist eine grausige Kreatur und sie ist noch nicht fertig mit ihrer Arbeit.«

»Aber sie wird sie zu Ende bringen«, sagte Oswald.

»Das kannst du annehmen«, unterstrich Achille.

»Ja, sie wird sie zu Ende bringen«, sagte Adamsberg. »Sie wird sie zu Ende bringen, indem sie eine dritte Jungfrau ermordet. Nach der suche ich. Und ich will, dass ihr mir dabei helft.«

Adamsberg sah, wie sich alle Gesichter ihm zuwandten, überrascht von einer solch direkten Forderung.

»Ich will dir ja nicht zu nahe treten, Béarner«, sagte Angelbert, »aber das ist doch irgendwie dein Bier.«

»Und nicht unseres«, unterstrich Achille.

»Doch. Denn es ist dieselbe Frau, die auch eure Hirsche massakriert hat.«

»Ich hatte es euch doch gesagt«, flüsterte Oswald.

»Und woher weißt du das?«, fragte Hilaire.

»Das ist seine Angelegenheit«, unterbrach Angelbert. »Wenn er sagt, dass er's weiß, dann darum, weil er's weiß, und damit fertig.«

»Genau«, sagte Achille.

»Jedes der beiden Opfer stand in Zusammenhang mit dem Tod eines Hirschs«, fuhr Adamsberg fort. »Genauer gesagt mit dem Herzen eines Hirschs.«

»Und was sie damit wollte, das soll einer wissen«, fragte Robert.

»Sie wollte den Knochen, der sich darin befindet, herausholen, den Knochen in Form eines Kreuzes«, sagte Adamsberg, indem er alles auf eine Karte setzte.

»Ist gut möglich«, meinte Oswald. »Genau das dachte auch Hermance. Sie hat so einen Knochen, die Hermance.«

»Im Herzen?«, fragte Achille ein wenig erstaunt.

»In der Schublade der Anrichte. Einen Knochen aus dem Herzen eines Hirschs.«

»Ganz schön übergeschnappt, wenn einer heutzutage noch Hirschen das Kreuz rausholt«, sagte Angelbert. »Das ist doch Zeugs aus alten Zeiten.«

»Immerhin gab es Könige in Frankreich, die so was sammelten«, sagte Robert. »Für eine stabile Gesundheit.«

»Genau das hab ich doch gesagt, Zeugs aus alten Zeiten. Jetzt holt man sie nicht mehr raus.«

Adamsberg trank sein Glas auf seine eigene Gesundheit aus und feierte innerlich die tatsächliche Existenz eines kreuzförmigen Knochens im Herzen der Hirsche.

»Und du weißt, warum er das Kreuz herausholt, dein Mörder«, fragte Robert.

»Ich sagte dir doch, es ist eine Frau.«

»Jaja«, sagte Robert mit beleidigter Miene. »Aber du weißt, warum.«

»Um dieses Kreuz mit den Haaren von Jungfrauen zu vermischen.«

»Gut«, sagte Oswald. »Die ist nicht ganz richtig im Kopf. Bloß, wozu nützt ihr das, das soll einer wissen.«

»Um eine Mixtur herzustellen, die das ewige Leben garantiert.«

»Au, verdammt«, flüsterte Hilaire.

»Einerseits ist so was nicht zu verachten«, meinte Angelbert, »andererseits lässt sich darüber streiten.«

»Wieso lässt sich darüber streiten?«

»Stell dir bloß mal vor, mein armer Hilaire, du müsstest ewig leben. Was würdest du mit deinen Tagen anfangen? Man wird sich ja wohl kaum hunderttausend Jahre lang einen hinter die Binde gießen, oder?«

»Stimmt, das ist ganz schön lang«, bemerkte Achille.

»Die nächste Frau«, fing Adamsberg wieder an, »wird sie umbringen, wenn sie den nächsten Hirsch getötet hat. Oder umgekehrt, ich weiß es nicht. Aber ich habe keine andere Lösung, als diesem Kreuz in dem Herzen zu folgen. Ich möchte, dass ihr mir Bescheid gebt, sobald ein weiterer Hirsch massakriert worden ist.«

Eine bleierne Stille trat ein, eine kompakte Stille, wie nur Normannen sie schaffen und ertragen können. Angelbert goss die zweite Runde ein, wobei er den Hals der Flasche gegen jedes Glas klingen ließ.

»Tja, ist schon passiert«, sagte Robert.

Wieder trat Schweigen ein, und jeder trank einen Schluck, außer Adamsberg, der mit betroffener Miene Robert ansah.

»Wann?«, fragte er.

»Vor nicht mal sechs Tagen.«

»Wieso hast du mich nicht angerufen?«

»Es sah nicht so aus, als würde es dich noch groß interessieren«, sagte Robert sauer. »Du hattest ja nur Oswalds Schatten im Kopf.«

»Wo ist es passiert?«

»Im Bosc des Tourelles.«

»Getötet wie die anderen?«

»Ganz genauso. Das Herz daneben.«

»Welche Dörfer liegen in unmittelbarer Nähe?«

»Campenille, Troimare und Louvelot. Noch weiter dann kommt man nach Longeney auf der einen Seite oder nach Coucy auf der anderen. Kannst du dir aussuchen.«

»Und seither ist keine Frau verunglückt?«

»Nein.«

Adamsberg atmete tief durch und trank einen Schluck.

»Doch, die alte Yvonne, die auf der alten Brücke der Länge nach hingeschlagen ist«, sagte Hilaire.

»Tot?«

»Bei dir müssen immer gleich alle sterben«, sagte Robert. »Den Oberschenkelknochen hat sie sich gebrochen.«

»Kannst du mich morgen mitnehmen?«

»Zu Yvonne?«

»Zu dem Hirsch.«

»Wir haben ihn schon beerdigt.«

»Wer hat das Geweih?«

»Niemand. Er hatte es schon abgeworfen.«

»Ich möchte trotzdem die Stelle sehen.«

»Das lässt sich machen«, sagte Robert und streckte sein Glas für die dritte und letzte Runde vor. »Wo wirst du schlafen? Im Hotel oder bei Hermance?«

»Es wäre besser, er schläft im Hotel«, meinte Oswald leise.

»Wäre wohl besser«, unterstrich der Unterstreicher.

Und niemand gab eine Erklärung ab, warum man nicht mehr bei Oswalds Schwester unterkommen konnte.

55

Während seine Beamten das Gebiet des Bosc des Tourelles absuchten, hatte Adamsberg seinen Gang durch die Krankenhäuser gemacht. In Bichat hatte er den hinkenden Veyrenc besucht und in Saint-Vincent-de-Paul die schlafende Retancourt. Veyrenc käme am nächsten Tag heraus und Retancourts Schlaf glich immer mehr einem natürlichen Zustand. Sie erholt sich mit Höchstgeschwindigkeit, hatte Lavoisier gesagt, der sich zum Fall der Mehrzweckgöttin jede Menge Notizen machte. Veyrenc, nachdem er von der Rettung des Lieutenants und vom Kreuz des Hirschs erfahren hatte, äußerte einen Kommentar, den Adamsberg wieder und wieder vor sich hin sprach, während er zu Fuß zur Brigade zurückkehrte.

»Die eine schützt die Kraft vor sich'rer Grabesruh,
die andre treibt durch Schwäche ihrem Henker zu.
Eilt euch, 's ist höchste Zeit. Der Hirsch liegt schon im
Wald.
Wenn ihr nichts tut, wird auch die Jungfrau folgen
bald.«

»Francine Bidault, fünfunddreißig Jahre alt«, sagte Mercadet und hielt Adamsberg ihre Karteikarte hin. »Sie wohnt in Clancy, einem Zweihundertseelennest, sieben Kilometer vom Bosc des Tourelles entfernt. Die beiden anderen infrage kommenden Frauen wohnen vierzehn und neunzehn Kilometer entfernt und jede wiederum näher am Großen Kastanienwäldchen, das weitläufig genug für weitere Hirsche ist. Francine lebt allein, ihr Hof liegt abseits, mehr als achthundert Meter von den Nachbarn entfernt. Über die Umfassungsmauer kommt man mit einem Satz rüber. Das Haus ist alt, die Türen aus dünnem Holz und die Schlösser lassen sich mit dem Ellbogen aufbrechen.«

»Gut«, sagte Adamsberg. »Arbeitet sie? Hat sie ein Auto?«

»Sie hat einen Halbtagsjob als Putzfrau in einer Apotheke in Évreux. Sie fährt jeden Tag mit dem Überlandbus dorthin, außer am Sonntag. Vermutlich wird der Überfall bei ihr zu Hause stattfinden, zwischen neunzehn Uhr abends und dreizehn Uhr des folgenden Tages, dann nämlich geht sie aus dem Haus.«

»Ist sie Jungfrau? Können wir da sicher sein?«

»Dem Pfarrer aus Otton zufolge, ja. Ein ›Engelchen‹, wie er meint. Hübsch, kindisch, fast ein wenig zurückgeblieben, sagen einige andere. Aber dem Pfarrer zufolge ist sie geistig absolut auf der Höhe. Nur erschreckt sie alles, insbesondere Tiere. Sie ist von ihrem Vater aufgezogen worden, einem Witwer, der sie wie ein Unmensch tyrannisiert hat. Er ist vor zwei Jahren gestorben.«

»Da wäre noch ein Problem«, sagte Voisenet, dessen positivistisches Fundament zusammengebrochen war, seitdem

Adamsberg durch bloßes Wolkenschaufeln die Existenz eines Knochens im Herzen des Hirschs erraten hatte. »Devalon hat erfahren, dass wir in Clancy waren, und auch herausgekriegt, warum. Seitdem er in der Mordsache Élisabeth und Pascaline versagt hat, ist er in einer peinlichen Lage. Er will, dass seine Brigade die Überwachung von Francine Bidault übernimmt.«

»Umso besser«, sagte Adamsberg. »Solange Francine geschützt wird – mehr verlangen wir nicht. Rufen Sie ihn an, Danglard. Devalon soll drei bewaffnete Männer einsetzen, die sich jeden Tag von neunzehn Uhr bis dreizehn Uhr des nächsten Tages abwechseln, und dass mir da keine Panne passiert. Wir beginnen heute Abend. Der Wachhabende soll sich im Haus postieren, wenn möglich in ihrem Schlafzimmer. Das Bild der Krankenschwester schicken wir nach Évreux. Wer hat die Lastwagenvermieter abgeklappert?«

»Ich«, sagte Justin, »mit Lamarre und Froissy. Bis jetzt keinerlei Hinweis in der Île-de-France. Keiner der Angestellten erinnert sich an eine fünfundsiebzigjährige Frau, die einen Neuntonner verlangt hätte. Wir haben sie überprüft, die Aussagen stimmen.«

»Und die blaue Spur auf dem Boden der Halle?«

»Es ist tatsächlich Schuhcreme.«

»Heute Nachmittag hat Retancourt etwas gesagt«, bemerkte Estalère. »Aber sie hat nicht lange gesprochen.«

Neugierige Gesichter wandten sich ihm zu.

»Hat sie was von Corneille gesagt?«, fragte Adamsberg.

»Sie hat nichts von Corneille gesagt, sie hat von Schuhen geredet. Sie hat gesagt, wir sollen *Schuhe zum Wohnwagen schicken.*«

Die Männer wechselten ratlose Blicke.

»Sie baut echt ab, die Dicke«, sagte Noël.

»Nein, Noël. Sie hatte der Frau aus dem Wohnwagen versprochen, ihr das Paar blaue Schuhe zu ersetzen. Lamarre, kümmern Sie sich darum, sie finden die Adresse in Retancourts Unterlagen.«

»Nach all dem, was sie durchgemacht hat, muss sie uns das als Erstes sagen?«, fragte Kernorkian.

»So ist sie eben«, sagte Justin gleichmütig. »Und sonst hat sie nichts gesagt?«

»Doch. Sie hat noch hinzugefügt: Es geht uns nichts an. Sag ihm, es geht uns nichts an.«

»Die Frau?«

»Nein«, sagte Adamsberg. »Die Frau war ihr keineswegs egal.«

»Wer ist ›ihm‹?«

Estalère deutete mit dem Kinn auf Adamsberg.

»Zweifellos«, meinte Voisenet.

»Was?«, murmelte Adamsberg. »Was soll mich nichts angehen?«

»Die baut echt ab«, sagte Noël noch einmal sehr besorgt.

56

Zum ersten Mal in ihrem Leben und seit zweiundzwanzig Tagen hatte Francine sich nicht mehr die Bettdecke übers Gesicht gezogen. Mit freiem Kopf, den sie sorglos auf ihr Kissen bettete, schlief sie ein, und das war unendlich einfacher, als unter dem Bettzeug zu ersticken oder seine Nase an ein Luftloch zu pressen. Auch hatte sie die Löcher der Klopfkäfer nur flüchtig überprüft und die neuen Bohrungen ignoriert, die sich in südlicher Richtung auf dem Balken ausbreiteten, und wie der Kopf eines solchen verfluchten Klopfkäfers aussehen mochte, war ihr seit Kurzem auch nicht mehr wichtig.

Dieser Polizeischutz war wahrlich ein Geschenk des Himmels. Jede Nacht lösten sich drei Männer bei ihr zu Hause ab und bewachten sie sogar am Morgen noch, bis sie zur Arbeit ging – konnte man sich etwas Besseres erträumen? Sie hatte nicht gefragt, aus welchen Gründen man sie partout bewachen wollte, aus Furcht, ihre Neugier könne die Gendarmen verärgern und sie womöglich von ihrem guten Einfall abbringen. Nach dem, was man ihr zu verstehen gegeben hatte, gab es in letzter Zeit Einbrüche, und Francine fand es durchaus nicht seltsam, dass fast überall bei den alleinlebenden

Frauen der Gegend Gendarmen saßen. Andere hätten protestiert, aber ganz sicher nicht sie, die jeden Abend voller Dankbarkeit ein Essen für den diensthabenden Gendarmen zubereitete, das sehr viel raffinierter war, als sie es jemals für ihren Vater gekocht hatte.

Das Gerücht über jene erlesenen Abendessen – und über Francines Charme – hatte in der Brigade von Évreux die Runde gemacht, und ohne dass Devalon wusste, warum, hatte er keinerlei Schwierigkeiten, Freiwillige zu finden, die die Bewachung von Francine Bidault übernahmen. Devalon war Adamsbergs nebulose Ermittlung vollkommen gleichgültig, für ihn war sie nichts weiter als ein Haufen albernes Zeug. Aber es kam nicht infrage, dass dieser Typ, der bereits seine Ermittlungen zu Élisabeth Châtel und Pascaline Villemot wegen einer Spur Moos auf einem Stein zu Fall gebracht hatte, nun auch noch sein Gebiet an sich riss. Seine Männer würden den Hof bewachen und nicht einer von Adamsbergs Kerlen würde einen Fuß dahin setzen. Zudem hatte sich dieser Adamsberg zu der Forderung erdreistet, die sich ablösenden Beamten sollten ausgeruht in die Überwachung gehen. Quatsch. Für solchen Unsinn würde er seine Mannschaft nicht hergeben. Er schickte seine Brigadiers nach ihrem normalen Arbeitstag zu Francine, mit dem Auftrag, dort zu essen und sich dann ohne große Bedenken schlafen zu legen.

In der Nacht des 3. Mai, um drei Uhr fünfunddreißig, waren in den Zimmern von Francine und Brigadier Grimal nur die Klopfkäfer bei der Arbeit; die Anwesenheit eines bewaffneten Mannes im Haus bremste sie offenbar in keiner Weise, und so fraß sich jeder einen Tausendstelmillimeter weiter durchs Holz. Auf das Quietschen der Tür des Wirtschaftsraums hinter der Küche reagierten sie nicht, denn Klopfkäfer sind taub. Grimal, der im Zimmer des verstorbenen Vaters untergebracht war, wo er unter einem purpurnen Federbett lag, richtete sich in der Dunkelheit auf. Er war außerstande, das Geräusch, das ihn aufgeweckt hatte, zu orten, auch wusste er nicht zu sagen, ob er seine Waffe rechts oder links neben das Bett gelegt hatte, ob auf die Kommode oder den Fußboden. Auf gut Glück tastete er das Nachtschränkchen ab, durchquerte das Zimmer in T-Shirt und Slip und öffnete die Tür zwischen seinem und Francines Zimmer. Mit leeren Händen sah er, wie ein grauer Schatten auf ihn zukam, ein langer, ungewöhnlich stiller und schleppender Schatten, der seinen Gang nicht einmal unterbrach, als er die Tür aufgehen sah. Der Schatten lief nicht auf normale Weise, er rutschte und wankte, glitt über den Boden in einer unbestimmbaren Körperhaltung, doch unaufhaltsam in seinem Vormarsch. Grimal hatte gerade noch Zeit, Francine wach zu rütteln, wobei er nicht wusste, ob er sie retten oder sie um Hilfe rufen wollte.

»Der Schatten, Francine! Steh auf! Lauf!«

Francine schrie, und der entsetzte Grimal näherte sich der grauen Gestalt, um die Flucht der jungen Frau zu decken. Devalon hatte ihn jedoch nicht auf einen Angriff vorbereitet und mit seinem letzten Gedanken verfluchte er ihn. Möge er in die Hölle fahren, zusammen mit dem Gespenst.

57

Adamsberg erhielt den Anruf aus der Brigade von Évreux um acht Uhr zwanzig morgens, er saß in dem kleinen, schmuddeligen Café, das der verschlafenen Brasserie des Philosophes die Stirn bot. In Gesellschaft von Froissy, die ihr zweites Frühstück einnahm, trank er einen Kaffee. Brigadier Maurin, der zur Ablösung nach Clancy gekommen war, hatte soeben die Leiche seines Kollegen Grimal entdeckt, durchbohrt von zwei Kugeln in die Brust, eine davon hatte das Herz getroffen. Adamsberg hielt inne und stellte seine Tasse geräuschvoll auf die Untertasse zurück.

»Und die Jungfrau?«, fragte er.

»Verschwunden. Offenbar hatte sie Zeit, aus dem Fenster des hinteren Zimmers zu klettern. Wir suchen sie.«

Die Stimme des Mannes bebte von Schluchzern. Grimal war zweiundvierzig Jahre alt und hatte sich stets mehr mit dem Schneiden seiner Hecke befasst, als der Welt auf den Wecker zu fallen.

»Und seine Waffe?«, fragte Adamsberg. »Hat er geschossen?«

»Er lag im Bett, Kommissar, er schlief. Seine Waffe lag auf der Kommode des Schlafzimmers, er hatte nicht mal mehr Zeit, sie in die Hand zu nehmen.«

»Das gibt's doch nicht«, murmelte Adamsberg. »Ich hatte darum gebeten, dass die Wache vollständig angezogen, hellwach und mit schussbereiter Waffe dasitzt.«

»Devalon war das vollkommen egal, Kommissar. Er hat uns nach der Arbeit hingeschickt. Wir konnten nicht die ganze Zeit wach bleiben.«

»Sagen Sie Ihrem Chef, er soll in der Hölle schmoren.«

»Ich weiß, Kommissar.«

Zwei Stunden später, begleitet von seiner Eskorte, betrat Adamsberg mit zusammengebissenen Zähnen Francines Haus. Man hatte die junge Frau in Tränen aufgelöst gefunden, sie hatte sich in die Scheune der Nachbarn geflüchtet und hockte mit wunden Füßen zwischen zwei Strohballen. Eine graue Gestalt, die wie eine Kerzenflamme wankte, das war alles, was sie gesehen hatte, und den Arm des Gendarmen, der sie aus dem Bett gezogen und in das Hinterzimmer geschoben hatte. Sie rannte schon auf die Landstraße zu, als die beiden Schüsse fielen.

Der Kommissar legte seine Hand auf Grimals kalte Stirn, wobei er an seinem Kopf niederkniete, um nicht in sein Blut zu treten. Dann wählte er eine Nummer und eine verschlafene Stimme meldete sich am anderen Ende der Leitung.

»Ariane, ich weiß, es ist noch nicht mal elf Uhr, aber ich brauche dich.«

»Wo bist du?«

»In dem Dorf Clancy in der Normandie. Chemin des Biges, Nummer 4. Beeil dich. Wir fassen nichts an, bevor du kommst.«

»Was sollen diese Techniker hier?«, fragte Devalon und

deutete auf die kleine Truppe um Adamsberg. »Und wen haben Sie da gerade herbestellt?«, fügte er hinzu und zeigte auf das Telefon.

»Meine Gerichtsmedizinerin, Commandant. Und ich rate Ihnen, sich nicht dagegenzustellen.«

»Scheren Sie sich zum Teufel, Adamsberg. Es handelt sich hier um einen meiner Männer.«

»Um einen Ihrer Männer, den Sie in den Tod geschickt haben.«

Adamsberg sah die beiden Gendarmen an, die Devalon begleiteten. Ihre Körperhaltung verriet Zustimmung.

»Bewachen Sie die Leiche Ihres Kollegen«, sagte er zu ihnen. »Solange die Gerichtsmedizinerin nicht hier ist, soll sich ihm niemand nähern.«

»Sie haben meinen Brigadiers keine Anweisungen zu geben. Hier kümmern wir uns einen Dreck um die Bullen aus Paris.«

»Ich bin nicht aus Paris. Und Sie haben keine Brigadiers mehr.«

Adamsberg ging hinaus und hatte Devalons Schicksal augenblicklich vergessen.

»Wie weit sind Sie?«

»Langsam nimmt die Sache Gestalt an«, sagte Danglard. »Die Mörderin ist über die Nordmauer gestiegen und hat die fünfzig Meter Weideland überquert, bis zur Tür des Wirtschaftsraums hinter der Küche, die die morscheste von allen ist.«

»Das Gras steht nicht hoch, es gibt keine Spuren.«

»Es gibt welche auf der Umfassungsmauer, die aus Tonerde besteht. Als sie rübergestiegen ist, ist ein Lehmklumpen heruntergefallen.«

»Und weiter?«, fragte Adamsberg, setzte sich hin und stützte die Ellbogen auf den Tisch, sodass er beinahe lag.

»Sie hat die Tür aufgebrochen, ist durch den Wirtschaftsraum hinter der Küche gegangen, dann durch die Küche selbst und danach durch diese Tür in das Schlafzimmer. Auch hier keine Spuren, es liegt nicht ein Körnchen Staub auf den Fliesen. Grimal kam aus dem hinteren Zimmer, der Angriff fand neben Francines Bett statt. Er wurde offenbar aus allernächster Nähe erschossen.«

Devalon hatte den Hof verlassen müssen, weigerte sich aber, das Feld Adamsberg zu überlassen. Wutschnaubend lief er auf der Straße umher und wartete auf die Ankunft des Arztes aus Paris, fest entschlossen, seinen eigenen Gerichtsmediziner für die Autopsie durchzusetzen. Er sah, wie der Wagen ziemlich hart vor dem alten Holzportal parkte und eine Frau ausstieg, die sich zu ihm umdrehte. Und er musste einen letzten Schock hinnehmen, als er Ariane Lagarde erkannte. Wortlos trat er zurück, grüßte nur stumm.

»Aus allernächster Nähe«, bestätigte Ariane, »zwischen drei Uhr dreißig und vier Uhr dreißig morgens, einer ersten Schätzung nach. Die Schüsse sind während der Rauferei abgegeben worden, beim Zweikampf. Aber er hat nicht die Zeit gehabt, wirklich zu kämpfen. Und ich glaube, er hatte große Angst, sie steht ihm noch immer ins Gesicht geschrieben. Die Mörderin hingegen«, sagte sie und setzte sich neben Adamsberg, »hat einen kühlen Kopf bewahrt und sich die Zeit genommen, ihr Werk zu signieren.«

»Sie hat ihn gepikt?«

»Ja. In die linke Armbeuge, es ist beinahe unsichtbar. Wir werden das überprüfen, aber ich glaube, es handelt sich wie bei Diala und La Paille um einen fingierten Einstich, ohne dass irgendwas gespritzt wurde.«

»Ihr Markenzeichen«, sagte Danglard.

»Hast du eine Idee, was ihre Größe anbelangt?«

»Ich muss die Flugbahn der Kugeln untersuchen. Aber auf den ersten Blick ist es kein großer Mensch. Auch die Waffe ist kein großes Kaliber. Unauffällig, tödlich.«

Mordent und Lamarre kamen aus dem Schlafzimmer zurück.

»So ist es, Kommissar«, sagte Mordent. »Während des Kampfes müssen sie sich mit Füßen getreten und gegeneinandergestemmt haben. Grimal war barfuß, er hat keine Spuren hinterlassen. Sie schon. Eine winzige nur, aber es gibt eine leichte blaue Spur.«

»Sind Sie sicher, Mordent?«

»Wenn man nicht danach sucht, ist es nicht erkennbar, aber wenn man damit rechnet, ist es unbestreitbar. Sehen Sie es sich selbst an, nehmen Sie den Fadenzähler. Auf dem alten Fliesenboden hier sieht man's nicht so leicht.«

Unter der zusätzlichen Beleuchtung, die der Techniker herangeschafft hatte, studierte Adamsberg, den Fadenzähler ans Auge gepresst, die fünf bis sechs Zentimeter lange blaue Spur auf der Terrakottafliese. Besser sichtbar war ein etwas kräftigeres Quäntchen Schuhcreme in einer Fuge. Eine andere, kleinere Spur war auf der danebenliegenden Fliese erkennbar. Schweigend und mit finsterem Gesicht kehrte

Adamsberg ins Esszimmer zurück. Er öffnete Schränke und Anrichten, ging in die Küche und fand auf einer Ablage eine Dose Schuhcreme und einen alten Lappen.

»Estalère«, sagte er, »nehmen Sie das hier. Gehen Sie zur Nordmauer, zu genau der Stelle, wo sie rübergestiegen ist. Dort reiben Sie Ihre Schuhsohlen mit dieser Creme ein. Und kommen wieder hierher zurück.«

»Aber die Schuhcreme hier ist braun.«

»Das ist vollkommen egal, Estalère. Los, gehen Sie.«

Fünf Minuten später kam Estalère zur Küchentür herein.

»Stopp, Brigadier. Ziehen Sie Ihre Schuhe aus und geben Sie sie mir.«

Adamsberg betrachtete die Sohlen im Licht des kleinen Fensters, fuhr dann mit der Hand in einen der Schuhe, drückte ihn auf den Erdboden und drehte ihn dabei. Er betrachtete die Spur mit dem Fadenzähler, wiederholte den Vorgang mit dem anderen Schuh und richtete sich wieder auf.

»Nichts«, sagte er, »durch das feuchte Gras ist alles weggewischt. Ein Rest von Creme bleibt noch auf der Sohle, aber nicht genug, um auf den Kachelboden geschmiert zu werden. Sie können Ihre Schuhe wieder anziehen, Estalère.«

Adamsberg setzte sich wieder ins Esszimmer, umgeben von seinen drei Mitarbeitern und Ariane. Seine Finger strichen über das Wachstuch, sie schienen das Unsichtbare zusammenfügen zu wollen.

»Das haut nicht hin«, sagte er. »Es ist zu viel.«

»Zu viel Schuhcreme?«, fragte Ariane. »Meinst du das?«

»Ja. Es ist zu viel und zudem unmöglich. Und doch ist es ihre Schuhcreme. Aber sie kommt nicht von ihren Sohlen.«

»Glauben Sie, sie signiert?«, fragte Mordent mit gekrauster Stirn. »Wie mit der Spritze? Indem sie absichtlich Schuhcreme verteilt? Um ihre Spur zu hinterlassen?«

»Um uns auf eine Fährte zu locken. Uns in eine bestimmte Richtung zu lenken.«

»Bis wir in die Irre gehen«, sagte die Gerichtsmedizinerin mit halb geschlossenen Lidern.

»Genau, Ariane. Wie es die Strandräuber taten, wenn sie falsche Leuchtfeuer anzündeten, um die Schiffe von ihrer Route abzubringen, damit sie an den Felsen zerschellten. Es ist ein falsches Leuchtfeuer, das uns in die Ferne lockt.«

»Ein Licht, das uns stetig zu der alten Krankenschwester führt«, sagte Ariane.

»Ja. Und genau das wollte Retancourt sagen: ›Sag ihm, es geht uns nichts an.‹ Die blauen Schuhe. Sie gehen uns nichts an.«

»Wie steht es um sie?«, fragte Ariane.

»Sie erholt sich mit Höchstgeschwindigkeit. Jedenfalls schnell genug, um uns zu sagen: ›Es geht uns nichts an.‹«

»Die Schuhe und alles Übrige auch«, sagte Ariane.

»Ja, die Einstichspuren, das Skalpell, die Schuhcreme. Ein hübscher Ausweis, aber ein gefälschter. Ein echter Köder. Wochenlang treibt man nun schon seinen Spaß mit uns wie mit Hampelmännern. Und wir, und ich, sind wie die Schwachköpfe, wie ein einziger Mann auf das Licht zugerannt, das man vor uns schwenkte.«

Ariane verschränkte die Arme, senkte das Kinn. Sie hatte sich kaum Zeit fürs Schminken genommen und Adamsberg fand sie so noch schöner.

»Es ist meine Schuld«, sagte sie. »Ich habe dir gesagt, es sei vielleicht eine Dissoziierte.«

»Aber ich war's, der auf die Krankenschwester gekommen ist.«

»Ich habe mich verrannt«, beharrte Ariane. »Ich habe sekundäre Faktoren hinzugefügt, psychologische und mentale.«

»Weil der Mörder die psychologischen und mentalen Faktoren von Frauen bestens kennt. Weil alles so angelegt war, Ariane, dass wir in den Irrtum hineinrennen mussten. Und wenn der Mörder alles dafür getan hat, um uns auf eine Frau zu bringen, dann, weil er ein Mann ist. Ein Mann, der Claire Langevins Flucht genutzt hat, um sie uns in den Weg zu werfen. Ein Mann, der wusste, dass ich auf die Möglichkeit mit der alten Krankenschwester anspringen würde. Aber sie ist es nicht. Deshalb nämlich entsprechen diese Morde auch in keiner Weise der Psychologie des Todesengels. Du hattest es gesagt, Ariane, an dem Abend nach Montrouge. Es hat gar keinen zweiten Krater auf der anderen Seite des Vulkans gegeben. Es ist ein gänzlich anderer Vulkan.«

»Dann ist es aber sehr gut gemacht«, sagte die Gerichtsmedizinerin seufzend. »Dialas und La Pailles Verletzungen weisen eindeutig auf einen Angreifer von kleiner Statur hin. Aber es ist natürlich immer möglich, zu tricksen und sie extra so aussehen zu lassen. Ein durchschnittlich großer Mann hätte seinen Schlag durchaus vorausberechnen und seinen Arm dementsprechend senken können, damit die Wunden waagerecht ausfielen. Unter der Bedingung, dass er sich sehr gut auskannte.«

»Die Spritze, die in der Lagerhalle liegen gelassen wurde, das war schon zu viel«, sagte Adamsberg. »Ich hätte längst reagieren müssen.«

»Ein Mann«, sagte Danglard mit mutloser Stimme. »Also müssen wir mit allem noch mal von vorn anfangen. Mit allem.«

»Das wird nicht viel erbringen, Danglard.«

Adamsberg sah, wie im Blick seines Mitarbeiters die Spur eines raschen und planvollen Gedankens aufzuckte, gefolgt von einer traurigen Erschlaffung. Er gab ihm ein kurzes Zeichen der Zustimmung. Danglard wusste, genau wie er.

58

Adamsberg und Danglard saßen in ihrem geparkten Wagen und sahen zu, wie die Scheibenwischer den Platzregen wegschoben, der auf die Windschutzscheibe niederging. Adamsberg liebte das gleichmäßige Geräusch der Wischer, den Kampf, den sie ächzend gegen die Sintflut führten.

»Ich glaube, wir sind uns einig, Capitaine«, sagte Adamsberg.

»Commandant«, berichtigte Danglard mit düsterer Stimme.

»Um uns mit Sicherheit auf die Fährte der Krankenschwester zu lotsen, musste der Mörder viel über mich wissen. Er musste wissen, dass ich sie verhaftet hatte, musste wissen, dass ihre Flucht mich treffen würde. Auch musste er die Ermittlung Schritt für Schritt verfolgen können. Musste darüber informiert sein, dass wir nach blauen Schuhen forschten, nach der Spur ihrer gewichsten Sohlen. Er musste über Retancourts Pläne Bescheid wissen. Musste meinen Untergang wollen. Er hat uns alles geliefert, die Spritze, die Schuhe, das Skalpell, die Schuhcreme. Eine ungeheure Täuschung, Danglard, ausgeführt von einem intelligenten Kopf, mit großem Geschick.«

»Von einem Mann aus der Brigade.«

»Ja«, sagte Adamsberg traurig und warf sich in seinen Sitz zurück. »Von einem Typ aus unseren eigenen Reihen, einem schwarzen Steinbock aus den Bergen.«

»Was haben Steinböcke damit zu tun?«

»Nicht weiter wichtig, Danglard.«

»Ich will es einfach nicht glauben.«

»Wir haben auch nicht geglaubt, dass ein Knochen im Schweinerüssel steckt. Und es steckt einer drin. Genauso wie es einen Knochen in der Brigade gibt, Danglard. Mitten in ihrem Herzen.«

Der Regen ließ nach, Adamsberg stellte die Scheibenwischer auf einen langsameren Rhythmus ein.

»Ich hatte Ihnen ja gesagt, er lügt«, sagte Danglard nach einer Pause. »Kein Mensch hätte den Text aus dem *De reliquis* behalten können, ohne ihn vorher schon einmal gelesen zu haben. Er kannte die Medikation auswendig.«

»Warum hätte er sie uns dann sagen sollen?«

»Aus purer Provokation. Er hält sich für unbesiegbar.«

»Das am Boden liegende Kind«, murmelte Adamsberg. »Der verlorene Weinberg, das Elend, die Jahre der Demütigung. Ich habe ihn gekannt, Danglard. Die Mütze tief ins Gesicht gezogen, um seine Haare zu verbergen, das Hinkebein, das Rot über der Stirn, wie er immer dicht an den Mauern entlanglief, unter dem Spottgelächter der anderen.«

»Er rührt Sie immer noch.«

»Ja.«

»Aber es ist das Kind, das Ihnen nahegeht. Doch sosehr man es auch verbogen hat, es ist ein Erwachsener aus ihm geworden. Und gegen Sie, den kleinen Chef von einst, den Verantwortlichen für seine Tragödie, kehrt er nun das Schicksal, wie er selbst in Versen sagen würde. Er greift in das Rad des Schicksals, dreht es. Jetzt sollen Sie fallen, während er den höchsten Platz erobert. Er ist das geworden, was er selbst den ganzen Tag deklamiert: ein racinescher Held, gefangen in den Stürmen von Hass und Ehrgeiz, der den Tod der anderen und die bevorstehende eigene Krönung in Szene setzt. Sie wussten von Anfang an, warum er hier ist: um Rache zu nehmen für den Krieg zwischen den beiden Tälern.«

»Ja.«

»Er hat seinen Plan Akt für Akt ausgeführt, hat Sie in Richtung Irrtum gelenkt und die gesamte Ermittlung zu Fall gebracht. Er hat bereits siebenmal getötet, Fernand, den Dicken Georges, Élisabeth, Pascaline, Diala, La Paille, Grimal. Und beinahe auch Retancourt. Und er wird die dritte Jungfrau umbringen.«

»Nein. Francine ist in Sicherheit.«

»Glauben wir. Der Mann ist stark wie ein Pferd. Er wird Francine umbringen, und dann wird er Sie stürzen, wenn erst die Schande auf Sie gefallen ist. Er hasst Sie.«

Adamsberg kurbelte die Scheibe herunter, streckte seinen Arm nach draußen und öffnete die Hand, um den Regen zu spüren.

»Das macht Sie traurig«, sagte Danglard.

»Ein wenig, ja.«

»Aber Sie wissen, dass wir recht haben.«

»Als Robert mich wegen des zweiten Hirschs anrief, war ich müde, es war mir egal. In dem Moment war es Veyrenc, der mir vorschlug, mich dorthin zu fahren. Und auf dem Friedhof von Opportune war's wieder Veyrenc, der mir Pascalines Grab zeigte, mit dem kurzen Gras drauf. Er war's, der mich gedrängt hat, es öffnen zu lassen, genauso wie er mich in Montrouge ermutigt hatte weiterzumachen. Und er hat Brézillon bewogen nachzugeben, damit ich den Fall behielt. Sodass er ihn weiterverfolgen konnte, während ich mich darin verstrickte.«

»Und er hat Ihnen Camille weggenommen«, sagte Danglard ganz leise. »Eine gewaltige Rache, die eines racineschen Helden absolut würdig ist.«

»Woher wissen Sie das, Danglard?«, fragte Adamsberg und ballte die Faust im Regen.

»Als ich die Abhöranlage aus Froissys Schrank nahm, musste ich eine Aufzeichnung abspielen, um die Tonspur einzustellen. Ich habe Ihnen oft genug gesagt, wie er ist. Intelligent, mächtig, gefährlich.«

»Ich mochte ihn trotzdem.«

»Hocken wir deshalb untätig in Clancy, in diesem parkenden Auto? Anstatt nach Paris zu fahren?«

»Nein, Capitaine. Einerseits weil wir keinen Sachbeweis haben. Nach richterlichem Beschluss wäre er vierundzwanzig Stunden später wieder auf freiem Fuß. Veyrenc würde vom Krieg zwischen den beiden Tälern erzählen und sagen, dass ich aus privaten Gründen versessen darauf sei, ihn zu zerstören. Damit nie einer erführe, wer der fünfte Kerl unter dem Baum war.«

»Gewiss«, gab Danglard zu. »Damit hat er Sie in der Hand.«

»Andererseits weil ich immer noch nicht ganz verstanden habe, was Retancourt zu mir gesagt hat.«

»Und ich frage mich noch immer, wie Die Kugel diese achtunddreißig Kilometer bewältigen konnte«, sagte Danglard, nachdenklich geworden angesichts dieser neuen Frage ohne Antwort.

»Die Liebe und ihre Wunder, Danglard. Es ist auch gut möglich, dass Die Kugel viel von Violette gelernt hat. Jedes noch so kleine Körnchen Kraft sparen, um sie irgendwann für einen einzigen großen Auftrag einsetzen zu können.«

»Retancourt war mit Veyrenc in einem Team. Deshalb auch hat sie vor uns dieses verdammte Zeug kapiert, das wir nicht begriffen hatten. Er wusste, dass sie Romain regelmäßig besuchte. Er hat am Eingang auf sie gewartet. Sie fand ihn schön, immerhin ist sie ihm gefolgt. Das einzige Mal in ihrem Leben, dass es Violette an Scharfsinn gemangelt hat.«

»Die Liebe und ihre Verhängnisse, Danglard.«

»Sogar Violette kann sich darin verirren. Wegen eines Lächelns, einer klangvollen Stimme.«

»Ich möchte wissen, was sie mir sagen wollte«, beharrte Adamsberg und zog seinen nassen Arm ins Auto zurück. »Was würde sie Ihrer Meinung nach versuchen, Capitaine, sobald sie drei Wörter formulieren könnte?«

»Mit Ihnen reden.«

»Um mir was zu sagen?«

»Die Wahrheit. Und genau das hat sie getan. Sie hat von den Schuhen geredet, sie hat gesagt, dass wir uns nicht darum scheren sollen. Und damit ausdrücken wollen, dass es nicht die Krankenschwester war.«

»Das war nicht das *Erste*, was sie sagte, Danglard. Es war das Zweite.«

»Aber vorher hat sie nichts Verständliches geäußert. Sie hat nur ihren Corneille zitiert.«

»Wer spricht diese Verse eigentlich?«

»Die Camille in der Tragödie *Horatius*.«

»Sehen Sie, Danglard, das ist ein Beweis. Retancourt wiederholte durchaus nicht ihren Schulstoff, sie ließ mir durch diese Camille eine Botschaft zukommen. Aber ich verstehe die Botschaft nicht.«

»Weil sie auch gar nicht eindeutig sein kann. Retancourt befand sich noch in ihren Traumfantasien. Man muss ihren Satz decodieren, so wie man Träume entschlüsselt.«

Danglard dachte eine Weile nach.

»Camille ist umgeben von verfeindeten Brüdern«, sagte er, »den Horatiern auf der einen Seite und den Kuriatiern auf der anderen. Sie liebt einen von ihnen, der den anderen töten will. Gleiche Situation bei der echten Camille. Verfeindete Vettern, Sie auf der einen, Veyrenc auf der anderen Seite. Aber Veyrenc repräsentiert Racine. Und wer war Racines großer Rivale, sein Erzfeind? Corneille.«

»Wirklich?«, fragte Adamsberg.

»Wirklich. Racines Erfolg brachte den Thron des alten Tragödiendichters ins Wanken. Sie hassten einander. Retancourt wählt Corneille und verweist damit auf seinen Feind: Racine. Racine, also Veyrenc. Darum hat sie auch in Versen gesprochen, damit Sie sofort an Veyrenc denken.«

»Ich habe tatsächlich an ihn gedacht. Ich habe mich gefragt, ob sie von ihm träumt oder ob er sie vielleicht angesteckt hat.«

Adamsberg kurbelte die Scheibe hoch und schnallte sich an.

»Lassen Sie mich zuerst allein zu ihm gehen«, sagte er und schaltete die Zündung ein.

59

Veyrenc, schon auf dem Wege der Besserung, saß in Shorts auf seinem Bett, im Rücken zwei Kopfkissen, ein Bein angewinkelt, das andere ausgestreckt. Er sah zu, wie Adamsberg am Fußende mit verschränkten Armen hin und her lief.

»Fällt es Ihnen schwer zu stehen?«, fragte Adamsberg.

»Es zieht ein wenig, es brennt, weiter nichts.«

»Können Sie gehen, Auto fahren?«

»Ich glaube schon.«

»Gut.«

»So sprecht, Seigneur, ich seh's, ein Schimmer im Gesicht
verrät, dass Euch was drängt, etwas Geheimes, nicht?«

»Das stimmt, Veyrenc. Der Mörder, der Élisabeth, Pascaline, Diala, La Paille und den Brigadier Grimal kaltgemacht und die Gräber aufgebrochen hat und der auch beinahe Retancourt vernichtet hätte, der an drei Hirschen und einem Kater herumoperiert und das Reliquiengefäß geplündert hat, ist keine Frau. Es ist ein Mann.«

»Sagen Sie das rein intuitiv? Oder gibt es was Neues?«

»Was meinen Sie damit?«

»Neue Beweise.«

»Noch nicht. Aber ich weiß, dass dieser Mann genug über den Todesengel wusste, um uns auf seine Fährte zu locken, um die Ermittlung in eine Richtung zu lenken, in der sie scheitern musste, während er seelenruhig anderswo seinem Geschäft nachging.«

Veyrenc kniff die Augen zusammen und streckte die Hand nach seiner Zigarettenschachtel aus.

»Die Ermittlung scheiterte«, fuhr Adamsberg fort, »die Frauen starben und ich würde ebenfalls untergehen. Das war ein passabler Racheakt für den Mörder. Darf ich?«, fügte er hinzu und zeigte auf die Zigarettenschachtel.

Veyrenc reichte ihm die Schachtel und zündete die beiden Zigaretten an. Adamsberg beobachtete seine Handbewegung. Kein Zittern, keinerlei Aufregung.

»Und dieser Mann«, sagte Adamsberg, »ist jemand aus der Brigade.«

Veyrenc fuhr sich durch sein Tigerhaar und blies den Rauch aus, wobei er Adamsberg überrascht anblickte.

»Aber ich habe nichts Greifbares gegen ihn in der Hand. Ich bin machtlos. Was sagen Sie dazu, Veyrenc?«

Der Lieutenant ließ die Asche in seine hohle Hand fallen, Adamsberg hielt ihm einen Aschenbecher hin.

»Wir suchten ferne ihn, weit hinterm letzten Meer,
die Schiffe kehrten um, die Beutenetze leer,
längst saß er unter uns, und wir war'n Narren, Herr!«

»Ja, was für ein Sieg, nicht wahr? Ein intelligenter Mann, der im Alleingang siebenundzwanzig Dummköpfe an der Nase herumführt.«

»Sie denken doch nicht etwa an Noël? Ich kenne ihn zwar kaum, aber das bezweifle ich. Streitsüchtig ist er, aber kein Täter.«

Adamsberg schüttelte den Kopf.

»An wen denken Sie dann?«

»Ich denke an das, was Retancourt gesagt hat, als sie aufgewacht ist.«

»Endlich«, sagte Veyrenc lächelnd. »Sie meinen doch die Verse aus dem *Horatius*?«

»Woher wissen Sie, dass sie die gesprochen hat?«

»Weil ich mich oft nach ihr erkundigt habe. Lavoisier hat's mir erzählt.«

»Für einen Neuen sind Sie sehr aufmerksam.«

»Retancourt ist meine Teamkollegin.«

»Ich glaube, Retancourt hat alles darangesetzt, mir den Mörder zu nennen, mit dem bisschen Kraft, das sie hatte.«

»Zweifeltet Ihr daran, Seigneur,
dass Ihr so spät erst ihrer Worte Wert erkennt?
Den Sinn nicht seht und dann im Irrtum Euch
verrennt?«

»Und Sie, haben Sie ihn denn erkannt, Veyrenc? Diesen Sinn?«

»Nein«, sagte Veyrenc und wandte den Blick ab, um seine Asche herunterfallen zu lassen. »Was werden Sie jetzt tun, Kommissar?«

»Etwas ziemlich Banales. Ich werde auf den Mörder warten, dort, wo er hinkommen wird. Die Dinge überstürzen sich, er weiß, dass Retancourt reden wird. Er hat wenig Zeit, eine Woche oder weniger, bei der Geschwindigkeit, mit der sie sich erholt. Er muss seine Mischung unbedingt fertigbekommen, bevor man ihm die Möglichkeit dazu nimmt. Also werden wir Francine als Lockvogel einsetzen und sie scheinbar ungeschützt herumlaufen lassen.«

»Der Klassiker«, meinte Veyrenc.

»Ein Sprint hat nie etwas Originelles, Lieutenant. Zwei Kerle rennen nebeneinander auf einer Bahn und der Schnellere gewinnt. Das ist alles. Und trotzdem treten seit Tausenden von Jahren immer wieder Tausende von Kerlen gegeneinander an. Nun, so ähnlich ist es auch hier. Er rennt, ich renne. Es geht nicht darum, etwas Neues zu veranstalten, sondern ihn daran zu hindern, vor uns anzukommen.«

»Aber der Mörder wird sich sicher denken, dass man ihm diese Art Falle stellen wird.«

»Natürlich. Aber er rennt trotzdem, denn er hat genau wie ich keine andere Wahl. Auch er versucht nicht, originell zu sein, er versucht, erfolgreich zu sein. Und je primitiver die Falle, desto weniger wird der Mörder sich vor ihr in Acht nehmen.«

»Warum?«

»Weil er genau wie Sie annimmt, ich würde mir irgendwas Kniffliges ausdenken.«

»Da ist was dran«, gab Veyrenc zu. »Wenn Sie sich für die simple Methode entscheiden, bringen Sie Francine also wieder nach Hause zurück? Und lassen sie unauffällig beobachten?«

»Nein. Keiner, der auch nur ein bisschen gesunden Menschenverstand besitzt, würde glauben, dass Francine freiwillig auf den Hof zurückkehrt.«

»Wo bringen Sie sie dann hin? In ein Hotel in Évreux? Und dann lassen Sie die Information durchsickern?«

»Nicht ganz. Ich nehme einen Ort, den ich für sicher und geheim halte, den der Mörder jedoch schnell selbst erraten kann, wenn er halbwegs was im Kopf hat. Und das hat er.«

Veyrenc dachte einen Augenblick nach.

»Einen Platz, den Sie kennen«, sagte er, indem er laut nachdachte, »einen Ort, der Francine nicht erschrecken darf und den Sie schützen können, ohne dass man auch nur einen Bullen zu Gesicht bekommt.«

»Zum Beispiel.«

»Der Gasthof in Haroncourt.«

»Sehen Sie, das ist nun wahrlich kein Kunststück. In Haroncourt, wo alles begonnen hat, unter dem Schutz von Robert und Oswald. Die sind sehr viel unauffälliger als Polizisten. Bullen erkennt man immer sofort.«

Veyrenc machte eine zweifelnde Geste, die Adamsberg galt.

»Selbst ein Bulle, der von seinem Gebirge heruntergerannt ist, ohne sich vorher sein Hemd zugeknöpft und den Nebel aus den Augen gewischt zu haben?«

»Ja, selbst ich, Veyrenc. Und wissen Sie, warum? Wissen Sie, warum ein Typ, der im Café vor seinem Bier sitzt, nicht so aussieht wie ein Bulle, der im Café vor seinem Bier sitzt? Weil der Bulle arbeitet und der andere nicht. Weil der normale Typ bloß vor sich hin denkt, döst, fantasiert. Während der Bulle überwacht. So kommt es, dass die Augen des Typs in sein Inneres wegflüchten, wohingegen die Augen des Bullen auf die Außenwelt gerichtet sind. Und diese Blickrichtung ist auffälliger als jedes Dienstabzeichen. Also kein Bulle in der Eingangshalle des Gasthofes.«

»Nicht schlecht«, meinte Veyrenc und zerdrückte seine Zigarette.

»Ich hoffe es«, sagte Adamsberg und stand auf.

»Weshalb sind Sie hergekommen, Kommissar?«

»Um Sie zu fragen, ob Ihnen neue Einzelheiten eingefallen sind, seitdem Sie das Geschehnis an seinen richtigen Ort gerückt haben, auf die Hochwiese.«

»Nur eine.«

»Sagen Sie.«

»Der fünfte Kerl stand im Schatten des Nussbaums und sah den anderen zu.«

»Gut.«

»Er hatte die Hände im Rücken verschränkt.«

»Ja und?«

»Also frage ich mich, was er da in der Hand hielt, was er hinter seinem Rücken versteckte. Vielleicht eine Waffe.«

»Sie sind ganz nah dran. Denken Sie weiter nach, Lieutenant.«

Veyrenc sah, wie der Kommissar seine Jacke nahm, von der merkwürdigerweise nur ein Ärmel nass war, sah ihn hinausgehen und die Tür zuschlagen. Er schloss die Augen und lächelte.

Ihr lügt, Seigneur, doch seid Ihr auch verschlagen,
erkenn ich wohl die Absicht und muss mich ihr
versagen.

60

In einen toten Winkel der Wäschekammer gezwängt, wartete
der Schatten, dass die Geräusche des Abends nachließen.
Bald würde die Ablösung hier sein, die Krankenschwestern
würden durch die Zimmer gehen, die Bettpfannen leeren, das
Licht ausschalten und wieder in ihre Nachtquartiere zurückkehren. Ins Krankenhaus Saint-Vincent-de-Paul hineinzukommen, war genauso leicht gewesen wie erwartet. Keinerlei
Argwohn, nicht eine Frage, nicht einmal von dem Lieutenant,
der auf der Etage postiert war und alle halbe Stunde einschlief. Er hatte bloß freundlich gegrüßt und gemeint, es sei
alles in Ordnung. Ausgerechnet dieser schläfrige Trottel, besser konnte es gar nicht laufen. Dankbar hatte er eine mit zwei
Schlaftabletten präparierte Tasse Kaffee angenommen, sodass man mit Sicherheit bis zum Morgen seine Ruhe hätte.
Wenn die Leute einem nicht misstrauen, wird alles einfach.
Gleich würde die Dicke keinen Mucks mehr von sich geben,
es war Zeit, dass sie ein für alle Mal das Maul hielt. Retancourts nicht voraussehbare Widerstandskraft war ein schwerer Schlag gewesen. Genau wie diese verdammten Corneille-
Verse, die sie vor sich hin gebrabbelt hatte, aber zum Glück
hatten die Beamten der Brigade nichts davon verstanden,

nicht einmal der hochgelehrte Danglard und erst recht nicht dieser Hohlkopf von Adamsberg. Retancourt hingegen war gefährlich, weil ebenso schlau wie mächtig. Doch an diesem Abend war es eine doppelte Dosis Novaxon und in ihrem derzeitigen Zustand würde sie beim ersten Schluckauf krepieren.

Der Schatten lächelte, als er an Adamsberg dachte, der um diese Zeit seine läppische Falle im Gasthof von Haroncourt aufzog. Eine Idiotenfalle, die über ihm selbst zuschnappen würde; er wäre für immer blamiert und würde in Kummer versinken. In dem verzweifelten Chaos, das auf den Tod der Dicken folgen würde, käme man problemlos an die verfluchte Jungfrau heran, die so haarscharf entkommen war. Eine richtige Trulle, die man wie eine kostbare Vase hütete. Das war der einzige Fehler gewesen. Unvorstellbar, dass jemand draufkommen könnte, dass im Herzen des Hirschs ein Kreuz steckte. Undenkbar, dass ausgerechnet Adamsbergs ungebildeter und unlogischer Verstand eine Verbindung zwischen den Hirschen und den Jungfrauen, zwischen Pascalines Kater und dem *De reliquis* erkennen würde. Aber irgendwie hatte er es verflucht noch mal geschafft und auch die dritte Jungfrau hatte er schneller lokalisiert als erwartet. Pech war auch die Gelehrtheit des Commandant Danglard, die ihn dazu bewogen hatte, das Buch beim Pfarrer einzusehen, er hatte sogar die kostbare Ausgabe von 1663 erkannt. Dass das Schicksal einem ausgerechnet solche Bullen in den Weg stellen musste.

Doch waren das letztendlich keine schwerwiegenden Hindernisse, Francines Tod war nur eine Frage von Wochen, es blieb genug Zeit. Im Herbst wäre die Mixtur fertig, weder die Zeit noch die Widersacher konnten dagegen etwas ausrichten.

Die Stationshilfen verließen die Küche auf der Etage, die Krankenschwestern gingen von Tür zu Tür und wünschten gute Nacht, wir werden vernünftig sein, wir werden schlafen. Die Nachtbeleuchtung auf dem Flur schaltete sich ein. Jetzt musste man noch eine gute Stunde verstreichen lassen, bis die Angstzustände der schlaflosen Patienten sich gelegt hätten. Gegen elf Uhr hätte die Dicke ihr Leben ausgehaucht.

61

Der Hinterhalt, den Adamsberg ausgeheckt hatte, war, so dachte er, von kindlicher Einfachheit, und er war sehr zufrieden damit. Natürlich war es eine klassische Falle, aber eine sichere, die er mit einem kleinen Kniff versehen hatte, auf den er zählte. Er saß hinter der Tür des Zimmers und wartete, nun schon die zweite Nacht. Drei Meter neben ihm hatte Danglard sich postiert, ein hervorragender Angreifer, so unwahrscheinlich das auch anmutete. Sein weichlicher Körper gab beim Einsatz nach wie ein Gummiband. An diesem Abend trug Danglard einen besonders eleganten Anzug. Seine kugelsichere Weste störte ihn, aber Adamsberg hatte verlangt, dass er sie anlegte. Rechts von ihm stand Estalère, der im Dunkeln ungewöhnlich gut sehen konnte, genau wie Die Kugel.

»Es wird nicht funktionieren«, sagte Danglard, der bei Finsternis noch pessimistischer wurde.

»Doch«, entgegnete Adamsberg zum vierten Mal.

»Es ist lächerlich. Haroncourt, der Gasthof. Viel zu plump, er wird die Sache durchschauen.«

»Nein. Seien Sie endlich still, Danglard. Und Sie, Estalère, passen Sie auf. Sie atmen zu laut.«

»Verzeihung«, sagte Estalère. »Im Frühjahr bekomme ich immer Heuschnupfen.«

»Dann schnauben Sie sich richtig aus, und danach keinen Mucks mehr.«

Adamsberg stand ein letztes Mal auf und zog den Fenstervorhang zehn Zentimeter weiter zu. Der Grad der Dunkelheit musste perfekt sein. Der Mörder würde vollkommen lautlos sein, so zumindest hatten ihn der Friedhofswärter von Montrouge, aber auch Gratien und Francine beschrieben. Man hätte nicht die Chance, auf seine Schritte zu lauschen, um sich auf seine Ankunft vorzubereiten. Man musste ihn sehen, bevor er selbst etwas sehen konnte. Das Dunkel der Ecken, in denen sie sich versteckt hatten, musste undurchdringlicher sein als der blasse Schein, der von der Tür ausging. Er setzte sich wieder hin und umklammerte den Lichtschalter in seiner Hand. Ein einziger Knopfdruck, sobald der Mörder sich im Zimmer und zwei Meter von der Tür entfernt befände. Dann würde Estalère den Ausgang versperren, während Danglard seine Waffe in Anschlag brächte. Perfekt. Sein Blick verweilte einen Augenblick auf dem Bett, in dem seelenruhig diejenige schlief, die er beschützte.

Während Francine sich, bestens bewacht, im Gasthof von Haroncourt ausruhte, sah der Schatten hundertsechsunddreißig Kilometer von dort entfernt in Saint-Vincent-de-Paul auf seine Uhr. Um zweiundzwanzig Uhr fünfundfünfzig öffnete er ohne das leiseste Knarren die Tür der Wäschekammer. Die Spritze in der rechten Hand, bewegte er sich langsam vorwärts und sah im Vorbeigehen auf die Zimmernummern. 227, das Zimmer von Retancourt; nachts blieb die Tür offen, da der Schläfer sie bewachte. Der Schatten ging um ihn herum, ohne dass Mercadet sich rührte. Die Masse des Lieutenants unter den Laken war gut zu erkennen, ihr Arm hing aus dem Bett, als böte er sich an.

62

Adamsberg bekam ihn als Erster ins Blickfeld, ohne dass sein Herz auch nur einen Deut schneller schlug. Mit dem Daumen betätigte er den Lichtschalter, Estalère versperrte die Tür, Danglard drückte ihm die Pistole in den Rücken. Der Schatten brachte keinen Schrei heraus, kein Wort, während Estalère ihm rasch die Handschellen anlegte. Adamsberg ging zum Bett hinüber und fuhr Retancourt durchs Haar.

»Vorwärts«, sagte er.

Danglard und Estalère schleppten ihre Beute aus dem Zimmer, und Adamsberg schaltete fürsorglich das Licht aus, bevor er ging. Zwei Fahrzeuge aus der Brigade parkten vor dem Krankenhaus.

»Warten Sie im Büro auf mich«, sagte Adamsberg. »Ich bleibe nicht lange.«

Punkt Mitternacht klopfte Adamsberg an die Tür von Dr. Romain. Fünf Minuten nach Mitternacht öffnete der Mediziner ihm endlich, bleich und mit wirrem Haar.

»Bist du verrückt«, sagte Romain. »Was willst du von mir?«

Der Doktor hielt sich kaum aufrecht, und Adamsberg zog ihn auf seinen Skiern in die Küche, wo er ihn auf denselben

Stuhl setzte wie an dem Abend, als sie über das *Lebendige der Jungfrau* gesprochen hatten.

»Erinnerst du dich noch, um was du mich gebeten hattest?«

»Ich habe dich um nichts gebeten«, sagte Romain benommen.

»Du hattest mich gebeten, ein altes Rezept zu finden, das gegen deine Zustände hilft. Und ich hatte es dir versprochen.«

Romain zwinkerte und stützte seinen schweren Kopf auf die Hand.

»Und was hast du gefunden für mich? Etwa Kranichkot? Oder Schweinegalle? Soll ich einem Huhn den Bauch aufschneiden und es mir noch warm auf den Kopf setzen? Ich kenne die alten Rezepte.«

»Und was hältst du von ihnen?«

»Wegen solchem Blödsinn weckst du mich auf?«, sagte Romain und streckte seine dösige Hand nach der Schachtel mit den Aufputschmitteln aus.

»Hör mir zu«, sagte Adamsberg und hielt seinen Arm zurück.

»Dann kipp mir Wasser übern Schädel.«

Adamsberg wiederholte die Prozedur und rubbelte den Kopf des Mediziners mit dem dreckigen Stofffetzen ab. Dann durchwühlte er die Schubladen auf der Suche nach einem Müllbeutel, den er öffnete und zwischen sich und Romain hielt.

»Deine Zustände«, sagte er und legte eine Hand auf den Tisch, »sind da drin.«

»In dem Müllbeutel?«

»Du baust echt ab, Romain.«

»Ja.«

»Da drin«, sagte Adamsberg, wies auf eine gelb-rote Schachtel Aufputschpillen und ließ sie in den Müllsack fallen.

»Lass mir mein Zeug.«

»Nein.«

Adamsberg stand auf und öffnete sämtliche herumliegenden Schachteln auf der Suche nach Kapseln.

»Was ist das hier?«, fragte er.

»Gavelon.«

»Das sehe ich, Romain. Aber was ist es?«

»Ein Magensäureblocker. Habe ich immer genommen.«

Adamsberg legte die Gavelon-Schachteln auf einen Haufen, die Aufputschmittel – Energyl – auf einen anderen und ließ sie kurzerhand in den Müllbeutel fallen.

»Hast du viel von alldem in dich reingestopft?«

»Soviel ich konnte. Lass mir mein Zeug.«

»Dein Zeug, Romain, ist schuld an deinen Zuständen. Sie sind in deinen Kapseln.«

»Ich weiß ja wohl, was Gavelon ist.«

»Aber du weißt nicht, was drin ist.«

»Gavelon, mein Lieber.«

»Nein, eine verdammte Mischung aus Kranichkot, Schweinegalle und warmem Huhn. Wir werden es untersuchen.«

»Du baust echt ab, Adamsberg.«

»Hör mir gut zu, konzentrier dich, so gut du kannst«, sagte Adamsberg und griff erneut nach seinem Handgelenk. »Du hast prima Freunde, Romain. Freundinnen auch, wie Retancourt. Die dir jeden Wunsch von den Augen ablesen und dir jede Arbeit abnehmen, nicht wahr? Weil du nicht allein zur Apotheke gehst, oder?«

»Nein.«

»Und jede Woche kommt man bei dir vorbei und bringt dir deine Medikamente?«

»Ja.«

Adamsberg schloss den Müllbeutel und stellte ihn neben sich.

»Nimmst du mir das etwa alles weg?«, fragte Romain.

»Ja. Du wirst jetzt so viel wie möglich trinken und pinkeln. In einer Woche wirst du dich fast wieder auf den Beinen halten können. Keine Sorge wegen des Gavelons oder des Energyls, ich bringe dir welches vorbei. Richtiges. Denn in deinen Medikamenten ist nur verdammter Kranichkot drin. Beziehungsweise deine Zustände, ganz wie du willst.«

»Du weißt nicht, was du da sagst, Adamsberg. Du weißt nicht, wer sie mir immer bringt.«

»Doch. Eine deiner sehr guten Beziehungen, von der du so viel hältst.«

»Woher weißt du das?«

»Weil deine gute Bekannte in diesem Augenblick in meinem Büro sitzt, mit Handschellen, wohlgemerkt. Weil sie acht Personen umgebracht hat.«

»Machst du Witze, mein Lieber?«, sagte Romain nach einer Pause. »Reden wir von derselben Person?«

»Von einem illustren Geist, einer verdammt intelligenten Person. Und einer der gefährlichsten Mörderinnen. Von

Ariane Lagarde, der berühmtesten Gerichtsmedizinerin Frankreichs.«

»Also jetzt drehst du wohl völlig ab.«

»Sie ist eine Dissoziierte, Romain.«

Adamsberg hievte den Mediziner hoch, um ihn zu seinem Bett zu geleiten.

»Nimm den Lappen mit«, sagte Romain. »Man kann nie wissen.«

»Ja.«

Romain setzte sich auf seine Bettdecke, die Miene so verschlafen wie fassungslos, und rief sich nach und nach alle Besuche von Ariane Lagarde ins Gedächtnis zurück.

»Wir kennen uns schon ewig«, sagte er. »Ich glaube dir nicht, mein Lieber, sie wollte mich nicht umbringen.«

»Nein. Sie musste dich nur außer Gefecht setzen, um deinen Platz hier einzunehmen, so lange, wie sie ihn brauchte.«

»Brauchte wofür?«

»Um ihre eigenen Opfer selbst behandeln zu können, um uns nur das über sie zu erzählen, was sie wollte. Um zu behaupten, dass der Mörder eine Frau wäre, 1,62 Meter groß, sodass ich der Krankenschwester hinterherjagte. Um nicht zu erwähnen, dass die Haare von Élisabeth und Pascaline an der Wurzel skalpiert worden waren. Du hast mich angelogen, Romain.«

»Ja, mein Lieber.«

»Du hattest erkannt, dass Ariane ein schwerwiegender beruflicher Fehler unterlaufen war, als sie die abgeschnittenen Strähnen nicht bemerkte. Das zu sagen aber hätte bedeutet, deine Freundin in verdammte Schwierigkeiten zu bringen. Es zu verschweigen, hätte wiederum die Ermittlung gestoppt. Bevor du eine Entscheidung trafst, wolltest du dir ganz sicher sein, und so hast du Retancourt gebeten, dir von Élisabeths Fotos Vergrößerungen zu machen.«

»Ja.«

»Retancourt hat sich gefragt, warum, und hat sich die Vergrößerungen daraufhin mit anderen Augen angeschaut. So entdeckte sie dieses Mal auf der rechten Schädelseite, konnte es allerdings nicht deuten. Es ging ihr jedoch nicht aus dem Sinn, also kam sie hierher und hat dich gefragt. Was hast du gesucht, was hast du gesehen? Was du gesehen hattest, war ein kleiner Teil des Schädels, der säuberlich skalpiert worden war, und das hast du nicht gesagt. Du hast dich entschlossen, uns, so gut es ging, zu helfen, doch ohne Ariane zu schaden. Und so hast du uns die Information geliefert, indem du sie ein wenig fälschtest. Du hast uns was von abgeschnittenen Haaren erzählt, aber nicht von abrasierten. Was machte das für die Ermittlung schon für einen Unterschied? Es blieben ja Haare. Ariane dagegen konntest du auf diese Weise reinwaschen. Indem du behauptetest, nur du könntest so was erkennen. Deine Geschichte mit den frisch geschnittenen Haaren, die an den Spitzen gerader und glatter sind, war vollkommener Quatsch.«

»Kompletter.«

»Es war unmöglich, dass du auf einem einfachen Foto eine Winzigkeit wie die Schnittfläche von Haarspitzen erkanntest. War er wirklich Friseur, dein Vater?«

»Nein, er war Arzt. Abgeschnittene oder skalpierte Haare, ich sah nicht, was das an deinen Ermittlungen groß ändern konnte. Ich wollte Ariane fünf Jahre vor ihrer Pensionierung keinen Ärger machen. Ich dachte, sie hätte sich einfach nur geirrt.«

»Retancourt aber hat sich gefragt, wieso Ariane Lagarde, die beschlagenste Gerichtsmedizinerin des Landes, ein solches Detail übersehen konnte. Es erschien ihr unmöglich, dass sie es nicht bemerkt hatte, während du es schon auf einem einfachen Foto gesehen hattest. Daraus schloss Retancourt, dass Ariane es nicht für richtig erachtet hatte, uns etwas davon zu sagen. Und warum? Als sie von dir wegging, ist sie zu ihr ins Leichenschauhaus gegangen. Sie hat sie danach gefragt und Ariane hat die Gefahr gewittert. In einem Wagen des Leichenschauhauses hat sie sie dann zu der Lagerhalle transportiert.«

»Gib mir noch ein bisschen Wasser drüber.«

Adamsberg wrang das Geschirrtuch unter kaltem Wasser aus und rieb Romains Kopf heftig ab.

»Aber etwas haut nicht hin«, sagte Romain, den Kopf noch unter dem Tuch.

»Was?«, sagte Adamsberg und hörte auf zu rubbeln.

»Als ich meine Zustände zum ersten Mal bekam, hatte Ariane den Posten in Paris noch gar nicht angenommen. Sie war noch in Lille. Was sagst du dazu?«

»Dass sie nach Paris gekommen ist, bei dir eingedrungen ist und sämtliche Vorräte von deinem Zeug ausgetauscht hat.«

»Dem Gavelon.«

»Ja, sie hat in deine Kapseln eine Mischung ihrer Wahl hineingetan oder etwas Selbstgemixtes. Ariane hat Mischungen und Mixturen schon immer geliebt, wusstest du das?

Dann brauchte sie in Lille nur noch abzuwarten, dass du nicht mehr in der Lage sein würdest, zu arbeiten.«

»Hat sie dir das erzählt? Dass sie mich in diesen Umnebelungszustand getrieben hat?«

»Sie hat noch kein Wort gesprochen.«

»Und wie kannst du dir dann so sicher sein?«

»Weil dies das Erste war, was Retancourt versuchte mir zu sagen: *Oh, dass des letzten Römers letzten Seufzer / Ich hören könnte und vor Wonne dann / Noch sterbend hauchen: Das hab ich getan!* Nicht wegen Camille oder Corneille hat sie diese Verse gewählt, sondern deinetwegen. Retancourt dachte an dich, an deine Seufzer und deine Zustände. Der Römer, das bist du[*], ausgelaugt von einer Frau.«

»Und warum hat Retancourt in Versen gesprochen?«

»Wegen des Neuen, ihres Teamkollegen Veyrenc. Er färbt ab, vor allem auf sie. Und weil sie in einem Nebel von Beruhigungsmitteln schwebte, der sie in ihre Schulzeit zurückversetzte. Lavoisier hat erzählt, einer seiner Patienten sei drei Monate lang sein Einmaleins durchgegangen.«

»Ich verstehe nicht den Zusammenhang. Lavoisier war Chemiker, er ist 1793 unter der Guillotine gestorben. Rubbel weiter.«

»Ich spreche von dem Arzt, der uns nach Dourdan begleitet hat«, sagte Adamsberg und rubbelte Romains Kopf aufs Neue ab.

»Er heißt Lavoisier? Wie Lavoisier?«, fragte Romain mit dumpfer Stimme unter dem Geschirrtuch.

---

[*] Romain – ein Eigenname, im Französischen aber auch: der Römer.

»Ja. Als wir endlich begriffen hatten, dass Retancourt uns mit aller Macht etwas über dich erzählen wollte, dass sie uns sagen wollte, dass eine Frau die Ursache für deine Seufzer wäre, kam der Rest von allein. Ariane hatte dich ausgeschaltet, um deinen Platz einzunehmen. Weder ich noch Brézillon hatten darum gebeten, dass sie dich ersetzt. Sie hatte sich von selbst beworben. Warum? Des Ruhmes wegen? Den hatte sie schon.«

»Um die Ermittlung selbst zu leiten«, sagte Romain und kam mit hochstehenden Haaren unter dem Tuch hervor.

»Und um gleichzeitig mich zu Fall zu bringen. Ich habe sie mal gedemütigt, vor sehr langer Zeit. Sie vergisst nichts, sie verzeiht nichts.«

»Wirst du das Verhör führen?«

»Ja.«

»Nimm mich mit.«

Seit Monaten hatte Romain nicht die Kraft gehabt, seine Wohnung zu verlassen. Adamsberg bezweifelte, dass er auch nur die drei Etagen bis zum Auto würde hinuntergehen können.

»Nimm mich mit«, beharrte Romain. »Sie war meine Freundin. Ich will es mit eigenen Augen sehen, sonst glaube ich es nicht.«

»Einverstanden«, sagte Adamsberg und hievte Romain unter den Armen hoch. »Halt dich an mir fest. Falls du in der Brigade einschläfst, im ersten Stock liegen Schaumstoffblöcke. Mercadet hat sie mitgebracht.«

»Frisst er etwa auch Kapseln mit Kranichkot, dein Mercadet?«

63

Ariane verhielt sich auf die ungewöhnlichste Weise, die Adamsberg je bei einer Beschuldigten gesehen hatte. Sie saß ihm ganz normal auf der anderen Seite seines Schreibtisches gegenüber, hatte aber ihren Stuhl mit großer Selbstverständlichkeit um neunzig Grad gedreht, als wolle sie zur Wand sprechen. Also war Adamsberg zur Wand hinübergegangen, um ihr ins Gesicht sehen zu können, doch wieder hatte sie ihren Stuhl um einen rechten Winkel bewegt und blickte nun zur Tür. Das war weder Angst noch böser Wille oder Provokation ihrerseits. Doch sobald der Kommissar sich ihr näherte, schwenkte sie – wie ein Magnet einen anderen abstößt – sogleich in eine andere Richtung. Genau wie jenes Spielzeug, das seine Schwester als Kind gehabt hatte, eine kleine Tänzerin, die sich drehen ließ, indem man einen Spiegel an sie heranführte. Erst später hatte er begriffen, dass im Sockel der Tänzerin mit den rosa Strümpfen wie auch in dem Spiegel einander abstoßende Magnete verborgen waren. Ariane war also die Tänzerin und er war der Spiegel. Eine reflektierende Oberfläche, die sie instinktiv mied, um in Adamsbergs Augen nicht Omega sehen zu müssen. Folglich war er gezwungen, immerfort im Raum herumzuwandern, während Ariane, die sich dieser Bewegung nicht bewusst war, ins Leere hineinredete.

Es war eindeutig, dass sie nicht im Geringsten begriff, was ihr vorgeworfen wurde. Doch sie fragte auch nicht, noch empörte sie sich. Sie fügte sich, ja fast schien sie einverstanden, als wüsste ein anderer Teil von ihr sehr wohl, was sie hier tat, und akzeptierte es vorübergehend, als einen bloßen Zufall des Schicksals, über das sie herrschte. Adamsberg, der noch rasch ein paar Kapitel ihres Buches überflogen hatte, erkannte in diesem passiven Konfliktverhalten die verwirrenden Symptome der Dissoziierten. Jenen Bruch im Wesen, den Ariane tief innerlich so gut kannte, dass sie ihn über Jahre hinweg leidenschaftlich untersucht hatte, ohne zu begreifen, dass es ihr eigener Fall war, der ihren Forscherdrang beseelte. Gegenüber einem Bullen, der ein Verhör führte, verstand Alpha nichts, und Omega schwieg, versteckte sich und suchte vorsichtig die Versöhnung und den Ausweg.

Adamsberg nahm an, dass Ariane, die in ihrem unermesslichen Stolz schon die Kränkung mit den zwölf Ratten nicht hatte verzeihen können, die beleidigende Tatsache, dass eine Sanitäterin ihr vor aller Augen den Mann wegnahm, nicht ertragen hatte. Das oder irgendetwas anderes. Eines Tages war der Vulkan ausgebrochen und hatte Wut und Rachegedanken in einer Reihe gewaltiger Eruptionen herausgeschleudert. Von deren tödlichen Folgen die Gerichtsmedizinerin Ariane nichts wusste. Die Sanitäterin war ein Jahr später bei einem Unfall in den Bergen ums Leben gekommen, doch der Gatte war nicht zu ihr zurückgekehrt. Er hatte sich eine neue Gefährtin gesucht, die ihrerseits auf einem Bahngleis starb. Mit jedem neuen Mord kam Ariane ihrem endgültigen Ziel näher, der Eroberung einer Macht, die der sämtlicher anderen Frauen überlegen wäre. Einer ewigen Herrschaft, durch die es ihr erspart bliebe, ständig von ihresgleichen umzingelt zu sein. Beseelt wurde dieser Wettlauf von dem unversöhnlichen Hass auf die anderen, den keiner je verstehen würde, es sei denn, Omega selbst spräche eines Tages darüber.

Allerdings hatte Ariane ihre Ungeduld zehn Jahre lang zügeln müssen, denn das Rezept aus dem *De sanctis reliquis* war eindeutig: Fünfmal verstreicht die Zeit der Jugend, da du sie umkehren musst, sie ihrem Lauf entreißt und den gegangenen Weg zurückgehst.

Und genau an diesem ersten Punkt war Adamsberg und seinen Mitarbeitern ein schwerer Rechenfehler unterlaufen, hatten sie doch das Alter von fünfzehn Jahren mit fünf multipliziert. Durch ihre ausschließliche Fixierung auf die Krankenschwester hatten sie den Text allesamt so interpretiert, dass er den fünfundsiebzig Jahren des Todesengels entsprach. Doch zu der Zeit, da das *De reliquis* geschrieben wurde, war fünfzehn das Alter von Erwachsenen, ein Alter, in dem die Mädchen bereits Mutter waren und die Jungen im Sattel saßen. Schon mit zwölf Jahren ließen die jungen Leute die *Zeit der Jugend* hinter sich. Folglich kam mit sechzig der Augenblick, da man das Voranschreiten des Todes aufhalten und seiner Sense aus dem Wege gehen musste. Ariane stand kurz vor ihrem sechzigsten Geburtstag, als sie die Serie ihrer von langer Hand geplanten Verbrechen eröffnete.

Adamsberg drückte die Starttaste des Aufnahmegeräts: Verhör von Ariane Lagarde am 6. Mai um ein Uhr zwanzig morgens, in Polizeigewahrsam wegen vorsätzlicher Tötung und versuchter Tötung, in Anwesenheit der Beamten Danglard, Mordent, Veyrenc, Estalère sowie von Dr. Romain.

»Was geht hier vor, Jean-Baptiste?«, fragte Ariane, den Blick freundlich zur Wand gerichtet.

»Ich lese dir eine erste Fassung der Anklageschrift vor«, erklärte Adamsberg sanft.

Sie wusste alles und wusste doch nichts, und ihrem Blick, wenn er ihm kurz begegnete, war schwer standzuhalten, es war ein liebenswürdiger und hochmütiger Blick, verständnisvoll und gehässig, in dem Alpha und Omega miteinander rangen. Ein Blick ohne Bewusstsein, der ihre Befrager verunsicherte, verwies er sie doch auf ihre eigenen Wahnvorstellungen, auf den unerträglichen Gedanken, es könnten hinter ihrer persönlichen Wand vielleicht ähnliche Ungeheuer lauern, von denen sie nichts wussten, stets bereit, den Krater eines unbekannten Vulkans in ihnen aufzureißen. Adamsberg trug die lange Liste ihrer Verbrechen vor und wartete darauf, dass Ariane zusammenzuckte, dass wenigstens eines von ihnen auf ihrem majestätischen Gesicht eine Reaktion auslösen würde. Doch Omega war viel zu durchtrieben, um sich offen zu zeigen, und hörte, hinter seinem undurchdringlichen Schleier verborgen, im Schatten lächelnd zu. Nur dieses etwas starre, mechanische Lächeln ließ seine zurückgezogene Existenz erahnen.

»… wegen Mordes an Jeannine Panier, 23 Jahre, und Christiane Béladan, 24 Jahre, den Geliebten Ihres Mannes Charles André Lagarde; wegen Anstiftung zur Flucht von Claire Langevin, 75 Jahre, inhaftiert in der Freiburger Haftanstalt, Deutschland, sowie Organisation dieser Flucht; wegen Mordes an Otto

Karlstein, 56 Jahre, Wärter im Freiburger Gefängnis; wegen Mordes an Élisabeth Châtel, 36 Jahre, Reisebüroangestellte, und Pascaline Villemot, 38 Jahre, Angestellte in einer Schuhmacherwerkstatt; an Diala Toundé, 24 Jahre alt, ohne Beruf; an Didier Paillot, 22 Jahre alt, ohne Beruf; wegen versuchten Mordes an Violette Retancourt, 35 Jahre, Lieutenant der Polizei; wegen Mordes an Gilles Grimal, 42 Jahre, Brigadier der Gendarmerie; wegen versuchten Mordes an Francine Bidault, Raumpflegerin; wegen erneuten Mordversuchs vor Zeugen an derselben Violette Retancourt; wegen Schändung der Leichen von Élisabeth Châtel und Pascaline Villemot.«

Adamsberg schob sein Blatt weg, er hatte genug. Acht Morde, drei Mordversuche, zwei Exhumierungen.

»Wegen Verstümmelung von Narziss, Kater, 11 Jahre«, murmelte er, »wegen Ausweidung des Großen Roten, Hirsch, Zehnender, und von zwei seiner unbekannten Kameraden. Hast du mich verstanden, Ariane?«

»Ich frage mich, was du hier tust, mehr nicht.«

»Du hast es mir immer übel genommen, nicht wahr? Du hast mir nie verziehen, dass ich im Fall Hubert Sandrin deine Ergebnisse zunichtegemacht habe.«

»Soso. Ich weiß nicht, wie du auf diese fixe Idee kommst.«

»Als du dir deinen Plan ausdachtest, hattest du es auf meine Brigade abgesehen. Dein Erfolg in Verbindung mit meinem Untergang, das kam dir sehr gelegen.«

»Ich wurde zu deiner Brigade beordert.«

»Weil es einen freien Posten gab, den du haben wolltest. Du hast Dr. Romain in seinen Umneblungszustand getrieben, indem du ihm Kranichkot untergejubelt hast.«

»Kranichkot?«, fragte Estalère leise.

Danglard öffnete die Hände in einer Geste der Unkenntnis. Ariane zog eine Zigarette aus ihrer Tasche und Veyrenc gab ihr Feuer.

»Solange man rauchen kann«, sagte sie voller Anmut zur Wand, »kannst du reden, soviel du willst. Man hatte mich vor dir gewarnt. Du hast nicht alle deine Sinne beisammen. Deine Mutter hatte recht, der Wind fährt dir pfeifend durch die Ohren.«

»Lass meine Mutter aus dem Spiel, Ariane«, sagte Adamsberg ruhig. »Ich, Danglard und Estalère haben gesehen, wie du um dreiundzwanzig Uhr in Retancourts Zimmer kamst, in der Hand eine Spritze mit Novaxon. Was hast du dazu zu sagen?«

Adamsberg war zu ihr an die Wand getreten, worauf Ariane sich sofort zum leeren Schreibtisch drehte.

»Da solltest du besser Romain fragen«, sagte sie. »Seinen Worten zufolge enthielt die Spritze ein hervorragendes Gegengift zum Novaxon, das sie mit Sicherheit wieder auf die Beine bringen würde. Du und Lavoisier wart dagegen, unter dem Vorwand, dieses Medikament sei noch in der Versuchsphase. Ich habe Romain nur einen Dienst erwiesen. Und das musste ich, schließlich hatte er keine Kraft, selbst ins Krankenhaus zu gehen. Ich konnte ja nicht ahnen, dass zwischen Retancourt und Romain etwas lief. Und auch nicht, dass sie ihn mit Drogen vollpumpte, um ihn sich gefügig zu machen. Dauernd saß sie bei ihm rum, wie eine Klette klammerte sie sich an. Ich nehme an, irgendwann ist ihm klar geworden, was sie ihm da antat, und er hat die Gelegenheit genutzt, sie loszuwerden. In ihrem Zustand wäre ihr Tod einem Rückfall durch die Vergiftung zugeschrieben worden.«

»Großer Gott, Ariane!«, schrie Romain und versuchte aufzustehen.

»Lass nur, mein Lieber«, sagte Adamsberg und kehrte zu seinem Stuhl zurück, mit dem Ergebnis, dass Ariane sich in die andere Richtung wandte.

Adamsberg öffnete sein Notizbuch, lehnte sich nach hinten und kritzelte eine Weile vor sich hin. Ariane war stark, sehr stark. Vor einem Richter konnte ihre Version durchaus überzeugen. Wer würde schon am Wort der berühmten Gerichtsmedizinerin zweifeln, wenn er den armen Dr. Romain daneben sah, der alle seine Fähigkeiten verloren hatte?

»Du kanntest die Krankenschwester gut«, fuhr er nach einer Pause fort, »für deine Studien hattest du sie oft befragt. Du wusstest, wer sie festgenommen hatte. Es brauchte nur wenig, um mich auf ihre Fährte zu locken. Vorausgesetzt natürlich, dass die Krankenschwester nicht mehr im Gefängnis war. Du hast den Wärter getötet und sie, mit einem Ärztekittel bekleidet, rausgeschleust. Anschließend kamst du hierher, warst mitten im Geschehen, mit einem prima Sündenbock, der seine Funktion perfekt erfüllte. Nur deine Mixtur musstest du noch vollenden, die großartigste aller deiner Mischungen.«

»Du magst meine Mischungen nicht«, sagte sie nachsichtig.

»Nicht wirklich. Hast du das Rezept abgeschrieben, Ariane? Oder kanntest du es seit deiner Kindheit auswendig?«

»Welches? Das für die Grenaille? Oder die Violine?«

»Weißt du, dass im Schweinerüssel ein Knochen steckt?«

»Ja«, sagte Ariane erstaunt.

»Du weißt es wirklich, schließlich hast du ihn im Reliquiengefäß des heiligen Hieronymus zurückgelassen, zusammen mit den Schafsknochen. Du kennst dieses Reliquiengefäß seit jeher, wie das *De reliquis*. Und weißt du, dass im Glied des Katers ein Knochen steckt?«

»Nein, ich gebe zu, nein.«

»Und ein Knochen in der Form eines Kreuzes im Herzen des Hirschs?«

»Auch nicht.«

Adamsberg startete einen erneuten Versuch und ging zur Tür, aber in aller Ruhe drehte sich die Gerichtsmedizinerin zu Danglard und Veyrenc, die unter ihrem Blick durchsichtig wurden.

»Als du erfahren hast, dass Retancourt rascher als geahnt wieder zu sich kommt, hattest du nicht mehr viel Zeit, um sie zum Schweigen zu bringen.«

»Sie ist ein bemerkenswerter Fall. Es scheint, Dr. Lavoisier will sie dir nicht wieder zurückgeben. Jedenfalls erzählt man sich das im Saint-Vincent-de-Paul.«

»Woher weißt du, was man sich im Krankenhaus erzählt?«

»Das liegt am Beruf, Jean-Baptiste. Der Betrieb ist überschaubar.«

Adamsberg klappte sein Mobiltelefon auf. Lamarre und Maurel waren dabei, die Wohnung zu durchsuchen, die die Gerichtsmedizinerin in Paris gemietet hatte.

»Zumindest die Schuhe haben wir«, sagte Lamarre. »Es sind beigefarbene Leinenschuhe, die um den Knöchel geschnürt werden, mit sehr hohen Kreppsohlen, fast zehn Zentimeter hoch.«

»Ja, heute Abend trägt sie die gleichen in Schwarz.«

»Die Schuhe hatte sie zusammen mit einem langen grauen Wollmantel weggeräumt, fein säuberlich gefaltet. Aber es ist keine Schuhcreme unter den Sohlen.«

»Das ist normal, Lamarre. Die Schuhcreme gehört zu dem Köder, der uns zu der Krankenschwester führen sollte. Und die Medikation?«

»Im Augenblick noch nichts, Kommissar.«

»Was tun die in meiner Wohnung?«, fragte Ariane ein wenig entsetzt.

»Sie durchsuchen sie«, sagte Adamsberg und steckte das Telefon wieder in seine Tasche. »Sie haben dein anderes Paar Leinenschuhe gefunden.«

»Wo?«

»In dem Schrank auf dem Treppenabsatz, da, wo die Stromzähler hängen, geschützt vor Alphas Blicken.«

»Warum sollte ich meine Sachen in den Gemeinschaftsspind räumen? Die gehören mir nicht.«

Kein einziger ernsthafter Beweis, dachte Adamsberg. Und bei einer Persönlichkeit wie Lagarde brauchten sie weit mehr als ihren nächtlichen Auftritt im Saint-Vincent-de-Paul, um sie hinter Schloss und Riegel zu bringen. Es blieb ihnen nur noch die winzige Chance eines Geständnisses, ein Persönlichkeitscrash, wie Ariane gesagt hätte. Adamsberg rieb sich die Augen.

»Warum trägst du diese Schuhe? Solch hohe Sohlen sind beim Gehen doch sehr hinderlich.«

»Man wirkt schlanker dadurch, eine Frage des äußeren Erscheinungsbildes. Mit so etwas kennst du dich nicht aus, Jean-Baptiste.«

»Immerhin weiß ich das, was du selbst mir beschrieben hast. Der Dissoziierte muss sich vom Boden seiner Schandtaten lösen. Mit solchen Sohlen bewegst du dich weit darüber, ungefähr wie auf Stelzen, nicht wahr? Und du wirst auch größer dadurch. Der Friedhofswärter in Montrouge und Oswalds Neffe haben dich gesehen, grau und lang, in den Nächten, in denen du die Gräber ausfindig gemacht hast, und Francine sagt das Gleiche. Allerdings wird so auch das Laufen beschwerlicher. Du musst dich Schritt für Schritt vorwärtstasten, daher auch dieser langsame Gang, diese gleitende, schwankende Bewegung, die alle drei erwähnten.«

Müde, wie ein Spiegel herumzuwandern, hatte sich Adamsberg wieder an seinen Tisch gesetzt, dann würde er eben nur mit der rechten Schulter der unerreichbaren Tänzerin sprechen.

»Es sieht so aus«, sagte er, »als habe mich der Zufall auf die Straße nach Haroncourt geführt. Fatum? Schicksal? Nein, du nämlich spieltest das Schicksal. Du hast Camille für dieses Konzert engagieren lassen. Sie hat bis heute nicht begriffen, warum das Orchester aus Leeds sie angerufen hat. Auf diese Weise hast du mich an den Ort gebracht. Von da ab konntest du mich ganz nach Belieben lenken, konntest die Ereignisse verfolgen und an die Stelle des Zufalls treten. Du konntest Hermance bitten, mich kommen zu lassen, um den Friedhof von Opportune zu inspizieren. Konntest sie anschließend bitten, mich nicht mehr unterzubringen, sodass sie nicht zu viel erzählte. Eine Frau wie du verfährt mit der armen Hermance wie mit weichem Ton. Immerhin kennst du dich bestens in der Gegend aus, sie ist die Wiege deiner Kindheit, dort hast du deine Jugend verbracht, zu der du zurückkehren wolltest. Der frühere Pfarrer von Le Mesnil, Pater Raymond, war dein Vetter zweiten Grades. Deine Adoptiveltern haben dich großgezogen auf dem Landsitz Écalart, vier Kilometer von den Reliquien des heiligen Hieronymus entfernt. Und der alte Pfarrer hat sich so sehr um dich gekümmert, hat dir aus seinen alten Büchern vorgelesen, hat dich die Rippen des heiligen Hieronymus berühren lassen, dass die Leute aus der Gegend insgeheim erzählen, du wärst seine Tochter, ›Tochter der Sünde‹, sagen manche. Erinnerst du dich an ihn?«

»Er war ein Freund der Familie«, erinnerte sich die Gerichtsmedizinerin, wobei sie ihrer Kindheit und der Wand zulächelte, »eine Nervensäge, der mich mit seinem Heiligenkram zu Tode langweilte. Aber ich liebte ihn.«

»Interessierte er sich für das Rezept aus dem *De reliquis*?«

»Ich glaube, er interessierte sich ausschließlich dafür. Und für mich. Er hatte es sich in den Kopf gesetzt, dieses Zeug zuzubereiten. Er war ein alter Narr, mit seinen Marotten. Ja, er war schon ein ziemlich sonderbarer Mensch. Zum Beispiel hatte er einen Penisknochen.«

»Der Pfarrer?«, fragte Estalère verwirrt.

»Er hatte ihn dem Kater des Vikars abgenommen«, sagte Ariane und lachte beinahe. »Und dann wollte er Hirschknochen.«

»Was für Knochen?«

»Den Knochen aus dem Herzen.«

»Du sagtest doch, du wüsstest nichts davon.«

»Ich nicht, aber er schon.«

»Und, hat er sie bekommen? Hat er das Rezept mit dir zubereitet?«

»Nein. Der arme Mann ist von dem zweiten Hirsch zerfetzt worden. Eine Geweihsprosse hat ihn durchbohrt und er ist verblutet.«

»Und nach ihm wolltest du wieder damit anfangen?«

»Womit anfangen?«

»Mit dem Rezept, der Mixtur.«

»Welcher Mixtur? Der Grenaille?«

Ende der Schleife, dachte Adamsberg und zeichnete Achten auf sein Blatt, wie er es mit dem glühenden Zweig getan hatte. Lange schwieg er.

»Diejenigen, die behaupten, Raymond sei mein Vater gewesen, sind Schwachköpfe«, fing Ariane auf unerwartete Weise wieder an. »Fährst du ab und zu nach Florenz?«

»Nein, ich fahre ins Gebirge.«

»Nun, wenn du hinfahren würdest, sähest du zwei rote Wesen, die mit Schuppen bedeckt sind, mit Pusteln, Hoden und herunterhängenden Zitzen.«

»Sicher, wieso nicht.«

»Es gibt kein ›Wieso nicht‹, Jean-Baptiste. Du würdest sie sehen, das ist alles.«

»Ja und? Was würde passieren?«

»Nichts. Sie finden sich auf einem Gemälde von Fra Angelico. Du wirst ja wohl nicht mit einem Gemälde streiten wollen, oder?«

»Nein, einverstanden.«

»Das sind meine Eltern.«

Ariane lächelte unbestimmt zur Wand hinüber.

»Dann lass mich gefälligst in Ruhe mit ihnen, bitte schön.«

»Ich habe dir doch gar nichts über sie erzählt.«

»Sie sind dort, also lass sie auch dort.«

Adamsberg sah kurz zu Danglard, der ihm mit mehreren Zeichen zu verstehen gab, dass es Fra Angelico tatsächlich gebe und auf seinen Gemälden wirklich pustelübersäte Gestalten zu sehen seien, dass allerdings nichts darauf hindeute, dass der Maler damit Arianes Eltern habe darstellen wollen, immerhin hatte er im 15. Jahrhundert gelebt.

»Und an Opportune, erinnerst du dich daran?«, begann Adamsberg wieder nach einer Pause. »Du kennst dort alle Leute sehr genau. Es ist leicht für dich, auf dem Friedhof vor dem schnell zu beeindruckenden Gratien zu erscheinen, der jeden Freitag um Mitternacht auf diesem Weg wartet. Es ist leicht zu wissen, dass Gratien seiner Mutter davon erzählen würde und seine Mutter wiederum Oswald. Leicht, Hermance zu manipulieren. Du hast mich dahin geführt, wohin du wolltest, hast mich wie einen Automaten gesteuert, immer den Leichen nach, die du zurückließest und die ich anschließend entdeckte und deiner kompetenten Autopsie übergab. Aber du konntest nicht ahnen, dass der neue Pfarrer das *De reliquis* erwähnen, und auch nicht, dass Danglard sich dafür interessieren würde. Und selbst wenn, was machte das schon? Dein Drama, Ariane, war, dass Veyrenc sich den Text einprägte. Ein aberwitziger, genialer Kopf, unvorstellbar, aber wahr. Und dass Pascaline ihren verstümmelten Kater zur Kirche brachte, um ihn segnen zu lassen. Aberwitzige Idee, unvorstellbar, aber wahr. Und dass Retancourt das Novaxon überlebte. Aberwitzige Widerstandsleistung, unvorstellbar. Und dass der Tod der Hirsche Menschen verwirrte. Und dass Robert in seinem aberwitzigen Kummer mich zum Kadaver des Großen Roten schleppte. Und dass das Herz des Tieres sich in mein Gedächtnis grub und ich sein Geweih mit mir herumtrug. Über den Aberwitz aller dieser Menschen, ihre individuellen, unberechenbaren Eigenheiten hast du dir nie Gedanken gemacht, die hättest du nie vermutet. Du hast andere nur geliebt, wenn sie tot waren. Andere? Was ist das, die anderen? Belanglosigkeiten, Myriaden unbedeutender Wesen, eine Quantité négligeable. Und aus diesem Grund, weil du sie für unerheblich hieltest, Ariane, haben sie dich zu Fall gebracht.«

Adamsberg breitete die Arme aus und schloss die Augen, er war sich im Klaren darüber, dass Arianes Ungläubigkeit und ihre Stummheit eine unüberwindliche Mauer bildeten. Ihre beiden Redestränge liefen wie zwei Züge nebeneinanderher, ohne dass sie sich je begegnen würden.

»Erzähl mir von deinem Mann«, sagte er und stützte seine Ellbogen auf den Tisch. »Erzähl mir, wie's ihm geht.«

»Charles?«, fragte Ariane und hob die Augenbrauen. »Den hab ich schon seit Jahren nicht mehr gesehen. Und je seltener ich ihn sehe, desto besser geht es mir.«

»Bist du da sicher?«

»Absolut sicher. Charles ist ein Versager, der nur daran denkt, seine Sanitäterinnen zu ficken. Das weißt du.«

»Aber nachdem er dich verlassen hat, hast du nie wieder geheiratet. Hattest du keinen Freund?«

»Das geht dich einen Dreck an.«

Der einzige Riss in Arianes Haltung. Ihre Stimme wurde tiefer, ihr Vokabular gewöhnlicher. Omega zeigte sich über der Mauer.

»Es heißt, Charles liebt dich immer noch.«

»Soso. Das würde mich bei dieser Flasche auch nicht wundern.«

»Offenbar begreift er langsam, dass Sanitäterinnen nicht mit dir mithalten können.«

»Natürlich nicht. Du wirst mich ja wohl kaum mit diesen Säuen vergleichen wollen, Jean-Baptiste.«

Estalère beugte sich zu Danglard hinüber.

»Steckt auch ein Knochen im Rüssel der Sau?«, fragte er flüsternd.

»Ich nehme es an«, antwortete Danglard und gab ihm ein Zeichen, dass man sich später damit befassen würde.

»Es scheint, Charles wird wieder zu dir zurückkommen«, fuhr Adamsberg fort. »Jedenfalls erzählt man sich das in Lille.«

»Soso.«

»Fürchtest du nicht, dass du zu alt bist, wenn er zurückkommt?«

Ariane lächelte flüchtig, beinahe mondän.

»Das Altern, Jean-Baptiste, ist ein perverser Plan, der Gottes verderbter Fantasie entsprungen ist. Für wie alt hältst du mich? Sechzig?«

»Nein, absolut nicht«, entfuhr es Estalère.

»Sei still«, sagte Danglard.

»Siehst du, selbst der junge Mann weiß es.«

»Was?«

Ariane nahm noch eine Zigarette und stellte durch diesen Schleier aus Rauch die Trennwand wieder her, die sie vor Omega schützte.

»Kurz bevor ich in mein Haus einzog, bist du hingegangen, um dir alles anzusehen und die Tür des Dachbodens zu entriegeln. In jener Nacht hast du den weisen Lucio Velasco ganz schön erschreckt. Was hattest du dir vors Gesicht getan? Eine Maske? Einen Strumpf?«

»Wer ist Lucio Velasco?«

»Mein spanischer Nachbar. Als die Tür des Dachbodens dann geöffnet war, gingst du ganz nach Belieben ein und aus. Du warst einige Male dort, immer nachts, und bist da oben langsam hin und her gelaufen und danach gleich wieder gegangen.«

Ariane ließ ihre Asche zu Boden fallen.

»Du hast Schritte da oben gehört?«

»Ja.«

»Das war sie, Jean-Baptiste. Claire Langevin. Sie sucht dich.«

»Ja, genau das wolltest du uns weismachen. Ich sollte über diese nächtlichen Besuche sprechen, sollte den Mythos der Krankenschwester am Leben erhalten, die herumstreunt und bald wieder zuschlagen wird. Und das hätte sie durch deine Hand ja auch tatsächlich getan, mit Spritze und Skalpell. Weißt du, warum ich mir darüber überhaupt keine Gedanken gemacht habe? Nein, das weißt du mit Sicherheit nicht.«

»Du solltest es aber. Sie ist gefährlich, ich habe dich oft genug gewarnt.«

»Weil ich nämlich bereits ein Gespenst in meinem Haus hatte, Ariane. Die heilige Clarisse. Da siehst du, wie aberwitzig das alles ist.«

»Erschlagen von einem Gerber, im Jahre 1771«, setzte Danglard hinzu.

»Mit seinen Fäusten«, ergänzte Adamsberg. »Verlier nicht deinen Faden, Ariane, du kannst nicht alles wissen. Jedenfalls dachte ich, Clarisse liefe auf dem Dachboden umher. Beziehungsweise der alte Lucio würde seine Runde drehen. Auch der hat seine Macken, und keine unbedeutenden. Wenn der kleine Tom bei mir schlief, machte er sich jedes Mal große Sorgen. Aber sie war es nicht. Du warst es, die da oben langlief.«

»Sie war es.«

»Du wirst nie reden, nicht wahr, Ariane? Von Omega?«

»Niemand spricht von Omega. Ich dachte, du hättest mein Buch gelesen.«

»Bei manchen Dissoziierten, hast du geschrieben, kann sich ein Spalt öffnen.«

»Nur bei den unvollkommenen.«

Adamsberg dehnte das Verhör bis weit in die Nacht aus. Man hatte Romain zum Schlafen in den Raum mit dem Getränkeautomaten geleitet und Estalère auf ein Feldbett. Danglard und Veyrenc unterstützten den Kommissar durch das Kreuzfeuer ihrer Fragen. Ariane blieb Alpha, selbst als sie müde wurde; sie leistete keinerlei Widerstand gegen die endlose Sitzung, und auch was Omega betraf, leugnete sie nichts, noch verstand sie irgendetwas.

Um vier Uhr vierzig morgens stand Veyrenc hinkend auf und kam mit vier Bechern Kaffee zurück.

»Ich trinke meinen Kaffee mit ein wenig Mandelmilch«, erklärte Ariane freundlich, ohne sich zum Tisch zu drehen.

»So was haben wir nicht«, meinte Veyrenc. »Mixturen können wir hier nicht herstellen.«

»Schade.«

»Ich weiß nicht, ob sie im Gefängnis Mandelmilch haben«, murmelte Danglard vor sich hin. »Der Kaffee dort ist Hundeplörre und das Essen Rattenfraß. Die verpflegen die Gefangenen mit Dreck.«

»Warum, zum Teufel, erzählen Sie mir was vom Gefängnis?«, fragte Ariane, die mit dem Rücken zu ihm saß.

Adamsberg schloss die Augen und betete zur dritten Jungfrau, sie möge ihm zu Hilfe eilen. Doch zur Stunde schlief die dritte Jungfrau unter sauberen blauen Laken in einem modernen Hotel in Évreux und wusste nichts von den Schwierigkeiten ihres Retters. Veyrenc trank seinen Kaffee aus und stellte die Tasse mit einer mutlosen Geste ab.

> *»Kämpft nicht länger, Seigneur.*
> *Mit Kraft und List gewannt' Ihr manche schwere Schlacht,*
> *es fielen Wälle, Mauern durch Eure sanfte Macht.*
> *Doch diese hohe Wand wird wohl auf ewig steh'n,*
> *denn sie heißt Wahn, und dass sie wankt, wird nie geschehn.«*

»Ich bin ganz Ihrer Meinung, Veyrenc«, sagte Adamsberg, ohne die Augen zu öffnen. »Führen Sie sie ab. Sie, ihre Wand, ihre Mischungen und ihren Hass, ich will sie nicht mehr seh'n.«

»Sechs Versfüße«, bemerkte Veyrenc. »*Ich will sie nicht mehr seh'n.* Gar nicht mal schlecht.«

»Wenn das so ist, Veyrenc, wären sämtliche Bullen Dichter.«

»Wäre es doch so«, meinte Danglard.

Ariane klappte geräuschvoll ihr Feuerzeug zu und Adamsberg öffnete die Augen.

»Ich muss bei mir zu Hause vorbeischauen, Jean-Baptiste. Ich weiß nicht, was du vorhast, und auch nicht, warum, aber ich habe genug Berufserfahrung, um es zu ahnen. Untersuchungshaft, nicht wahr? Ich werde also ein paar Sachen holen müssen.«

»Wir werden dir alles Nötige bringen.«

»Nein. Ich hole sie selbst. Ich will nicht, dass deine Beamten meine Kleider angrapschen.«

Zum ersten Mal wurde Arianes Blick, den Adamsberg nur von der Seite sah, hart und angsterfüllt. Sie selbst hätte diagnostiziert, dass Omega zum Angriff überging. Weil Omega etwas tun musste, etwas Lebenswichtiges.

»Sie begleiten dich, während du deinen Koffer packst. Sie werden nichts anfassen.«

»Ich will sie nicht dabeihaben, ich will allein sein. Das ist was Persönliches, was Intimes. Du kannst das verstehen. Falls du Angst hast, ich könnte abhauen, kannst du ja zehn von deinen Blödmännern vor die Tür stellen.«

Zehn Blödmänner. Langsam kam Omega an die Oberfläche. Adamsberg beobachtete Arianes Profil, ihre Augenbraue, die Lippen, das Kinn, und versuchte dem Beben ihrer neuen Gedanken auf die Spur zu kommen.

Im Gefängnis gäbe es keine Mandelmilch, nur Hundeplörre. Im Gefängnis gäbe es keine Melangen mehr, weder
die Violine noch die Grenaille, weder Minze noch Marsala.
Und vor allem nicht die heilige Mischung. Nun war aber
diese Mischung fast fertig, es fehlten nur noch das *Lebendige*
der dritten Jungfrau und der Wein des Jahres. Was den Wein
anging, so würde man sich zu helfen wissen. Schließlich war
er nur das Bindemittel und Wasser würde es unter Umständen auch tun. Natürlich fehlte das dritte *Lebendige*, von
Ewigkeit konnte keine Rede mehr sein. Dennoch war die
Mixtur fast fertig und konnte das Leben immerhin etwas verlängern. Um wie viel? Ein Jahrhundert? Zwei? Zehn? Damit
konnte man getrost im Gefängnis durchhalten und später
noch mal von vorn anfangen. Allein die Mischung fehlte.
Und diese Angst, sie vielleicht niemals trinken zu können,
ließ sie ihre Zigarette zwischen den Zähnen zerbeißen. Zwischen ihr und ihrem so schwer errungenen Schatz stand ein
Haufen Bullen.

Überdies stellte dieser Schatz den einzigen Beweis für die
Morde dar. Gestehen würde Ariane nichts. Erst die Mischung, und allein die Mischung, mit den Haaren von Pascaline und Élisabeth, den Überresten von Katerknochen,
Mensch und Hirsch, würde zeigen, dass Ariane den düsteren
Weg des *De reliquis* gegangen war. Sie zu beschaffen, war für
sie ebenso entscheidend wie für den Kommissar. Ohne die
Medikation hatte er kaum eine Möglichkeit, die Anklage
aufrechtzuerhalten. Nichts wie Wolken, übereinanderge-
türmt von einem Schaufler, der sich in seinen Träumen verloren hatte, würde der Richter, von Brézillon bestärkt, sagen.

Dr. Lagarde war so berühmt, dass die Fäden, die Adamsberg zusammengetragen hatte, nicht ins Gewicht fallen würden.

»Die Mischung befindet sich also bei dir zu Hause«, sagte Adamsberg, ohne das angespannte Gesicht der Medizinerin aus den Augen zu lassen. »In einem Versteck, an das Alpha bei seinen täglichen Verrichtungen mit Sicherheit nicht herankommt. Du willst sie, ich will sie. Aber am Ende werde ich sie bekommen. Ich werde mir Zeit lassen, und wenn ich das gesamte Haus auf den Kopf stellen müsste, ich werde sie finden.«

»Wie du meinst«, sagte Ariane und blies, wieder gleichgültig und entspannt, den Rauch aus. »Darf ich dann mal zur Toilette gehen.«

»Veyrenc, Mordent, begleiten Sie sie. Halten Sie sie gut fest.«

Sehr langsam, wegen ihrer hohen Schuhe, und eingezwängt zwischen ihren beiden Leibwächtern, verließ Ariane das Büro. Adamsberg sah ihr hinterher, ihr rascher Sinneswandel verwirrte ihn, das sichtliche Vergnügen, mit dem sie an ihrer Zigarette zog. Du lächelst, Ariane. Ich nehme dir deinen Schatz weg und du lächelst.

Ich kenne dieses Lächeln. Es ist dasselbe wie damals in jenem Café in Le Havre, nachdem du mein Bier auf den Boden geschmissen hattest. Dasselbe, als du mich überredetest, die Krankenschwester zu verfolgen. Das Lächeln der Siegerin, die dem zukünftigen Verlierer gegenübersteht. Das Lächeln deiner Triumphe. Ich werde dir deine verdammte Mischung wegnehmen und trotzdem lächelst du.

Mit einem Satz sprang Adamsberg hoch und zog Danglard am Arm mit sich.

64

Ohne zu begreifen, was vor sich ging, die Beine schwer vor Müdigkeit, rannte Danglard dem Kommissar hinterher bis zur Toilettentür, die von Veyrenc und Mordent bewacht wurde.

»Vorwärts, Commandant«, befahl Adamsberg. »Die Tür, schnell!«

»Aber wir können doch nicht einfach ...«, meinte Mordent.

»Brechen Sie die Tür auf, verflucht! Veyrenc!«

Dreimal warfen Veyrenc und der Kommissar sich mit der Schulter dagegen, dann gab die Toilettentür nach. Großangriff der Steinböcke, hatte Adamsberg gerade noch Zeit zu denken, bevor er Arianes Arm ergriff und ihr ein großes braunes Flacon aus der Hand riss. Die Gerichtsmedizinerin schrie. Und dieser lang gezogene Schrei, wild und gellend, ließ Adamsberg begreifen, was Omega wirklich war. Er sollte es in dieser Schärfe nicht noch einmal erleben. Ariane verlor das Bewusstsein, und als sie fünf Minuten später in der Zelle wieder aufwachte, hatte Alpha, friedlich und affektiert, bereits wieder die Oberhand gewonnen.

»Die Mixtur war in ihrer Handtasche«, sagte Adamsberg

und starrte auf das Fläschchen. »Sie hat Wasser vom Hahn geholt, um die Mischung zuzubereiten, und wollte sie gerade trinken.«

Er hob die Hand, drehte das Flacon vorsichtig unterm Licht der Lampe und betrachtete den dickflüssigen Inhalt darin, während seine Männer auf die Flasche starrten, als wäre sie die heilige Phiole*.

»Sie ist klug«, sagte Adamsberg. »Aber sie hat so ein leises Omega-Lächeln an sich, ein siegesgewisses, listiges Lächeln, das sie schlecht verbirgt. Und sie lächelte, als sie sicher war, ich würde glauben, die Mischung befände sich bei ihr zu Hause. Also war das Flacon woanders. Sie hatte es natürlich bei sich.«

»Warum haben wir es ihr nicht aus der Tasche genommen?«, bemerkte Mordent. »Das war riskant, die Klotür ist ziemlich stabil.«

»Weil ich vorher ganz einfach nicht daran gedacht habe, Mordent. Ich schließe das Flacon im Safe ein. Ich komme gleich nach, wir gehen.«

Eine halbe Stunde später schloss Adamsberg die Tür seines Hauses zweimal von innen ab. Behutsam holte er das braune Flacon aus seiner Jackentasche und stellte es auf die Mitte des Tisches. Dann leerte er eine kleine Flasche Rum in das Spülbecken, reinigte sie, steckte einen Trichter hinein und goss langsam die Hälfte der Mischung hinein. Morgen würde das braune Flacon ins Labor wandern, es blieb noch genug von der Medikation übrig, um das Ganze zu analysieren.

---

* Das geweihte Salböl der französischen Könige.

Durch das dunkle Glas hatte niemand erkennen können, wie viel Flüssigkeit genau darin war, niemand würde erfahren, dass er einen ordentlichen Teil davon entnommen hatte.

Morgen würde er Ariane in ihrer Zelle besuchen. Und ihr unauffällig die kleine Flasche übergeben. Auf diese Weise würde die Gerichtsmedizinerin heitere Tage im Gefängnis verbringen, in der Gewissheit, lange genug zu leben, um ihr Werk irgendwann fortsetzen zu können. Sobald er ihr den Rücken gekehrt hätte, würde sie das Gesöff schlucken und wie ein satt getrunkener Dämon in den Schlaf sinken.

Und warum, fragte sich Adamsberg, während er sich wieder aufrichtete und die beiden Flaschen in seine Jackentasche steckte, legte er Wert darauf, dass Ariane heitere Tage verbrachte? Wo ihm ihr heiserer Schrei doch noch in den Ohren klang, gellend vor Grausamkeit und Wahn? Weil er sie ein klein wenig geliebt, ein klein wenig begehrt hatte? Nicht einmal das.

Er trat ans Fenster und sah in den dunklen Garten hinaus. Der alte Lucio pinkelte unter den Haselnussstrauch. Adamsberg wartete eine Weile und ging dann zu ihm. Lucio betrachtete den bezogenen Himmel und kratzte seinen Biss.

»Du schläfst nicht, *hombre*?«, fragte er. »Bist du fertig mit deiner Aufgabe?«

»So gut wie.«

»War wohl schwer, was?«

»Ja.«

»Die Männer«, seufzte Lucio. »Und die Frauen.«

Der Alte entfernte sich in Richtung Hecke und kam mit zwei kleinen Flaschen Bier zurück, die er mit den Zähnen öffnete.

»Du sagst doch Maria nichts davon, oder?«, sagte er und reichte Adamsberg eine Flasche. »Frauen zerbrechen sich dauernd wegen irgendwas den Kopf. Weil sie die Arbeit gern gründlich machen, versteh mal. Dagegen geht's bei Kerlen dauernd hin und her, am Ende schludern sie was hin, machen's fertig oder geben's auf. Eine Frau dagegen kann ein und derselben Idee tagelang nachhängen, monatelang, nicht mal ein Bier muss sie zwischendurch zischen.«

»Heute habe ich eine Frau verhaftet, kurz bevor sie fertig war mit ihrem Werk.«

»Einem großen?«

»Riesenhaft. Sie war dabei, einen Teufelstrank zuzubereiten, den sie um jeden Preis trinken wollte. Und ich habe mir gedacht, es wäre besser, sie trinkt ihn zu guter Letzt wirklich. Damit ihre Arbeit wenigstens halbwegs beendet ist. Nicht wahr?«

Lucio trank sein Bier in einem Zug aus und warf die Flasche über die Mauer.

»Natürlich, *hombre*.«

Der Alte ging nach Hause und Adamsberg pinkelte unter den Haselnussstrauch. Natürlich, *hombre*. Sonst würde sie der Biss noch bis ans Ende ihrer Tage jucken.

65

»Hier, Veyrenc, werden wir die Geschichte zu Ende bringen«, sagte Adamsberg und blieb unter einem großen Nussbaum stehen.

Zwei Tage nach der Verhaftung von Ariane Lagarde und angesichts des Aufsehens, das dieses Ereignis erregte, hatte Adamsberg das dringende Bedürfnis verspürt, seine Füße ins Wasser des Gave zu tauchen. Er hatte zwei Fahrkarten nach Pau gelöst und Veyrenc mitgenommen, ohne ihn nach seiner Meinung zu fragen. Sie waren im Ossau-Tal angekommen und Adamsberg hatte seinen Kollegen über den Chemin des Rocailles zur Kapelle von Camalès hinaufgeschoben. Gerade gelangten sie auf die Hochwiese. Zerstreut betrachtete Veyrenc das Feld um sich herum, die Gipfel der Berge. Er war nie auf diese Wiese zurückgekehrt.

»Nun, da wir von unserem Mörderschatten befreit sind, können wir uns in den Schatten des Nussbaums setzen. Nicht allzu lange, denn wir wissen ja, wie verhängnisvoll er ist. Nur so lange, bis wir den Spinnenbiss aus der Welt geschafft haben. Setzen Sie sich, Veyrenc.«

»Dahin, wo ich damals gelegen habe?«

»Zum Beispiel.«

Veyrenc ging fünf Meter weit und setzte sich im Schneidersitz ins Gras.

»Den fünften Kerl, den unter dem Baum, sehen Sie ihn?«

»Ja.«

»Wer ist es?«

»Sie.«

»Ich. Ich bin dreizehn. Wer bin ich?«

»Ein Bandenchef aus dem Dorf Caldhez.«

»Das stimmt. Was mache ich?«

»Sie stehen. Sie schauen dem Geschehen zu, ohne einzugreifen. Sie haben die Hände im Rücken verschränkt.«

»Warum?«

»Sie hatten eine Waffe oder einen Stock versteckt, was weiß ich.«

»Sie haben Ariane gesehen, vorgestern, als sie mein Büro betrat. Sie hatte die Hände auf dem Rücken. Hielt sie eine Waffe?«

»Das hat nichts damit zu tun. Sie trug Handschellen.«

»Nun, das ist ein hervorragender Grund, die Hände auf dem Rücken zu haben. Ich war festgebunden, Veyrenc, wie eine Ziege an ihrer Leine. Ich war mit den Händen an den Baum gefesselt. Ich hoffe, Sie verstehen jetzt, wieso ich nicht eingegriffen habe.«

Veyrenc fuhr mehrmals mit der Hand durchs Gras.

»Erzählen Sie.«

Adamsberg lehnte sich mit dem Rücken an den Stamm des Nussbaums, streckte seine Beine aus und ließ seine Arme von der Sonne bescheinen.

»Es gab zwei rivalisierende Banden in Caldhez. Im unteren

Dorf die Brunnen-Bande, die von Fernand dem Grindigen angeführt wurde, und oben die Bande vom Waschplatz, die wurde von mir und meinem Bruder angeführt.

Keilereien, Rivalitäten, Verschwörungen, das alles beschäftigte uns sehr. Kinderspiele also, abgesehen davon, dass sich die Brunnen-Bande durch die Ankunft von Roland und einigen anderen Rekruten in eine Armee kleiner Dreckskerle verwandelte. Roland hatte die Absicht, die Waschplatz-Bande zu zerschlagen und das ganze Dorf an sich zu reißen. Der Krieg der Gangs, in kleinem Maßstab. Wir leisteten, so gut es ging, Widerstand, ich aber brachte ihn mehr als alles andere in Wut. An dem Tag, als sie gegen Sie loszogen, ist Roland zusammen mit Fernand und dem Dicken Georges zu mir gekommen. ›Wir nehmen dich mit zu der Vorführung, Blödmann‹, hat er zu mir gesagt. ›Du wirst deine Augen aufsperren und danach schön deine Schnauze halten. Weil, wenn du das Maul nicht hältst, machen wir das Gleiche mit dir.‹ Sie haben mich zur Hochwiese geschleppt und mich an den Baum gebunden. Dann haben sie sich in die Kapelle verdrückt, wo sie auf dich gewartet haben. Nach der Schule kamst du ja immer dort vorbei. Sie haben sich auf dich gestürzt, den Rest kennst du.«

Adamsberg merkte, dass er unwillkürlich zum Du übergegangen war. Als Kinder siezt man sich nicht. Und wie sie da zusammen auf der Hochwiese saßen, waren sie Kinder.

»Hmh«, sagte Veyrenc und verzog das Gesicht, durchaus nicht überzeugt.

»Ich hoffe, Ihr begreift, dass dies mein Misstrau'n
weckt.
Denn was, wenn der Bericht voll schnöder Lügen
steckt?«

»Es war mir gelungen, mein Messer aus der Gesäßtasche herauszuziehen. Wie im Film versuchte ich, den Strick durchzuschneiden. Doch wir befinden uns nie in einem Film, Veyrenc. In einem Film hätte Ariane ein Geständnis abgelegt. In der Wirklichkeit aber hält ihre Wand. Die Stricke hielten ebenfalls und ich schwitzte beim Schneiden. Die Klinge glitt mir aus den Händen, mein Messer fiel zu Boden. Als du ohnmächtig wurdest, banden sie mich eilig los und schleppten mich im Laufschritt auf den Chemin des Rocailles. Ich habe lange gebraucht, bis ich mich wieder auf die Hochwiese traute, um nach meinem Messer zu suchen. Gras war gewachsen, der Winter war vorbei. Ich habe alles abgesucht, es aber nie wiedergefunden.«

»Ist das schlimm?«

»Nein, Veyrenc. Aber wenn die Geschichte stimmt, besteht die Chance, dass das Messer noch hier ist, irgendwo unter der Erde. Der Gesang der Erde, Veyrenc, erinnern Sie sich? Deshalb habe ich eine Hacke mitgebracht. Sie werden das Messer suchen. Seine Klinge müsste noch immer aufgeklappt sein, so wie es heruntergefallen ist. Ich hatte meine Initialen in den lackierten Holzgriff geritzt, JBA.«

»Warum suchen wir es nicht zu zweit?«

»Weil Sie zu sehr zweifeln, Veyrenc. Sie könnten mich ja beschuldigen, ich würde es beim Hacken zu Boden fallen lassen. Nein, ich gehe ein Stück weg, Hände in den Taschen, und schaue Ihnen zu. Auch wir beide werden ein Grab öffnen, um eine *lebendige* Erinnerung darin zu suchen. Aber ich glaube, mehr als fünfzehn Zentimeter kann es bestimmt nicht in die Erde eingedrungen sein.«

»Vielleicht liegt es ja gar nicht hier«, sagte Veyrenc. »Jemand kann es drei Tage später gefunden und eingesteckt haben.«

»In dem Fall hätte man es erfahren. Erinnern Sie sich, dass die Bullen nach dem Namen des fünften Kerls suchten. Hätte man mein Messer gefunden, mit meinen Initialen darauf, wäre ich geliefert gewesen. Aber sie haben diesen fünften Kerl nie identifiziert und ich habe geschwiegen. Ich konnte nichts beweisen. Wenn meine Geschichte stimmt, liegt das Messer also noch immer hier, seit vierunddreißig Jahren. Ich hätte nie freiwillig auf mein Messer verzichtet. Dass ich es nicht aufgehoben habe, liegt daran, dass ich es nicht konnte. Ich war gefesselt.«

Veyrenc zögerte, dann stand er auf und griff sich die Hacke, während Adamsberg einige Meter hinter ihn zurücktrat. Die Erdoberfläche war hart, und der Lieutenant grub länger als eine Stunde unter dem Nussbaum, wobei er in regelmäßigen Abständen mit den Fingern durch die Erdschollen fuhr und sie zerbröckelte. Dann sah Adamsberg, wie er die Hacke losließ und einen Gegenstand aufhob, von dem er die Erde abputzte.

»Hast du es?«, fragte er und kam näher. »Kannst du irgendwas lesen?«

»JBA«, sagte Veyrenc und wischte den Griff mit seinem Daumen sauber.

Wortlos reichte er Adamsberg das Messer. Verrostete Klinge, der Lack am Griff abgeplatzt, doch die eingekerbten Initialen, schwarz von Erde, waren vollkommen lesbar. Adamsberg ließ es zwischen seinen Fingern kreisen, dieses Messer, dieses verfluchte Messer, dem es nicht gelungen war, den Strick durchzuschneiden, dieses verfluchte Messer, das ihm nicht geholfen hatte, das blutüberströmte Kind Rolands Händen zu entreißen.

»Wenn du willst, gehört es dir«, sagte Adamsberg und reichte es dem Lieutenant, wobei er achtgab, dass er es ihm mit dem Griff voran übergab. »Als Zeichen unser beider Ohnmacht an jenem Tag.«

Veyrenc nickte und nahm an.

»Du schuldest mir zehn Centimes«, fügte Adamsberg hinzu.

»Wofür?«

»Das ist Tradition. Wenn man jemandem einen scharfen Gegenstand schenkt, muss derjenige zehn Centimes dafür geben, so schaltet er das Risiko einer Verwundung aus. Ich würde es mir nie verzeihen, wenn dir durch meine Schuld ein Unglück geschähe. Du behältst das Messer, ich nehme die Münze.«

66

Auf der Heimfahrt im Zug stand Veyrenc eine letzte Sorge ins Gesicht geschrieben.

»Als Dissoziierter«, sagte er düster, »weiß man nicht, was man tut, oder? Man radiert jegliche Erinnerung aus?«

»Im Prinzip, ja, zumindest Ariane zufolge. Wir werden nie erfahren, ob sie uns die Komödie nur vorgespielt hat, um nichts gestehen zu müssen, oder ob sie eine echte Dissoziierte ist. Und ob es das überhaupt in solcher Vollkommenheit gibt.«

»Wenn es das gäbe«, sagte Veyrenc und zog seine Lippe zu einem falschen Lächeln nach oben, »hätte ich dann Fernand und den Dicken Georges umbringen können, ohne es zu wissen?«

»Nein, Veyrenc.«

»Wie können Sie so sicher sein?«

»Weil ich's überprüft habe. Ich habe Ihren Terminkalender eingesehen, wie er auf Ihren Einsatzbefehlen vermerkt ist – von den Brigaden in Tarbes und Nevers, wo Sie zum Zeitpunkt der Morde waren. An dem Tag, als Fernand umgebracht wurde, haben Sie einen Trupp nach London begleitet. Und als Dicker Georges umgebracht wurde, standen Sie unter Arrest.«

»Ach ja?«

»Ja, wegen Beleidigung eines Vorgesetzten. Was hatte er Ihnen getan?«

»Wie hieß er?«

»Pleyel. Pleyel wie das Klavier, ganz einfach.«

»Ja«, erinnerte sich Veyrenc. »Das war so ein Typ à la Devalon. Wir hatten einen Fall am Hals, in dem es um Machenschaften in der Politik ging. Anstatt seinen Job zu tun, hat er die Anweisungen der Regierung befolgt und den Prozessverlauf mit gefälschten Unterlagen beeinflusst, sodass der Kerl entlastet wurde. Da habe ich mich zu ein paar harmlosen Versen ihm gegenüber hinreißen lassen, die ihm nicht gefielen.«

»Erinnern Sie sich an sie?«

»Nein.«

Adamsberg holte sein Notizbuch hervor und blätterte darin.

»Hier haben wir sie«, sagte er.

»*Der Hochmut der Mächtigen verdirbt die Justiz,*
und zum Diener wird dabei ein Chef der Miliz.
Sie stürzt in den Abgrund, die schwache Republik,
doch ihre Mörder, Verbrecher, feiern den Sieg. Ergebnis:
zwei Wochen Arrest.«

»Wo haben Sie die gefunden?«, fragte Veyrenc lächelnd.

»Sie waren im Protokoll hinterlegt. Verse, die Sie heute von dem Mord am Dicken Georges freisprechen. Sie haben niemanden umgebracht, Veyrenc.«

Der Lieutenant schloss kurz die Augen und ließ die Schultern sinken.

»Sie haben mir noch nicht die zehn Centimes gegeben«, sagte Adamsberg und streckte die Hand aus. »Ich habe ziemlich geackert für Sie. Sie haben es mir nicht leicht gemacht.«

Veyrenc legte eine kupferne Münze in Adamsbergs Hand.

»Danke«, sagte Adamsberg und steckte das Geldstück in die Tasche. »Und wann lassen Sie von Camille ab?«

Veyrenc wandte den Kopf zur Seite.

»Gut«, sagte Adamsberg, lehnte sich gegen das Zugfenster und schlief gleich darauf ein.

67

Danglard hatte Retancourts vorzeitige Rückkehr unter die
Lebenden zum Anlass genommen, um im Zeichen der dritten
Jungfrau eine Pause anzuordnen, für die er verschiedene
Reserven aus dem Keller heraufgeholt hatte. Von der allge-
meinen Ausgelassenheit, die daraufhin einsetzte, blieb allein
die Katze unberührt, ruhig lag sie auf Retancourts starkem
Unterarm.

Adamsberg, wie immer unfähig, sich kollektiver Fröhlichkeit hinzugeben, durchquerte langsam den Raum. Er nahm
im Vorbeigehen das Glas, das Estalère ihm hinhielt, holte sein
Mobiltelefon hervor und wählte Roberts Nummer. Im Café
in Haroncourt durfte gerade die zweite Runde anstehen.

»Es ist der Béarner«, sagte Robert zu den versammelten
Männern und legte die Hand auf den Hörer. »Er sagt, er
hätte seinen Bullenärger hinter sich und würde einen auf
unser Wohl trinken.«

Angelbert dachte gründlich über eine Antwort nach.

»Sag ihm, es geht in Ordnung.«

»Er sagt, er hätte in einer Wohnung zwei Knochen vom
heiligen Hieronymus wiedergefunden, in einer Werkzeug-
kiste«, fügte Robert an und deckte wieder das Telefon ab.

»Und dass er sie demnächst ins Reliquiengefäß von Le Mesnil zurücklegen wird. Weil er nicht weiß, was er sonst damit anfangen soll.«

»Na, etwa wir«, sagte Oswald.

»Er sagt, wir sollen trotzdem dem Pfarrer Bescheid sagen.«

»Klingt logisch«, sagte Hilaire. »Nur weil Oswald nichts damit anfangen kann, muss es ja nicht auch dem Pfarrer schnurz sein. Der Pfarrer hat nämlich genauso seinen Pfarrersärger, oder nicht? Muss man ja auch verstehen.«

»Sag ihm, es geht in Ordnung«, unterbrach Angelbert. »Wann kommt er?«

»Samstag.«

Robert kam ans Telefon zurück und übermittelte in geraffter Form die Antwort des Alten.

»Er sagt, er hätte Kiesel aus seinem Fluss gefischt, die wird er uns auch mitbringen, wenn wir nichts dagegen haben.«

»Und was soll'n wir damit?«

»Ich glaube, diese Kiesel sind ungefähr dasselbe wie das Geweih vom Großen Roten. So was wie Ehren, eine Art Gegenleistung.«

Unschlüssige Gesichter wandten sich zu Angelbert.

»Wenn wir ablehnen«, sagte Angelbert, »wäre das eine Beleidigung.«

»Natürlich«, unterstrich Achille.

»Sag ihm, es geht in Ordnung.«

Veyrenc stand an eine Wand gelehnt und sah zu, wie die Beamten der Brigade hin und her liefen; ihnen zugesellt hatten sich an diesem Abend auch Dr. Romain, der ebenfalls ins Leben zurückgekehrt war, und Dr. Lavoisier, der sich seinem

Fall Retancourt buchstäblich an die Fersen heftete. Adamsberg bewegte sich langsam von einem Punkt zum anderen, war anwesend und wieder abwesend, anwesend, abwesend, wie das intermittierende Licht eines Leuchtturms. Die Hiebe, die er auf der Jagd nach Arianes Schatten hatte einstecken müssen, hinterließen noch einige düstere Spuren auf seinem Gesicht. Drei Stunden lang war er durchs Wasser des Gave gewatet und hatte Kiesel gesammelt, bevor er sich mit Veyrenc am Bahnhof wieder getroffen hatte.

Der Kommissar zog ein zerknittertes Blatt aus seiner Gesäßtasche und rief Danglard mit einem Wink zu sich heran. Danglard kannte diese Körperhaltung und dieses Lächeln. Misstrauisch ging er zu Adamsberg.

»Veyrenc würde sagen, dass das Schicksal gern seltsame Späße treibt. Und Sie wissen auch, dass das Schicksal besonders auf Ironie spezialisiert ist und man es daran erkennt?«

»Es sieht so aus, als ob Veyrenc abreist?«

»Ja, er fährt in sein Gebirge zurück. Die Füße im Fluss und die Haare im Wind, wird er darüber nachdenken, ob er zu uns zurückkommt oder nicht. Noch ist er unentschlossen.«

Adamsberg reichte ihm das zerknitterte Papier.

»Das habe ich heute Morgen bekommen.«

»Ich verstehe nicht«, sagte Danglard, während er die Zeilen überflog.

»Das ist normal, es ist ja auch Polnisch. Darin steht, dass die Krankenschwester kürzlich gestorben ist, Capitaine. Ganz klar ein Unfall. Sie ist in Warschau unter die Räder eines Autos geraten. Plattgemacht wie ein Eierkuchen, und zwar von einem Verkehrsrowdy, der bei Rot über die Ampel ist und die Straße vom Gehweg nicht unterscheiden konnte. Und man weiß auch, wer sie überfahren hat.«

»Ein Pole.«

»Ja. Aber nicht irgendein Pole.«

»Ein betrunkener Pole.«

»Sicher. Und was noch?«

»Ich habe keine Ahnung.«

»Ein alter Pole. Ein zweiundneunzigjähriger Pole. Die Greisenmörderin ist von einem Greis überfahren worden.«

Danglard dachte einen Augenblick nach.

»Und das amüsiert Sie wirklich?«

»Sehr, Danglard.«

Veyrenc sah, wie Adamsberg dem Commandant auf die Schulter klopfte, wie Lavoisier Retancourt umsorgte und Romain seinen Rückstand aufholte, er sah, wie Estalère mit Gläsern herumrannte und Noël mit seiner Bluttransfusion prahlte. All das ging ihn nichts an. Er war nicht herge-kommen, um sich für die Leute zu interessieren. Er war ge-kommen, um die Sache mit seinen Haaren aus der Welt zu schaffen. Und er hatte sie aus der Welt geschafft.

Dein Trauerspiel, Soldat, ist endlich nun vorbei,
so gib dich deinen Träumen hin, jetzt bist du frei.
Doch welch Bedauern noch hält dich an diesem Ort,
warum fällt es so schwer, das kurze Abschiedswort?

Ja, warum? Veyrenc zog an seiner Zigarette und beobachtete, wie Adamsberg, in jeder Hand eine Geweihstange, unauf-fällig wie ein Luftzug die Brigade verließ.

O Götter,
dass dieser menschlich Pulk mich lockt, seid mir nicht
gram,
verdrießen tut er mich, und doch: welch Seelencharme.

Adamsberg ging zu Fuß durch die dunklen Straßen nach Hause. Tom würde er von Arianes Gräueltaten kein Wort sagen, so früh durfte das Grausen nicht von seinem kindlichen Gemüt Besitz ergreifen. Dissoziierte Steinböcke gibt es im Übrigen nicht. Nur die Menschen besitzen das Talent zu dieser Art Elend. Während Steinböcke ihre Schädelmasse unter ihren langen Hörnern aus dem Kopf wachsen lassen, genau wie die Hirsche. Was die Menschen hingegen nicht können. Man würde sich also an die Steinböcke halten.

Da begriff die weise Gämse, die so viel gelesen hatte, ihren Irrtum. Doch der rothaarige Steinbock erfuhr nie, dass die Gämse ihn für einen Dreckskerl gehalten hatte. Da begriff der rothaarige Steinbock seinen Irrtum und gab zu, dass der braunhaarige Steinbock kein Dreckskerl war. Schon gut, sagte der braunhaarige Steinbock, gib mir zehn Centimes.

In dem kleinen Garten angekommen, stellte Adamsberg das Hirschgeweih auf die Erde, um seine Schlüssel zu suchen. Sofort kam Lucio in die Dunkelheit hinaus und trat zu ihm unter den Haselnussstrauch.

»Wie geht's, *hombre*?«

Ohne eine Antwort abzuwarten, schlich Lucio zur Hecke, kam mit zwei Bieren zurück und öffnete sie. In seiner Tasche knisterte das Radio.

»Und die Frau?«, fragte er und reichte dem Kommissar

eine Flasche. »Die, die noch nicht fertig war mit ihrem Werk. Hast du ihr ihren Zaubertrank gegeben?«

»Ja.«

»Und hat sie ihn getrunken?«

»Ja.«

»Das ist gut.«

Lucio nahm ein paar Schlucke, dann wies er mit der Spitze seines Stocks auf den Boden.

»Was schleppst du da mit dir herum?«

»Einen Zehnender aus der Normandie.«

»Lebendig oder bloß runtergefallen?«

»Lebendig.«

»Das ist gut«, bestätigte Lucio ein zweites Mal. »Du darfst die Stangen nie trennen.«

»Ich weiß.«

»Du weißt noch was anderes.«

»Ja, Lucio. Der Schatten ist fort. Tot, erledigt, verschwunden.«

Der Alte blieb einen Augenblick lang wortlos stehen, während er mit dem Hals der kleinen Flasche gegen seine Zähne klopfte. Er warf einen Blick auf Adamsbergs Haus, dann wandte er sich wieder dem Kommissar zu.

»Und wie?«

»Rate.«

»Es heißt, nur ein alter Mann würde sie kaltmachen.«

»Genau so ist es auch geschehen.«

»Erzähl.«

»Es ist in Warschau passiert.«

»Vorgestern, als es zu dämmern anfing?«

»Ja, warum?«

»Erzähl.«

»Es war ein zweiundneunzigjähriger polnischer Greis. Er hat sie plattgemacht, mit seinen beiden Vorderreifen.«

Lucio dachte nach, rollte den Rand der Flasche über seine Lippen.

»Ungefähr so«, sagte er und ließ seine einzige Faust niedersausen.

»Ungefähr so«, bestätigte Adamsberg.

»Wie der Gerber mit seinen Fäusten.«

Adamsberg lächelte und hob seine Geweihstangen auf.

»Genau«, meinte er.